张培忠 蒋述卓/总主编

陈剑晖/主编

第五卷

（1978—2022）

广东文学通史

人民文学出版社

图书在版编目（CIP）数据

广东文学通史. 第五卷，当代：1978—2022/张培忠，蒋述卓总主编；陈剑晖主编. —北京：人民文学出版社，2023
ISBN 978-7-02-017988-6

I.①广… II.①张…②蒋…③陈… III.①地方文学史—广东—1978—2022 IV.①I209.965

中国国家版本馆CIP数据核字(2023)第079797号

责任编辑　付如初
装帧设计　李思安
责任印制　宋佳月

出版发行　人民文学出版社
社　　址　北京市朝内大街166号
邮政编码　100705

印　　刷　涿州市京南印刷厂
经　　销　全国新华书店等

字　　数　591千字
开　　本　710毫米×1000毫米　1/16
印　　张　35.5　插页1
版　　次　2023年5月北京第1版
印　　次　2023年5月第1次印刷

书　　号　978-7-02-017988-6
定　　价　98.00元

如有印装质量问题，请与本社图书销售中心调换。电话:010-65233595

第五卷 当代（1978—2022）

编委会（以姓氏笔画为序）

江　冰　刘晓明　刘　春　纪德君　张培忠　陈　希
陈　志　陈　昆　陈永正　陈春声　陈剑晖　陈桥生
苏　毅　林　岗　贺仲明　饶芃子　郭小东　黄天骥
黄仕忠　黄伟宗　黄修己　黄树森　康保成　彭玉平
谢有顺　蒋述卓　程国赋　戴伟华

学术顾问

陈春声　黄天骥　刘斯奋　陈永正

总主编

张培忠　蒋述卓

执行主编

彭玉平　林　岗　陈剑晖

本卷主编

陈剑晖

本卷撰写人员

陈剑晖　刘茉琳　黄雪敏　程　露

· 本书由霍英东基金会资助出版

总　　序

一

广东称粤,北枕五岭,南临南海。粤在岭之南,故又属岭南。发源于云贵高原和岭南山脉南侧的西江、东江和北江,汇流于旧称番禺的广州,形成了约六万平方公里的低矮丘陵和冲积平原,今称粤港澳大湾区。由于岭南山脉的天然屏障作用,广东与黄河、长江流域的经济与文化融合长期受到阻隔。荒古以来虽有路可通,然须穿过崎岖陡峭的山间丛莽,甚为不便。春秋战国时期的史籍记载,岭南不与,踪迹难觅,被视为化外炎荒之地,社会发展程度与中原相去甚远,或处于部落社会的阶段。待到秦灭六国混一中原之后又七年(前214)秦征南越,新建南海、桂林、象三郡,岭南才归并中原版图,由此粤地社会和文化的发展跃上了崭新的台阶。自古以来,广东形成了多方言、不同民系的人民共同生活的格局。珠三角和粤西以广府民系为主,粤东以潮汕民系为主,粤东北以客家民系为主。这三大民系构成了活跃于这片岭南土地的三大方言区。三大民系加上粤北与粤西地区的壮、瑶、畲等少数民族,构成了广东丰富而多样的人民生活。

将广东人文地理环境与社会生产力发展联系在一起观察,就可以发现其优劣并存。大约以元明之际的十四世纪为分界线,之前五岭为屏障,之后海疆为通途。中国海疆辽阔,而广东海岸线为各省之冠,达四千余公里,且以广东距南洋、西洋近且便利,于是全球大航海时代到来之时,那种便利甚至独占鳌头的地理位置优势就逐渐突显了出来。然而在大航海到来之前的内河航运时代,广东面临南海的位置优势却无从发挥。其时陆路交通占据绝对重要的位置,而海路交通的重要性几乎可以忽略不计。于是跨越五岭的陆路是广东唯一的通道。唐前以联通漓江与湘江的湘桂走廊为主,其后则以溯北江而上跨越大庾岭连通赣江的通道为主。宋代余靖《韶州真水馆记》:"凡广东西之通道有三:出零陵下漓水者由桂州;出豫章下真水者由韶州;出桂阳下武水者亦由韶州。无虑之官峤南自京都沿汴绝淮,由堰道入漕渠溯大江渡梅岭下真水至南海之东西者,唯岭道九十里为马上之役,余皆篙工楫人之劳。全家坐而至万里,故之峤南虽三道,下真水者十七八焉。"①路途崎岖且遥远,更兼必须水陆转运,越岭的不便就成为制约广东社会经济文化发展的重要因素。然而元明之际造船与航海技术的积累臻于成熟,与东南亚、阿拉伯乃至西洋的航海贸易迎来了大发展,造就了大繁荣。于是广东的经济文化发展一脱旧貌,换了新颜,巨大的地理位置优势逐渐显露出来。广州成为朝廷与外洋贸易的重要口岸。明代是口岸之一,清代则是全国唯一的外洋贸易口岸。不仅民间财富由此而迅速积累,更重要的是,广州口岸事实上变成了中国与外洋世界发生关联的枢纽。至明清两朝,广东的经济文化发展程度除稍逊于富庶的江南外,与全国大多数地方相比已经位居前列,曾经存在的南北经济文化差异消弭殆尽,尤其是垄断外洋贸易的十三行时代,广州富甲一方,全国其他城市并无其匹。大体上,广东的经济和文化发展至明清时期,已经实现了与华夏中原的全国一盘棋。外洋贸易与海外拓殖不仅提升了经济发展的程度,累积了财富,它还对文化发展产生了深远影响。

1582年利玛窦在澳门舍舟登岸,昭示了西风东渐的大戏在广东揭幕开启。由此而形成的文化风暴日后在广东上空积聚,广东顺理成章做了西洋文化在中国登陆的桥头堡。果然又过了两个半世纪,英国列强挟坚船利炮,从珠江口虎门敲开了清朝的大门。五口通商,丧权辱国。中国从此进入半封建半殖民的状态,中国人民也开始反抗列强、反抗腐朽垂死的封建统治的浴血奋斗。这部历史既是中国人民可歌可泣的奋斗史,又是中国文化悲壮的裂变史,它的第一页毫无疑问写在了广东大地上。西洋的力量及文化登陆了广东这个桥头堡,又从这个桥头堡源源不断地向全国四面八方辐射。中国人民的反抗勇气和新文明进步的文化科学技术使得这片土壤孕育出一批又一批开眼看世界的中国人。他们带着新的思想、新的观念和新的救国方案,从广东出发,开枝散叶,撒播全国各地。新文明的种子从此在中国大地茁壮成长。我们不知道广东在中国社会大转型时代的这种角色算不算命中注定,但时代和历史既然赋予了广东这样的角色,广东儿女也只有不辱使命。岭南粤地这两千多年的变迁史,从比岭北远为迟滞、未开化和落后的状态,短时间一跃而成为全国经济文化发展的领风骚之地,它在全国格局之内独特的位置肯定是我们观察这部广东文化演变史必不可缺的窗口。

---

① (宋)余靖:《韶州真水馆记》,《武溪集》卷五,北京:商务印书馆1946年影印本。

迈越两千年绵延不绝,广东文学史在这个独特的地理人文空间展开。一方面广东文学与岭北中原的文学演变纽带相连,息息相关。它是全国大格局中的一部分,另一方面它又带有自身演变发展的脉络和特点。以水系为喻,它是全国的一条支流。这条支流既不是任何其他山脉丘陵发育出来的支流,也不是总汇的干流,但这条支流终究要汇流到干流中去。广东文学史终究是中国文学史的一部分。故此,一部区域文学史的价值便不在于将它写成显微版的全国文学史。把区域的文学材料按照国家文学史的模式来放大书写,不是我们的目标。我们的期待和目标是运用这些区域文学材料来描绘和辨识这条支流的轮廓面貌和它的特点。于是全国和地方这两种不同的视角必然会汇聚于地方文学材料的论述。正如清初屈大均《广东新语自序》写到他著作的目标时说:"不出乎广东之内,有以见乎广东之外。"①就像一滴水可以照见太阳一样,以一滴水见一滴水不是我们的目标,照见这一滴水和蕴含在它之内的普遍性才是我们所追求的。同样的道理,《广东文学通史》采用的文学材料固然不出乎广东,但通史写作所追求的却是——"有以见乎广东之外"。

通史分为五卷:古代卷、近代卷、现代卷、当代上卷和当代下卷。考虑到广东文学演变发展的自身特点和文学材料逐渐繁复增多的事实,故有此划分。从整体看,从古至今广东文学史经历了类似三级跳这样的演变发展历程。每一跃都是一大步。虽然这样的跳跃在时间上难以截然断定划分,前步与后步的连接混沌而模糊,但我们依然可以清晰地看到那条划分不同演变历程的轨迹。这种三级跳现象,不仅与时间因素有关,也与它特定时空在全国文学格局之内所处的位置有关。这三级跳是我们对广东文学演变史走过的轨迹和性质的认知。第一跃发生在古代时期,广东文学完成了从接纳受容华夏中原文学的滋润哺育到自成一格的历程。以元明易代为界,之前以接纳受容岭北南渐的中原文学为主调,之后则带着对地域文化的认同和自豪,卓然自立而自成格调。第二跃发生在近代时期,这是一个中国社会政治和文化大转折的时期。广东以其人才辈出,以其新颖观念独领风骚,反哺中原,充当了全国文学及其观念大转变的推动者和领先者的角色。第三跃发生在现当代时期,广东文学带着不无先锋的敏锐和成熟稳健的步伐,加入全国文学的大合唱。时而领唱,先声夺人;时而和声,同鸣共奏。正是在这样一个有声有色的文学发展历程里,形成了广东文学的地域特质。这种地域特质随时代社会的发展而逐渐沉淀,累积为可供清晰辨识的岭南特性。

---

① (清)屈大均:《广东新语自序》,《广东新语》上册,北京:中华书局1985年版。

二

　　珠江自西而东横穿广州,北岸的越秀、荔湾两区从未称"河北",独南岸的海珠区至今俗称"河南"。得名来自东汉番禺人杨孚,他被誉为"岭南诗祖",是岭南北上中州为官又留下诗的第一人。相传他辞官南归之际,携回洛阳松柏,树植于珠江南岸今下渡头村的大宅前,借此睹物思昔,铭记宦游的美好岁月。因之珠江南岸地就俗称"河南"。① 这个历史细节透露出长久以来岭南人对开化文明程度远在自己之上的中原的向往。这与韩愈被贬潮州为官不足一载而获"三启南云"的美誉,如出一辙。封闭的环境和后进的文化有时导致"夜郎自大"的狭隘,但岭南人恰好相反,地理的阻隔与文化发展的迟滞,却孕育了岭南人虚怀向化的开阔心胸。用三百多年前番禺人屈大均的话说:"粤处炎荒,去古帝皇都会最远,固声教不能先及者也。乃其士君子向学之初,即知颂法孔子,服习春秋。"② 岭南人正是以此胸怀受容来自岭北的文化南渐,于是文化学术和文学的南渐,相当长时期内成了广东文学史演变的主调。

　　在并不复杂的早期广东文学发展史中,唐代张九龄出现前,粤地作家寥寥可数,分量更是不登大雅之堂,大量的是逾岭南来的文人和作家。他们的南来,事出有因。或者奉遣为官,驻守地方;或者贬谪流放,异地为人;或者躲避战火,流寓居粤。这些中原人物当中,不乏名重当时文化学术界的显赫角色、称雄一时的大文士。东汉《易》学大家虞翻贬徙期间,传道讲学;东汉牟子在交州期间写出渗透岭南精神的佛学名作《理惑论》;写下道教名著《抱朴子》的葛洪,在罗浮山亲尝百草,炼丹修道;山水诗的始祖东晋名士谢灵运,流放并殒命于广州。他的世袭雅名"康乐"留痕于今。中山大学校园称康乐园,周边有康乐村。进入超过一个半世纪的南朝时期,中原南北对峙,兵燹丧乱。这份南渐士人的名单不可避免地拉得更长,举其中大者,如写出《南越志》的沈怀远,贡献《海赋》的张融,写下最早一首吟咏岭南风物诗《三枫亭饮水赋诗》的范云,著《神灭论》的范缜,诗人阴铿、沈伯阳,还有写下《贞女峡赋》的江总等,皆是文坛一时之雄。他们为文学的南渐播下种苗、树立样板,做出了不可磨灭的贡献。

　　广东古代文学发展历程不是平稳均衡地逐渐积累前行的,而是更像波浪一

---

① (清)屈大均:《广东新语》上册,北京:中华书局1985年版,第42—43页。
② (清)屈大均:《广东新语》上册,北京:中华书局1985年版,第321页。

样小高潮小低潮叠加那样逐渐推进。这现象颇值得关注。由于古代一治一乱局面的交替出现，丛莽崎岖、交通阻隔的岭南，反倒成了中原战乱之时可以避乱偏安的好地方。大庾岭下的南雄珠玑巷，见证了历代移民迁徙入粤的传奇。广东珠三角地区民间皆以为自身家族发源于山西洪洞大槐树，随之散迁各地，最后汇迁至珠玑巷，在珠玑巷盘整再南迁至珠三角落地生根。传说真假参半，但道出了岭南人源于历代南迁的历史事实和以中原为祖根的深厚情感。人口的大规模迁徙是造就广东文化学术渐次演进的基础。例如南朝时期，尤其至梁陈之际，发生侯景之乱，江左富庶之地生灵涂炭，经济文化遭受严重破坏，导致大批门阀士族、文人和流民南迁入粤。其中之有地位者依附当时广州刺史萧勃以及欧阳頠、欧阳纥父子，由此广州更成为一时文化学术的中心。又如唐末五代十国时期，中原丧乱，南海王刘䶮割据称帝，是为南汉国。与中原兵戈不息不同，南汉小朝廷偏安一隅，"五十年来，岭表无事"①，带来了活跃的商业贸易，史称"刘䶮总百越之众，通珠贝之利"②。又雅好艺文风骚，常与文士谈论诗赋，"每逢群臣文字奏进，必厚颁赏赉"③。期间效仿中原王朝开科取士，一时文人荟萃，艺事盛于岭表。还有一种情形就是朝代更迭，广东或成为朝廷残部最后的抵抗之地，由此引发大批官宦、士人和民夫过岭南来。如宋元之际，南宋政权且战且退，抵抗至珠江口崖山一役，悲壮告终。明清之际，南明小朝廷且战且逃，其中永历帝就在肇庆登基。战乱一面是生灵的涂炭，但另一面又是民族精神的激发。如文天祥诗《过零丁洋》，脍炙人口，且千古不可磨灭。

通观广东文学史，南宋之后，每当易代，由宋入元，由元入明，由明入清，广东文学即勃发大生机。为人称道的诗人佳作，往往出现在兵凶战危、国家多难的时期。如宋元之际的袁玘、张镇孙、赵必𤩽；元明之际的孙蕡；明清之际的"岭南三家"屈大均、陈恭允、梁佩兰。他们的诗作郁勃沉雄、精悍激扬，是元明清广东文学的高峰，代表了其时广东文学的最高水准。有此成就，与他们论诗自有手眼密不可分。屈大均以易道论写诗之当求变化，曾说："《易》以变化为道，诗亦然。"④陈恭尹反对盲目崇古拟古，提倡："只写性情流纸上，莫将唐宋滞胸中。"⑤后人以雄直概论岭

---

① (宋)路振：《九国志》卷九《邵廷琄》，《九国志》(下)，上海：上海进步书局影印本。
② (宋)王钦若编纂：《册府元龟》卷二百一十九《僭伪部》总序，《册府元龟》(第3册)，北京：中华书局1960年版。
③ (清)梁廷枏：《南汉书》，林梓宗校点，卷十一，广州：广东人民出版社1981年版。
④ (清)屈大均：《粤游杂咏序》，欧初、王贵忱主编：《屈大均全集》第三册，北京：人民文学出版社1996年版，第79页。
⑤ (清)陈恭尹：《次韵答徐紫凝》，陈荆鸿笺释，陈永正补订，李永新点校合编：《陈恭尹诗笺校》下册，广州：广东人民出版社2015年版，第1083页。

南诗风。盖雄直诗风的形成,既与岭南民风耿介亢直、地域文化认同强固深厚有关,又与易代之际家国遭难,故土兵燹涂炭而激发出浩然的民族大义密不可分。正如清初山东新城人王士禛论有明一代粤诗,广东"人才最盛,正以僻在岭海,不为中原江左习气熏染,故尚存古风耳"①。江苏阳湖人洪亮吉称道"岭南三家"诗:"尚得昔贤雄直气,岭南犹似胜江南"②,亦可为此下一注脚。此前粤诗坛未受辞藻绮丽之风熏习,遭逢家国危难之际,乡邦意识、家国情怀化作淋漓元气喷薄而出,铸成与江南诗人完全不同的诗风格调,为明清诗史刻下了鲜明的岭南印记。

明前广东文学以人的成长为喻,虽时见英姿,但尚未长成堂堂汉子,处于接纳受容岭北中原文学为主的时期。屈大均认为,广东文坛"始燃于汉,炽于唐于宋,至有明乃照于四方焉"③。炽于唐宋,若限于广东尚可成立,但以全国格局来说,似乎有过。唐宋年代的广东文坛,难以说"炽",更像皓月当空,只有几点暗亮的星辰,点缀于文坛。至于后句"至有明乃照于四方焉",就毫无夸张,符合事实。清人陈遇夫《岭海诗见序》:"有明三百年,吾粤诗最盛,比于中州,殆过之无不及者。"④地域文学的成熟是存在客观标杆的,它体现在诗人诗作里面。这就是对地域文化的认同和洋溢在字里行间的乡邦自豪感。有此认同和情感,才能自具面目,自有眼光,自成风格。屈大均用"照于四方",陈遇夫用"比于中州,殆过之无不及"来形容有明之后的广东诗坛,说的当不仅是诗人诗作的数量。两人都意识到,自明之后粤诗已经具备自身的素质,不再泯然众人,即使置于全国诗坛格局之中,粤诗一样能有过人之处,能照于他人。致使粤诗自元明之际达到如此境界的内在要素,不仅在于诗歌语言和修辞艺术,亦在于岭南文化自身已经生长到成熟的状态,于是能以自身的面目出现在华夏中原一体的诗歌舞台。

从诗赋对景物的写照中较易看出作者地域认同的有无和成熟程度。疏离、静观和蕴含深情,写出来的句子是不同的。粤地诗赋从南北朝至元明之际,作者的写景很明显看出从景物的疏离感到满怀欣喜赞赏之情的变化过程。试比较谢灵运、余靖与孙蕡同是写景物的诗赋,看看地域认同感是如何随着文学的发展逐

---

① (清)王士禛:《池北偶谈》上册,北京:中华书局1982年版,第251页。
② (清)洪亮吉:《道中无事,偶作论诗截句二十首》其五。《更生斋诗》卷二,刘德权点校:《洪亮吉集》(第3册),北京:中华书局2001年版,第1244页。
③ (清)屈大均:《广东新语》上册,北京:中华书局1985年版,第316页。
④ (清)陈遇夫:《岭海诗见序》,《涉需堂集》,光绪六年(1880)刻本,第7a—7b页。

渐生长的。南朝诗人谢灵运《岭表赋》前三句:"若乃长山款跨,外内乖隔。下无伏流,上无夷迹。麋鹿望冈而旋归,鸿雁睹峰而返翩。"[1]仅此三句,岭南的蛮荒可畏跃然纸上。当然如此景物,与他贬谪流放的沮丧心情也是高度配合的。是由疏离的感情看出蛮荒的景象,还是由蛮荒的景象衬托出疏离的情感,大概互为因果吧。总之,在大诗人谢灵运眼里,这是陌生而疏离的土地。他只是被命运抛掷到这里而已。此地并非乡邦,并无挂碍。宋代余靖五言诗《山馆》所写是家乡景色:[2]"野馆萧条晚,凭轩对竹扉。树藏秋色老,禽带夕阳归。远岫穿云翠,畲田得雨肥。渊明谁送酒?残菊绕庭菲。"[3]"野馆"和"畲田",衬托出荒凉而人迹罕至,但所在山馆并非无可取之处。深秋景致,飞鸟带着斜阳余晖返归巢穴,足供凭轩独赏。然余靖诗的重点不是景致如何,而是以此景色荒远表露自身清高绝俗的品格。这是古代中原诗人每当呈现其林泉高致时的一般套路。我们太熟悉那个为庄老传统塑造出来的诗中之"我"。这并非有什么不妥,但从入乎广东之内的眼光看,显然还缺少些什么。待到元明之际的诗人孙蕡出来才弥补了这个缺陷。孙蕡的《广州歌》里洋溢着信心满满的乡邦自豪感:"广州富庶天下闻,四时风气长如春。长城百雉白云里,城下一带春江水。""峛峨大舶映云日,贾家千家万家室。春风列屋艳神仙,夜月满江闻管弦。"[4]此诗当写于明初,孙蕡回忆元末广州盛况。历经易代的浩劫,繁华不再。如同杜甫回忆开元盛世,或有夸张之辞,但问题不在于是否夸张,而在于诗中流露出的地域认同感和自豪感。广州建城两千年,珠江从广州城下东流,亘古不变,然而要有粤诗人赞美它为"春江水",却不是一蹴而就,必得经历漫长的演变。当广东古代文学完成了这个地方文化认同的蜕变,它就进入了明清星汉灿烂般发展的时期。

三

来到近代,中国社会在西风西潮和列强敲门的强烈冲击下,不可避免进入从农耕生产方式向现代生产方式的漫长转型阶段。这种根本性、全盘性的社会转

---

[1] (宋)谢灵运:《岭表赋》,(清)严可均辑,苑育新审订:《全宋文》,北京:商务印书馆1999年版,第287页。
[2] 诗语有"畲田",为刀耕火种需要轮耕之田。诗人家乡粤北始兴县,较为符合所写。
[3] (宋)余靖:《山馆》,《武溪集》卷一,北京:商务印书馆1946年影印本。
[4] (明)孙蕡:《广州歌》,梁守中点校:《南园前五先生诗》,广州:中山大学出版社1990年版,第48页。

型引起了政治、经济、文化等一系列急剧转变。这些转变有时表现为渐进式的变法,有时表现为暴力革命。身处动荡潮流里的那几代人,其实并未能从认知上把握社会转型的实质意味,他们只是感知到局势与"天不变,道亦不变"的过往大不同了。用李鸿章流传甚广的表述:"此三千余年一大变局也。"①他的话说于1872年,即同治十一年,可实际的大变局早在三十多年前朝廷吞下战败的苦果之时就已开启,清廷荒腔走板的应对可以为证。作为识见在群僚之上的大员,李鸿章此言虽警醒一时,但已经算不上对天下大势有深切洞明的认识,可见晚清大变局的时代,明察先机,洞识大势是多么不容易的事情。既然不能指望肉食者引领国家应对大变局来临的挑战,那么身处南疆前沿而得风气之先,与西潮有最为广泛接触的诸"岭海下士"②在思想文化和文学变革上,乘势走进晚清大变局时代舞台的中央,扮演引领全国潮流的角色就是顺理成章的事情。

从人文地理的视角看,晚清政治文化舞台分别活跃着三地的官员和士大夫:首先是湖湘人物,曾国藩、左宗棠为代表;其次江南文士,李善兰、王韬为代表;然后是粤人,康梁为代表。曾左一流人物,主要承袭清初王船山所提倡的儒家"经世致用"观念,意图寻出政治和文化的切实方法,在凝固僵化之世振衰起敝。同光年间洋务自强虽鼓舞一时,然究其实他们思想文化的新意不多。甲午战败湖湘人物便逐渐式微。而随着五口通商,传教士将上海作为深入中国腹地的大本营,使之成为西学新潮的重镇,由此吸引了那些科举无门或志不在仕途的知识人汇聚沪上,切磋新学。他们和传教士合作,翻译西书、传播科学,有强烈的启蒙和变革意识。但阴差阳错,因为未从科举正途出身,只是中西之间的边缘人,名既不正,言便不彰。秉大才而得小用,是这批江南籍口岸知识人的普遍命运。例如王韬实在不满守旧因循的官场气氛,一腔热血,在朝廷眼皮底下的上海无从施展,于同治末年跑到香港,自办《循环日报》,评论时政、提倡变革,成就一时的舆论。

环顾同光年间的中国,上海和广东是两个距离西学新潮最近的地方,上海甚至比广东更有文化渊源深厚的优势。由此看来,执这股日渐浩荡的文化变革潮流的牛耳,江南文士和粤籍人物皆有可能。然而历史给出的答案众所周知,晚清改良和革命的大旗皆由粤籍人物树立,江南人物的贡献要等到民国初年新文化

---

① (清)李鸿章:《筹议制造轮船未可裁撤折》,唐小轩主编:《李鸿章全集》(第2册),吉林:时代文艺出版社1998年版,第874页。
② 康有为自称用语。康有为:《敬谢天恩并统筹全局折》,陈永正编注:《康有为诗文选》,广州:广东人民出版社1983年版,第558页。

运动之时才拔头筹。粤籍人物在清末思想文化舞台上成为倡导变革的时代领先者,一时风头无两,显然包含值得细察的人文地理含义。首先广东比上海离京师更远,不受朝廷猜忌而得来的施展空间自然就比上海为大,有道是"山高皇帝远"。上述王韬的例子可以印证这一点。其次广东接触西洋时长面宽,尤其民间对外来文化的了解度和接受度,均比江南广泛而深厚,可以说广东的"群众基础"胜过江南。

中国国土虽辽阔,但有如此优势的地方却并不多。这长处不仅在近代史上发挥作用,在现当代史上同样持续地起作用。同治年间派学童留学美国一事,最能说明广东长期面向外洋航海、商贸、文化往来所形成开放的社会基础和民间心态,在国家需要改弦更张的时代自然而然就会比与外洋接触历史短暂的地方能够"先行一步"。同治九年(1870)起,清朝前后派出120名学童赴美,是为中国官派留学之始。学童之中,粤籍84人,超过总数的2/3。苏浙籍是29人,而徽闽鲁合共7人。① 过埠留洋为破天荒之举,国人视为畏途,学童家人需与官府签"生死状"才可允准。招生的大本营设在上海,却在广东招到最多学童;而且首批两位带队的官员容闳与陈兰彬恰好均为粤籍。朝廷留美的"壮举"原定15年,仅进行4年即半途而废。力主裁撤的新任监督吴子登冥顽不化,是山西籍。人文地理的因素显然在其中起了作用。大变局的年代,眼光决定了格局,而格局却是漫长生活经验累积的结果。学童赴美一事透露出新的时代需要和新的人生机会,在广东比在其他地方更多地被意识到、关注到和捕捉到。这揭示了其时的社会文化氛围正在发生深刻的裂变,粤人不知不觉走在了全国的前面。

需要变革的初始时刻,变革的旗号往往比变革的实际措施来得重要。因为变革的措施是在变革气氛中试错进行的,正所谓"摸着石头过河"。但这样做要有一个前提:变革必须取得作为旗帜的正当性。在晚清站出来为变法树立正当性的第一人毫无疑问是康有为。鸦片战争前一年,龚自珍于时局悲愤无奈中,寄望于天公重抖擞,再降人才。② 他的愿望应验在约半个世纪之后的康有为身上。康有为一面从儒家正统的学术文化脉络中搬出孔子,将孔子塑造成古已有之的改制家;另一面用"公羊三世说"与西来学说之一的进化论嫁接,创出人道三世之变的历史观——由据乱世入小康、由小康入大同的天下通义,从而为变法开出正当性。康有为的石破天惊之论无意中为日后浩荡的思想文化变革潮流打开了第

---

① 章开沅、余子侠主编:《中国人留学史》,北京:社会科学文献出版社2013年版,第40页。
② (清)龚自珍:《己亥杂诗》,《龚自珍全集》,上海:上海人民出版社1975年版,第521页。

一道闸门。钱基博论康有为《孔子改制考》的意义时说,"数千年共认神圣不可侵犯之经典,于是根本发生疑问,引起学者之怀疑批评,而国人之学术思想,于是发生一大变化"①。实际的变法虽然流血告终,但思想文化变革的大门一旦开启,洪流便从此不可阻挡。

梁启超亡命日本之后,自办《清议报》《新民丛报》。他自认为"新思想界之陈涉",要掀起思想文化启蒙的潮流。梁启超把"新民"作为启蒙的总纲,在这个宏伟的启蒙构想之下,文学修辞的巨大力量自然在这个设想中得到重视和运用。恰好梁启超是文坛巨擘、舆论骄子。梁比乃师康有为晚生十五年,却比康早四年得中举人。八岁学文,九岁即能日缀千言。在横滨,梁一人办两报。白天应付琐事,夜晚奋笔疾书可达万言是寻常事。他自道"夙不喜桐城古文",多年报刊为文的实践,使他自创出思想新锐、饱含情感而又文气疏朗、平易畅达的"新文体"。新文体的成功向其时天下宗奉的桐城古文发起了强烈的挑战。梁氏的报章文字是晚清文体和语言的一次解放。梁启超事后自陈:"自解放,务为平易畅达,时杂俚语、韵语及外国语法,纵笔所至不检束,学者竞效之,号'新文体'。老辈则痛恨,诋为野狐。然其文条理明晰,笔锋常带感情,对于读者,别有一种魔力焉。"②晚清文坛除了桐城为代表的古文派外,康有为、谭嗣同等维新人物都写出了个性鲜明的风格,但不得不说他们的新民意识逊于梁启超。梁之所以能达到"自通都大邑,下至僻壤穷陬,无不知有新会梁氏者"③的风靡境地,在于他能笔锋自带激情,把启蒙意识和文章修辞依据时代的节拍融汇一炉。

梁启超能文能诗,虽不以诗名世,但清末"诗界革命"四个大字却出自梁的手笔。他通过推崇晚清诗坛公认成就最高的黄遵宪树立"诗界革命"的大旗。梁启超贡献诗革新的观念,黄遵宪贡献诗革新的实践。这两位广东人合成了"同光体"流行的晚清诗坛之外新气象的双璧。当然,我们不能把黄遵宪自道"新派诗"的实践看成是"诗界革命"的直接成果。黄遵宪诗心博大,诗才甚高。他随着出使海外经历的累积,见闻日广、体悟日深而自觉摸索旧诗的出路。他尝试过多途径革新旧诗的写法:比如偏向"我手写我口"的歌行体诗;"以旧格调运新理想"④,即所谓旧瓶装新酒,不用生硬翻译词描摹外海事物的古体诗;大量用典,旧瓶装旧酒,传递出使海外而产生的复杂经验和体悟的近体诗。黄遵宪的"新派

---

① 钱基博:《现代中国文学史》,上海:上海古籍出版社2011年版,第241页。
② 梁启超:《清代学术概论》,朱维铮校订,北京:中华书局2011年版,第128页。
③ 胡思敬:《戊戌履霜录》卷四《党人列传》,南昌退庐1913年仲夏刊本。
④ 何藻翔编纂:《岭南诗存》,"何氏至乐楼丛书"第四十种1997年版。

诗"存在多个探索的向度,梁启超誉之为"独辟境界,卓然自立于二十世纪诗界中"①,是名副其实的。"诗界革命"之外,梁启超还创办《新小说》杂志,倡议"小说界革命"。他著名的文章《小说与群治之关系》就发表在该刊的创刊号上。梁还效仿日本政治小说,撰写了五回(未完)展望六十年后中国盛况的《新中国未来记》。此外,梁启超还是晚清"戏剧界改良"的首倡者。由于康梁师徒的努力,彻底扭转了晚清思想和文学沉闷守旧的精神氛围。他们之所以站立时代的潮头,独领风骚,大约有两个原因:第一他们成长在与西洋接触根基最为深厚的广东,变革的潮流领会得更早。文明开化的诉求,不仅应该是国家政治的大目标,也是他们个体人生的小目标;第二他们既有天下兴亡的胸怀又循正途出世,身负功名,与支配中国社会的士大夫同体共运,故有公信力。讲到对变法的见解,康梁早不及王韬;系统周详不及《盛世危言》的作者香山人郑观应。但王郑二人的公信力、号召力远远不逮康梁。王依附于传教士,郑商人出身。他们处于士大夫主导的社会的边缘,地位不如康梁,欲扭转观念、传播新知,当然做不到像康梁那样一呼百应了。

  广东作家对晚清文坛的贡献是多方面的。文数康有为、梁启超;诗数黄遵宪、丘逢甲;谴责小说数吴趼人《二十年目睹之怪现状》;文言小说数苏曼殊《断鸿零雁记》;革命派小说数黄世仲《洪秀全演义》。他们作品的思想性和艺术性放在那个时代同类型作品中都在最前列的位置。他们的写作表现出如下鲜明特点:其一,思想新锐,追步时代新潮,其中不乏惊世骇俗、振聋发聩之论;其二,以救世的观念统合为文赋诗,使创作呼应时代社会变革的需求,罕写无病呻吟之作;其三,心态开放,不固守、不排外,拥抱有益的外来文学艺术,并以此为创新艺术的法门。在晚清全国文坛的格局里,广东籍作家的文学贡献确实当得起"无出其右"四字。这里面的道理其实并不复杂:非常之世有待于非常之人,而非常之人产出于非常之地。广东在近代社会大转型时代,恰好处于其他区域无法比拟的非常之地,因此才有了一时文学人才勃起的兴盛局面。

四

  广东作家在清末文坛大放异彩,来到新文学运动时期却忽然偃旗息鼓。《新

---

① 梁启超著,郭绍虞、罗根泽主编:《饮冰室诗话》,北京:人民文学出版社1959年版,第24页。

青年》同人中没有广东人物的身影,新文学第一个十年文学史上能见到的作家也罕见广东籍。他们似乎从再一次思想文化观念变革的浪潮中集体隐身了。这是怎么回事儿?其实道理就隐藏在清末民初文坛人物的代际更替和年轻一代海外留学目的地的变化中。引导清末思想文化变革如康梁等人物,他们的西学新知大都得自于与传教士相关而设在上海的翻译机构,如墨海书馆、江南制造局翻译馆和傅兰雅创办的科普杂志《格致汇编》等出版物,但他们没有海外留学经历,不通外文。然而紧接着登上思想文化变革舞台的下一代就完全不一样了,清末民初持续的官派和民间自费留学造就了对西学有更健全认识的一代人。可惜在这波留学大潮中广东的运气似乎欠佳。首先是清末自甲午战败开启了"以日为师"的时期,张之洞《劝学篇》推崇"游学之国,西洋不如东洋"①,特别是庚子事变之后,绝大多数留学生选择去了日本。于是苏浙沪鲁以及长江沿线城市由此占了先机,广东反而偏远有隔、便捷不如。其次清末留学特别依赖地方大员的推动,像张之洞、端方主政两江、两湖期间均大力推动官派和民间出洋留学,而那时广东则缺乏此种思想开明、办事干练的官员。以留日高潮期 1904 年一份留日生分省统计为例:湖南 363 人,四川 321 人,江苏 280 人,浙江 191 人,广东 175 人。②即便是 1909 年庚款留学欧美的人数,广东也不及江苏和四川。③ 与留学目的地和人数密切相关的另一问题是,中国思想文化变革酝酿和相互交锋的舞台也由戊戌前的国内转移到戊戌后的国外,尤其是日本——关于保皇改良与排满革命之间的大论战发生在日本,周氏兄弟译介欧洲最新文艺思潮和翻译实践也是在日本,胡适的白话诗探讨和尝试则发生在北美校园里。这些思想观念变革在海外的酝酿既然鲜少广东人物参与,那由其中先觉者归国后发动的新文化运动也少见粤人身影便是可以理解的事情了。

然而广东却以自己的步伐重回思想文化变革的前线,并为全国文坛贡献新鲜活泼的文学经验。经过新文化运动洗礼,年轻一代精神面貌焕然一新,轰轰烈烈的救亡运动在全国掀起,广东成为国民革命的策源地。自 1923 年中共三大在广州召开,确定国共合作、共同推动打倒列强除军阀的国民革命后,全国的格局里就形成了以上海为舆论中心,而广东为实行根据地的局面。农民运动首先从广东海陆丰兴起。当国民党右翼背叛革命后,海陆丰农民在共产党领导下发动多次起义,建立政权。从严酷战争环境中走出来的海陆丰作家丘东平,笔下带着

---

① (清)张之洞:《劝学篇》外篇《游学第二》,上海:上海书店出版社 2002 年版,第 39 页。
② 章开沅、余子侠主编:《中国人留学史》,北京:社会科学文献出版社 2013 年版,第 89 页。
③ 章开沅、余子侠主编:《中国人留学史》,北京:社会科学文献出版社 2013 年版,第 120 页。

战争的血腥和人性深度,为左翼文学书写吹来一股清新的气息。郭沫若读了他出道的新作说:"在他的作品中发现了一个新世代的先影。"①我们知道,现代文学史经历了一个从"文学革命"到"革命文学"的转变。转变的背景是大革命失败,一些受大革命感召但实则并未深度参与,尤其未经历严酷战争淬炼的作家深感人生的幻灭,树立"革命文学"的旗号只为积聚火种。这些左翼作家写出来的"革命文学",大多停留在革命加恋爱或"打打!杀杀!血血!"的层次。生活积累既缺乏,对革命的理解又不深,此类革命文学的实绩实际上是缺乏说服力的。与此相对,丘东平成长于"炸弹满空、血肉横飞"的战争环境,他笔下的人物粗粝,状物叙事生活气息浓郁,所写战争与人性笔笔到肉,字字见血,是同时代左翼作家里的翘楚。广东大革命的气氛浓重,奋笔为旗的作家涌现不少。"左联五烈士"有两位是潮汕籍:洪灵菲与冯铿;"左联"最后一任党团书记戴平万也是潮汕人。今天可以查到在册的"左联"作家有280人,其中广东籍有31人。大部分加入"左联"的广东籍作家能传承前辈的血性和真性情。人的才情固有不同,但他们皆是"以血打稿子,以墨写在纸上"。特别是全民抗战兴起之后,延安革命文艺进入了探索革命激情与民族形式怎样结合的新阶段,来自广东的作家冼星海、阮章竞等人带着自己成长地域的艺术经验,加入延安文艺激情奋发的大合唱。我们在冼星海《民族解放交响曲》里分明见得岭南民间"狮子舞""龙船舞"的激昂旋律的影子;阮章竞《漳河水》等新诗语言则尽显民谣本色,追求节奏感、音乐美,叙写人物景致形象鲜活,这与他早年在中山乡村做画匠学徒,习得民谣小调的经历密不可分。

  文学演变到了现代,中西的融会汇通也进入了更成熟的阶段。如果晚清、"五四"的中西文学汇通处于"拿来主义"的阶段,视启蒙救亡需要什么就大声疾呼引进什么的状态,那"五四"过后如何借鉴西方文学至少又增加了一种方式:在诗人写作实践里有意识地将西方文学要素融合进汉语的表达形式。这时的西方文学已经不是"拿来"的对象,而是已经作为诗人精神世界的一部分交融在诗人的感知世界里。待笔之于书时,其诗其文已是不中不西又亦中亦西了。能达到这种融合境界的诗人多属留洋饱学之士,刚好现代广东产生了两位这方面的诗人。前者李金发,后者梁宗岱。李诗才有限,固然不算现代诗史第一流大家,但他却是象征主义新诗的鼻祖。李本无意做诗人,怎奈留法期间人生孤独、精神苦闷,原本旧文学的根底不错,又读了一堆波德莱尔等颓废派文学,于是借笔抒写

---

① 郭沫若:《东平的眉目》,见罗飞编:《丘东平文存》,银川:宁夏人民出版社2009年版。

自家苦闷，遂为早期新诗的百花园添了一株异葩。梁宗岱则诗才横溢，辩才无碍。他的翻译要比他的诗文来得更受世人称道。尤其是《莎士比亚十四行诗》的翻译，将传统旧诗的节奏、韵味及至意象融进译文，西诗译出了中诗的味道，被誉为"中国翻译史上的丰碑"。

自延安时代以来，文艺探索革命和建设的大主题与民间形式、民间习俗和方言相融合已经成为大潮流，这个潮流一直延续到新中国成立后十七年时期。如山西有山药蛋派，河北有荷花淀派等。地域特色的文学呈现蓬勃发展的生机，广东也在此潮流下名家辈出，尤其长篇小说领域，名作迭出。即使放在全国，它们也毫不逊色。广东作家贡献了最有地域特色的文学作品，广东文学由此也进入了一个难得的兴盛时期。这个广东文学史上的小高潮在这个时期出现是有缘由的。广府民俗与其他地域最为不同的是它的方言。而方言写作晚清就大行其道，但那是生搬粤语发音硬套汉字的方言写作，不仅异乡人无从释读，就是识字略少的本地人也无所措手足，照此旧套路写作显然是行不通的。这个时期广东作家的贡献正在于他们在如何借用方言习语与通行表达相结合的方面，探索出了具体的途径，走出了各自的路子。换言之，通行语与方言表达之间分寸拿捏得恰到好处，成为这方面的一代经典。黄谷柳的《虾球传》、欧阳山的《三家巷》和陈残云的《香飘四季》是其中的佼佼者。三部长篇由于表达意图和题材的不同，呈现出的方言和地域文化特色既有共同之处，也有各自不同的优长。尤其是它们的不同，体现了作家艺术探索的艰难努力以及达到的境界。比如黄谷柳擅长采撷市井乃至黑道粤语词略加改造而活用，写人状物地道贴切，语言与人物事件密接无缝，场景的真实感扑面而来。欧阳山则致力于化用活用粤语词，将它们嫁接在流畅的通行语里面，创造出有诗化色彩又有地域文化特点的语言表达。《三家巷》语言优美流畅，极富南国气息，与人物性格、情感匹配得天衣无缝。《香飘四季》是农村题材，长期蹲守乡村深入生活让作者走进了南国水乡民俗的广阔天地，用水乡人的语言把他们的生活表现得活灵活现。这三位作家的努力代表了二十世纪五六十年代方言和富有地域特色的广东小说的高度。另外该时期广东文学除了诗稍弱外，散文和批评也涌现大家。秦牧耕耘散文一生，形成语言凝练优美、知识丰富而且立意高远的风格。他以散文为主而兼擅杂文，抒情与理致两道并行。如《花城》等散文集在全国享有盛誉，与散文家杨朔并称"南秦北杨"。批评家萧殷亦获得该时期全国性的声誉，新中国成立初兼主《文艺报》，极大地帮助了新晋作家王蒙等人的成长；六十年代主持《作品》，做到"每稿必读，每信必复"，做作家的知音，是当之无愧的广东批评界的先驱，著有《萧殷自选集》。十七年时期全国文坛生气蓬勃,作家探索呈现多样化面貌,广东作家以自身的擅长,挖掘地域文化特色,形成鲜明的集体风格,是全国文坛交响曲强有力的音符。

七十年代末,笼罩中国的迷雾散去,万象更新。思想解放、改革开放吹来强劲东风,将广东经济文化发展又推到了全国的最前沿。国家首先设立的四个经济特区有三个在广东,再一次突显了广东面临新一轮经济文化变革时的地理和文化的优势。社会大转折的关键时期广东棋先一着的机运再一次降临到这片得天独厚的岭南沃土。当然这一次棋先一着不似清末康梁振臂一呼天下景从。因为思想解放和改革开放是当代中国有序的思想和社会变革。广东文学所以能领先一步,完全离不开全国改革开放的精神氛围。没有中央统一布置和支持的一系列经济、文化的变革措施,广东文学也无法实现这一时期的突破。比如改革开放蓬勃发展的八十年代,全国各地乡土青年纷纷南下广东沿海经济带打工,由此催生在全国文坛独秀一方的文学新景观——打工文学。广东出现了《佛山文艺》《江门文艺》和深圳的《大鹏湾》三大打工文学刊发阵地。前者九十年代中期的发行量达五十万份,而《大鹏湾》光在珠三角地区的发行量也达十二三万份。流水线上的劳动者拿起了笔,抒写着新生活的悲欢,在火热的年代创造了属于自己的文学奇观。进入九十年代,科技突飞猛进,网络构筑的虚拟空间又成为可以驰骋的写作新天地,广东因此又成为全国网络文学最早的温床。全国第一部在虚拟空间上线的网络小说在广东出现,随后网络写作如雨后春笋般涌现,至今广东都是最为活跃的网络写作大省,为此还创办了全国唯一的《网络文学评论》杂志。改革开放催生了新的社会现象,文学如何表现,一时成为问题。如市民发家致富成了"万元户",如何定位这类草根人物,正面乎?反面乎?新中国文学史尚无先例可循。章以武的《雅马哈鱼档》开了头炮。他用诙谐的喜剧笔法,回避了社会尚存的价值歧见,将靠自己双手勤劳致富的鱼档老板写成了新时代的"草莽英雄",实质上给予了正面的价值肯定,从而引领了改革开放时代文学创作的新潮流。与此有异曲同工之妙的还有作家陈国凯的《大风起兮》,正面叙写深圳蛇口工业区的改革历程。题材虽不是先着,但他用风俗化、人情化和诙谐的笔法来处理向来严肃的题材,把时代的惊涛化为舒缓的对话,也算写得别开生面。这一时期广东文坛最重要的收获当数刘斯奋的历史小说《白门柳》三部曲。这部历十四年伏案写就、叙写明清易代之际江浙才子佳人沧桑悲欢的小说,看似题材远离现实,实际渗透着改开时代特有的现代精神。明清易代题材多供时人寄托所谓兴亡遗恨,供人逐味其中的所谓风流韵事,但刘斯奋则关注其中的先觉者对专制弊政的批判,发掘远去时代民主意识的思想火花;也因为作者拥有现代思想意识的武装,才能看出才子佳人缠绵悱恻背后的性别不平等,赞美自强女性并对不幸者寄予同情。本来,岭南人写江南非所长,然刘斯奋反其道而行之,以深厚的历史知识和古诗文涵养融化、提升和改进当代白话文,使小说的语言之美跻身一流文学的行列。岭南人笔下的江南比江南人的江南别具一格,另有韵味。

改革开放以来广东经历了空前规模的人口流动。当代广东既是历史悠久的岭南,也是全国各地语言文化汇聚一堂的大熔炉,岭南文化正在经历着新的建构。人口迁徙自然包括全国各地作家和写作人的南迁入粤,作家籍贯在区域文学构成中的意义也由此逐渐衰减,"好汉不问来处"的观念日渐普遍。由人口迁徙带来的地域文化融合,既给创作带来寻找突破路向的不确定性,也孕育着一旦融合成新形态便喷薄而出的可能性。新的文学前景当然是可以期待的。新时代以来我们看见好些更积极乐观的变化。比如70后、80后甚至更年轻的新晋作家,带着更现代的意识和更丰富的表现手法走向写作的大舞台;广东作协也用比以往更大的力度扶持作家创作。2020年创刊了《粤港澳大湾区文学评论》,整体上提升了"粤派批评"在全国的影响力。古与今的融合,岭南文化与全国其他地域文化的融合,正在如火如荼地进行中。我们有足够乐观的理由相信,经由这两大融合产生的广东文学一定能开创更美好的未来。

五

粗线条勾勒过广东文学演变史的轮廓后,地域文学史研究的核心问题就自然呈现出来:产生于这片岭南大地的文学究竟渗透着什么样的文学精神?由其历史文化演变熔铸出来的广东文学究竟有什么样的文学气质?换言之,它存在怎样的岭南特色?这特色是怎样表现出来的?这些问题其实不是新问题,但却是地域文学研究必须触碰和探究的核心。它们曾被岭南文化研究的前辈不同程度地关注过、探讨过,趁此机会在这里也添补一些见解。

广东文学如果不算长达超过千年的萌芽孕育期,能呈现自身文学主体性的历史并不长,比起中原和江南可以说瞠乎其后。然而当人们深入广东文学脉搏跳动的内部,就会发现它成长的特殊之处。广东文学多焕发于国家危难、兵凶战危之世,而少彪炳于太平安逸、歌舞升平之时。以全国文学的变迁来说,普遍的情况是乱世不乏诗人的悲吟,治世也有升平的颂声。广东文学的演变与这个一般的节奏是不大合拍的。可能地处僻远,文教的根底又远逊于中原和江南,所以太平岁月较之汉唐盛世诗人声沉音哑,追步不上,而独国难当头危亡之际才得以发扬蹈厉,激扬文字。危难之时的文学精彩,全在诗人、作家及其创作中充盈的浩然大义,这种精神气质构成为古今历代广东文学的鲜明特色。所谓浩然大义实质就是民族大义和爱国情怀,它抒发自岭南诗人、作家的心声,表现于岭南大地。无以名之,姑称之为"岭南大义"。它在不同历史时期存在不同的表现形态。明清时期岭南诗雄直的诗风,散文质朴的文风,其底色底蕴正是易代之际忠君爱国的情感使然;降及晚清康梁登高振臂,期望由文学入手一扫颓风,其舆论主张和笔锋常带感情的文风,莫不渗透着忧国忧民之情;现代左翼文学运动兴起,广东作家又以笔为旗,叙写战争年代惨烈的对敌斗争,乃至为此献出生命,更显舍身成仁的大义;改革开放时期,广东作家有胆气先人一步,突破艺术创作的条条框框,自擅胜场。总而言之,广东诗人、作家的优秀者其人其文无不以渗透这种"岭南大义"为其根本气质和精神品格。我们这样分析,并无任何自褒自扬广东诗人、作家之意,也无暗示其他地域作家不如岭南的意思,而是意图通过揭示广东文学的文学精神真义所在,透视出它与岭南历史演变进程之间的关系。在广东文学的演变史上,它确实较多地与国家的危难发生深度的关联,而较少地与盛世太平发生关联。中原汉唐盛世的时候,岭南文教才开始萌发,雍容风雅的气度自然无从效法。等到文教扎根,诗人从容发而为词章的时候,却是为国家危难所刺激。古代时期朝代更迭的战乱自不待言,晚清更是天崩地裂式的危机,这刺激事实上极大地助力于广东文学更上台阶。古人有"多难兴邦"之论,在岭南则是"多难兴文"。明末"广东三忠"之一,东莞人张家玉曾说:"我辈做人,正于患难处做好题目,正于患难处见好文章。譬之雪里梅花,愈香愈瘦,愈瘦愈香。譬之霜林松叶,愈茂愈寒,愈寒愈茂。"①张家玉的话道出了岭南优秀作家的人生和写作态度。因历史之故广东作家多感于国家危难之"物"而少感于国家升平之"物",故起兴歌咏抒写之诗文,多具浩然大义,风格雄直精悍。正所谓独特的文学演变历程造就了独特的文学品质。

广东文学另一个特色是它兼容并包的特色。岭南文化及其性格形成于北来迁徙入粤的移居史,形成于中原文化的南渐史。历代各地人口迁入层累地沉淀为岭南人开放包容的民性:虚怀,但不盲从权威;有定见,但不排外。自古以来,广府、潮汕和客家三大方言一面相互交流、相互影响,另一面又各自发展出如广

---

① (明)张家玉:《与杨司农书》,杨宝霖点校:《张家玉集》,广州:广东高等教育出版社1992年版,第87页。

府的粤剧、潮汕的潮剧、嘉应的汉剧等民间艺术形式。此种地域方言文化的并生助益广东作家免于固步自封而兼采众长,尤其是晚清以来产生了一个从未遇见的更为广阔的文学天地,先是照单拿来,后是借鉴创新。对那些见所未见的文学艺术形式和修辞手法,在自己的生活世界里当作自家东西就这样圆融无间地加以运用。广东文坛从来都是广纳各方人与物。南来北往,自西徂东,在这片土地上鲜有阻挡与排斥。这与岭南文化的开放性和包容性是一致的。当然,有容乃大是中国文化传统的信念,包容性也是中国文化的根本特性。这里探讨的广东文学的开放性、包容性在根本上与中国文化的这一特性是一致的,但广东文学所表现出来的岭南开放性和包容性更多地源于与中原多少有些差异的地域生活经验和历史。广东文化最底层的底色当是百越先民的文化,其文化沉淀至今依然略有留痕。秦征南越之后,中原文化南渐成为主流,为岭南奠定深厚农耕文化的基础。然而广东又是航海发达的地方,成熟早、规模大。其人其地的文化性格不可避免打上深深的航海文化的印记。在岭南文化的演变史上,虽然以农耕文化为主干,但多重来源构成的杂多性也占有相当地位。正因为如此,它的地域文化具有相当程度的可辨识性。刘斯奋将孕育成长于岭南的文化性格概括为"不拘一格,不定一尊,不守一隅"[①],十分精当。我们很难说这"三不"所构成的岭南文化性格到底是百越文化、中原农耕文化,还是海洋文化。只能说这"三不"所体现的就是岭南的开放性与包容性。岭南文学和文化的开放和包容的品质并非停留在语辞的表面,而是深嵌于岭南成长的历史里。全国沿海岸线各地,航海活动开展甚早,但标志着海洋文化成熟的海神却最早出现在广东。同为中国的海神,南海神比妈祖神树立更早。南海神庙始建于隋代广州黄埔,天后宫要到宋代才出现于福建莆田。盖岭南先民此种面向陌生海洋的开放勇闯心态是为其生活经验所促使,不得不历风险,不得不摆脱农耕一隅的束缚,由心态开放而见识增长,由见识增长而容人所长,最终成此开放包容的怀抱。

与广东文学和岭南文化的开放包容品质相联系的另一种品质,毫无疑问就是它们创新求变的特质。创新求变绝不仅仅是一种主观的欲求,更重要的它是环境的产物。仅有此欲求而环境不支持,创出来的"新",求出来的"变",很可能缺乏价值与意义,只是一时臆想的产物。创新求变作为地域文化的品质,很重要的一点,是它实质上为环境所催生,为环境所成就。从这种观点看,开放包容和

[①] 刘斯奋:《互联网时代做与众不同的"独一个"》,《刘斯奋集》,广州:广东人民出版社2018年版,第322页。

创新求变其实是一体两面的。有开放包容的气度与生活方式,有机会接触各式各样的新鲜事物,才能从中选择、为我所用,创造出前所未有的新东西。广东文学自晚清以降,屡屡表现出强大的创新求变的能力。无论观念还是艺术形式和手法,或者全国领先,或者站在前列。这与其一贯的开放包容营造出来的思维方式、文化气氛和生活经验存在密切相关。如果合并考虑其他艺术形式乃至民间工艺,广东清代以来所创造的多个全国第一,那简直不胜枚举。如晚清十三行时期图案中西合璧的外销瓷、西洋画法与民俗风相结合的通草画;清末民初又有引入透视原理和油画技术的水墨画——岭南画派;民乐加西洋乐器合成的广东音乐;引入西洋教堂彩绘玻璃马赛克元素的中式园林——岭南园林等。至于引进西方文艺表现形式的多个第一人,也出现在广东,如油画第一人、摄影第一人、电影第一人等等。广东文艺家的创新与古代在单一传统之下"穷则变"是有所不同的。它不是走在原本轨道上的"穷",而是拜有幸遇见一个更大世界所赐,所以是未穷而变。广东文艺家的创新更多地出于周遭环境和自身的生活经验,由此才实现了脚踏实地的创新。正如康有为诗句所说,"新世瑰奇异境生,更搜欧亚造新声"[1]。文艺家能意识到生活的世界已经是与以往不同的"新世",才能在艺术的天地里想象出别开生面的"异境";要先知晓世上存在欧亚"新声",才能在创作的时候主动去搜求有用的文艺元素和表现手法。岭南的地理环境与历史为文艺的创新求变营造了远远优胜于其他地域的文化条件和精神氛围。这用"得天独厚"来形容都不为过。广东文艺能在创新求变方面表现出色,并形成稳定的精神特质,同样是植根于它的历史文化土壤之中。铭记历史,面向未来,因而也是广东文学发展的必由之路。

---

[1] 康有为:《与菽园论诗兼寄任公、孺博、曼宣》三首之二,陈永正编注:《康有为诗文选》,广州:广东人民出版社1983年版,第331页。

目 录

绪论 …………………………………………………………………… 1

第一编　新时期的广东文学

概述 …………………………………………………………………… 3
第一章　文学理论与文学现象（一） ………………………………… 5
　　第一节　批判"文艺黑线论"　率先突破题材禁区 ………… 5
　　第二节　广东"文学创作座谈会"召开 ……………………… 9
　　第三节　关于"伤痕文学""现代主义文学"与"朦胧诗"的争鸣讨论 …… 11
　　第四节　"开放改革文学"的探索 …………………………… 18
第二章　文学理论与文学现象（二） ………………………………… 23
　　第一节　港台文学的引进和推广 …………………………… 23
　　第二节　广东"商战文学"评论 ……………………………… 25
　　第三节　"岭南文派"的提出与"岭南散文流派"的争鸣 …… 27
第三章　小说 …………………………………………………………… 31
　　第一节　"伤痕文学"开新篇 ………………………………… 32
　　第二节　改革开放早先觉 …………………………………… 34
　　第三节　吕雷的小说创作 …………………………………… 39
　　第四节　主要作家的小说创作 ……………………………… 42
第四章　陈国凯 ………………………………………………………… 48
　　第一节　陈国凯文学创作历程 ……………………………… 48
　　第二节　"伤痕文学"代表作《我应该怎么办？》《代价》 …… 49
　　第三节　别具一格的工业小说《好人阿通》 ………………… 52
　　第四节　改革文学的别样书写 ……………………………… 53
　　第五节　陈国凯小说艺术特色 ……………………………… 54

第五章　章以武 ……58
第一节　引领改革开放文学创作潮流的《雅马哈鱼档》……59
第二节　章以武的其他文学创作 ……62
第三节　章以武文学创作的艺术特色 ……65

第六章　报告文学 ……68
第一节　改革开放与报告文学的勃兴 ……68
第二节　历史反思与爱情礼赞 ……72
第三节　时代精神的记录与艺术创新 ……75

第七章　诗歌 ……79
第一节　"大沙田放歌" ……80
第二节　归来的军旅诗人 ……83
第三节　新生代诗人 ……89

第八章　散文 ……92
第一节　回归自身的散文 ……92
第二节　岑桑与紫风 ……96
第三节　主要散文家的创作 ……101

第九章　影视文学 ……108
第一节　影视创作的复苏 ……108
第二节　开风气之先的《公关小姐》与《外来妹》 ……111
第三节　电影的新探索 ……113

第十章　儿童文学 ……117
第一节　广东儿童文学的创作传统 ……117
第二节　黄庆云与《月亮的女儿》 ……121
第三节　主要儿童文学作家的创作 ……125

第二编　世纪之交的广东文学

概述 ……131

第十一章　文学理论与文学现象 ……134
第一节　"南方文化论纲"与"新南方主义精神" ……134
第二节　"新都市文学"与广州叙事 ……136
第三节　"文化诗学"与"第三种批评" ……138

第四节　呼吁"朝阳文化"与"珠江文化圈"讨论 …………………… 140
　　第五节　广东省文艺评论家协会成立与引领作用 …………………… 142
第十二章　小说(一) ……………………………………………………………… 144
　　第一节　都市文学创作的流变 ……………………………………………… 144
　　第二节　郭小东与张梅 ……………………………………………………… 149
　　第三节　主要小说家的创作 ………………………………………………… 154
第十三章　小说(二) ……………………………………………………………… 160
　　第一节　小说创作的多元化 ………………………………………………… 161
　　第二节　张欣的南方新都市书写 …………………………………………… 166
　　第三节　主要作家的小说创作 ……………………………………………… 170
第十四章　刘斯奋 ………………………………………………………………… 178
　　第一节　生平与创作 ………………………………………………………… 178
　　第二节　《白门柳》的创作历程 …………………………………………… 180
　　第三节　《白门柳》的历史贡献 …………………………………………… 184
　　第四节　旧体诗词、文论与《白门柳》的相互映证 ……………………… 186
第十五章　报告文学 ……………………………………………………………… 189
　　第一节　改革开放题材的拓展 ……………………………………………… 189
　　第二节　报告文学的"当代风流" ………………………………………… 192
　　第三节　文化热潮与《陈寅恪的最后20年》 ……………………………… 194
　　第四节　雷铎与廖琪 ………………………………………………………… 198
　　第五节　主要报告文学家的创作 …………………………………………… 201
第十六章　杨黎光 ………………………………………………………………… 207
　　第一节　心怀天下的报告文学创作 ………………………………………… 207
　　第二节　眼观世界的报告文学创作 ………………………………………… 209
　　第三节　思辨优美的报告文学创作 ………………………………………… 212
第十七章　诗歌 …………………………………………………………………… 214
　　第一节　诗群与诗刊 ………………………………………………………… 214
　　第二节　流行音乐歌词创作 ………………………………………………… 219
　　第三节　"知识分子写作"与"民间写作"的论争 ……………………… 221
　　第四节　杨克的诗歌 ………………………………………………………… 224
　　第五节　20世纪90年代的诗歌现象与重点诗人 …………………………… 228
第十八章　散文 …………………………………………………………………… 237
　　第一节　"小女人散文"现象 ……………………………………………… 238

第二节　大放异彩的杂文 243
　　第三节　杨羽仪与筱敏 247
　　第四节　主要散文家的创作 253

第十九章　影视文学 259
　　第一节　《情满珠江》与《英雄无悔》 259
　　第二节　电视剧的"辉煌年代" 262
　　第三节　南国影视创作特点 264
　　第四节　文化产业的发展与影视新气象 268

第二十章　儿童文学 271
　　第一节　转型期的广东儿童文学 271
　　第二节　关夕芝与郁秀 275
　　第三节　主要儿童文学作家 280

第二十一章　打工文学的兴盛与沉寂 285
　　第一节　作为一种独特的文学现象 285
　　第二节　理论主张及争论 291
　　第三节　打工文学的独特主题与意象 293
　　第四节　王十月与郑小琼 297

第三编　新时代的广东文学

概述 307

第二十二章　"粤港澳大湾区文学"新版图的构建 310
　　第一节　"粤港澳大湾区"概念的提出 310
　　第二节　粤港澳大湾区文学峰会与论坛 311
　　第三节　"粤港澳大湾区文学"的理论内涵 317

第二十三章　小说 322
　　第一节　魏微与陈继明 323
　　第二节　葛亮与蔡东 329
　　第三节　其他"新移民"代表作家 334
　　第四节　崛起的"新生代" 340
　　第五节　广东小小说的兴起与发展 348

第二十四章　邓一光 360

第一节	生平与创作	360
第二节	作为摹写对象的深圳书写	361
第三节	作为反思对象的城市叙事	364
第四节	寻找现代都市之根	366

第二十五章 报告文学 … 370

第一节	抗疫叙事:"非典"与新冠	371
第二节	奋斗与辉煌:建设小康社会与脱贫攻坚	374
第三节	张培忠与陈启文	377
第四节	主要报告文学家的创作	384

第二十六章 诗歌 … 391

第一节	诗歌活动与古体诗词创作	391
第二节	陈永正与李汝伦	393
第三节	主要古体诗人的创作	398
第四节	崛起的女性主义诗歌	402
第五节	主要现代诗人的创作	405

第二十七章 散文 … 416

第一节	题材拓展与思想维度	416
第二节	岭南学者散文的多样风致	421
第三节	黄天骥、黄修己与黄伟宗的学者散文	428
第四节	范若丁与熊育群	433
第五节	主要散文家的创作	439

第二十八章 新时代文学理论与"粤派批评" … 452

第一节	广东文学理论界的一面新旗帜	452
第二节	文学地理学与"粤派批评"	455
第三节	"粤派批评"的理论建设与文化品格	458
第四节	"粤派"代表性批评家	461
第五节	成果与突破	471
第六节	从"粤派批评"到"湾区批评"	474

第二十九章 影视戏剧与儿童文学 … 486

第一节	影视多样化繁荣	486
第二节	唐栋的戏剧创作	491
第三节	儿童文学的新变	495
第四节	主要儿童文学作家	499

第三十章 网络文学……506
  第一节 网络文学的兴起……506
  第二节 网络文学的题材与类型……508
  第三节 网络文学代表作家……513
  第四节 网络文学如何高质量发展……518

参考文献……520
敢为人先唱大风
  ——《广东文学通史》后记……522

绪　　论

广东作为南方的经济大省,作为改革开放的先行者和排头兵,40多年来,在党的十一届三中全会的春风吹拂下,以改革促发展,以开放促改革,实现了思想大解放,社会大变革,经济大飞跃,人民生活水平大提高。在改革开放的进程中,广东的文学工作者意气风发、精神振奋,他们满怀热情投入讴歌改革开放,讴歌新时代的大合唱中,从而迎来了广东文学事业繁荣发展的良好局面。然而,由于历史、现实、文化和地域的诸多原因,也由于缺乏宣传,缺乏梳理总结,广东文学一直以来被严重低估、忽视乃至遮蔽,甚至一度有"文化沙漠"之说。新世纪以来,特别是新时代以来,广东省委、省政府对文化强省建设一直十分重视。在《广东省建设文化强省规划纲要（2011—2020）》中便指出,到2020年,形成特色鲜明的岭南文化和现代开放型文化体系,进一步凝聚文化的竞争力、创新力和辐射力,让解放思想、改革开放的时代文化精神更加彰显。党的十九大后,在学习贯彻党的十九大精神有关会议上,省委全会还提出"岭南文化创新"的高要求,并将"推动文化建设"列进九大调研项目中。

本卷是当代文学的"下篇",时间从1977年到2022年。在这一时段,"新时期""世纪之交""新时代"三个概念特别重要,必须略加区分与说明。"新时期"指的是1977年到1991年这个时期。1978年党的十一届三中全会以后,我国以思想解放为引领,以经济建设为中心,大力发展生产力,建设有中国特色的社会主义。这是一个拨乱反正、除旧布新的时期。这时期的文学主题是揭露伤痕和反思历史,批判封建主义和文化寻根,呼唤人性、个体的尊严和价值的回归,以及对于改革开放的渴望。文学的总体特征是寻找与承续"五四"文学的话语资源,并以此作为"新启蒙"的有力武器。这时期的广东文学,总体上与全国同步。只不过,由于广东地处改革开放的前沿,最早感受到改革开放劲风的吹拂,所以,广东文学以改革开放为题材的作品不仅起步早,而且数量多。这一鲜明特色,在陈国凯、何卓琼、林经嘉、余松岩等的"改革小说";钱石昌、欧伟雄等的"商战小说",以及80年代深圳大量的报告文学中,都有着充分的体现。"世纪之交"指1992年到2011年这一时段。这时期我国的经济建设由计划经济转轨为市场经济,文化也发生了重大的转型。特别是1992年春天邓小平南方谈话发表后,广东,尤其是深圳更是掀起了进一步改革开放的大潮。随着邓小平南方谈话和市场经济、商品社会的全面到来,我国的社会氛围、时代精神、人的价值观与文学的叙述方式也发生了剧变。文学不再以"新启蒙"为己任,题材和主题也没有那么集中,更没有20世纪80年代的理想主义和浪漫激情。"世纪之交"的文学更加注重日常化、底层书写和个人叙事。而就广东文学来说,这时期以改革开放为题材的作品呈现出新的态势,反映市民社会的新都市文学有了长足的发展,打工文学兴起并迅速蔓延到全国,书写底层生活的长篇小说《那儿》引发了《文艺争鸣》等报刊关于"底层书写"的持续讨论。这些都表明,将"世纪之交"划分为一个时段并独立成编,不仅有社会的、政治的和经济的基础,而且有丰富的文学创作做支撑。本卷将"新时代"单独作为一编,则是立足于"新时代"是指党的十八大以来中国特色社会主义进入新的历史阶段,这是一个重要的政治界定与新的起点,也是我们分"编"的依据。新时代从2012年开始到现在,是一个相对完整的文学时段。新时代承前启后、继往开来,是在新的历史条件下改革开放的再出发,是以"高质量发展"为标志的新时代,也是广东文学的新时代。在新时代里,广东的文学创作可以说是全面发展与繁荣。在构建新时代广东文学话语和叙事体系方面,随着"粤港澳大湾区文学"概念的提出,广东文学的界面拓宽了,它不仅包容、集纳三地的文学力量,而且搭建起了广东文学连接世界文学,面向现代化、面向世界、面向未来的大平台;而"粤派批评"口号的提出和打造,则增强、提升了广东文学评论在全国的话语权,使广东文学评论"在全国范围内正在产生重要的影响"[①]。在小说创作方面,邓一光、陈继明、蔡东等的一批获全国大奖的力作,也创作于新时代;而蔡东、王威廉、蒲荔子、郭爽等新生代的崛起,则显示了新时代广东文学的活力和生机。此外,小小说、网络文学从世纪之初兴起到在新时代里成为全国重镇,纪实文学异军突起,生态文学大放异彩,儿童文学繁花似锦,这些都预示着广东文学不仅为构建中国式的文学话语和批评话语作出了重要贡献,而且有着广阔的发展空间,不断孕育和产生新的文学增长点。

我们没有按以往的分期习惯划分,将"新时期"从20世纪70年代末贯通到整个新世纪,而是依据社会的转型、政治的界定、时代语境的变化和广东改革开放与文学创作的实际,将以往的"新时期"概念划分为"新时期""世纪之交""新时代"三个概念,并将这三个时段各自独立成编。从理论和创作来看,我们以为这样的划分是符合广东文学的发展逻辑的,这也从一个方面体现了编撰者希望本通史在理论上"有所创新,有所突破"的初心。

回顾、追溯改革开放40多年广东的文学创作,我们看到,无论是文学创作、文学理论与文学的生产和体制建设,广东文学有不少走在全国的前列,有的甚至成为国内

---

① 李敬泽:《广东文学评论有广阔的发展空间》,《羊城晚报》2022年12月3日。

文艺的风向标。这一方面得益于广东走在前列的改革开放；一方面取决于广东的文学工作者的开拓进取精神和文化品格。广东作家传承了近现代以来岭南先贤那种"独领风骚，敢为天下先"的优秀文化品格，敢为人先，敢于成为"吃螃蟹的第一人"。广东作家顺应着中国改革开放的新时代，用一系列带着"鱼腥""海韵"和"珠气"的小说和理论批评，在中国掀起了一阵又一阵的"南风"，创造了许多的"全国第一"。广东作家以丰茂且特色鲜明的创作，无可辩驳地向外界表明：广东不但是全国经济的领头羊，广东的文学创作在不少方面一直引领中国文学的潮流：

其一是在文学理论和批评、通俗文学的引进先人一步。广东于1978年12月29日，便以《南方日报》"特约评论员"的名义，在头版刊登了《砸烂"文艺黑线论"，为实现四个现代化而创作》一文，极大地推动了全省的文学创作甚至全国文艺界的思想解放运动。广东不但最早批判"文艺黑线论"，在改革开放之初，广东的文艺大旗多次飘扬在"国家队"前头：在全国率先提出"批判现实主义论"，率先提出"朦胧诗"概念并引发全国性的大讨论；在国内首次引进白先勇、金庸、梁羽生、琼瑶等的小说，不但使刊登其作品的刊物《花城》《作品》《广州文艺》《南风》一时洛阳纸贵，而且促进了通俗文学的兴起，还有流行音乐的风靡全国，也是起源于广州。可以说，广东就是通俗文学的发源地。在敢于打破禁区，敢为人先出好书方面广受读者欢迎。一些在全国产生了广泛影响的作品，在别处出版不了，后来都由广东出版社推出，如《人啊，人！》等。此外，广东作协以及《作品》《花城》《广州文艺》等杂志，在改革开放之初就多次举办"改革开放与文学创作""商战题材创作"等研讨会，并开设了"冲破'禁区'，正确描写爱情"等专栏。质言之，文艺理论与批评的繁荣，不仅显示了它自身引人瞩目的理论胆识和理论力量，而且有力地推动了广东文学创作的发展。

其二是打工文学的兴起。这一文学现象发轫于20世纪80年代中期的深圳，而后蔓延到佛山、江门等珠三角城市，最后于90年代汇集成熟于东莞，并成为这座城市的一张文学名片。打工文学之所以引人瞩目，并迅速影响到全国乃至海外，是因为它不仅是广东改革开放的产物，而且是一种不同于以往的"异质性"文学。它承载着中国一亿多打工人的梦想、憧憬、失落、叹息、拼搏与乡愁。它有鲜明的地域色彩、题材印记和价值取向，有独特的非虚构苦难叙事，有边缘生态下的心灵见证，同时又涌现出一批在国内有一定知名度的代表性作家。更为主要的，是它的写作主体基本上都是身处其中的打工者，他们的创作有鲜明的特色和较高的辨识度，而且极容易引发读者和批评家那种源于"不忍之心"的感情共鸣。这是打工文学兴起后便一直蓬勃生长的现实基础和历史逻辑。

其三是"粤派批评"概念的提出。早在20世纪80年代，老作家吴有恒就在《羊城晚报》上发表了《应有个岭南文派》的文章，提出建立"岭南文派"的设想，产生了一定的反响。进入世纪之初,广东的批评家和作家又围绕"南方文化论纲"与"新南方主义精神"展开讨论。尤为值得一提的是,2004年5月至6月,《羊城晚报》"花地版"围绕"广东文学无批评"及其存在的问题,展开了近两个月的讨论。参与讨论的有杨克、郭小东、张培忠等作家和评论家。郭小东认为由于广东文学批评家的缺席与失责,导致"广东文学无批评"。杨克不同意郭小东的论断,认为正因为广东的许多本土优秀作家和作品被批评家忽略与无视,才使广东本土优秀作家和作品得不到及时的推荐与评论。张培忠在《广东文学批评的困境》一文中,认为"广东文学无批评",一是投入与产出不成比例;二是观念误区与体制的弊端;三是现实的诱惑与情感的疏离;四是广东没有自己的文学理论刊物。正是上述几方面,造成了当下广东文学批评的困境。张培忠的几条意见,切中了广东文学批评的实际,特别是他关于创办评论刊物的设想,更体现出他改变广东文学批评的雄心与远见。正因有此认识,2019年张培忠一到省作协主持工作,第一项工作便是着手创办《粤港澳大湾区文学评论》。总的来看,世纪之交这场"广东文学无批评"的讨论,尽管有偏颇与片面之处,甚至有情绪化、意气之争的成分,也没有达成一致的意见,但讨论中发出了不同的声音,触及了一些实质问题,不仅产生了一定的影响,也体现了广东的批评家和作家对广东文学评论的关切。

新时代"粤派批评"的提出和讨论,正是建立"岭南文派""新南方主义精神"和"广东文学无批评"这几次讨论的延续和深化。"粤派批评"的旗号于2016年由《羊城晚报》打出,得到上级主管部门和相关领导的肯定。紧接着《羊城晚报》又组织了几十个版面,从各个层面讨论"粤派批评"的兴起、发展与理论内涵;同时,广东人民出版社适时组织出版"粤派批评丛书",迄今已出版30本。2017年6月27日,《文艺报》整版发表了古远清教授《"粤派批评"实践已嵌入历史》的文章,这意味着关于"粤派批评"的讨论已从广东走向全国,成为当下文艺评论界一道亮丽的文学风景。不仅如此,随着北京"粤派批评与中国当代文艺研讨会"的召开,广东省作协、广东各大媒体,以及省、市各相关文艺部门纷纷召开"粤派批评"研讨会,共议"粤派批评"的历史与现状,共商广东文学批评的发展大计,以期"粤派批评"掀起更大热潮。从目前的发展态势看,由于"粤派批评"口号的提出与广东改革开放的精神同频共振,加之这一概念不仅有抓手,有丰富的理论内涵,而且有强烈的现实感和历史纵深,所以它一提出就引起了全国的关注,甚至于对其他省份产生了引领效应。

其四是"粤港澳大湾区文学"的构建。2020年,随着粤港澳大湾区建设写入《政府工作报告》,"粤港澳大湾区文学"正式作为一个崭新的文学观念闪亮登场,并逐渐演变为地域文学的一张亮丽名片,成为一种多方参与的"文学行动"。为此,广东省作协将建设"粤港澳大湾区文学"作为新时代广东文学发展的重中之重,不仅多次举办"粤港澳大湾区文学峰会"以及各种关于"湾区文学"的论坛,凝练"粤港澳大湾区文学"概念,阐释这一概念的构成及理论纵深,探讨"粤港澳大湾区文学"发展的各种可能性,而且省作协还创办了文学理论刊物《粤港澳大湾区文学评论》,并编撰年度《广东文学蓝皮书》,及时反映"粤港澳大湾区文学"的创作实绩。可以预期,既面向全球,又植根于岭南文化传统和现实土壤的"粤港澳大湾区文学",必将在未来的中国文学版图,乃至世界文学版图中占有一席之地。

就文学创作方面来看,改革开放40多年来的广东文学虽没有像20世纪五六十年代那样,出现像欧阳山、秦牧、陈残云那样的文学大家,也没有出现像《三家巷》这样真正大气厚重、领一时风骚,获得广大读者认同,在全国文学发展史上占有重要地位的大作品,但缺有全国影响的"大家"并不意味着没有优秀作家,没有"高峰"并不等于"高原"不值得肯定与鼓励。事实上,凭借改革开放的东风,自1977年以来,广东文学仍取得了令人瞩目、不容低估的成就。

首先是小说创作。这是衡量一个国家、一个地区的文学达到何种高度的重要标尺。因小说是文学中的"重武器",虽然其包括长篇、中篇、短篇和小小说等多种体式,各自的功能和发挥的作用有所不同,但在及时地、多层面地反映社会生活,表达时代的主题和情绪,以及人物的塑造、叙事的丰富性、结构的复杂性等方面,小说的优长是其他文体所无法相比的。就新时期以来的广东小说创作来看,各个阶段都有代表性的作家和作品。20世纪80年代的"伤痕文学"时期,陈国凯的短篇小说《我应该怎么办?》、长篇小说《代价》和吕雷的短篇小说《火红的云霞》,分别获全国优秀短篇小说和中篇小说奖。章以武与黄锦鸿合作的中篇小说《雅马哈鱼档》,以其独特的"鱼腥味"和"烟火气",写活写透了广州这座城市的市民生活和气韵,作品改编成电影后也广受好评。此外,钱石昌、欧伟雄的"商战小说",林经嘉、何卓琼的工业战线"改革小说",雷铎的战争题材小说,都各擅胜场、各具风姿。90年代的广东小说,则是刘斯奋的《白门柳》独领风骚。茅盾文学奖的加持,既是广东文学的荣耀,更是对作家的才华和文学成就的充分肯定。进入新世纪以后,广东的小说创作更是多元发展、百花齐放、态势喜人。发端于80年代刘西鸿的《你不可改变我》,成形于张欣、张梅手中的"南方新都市书写",以不同于北京、上海的深圳与广州城市书写,传达出独特的市民生活与精神,渗透着平民意识的城市氛围,为中国的城市书写注入了新的元素与价值观。而"新移民"作家邓一光、杨争光、魏微、王十月、陈继明等的加盟,一方面提高了广东小说创作的段位;另一方面扩大了广东小说在国内的影响。值得一提的是,广东小说创作的"后浪"正在涌动,随着蔡东、王威廉、蒲荔子、陈崇正、陈再见、张闻昕、郭爽等名字不断出现于国内各大刊物并获奖,我们有理由对广东小说创作的未来充满期待。

报告文学包括纪实文学是广东文学的新兴和强势品种,有着极大的发展空间和鲜明特色。广东是改革开放的前沿,经济的高速发展,人民生活水平的提高,价值观念的现代化和多元化,都需要报告文学给予及时且有效的反映。正是在改革开放的大背景下,在20世纪八九十年代,广东便奉献了一批广为传诵的报告文学作品。到了世纪之交,则是报告文学与纪实文学齐头并进,热度不减。先是人物传记如贺朗的《蔡廷锴传》,廖琪的《庄世平传》,以及陆键东出版于90年代后期的《陈寅恪的最后20年》闪亮登场,继而张培忠的《文妖与先知——张竞生传》异峰突起,令全国读书界为之瞩目。在新世纪之初抗击"非典",2020年面对新冠的严峻时刻,广东的报告文学同样有着亮眼的表现。其特点是省作协高度重视,反应迅速,合理布局,有序组织作家奔赴抗疫第一线,从科学、自然、历史等层面与病毒"对话",与瘟疫"接触"等方面展开抗疫叙事,充分展现出报告文学独特的文体优势与思想深度。尤其令人振奋的是,在全国上下脱贫攻坚、追梦小康的宏大国家叙事中,广东的报告文学积极主动汇入这一主旋律中。其标志是适时推出由张培忠任总撰稿,喻季欣、黎衡、姚中才、王十月、何龙、刘鉴、陈启文、盛慧、李焱鑫、曾平标、王威廉、陈风等12位作家参与撰写的四卷本、百万字的报告文学《奋斗与辉煌——广东小康叙事》。这是国内第一部全景式、史志式记录小康工程的史诗性纪实文学,是广东现实主义题材创作的重要收获,也是一部内容厚重、气势恢宏的精品力作。它是广东作家自觉传播先进文化,自觉为改革开放大业著书立传奉献的一份文学厚礼。广东全面建成小康社会,在全国具有示范意义,其地位、作用和价值是不可取代的。从这一意义上说,《奋斗与辉煌——广东小康叙事》既是广东的,更是中国的、世界的。它将在广东文学史上占有重要的地位。

广东是诗歌大省。不仅诗人如满天繁星,诗歌从业人员数量位居全国前几名,而且各地区的诗歌社团、诗歌民刊众多。改革开放40多年来,中国经济高速发展,中国特色社会主义建设成就巨大,广东诗词文化也进入了蓬勃发展的新时期。旧体诗词创作群体迅速扩大,广东各地诗词组织如雨后春笋纷纷涌现。如广东岭南诗社、广东中华诗词学会、广州诗社等诗词社团均是蜚声省内外的重要诗歌组织,目前,全省有近百个诗社,拥有社员上万名。此外,新世纪以来,广东诗人有着较自觉的写作主张与诗学观念,从而形成了有着不同诗学追求与诗学实践的流派。其中,社会影响最大并逐渐被诗坛所认可的流派与文学现象有打工诗歌、生态诗歌等。至于各种重要的诗歌活动,更是广东诗歌的一大特色。比如,从2005年"首届广东诗歌节"拉开帷幕,到2010年,广东作家协会分别联合东莞、珠海、深圳三市的文联作协,先后举办了三届大型广东诗歌节,除了外请的嘉宾,参会诗人基本囊括了全省各地的优秀诗人。广东诗歌节是广东迄今为止规模最大、影响最广的诗歌活动。诗人叶延滨说:"这种连续、接力性的诗歌活动在全国范围来说是非常活跃的,体现了广东省作为一个文化大省、文化强省在诗歌方面对诗人的关注,这种关注会使诗歌在更加开放、更加包容的情况下更加充分地发展。"诗歌节的举办,对于展示各承办城市的经济、文化发展成就和广东诗歌的创作、研究成果,推动广东诗歌艺术繁荣发展,丰富群众文化生活,促进社会和谐发展,具有重要的积极作用。广东作家协会意在通过诗歌节更进一步地把全省的诗人组织起来,以优秀的理论和诗人为领头,把广东的优秀诗歌、诗人推向全国,力求以此推出一批在全国有影响力的诗人。同时,在众多民刊、网站负责人的努力下,广东的诗歌在开放、包容和多元的氛围下拓展并引领着时代的风尚,力争多元地、立体地构成新时代广东的诗歌风貌。

散文是传统的文体,也是广东文学的强项。在20世纪50年代末期至60年代初,秦牧的散文与杨朔、刘白羽齐名,被视为"当代散文三大家"。特别是他的文艺随笔集《艺海拾贝》,于1961年由上海文艺出版社出版,首印十万册。后来上海文艺出版社又多次重印,加上浙江、新疆、香港等地又印了几版,总印数近70万册,由此可见《艺海拾贝》的影响。广东另一位小说家兼散文家陈残云,在这时期连续在《红旗》杂志发表了3篇散文,被称为"红旗作家"。打倒"四人帮"以后,在散文界呼吁散文要"说真话,抒真情",强调散文要敢于表现自我,要回归"五四"的散文传统,回到散文自身的审美属性的呼声中,广东的散文也和全国散文一样,进入了一个新的发展期和恢复期。这一时期,老一辈的广东散文家笔耕不辍,比如钟敬文、黄药眠时有新作问世。活跃于五六十年代的秦牧、陈残云、杜埃、紫风雄风不减当年。其中特别突出的是秦牧,这位在五六十年代便名满天下的岭南散文家,在新时期之初便发表了《鬣狗的风格》,在全国产生了极大的影响。尔后,秦牧又结集出版了《长河浪花集》《语林采英》等10多部散文集,不愧为岭南散文界的"长跑冠军"。这时期,黄秋耘出版了《雾失楼台》《丁香花下》等散文集,杜埃出版了《不朽的城》,紫风有《樱桃和茉莉》《渔歌飘荡的时候》《这里有一条爱河》等散文集出版。除了老一辈散文家焕发创作青春外,更为可喜的是,新时期以来广东涌现出了一大批中年和青年散文家,其中的佼佼者有岑桑、杨羽仪、范若丁、苏晨、筱敏、熊育群等等。他们的出现,表明了广东散文并非昙花一现,而是有其独特的人文传统和文化底蕴做支撑。这是广东散文得以持续发展的根本。

广东的儿童文学,改革开放40多年来也有长足的进步。新中国成立以后至1977年,广东儿童文学队伍的力量虽然单薄,但还是有一定的基础。一批成人文学作家,如欧阳山、萧殷、郑江萍、杜埃、易巩等都写出了精彩的儿童文学作品。此外,黄庆云的《金色的童年》、郁茹的《一只眼睛的风波》、岑桑的《当你还是一朵花》等,都是这一时期出版的较有影响的作品。20世纪80年代,较有代表性的儿童文学作家是关夕芝。她的少年小说《五虎将和他们的教练》发表后。先后获《儿童文学》杂志优秀奖、广东省儿童文学一等奖、第一届全国优秀儿童文学奖。进入90年代,广东儿童文学进入了一个发展的转变时期。创作思想上从相对简单的主题和题材向多样化和开阔化拓展;创作方法从单一的传统模式走向多元共生。代表作品有郁秀的《花季·雨季》。这部作品分别获得中宣部"五个一工程"奖、国家图书奖提名奖、全国优秀儿童文学奖等多个奖项,产生了广泛的影响。到了新世纪,广东的儿童文学在原有的小说、童话、儿童散文、儿童诗歌等创作的基础上,又有了新的发展:图画书、通俗儿童文学、儿童影视等文学形式兴起并取得了不俗的成绩,为新世纪多元共生的儿童文学创作形态提供了艺术上的支撑,显示出广东儿童文学在新世纪里的蓬勃发展与积极开拓。其中,曾小春、陈诗哥、胡永红、吴岩等儿童文学作家的实绩最为突出。他们的作品分别获得全国优秀儿童文学奖、中宣部"五个一工程"奖、中华优秀出版物提名奖、全国优秀科普奖、全球华语科幻星云奖等多种奖项。可见,伴随着国外儿童文学作品和理论的引入,国内学者理论研究的精进,儿童教育观念的改变,等等,广东儿童文学获得了前所未有的发展空间和阅读支持,呈现出生气勃发的新态势。

影视文学也是改革开放40多年广东文学的骄傲。从20世纪80年代开始的《情满珠江》《英雄无悔》《公关小姐》《和平年代》《雅马哈鱼档》,到新世纪的《潮起南方》《骡子与金子》《长征大会师》,广东影视文学一方面高扬主旋律;一方面又突出多样性,同时在主旋律与多样性的统一中融入地方色彩,从而形成了南派影视的品格和特色,在中国当代影视史上占有重要的位置。

改革开放40多年来,广东文学总体上处于不断爬升、平稳发展的态势。尤其是随着改革开放的深入和现实生活的变化,文体的边界日益拓宽,并且出现了新的文学品种。比如网络文学,广东一直都是全国网络文学的领头羊和重镇之一。这不仅仅因为早在2002年,广东率先在阳江成立了起点文化传播公司,正式开启了中国网络文学商业化之路,确立起沿用至今的网络阅读付费模式。更重要的是,一直以来,广东作协都高度重视本省的网络文学,为了让网络作家能够保持思想上的健康成长与写作质量上的不断提升,广东省作协将网络作家的培训与扶持工作,列入年度计划并作为一项重要工作来抓。自2010年以来,已举办多届网络作家培训班、创作分享会、座谈会,并创办《网络文学评论》杂志。而在2020年的疫情之中,不但把线下培训、座谈会办好,而且结合实际工作,与时俱进,展开网络培训,也得到了广大网络作家的好评与支持。当前,中国网络文学发展20多年来历经了自我迭代与完善,不但已成为"世界四大文化奇观"之一,更是作为文化产业链的上游,成了整个文创领域的核心驱动力,在方兴未艾的元宇宙中,广东的网络文学也必将在其中起到不可替代的作用。

改革开放40多年来的广东文学,有几个鲜明特征,或者说有几条经验可供借鉴:

首先,是敢为人先、开放兼容、务实进取。因有敢为人先的精神,所以近代以来,广东孕育出以郑观应、康有为、梁启超、孙中山等为代表的近代中国文化和文学先驱。与"敢为人先"精神相呼应和相补充的,是开放兼容与务实进取的文化心态。广东精神一方面是开放的、多元的、兼容的,各种文化,都可以在广东这片土地碰撞激荡,并形成一种具有向心力的新的文化形态;各种老的、新的"客家人",尽管来自不同的地域和族群,但在这里都能安居乐业,其乐融融,没有任何不适感与隔膜感,不仅个人身份获得认同,日常生活上有归属感,而且在文学创作上都能焕发"第二春"。比如邓一光、杨争光、魏微、王十月、陈继明等"新移民"作家,到广东后又相继创作了一批力作,为广东当代文学增添光彩。

其次,重视世俗生活与低调、平民化的文学品格。可能与岭南特有的地理环境、气候习俗,文化哲学上偏重世俗化有关,广东文学较少涉及重大题材和宏大叙事,而更偏向于日常生活的展现和个人叙事。比如"新都市文学"写作,作家们从平民化的视角,生动描绘南方都市市民低调务实的日常生活,深刻剖析现代都市人隐秘的内心世界和多元的价值观,并且随着中国城市化进程而不断与时俱进,直指社会变迁中的都市生活内核,其作品构成一个非常完整的中国南方改革开放、社会转型、城市发展的现实都市图景。这样的"新都市文学"显然与北京、上海的城市书写有很大的不同。而兴起于20世纪90年代中期的"小女人散文",正是广州都市文化发展的世俗化结果。还有"粤派批评",也体现出广东文学独特的文化品格,即注重文学批评的日常化、本土经验和实践性。粤派批评家追求发现创新,但不拒绝深刻厚重;追求实证内敛,而不喜凌空高蹈;追求灵动圆融,而厌恶哗众取宠。这就是前瞻视野与务实批评结合,经济文化与文学批评合流,全球眼光与岭南乡土文化挖掘齐头并进,灵活敏锐与学问学理相得益彰,多元开放与独立的文化人格互为表里。这种将实践美学、生活美学和大众美学融为一体,在精神和感情结构上呈现出根性、脉性、血性与智性互融的批评趋向,既是广东本土批评家的批评实践,也是他们的共性和个性特征,是广东文化研究和文学批评的可贵品格。

再次,多元兼容、融合创新。创新是时代的命题,也是高质量发展的动力和保证。但创新需要多元兼容、协调融合。如何协调融合?就广东文学的发展而言,协调融合包含几层意思:其一,岭南的文学传统,从一开始就呈现出与北方文学融合的态势,这种态势绵延至今。我们要以传承与创新的发展眼光,对这种融合予以新的描述。其二,广东文学要在文化同根同源的基础上,在现代性的视野下,融合粤港澳大湾区的文化与文学资源,创造出凝聚着一代人集体记忆、类似于《三家巷》《虾球传》这样的作品。其三,文体上的融合创新。当今的文学,文体融合已成趋势,出现了大量"破体"的作品。我们一方面要鼓励这种破体;另一方面又要强调文体的边界。如此文体才能在融合创新中再出发。

改革开放40多年,中国在各方面都发生了剧变,处于改革开放前沿的广东更是如此。文学作为一个时代的反映与聚焦,必然会体现出一个时代的情绪、气象和精神风貌。如何贴近时代,面向现实,书写处于改革开放前沿的岭南新发展、新气象和新诉求,呈现广东人的生活情状与生存经验,以及岭南新的文化形态,应是每一个广东作家最重要的历史使命。因为广东的每一个经济奇迹和文学奇迹,都是改革开放的成果。改革开放的故事每一天都发生在我们身边。我们既是改革开放的参与者,也是改革开放的见证者。因此,广东作家既要写出广东改革开放的发展演变史,也要呈现广东人的心灵史和精神史。但今天广东的文学现实是:广东文学在中国当代文学谱系中有一定地位,但这个地位并不显著;在中国当代文学发展的各个关节点,广东文学都能发出自己的声音,但这个声音还不够响亮,少有真正大气厚重、领一时风骚的大作品。总之,在新时代,我们要以新的视野、新的文学经验建构一个新的"文学共同体",但这个共同体应是在传统文化和前辈写作经验的支持下,以文脉沟通世界,以文学的力量筑构起粤港澳大湾区和广东文学审美和精神的脊梁。

第一编　新时期的广东文学

概　　述

　　这一编的"新时期",特指1977年至1991年这一时期。1977年8月,历时十年的"文化大革命"以粉碎"四人帮"为标志而结束,中国社会进入了社会主义建设的新时期,中国文艺也迎来了"第二次解放"。作为"文化大革命"的重灾区,文艺领域亟待拨乱反正。广东文艺理论批评一马当先——冲破禁区,肃清流毒,寻求文学的发展,显示了广东文学引人注目的理论胆识和理论力量。首先,是批判"文艺黑线论",率先突破题材禁区。紧接着,于1978年12月5日召开"广东省文学创作座谈会",中国作协主席茅盾发来了贺信,刚刚复出的文艺界老前辈周扬、夏衍、林默涵、张光年、李季等应邀参加了座谈会,并作了长篇报告。座谈会历时12天,150多名老中青作家解放思想,各抒己见,就文艺必须为实现新时期的总任务服务,为实现四个现代化服务,必须彻底肃清林彪、"四人帮"在文艺领域中散布的假左真右的流毒,坚决推倒"文艺黑线论",必须坚定不移地贯彻"百花齐放,百家争鸣"方针,发扬艺术民主,按艺术规律办事等问题畅所欲言,展开了热烈的讨论。此外,改革开放之初,广东还展开了关于"伤痕文学""现代主义文学"与"朦胧诗"的争鸣讨论,以及"开放改革文学""商战小说"的探索。

　　这一时期,广东的文学创作也呈现出欣欣向荣之势。小说创作方面,陈国凯于1979年发表了批判"文革"的短篇小说《我应该怎么办?》,轰动全国;随后又创作长篇小说《代价》,同样引起广泛关注,两部小说引领了广东"伤痕文学"的潮流。与此同时,吕雷的短篇小说《海风轻轻吹》,获得1980年全国优秀短篇小说奖;《火红的云霞》获1982年全国优秀短篇小说奖,为广东文学争得了荣誉。除陈国凯与吕雷外,刘西鸿反映现代都市生活的《你不可改变我》;杨干华、林经嘉、何卓琼、余松岩、程贤章、朱崇山、方亮、伊始、熊诚等作家,在"伤痕文学"与"改革文学"等方面的创作,也有突出的表现。

　　在新时期,一批广东本土诗人浮出地平线,主要有如下几类,第一类是积极捕捉社会改革脉搏的诗人,他们积极响应改革开放的大潮,高声放歌,如谭日超、韦丘、岑桑、欧阳翎、李士非、野曼、欧外鸥、罗沙、易征、陈忠干、西中扬、叶知秋、钟永华、莫少云等;第二类为军旅诗人张永枚、柯原、韩笑、郭光豹等。当20世纪80年代"朦胧诗"

风起云涌之际,处于改革前沿与商品经济大潮冲击下的广东诗坛也涌现了一批新生代诗人,其一为在全国崭露头角的年轻诗人,如筱敏、郭玉山、林贤治等;其二为活跃于广东高校的年轻学生诗人群,如马莉、辛磊、陈小奇、汪国真等;其三则为从北方迁徙而来的青年诗人,如徐敬亚、王小妮等。这一批新生代的广东青年诗人在诗歌语言、意象以及题材方面均有所突破,表现出新锐的探索精神与艺术革新趋向。与张永枚、韩笑、谭日超等老一辈作家相比,这些年轻作家在生活经验、文化素养、现实感受、审美选择方面都发生了相应变化,他们对迎合政治动向、图解政治概念的创作不再热衷,更注重批判性的历史反思与个体经验的呈现,并广泛吸纳现代诗的技巧,强调诗歌的现代审美艺术手法。

从20世纪70年代末党的十一届三中全会的召开到80年代末,是广东散文的发展和恢复期。在散文界强调散文要敢于表现自我,要回归"五四"的散文传统,回到散文自身的审美属性的呼声中。广东的散文重获了青春和生命,同时,曾一度被扭曲了的散文和现实生活的关系也得到了调整。广东的散文也和全国散文一样,进入了一个新的发展和恢复期。这一时期,老一辈的广东散文家笔耕不辍,一大批中年和青年散文家也创作出了大量优秀作品。总体看,对南方风物的细腻描写,真挚的抒情,形象可感的议论以及这三者的有机结合,是这时期广东散文鲜明的特色之一,与北方散文有着明显的区别。

新时期的广东文学也还存在一些不足。具体来说,在题材的选择和主题的发掘上还不够多样化,在思想内涵方面还不够深刻广阔。在艺术形式上缺乏自觉的追求与探索,创作手法上过于"老实",不够"先锋"。表现在艺术结构上,不少作家过于恪守按部就班地记叙,一些作品虽然追求文辞的优美和描写的生动,但各篇的构思往往给人大同小异的感觉,显得既呆滞又拘泥,而这种情况在单个作家的作品中更加明显。此外,有的作品只是记录一些表面的生活现象,语言粗糙、意蕴较浅。凡此种种,不仅削弱了广东文学应有的前沿性和现代性,与广东精神和发展态势不匹配,也限制了广东文学在更大范围上为全国的读者所接受。

第一章　文学理论与文学现象(一)

新时期文学的重大转向,首先是从"拨乱反正"开始的。"拨乱反正"就是在重建政治、文学体制和文学价值体系的主导下,对"四人帮"的所谓"文艺黑线专政论"进行全面的清算与批判。在这方面,广东文艺理论批评一马当先——思想解放,冲破禁区,正本清源,寻求文艺大发展,显示了它自身引人注目的理论胆识和理论力量。

第一节　批判"文艺黑线论"　率先突破题材禁区

"文艺黑线专政论"既是"四人帮"进行篡党夺权阴谋活动的一个重要武器,又是他们套在广大文艺工作者和人民群众身上的沉重的精神枷锁。不砸碎它,文艺不能复苏,更遑论发展繁荣。20世纪70年代末至80年代初,广东成了全国文艺界向"文艺黑线专政论"展开进攻的突破口、立足点和前沿阵地。广东批评界对极左路线做出了极富勇气的理性批判。

1977年9月21日至28日,中共广东省委召开全省文艺创作会议,继续深揭狠批"四人帮"及其反革命修正主义文艺路线。同年11月,省文艺创作室和《南方日报》编辑部联合召开文艺界座谈会,愤怒批判"四人帮"的"文艺黑线专政论"。与会代表列举十七年来广东创作的比较好的文艺作品,有力地批驳"文艺黑线专政论"。他们还联系广东文艺队伍的状况,痛斥"四人帮"恶毒攻击和诽谤革命文艺队伍的种种论调。

在这种形势下,1977年12月6日至7日,广东省文联召开第二届第二次全体委员(扩大)会议。与会同志以亲身经历的大量事实,控诉"文艺黑线专政论"对广东文艺界的严重危害。会议研究了如何全面贯彻执行毛主席的革命文艺路线,迅速把广东省文艺工作活跃起来的问题。这次会议标志着省文联在停止活动整整11个年头之后,又恢复了活动。与此同时,作家、戏剧家、美术家、音乐家、舞蹈家工作者协会广东分会也分别召开会议,从组织上调整、扩大省文联和五个协会的成员和领导机构。广东成了粉碎"四人帮"后最早恢复文联和各协会活动的省份。这无论对于进一步深入揭批"文艺黑线专政论",挣脱精神枷锁,还是对于活跃和繁荣广东省新时期的文艺创作,都提供了一种组织上的保障,起到了积极的推动作用。《人民日报》为此专门发表了一篇题为《把文艺活跃起来——祝贺广东省文联和各协会恢复活动》的短评,称"这是文艺战线上抓纲治国初见成效的又一喜讯"和"重要措施",对广东起带动作用的做法予以赞许①。

这一时期,《南方日报》作为中共广东省委机关报,显示了非同一般的理论勇气和批评锐气。1977年12月8日,《南方日报》第三版整版发表杜埃、周岗鸣、韦丘、黄新波、陈国凯和周国瑾等五人的揭批文章,三天后又发表社论《砸碎精神枷锁 繁荣文艺创作》(1977年12月11日),号召作家抓住时机,把被"四人帮"颠倒的是非颠倒过来,"彻底肃清其流毒和影响"。1978年1月25日,广州市文学艺术界联合会恢复活动,举行了第一届第二次全体委员(扩大)会议。此后,广大文艺工作者纷纷举行座谈会和批判会,深入揭发批判"四人帮"的文化专制主义和"文艺黑线专政论",砸烂精神枷锁,解放思想。与此同时,广东文艺界的创作和演出也渐渐活跃起来。《人民日报》在2月9日以《思想活跃 创作活跃 演出活跃——广东文艺界大步前进》为题发表评论,指出广东文艺界的显著特点,就是"思想活跃,敢于拨乱反正""创作活跃,演出活跃,文坛欣欣向荣"。

1978年12月29日,《南方日报》以"特约评论员"名义,在头版刊登了《砸烂"文艺黑线论",为实现四个现代化而创作》的文章,在揭批"四人帮"的前提下,探讨了发扬艺术民主,恢复现实主义传统,建立文学界广泛的统一战线等一系列问题,既立足现实,又面向未来,在贯彻"双百"方针、繁荣文艺创作上提出了不少建设性的意见。文章认为:"发扬艺术民主,不是削弱而是加强党的领导。保证作家自由创作的民主权利,保证题材、体裁、形式和风格的多样化,文艺才可能活跃和繁荣。……艺术上的是非问题,世界观和创作方法问题,只能通过民主的方法,讨论的方法去解决。""要歌颂,也要批判,暴露。文学是批判的武器。"这是全国最早以党报特约评论员的名义发表的批判"文艺黑线论"的文章,不仅揭开了广东文艺思想解放的序幕,而且进一步促进了全国揭批"文艺黑线专政论"的热潮,对全国文艺界思想解放运动起到了积极的推动作用。甚至可以说,新时期中国文艺理论批评的第一线曙光,是在广东这片天空上亮起的。仅此,当时广东的文艺批评就具有实践上的、理论上的执牛耳般的重大意义。

在1977—1978年这两年间,《广东文艺》(1978年7月后复名《作品》)、《广州文

---

① 《把文艺活跃起来——祝贺广东省文联和各协会恢复活动》,《人民日报》1977年12月24日。

艺》《花地》(原《穗郊文艺》)等杂志陆续发表系列文章,陈残云、萧殷、曾石龙等作家纷纷撰文,批判"三突出""三对头""三打破""三陪衬""根本任务论"等创作方法,清算"阴谋文艺",也为给"四人帮"打成"毒草"的文艺作品如《三家巷》《苦斗》和《艺海拾贝》等进行了艺术上的平反。拨乱反正,解放思想,提倡"大破大立",明确"文艺创作一定要从生活出发",恢复文学创作和文艺评论的自由,成为这一时期广东文艺界的共识。

特别值得一提的是,1978年4、5月份,广东作协邀请在广州的部分作家和文艺编辑召开座谈会,谈论了文艺作品描写爱情的问题。作家们一致认为,爱情、婚姻是一个具有普遍意义的社会问题,文艺作品描写爱情、婚姻,不仅无可指责,而且也是应该的。随后,《广东文艺》杂志于1978年6月号开设了"冲破'禁区',正确描写爱情"的专栏,发表了杜埃、陈残云、曾敏之、黄培亮等七人的文章,通过对古今中外脍炙人口的经典爱情作品的分析,集中探讨了"为什么要反映爱情题材""这类题材应摆在什么位置""如何通过爱情关系反映社会矛盾和阶级斗争""禁止写爱情造成的危害"等备受关注的问题,显示了广东文艺批评敢于冲破"四人帮"设置的种种框架和"禁区"的敏锐和勇气,受到了社会的广泛关注,也为创作打开了一扇窗口。随后,1978年7月号《作品》发表了舒展的小说《复婚》,表达了对美好、健康的爱情的歌颂和赞美,对"四人帮"假左真右的揭露和指控,与对一些基层领导的思想僵化的辛辣讽刺和当头棒喝。作品从生活出发,入情入理,写得自然、真切、动人;更使读者从爱情的波澜起伏中,深切感受到时代脉搏的跳动。

随着拨乱反正的深入,广东文坛很快就回归到正常的轨道上去。创作又开始活跃起来,报刊上发表的散文、诗歌、小说作品日益增多,题材和表现手法也得到了拓展,开始呈现出一派万紫千红、百花争艳的繁荣景象。与此同时,文艺理论批评在"破坏"之外,还努力地尝试进行"建设",通过讨论年轻作家的新作,推动了文学批评和文艺理论的发展。

陈国凯的短篇新作《开门红》在1978年第7期《广州文艺》刊载后,引起读者的热烈讨论,意见分歧,针锋相对。刚刚复名的《作品》杂志,从1978年10月号开始,到1979年1月号,连续四期展开了关于该作品的讨论,创造了一个良好的批评氛围。从分歧的意见看来,问题在于如何评价《开门红》。从作品的主题、人物以及典型意义等等,都有完全不同的分析和评价。有人肯定它"别具一格""立意清新,有浓厚的生活气息""破帮气、出新意";有人肯定它有鲜明的主题,反映工人们在大治之年,决心"夺取高产,迎接开门红的革命精神";但也有人认为,主题"引出了戒骄戒躁的问题",其他"许多章节便成了游离主题之外的多余笔墨"。在戒骄戒躁问题上,有人肯定它"给这一写'腻'了的题材以崭新的风貌";但也有人认为,"写戒骄是不够典型的"。在人物性格描绘上,有人肯定它写出了"新的人物,新的风情";但对阿芳这个"漂亮姑娘"的"内在美和外在美"也存在不同的意见。楼栖的《如何评价〈开门红〉》一文从作品的主题、心理描写、人物形象的塑造、艺术构思等方面肯定了《开门红》的探索和艺术特点,指出:"革命文艺创作,既要有政治方向的一致性,也要有艺术风格的多样性。……文学评论中出现分歧意见,评论气氛开始活跃,这很值得我们高兴。"①同年5月号,《作品》又刊发楼栖的另一篇文章,讨论了典型人物的塑造和典型环境的描写。文章指出:典型问题本来就是一个复杂的问题,在革命文艺运动史上有过不少争论。……在清除"四人帮"的流毒过程中,进一步探讨典型问题,是其中一项重要课题。文艺评论对作品的典型意义进行分析、评价,既有对理论问题认识的不一致,也有对艺术形象分析的差距。……要是作品基本上是好的,就要与人为善,实事求是,不要随心所欲,断章取义,歪曲原作,乱加指摘。即使是对有错误倾向的作品,也要全面分析,顾及全文,公允评价,以理服人,才能促进文艺创作和文艺批评的健康发展。② 这篇文章可视为这半年来对《开门红》小说讨论的一个总结,至此,相关讨论告一段落。

这场讨论虽然仍较多地停留在对作品主题内容的初步讨论上,却呈现了广东文坛的活力和新气象。它是新时期广东文艺理论批评第一次正面的、建设性的文学论争,从一个侧面说明当时的文艺思想比较活跃了。它重开了讨论争鸣之风,在当时,无论是对创作还是对文艺批评自身,都是一种很大的促进,对此后的文学创作和文艺批评也产生了有力的推动作用。

这一时期,广东文坛几个重要刊物纷纷设立"评论"专栏,内容也越来越丰富、专业。《广东文艺》自1978年7月复名《作品》后,通过刊发新作、选登旧作,开展专题评论和短评时评,全方位活跃文艺创作与研究。《广州文艺》自1979年由双月刊改为月刊,栏目类型更多样化,还专门设立了"岭南风采"栏目,同时积极刊登外国文学作家作品的译介文章,呈现出一派欣欣向荣的景象。这些刊物对文坛新的创作倾向和创作动态给予了充分的关注,在小说、诗歌、散文等文体的批评上始终和全国文艺批评保持同步。比如《诗刊》1978年1月号刊发了《毛主席给陈毅同志谈诗的一封信》,《广东文艺》和《广州文艺》在1978年第2期就转发并配发系列文章,响应速度快,也体现了广东文艺界的活力和锐气。此外,《广州文艺》自1978年开始连续两年开展"短篇小说征文"及评奖,致力于培养广东文艺的新队伍,同时邀请老作家和编辑进行评点,在社会上产生了热烈的反响。

---

① 楼栖:《如何评价〈开门红〉》,《作品》1979年第1期。
② 楼栖:《主题、典型及其它——〈开门红〉讨论中出现的问题》,《作品》1979年第5期。

第二节 广东"文学创作座谈会"召开

1978年12月5日至16日,人们盼望已久的广东省文学创作座谈会在广州隆重召开。在历时12天的座谈中,150多名老中青作家解放思想,就文艺必须为实现新时期的总任务服务,为实现四个现代化服务,必须彻底肃清林彪、"四人帮"在文艺领域中散布的假左真右的流毒,坚决推倒"文艺黑线论",必须坚定不移地贯彻"百花齐放,百家争鸣"方针,发扬艺术民主,按艺术规律办事等问题,各抒己见,畅所欲言。座谈会开得生动活泼,与会的同志们认为,这是一次解放思想的会,一次肃清流毒的会,一次落实繁荣文艺措施的会。

座谈会由广东省文联主席、作协广东分会主席欧阳山主持。座谈会期间,茅盾同志寄来了诚挚热情的贺信,给同志们以很大的鼓舞。刚刚复出的文艺界老前辈周扬、夏衍、林默涵、张光年、李季等同志应邀参加了座谈会,并作了长篇报告,受到了广东省宣传、文化、文艺工作者的热烈欢迎和赞扬。《人民文学》主编李季、人民文学出版社负责人韦君宜、湖南省文联负责人张力更同志也参加了会议。中共广东省委对这次会议十分重视,给予了很大支持。省委书记(时设省委第一书记)吴南生同志多次参加会议,并作了重要讲话,他要求文学工作者积极为实现四个现代化服务。在历史的转折关头,要重新学习,完整地、准确地学习马列主义、毛泽东思想,要深入生活,生活中正在出现我们不熟悉的新人新事,需要我们去观察了解,去研究分析。省委宣传部部长陈越平同志作了令人鼓舞的总结。大家反映说,这次盛会的召开是广东省文学界的大事,它将是广东省文学工作者为新长征做出新贡献的起步。

参加这次会议的老中青作者共150余人,有小说、散文作者,也有诗歌、话剧、评论作者,他们来自全省各地,港、澳文学界代表也参加了会议。春风桃李、济济一堂。他们中有欧阳山、杜埃、陈残云、秦牧、于逢、华嘉、胡希明、黄秋耘、王起、楼栖、芦荻、韦丘、曾敏之、吴其敏、李成俊、杨奎章、紫风、郁茹、黄庆云、杨家文、杨嘉、郑江萍、岑桑、杨干华、陈国凯等。中国社会科学院文学研究所、长春电影制片厂、《湘江文艺》《江西文艺》《贵阳文艺》《杭州文艺》《上海文艺》编辑部的同志也先后参加了会议。广东,一时成为全国文艺界关注的中心。

这次会议集中讨论了文学工作者最关心的、亟待解决的问题。主要围绕三个问题:十七年有没有一条"文艺黑线"?艺术民主与文学"禁区";社会主义新时期文学艺术的新任务等。周扬的长篇报告《关于社会主义新时期的文学艺术问题》引起了热烈的反响。

在座谈会上，与会代表愤慨地指出，"四人帮"的所谓十七年有一条反党反社会主义的"黑线"的说法，完全是诬蔑不实之词，是文艺界的一个大冤案。粉碎"四人帮"后，"文艺黑线专政论"已经推翻了，许多蒙冤的作家和作品得到了昭雪、平反，但是这项工作做得还不够彻底，还有"文艺黑线论"尚未推倒。究竟十七年的文艺工作是红线还是"黑线"？有没有所谓"文艺黑线的干扰和破坏"？会上，代表们摆出了大量事实，说明建国十七年来文艺战线的大计方针、重大决策，都是毛主席亲自决定，周总理具体掌握的。有些熟悉情况的代表还指出，十七年中，刘少奇从没管过文艺工作，他对文艺工作的两次讲话，并没有在实际工作中得到贯彻。这就是说，十七年的文艺工作是红线，根本不存在什么"文艺黑线"。当然，在十七年的文艺工作中有过错误和缺点，其原因是多方面的，但是，不能把凡是错误和缺点都无限上纲为"黑线"，不能认为凡是错误和缺点都是受"黑线"干扰，更不能把执行毛主席革命文艺路线时发生的偏差，说成是一条与毛主席革命文艺路线相对抗的反党反社会主义的"文艺黑线"。

代表们指出，林彪、"四人帮"捏造了"文艺黑线论"，不但把一大批革命文艺老前辈打成"黑线人物"，还把一大批中年、青年的文艺工作者打成"黑线苗子"，尚未得到平反。大家强烈表示：必须把"文艺黑线论"彻底推翻，给所有被戴上"黑线"帽子的作家、作者和作品平反、昭雪。座谈会上，许多老作家还根据自己的切身体会谈到，30年代的文艺工作，作为当时整个革命工作的一翼，发挥了积极的作用，有不可磨灭的历史功绩，毛主席曾经给予高度的评价，指出"革命的文学艺术运动，在十年内战时期有了大的发展"（《在延安文艺座谈会上的讲话》）。虽然当时文艺方面犯过这样、那样的错误，但这同样不能说是什么"文艺黑线"。因此，"四人帮"在这个问题上蓄意玩弄的罪恶阴谋，同样要彻底揭穿，还历史以本来面目。

对于贯彻"百花齐放，百家争鸣"的方针、实行艺术民主的问题，代表们在座谈中进行了热烈的讨论。大家一致认为，能否真正贯彻"双百"方针，关键在于领导。领导部门应该按艺术规律办事，而不应凭个人感觉瞎指挥，要真正发扬艺术民主，让艺术上的不同形式和风格自由发展，艺术中的是非问题通过自由讨论去解决，允许批评，也要允许"反批评"。文艺工作也应该有法制观念，文艺工作者和文艺作品应该受到法律保护。坚决反对那种对作品不作具体分析，动辄把属于思想认识上的问题上纲为政治问题的做法，以及只凭某个领导人的一两句话，随便封书、插戏的粗暴行为。经过座谈，大家满怀信心地表示，毛主席提出"双百"方针已经21年了，我们已取得了正反两方面的经验，在党中央领导下，今后"双百"方针一定会贯彻得更好，迎来更加美丽的春天。

在座谈中，代表们回顾了打倒"四人帮"后广东省文艺创作取得的成绩，一致肯定,两年来我们的工作是有进步的,但步子迈得还不够快。眼前形势大好,全省工作的着重点就要转移到社会主义现代化建设上来,文艺也必须跟上来。大家都认识到,文艺创作如何反映四个现代化,是个新的课题。我们面临着重新学习的任务。要认真学习毛主席的文艺思想,学习我们不懂的东西,同时切实解决好深入生活的问题,组织更多的同志以更长的时间到生活中去,到实现四个现代化的第一线去,熟悉新的长征中工农兵的斗争生活,要努力掌握革命现实主义和革命浪漫主义的创作方法,坚持题材多样化和人物多样化的创作实践,开展生动活泼的自由讨论,并广泛借鉴,提高技巧,进一步解放思想,勇敢地冲破阻碍实现四个现代化的一切禁区,出色地完成新的历史时期赋予我们的光荣使命。许多作家和作者都制订了深入生活、进行创作的规划。这次座谈会,由于各抒己见、畅所欲言,所以涉及的问题相当广泛。与会人员还提出:要继续落实作者、作品的政策;要扩大专业创作队伍,认真组织文学评论队伍,要培养新生力量,也要解放一些中年的创作生产力。会议还讨论了加强对广大业余作者的帮助,以及增加文艺园地等问题。

会后,《南方日报》《广州日报》对座谈会进行了报道,《作品》在1979年2月号设专栏"在广东省文学创作座谈会上的发言",集中刊发了欧阳山《为恢复革命现实主义的传统而斗争》、杜埃《不能留尾巴》、陈残云《批判"黑线"论 实现文艺民主》、萧殷《彻底推倒"文艺黑线"论》、于逢《谈谈领导文学创作的问题》、韦丘《解放思想,为迎接一场伟大的历史性转变而创作》等文章,以及《春风桃李灿若火——记广东省文学创作座谈会》的会议纪要,产生了较大的社会反响。

第三节　关于"伤痕文学""现代主义文学"与"朦胧诗"的争鸣讨论

"文革"后的20世纪70年代末到80年代初期,随着思想解放运动的推进,中国社会开始"松绑"和"转型",不同的政治观念和文学想象,逐渐演化为一系列的论争与冲突。在文学领域,主要表现为有关"向前看"与"暴露黑暗"、"朦胧诗"、人道主义与"异化"、"现代派"文学等问题的讨论,也表现在对若干作品的评价上。

一

自粉碎"四人帮"以来,广大文艺工作者大胆解放思想,冲破禁区,打破了种种精神枷锁,创作了许多优秀的文艺作品,取得了突出的成绩。其重要标志,就是揭露

"四人帮"的短篇小说异军突起,风靡城乡,成为中国新文艺复兴的一支至为突出的劲旅。在创作上,广东也与全国的文学思潮相一致,出现了一批揭批"四人帮"的作品,陈国凯的《我应该怎么办?》、吕雷的《血染的早晨》、杨干华的《惊蛰雷》、方亮的《拳头打在谁身上》都产生了深远的影响。陈国凯的《我应该怎么办?》获得1979年"全国优秀短篇小说奖",引起了全国的注意。这些"伤痕文学",或称揭批"四人帮"的文学,便成了文学批评争议的话题。非议者,贬之为伤痕文学、感伤文学、问题文学、暴露文学、眼泪文学,以及看破红尘文学等;支持者,则誉之为70年代的潮头文学、呐喊文学。在广东文艺界,这一争鸣主要是围绕陈国凯的小说进行的。

陈国凯的短篇小说《我应该怎么办?》在《作品》1979年第2期发表以后,读者反响强烈。编辑部收到了全国各地300多件来信、来稿,既有赞扬,也有一些质疑和批评。为了通过具体作品去探讨文艺创作上的一些问题,如关于典型性、真实性、社会主义时期的悲剧、如何正确评价作品等,《作品》自6月号起开展了对这篇小说的讨论,7—10月连续四期开辟"对揭批'四人帮'的小说创作的讨论"专栏。讨论集中在两个重要问题上:一是歌颂与暴露的问题,其中不可避免地牵涉到社会主义时期的悲剧问题;二是真实性和典型性的问题。

首先是歌颂与暴露的问题。

"伤痕文学"被理解为拨乱反正的时代精神的产物,但一开始并未得到当时正统思想的认可,"左"倾路线的影响还根深蒂固。"伤痕文学"以暴露为主题,在当时持正统观念的人看来,具有危害社会主义事业的消极意义,一度引发激烈的争论。

1979年4月5日,《广州日报》发表题为《向前看呵! 文艺》的文章,作者把近两年来揭露"四人帮"的作品归为"向后看的文艺",称其不利于鼓舞人民"团结一致向前看,团结一致搞四化"。文章将这些作品分为三类:一类是"描写了大胆反抗'四人帮'的英雄人物的",如《于无声处》;一类是"提出了'四人帮'荼毒下产生的社会问题的",如《班主任》;还有一类是"诉说了'四人帮'肆虐下个人悲惨遭遇的"。第三类作品"难免使人悲伤",难免使人"觉得命运之难测,前途的渺茫"。[①] 这篇文章发表后立即在广东文坛引起争论,有人对此持认同的态度,认为文艺界的思想解放已经引起了"思想混乱"。但大多数人认为,将"向前看"和"向后看"作为题材划分的标准是不科学的,把揭批"四人帮"的作品都当作是"向后看"的作品,这种观点更值得商榷。与写暴露并不等于"暴露文学",写批判并不等于"批判现实主义"一样,写悲伤也不等于"感伤主义"。"要提倡以歌颂为主的题材,也应扶植以暴露为主的题材。

---

① 黄安思:《向前看呵! 文艺》,《广州日报》1979年4月5日。

要重大题材,也要题材多样化"①,应允许作家、艺术家有选择和处理题材的充分自由。

这场争论进而由青年作家李剑的《"歌德"与"缺德"》一文,发展为波及全国的一场大讨论。文章把揭露社会主义生活中阴暗面的作品斥责为"缺德",对"伤痕文学"进行了尖锐的政治批判:"在创作队伍中,有些人用阴暗的心理看待人民的伟大事业,对别人满腔热情歌颂'四化'的创作行为大吹冷风,开口闭口'你是歌德派'。这里,你不为人民'歌德',要为谁'歌德'?""那种不'歌德'的人,倒是有点'缺德'。"②该文发表之后被形容为"春天里的一股冷风"③,文中对社会主义文学只能"歌德"的狭隘理解,很快在思想界和文学界引起轩然大波。《人民日报》《光明日报》《红旗》等报刊很快发文,对李剑的文章进行批驳;文艺界群起反驳,捍卫来之不易的创作自由。谢望新和赖伯疆在《革命现实主义传统的恢复和发扬——"伤痕文学"辩》一文中,就当时文坛对所谓"伤痕文学"的指责,以及其他一些荒诞有害的观点,据理予以驳斥;并为"伤痕文学"正名,肯定它在文学发展史上应有的地位和作用,特别是恢复和发扬了革命现实主义创作传统的历史功绩。④

其次,是真实性和典型性的问题。

文学界对陈国凯小说《我应该怎么办?》中子君的悲剧是否具有典型意义和真实性,存在不同的理解,观点泾渭分明。有人认为,作品依据的事实基础,只是一些"偶然的""个别的"现象,缺乏"典型性"⑤;其中某些故事情节,有欠真实之处,显然是为了形成悲剧的矛盾冲突而常有臆造的痕迹;还有人指出,小说的基本倾向是好的,但却收不到"给人们指明出路""鼓起人们的信心和希望"这样的效果。黄伟宗则认为,这篇小说的环境和人物都是典型的、真实的。否定它们的典型性和真实性的观点,实际上就是一个社会一个典型环境、一个阶级一个典型的理论。"典型不是绝对的平均数,而是表现社会本质的东西。"⑥

事实上,在20世纪70年代之前,文艺的真实性问题一直主导着中国的文学理论,在1980年前后,它又一次成为关注的中心。这一时期在"暴露与歌颂"的争鸣中

---

① 黄树森:《文艺"向前看"杂识——兼与黄安思同志商榷》,《南方日报》1979年5月25日。
② 李剑:《"歌德"与"缺德"》,《河北文艺》1979年第6期。
③ 王若望:《春天里的一股冷风——评〈"歌德"与"缺德"〉》,《光明日报》1979年7月20日。
④ 谢望新、赖伯疆:《革命现实主义传统的恢复和发扬——"伤痕文学"辩》,《广州文艺》1979年第10期。
⑤ 咏华:《文艺作品必须坚持典型性和真实性——对〈我应该怎么办?〉的一些意见》,《作品》1979年第6期。
⑥ 中大中文系现代文学教研室:《对〈我应该怎么办?〉等小说创作问题的座谈纪要》,《作品》1979年第8期。

重提"真实"与"典型",既牵扯到对当时文学创作的评价,也反映了"伤痕文学"所处的社会政治氛围的复杂性和矛盾性。这是一场非常及时、十分重要、规模更大的讨论。一系列争鸣文章提出了许多令人深思的问题,对于探讨和研究文艺领域出现的新情况和新问题,对于繁荣文艺创作、活跃文艺批评,加深对文艺政策的理解,无疑是极有裨益的。

进一步说,这两个问题都关系到对当时文艺形势的整体评价。如何看待当前的文艺形势?如何排除极左思潮的干扰?这是文艺界共同关心的主要问题。为此,作协广东分会于1979年8月17日至24日,先后在顺德县大良镇和广州市两地召开部分会员的座谈会,认真展开讨论、充分交换意见,并取得了一致的看法。由黄培亮、沈仁康、黄树森三人撰写的总结文章《总结经验 批判极左 繁荣创作——对当前文艺问题的一些看法》①从"文艺与政治""文艺与生活""文艺与群众""文艺民主与文艺法制"四个方面,分门别类、逐一批驳了当时文艺界的三种极左论调,重申要坚持真理标准、发扬艺术民主、尊重艺术规律,解放思想,使繁荣昌盛、百花怒放的文艺局面尽快到来。该文站得高、看得远,乃高屋建瓴的力作。它是整场讨论在理论上的总结和升华,有助于人们正确看待当时文艺界出现的种种问题,正确估量整个文艺形势,它本身便是这场讨论的一个重要收获。这场讨论,以它的卓有成效,加入并推动了当时全国性的文艺思潮,显示了广东文学批评的勇气和锐气,有着不可低估的意义。

二

其时,广东的另外一个重要刊物《广州文艺》也进行了两场讨论。一场是关于悲剧问题的讨论。以饶芃子的《谈社会主义时期的悲剧》开端,黄伟宗的《关于悲剧的悲剧——悲剧讨论有感》压轴,探讨了一个现实而又敏感的问题——如何看待社会主义时期的悲剧。

饶芃子结合宗福先的剧作《于无声处》,探讨"社会主义时代的悲剧应怎样写?""怎样才能发挥悲剧在社会主义时代的积极战斗作用?"。文章认为:"社会主义时代的悲剧反映的是社会主义时期的阶级斗争生活,所以它在悲剧环境的展示上,在悲剧人物性格的塑造上,在悲剧气氛和悲剧结局的处理上,应不同于旧时代的悲剧,它应当反映社会主义时期阶级斗争的特点,表现出我们的时代精神。"②

持不同意见的同志则认为这种认识不全面,这种美学主张是"以偏概全","给悲

---

① 黄培亮、沈仁康、黄树森:《总结经验 批判极左 繁荣创作——对当前文艺问题的一些看法》,《作品》1979年第10期。
② 饶芃子:《谈社会主义时期的悲剧》,《广州文艺》1979年第2期。

剧作者画地为牢";关于"社会主义时期的悲剧人物,多是自觉的革命者"的观点值得商榷,"不自觉的革命者"更多,应该承认他们的存在。① 黄伟宗针对上述两篇文章的观点,提出一个"根本性"问题——"究竟是从现实生活的实际出发,还是从概念出发?"他认为当前探讨悲剧问题的文章,不乏有益的见解,但也有的是仅从概念出发去探讨问题的。"用过去的悲剧定义来要求今天的悲剧,用过去的悲剧概念来套今天的生活实际"②,就会忽视、排斥和否定生活中悲剧的多样性,导致人们离开生活实际和创作实际去研究悲剧的问题。陈平原也在《悲剧人物杂谈》中,从悲剧人物多样性的角度,对社会主义时期的悲剧创作进行了探讨,表达了他对悲剧创作的理解。③ 这些讨论,紧紧围绕悲剧创作的关键问题展开,深化了作家和读者对悲剧的认识,触及了 20 世纪 80 年代初期文学创作的一些关键问题,是非常有益的探讨。

另外一场是与此相联系的关于创作方法多样化的讨论。讨论的核心是黄伟宗的《提倡社会主义文艺创作方法的多样化》一文,这场讨论与湖南《湘江文艺》围绕黄伟宗的另一篇文章《论社会主义批判现实主义》所展开的讨论互相呼应,颇有声势,也由于讨论的问题尖锐敏感,在全国产生了一定的影响。这两篇文章认为"在创作实际中长期存在并发展着的社会主义的批判现实主义创作方法",已鲜明地形成了自己的理论体系和创作特色;在立场、社会作用、效果等方面与旧批判现实主义有"本质的不同"。这一鲜明的观点引起了广州地区文艺界的注意,冯牧在《关于当前文艺创作和文艺思想的片段意见》一文中提出了不同意见,认为"这既不符合我国社会主义文学发展的现实情况,也不符合文学史发展的实际状况",还是"应当以革命现实主义作为创作方法的基础"。双方各抒己见,讨论是活跃而且有深度的。

这场围绕"暴露与歌颂""真实性与典型性"的"伤痕文学"讨论并不止步于作品,而是持续升温,逐渐汇入到全国性的"人道主义思潮"论争中。

盛行于 20 世纪 70 年代末到 80 年代初的人道主义思潮,首先是一个广泛的社会思潮,波及社会生活的各个方面,在思想界和文艺界都引起了热烈的争鸣。当时招致争议的代表性作品是戴厚英的《人啊,人!》和遇罗锦的《春天的童话》。1980 年,广东人民出版社出版戴厚英的长篇小说《人啊,人!》,读者反响比较强烈,褒贬不一。1982 年,省直和广州市文艺、出版部门及大专院校等有关单位,分别多次召开讨论会,就这部小说的主题思想、人物形象和艺术手法等方面的问题展开争鸣。此后,作协广东分会理论批评委员会和《花城》杂志还曾举行座谈会,就遇罗锦的长篇小说《春天的童话》(载《花城》1982 年第 1 期)展开了评论。虽然这场人道主义思潮讨论

---

① 舒大源:《也谈社会主义时期的悲剧问题——与饶芃子同志商榷》,《广州文艺》1979 年第 6 期。
② 黄伟宗:《关于悲剧的悲剧——悲剧讨论有感》,《广州文艺》1980 年第 1 期。
③ 陈平原:《悲剧人物杂谈》,《广州文艺》1980 年第 3 期。

最终在1983年的"清除精神污染"中被迫终止，但讨论所激起的强烈共鸣，久久未曾平息。

三

随着改革开放和思想解放运动的深入，随着作家们在创作上从政治控诉向自觉的艺术探索的转变，中国文坛出现了现代主义思潮。当时，国内一批有影响力的学术刊物，如《外国文学研究》《外国文艺》等纷纷为现代主义推波助澜；现代派文学作品及理论选本相继问世；广东的《作品》《广州文艺》《南方日报》等报刊也在"文学信箱""文学小常识"栏目中介绍这一流派。一时间，"现代派"成为文坛讨论的焦点。其创作上的标志，一是"意识流小说"，二是"朦胧诗"，理论上则有三个"崛起"。广东文艺界面对这一思潮，在创作上只是略有所动，在理论争鸣上则与全国一致。

1980年底，杨干华就在《羊城晚报》上发表了《"山药蛋"与"意识流"》的文章，指出："目前文坛，意识流作品正在掀起新的浪潮，令'山药蛋'派黯然失色。""意识流将成为中国文学的主流。"《作品》于次年2月号转载，同时刊登了于逢的《意识流向何方？——致杨干华同志》一文，对"意识流"基本持否定态度。在于逢看来，"意识之流"动摇了描写"典型环境中的典型人物"这个现实主义创作原则，"终于使人物本身的性格跟着逐渐消融，社会的人于是蜕化为抽象的人，甚至成了抽象心理的外壳。""运用意识流手法来反映现实生活斗争，局限性是很大的：它只是比较适合于描写某种特定环境中的特定人物。"①蔡运桂在《现代派文学一议》中，提出可以借鉴意识流有助于丰富文学表现力的技巧，但"我们的文学不能走现代主义的道路"②。林焕平、袁鼎生则分析了现代派的哲学基础及其内部的复杂性、矛盾性、不稳固性，以及走向衰落的趋势③。这些观点，代表了当时广东文坛的主流意见。

《广州文艺》于1983年发表陈剑晖的长文《试谈近年来我国文学中的现代化趋向》，则在融合传统文化与现实主义文学的基础上，对现代派文学作了充分的肯定和热情的推介。该文探讨了现代化文艺思潮兴起的原因，分析了它的艺术特征以及倾向性，认为"它是真正中国的、具有社会主义思想内容和生活内容的现代化文艺"，它"使近年来的文学在艺术的多样化和丰富性上超过了'十七年'和新民主主义时期的文学"，并明确宣告："我们心目中的理想文学，将是一种崭新的现代化文学。"④此文

---

① 于逢：《意识流向何方？——致杨干华同志》，《作品》1981年第2期。
② 蔡运桂：《现代派文学一议》，《作品》1985年第5期。
③ 林焕平、袁鼎生：《论现代派》，《作品》1985年第9期。
④ 陈剑晖：《试谈近年来我国文学中的现代化趋向》，《广州文艺》1983年第8期。

发表后引来了一些争议和质疑。《羊城晚报》发表黄展人和吴世枫的《关于"现代化文学"的质疑》与《评"革命现实主义和现代主义的结合"论》等文,就现代化文学问题展开讨论,《新华文摘》在"学术动态"中予以报道。之后,《广州文艺》编辑部组织了部分评论家、作家举行座谈,并发表了发言纪要《正视"现代派"文艺思潮在青年中的影响》①。

理论的争鸣更多还是集中在"朦胧诗"上。

早在1980年,广东的章明即在《诗刊》上发表了《令人气闷的"朦胧"》一文,最早提出"朦胧诗"的概念。此后几年间,随着《在新的崛起面前》《新的美学原则在崛起》《崛起的诗群》相继问世,有关"朦胧诗"的讨论越来越激烈。作协广东分会诗歌组举行多次诗会,对三个"崛起"及其在广东的影响进行了较深入的分析批判,发表了《是"崛起"还是"倒退"》一文,从诗歌应该反映生活还是"表现自我";诗歌是走现实主义的道路还是走现代派的道路;是否定传统还是继承、发展传统;为人民大众还是为少数人等四个方面回顾和梳理了论争,落脚点归结为:"对不良倾向,不能沉默,不能无为"②。

《作品》从1981年1月号开始连续五期的"关于'朦胧诗'及现代派的讨论"。这场讨论是以老诗人黄雨的《新诗向何处探索?》一文为肇端的。黄雨认为:现在出现的所谓"怪诗",脱离现实,内容空虚,思想苍白,语言离奇,玄之又玄……沿着这样的道路探索前进,我们的诗歌将走向哪里去呢?洪三泰将"朦胧诗"的艺术探索概括为"晦涩""朦胧""觉醒",虽有所肯定,但更多地认为这种"自我表现"是"脱离人民去思考",这些诗"几乎没有一首用以反映现实生活的"。③ 大多数反对者认为"朦胧诗"有"反现实主义"的倾向,沉迷于个人表现,盲目照搬西方现代派的技巧;思想上悲观颓废,艺术上阴暗迷离,同健康的美是相去甚远的。这就引起了以林英男为代表的年轻作者和诗歌读者的争议。他们认为"朦胧诗""深深地植根于时代的内容,生活的土壤,绝不是对西方现代派的消极模仿,绝不是颓废绝望的表现。它是时代的产物,时代的另一面"④。马莉则把传统诗歌的表现形式与"朦胧诗"的表现形式作了细致的比较,指出两者的差异造成了"理解的障碍",并强调"朦胧诗人向往通过自己痛苦探索所发现的美好事物,和通过血的教训所获得的真理,并诉诸艺术,这种精神极为可贵"⑤。这场论争,从诗歌阅读的"难懂"开始,通过对新诗的"自我表现"和标准问题的争鸣,发展至对现代诗派的

---

① 纪要:《正视"现代派"文艺思潮在青年中的影响》,《广州文艺》1984年第2期。
② 《是"崛起"还是"倒退"》,《作品》1984年第2期。
③ 洪三泰:《晦涩·朦胧·觉醒》,《作品》1981年第2期。
④ 林英男:《吃惊之余——就新诗的探索方向与黄雨同志商榷》,《作品》1981年第2期。
⑤ 马莉:《在"我"和"世界"之间》,《作品》1981年第2期。

讨论,最终以发端者的《评现代派诗论中文版》一锤定音。

从整体上来看,当时的广东文艺理论界对现代主义思潮是持抵制至少是保留的态度的。但广东的作家和读者在这场新时期至关重要的文艺争鸣中,勇于发声、不惧交锋,与全国性的文学思潮同频共振,使广东文坛激发出更大的活力,显示出朝气蓬勃的生机。

第四节 "开放改革文学"的探索

1984年,改革,作为一种社会现实已经在神州大地全面铺开,整个国家真正走上了正常的经济建设的轨道,文学也走过了它"一身兼数职"的时期而进入正常的发展阶段,其轰动效应也逐渐减弱。对于广东的文艺理论批评,如果说在这之前基本上是参与和响应全国性的文艺思潮的话,那么,从现在起则开始关注自身,有了自己的话题。1984年可视为广东文艺理论批评发展的一个转折点。也是在这一年,作协广东分会成立了以郑江萍为主任,饶芃子、黄树森为副主任的评论委员会。

这种转变基于广东两方面的现实:一方面,广东是"得风气之先"的改革开放前沿阵地;另一方面,广东的文学创作开始落后于全国。因而,广东的文艺理论批评也被寄予了更多的期待。事实上,经由1979年对"伤痕文学"的讨论和争鸣,自1980年开始,广东文艺界要求发扬民主风气、尊重创作个性、发挥文艺批评的作用的呼声越来越大,也受到越来越多的重视。楼栖曾指出:"文学创作和文艺批评,是革命文学的两条腿。相辅相成,不能偏废……希望各级领导重视文艺理论批评工作。进行正确领导,不要横加干涉。要按照文艺批评规律办事,不要凭'长官意志'行事。"谭子艺呼吁,文艺家要"开路",各级领导和批评家要为文艺家的创作"护路"。[①] 冯牧则呼唤"那种真正摆脱了教条主义影响的,对作品既能作思想分析,又能作艺术分析的文艺评论"[②]。此后,广东的文艺理论界相应地讨论了两个互相联系的话题:一个是关于改革文学包括特区文学的问题;另一个是探讨广东的文学创作如何突破、如何建立自己的特色。

[①] 楼栖:《应当重视文艺批评》,谭子艺:《开路和堵路》,《作品》1980年第1期。
[②] 冯牧:《关于当前文艺创作和文艺思想的片段意见——在一次座谈会上的发言摘要》,《作品》1980年第4期。

一

改革文学是20世纪80年代文学的主潮,牵动着千千万万读者的心,引起人们深切的关注和思考。广东是实行特殊政策和灵活措施的一个省份,在改革开放中先行一步,许多新的情况、新的问题、新的矛盾解决的过程,都为作家提供了无限丰富的生活与素材,使作家大有英雄用武之地。广东作家很重视反映现实生活,基本上能够同改革开放的进程同步,如朱崇山的长篇小说《流动的雾》、吕雷的"南油系列小说"《海响》《眩目的海区》、林经嘉的《急流》、李士非的报告文学《热血男儿》等。熊诚的短篇小说《芙蓉日记》在《作品》刊出,反响颇好,不久《小说月刊》也选载了。这些都引起了读者和评论界的热切反响。但是,改革的深入和矛盾的复杂化,也对创作提出了更高的要求。

广东文艺界从1984年就开始探讨文学创作如何深入反映改革开放的问题,在全国来说,是得风气之先,已经敏锐地察觉到文艺在改革中的功能及其推进改革应起的作用。在广东长篇小说创作讨论会上,也涉及改革题材创作的一些问题;可惜对创作、理论方面的探索,还未能引起创作界、理论界普遍的重视,对不同意见的争鸣也未充分展开。

1984年下半年,《当代文坛报》《花城》和《特区文学》联合召开了"84文学与改革研讨会"。会议历时五天,围绕"改革"这一中心议题,交流了文学改革的信息,回顾总结了特区题材的创作,探讨了文学与改革的关系。杨应彬到会作了《文学要努力反映改革的形势》的讲话,肯定了这是一个解放思想、集思广益、富有成效的会。1985年2月,《作品》发表了《时代的风,吹拂着文学的船帆》的座谈纪要,指出:"文学的改革必须观念更新。社会的变革,同时也要求作家反映新矛盾、新境界、新人物、新事物、新故事。要用更新了的观念反映新的生活现实。""评论家的观念也要更新,任何一种理论凝固了,就有僵化的危险。"①这次会议在全国率先探讨了商品经济运动中文学的地位与价值,以及由商品经济运动所引起的人生、人际、人伦关系的变化,调整与转型的关系,最早发现了文学与商品经济的理论误区。此后,关于文学如何反映改革开放商品经济的大潮,"经济文化时代"应该有怎样的文学文化的讨论,逐渐在报纸和文学期刊上刊登出来。

《文学的社会效益与经济效益》(胡军)、《商品经济与广东文艺》(左正)、《艺术与商品的逆向对流》(文能)、《商品经济的发展与文学艺术的繁荣》(陈中秋)等文纷

---

① 《时代的风,吹拂着文学的船帆——"文学改革和改革的文学"座谈纪要》,《作品》1985年第2期。

纷从艺术商品化的过程透视时下的通俗文艺和消费文化,阐述己见,表达了大致的认识:文艺商业化的趋向将会加深,艺术和商品的逆向对流的趋势,不仅要求艺术创作要考虑市场和消费者,同时还要求改革现行的文艺体制,打破作家手中的"铁饭碗",让艺术家在激烈的社会竞争中,确立自己的社会责任,发展自己的艺术天地。艺术家将在竞争中重新认识自我和超越自我,艺术也将在竞争中不断更新自身。直至1988年,《当代文坛报》专门就商品经济给文学带来的一系列冲击而出现的新问题,如文学的体制如何改革,文学作品如何反映人民群众所迫切关心的问题,文学的功能和作用发生了什么样的变化,如何看待文学受市场调节而进行种种形式试验所出现的文艺态势等问题,请经济学家、社会学家、哲学家、文艺理论家进行了广泛而又大胆的探讨,提出了一系列令人关心而又亟待解决的理论问题,发表了《社会主义商品经济与文学》(张绰)、《多层次·多功能·多元·趋向》(陈辽)、《文学将是深层结构上的大变动》(杨华)、《论文艺消费》(陆一帆)等比较重要的文章,得到了时任文化部部长高占祥同志的肯定,称"这一讨论对文艺理论和文学创作,都是很有必要而又很有意义的"①。

在特区文学研究方面,李钟声、张奥列较早将目光聚焦于这一地域文学,对特区的小说创作、报告文学、军旅文学给予了很多关注。颇为难得的是,在特区文学发展的初期阶段,这两位评论家即倾注了极大的热情,注重发掘并阐释特区文学的"特味"。

李钟声的《论深圳特区五年来的文学创作》一文,对深圳特区前五年的文学创作(包括率先兴起的报告文学及小说、诗歌等)进行了系统细致的分析和较为全面的介绍,并向年青的特区作家们提出了向沸腾的特区生活作进一步的贴近,并加以感情的沉淀、艺术的孕育,从而写出更高质量的富有"特区味"的作品的要求。该文"是对深圳创作的一次认真的巡礼,而且是评论界巡礼的第一人""这种深情的呼唤,体现了评论家超前的意识和睿智的眼光"。② 1991年,李钟声将他评论特区文学创作的二三十篇文章结集为《漫论特区文学及其他》出版。书中评价了老中青三代24位当代岭南作家及其作品,勾勒了岭南文学界的一个大体的轮廓,充满评论家的激情和殷殷期望。他诚挚地呼唤深圳特区作家群的奋起,热情呼唤"特区自己的别林斯基"——能给特区题材创作以正确的帮助和指导的文学批评家的出现!

1989年,张奥列在《文学评论》第6期发表《一种新的文学形态——特区文学初论》一文,对这种新的文学形态的形成、发展及其"特味"进行专文论述。1990年,在

---

① 《高占祥致本刊编辑部信》,《当代文坛报》1988年第10期。
② 杜埃:《耕耘者的奉献——李钟声文学评论集〈漫论特区文学及其他〉序》,载李钟声:《漫论特区文学及其他》,广州:花城出版社1991年版,第1页。

《特区文学十年断想》中,他指出特区文学在中国当代文学格局中"开拓了一种新的题材领域,形成一种新的文学现象,显示出某种新的艺术品格"[①]。进一步强调特区文学具有自己的艺术视角和队伍结构,因而形成自己的文学特质和个性面貌,同时也指出特区文学一方面还缺乏对特区全景式展现的大作品;另一方面对生活还须做多方位的开掘。这样的总结和批评,有利于作家正视自身的优势和缺点,充分肯定了广东文学在全国文坛的独特性。

二

广东文艺界对广东文学出路的探索,也起步于这个阶段。

1984年,广东省文联的刊物《广东文艺界》在试刊第1期发表了青年作家伊始的《被呼唤的文学和文学的呼唤——文学的试验》一文,开篇即提出"广东的中短篇小说创作,如何才能出现一个大的突破"的问题,直陈"同剧烈变化着而又迅速更新的社会生活相比,它明显地落后了、陈旧了","被呼唤的文学又对作家发出了新的呼唤:请拿出拳头的作品来!"由此引发了"关于广东的文学创作如何突破"的讨论。这个讨论在《广东文艺界》上持续了整整一年,也得到了《特区文学》等报刊的响应,很多作家、评论家纷纷发表自己的见解。谢望新在为伊始小说集《黑三角》所作序言中提出:"广东有志气、有作为的中青年作家,也一定能逾越精神领域的'五岭山脉',以自己的优秀作品,走向全国。"[②]体现了广东文学界企望摆脱落后、"走出五岭山脉"的焦灼和期盼。

谈起对岭南文学的探索,就不能不讲到岭南作家作品的评论。由谢望新、李钟声合著,于1984年出版的《岭南作家漫评》即是这方面的突出成果。它是广东省第一本专论本省作家的评论集。它共收录27篇评论,内容甚广,论述面宽,多数是作家作品论。其中,有对欧阳山、秦牧等老作家的研究;有对韦丘、岑桑等中年作家的评论;但更多的是对吕雷、伊始、张雄辉、丁小莉等一批青年作家的及时追踪和热情鼓励。评论集涉及30位作家,包括小说、诗歌、散文、戏剧等体裁的100多篇作品。该书的作家作品论,不仅做到深挖每一部作品的思想,弘扬其意义,而且十分注意对每个作家的艺术风格、艺术个性以及艺术得失作细致入微的把握。除了作家作品论,还有三篇属于宏观扫描的文章,像《评〈花城〉创刊三年的中短篇小说》一文,视野恢宏,纵横捭阖,洋洋洒洒二万余言,颇见功力。《岭南作家漫评》的最大特点是快速追踪、积极

[①] 张奥列:《艺术的感悟》,广州:花城出版社1992年版,第130页。
[②] 谢望新:《走出五岭山脉——兼序伊始小说集〈黑三角〉》,载《落潮之后是涨潮》,广州:花城出版社1989年版,第206页。

反映、"近距离"地评论作家作品,现实感强烈,显露出实际批评的鲜明特色。这样的评论,对作家有相当的指导意义。

正在这个时候,1985年10月9日,作协广东分会第一届(1979—1984)文学评论奖揭晓。这是建国以来广东省首次举办的文学评论评奖活动,而作为专项文学评论奖,在全国也是第一次。《欧阳山及其创作断论》等13篇佳作获奖。萧殷、杜埃、黄秋耘和楼栖四人被授予"荣誉奖"。这无疑是广东批评界的一件盛事。

1986年3月,老作家吴有恒在《羊城晚报》上发表了《应有个岭南文派》的文章,提出建立"岭南文派"的设想,产生了一定的反响。同年下半年,《当代文坛报》一改刊即抛出"这里的文坛静悄悄么?"的"岭南之谜",进一步探讨广东文学的现状与出路。这期间,对广东作家作品的评论也很活跃,对与广东文学关系密切的一些文学话题亦十分关注:作协广东分会、《当代文坛报》等单位先后召开了《天堂之门》、《急流》、刘西鸿作品、《流动的雾》、《胭脂河》、《天堂众生录》、《商界》、《长路》等作品的讨论会,召开"全省中青年作家创作实践研讨会",集中讨论"粤军"如何突破,还举办了一次"86文学与现代文明研讨会"。对广东文学创作的讨论,后来逐渐扩展和深入到文化的层面,酝酿并引发了《当代文坛报》自1989年开始的关于"珠江大文化圈"的讨论。

总的来看,新时期初期的广东文艺理论批评,是随着时代的发展而前进的;但它与时代的关系不像"文革"前那样表现为被时代所裹挟的"紧跟",而是开始有了一定的"主体意识",因此在追随时代的同时实际上也在努力地思考时代,在时代的发展中作出自己的选择,在不断的选择中一步一步走向更开阔的现实。

第二章 文学理论与文学现象(二)

第一节 港台文学的引进和推广

广东毗邻香港、澳门,与台湾隔海相望,同港澳台同胞、海外华人有着极为深广的人文历史联系。改革开放之前,大陆文化学术界对于港澳台地区及海外各地华文文学的状况,几乎一无所知。20世纪80年代以来,作为改革开放前沿阵地的广东,在国内率先引进和推广香港、澳门、台湾和海外华文文学,对于促进港澳和海峡两岸的联系和了解,加强海内外文学交流,起到了强有力的推动作用。

1979年春,《花城》创刊。在创刊号"香港通讯"栏目里,发表了著名报人曾敏之的《港澳及东南亚汉语文学一瞥》,率先向内地读者介绍香港及新加坡、马来西亚和泰国的文坛现状,报道海外文情。此文被认为是大陆海外华文文学研究的滥觞之作。其时,曾敏之刚奉调重回香港担任《文汇报》代总编辑,深感向内地文学界介绍港台和海外华文文学、开展海内外文学交流的重要性。他接着又以《海外文情》为总题,在北京、上海和广州的报刊上陆续撰文介绍港台与海外华文文学的状况,令内地文学界和读者眼界为之一开。

《作品》杂志在1979年第9期刊载了台湾作家白先勇的短篇小说《思旧赋》,文首的"编者按"对白先勇的身世和创作背景进行了介绍,称他的短篇小说"大多是写全国解放时逃到台湾的人们,交织着思乡的悲哀、面对荒谬现实的痛心、沧桑变幻的绝望的情绪""他的《纽约客》中所收作品,又为我们展示了带着去国忧患的、茫然绝望情绪的'无根的一代'"。在同年第12期的《答读者问》中,编辑进一步解答了读者提出的关于作品表达的情绪及人物性格的两个问题,肯定了白先勇"正面探究历史事实"的创作态度,提出"要加强祖国和台湾之间的文化学术交流"。

1980年夏,中国当代文学学会第一次学术讨论会在广州举行,为了使代表们对港台文艺的现状和动向有所了解,特邀请曾敏之同志作了《港台文学述评》专题发言。1981年3月5日,港台文学研究会(后改为港台与海外华文研究会)在暨南大学正式成立,曾敏之任会长。此后,暨南大学建立了港台文学研究室,于当年秋季率先开设港台文学研究的专门课程,将港台与海外华文文学搬上了大学讲坛。中山大学中文系成立了台港文学研究小组,其他高等院校的中文系也准备开设台港文学课程。在曾敏之和秦牧、萧乾等文学前辈的积极倡导和推动下,对于港台与海外华文文学的介绍和研究工作,很快从广东、福建、上海和北京推向全国各地,港台与海外华文文学与中国大陆文学界的学术交流活动也日益蓬勃展开。王晋民对台湾现代文学和乡土文学的研究、赖伯疆对海外华文文学的研究也在这一时期开展起来。

1980年9月,王晋民编选的《白先勇小说选》由广西人民出版社出版,这是大陆第一部公开出版发行的白先勇小说集。此后,他又陆续发表了《台湾现代文学和乡土文学述评》《论白先勇的创作特色》《细腻入微——评白先勇的短篇小说》①等文章,对白先勇创作的现实主义态度、伤感主义色彩、细腻优雅的艺术风格及作品的社会艺术价值作出了进一步的阐发。他编著的《台湾当代文学》一书,对台湾自20世纪50年代以来各个时期的文学概况、特征、思潮进行了描述,对白先勇、陈映真、聂华苓等代表作家进行了较深入的专论,全书史论结合、宏观与微观兼顾,具备文学史的评价眼光和视野,在改革开放之初的港台文学研究中是颇有分量的一部专著。

这一时期,《花城》《作品》《广州文艺》《当代文坛报》等刊物,陆续开辟"港台文学""港台之窗""港台文讯""文学立交桥""台港澳文学"等专栏,发表大陆外访作家的"旅台""访港"游记、刊登港台作家的文学新作,向大陆读者持续介绍港台和海外华文文学动态。1986年,《作品》选登"澳门青年文学奖"获奖作品,老作家陈残云和秦牧分别撰文点评获奖的小说和散文,并介绍澳门的"文苑新翠"。《特区文学》更是"近水楼台先得月",在"港澳作家之页""海外华裔作家掠影""台湾文坛"等栏目中,邀请香港作家潘耀明(彦火)撰文,先后介绍了聂华苓、陈若曦、于梨华、许达然等海外作家;对"龙应台旋风"、李昂的"女性主义小说"的介绍,则集作品、评论、创作谈"三位一体",为读者提供了更全面的信息。

在广东文坛对港澳台文学的介绍方面,特别值得一提的,是对港台通俗文学的引进和推广。在20世纪中国文学史上,通俗文学自50年代开始在大陆销声匿迹,而50年代初期,在香港文学的基本格局中,已逐步形成了以武侠小说和言情小说为主体的通俗文学的繁盛。这两类小说历久不衰,拥有大量的读者群和作者群,成为报刊书市的畅销货,产生了不可低估的社会影响。其中新派武侠小说以其鲜明的现代人文意识,在主题内涵、人物刻画、叙事策略和表现手法等诸多层面突破了传统武侠小说的

---

① 王晋民的文章,分别见《中山大学学报》1980年第4期;《中山大学学报》1981年第1期;《叠彩》1981年第3期。

窠臼,带来了新的气象,从而成为香港通俗文学的高峰和重镇。

但在中国大陆,主流意识形态下的文学史家素来重视严肃文学而鄙薄通俗文学,认为通俗文学不能登大雅之堂,在以革命历史题材为正统的"十七年时期",通俗文学更被视为"非主流""封建糟粕""异端邪说",不受学术界重视,也为评论家所不齿,因而在一般的文学报刊中难觅踪影。这一"断层"的局面,在20世纪80年代被打破了。港台武侠小说,最早是经由广州引入大陆的。

1981年,《广州文艺》《花城》共同创办了《南风》文学报,该报第1期(1981年2月1日)就用半个版面,开始连载梁羽生的长篇武侠小说《白发魔女传》。这是梁羽生作品在内地的首次亮相,迅速点燃了读者的阅读热情,也拉开了内地公开引进香港武侠小说的序幕。从1983年到1986年,梁羽生的作品更加密集地在羊城"强势登陆"。接下来,广东的出版社和报刊全面引进金庸的作品。至此,以梁羽生和金庸为代表的新武侠小说横空出世,迅速"扫遍"了内地,这场新武侠小说的"大爆炸",对两岸三地的文学形成了持久的强力冲击。在武侠小说的刺激和推动下,沉寂了数十年的内地通俗文学全面复苏,标志之一就是通俗文学期刊异军崛起,向"纯文学"杂志发起了有力的挑战。

第二节 广东"商战文学"评论

新时期的中国文学,伴随着改革开放带来的巨大发展和变化,呈现出题材多样、手法各异、流派迭起的开放、多元的格局。20世纪70年代末80年代初,广东文学以领先位置迎接新时期第一个文学浪潮——"伤痕文学"的到来。然而,80年中期,广东文学却在不知不觉之中和全国的创作拉开了某种距离。改革文学、寻根文学、先锋文学、新写实小说等文学浪潮在北方文坛陆续登场,在广东却似乎难以得到热烈的回应。各种思潮、流派、学说纷沓呈现,文学在互补互斥中产生分化。在这般动荡中,广东文坛却显得异常平静。不随波逐流固然是好事,但从创作实绩而言,这一时期的广东文坛是稍显寂寥的。从另一方面来看,也可以说,广东文坛在热切地注视中国文学走向的时候,在相当大的程度上仍保持着自己的独立品格。广东作家的创作视角也发生了转移,他们在对生活和艺术的思考中进行着选择,平静中正酝酿着某种突破。

1988年,由广东作家钱石昌、欧伟雄创作的长篇小说《商界》在《当代》杂志第3、4期连载发表。这部长达36万字的长篇小说,以其冷静的理性精神和恢宏的文学气度,第一次直接、正面而又出色地表现了我国商品经济运动发生、发展和变化这一复杂的历史过程,标志着广东长篇小说创作的新突破。作品发表以后,引起了社会上的广泛注意,特别是在南方,反响更为强烈。文学界、企业界和一些个体户争相阅读,有人甚至把它当作经营教科书。这部小说也引起了影视界的关注,多家电视台、电影厂竞争拍摄权,最终在1989年被广州电视台和珠江电影制片厂改编为电视剧和电影上映。

1988年10月5日,广东《当代文坛报》、人民文学出版社《当代》杂志、上海《文学报》以及《广州日报》、广州市委宣传部联合在广州举办《商界》讨论会。作协广东分会主席陈残云、副主席郑江萍和饶芃子、曾炜、张绰、黄培亮、蔡运桂、黄伟宗等40多人参加了讨论会;《当代》编辑部副主任常振家专程从北京来参加座谈会;《商界》作者钱石昌、欧伟雄参加了讨论会并作了简短发言。

与会者认为,《商界》作为建国以来第一部正面反映当代中国商品经济发展的长篇小说,也是我国文学史上第一部不带偏见写商人的小说,它在政治学、经济学和社会学方面所提供的认识价值以及它在当代文学史上的开拓意义是不可低估的。《商界》通过政治、经济、伦理、心理、法律等各种角度所组成的网络式结构,向读者展示了规模宏大的商品经济运动在中国大地,特别是在广东这样一个地区生长和发展的复杂过程。《商界》借文学解剖并思考了当代中国的社会生态,是近年来少有的从本质上反映当代中国社会变革的文学作品,展现了两位广东青年作家崭新的文学眼光、文化气质和文化姿态。陈残云等还着重指出,《商界》在正面写商界、客观地写商人这两点上填补了新时期文坛的空白。[①]

对《商界》是否归属于"改革文学",人们表达了不同的看法。《当代》编辑部副主任常振家认为,《商界》的发表恰恰说明文学创作即将走出低谷,至少是对改革题材的文学创作提供了这种端倪。它较大程度地摆脱了传统意识的拘囿,克服了改革文学创作中的思维定式和艺术模式的"三化"——"道德化""政治化""文人化"的局限,开创了改革文学的新局面。[②] 谢望新也认为,不宜将《商界》一般性地纳入"改革文学"的范畴,因为新时期的"改革文学",从本质上说,是以"官"本位、"权力"本位、"政治"本位的转换为其内核的,是所谓"清官意识"这个文学古老的母题的回响。《商界》没有回避实行商品经济规律时"权力"的干预,但它更尊重规律自身,以及它对"权力"的动摇力量。从宏观范围讲,《商界》写了处于整个改革开放大背景下商品经济的建立,但它毕竟不是本来意义上的"改革文学"的重复。这就肯定了《商界》的社会价值和突破意义。

[①] 杨苗燕:《〈商界〉讨论会在广州举行》,《广州日报》1988年10月12日。
[②] 常振家、洪清波:《山不在高,水不在深——关于长篇小说〈商界〉的对话》,《当代文坛报》1988年第11期。

第三节 "岭南文派"的提出与"岭南散文流派"的争鸣

随着改革开放的深入和西方现代派文学的传入,20 世纪 80 年代中期,中国文坛兴起了以"寻根文学"为起点的"文化热"。"寻根文学"以韩少功的《爸爸爸》、王安忆的《小鲍庄》、阿城的《棋王》、李杭育的《最后一个渔佬儿》、郑义的《老井》等小说为代表,它们大多以古老的农村传统文化与现代文化碰撞的故事,反映和寻觅阻碍改革开放的民族文化之"根"为题材,由于别开生面地触及现实和历史的实质,所以影响很大。又由于同样视角审视民族文化劣根性的政论电视片和余秋雨散文《文化苦旅》的广泛影响,使"文化热"成为 80 年代和 90 年代的一个重大文坛热点。这个热点的发端"寻根文学",虽然在南国大地没有在创作上获得更多的回应和共鸣,但其所掀起的"文化热"却日益蔓延深化,扩展至整个文艺创作、文艺批评、文艺研究领域,对岭南文化的讨论也产生了持续性的影响。

在 1986 年 3 月 1 日召开的"广东省中青年作家创作实践研讨会"上,老作家吴有恒根据历史上康有为、梁启超、黄遵宪等人和当代黄谷柳、杜埃、陈残云、秦牧以及他自身的创作特点,提出今天"应有个岭南文派"[1]。吴有恒博引古今例证,指出广东向来是较早地、较多地吸收外来文化的。"岭南文派有一个特色是开放,是新潮。"同样是新潮人物、革新家,是广东人,就有广东人的特征——更新些,更洋气些,读这类作品,使人感觉到有海洋气候,而不是大陆气候。"岭南文派应力求以新奇取胜,而不以古朴见长。写广东所有而别处所无之人之事,写这里独特的山川风物,人情习俗,写这里的新人新事,写得真实,这就新奇了。""然而,又不能只务新奇,不求古朴。"也要写这里的旧山川风物、旧人情习俗以显示地方特色。吴有恒还指出,广东地方的语言是有潜力的,主张"南腔北调"——广东作家应努力以广东式的普通话来写作,力求保留地方语言的特色,而又力求使北方人也看得懂。"岭南文派"的特色是开放、新潮、飘逸、清秀,关键在新起的一代。"岭南文派应该有,但尚未有。它还未有足够数量的作家,还没有足够数量与质量的作品。"吴有恒估计,若有一批中青年作家下决心去写广州百人、广东百人之类的习作,先写短篇,后写长篇,几年之后,必有可观[2]。

"岭南文派"的提出,其着眼点有二:一是强调了地理环境对文学创作的影响;二

---

[1] 吴有恒:《应有个岭南文派》,《羊城晚报》1986 年 3 月 10 日。
[2] 《粤军,向着新的文学境地冲刺——广东省中青年作家创作实践研讨会纪要》,《当代文坛报》1986 年第 7 期。

是从风格特色的角度着眼,即主张作品要有岭南味。这就以历史发展的眼光,从地域和风格两个角度将岭南文学的面貌勾勒出来,也将岭南文学研究的问题提了出来。对这一提法,研讨会上的老、中、青三代附议者甚众,随之又有人提出电影、戏剧的"岭南文派"。大家普遍认为,广东文坛的群体力量暂时尚未形成,只是零敲碎捣。必须组织、建立广东文学的集团性力量,尽快把全国的目光吸引到广东来。不少人认为文学越有地方性就越有全国性,创立"岭南文派"有助于发展民族性和地方性;认为"岭南文派"应以浓情丽姿为特点,以清新多变见长;号召作家们共同来发扬这个长处,早日缔造出一个别具特色的"岭南文派"来。

老作家吴有恒关于建立"岭南文派"的提法及其所引出的讨论和争议,一方面反映出广东文学创作在新形势面前努力调整步调,在本地特色和现代化之间寻找切入点的努力;另一方面,则反映出广东对于岭南文学的研究一直处于不够自觉的状态。

实际上,首先被当作流派提出来的是岭南散文。早在20世纪60年代初,在陶铸同志的倡议下,广东文学界曾对以秦牧、陈残云、杜埃、杨石、韩北屏和林遐等六家为代表的岭南散文开展讨论,但很快便由于政治的原因而中止。新时期以来,较早从文学流派的角度自觉地思考岭南文学特色并进行批评实践的,是陈剑晖、郭小东两位青年评论家。1981年至1983年间,他们陆续在全国权威文学理论刊物《文学评论》等刊发表了《秦牧散文的艺术风格》《岭南散文风格初探》《岭南小说风格论》《再论岭南小说》①等论文。他们以历史条件、传统文化、时代精神、政治气候和经济生活、地理环境、气候习俗作为根据或参照,在南北文学的对照中,从题材、主题提炼、表现手法、人物塑造、情节安排、地方色彩、艺术风格等方面来把握和论述岭南散文、岭南小说的独特风格。陈郭二位的几篇文章,是对岭南文学这一独特现象的理论概括,具有较浓厚的学术性和一定的学术价值。

在《岭南散文风格初探》(以下简称《初探》)一文中,作者开篇即明确指出:建国以来,在以"花城"广州为中心的岭南地区,涌现了一个以秦牧、陈残云、杜埃、岑桑、林遐、紫风、沈仁康、杨石等同志为代表的散文作家群,他们在"文化大革命"前和打倒"四人帮"之后,写下了一大批洋溢着岭南乡土风的散文作品。他们虽然没有共同的创作理论、更没有人旗帜鲜明地提出代表这一作家群的文学主张,但作品有共同或相近的创作风格,如果放在广阔的文学背景上来考察,则已显示了形成一个文学流派的某些端倪。

《初探》的作者在追溯岭南风格艺术源流的基础上,从某些岭南作家的散文中看

---

① 陈剑晖、郭小东关于岭南流派和风格的系列文章,分别见《文学评论》1981年第1期、1982年第2期;《社会科学战线》1983年第10期;《中国当代文学研究丛刊》1983年第5期。

到了其师承关系。岭南的这些散文作家大多出生于广东,长期的岭南风光的熏陶,同一的生活土壤,类似的人生经历,相近的思想气质和美学追求,也是形成岭南散文风格不可缺少的因素。

岭南散文作家在主题的提炼、题材的选择、结构的安排、表现手法的追求以及语言的运用上,已经呈现出只属于祖国南方所特有的共同特征。岭南的散文很少去描写轰轰烈烈的场面或者重大的题材,而大多数作家的目光总是投向日常生活和平凡人,写新农村的新风貌,写各行各业的历史变迁和城乡圩镇滨海的风土人情,通过描写生活的枝叶,来含蓄地反映社会主义这棵大树,以小见大,从平凡中表现生活的美。选择题材的接近,决定了岭南作家摹写的景物以及摄入笔底的人情乡风也有其共同的色调。与轻松多彩、富于南国情调的内容和景物相适应,岭南散文的形式则是各式各样、不拘一格的。在艺术表现手法上,岭南散文的美学追求是一种"阴柔之美",它与北方散文那种古朴、质直、粗犷雄浑的"阳刚之美"截然不同。细腻的描写,真挚的抒情,形象可感的议论以及这三者的有机结合,是岭南散文鲜明的特色之一,它们在语言的运用上则显得平易自然,通俗晓畅。至于它们共同的艺术风格,则是细腻的、多情的、流畅而又清新明丽的。

《初探》的作者进一步指出,岭南散文风格的价值,主要表现在它对繁荣我国当代散文所起的作用。首先,岭南散文那种以轻松柔和、优美抒情的笔调反映生活的创作特色,丰富了我国散文的表现内容,提高了散文美的欣赏价值。其次,岭南散文中有不少思想性、知识性和艺术性并重,"寓思想于闲谈趣闻之中"的佳作,它能给人以精神上的怡悦,知识上的满足,因此在生活水平、文化水平提高的今天,也有提倡的必要。再次,岭南散文中大量的小品、杂感、随笔之类,继承和发展了我国自春秋以来,到"五四"时期形成高峰的说理散文,扩大了当代散文的领域。总之,我国地大物博,乡土人情各不相同,它为各种特色纷呈的散文风格的竞争,为多种多样的社会主义散文提供了广阔的创造天地,而岭南的散文风格,正是应时代的需要、人民的要求而产生和发展的。

岭南是否已经形成一个散文流派?

周道清发表《已经形成"岭南散文流派"了吗?》一文,提出异议。他认为:岭南散文作家既没有自己相同的文学主张,创作风格差异也很大;描写岭南民间物事"并未成为岭南散文作家的共同选择";岭南散文题材极其广阔,在某种程度上也就增加了作品笔调风格多种多样的可能性。偏重表现"阳刚之美"的也大有人在,秦牧就是一个。"阴柔美""诗意美"不足以涵括岭南作家的艺术风格。基于以上几点,周道清质疑"岭南散文流派"成立的依据何在。他还认为,陈剑晖、郭小东似乎过分看重了岭南传统文化等客观因素对作家创作风格形成的影响。"应该承认,共同的文化传统和地域风俗对作家创作风格的形成会有一定的影响,但是,客观特征又必须为'这个'作家所认识、体验、把握、表现。创作风格是客观和主观和谐有机的统一。在同样的客观条件下,由于主观的特异性,那种主观和客观的统一也必然出现差异性。"①

实际上,关于流派形成的标准,学界历来有不同意见,标准宽严不一。既要考虑历史因素,也要从创作实际出发,对流派的未来发展及其可能出现的动向,更应该有一种批评的锐气和眼光,不应拘泥于个别创作现实,也不能在整合性上有太过死板的要求。特别是在流派尚未正式形成之际,既要基于事实,也要看到其发展的可能。《岭南散文风格初探》的作者在文中已指出:承认岭南散文作家有大致相近的艺术表现手法,并非说岭南散文作家的作品只有一个模式。在这点上,我们不同意某些同志那种绝对化的提法,认为一个流派只能有一种风格(岭南散文作家尚未正式形成流派,更应该有区别!)。

流派是一个作家群体,虽然有共同的艺术追求,但并不意味一个流派只能有一种艺术风格,散文的文体特征决定了它是一种追求创作个性的文体,就作家个体而言,也会写出风格相异的作品,甚至会与不同流派作家风格交叉,不能以个别否定全部,否定流派的存在,我们所指的艺术追求应是一种总体创作倾向,或是这个流派的主要成员的创作倾向,以及区别于其他流派的艺术个性。

从这一角度看,陈剑晖、郭小东对"岭南散文流派"的思考,以及提出"岭南散文流派"已经形成的观点,有其积极的意义,它促使更多的同人关注岭南散文,研究岭南散文;对我们进一步理解散文流派,深入思考岭南文化是大有助益的;对繁荣岭南散文也有积极的推动作用。

稍后,《羊城晚报》《作品》《广州文艺》等报刊也陆续发表散文评论文章,如艾彤的《沈仁康散文》、岑桑谈谈野曼的散文创作的《魅力来自深情》、钟晓毅读柳嘉散文集《山山水水》写下的《美的巡礼》、谢望新评杨羽仪散文创作的《新时期广东文学的一位重要代表》等诸文,大大活跃了文坛的批评氛围,推进了广东的散文文体研究。

---

① 周道清:《已经形成"岭南散文流派"了吗?》,《花城》1983年第6期。

第三章 小　说

在新时期,广东文坛迅速响应落实党的十一届三中全会精神,并在小说创作上取得了可观成绩:欧阳山、陈残云等老一代作家重新拾笔,专攻长篇小说创作。1979年至1985年,欧阳山凭借惊人的毅力完成《三家巷》后三卷《柳暗花明》《圣地》《万年春》,小说整体保持现实主义创作风格,实现作家当初的创作目标。陈残云出版土改题材长篇小说《山谷风烟》(1979年)以及海外题材长篇小说《热带惊涛录》(1983年)。《热带惊涛录》以一种浪漫主义感伤笔调描写时代男女的生死爱恋及时代抉择,展现南洋社会众生相及民俗风情,反映青年华侨在抗日战争中的多舛命运及其对祖国的热爱与无私奉献,这部作品丰富了当代文学的海外叙事。梵扬创作了少数民族题材长篇小说《瑶家寨》(1979年)。程贤章与王杏元合著《胭脂河》(1987年)。余松岩创作长篇历史小说《地火侠魂》。郑江萍、朱崇山也笔耕不辍。这一时期广东小说创作主要围绕两个主题:其一是对"文革"所造成的伤害进行揭露与反思。其二是响应中央精神,反映社会变革并展开思考。新成立的广东文学院成为创作主力,这些来自工业、农业、文教等各条战线不同岗位的创作者大都具有基层工作经验,其小说所反映的社会变革及人民生活全面而深刻,开启了广东当代文学书写新篇章。陈国凯的工厂题材小说;程贤章、王杏元、余松岩、杨干华的农村题材小说;何卓琼的电力改革题材小说;仇智杰的《废园》,戴胜德的《两个师兄》《肥佬阿由》《水兵与空姐》《陋屋·邪屋》以及长篇小说《浮城探影》,还有朱崇山、洪三泰、吕雷、邹月照、伊始、熊诚、杜峻等人的创作,各有特色。另有丁小莉的《静静的月影湖》、王文锦的《"呵巴拉咕……"》、林经嘉的《选举》、黄天源的《光明的天使》、张雄辉的《醉猫轶事》、陈庆祥的《窃贼》等岭南新秀之作,反映新时期时代精神,探索多种艺术风格,体现了广东青年作家的艺术水平。20世纪80年代中后期广东作家将目光投向商品经济领域,章以武的《雅马哈鱼档》,钱石昌、欧伟雄的《商界》,张瑞龙的《南中国人》,程贤章与廖红球合著的《彩色的大地》《一个万元户的兴衰》等,讲述各种经商之道,反映改革开放的光明前景,得风气之先,引起全国读者的关注。受城市发展和外来文化影响,现代主义创作方法也有所发展,谭甫成的《高原》《小个子马波利》、石涛的《河谷地》、梁大平的《大路上的理想者》、刘西鸿的《你不可改变我》、邹月照的《死魂灵的多棱体》等作,反映了城市化发展轨迹与现代性焦虑,是广东当代文学中的"现代派",也为都市文学的发展开辟了道路。此外,陈占标、陈锡忠合著的长篇小说《一代奇才梁启超》,1989年6月由花城出版社出版。小说以丰富的材料,再现了这位政治家和文学家流质多变的奇才、倜傥风流的一生,出版后受到不少名家的好评。

第一节 "伤痕文学"开新篇

粉碎"四人帮"之后,文学创作活动复苏,时代的特殊机遇,激发了各行各业人士关注文学创作。《广州文艺》编辑部曾于1978年1月至9月举办有奖征文活动,收到来自工人、农民、解放军战士、师生、服务员、专业作家等各行各业的1100多篇来稿,群众的创作热情可见一斑。他们从生活真实出发,打破"主题先行""从路线出发""三突出"等唯心主义原则,多角度讲述现实故事,这些作品虽然艺术水平良莠不齐,但生活气息浓郁,真实感强,其中不乏一些暴露和控诉"文革"苦难及罪恶的优秀作品。如方亮的小说《拳头打在谁身上》描写"文革"时两个家庭两代人错综复杂的恩怨关系,揭露了"四人帮"对青少年灵魂的扭曲、利用,以及知识分子所遭遇的迫害和精神内伤,提出"拳头不能落在自己同志的身上"这一主题。该作直接描写红卫兵运动,这一题材在当时尚属少见,而且小说以双方和解作为结局,也避免了此类题材容易引发的消极情绪,给读者传递了正能量。

大概从1979年开始,广东当代文学创作基本脱离"'文革'文学"模式,转向"伤痕文学"写作。1979年3月,陈国凯发表批判"文革"的短篇小说《我应该怎么办?》,轰动全国,随后又创作长篇小说《代价》,引领了广东"伤痕文学"的潮流。1979年4月《花城》杂志出版创刊号,头条是华夏的中篇小说《被囚的普罗米修斯》,写天安门事件中被捕的青年斯强在狱中的不屈斗争以及周围正直的人对他的同情和支持,这是国内最早正面表现天安门事件的"伤痕文学"作品。《花城》杂志编辑深知长期的政治压抑与文化虚无让人们对于满足精神需求的读物所具有的强烈渴望,其创刊三年的中短篇小说创作中,对"四人帮"所造成灾难的血泪控诉,对"十年浩劫"的深入思考及深刻剖析,呼唤思想解放的呐喊以及关于工厂改革的思考类作品最多。这一时期,《广州文艺》《作品》等本土刊物亦大量刊发相关作品。

邹月照的小说《春夜》(1979年)、《告别》等作从青年男女角度控诉"文革"造成的伤害。《春夜》中老水手之女王柔"文革"期间因看不良读物被批评教育,成为塑料厂的反面典型——"塑料皇后",从此走上黑暗、污秽的道路,26岁迷途知返,但这时连一个合适的工作都找不到。小说叙事者"我"也是一个刚放出来的政治犯,虽然对王柔的遭遇深表同情却无力帮助,人物发出感叹:"我的美好年华在潮湿阴暗的牢房里度过;而她在污泥浊水里度过,我们都为失去的青春而遗憾啊!"①小说《告别》写"文革"期间男女之爱惨遭歪曲的畸形现实,文中"愿你告别寒冬,踏入春天"一语双关。

杨干华的创作批判"文革"时期荒谬的农村人事以及"文革"后的"四人帮"流毒现象,注重揭示极左思潮对人们的精神毒害。《队长得了横财》《社会名流》中蔡鸣楼这一人物形象反映了"文革"时期形成的错误思想危害之深。短篇小说《惊蛰雷》塑造了一个被"四人帮"极左路线戕害的农村基层干部形象——钱金贵,钱金贵是一个认真、朴实、思想保守的农民,在"文革"期间遭受迫害,粉碎"四人帮"后虽然官复原职,但是他脑子里仍然保留有许多旧观念,他为人软弱,办事一切"以文件为凭",不问实际,不辨好坏,批驳社会主义改革,干涉女儿恋爱,甚至因害怕犯政治错误退休隐居,最后反而被人骗走钱财。《被蹂躏的灵魂》中的余忠也是一个被"左"倾思想毒害的农民形象,他在"文革"期间盲目跟从公社革委会主任吴广理"割资本主义尾巴"以致精神失常而病亡,小说痛斥了这种荒唐害人的迷信思想,并在题记中呼吁:"救救孩子!我想,要救的何止是孩子呢?我们的一些大同志、老同志,何尝不需救救啊!"②《良心》《造神者的战果》《输血》也有类似描写。杨干华在人物形象塑造方面颇费心思,给读者留下深刻印象。但由于作家主观意图过于明显,为了说明人物思想所受毒害之深,所写人物行为近乎荒谬,导致人物形象扁平化、漫画式,对此,杨干华在后期创作中有所改善。

中老一辈作家也加入了"伤痕文学"写作的潮流,岑桑的中短篇小说集《躲藏着的春天》收录了《你解放了……》《如果雨下个不停》《爷爷呵爷爷》《好汉不掉泪》《躲藏着的春天》等五部作品,描写十年动乱中知识分子及老干部的命运,其主题思想具有一定的普遍性,既控诉了"文革"罪恶,也表现了人物的美好品格,如处逆不乱、乐观大度的记者老林,疾恶如仇、爱憎分明的老干部张洪,兢兢业业、忠于职守的老书记,等等。这部作品集展现了作家的艺术个性,其短篇小说选材角度新颖、构思独特,小说的细节、场景、事件具有高度现实主义,语言表达形式多样,或含蓄抨击或辛辣讽刺,集议论、抒情、叙述于一体,体现了知识分子小说的气度。

"伤痕文学"潮流成为这一时期文学叙事的隐性逻辑,除了直接描写及控诉"文革"冤屈和苦难,很多反映当代"四化"建设及人民生活的作品在情节设计上亦较多侧重于表现"文革"的余毒。如陈国凯的《"看不惯"和"亚克西"》《洪主任上岗》《三

---

① 邹月照:《春夜》,载《生活往往是这样》,广州:花城出版社1987年版。
② 杨干华:《惊蛰雷》,广州:广东人民出版社1981年版,第162页。

杯酒》《你调不了我的心》《父与子》《工厂姑娘》《工厂奇人》《姐妹之间》《平常的一天》等小说，从不同角度控诉"文革"的贻害及官僚主义作风。"伤痕文学"创作的热潮大概持续两三年时间，随后广东文学转向对社会变革中产生的新问题新矛盾的讲述及思考。

第二节　改革开放早先觉

改革开放是新时期广东文学的另一个主题。其中，林经嘉的工厂改革，何卓琼的电力改革题材小说，余松岩反映20世纪80年代初期珠三角地区农村经济改革的小说尤为引人注目。

林经嘉(1947—　)，广东汕头人。代表作品有小说《选举》《心的轨迹》《序幕》《急流》等，其中《选举》获广东省首届新人新作一等奖。《急流》获第三届广东省鲁迅文学艺术奖，改编成大型话剧后，又获广东省艺术节一等奖。

林经嘉的《选举》，1980年写于韶钢，由于身处工厂改革现场，小说表达了作者关于民主改革的认识与思考。党的十一届三中全会之后某工厂车间开展民主选举，第一次因为工人意见不统一而失败，第二次厂领导经过调查研究重新确立名单再次召开民主选举大会，但是投票前又被市委组织部叫停。小说开头描绘稀稀拉拉自行其是的参会人员，其文字表现力可窥一斑，分析五个候选人的身份背景及参选心理，概括能力亦很出色。但是，小说在人物形象塑造方面并无出彩之处，作家意在探讨干部选举及工厂改革的可行性方案，许之行的竞选演讲一反官僚主义套路，而是摆出调查研究的工厂数据，提出管理改革方案，如技术培训方案、奖励制度改革、提高机床利用率等等，内容堪比述职报告。其他两个竞选者乐无争、陈敬业的竞选词也如会议实录。小说设计的三个候选人实际上也代表了当时社会普遍存在的面对改革的三种典型态度。许之行说："真理标准问题的讨论，要从思想理论界推进到其他领域去，促进解决各种实际问题，包括现行干部制度的改革问题。"[①]他对"民主选举究竟是资产阶级民主还是社会主义民主"这一问题的辩驳几乎是教科书级别的，由此不难看出作家对于这一问题的思考深度。小说的成功之处在于其思想内容，他提出"基层干部中的某些现状已成为四化建设的关键性阻力"这一让人警醒的命题，并对现行干部体制改革提出颇有见地的解决思路。《选举》获得广东省新人新作一等奖，说明其写作思路契合了当时的读者以及评论界对于文学的期望，即借助文学参与社会主

[①]　林经嘉：《选举》，载《广东文学院文选》，北京：作家出版社1990年版，第604页。

义建设事业及参政议政的热情。

继《选举》之后,1985年,林经嘉又发表改革小说《急流》,其关注点仍是工厂干部体制改革。小说通过讲述主人公丁一的三次"独裁"行为,形象说明了干部作风对于改革成败的关键性作用。丁一的两次"独裁"为工厂改革开辟了道路,南华齿轮厂不到三年时间发展为先进企业标兵,丁一也成为南华市英雄,他的一切决策在工厂成为绝对权威。然而,就在丁一大展宏图推行联营体制的时候,女秘书殷秋菊说:"一个单位的命运完全取决于某一个人是很不保险的。"这一忠告促使丁一深入思考接班人问题,他带头退位,并且要求工厂老干部响应国家政策退居二线,将改革的重担交给一群有知识、有责任感的新一代"三化"干部。《急流》在故事情节设计上与《乔厂长上任记》有相似之处,比如新官上任、改革派与保守派的矛盾、领导人的铁腕手段及个人感情线等等,在人物形象塑造上带有革命文学的特征,丁一和乔光朴都是军人作风,小说整体呈粗犷风格。但是不同于《乔厂长上任记》重在表现回归老干部及知识分子在新时期建设中所起的作用,《急流》的立意在于破除官场体制机制弊端,倡导干部年轻化技术化团队化,避免个人崇拜,就此而言,丁一的形象超越了乔厂长的模式。《急流》的主题主要通过开会论争或人物谈心来展现,所涉及的改革问题不是纸上谈兵,而是充分体现作家理论水平的现实演练,具有鲜明政论色彩。但是小说缺少广阔的社会生活画面,除丁一之外其他人物刻画也较为单薄,部分情节甚至与整体叙事脱节,例如丁一等人的齐鲁之行、丁一与何雪菲有始无终的关系。小说人物心理描写冗长,叙事节奏也颇随意。张奥列说:"《急流》写得过实,弦绷得太紧,作者不善生发,不善借助形象的某些象征意蕴去扩大作品的审美情思,不善作跨越题材、人物本体的描写,不仅影响了作品的描述节奏和色彩,而且影响了作品的容量。"[①]就艺术性而言,《急流》仍有提升空间。

洪子诚教授在《中国当代文学史》中将1985年视作中国当代文学史的一个重要节点,这一时期出现了马原、刘索拉、王安忆、莫言、韩少功、残雪等人创作的"寻根文学"与"现代派"文学代表作品,类似林经嘉的《急流》这样采用革命现实主义文学套路创作的改革文学,无论是从社会热点还是从审美倾向而言,很快就被推向边缘,因此《急流》未能产生类似《乔厂长上任记》那样持久广泛的社会反响,但是小说探讨改革的写实主义文风对广东改革文学影响甚广,而且有一定的思想史料价值。

何卓琼(1944—),祖籍广东顺德。何卓琼早期专攻电力工业题材小说,《电流

[①] 张奥列:《丁一:超出乔厂长模式的人物——中篇小说〈急流〉得失谈》,《当代文坛》1986年第6期。

越过边境》《总工程师的日常生活》《查理和他的煞星》等作品,围绕改革开放初期广州电力行业的经营管理和技术创新展开叙事,故事内容彼此关联,人物形象相互映照。

《总工程师的日常生活》花费大量笔墨描写人物日常生活及其丰富情感,并将其融入工作细节中,使枯燥的工业改革题材具有更多的审美性。不同于传统改革文学中塑造的那种办事大刀阔斧、具有雄辩能力的改革家形象,何卓琼笔下的许融更具人性化特征及知识分子气质,他业务能力突出、思维开阔,但是却因对上司叶经理有所顾虑而迟迟未撤掉无能的醉猫张厂长,导致工人因管理失误而丧生,电厂利益受损,自己内心不安。小说主要事件是许融几经周折撤掉电厂张厂长,并且慧眼识珠提拔饱受争议的技术人员吕丽端,他与叶经理关于两类干部星系的争论,表明改革发展中干部素质与科技人才的重要性,正如小说所写:"现代化建设必须淘汰庸人,挖掘专家。"小说叙事节奏由缓到急,逐层推进,自然呈现人物性格的多面性,许融、司徒瑞麟等工程师形象,既有现代企业家应有的胸怀气魄,也有普通人的七情六欲。其他人物如静心、叶经理、吕丽端等人,虽着墨不多,但都个性鲜明。从语体风格来看,小说段落文字简短、节奏朗朗,诗化与口语化文字自然切换,文风轻松且有朝气。虽然小说人物在"文革"中也经受不公正遭遇,但是作者并未采用"伤痕文学"惯用的控诉哀怨笔法,其叙事风格整体上呈现出一种改革时代特有的昂扬气势。例如吕丽端这一形象,原为电力工程专业高才生,其专业能力未受重视且多年身处逆境,连性别问题都受到非议,但是她并未自甘沉沦,而是把高深复杂的脑力劳动当作玩赏、娱乐,潜心研究电子技术。这种俊逸清高的境界、淡薄功名的超脱以及高深的专业修养,多么鼓舞人心。不同于林经嘉常常借小说人物之口谈论改革设想,何卓琼更注重通过生动形象、具有生活气息的人物形象去反映改革理念,小说体现了电力工业在国民经济发展中的战略意义,也从侧面反映了改革开放初期经济发展的繁荣气象。

何卓琼的另外两部同题材小说《电流越过边境》与《查理和他的煞星》主要描写国际电力市场及电力交易谈判的利害关系与交锋,通过对比司徒瑞麟与外资代表查理的生活作风及工作态度,突出具有强烈事业心和责任感的中国知识分子形象,反映了改革开放初期电力工业发展面临的国际挑战,小说不仅形象说明了营销比生产更重要的工业改革理念,而且写出了商战的精彩和气度。上述作品也存在不足,例如查理与司徒瑞麟由曾经的好朋友变成谈判桌上的对手缺少必要的情节支撑,司徒瑞麟的性格特征与他的家庭背景亦经不起逻辑推敲。何卓琼后来的创作有意识进行新的探索,短篇小说《呵,太平洋的封面》侧重于表现人物的自然性与精神困顿,这部作品也成为何卓琼长篇小说《祸水》的前奏。

20世纪80年代中后期,何卓琼创作了《祸水》《医生和他的朋友》《意境》等小说,这些作品不再直接描写改革事件,而是表现改革开放语境中人的心态、感知以及隐秘的内心世界,小说的艺术性有了明显提升。《祸水》描写青峰山电厂和地方乡民在如何利用库水问题上的尖锐冲突,电厂厂长林大田的内心也潜藏危机,他想维持原有的家庭结构,却又无法遏制对薛妹的暗恋。小说一方面表现了现代意识与小农观念的冲突,另一方面也表现了人物情感与理智、自然人性与道德传统之间的冲突。小说大量采用象征、梦幻、意识流等现代主义表现手法,深入表现人的"原欲"世界,"祸水""峡谷"所呈现的多层象征意义,进一步加深小说的审美内涵,这部小说也意味着何卓琼已超越一般的"改革文学"创作而进入更广阔的艺术世界。

余松岩(1933—2003),原名余泳泉。出生于江西南昌。出版小说集《海花》《漂流的爱》《追月》等,长篇小说《地火侠魂》《虹霓》分别获第四届、第六届广东省鲁迅文学艺术奖;散文《梅州观树》获1994年秦牧散文奖。曾获意大利第二十三届蒙特罗国际文学特别奖。

余松岩的"生活三部曲"(《生活的漩流》《生活的激流》《生活的潜流》)是反映20世纪80年代初期珠三角地区农村经济改革的重要作品,体现了自然经济与商品经济、传统观念与现代意识的碰撞。《生活的漩流》(1982年)是广东第一部正面反映农村经济改革的作品,该小说创作期间,农村责任承包制尚在试验阶段,农民态度褒贬不一,余松岩在小说中肯定了这一改革举措,探讨了在农村经济改革中如何解放思想、坚持党的领导等关键问题,体现了作家的政治敏锐性及时代责任感。《生活的激流》(1985年)写翠洲大队与港商合作办纺织厂所产生的内外矛盾,表现了农村向外发展经济面临的机遇与挑战,而港商方婉怡、惠蕙等人与翠洲大队以及祝卫华等人的人情纠葛,既拓展了小说的故事容量,也体现了粤港人民同根同源的历史关系。

《生活的潜流》(1986年)是三部曲中艺术成就最高的,小说描写农村商品经济发展遭遇新的挑战以及人的情感关系的裂变,范永添、顾福寿、杜丽清、苗艳芳四人之间的情感纠葛,始终伴随着经济利益的博弈。小说推进人物关系演变时,将金钱关系作为重要情节。范永添与苗艳芳的婚外情,不是因为女方的妖艳外貌,而是因为苗艳芳可以成为他的生意助手;顾福寿掌握范永添经济违法行为证据之后才有了重新追求杜丽清的胜算。杜丽清本是安贫若素的农村妇女,面对丈夫的出轨,从万念俱灰到强力反击,最终在经济上战胜前夫成为最后的赢家。一时失利的范永添与苗艳芳也并未因此消沉颓废,而是等待时机,东山再起。小说对农村男女的外遇行为不再持明显的道德批判,而是更趋于认同其背后所蕴含的新价值观。余松岩的小说为重新确立现代商品经济语境下文学叙事逻辑提供了新的范式,其小说情节设计适应于商品社会逻辑,体现了社会主义初级阶段我国当代文学新的特征。

"生活三部曲"如实反映了珠江三角洲农村商品经济改革的不同阶段,其情节设计中关于人物历史关系的回顾也深化了改革叙事。余松岩的小说多取材于中山农村水乡生活,他熟悉岭南风土人情,小说场景和细节描写充满地方特色和时代气息,他对广东方言及文化有较强的辨识力,其小说语言自然融入粤语方言,人物行为也独显岭南乡土特色。1998 年,余松岩发表长篇小说《虹霓》,延续"生活三部曲"的选材立意及风格,描绘出一幅更典型的珠江三角洲新农村风俗画,讲述了富有时代气息的改革开放故事。

20 世纪 80 年代广东作家发表大量关于工厂改革的小说,其常见主题集中在生产问题、干部体制问题、官僚主义作风问题。黄虹坚的《勇退》与《急流》相呼应,讲述一个有觉悟有远见的老干部主动让贤的故事。陈国凯的《秀南峰奇事》写老干部不愿退位,反映了当时民众对于干部体制改革的强烈愿望。邹月照的《实况转播》批评工厂行政管理机构的官僚主义作风和无所作为,呼吁实事求是开展改革。邹月照的《引擎》、陈朝行的《一厂之长》、贺益明的《"九姑娘"》等作品都反映了我国工业战线改革面临的问题。

改革开放引起的新旧观念冲突以及中外观念冲突亦成为这一时期"改革文学"创作的常见主题。深圳作家黎珍宇的《咸水淡水》描写新旧两代人不同的生活观念和生存方式,反映了新旧交替时期的价值嬗变。丹圣的中篇小说《小姐同志》、陈荣光的《老板·女工们》以及杨群的《酒店》等小说较早反映合资企业的新矛盾、新文化、劳资关系等。

农村改革小说还有杨干华的《冬夜备忘录》等。《冬夜备忘录》描写改革开放后成长起来的农民丘子谷的致富经历,既写出农村复杂的人际关系,也反映改革开放初期的时代气息。丘子谷读书少、文化层次低,少时受解放英极左思想的压制,成年后信奉观念更新,想干什么就干什么,富有开拓冒险精神,但是他好虚荣、讲排场,报复心强,不讲礼数,在老丈人眼中,这是"令人捏一把汗、非官即贼的品赋"。解放英思想保守、极力维护极左路线,其心理动机比梁老先生更加复杂,改革让她丧失权力和既得利益,从而产生失落感和仇视心理,放火烧了丘子谷的草料。梁碧君是改革开放的受益者,但是由于历史原因,她对政治导向以及经济政策仍有疑虑、忧心忡忡,写信问攻读大学历史系的老二"雇工四十余人是否剥削?"。梁老先生的不满、解放英的敌视、梁碧君的担忧以及乡亲们的观望,反映了改革开放初期复杂的社会心态以及经济改革所面临的思想障碍。小说借老二回复母亲的一封长信表达了作家关于改革的基本理解与坚定信念,体现了这一时期广东作家以文学形式积极参与经济政策讨论的创作动机。

第三节　吕雷的小说创作

吕雷(1947—2015),笔名李海新、小思。籍贯广东惠东,出生于重庆。出版小说集《云霞》(1981年)、《浪尖上的信笺》(1984年)、《望海椰之恋》(1990年);散文报告文学集《白云魂》(1990年),电视剧本《云霞》《澳门雨》《天地良心》《血莲花》;影视小说《海响》(1990年);中长篇小说《大江沉重》(与赵洪合著)、《大江月圆》;等等。其小说分别获1980年和1982年全国优秀短篇小说奖。

一、吕雷小说创作主要类型

吕雷步入文坛之时,正值"伤痕文学"兴盛,他自觉投入批判"文革"罪恶的写作潮流中。短篇小说《血染的早晨》《最后的慰藉》写学生武斗,误杀至亲、爱人,故事结局骇人听闻。小说没有详述故事的起因或来龙去脉,而是通过人物心理描写反衬"文革"给社会造成的精神伤害,具有较浓抒情意味。《血染的早晨》从弟弟的视角讲述对哥哥的思念,这种思念最后却在哥哥的枪声中结束。《最后的慰藉》主要描写母亲杜曼霞想念女儿晴晴以及晴晴恋人的忏悔。《浩浩大江流》中"我"对问题女知青苗芳的监视反而促成"我"对她的了解并最终爱上她,小说通过对比叙述批评"文革"时期颠倒黑白的人事。这些作品叙事角度独特,情节设计巧妙,描写伤痛也触目惊心,但是因缺少历史性的观照及典型人物形象的塑造而使其批判性仅停留在表面。

现实主义题材创作是吕雷的自觉选择,吕雷基层工作经验丰富,其小说题材多与他早年经历有关,其中数量较多且有代表性是"南海石油小说"系列。浩瀚的海洋、孤岛般的平台、充满活力的年轻人,构成吕雷笔下色彩斑斓的文学天地。《海风轻轻吹》获得1980年全国优秀短篇小说奖及广东新人新作奖,小说描写工人歌舞团歌手晶晶的职业挫折与恋爱烦恼,她自觉抵触社会不正之风,追求志同道合的爱人。《浪花呀浪花》写年轻人恋爱、结婚、安家,塑造了一个乐观洒脱、不倚仗权势的海洋勘探局工人形象。《春夜正在悄悄消逝》写海员的未婚妻积极上夜校学习却被别人误解。中篇小说《眩目的海区》《海响》《望海椰之恋》等也是海员题材小说。其中《望海椰之恋》的选材有所突破,主要讲述在海洋石油基地当外宾家庭服务员的秋燕的所见所感以及遭受的误会和中伤,从侧面描写海员的生活状况、情感态度以及社会观念。

吕雷早期小说以塑造新时期青年形象为主,情节设计多以年轻人的感情生活为抓手表现社会变迁及时代风气,改革、提干、分房、就业、出国等社会问题则构成其小说丰富的故事语境,小说立意明确,但情节较为松散,心理描写居多。

　　吕雷早期创作的另一个重要类型是改革小说,这些小说一贯采用他擅长的写作手法,即着重表现人与人的情感关系,具有较高文学性与可读性。《火红的云霞》1982年获广东省鲁迅文学艺术奖以及全国优秀短篇小说奖,这部改革题材小说的选题与立意与《乔厂长上任记》有明显的对话关系,但是它不是效仿《乔厂长上任记》的跟风之作,而是反其道而行。主人公梁霄调任化工厂厂长,他的顶头上司丁一林说:"好! 乔厂长风格! 这下子'南化'有希望喽!"①丁一林希望梁霄能够接班继续发展"南化",但梁霄发现"南化"不过是领导阶层盲目投资的重复基建,几年来乱支乱购、大肆挥霍到惊人的程度,当省里调研时,梁霄提出了让"南化"下马的方案。不同于大多数改革文学乐于塑造"临危救厂"的铁腕改革者形象,《火红的云霞》塑造了一个亲自解散工厂的改革终结者形象,这一情节设计大胆而创新。在人物形象塑造方面,作家并未花费过多笔墨讲述梁霄在关闭"南化"的过程中如何处理工人或工厂资产等技术性问题,而是重点描写梁霄与失而复归的爱人文洁森和女儿文晓的矛盾与纠葛,借此表现梁霄作为一个共产党员的担当与自律。《"官迷"骆驼》较少直接描写"官迷"骆驼的改革举措,而是从他妻子的视角表现骆驼不畏困难、坚持改革的精神风貌。《眩目的海区》是吕雷综合海员题材与改革题材较为成熟的作品,故事主人公陆烨放弃岳父为自己安排的康庄大道,与罗文岳一起反对地方政府对石油开采工业的行政干预,最后不顾娇妻幼子的挽留,毅然回到石油工人岗位。小说叙事含蓄、委婉,心理描写细腻,其中设置的空白、悬念及内在情感冲突使小说主题更加丰富和深化,人物形象也更为丰满,充满正气、友爱与担当。《海响》也属于这一类型。两部小说的情节设计都重在表现改革中人与人的关系及其内心情感。

二、吕雷小说创作主要特色

　　吕雷是根正苗红的革命后代,其父吕坪解放前是重庆地下党,解放后担任过茂名市委宣传部部长、广东省文联党组书记等职,吕雷从小耳濡目染,带着一种神圣的使命感投入创作。吕雷说:"时代性、艺术典型人物、理想主义,一直是我在文学中所追求的。"受家庭背景及个人经历影响,吕雷关注重大历史进程,以文学的形式思考历史转型及人们生存处境和生活状态的变化,自觉响应主旋律创作。

　　吕雷创作遵循现实主义原则,注重人物塑造、情节安排以及氛围营造等,钟晓毅

---

① 吕雷:《火红的云霞》,载《萌芽》月刊社编:《队长得了横财》,重庆:重庆出版社1983年版,第29—30页。

评价吕雷小说创作"讲究作品情节的跌宕曲折,却不走诡谲、夸张、传奇的路子,而是追求情节的现实品格,把情节置于明晰的情理之中,加强所描摹对象的逼真性"①。这是吕雷创作个性的必然体现。他初学写作时得到萧殷的指导,萧殷主张文学创作要敢于揭露矛盾和丑恶,但是社会主义文学揭露阴暗面要与过去的批判现实主义有所区别。吕雷践行了乃师的文学主张,他的小说也常写改革开放之后出现的一些社会问题和社会矛盾,但是不以揭露批判社会黑暗为创作的终极目标,而是为了警策人们奋发向上,总体上倾向于正能量。《海风轻轻吹》中的何帆两次被有关系的人抢走工作机会,但是他不怨恨、不气馁,面对不公正的社会依然积极上进,何帆对晶晶说:"人不是一个模子铸出来的,金桥不是万能的——有人竟然敢于放弃它!这使我更相信,没有金桥,路总也可以走出来的,不过要靠自己的脚板。"②晶晶被何帆的精神感动,放弃可以为她搭金桥的卫卫,选择了价值观相同的何帆。《火红的云霞》中的梁霄年青时不谙世事、胸无城府,办事只凭血气之勇,虽然常摔跟斗,仍不失共产党员的赤子之心。吕雷作品中的人物有着高洁的心灵以及高尚的情操,即使描写沉重的话题,也总会设计一些振奋人心的细节。例如《火红的云霞》中梁霄与文洁森分道扬镳,再次失去爱人,但是工人们自发为他送行,女儿也理解了他,他拥有更多的爱。《海响》中的邝南疆涉嫌经济犯罪被调查,背后却是为民创业的拳拳之心。卢抗在爱情与党性原则发生冲突之时,毅然割舍爱情。在文学作品中表现崇高,给人以进取向上的精神鼓舞,这是吕雷一贯坚持的创作原则。

吕雷年轻时喜欢写诗,后来专攻小说,便将写诗的情怀带入小说,强烈的抒情性成为吕雷小说的突出特点。这种抒情性首先表现为借景抒情,小说常常营造某种意象,比如海风、海浪、云霞等等,营造意境、渲染氛围、表现人物内心。《海风轻轻吹》开篇写道:"海风,体贴人的海风啊……晶晶闭上眼睛,这大自然的抚爱,使她象一团乱麻的心稍稍安定了些。海风挟带着春天温暖、湿润的气息,无声地伸出透明的手指,抚摸着晶晶泪痕始干的脸颊。唉,它能吹到心窝里该多好啊,可是……"③微微的海风,恰如少女的心思,营造出淡淡的诗意。在吕雷的其他"南海石油小说"中类似这样的海景描写也很常见,《炫目的海区》以陆烨的梦魇开篇,文中多次渲染人物情绪。《海响》以海吼点题,构成一种风雨欲来的气势,具有明显隐喻性。《望海椰之恋》反复描写海边的椰子树以及海风海浪,与人物情感形成呼应。吕雷的小说频频

---

① 钟晓毅:《吕雷论》,载《广东作家论》,广州:花城出版社1994年版,第191页。
② 吕雷:《海风轻轻吹》,载《萌芽》月刊社编:《队长得了横财》,重庆:重庆出版社1983年版,第22页。
③ 吕雷:《海风轻轻吹》,载《萌芽》月刊社编:《队长得了横财》,重庆:重庆出版社1983年版,第1页。

出现"大海",这既是作品的描写对象,也是作者情感的喷口、人格精神的外化。《火红的云霞》中时时出现的云霞,伴随着主人公梁霄的沉思,成为渲染小说气氛的重要场景,梁霄也常常显露诗人气质。吕雷小说的抒情性还表现为一种理想主义色彩,晶晶与何帆的结合,梁霄对女儿的感化,刘雪华设在海边的婚房,这些情节的设计,都带有某种浪漫主义情愫。充满抒情性语言、诗意的营造以及大量的心理描写形成吕雷小说独特的文学气质,具有一种温和中伴随着力量的南方气息。

三、新世纪吕雷的创作

新世纪之初,吕雷与赵洪合著长篇小说《大江沉重》,2003年又发表长篇小说《大江月圆》,两部以江命名的小说风格迥异,均受好评。《大江沉重》反映了改革开放与全球化浪潮中的城乡经济面貌,沧宁县成为新时期改革的缩影。小说故事内容紧跟时代,情节峰回路转、一波三折,全书在思想性、艺术性及可读性等方面都有一定的建树。尤其是人物塑造相比于20世纪80年代"改革文学"有明显突破,更具人性化特点,主人公邝健童个性鲜明、情感丰富,而且勇于突破陈规,坚持"发展才是硬道理",其"鬼马人精"的形象也成为新时期智慧执政者的代表。小说其他人物形象也给人留下深刻印象,如手段高明的京少成沂山、颇有心计的才女白岚、命运不济的夏淼淼等等。

长篇小说《大江月圆》描写了一个凄美的爱情故事:民国时期出身贫贱的疍家后生大江以其勇武忠毅的品格赢得名媛小姐月圆的芳心,然而大江不慎"失身",两人恋情遭到各方势力阻挠,大江被地方"水霸"郭金龙杀害,月圆悲愤地做了南洋自梳女。小说以极具通俗文学色彩的爱情故事框架囊括丰富的历史学与社会学素材,描绘出一幅优美地道的"水上人家"画卷,其中红船戏子的"水上演艺"及"水乡鱼塘盛事"等情节具有浓郁的岭南韵味。这是吕雷首次涉足解放前广东的民俗民风,为了解广东百年水上人家的历史变迁,他认真阅读了陈序经的学术著作《疍民的研究》。他有意识地采用广味语言并增强小说的岭南文化底蕴,推动了广东文学的本土化写作。

第四节 主要作家的小说创作

郑江萍(1923—1993),笔名江萍。广东佛冈县人。曾任广东省作家协会党组书记。郑江萍少年时便富有爱国精神,他积极参加抗日救亡活动,成为进步团体闹钟剧社的成员并参与演出进步剧目,其间尝试剧本写作。解放前夕在香港养病,因想念同生共死的战友而提笔创作,在香港报刊发表多篇《游击区人物志》,《马骝金》是这一时期代表作。20世纪50年代,郑江萍发表《欧秀妹》《何老懵》《取枪记》等短篇小说,积累大量写作素材。1958年被划为"右派",停笔21年,直到党的十一届三中全会之后才重返文坛。

1979年至1989年间,郑江萍创作了《高山红叶》《短枪队长》《黎明曲》《幻宝记》等剧本并获奖,另有小说、散文、诗歌发表。他的小说主要以个人经历或体验为素材,如中篇小说《刘黑仔》《港九枪声》以塑造英勇善战的革命人物为主调,故事惊险。长篇小说《长路》则是个人对人生体味的总结,该作写农村改革初期的矛盾斗争和问题,揭示"大锅饭"不是真正的社会主义,作家借三年的农村改革带出广东三十年的历史,真正诠释了现实主义创作方法,也体现了其对党对人民的拳拳之心。

朱崇山(1931—),笔名朱浩明。祖籍广东台山。主要作品有长篇小说《南方的风》《流动的雾》《风中灯》《十字门》《鹏回首》《界河》;小说集《影子在月亮下消失》《朱崇山中篇小说选》《多余的阴影》;长篇报告文学《明天的早晨》《深圳市长梁湘》等。2010年,朱崇山获中国作家协会"文学创作60年"荣誉证章。

作为广东省作协专门派驻深圳经济特区的专业作家,朱崇山尤其关注经济特区的建设与发展。20世纪80年代初期创作的短篇小说《门庭若市》,通过描写特区农村桂明叔家三个女儿的境遇,反映办特区以来农村生活条件、经济面貌以及农民心理的深刻变化,虽未形成独特的叙事风格,但主题鲜明、叙事明晰,也确立了创作的独特选材,即特区"三农"题材小说写作。1984年朱崇山出版小说集《影子在月亮下消失》,收录三部特区题材中篇小说《温暖的深圳河》《彩色的边镇》《影子在月亮下消失》,同年还发表中篇小说《仅仅是开始》《淡绿色的窗幔》和长篇小说《南方的风》,艺术地再现了特区开放之初人民勇于改革,冲破重重阻碍获得发展的艰苦历程,《南方的风》也是最早描述农民工(当时称临时工)生活的长篇小说。朱崇山继承了陈残云开创的特区文学写作模式,如陈残云在《深圳河畔》《异地同心》等作品中,重点表现"一个家庭、两个世界"的边防区特殊生活,其叙事常以深圳人与内地人的冲突或深圳人与香港人的冲突为抓手,故事好看且突出主题。朱崇山多以界河、边界小镇、中英街等边界地区的农村青年男女的情感纠葛与事业发展为描写对象,通过对比特区及香港两地生活,表现特区与香港的历史渊源及现代冲突,反映"四化"建设的进程与矛盾。这一写作思路一直延续到新世纪,2012年以来,朱崇山陆续出版"边防禁区三部曲"系列小说,包括长篇小说《界河》《空村》《耕楼》,揭秘改革开放初期波澜壮阔、丰富多彩的特区生活。

朱崇山的特区题材小说反映了历史的真实,尤其是他对"三农"问题的记述,记录了改革开放初期的伟大实践,他以文学的形式留下珍贵的记录,也体现了一个作家对人民负责、对历史负责的坚定立场和强烈的社会责任感。

伊始(1948—　),原名鲁庆彪。祖籍浙江钱塘,生于海南岛清澜港。主要从事小说创作,兼写报告文学、电影文学、散文、诗歌和文学评论。

伊始自幼在海南生活,对海南岛充满感情。他调入广州后发现时人对海南有诸多传闻,于是独辟蹊径,以介绍奇人怪事的笔调讲述海南故事,增强小说的传奇性与趣味性。其作品多以写人为主,如1980年的成名作《捕捉龙虾的季节》围绕"老海贼"改水的反常行为展开叙述,通过人物对话批评官员的腐败行为,塑造了一个仗义执言的老渔民形象。小说动作神态及心理描写细致到位,情节设计充满戏剧色彩,加之方言俚语的灵活应用,文风生动、可读性强。伊始的"海南人"系列小说,包括《斗殴》《居仁坊阿顺》《海甸异人》《还愿》等,塑造了一批海南"老阿爸"形象,如翻三番、阔嘴佑、贯海石、尿泡顺、张虾眼,这些人名都带有民间色彩和地域习俗,故事内容涉及农村改革、工人创业、乡野传说、百姓疾苦等,既有时代气息,又有一种神秘、独特的民间韵味,也体现出伊始为海南岛民立传的创作意识。伊始是广东较早探索本土化写作的作家,《斗殴》《黑三点》《在那日出的地方》及"狗咬豹"和它的主人》(又名《大山魂》)等作品都有出色的民俗民风以及海南风光描写,身在广州的现实语境让伊始自然而然形成一种观照海南的审美距离,从而抓住那些最能体现海南风土人情、湖光山色、民族风味以及时代习俗的审美素材,并且将其自然融入小说的人物和情节中。其语言朴素、老练、口语化,带有民间文学、传记文学以及章回小说的痕迹,文风自然、真切,且有一种神秘的地域色彩。

伊始的小说虽然取材奇人怪事,但是立意并不猎奇。他主要通过叙事的反差突出人物个性及可贵品质,形成一种强烈的审美效果。《"狗咬豹"和它的主人》中的护猴老人平时痛恨偷猎者,最后却舍命救人。小说在渲染气氛、性格塑造等方面均有突破,情节奇中有平,平中有奇,独特新鲜,秦牧对此给予高度评价。《黑三点》讲述乡干部动员阶级觉悟不高的蔡老干利用风筝比赛给游击队输送食物的故事。小说前半部分着力渲染蔡老干贪财、吝啬、气量小、好强、爱面子的性格特征,又大笔书写"赛风筝"的生动场景,造成一种紧张气氛,让人觉得蔡老干顽固的好胜心必会误了革命的大事,但是在最后关头,蔡老干却能战胜自我,砍断风绳,将物资顺利送到游击队手中,而他自己却因此丢了性命。小说情节设计新奇,被人称道,人物前后行为反差突出其个性特质和高尚人格,蔡老干的形象复杂、生动、饱满,突破了概念化人物塑造的套路,催人深思。这一时期,伊始还创作了边塞人物记《阿德力西》《阿斯塔那看墓人》等,力图让笔下人物给人更多的回味、联想或者哲理启示。伊始重视文学在社会主义精神文明建设中的作用,他刻画人类生存状态,着力表现在粗野奔放、不屈不挠的生命大潮中挺立的高贵人格。

除了小说创作,20世纪80年代以来,伊始还创作了《相对沧浪》、《绿色的火焰》、《天地良心》、《突破北纬十七度》(与郭小东、陆基民等合作)、《冰点燃烧:2008南方大冰灾纪事》(与郭玉山、杨克、温远辉合著)等报告文学。其中,《天地良心》获第七届广东省鲁迅文学艺术奖;长篇报告文学《突破北纬十七度》获广东省第六届"五个一工程"奖;长篇报告文学《冰点燃烧:2008南方大冰灾纪事》获广东省第八届鲁迅文学艺术奖。

熊诚(1950—),出生于广东信宜县,成长于江门、肇庆。著有短篇小说《小两口进城》《黑吊钟》《黄蓉日记》及长篇小说《狂澜》等。曾在深圳特区从事文学编辑工作,任《风流人物报》编辑部主任,与人合作采写《林若畅谈广东农业开发战略决策》《纵横论述人才问题》《许士杰与改革者》等改革题材报告文学,颇受赞誉。1988年,熊诚和伊始在《青年文学》开辟"当代人剪影"栏目,以简洁活泼、概括性强的笔墨描绘改革时代广东人光彩的精神面貌,在读者中产生广泛影响。

熊诚的小说数量不多,但创作动机颇为明确。《小两口进城》获广东新人新作奖,反映了新时期农村青年对美好生活的愿景,具有浓厚的时代气息。《黑吊钟》获第二届青年文学优秀短篇小说奖,其故事主线写花木公司经理江仔回乡与其父寻觅旷世奇花黑吊钟。作者以一种碎片化叙事的形式糅合广东民俗、个人爱欲、创伤记忆等多种文学资源,同时打破单一线性叙事时间,借助意识流、画外音等手法,扩展叙事内容,调节叙事节奏,"黑吊钟"作为一种隐喻,也时不时将读者引入哲学沉思,从而使小说的现代主义意味更加鲜明。此外,该作语言简短传神,粗犷有力,具有一种类似北方文学的阳刚之气。可以说,《黑吊钟》是20世纪80年代广东青年作家锐意创新的突围之作。

钱石昌(1946—),江苏无锡人。其作品《骑兵连长外传》获广东新人新作二等奖。**欧伟雄**(1950—),广东中山人。钱石昌与欧伟雄1988年合著的长篇小说《商界》,最初发表于《当代》杂志1988年第3、4期,1989年12月出单行本,全书33章。该书出版后受到政治、经济、文化等各界人士普遍关注,更引起"商战文学"大讨论,是年获广东省建国40周年优秀作品一等奖。

《商界》以广州、深圳为背景,讲述三个不同所有制背景、经营规模不等的公司利用银行信贷发展贸易相互竞争的故事。小说开篇第一章"掌管闸门的人"描写粗放式发展却充满活力的信贷部,形象地展现了改革开放初期银行的面貌及其在商品经济发展中的调节作用,标明小说叙事的关键之处。小说基本遵循现实主义原则,突出改革开放时代现实生活的当代性,其所描写的事件与现实生活极为接近,具有很高的写实性。在人物形象塑造方面,虽然有评论家认为小说人物深度不够,但作者在人物设计上更注重全面性,即最大容量地展现商品经济发展中的各种人物类型。如穗光实业开发股份有限公司总经理张汉池、劳动服务公司总经理廖祖泉以及银河公司总经理曾广荣,这三个不同身份背景和知识背景的总经理及其经商经历,可以说是当年贸易市场的三种典型代表。小说对张汉池着墨较多,他原为岭南家具厂厂长,工作兢兢业业、踏踏实实,为人无欲无求,不夸夸其谈,不卖弄表功,人品耀眼。但是,张汉池在经商路上却是磕磕绊绊,打不开局面,甚至被骗欠下巨债,最后不得不转让公司经营权。这个人物身上背负着长期窒息人们思想的传统观念以及国家政治经济体制的缺陷所造成的沉重弊端,最终经过商品经济的洗礼,完成脱胎换骨的改造。以秦月双、罗泰康、简颂雅为代表的信贷部员工,代表了银行与商品经济主体的复杂联系。秦月双、陶丽佳、梁依云三个女性的经历,说明人的命运、观念在金钱冲击下发生急剧变化。此外,李少达、马俊发、廖修儒、魏可仪、魏仲良、汤寿聃等人,几乎每一个有名字的人物都是一种社会人物类型且具有一定的代表性。《商界》向读者提供了大量商品知识信息,其中不乏一些具有启示性和超前性的政治、经济信息,比如信贷开放的利弊,行政指令与经济规律的冲突,贸易与实业的关系,等等,又如李少达分析 IBM 电脑贸易失败的原因以及关于商品经济的认知,都是教科书式的论证。此外,小说也展现了改革大潮中各种身份人物的心灵变化甚至内心污秽,挖掘现代人的多元心理内涵,为读者提供丰富的社会文化心理信息。《商界》全面展示了改革开放之初商品经济发展状况,体现了广东作家的开放式思维、求变精神和务实风格。

刘西鸿(1961—),广东肇庆人。1984年开始在《花城》发表小说,描写青年群体的日常生活及其新潮观念。《月亮,摇晃着前进》(1984年)是刘西鸿早期较有代表性的作品,该作通过描写高干子弟高若愚、高若谷两姐妹关于事业、爱情、艺术的不同追求,以及她们与高家父母、若愚的恋人、若谷的绘画老师等人在日常生活中的观点碰撞,折射出20世纪80年代青年人对个人价值的追求与宣言。若愚与若谷性格不同、经历不同,但是她们彰显了改革开放以来女性独立意识的发展,其观察世界的眼光和处理人际关系的方式方法,具有鲜明的时代特征。此外,刘西鸿在小说中有意设计写诗、绘画等故事情节,通过不同人物关于电影、诗歌、绘画的评论,表达新的文学观和艺术观。如高若愚坚持诗歌创作应来自生活,需深入人心,小说写若愚批评电影里那种图解式的、千篇一律的爱情戏,"干吗不去开拓心的深处,发现角落的角落呢？社会是多面体，人也是多面体。"①如此种种，不难看出《月亮，摇晃着前进》让刘西鸿找到了文学创作的方向，其中体现的主题、人物设置方式及语言风格也是刘西鸿小说的常见模式，在《我与你同行》《自己的天空》等小说都有类似写法，其成名作《你不可改变我》中的孔令凯可以说是从高若谷演化而来。

《你不可改变我》是刘西鸿的成名作，获得1986年全国短篇小说奖。该作常与徐星的《无主题变奏》、刘索拉的《你别无选择》等作相提并论，被称为20世纪80年代现代派文学实验大潮的代表作，也将深圳文学带入全国文坛视野。《你不可改变我》以洒脱、洗练的人物对话突显人物个性，运用熟稔的粤语方言和生活细节描写，体现现代南方都市情调及激荡的改革开放气息，其叙事节奏轻松明快。16岁少女孔令凯充满活力，她吐出一口白烟，问"我"："你信有爱情这样东西?"她批评"我"："你太拘谨于形式了。"简短的对话，精准的细节，人物精神特质跃然纸上，这种独立的个性以及多元化的价值观念体现了沿海开放城市新一代青年人的心理特征以及新兴现代派文学的主旨倾向。《你不可改变我》在捕捉改革开放初期中国青年思想观念的变迁轨迹方面，具有和铁凝的《没有纽扣的红衬衫》、刘索拉的《你别无选择》、张辛欣的《在同一地平线上》一样的重要性。此外，刘西鸿的《苦苦咂、甘甘咂、甜甜廿四味》系列小说以及《黑森林》等作品亦都聚焦南方都市生活，描写80年代改革开放初期沿海开放城市青年对自己人生道路的思考与选择，她对某些社会现象的反思，反映了改革开放语境下个性灵魂的微妙波澜和精神世界的复杂图景。

刘西鸿是第一位获得全国性文学大奖的深圳作家，曾被广东文坛寄予厚望，她的艺术感觉常常被人称道，遗憾的是20世纪90年代她远嫁法国后，便鲜有文字发表。虽然刘西鸿的创作只是80年代广东文坛的"惊鸿一瞥"，但是她的小说却成为广东都市文学的开路先锋。

---

① 刘西鸿：《月亮，摇晃着前进》，载《你不可改变我》，北京：作家出版社1987年版，第82页。

第四章　陈国凯

陈国凯(1938—2014),广东五华县人。曾任广东省作家协会主席。代表作品有长篇小说《代价》《好人阿通》《荒唐世事》《大风起兮》;中篇小说《工厂姑娘》《姐妹之间》《摩登阿Q》《天道有情》;短篇小说《部长下棋》《我应该怎么办?》等。其中,《我应该怎么办?》获第二届全国优秀短篇小说奖。2010年获首届广东文艺终身成就奖。2012年,人民文学出版社出版《陈国凯文集》全10册。

第一节　陈国凯文学创作历程

陈国凯作品近400万字,其创作历程大致分为四个阶段:

第一阶段创作自1958年至1978年,当时陈国凯是工人业余作者,作品数量不多,大概十多篇,以短篇小说为主,主要取材于工厂生活,反映工厂新人新事,赞美工人阶级的美德,歌颂新时代工人阶级忘我工作的精神,或者描写工人成长经历及朴素情感,文风轻松愉悦。代表作有《部长下棋》《总工程师》《相亲记》《新来的图书管理员》《大学归来》《主人》《眼镜》《开门红》等,其1977年11月出版的首部短篇小说集《羊城一夜》收录了这一阶段的作品。1962年发表的《部长下棋》从一个新人的视角描绘新中国成立后工厂里的新人新貌,构思精巧、语言生动,人物神态动作描写细致,尤其是以棋论事、以棋喻人等场景描写,文笔流畅,角度新颖、主题鲜明,今天看来仍可亲可信,富有生命力,充分体现了陈国凯早年创作的艺术特色。

第二阶段创作自1979年陈国凯加入广东作协至1982年,这一时期属于创作调整期。面对"文革"后的百废待兴,成为专业作家的陈国凯开始自觉思考个人创作与国家意识形态的关系。此期所写《我应该怎么办?》《代价》等作品属于"伤痕文学"类型,也是陈国凯作品中少见的悲剧题材。这一时期出版的短篇小说集《家庭喜剧》开始改变早期歌功颂德式人物构思模式,转向批判"四人帮"罪恶及官僚主义作风,又如《洪主任上岗》《三杯酒》《你调不了我的心》《父与子》《厂长退休了》等。中篇小说《工厂奇人》《工厂姑娘》《平常的一天》《姐妹之间》,亦在批判"四人帮"遗祸及不良官僚作风。

第三阶段创作从1983年至20世纪90年代初期,这一时期陈国凯小说选材开始突破工厂生活,转向批判各种社会问题,对文坛丑陋现象的批判尤其尖锐。其小说人物也不再局限于工人及工厂领导,而更多关注作家、文人、教授、歌星等文化人士。其表现手法则超越传统现实主义,采用荒诞、夸张、超现实、黑色幽默等现代主义手法,探索一种幽默讽刺的文风。如作品集《荒诞的梦》《文坛志异》《摩登阿Q》等,从文坛内幕到官场现形,编辑、作家、歌星、局长、科长等各色人物,均被陈国凯拉下神坛,成为批判的对象。

第四阶段没有明确时间分界点,大概从20世纪90年代开始,陈国凯的创作回归中国传统知识分子审美倾向及价值判断,摒弃他在80年代热衷的现代主义手法,《相见时难》《周末》《都市奇谈》等当年获奖作品,基本不再荒诞、讽刺,更倾向于自然、诗意。这一时期较有代表性的作品《相见时难》采用一种抒情怀旧笔法,讲述一个已做高官的工人怀念工厂生活及其工人前妻的故事。小说情感描写细腻真切,余韵悠长。《周末》《天道有情》《丁一凡先生》等描写都市男女情感的作品,风格类似。甚至像《眼睛》《看病》这类有批判元素的故事也因为小说语言的抒情性而使其批判色彩淡化。长篇小说《大风起兮》正是在这种创作心境中构思出来的。

第二节 "伤痕文学"代表作《我应该怎么办?》《代价》

20世纪70年末至80年代初,顺应全国文学解冻发展趋势,广东文坛兴起一股"伤痕文学"创作潮流,其中艺术水平最高、影响最大的当属陈国凯的短篇小说《我应该怎么办?》和长篇小说《代价》。

《我应该怎么办?》写工厂技术人员薛子君与李丽文,他们自由恋爱并结为夫妻,然而"文革"开始不久李丽文就遭到迫害,身怀六甲的子君被工厂专案组告知其丈夫是反革命分子并已畏罪自杀,悲痛欲绝的子君回到家中,没想到相依为命的姑妈也在"牛栏"暴病而亡,她回到工厂又被戴上"反革命家属"的牌子被派去扫马路,一连串的打击让子君欲哭无泪,她控诉:"法律在哪里?公理在哪里?人民的民主权利又在哪里?"[①]走投无路的子君怀着尚未降生的胎儿扑向江中。所幸化工厂刚下夜班的刘亦民碰巧路过并救起子君,刘亦民是子君的高中同学,他将无家可归的子君安排住在自家木楼房里,并给她留下生活费,自己则住进厂里。子君早产生下孩子,为了孩子,她决定活下去。工厂已将子君开除,刘亦民承担起照顾子君母子的责任。不久,子君

---

① 陈国凯:《我应该怎么办?》,载《陈国凯文集》第6卷,北京:人民文学出版社2012年版,第166页。

与刘亦民结婚并再次怀孕。可是好景不长,刘亦民因参与天安门事件被抓入狱,子君又一次成了"反革命家属"。"四人帮"倒台后,刘亦民释放回家,一家人终于团聚。与此同时,一个陌生人敲开子君家的门,他戴着厚厚的眼镜,头发花白,脸上一道道可怕的疤痕,长得鬼一般模样,原来是李丽文,他述说自己遭遇,子君简直难以置信,但是回想往昔的夫妻恩爱,她一头扑到丽文怀里痛哭起来,就在这时楼梯上又传来熟悉的脚步,出去买酒庆祝的亦民即将回来,子君的心像一下子给人撕裂了两半!她惊呼:"天哪!我应该怎么办?"小说戛然而止。

《我应该怎么办?》的故事背景几乎还原真实社会,第一人称叙事更增强其真实性效果。小说叙事者子君的语言朴实直白,讲述真切感人,少女时代的平坦、舒心、明丽,恋爱时的羞怯、期待,失去丈夫和姑妈后的万念俱灰,与亦民在一起的纠结与感动,其情感经历让人唏嘘,悲怆义愤的呼声激起读者强烈的共鸣。除此之外,作者还借人物之口对"文革"进行评价:"是万恶的林彪、'四人帮'给像我这样千千万万的普通老百姓带来深重的灾难!而且,也只有在这个时候,我才似乎意识到文化大革命的深远意义:这场大革命虽然由于林彪、'四人帮'的破坏干扰,我们的国家,我们的党和人民付出了沉重的而且痛苦的代价,但是深刻地教育和锻炼了人民,使人民大众掌握了在纷繁复杂的斗争环境中洞察变幻的风云,识别真、善、美的能力。造就了千千万万像亦民这样为革命事业敢于赴汤蹈火的大无畏的年轻一代。"[①]在当时关于"文革"的评价还处于争议之中的语境下,如此鲜明的主旨,体现了陈国凯的胆识及政治觉悟。《我应该怎么办?》打破"文革"时期文学创作的假大空套路,关注普通工人个体命运及情感创伤,呼吁人道主义,爱憎分明、催人泪下,它通过道德批判介入政治批判,成为"伤痕文学"的代表性作品。

《代价》是陈国凯的第一部长篇小说,讲述工程师徐克文一家人的命运和遭遇,它浓缩了千万个家庭在"文革"中的悲惨遭遇。革命烈士之子徐克文是南方冶炼厂研究所的工程师,他的妻子余丽娜是造诣很深的分析技术员,两人生活上是恩爱夫妻,工作上是最佳拍档,共同致力于冶金试验。"文革"时面对亲如父执的革命前辈周仁杰遭遇诽谤和中伤,徐克文起草大字报为其辩护,结果被小人丘建中陷害入狱,其妻余丽娜被迫改嫁丘建中,大女儿成了流氓,儿子背井离乡,幼女小玲多年独自生活,幸好有李文玉老师的照顾。李文玉当年曾是丘建中的未婚妻,她用自己微薄的工资供丘建中读完大学,又为了照顾他的生活从闹市区调到冶炼厂职工子弟小学执教,没想到丘建中一直以来都在利用她,工作后不久就抛弃了李文玉。他花言巧语骗取冶炼厂总工程师刘士逸及其女儿刘珍妮的信任并娶珍妮为妻,想靠裙带关系升官晋

[①] 陈国凯:《我应该怎么办?》,载《陈国凯文集》第6卷,北京:人民文学出版社2012年版,第179页。

爵。但是刘总工看透丘建中学识浅薄、工作态度轻浮,为人自私自利,不给他挑大梁的机会,丘建中怀恨在心。"文革"期间,丘建中成为造反派高参,暗中陷害刘总工等人,刘总工自杀后,他又骗刘珍妮离婚,甚至举报珍妮,独吞刘家洋房及家产,掌握工厂实权。徐克文坐牢十年受尽磨难,容貌尽改,但是他信念不倒,平反出狱后第一时间投入研究所"新一号"研发工作,继续施展一个共产党员的理想抱负。徐家子女也逐渐回归正常生活,小女儿乖巧上进,大女儿徐惠玲与前恋人刘子锋尽释前嫌重新走到一起。此时丘建中又妄想进入研究团队窃取成果,却早已被人看破,其前妻珍妮也要求落实政策收回刘家洋房,丘建中意欲与余丽娜离婚以安抚珍妮,周厂长则暗中找人调查丘建中的恶行,清算这些残渣余孽,撮合徐克文夫妻团圆,然而余丽娜最终选择自杀,留下一封信诉说自己这些年的屈辱与遭遇。

《代价》与《我应该怎么办?》的创作主旨是一致的。小说采用传统的全知视角,叙事者时不时发表评论,对"文革"进行控诉。小说还批判了"文革"中的官僚主义,比如批评干部发言讲空话现象,讽刺丘建中的A、B、C三点式材料结构。这种批判的现实意义在于引导人们看清这场浩劫的惨痛代价和无法弥补的巨大损失,激发人们继续前进的力量和勇气。

《代价》塑造的众多类型人物形象,性格鲜明且具有一定典型性,给人留下深刻印象。如丘建中,这一人物几乎浓缩了"文革"时典型小人形象的全部罪恶,他打着工人阶级代言人的旗号,造谣生事、排除异己、陷害忠良,为满足个人私欲不择手段,用忘恩负义、巧言令色、厚颜无耻等词汇形容丘建中是再贴切不过的。徐克文和余丽娜等知识分子与丘建中形成鲜明对比,徐克文为人正直坚忍、工作认真负责,他经受十年牢狱之灾仍对党的事业初心不改,为"四化"建设贡献自己全部的才能和精力,体现了无产阶级知识分子的高尚品格,小说满怀敬佩之情塑造了徐克文这样一个新时期艺术典型,呼吁知识分子的主体地位。余丽娜这一人物形象所展现的美好心灵,也成为小说的闪光点,她为了保存实验数据放弃个人尊严委身小人,多年经受肉体和灵魂的双重磨难与摧残。

《代价》属于典型的现实主义文风,其内容紧贴社会现实,并集结多种叙事技巧。小说从主要人物平反出狱这个重要时间节点展开叙事,将人物出身背景、历史纠葛及"文革"经历等以回忆的形式穿插于主体叙述中,其主要人物的出场都有一定的烘托,营造故事悬念,逐步推进事件进程,情节设计巧妙,叙事节奏流畅,可读性强。相比于《我应该怎么办?》,《代价》的人物塑造及叙事技巧更为出色,作品内涵也更加丰富多元。

批判"文革"是陈国凯20世纪80年代小说创作的重要主题,除了《我应该怎么办?》以及《代价》,还有中篇小说《下里巴人》,通过直接描写"文革"中的暴力、血腥事件,控诉"文革"的罪恶;《"车床皇后"》从青年人恋爱经历及社会道德角度探讨"文革"对社会所造成的深层次影响;《三杯酒》中的兄妹离合,《平常的一天》《工厂姐妹》《离婚》中张丽珠、胡拾英、阿珍等女性的遭遇,其悲剧根源都与"文革"有关。1988年创作的长篇小说《荒唐世事》也是"文革"题材,不过格调与《我应该怎么办?》《代价》已全然不同,小说以一种冷眼旁观的、玩世不恭的口吻讲述放浪形骸的"黑秀才"丁向东和"走资派"、"反动权威"、昔日的妓女、下台的造反派头目在伙房的荒谬生活,粗鄙的说笑打闹、性的放纵、游戏人生,对悲剧的喜剧处理,使小说呈现出一种类似黑色幽默的风格。这些小说都具有明显的批判意识,应和了当时的文学潮流,广东文学在中国当代文学史也因此有了一席之地,陈国凯则成为广东新时期文学的标杆与旗帜性作家。

第三节 别具一格的工业小说《好人阿通》

陈国凯对工人阶级及中国工业发展的长期观察与文学表现,促使他深入历史考察工人阶级的发展问题,在萧殷的多次鼓励下,自1979年冬天起陈国凯开始构思并于1982年发表长篇小说《好人阿通》,这部作品被看作是"对创作对象的一次从根部开始的总体考察"[①]。《好人阿通》以略带戏谑的口吻讲述阿通在"大跃进"及"文革"时代的悲剧人生,探寻工人阶级的历史面貌、思想状况及生活变迁,批判这一群体的国民劣根性及其文化素质的匮乏。阿通具有农民的传统美德,如勤劳肯干、善良正义、忍辱负重等。他积极投入各类运动和生产,不怕苦累,听从分配。他忠于爱情,自觉抵制诱惑。但是阿通不擅思考,做事不辨真伪,愚昧无知。小说在题叙中描述阿通的学习笔记,发现"其思想之混乱、内容之矛盾、词义之不清、文字之拙劣以及'最'字之多,达到'顶峰'的程度"[②]。阿通将共产主义简单地理解为平均主义,足见其文化素养之低,也暴露了他的小生产者意识。他对"上级领导"的盲从和狂热的愚忠,使其最终成为执行错误路线的工具。小说最后一章写阿通稀里糊涂成为工人阶级的一员,这一结尾给读者留下思考空间。"四化"建设需要先进的技术、工业体系和领导机构的改革,但是工人阶级能否克服历史遗留的阿Q精神、小生产者意识以及由此滋生出来的官僚主义作风,将成为工人阶级思想建设和自我改造的关键。

《好人阿通》被评论界赞为别具一格的工业小说,也是陈国凯创作生涯中具有里

[①] 郭小东:《陈国凯论》,载广东作协创研室编:《广东作家论》,广州:花城出版社1994年版,第6、9页。
[②] 陈国凯:《好人阿通》,载《陈国凯文集》第5卷,北京:人民文学出版社2012年版,第281页。

程碑意义的作品,该作获第二届广东省鲁迅文学艺术奖。小说明显受到鲁迅的《阿Q正传》《狂人日记》等作品的影响,阿通这一人物设定和鲁迅笔下的阿Q一样具有相对的普遍性,人物性格也较为完整统一,这是陈国凯小说中最接近现代文学经典的人物形象。但是小说对于阿通的生平事迹的概述和评价较多,表现人物性格的典型事件、场面的描写尚有不足,削弱了人物的感染力。尽管如此,在新时期工业小说中,陈国凯的《好人阿通》仍是较早较深入地从国民劣根性角度针砭时弊的作品,他对当代工业题材小说创作的贡献也在于此。此外,《好人阿通》采用一种诙谐幽默、舒放自然的喜剧笔调描写阿通的悲剧人生,将国民劣根性作为笑的对象从而将其幽默意识推向历史的深处,亦正亦邪的语言风格让人发笑的同时更加深了小说的悲剧底蕴及批判色彩。小说最后一章写阿通初到广州城就被拉进工厂炼钢,没日没夜地工作最终昏倒在劳动现场,略带夸张的情节设计,恰恰应和"大跃进"的时代氛围,其中潜藏的荒诞性,也是当代工业题材小说中少见的现代性元素。

第四节 改革文学的别样书写

工厂改革、技术创新、思想解放等内容是陈国凯工业题材小说创作的常见主题。相比早年作品,陈国凯新时期改革小说创作不再简单歌颂工厂的改革举措,而是将其置于新旧观念的冲突或者官民矛盾中加以表现,一方面表现青年工人开展工厂改革和技术创新的热情,另一方面批评处于其对立面的旧体制或官僚主义作风,小说因此具有明显的批判色彩。代表作品有中篇小说《平常的一天》《工厂姑娘》《工厂奇人》等。其中《工厂姑娘》的构思最为巧妙,为了改善工人工作环境,阿香将工厂领导骗到污水池旁劳动,让他们切身体验污水池的糟糕环境,并最终同意改革方案。小说以喜剧的形式表现悲剧的内容,笑声中隐藏着无限的忧伤与思考,体现了陈国凯改革小说的独特之处。

20世纪80年代中期,陈国凯在深圳蛇口工业区挂职锻炼,一住多年。这段经历成为他十年后写作《大风起兮》的主要素材。"我试图通过这小小的工业区记录一点变革年头的时代风烟,记录一点广东大地当年独步神州的变革,记录一点广东人在新时期所建的历史功勋。"[1]《大风起兮》(初名《一方水土》)[2]是国内第一部全景式反

---

[1] 陈国凯:《大风起兮·后记》,北京:作家出版社2001年版,第496页。
[2] 本书前后四易其稿,第一稿在《羊城晚报》连载;第二稿以《一方水土》为名由中国青年出版社出版;第三稿修改后易名为《大风起兮》在香港《文汇报》全文连载;第四稿又大幅改动,增加若干章节,以《大风起兮》为名于2001年重新由作家出版社出版。

映特区改革开放历程的长篇小说,2006年获第七届广东省鲁迅文学艺术奖。该作以深圳蛇口工业区改革为原型,描写广东省改革的缘起和创建特区的艰辛,表现了创业者的步履维艰,也弘扬了中国人的锐意进取精神。

《大风起兮》的叙事形式非常独特,它有意淡化故事情节,突破传统叙事追求结构完整、矛盾尖锐的故事模式,小说较少正面表现大气磅礴的改革进程和宏阔的大事件,而是采用"交响变奏"的结构形式,将历史故事、都市风情、人物命运、家族兴衰等交织叙述,"陈国凯最重要的方式,是将改革题材进行了风俗化、人情化、幽默化的处理,这可说是这部书最突出的艺术特征,也是一个贡献。"[1]小说突破改革题材小说的传统视野——改革视野与经济视野,尝试以文化视野切入改革叙事,它通过生动、扎实、细致且极富象征意味的细节描写再现了中国改革开放的历史背景,表现了"广东人的性格、深圳人的活法、粤文化的特色"[2]。从历史文化角度思考改革开放问题是陈国凯改革题材小说创作的基本立场,这一点从《好人阿通》到《大风起兮》是一脉相承的。此外,从纯文学角度而言,该作将小说与散文笔调融为一体,树立了跨文体写作之典范,形成一种独特的写作风格,程文超说:"写如此有内涵的时代惊涛、作如此重大的历史思考,却并不将声调抬高八度,而是那么舒缓、那么雍容;不是众人皆醉我独醒的自得,不是居高临下的训导,而是一种与读者交谈的方式、对话的方式。这是一种新的心态、新的姿态。"[3]舒缓、雍容、对话,身处世纪之交的陈国凯为"改革文学"的别样书写再作贡献。

第五节　陈国凯小说艺术特色

陈国凯成为专业作家之前当了20年工人,这段经历塑造了他的个性,也为他的创作提供了大量素材。他对工厂及工人阶级抱有深厚感情,尤其是"文革"期间的经历让陈国凯深刻感受到中国工人阶级的道德良知,坚定了他为工人阶级画像的初心,激发了他揭露社会乱象的勇气,为后来的创作打下思想根基。

一、坚守工业题材,反映工人面貌

纵览陈国凯的文学创作,数量最多、影响最大的当属其工业题材小说,这些小说

---

[1] 雷达:《陈国凯的〈大风起兮〉》,《小说评论》2001年第5期。
[2] 胡平:《彪炳之作——读陈国凯长篇小说〈大风起兮〉》,《工人日报》2001年9月5日。
[3] 程文超:《论陈国凯长篇〈一方水土〉的跨文体写作》,《学术研究》2001年第2期。

深刻反映了建国以来我国工人阶级的精神面貌和生活状态。

陈国凯的工业题材小说充分展现了新中国工人阶级的美德及其成长经历,尤其是年轻工人孜孜不倦追求技术革新的干劲与热情。《相亲记》中的王大成,《总工程师》中的李阿三,《丽霞和她的丈夫》中的李丽霞,都是有技术的工人形象。陈国凯"文革"前创作的小说文风轻松愉悦,充满正能量,他正面赞美了工人阶级团结友爱、大公无私、勇于创新以及忘我劳动的美德,展现工人阶级当家作主的主人翁姿态及充满自信的精神风貌,反映了时代特有的"人人争上游,个个夺先进"的"大跃进"氛围。"文革"之后陈国凯转向表现工人阶级在历史磨难中体现出的优良美德,如《我应该怎么办?》中的刘亦民、《代价》中的徐克文、《眼镜》里的张伯等人。新时期陈国凯工业题材小说的批判色彩明显增强,《工厂奇人》《工厂姑娘》《平常的一天》等小说反映了工人与官僚主义作风斗争的智慧与无奈。

陈国凯的小说也反映了改革开放以来工人阶级社会地位及其心理的转变。《透亮的水晶》《惜别》《买菜》《李小虎》等作反映了工人阶级社会地位及经济状况的窘迫,李小虎为照顾家人多次打报告调动工作却行不通,他急得向人事科长下跪,小说写道:"我不忍目睹一个工人——国家的主人——给人民公仆下跪的场面,悲愤地别过脸去。"①借人物之口,陈国凯道出了工人阶级政治地位变化的社会现实,工人阶级的自信心及自豪感正逐渐消失,类似张老三(《眼镜》)、张小龙(《女婿》)这类具有抗争性的工人形象也越来越少。

陈国凯的工业题材小说基本形成自己的创作理念和艺术手法。他不是从工厂的机器设备、生产过程去观察人,甚至也不是从所谓的"先进材料"中寻找写作素材,而是关注工人作为父母、兄弟、姐妹、爱人的形象及其所体现的时代精神。"我从来不抱侥幸之心幻想着去垂手采摘什么完整的故事,而是着意从人们极其平凡的一言一行中去体会思索其内在含义,分析他们的生活习性和道德心理。"②他与工人交朋友,了解工人的真情实感,研究他们对事物表现出来的立场态度、喜怒哀乐,他们的习性爱好以及每个人富于个性特征的生活细节等等。在他笔下的工人生活丰富多彩、生动真切、充满情趣,工人形象不是扁平的或者某个口号的代言者,而是具有鲜明个性特征和丰富情感色彩的时代产物。

20世纪七八十年代,工业小说尚属主流文学题材。蒋子龙的《乔厂长上任记》《开拓者》、张洁的《沉重的翅膀》以及水运宪的《祸起萧墙》等作品都产生过全国性影响,这些小说通常反映重大敏感题材,展示开阔宏伟的生活画面,其故事情节惊心

---

① 陈国凯:《李小虎》,载《陈国凯文集》第6卷,北京:人民文学出版社2012年版,第386页。
② 陈国凯:《关于创作的随感》,载《陈国凯文集》第9卷,北京:人民文学出版社2012年版,第305页。

动魄,人物形象叱咤风云。相比而言,由于长期生活在较为单一的工厂环境,陈国凯的艺术个性倾向于从微观视角处理工业题材,他更擅于从普通人的日常生活甚至琐屑经历中挖掘具有艺术价值和社会意义的小说素材。陈国凯与蒋子龙创作上风格迥异,南北呼应;生活上则惺惺相惜,成为一生的朋友。蒋子龙性格外向,陈国凯称其小说拥有"雄浑的气势和铁火交融的画面"。蒋子龙则称赞陈国凯的小说"闲适放达,妙思古怪,充满诙诡之趣"①。陈国凯所创作的新中国工人阶级群体的时代生活图景,给读者留下宝贵财富。

二、坚持现实主义批判精神,塑造立体人物形象

"爱人民之所爱,恨人民之所恨。"每当有人问陈国凯为什么会写《代价》这样的作品,他说:"我爱我们的人民,我憎恨那灭绝人性的'文化大革命'。"新时期以来,陈国凯小说创作最大的改变就在于现实主义批判立场的确立,无论是其工业题材创作还是其他类型文学,他始终站在广大人民的立场上,坚持现实主义创作原则,批判假恶丑。

陈国凯新时期创作的工业题材小说不再刻意营造和谐、积极的工厂风貌,不再以正面歌颂社会主义建设为主,而是遵循现实主义创作原则,暴露工厂管理中存在的旧体制弊端、工厂官僚主义作风及贪污腐败行为,引起读者反思,如《洪主任上岗》《父与子》《三姨父》《你调不了我的心》《哨声》等作品。他着重批判"文革"遗留下来的两类干部,一类是思想僵化、缺少技术创新能力的工农兵干部,由于工作能力不足,思想僵化保守,导致改革无法推进。如《"看不惯"和"亚克西"》中的"看不惯"、《家庭纪事》中的"眼泪主任"。另一类是道德败坏、以公谋私、人格低劣的干部类型,如《工厂姑娘》中的车间主任刘超荣及《三杯酒》中的刘兴等人。陈国凯离开工厂成为专业作家之后,他的生活环境发生改变,小说题材也不断变化,但是现实主义批判精神一直贯穿始终。

在人物形象塑造上,早期陈国凯常采用白描手法,截取一个生活横断面,勾勒人物形象,用典型细节突显人物性格,佐以简捷清晰的场景描写,整体文风轻松、朴素、细腻、真切。新时期之后,陈国凯不再塑造单一的好人形象,而是好坏参半,他最擅长描写外表与内心有巨大反差的人物形象,这种写法让小说好看,也避免人物扁平化。《工厂奇人》刘树民外表嘻嘻哈哈、洋里洋气,却是一个勤学习、肯钻研、爱动脑、正直且有思想的年轻人。《工厂姑娘》中阿香又美又飒却行为粗俗放肆,然而粗俗背后却又心灵美好。

---

① 蒋子龙:《我眼中的陈国凯》,载《陈国凯文集》第10卷,北京:人民文学出版社2012年版,第299页。

"这里的女工却有一颗美好和极其敏感的心灵,一不合她们的脾胃,她们就会产生强烈的反感。"陈国凯借小丁之口表明了自己的价值观,赞美阿香等人真诚、不做作、不虚伪。短篇小说《路》中的三八红旗手简丽萍,简朴、随和、率直,没有丝毫的矫揉造作。《秀南峰奇事》中的阿莲、《姐妹之间》的阿玲、《平常的一天》中的梁丽芳,这些来自生活底层的南国女性一个个洋溢着青春气息,充满着生命热力和激情,她们真诚、直率、能干,既是陈国凯倾心塑造的南国女性,也寄托了陈国凯对真善美的追求。

三、追求幽默风趣的文风效果

陈国凯个性洒脱、爱开玩笑,敢于自我调侃甚至自我嘲讽,这一性格特征亦成为他的创作个性。幽默是陈国凯小说的一贯风格,这一风格的呈现形式丰富多样并且日臻成熟。《五叔与五婶》《部长下棋》《家庭喜剧》《眼镜》等作品以一种轻松愉快的语调描写人物,这是一种喜剧式的幽默,常见于陈国凯早期的工人题材小说,作家以年轻人特有的爱的眼光发掘工人生活之美。"文革"结束后,这种纯粹的喜剧式幽默一下子失去生长的土壤,陈国凯也面临创作思路的调整,虽然《我应该怎么办?》《代价》在新时期文坛一炮而红,但是这种悲怆风格并非陈国凯创作个性的常态,他很快又转向寻找释放其幽默个性的文学表达方式。

陈国凯早期幽默作品中的讽刺意味有时是隐而不发的,是那种温和且不着痕迹的批评。《洪主任上岗》相比于契诃夫的《变色龙》,前者的讽刺意味明显淡化。《眼镜》《"看不惯"和"亚克西"》《家族纪事》等作品中都有让人忍俊不禁的人物形象,但作者主要采用悬念、渲染、反转等情节设计营造幽默轻松的文风,而不是辛辣的嘲讽。在批评人民内部缺点及揭示社会问题的幽默作品中陈国凯始终保持着对工人阶级的宽容与理解。

大概从写《好人阿通》开始,陈国凯转向幽默讽刺小说,并试图使之风格化。从20世纪80年代开始,陈国凯小说的表现对象不再局限于工人阶级,其小说主角常为作家、官员、文人、教授、歌星等人物,这些人物有的连名字都没有,只有其职业身份或用字母代号,可见陈国凯已不再执着于塑造典型人物形象,而是转向批判转型时期社会各类丑恶现象,这一时期多采用讽刺式幽默的笔法。《开会》《难得糊涂》《谁来当科长》《我当了财政部长》《今晚有盛大演出》《明星哭了》《出国归来》等大抵属于这一类作品。中篇小说《秀南峰奇事》通过描写女清洁工阿莲与N局长的矛盾,讽刺后者表面公私分明、看似正派,实际上思想保守、行为古板、缺少人情味。陈国凯从契诃夫、马克·吐温、小库特·冯尼格、鲁迅、老舍、赵树理等中外名家著作中汲取养料,锤炼语言艺术,形成自己的幽默风格。

第五章　章以武

章以武（1937— ），浙江宁海人，祖籍浙江省三门县海游镇。获第二届广东文艺终身成就奖及"广州突出贡献文艺家"称号。主要作品有电影文学剧本《雅马哈鱼档》（与黄锦鸿合作）、《爱的结构》、《小蛮腰》、《我们的肖姐》；电视连续剧《南国有佳人》、《情暖珠江》（第一编剧）、《心天一角》、《风流大学生》；电视专题片《魅力番禺·盛世飘色》《棋圣》，五幕话剧《三姐妹》。另有中短篇小说集《朱砂痣》、长篇小说《南国有佳人》、散文集《风一样开阔的男人》、报告文学集《异想而天开》、《当代岭南文化名家章以武》（小说卷）、《章以武作品选》等。

　　章以武的故乡宁海县是一个颇有文化底蕴的老城，那里是革命作家柔石、著名画家潘天寿的家乡。少年时期的章以武在京剧、民间说唱文学以及民间故事的浸染下，获得文学创作的启蒙。1951年赴大西北参加经济建设，先在兰州银行学校学习，毕业后至甘肃定西地区的银行任农贷员。1955年在《甘肃日报》发表通讯《放牛娃当会计》，这篇反映现实生活的小文章的发表鼓励了章以武并预示着他未来的写作方向。1956年，章以武考取西安外国语学院俄语专业，1957年转学至华南师范大学中文系。读书期间，他阅读中外名著，留心生活中的新人物新气象，沉醉于文学创作，相继在《南方日报》《羊城晚报》《广州日报》《作品》等报刊发表诗歌、小说、散文等，其创作得到《南方日报》编辑关振东和华南师范大学李育中教授的扶持。1958年，章以武的小说处女作《第二次交锋》发表于《南方日报》副刊头条，小说人物生动、构思精巧，反映了农村生活的芬芳，受读者夸赞，激发了章以武的创作热情。1959年之后，章以武在《南方日报》《羊城晚报》陆续发表《公社广播员》《翠柳》《在密密竹林里》《巧遇》等作品。20世纪60年代，章以武在广东人民出版社编辑司马玉裳的指导下为农村"乌兰牧骑"演出队创作了小话剧《一根扁担》。1961年大学毕业后，章以武留教广州，业余时间，他深入生活、扎根基层，尤其关注草根阶层生活状态。

第一节　引领改革开放文学创作潮流的《雅马哈鱼档》

　　1984年,由章以武与黄锦鸿合作编剧、珠江电影制片厂张良导演的电影《雅马哈鱼档》公映后一炮而红,荣获1984年文化部优秀电影二等奖,入围柏林国际电影节,章以武也因此获得广州市人民政府嘉奖。中央电视台将《雅马哈鱼档》选入《中国电影百年》纪录片。评论界认为,这部电影是广东改革开放的亮丽名片,它撕开了计划经济的一角,呼唤社会主义市场经济到来。《雅马哈鱼档》是章以武文学创作生涯的里程碑,奠定了他在当代广东文坛的领先地位。

　　《雅马哈鱼档》是一部忠于广州改革开放现实生活的成功之作。20世纪80年代,得改革开放风气之先,广州率先开放了蔬菜、水果、三鸟(鸡鸭鹅)、鱼鲜市场。章以武是个有心人,他经常逛生鲜市场,看到市民不需要鱼票、肉票也能自由购买鱼肉,体会到一个富有深意的信号:鱼代表广州人的草根精神,广州老百姓能吃到生猛鱼鲜,日子过得有滋味,这是改革开放政策利好落实到千家万户的体现。于是,他开始思考以一种艺术的形式形象地展现敢于"第一个吃螃蟹"的广州人如何在商品经济的波峰浪谷中拼搏闯荡,又是如何转换观念实现"精神换血"的。许多来自生活的细节在他心中发酵,章以武很快创作出6000字的短篇小说《雅马哈鱼档》并寄给《羊城晚报》"花地"栏目,在老编辑肖荻的建议下,他与黄锦鸿合作将之扩写为中篇小说后重投《花城》杂志。编辑部主任范若丁慧眼识珠,认为此作正面歌颂改革开放新气象,故事清新又具广州特色,在当时众多的"伤痕文学"来稿中显得独树一帜,于是力排众议,刊发于《花城》杂志1983年第6期。随后珠江电影制片厂也邀请章以武与黄锦鸿合作改编同名电影剧本,电影由张良执导,上映后红遍大江南北,好评如潮,北京大学的同学观后高呼:广州的今天就是我们的明天!

　　虽然《雅马哈鱼档》因电影的影响力而享誉全国,但是这与小说本身的艺术魅力是密不可分的。它是中国最早成功塑造个体户形象的小说,其内容接地气、应时势、故事性强且独具南国风味,获得首届"花城文学奖"。该作在弘扬大时代脉搏跳动中展现的新价值观以及描写都市文化方面均有积极探索,是一部表现改革开放初期生活语境的经典之作,至今仍是广东文学史上重要的、有开创性的作品。

一、个体户形象塑造

　　20世纪80年代,城市待业青年纷纷申请营业执照,成为个体户,《雅马哈鱼档》

的故事背景即为此。小说主人公阿龙和女友珠珠商议开鱼档赚钱,他蹲过拘留所,"不想干那偷鸡摸狗之类的勾当,只想靠力气,堂堂正正的赚钱,夜里也好睡个安稳觉。"①阿龙找海仔打点子得水,终于拿到营业牌照,并在龙珠桥畔市场争到一个"龙口地"做摊位。雅马哈鱼档开业初期,凭借优惠促销,加之海仔自导自演"拾金不昧"事件"买"回来的"不义之财,分文不取"的美誉,赚了些钱,但好景不长,由于海仔称鱼缺斤短两,又故意压低鱼价与葵妹竞争,在鱼丸里添加生粉以次充好,导致鱼档遭人诟病,招牌被拆,海仔跑路,珠珠气哭,阿龙负气,好在有梁老师的开导,才重新振作,单干赚些贩卖鱼肉的辛苦钱。后来,葵妹邀请阿龙参加文化站举办的个体户青年聚会,阿龙一睹葵妹主持会议的风采,更意外发现他在拘留所的难友"烂仔强"如今已成为优秀个体户代表,这也激起他的斗志。此时葵妹提出与阿龙合作经营鱼档,利润分成。阿龙将信将疑答应合作,他在葵伯指导下专管运输,并常常观察葵伯父女卖鱼,琢磨其中的窍门,打心眼里赞赏葵妹做人的修养,继而对人生要追求什么,开始了第一次严肃认真的思考。他不再一门心思想着赚钱,而是热心于给老弱病残送货上门,做买鱼肉不搭配鱼头等给人实惠的事,引来报社记者采访,珠珠也重回阿龙的身边。小说最后写龙珠桥畔市场重整后分配摊位,阿龙拒绝送礼求人,而且勇于揭露不正之风,重拾做人的尊严。

《雅马哈鱼档》以个体户为主要描写对象,通过塑造两类具有对比性的青年个体户形象来突出主题:一类以葵妹为代表,自小品学兼优,勇于打破旧观念成为个体户,她诚信经营、友善待人,是个体户群体中的标杆型人物;另一类以阿强、阿龙为代表,他们是曾经犯错的年轻人,在改革开放红利下获得重新做人的机会,逐渐摒弃歪门邪道,通过个人努力与群众帮助,最终收获财富、爱情与尊严。个体户形象在20世纪80年代初期文学作品中尚属少见,更加难得的是小说以正面形象刻画像阿龙这样的问题青年,其创新性可见一斑,对于当时的社会舆论产生重要影响。小说人物众多,除各类个体户形象,还有派出所长、工商人员、中学老师以及普通市民等等,作者笔力老到,通过对人物外貌、动作以及语言的细致描写,突出各类人物鲜明的身份特点及性格特征,展现了改革开放初期广州市场经济复苏背景下的市民群像。

二、新兴经济主体的价值观重建

无论是被称作"街边仔街边女"的个体户,还是曾经蹲"格仔"的失足青年,面对社会歧视,如何翻身做人?小说的"引子"写道:"他们用自己的辛勤劳动,为社会造

---

① 章以武、黄锦鸿:《雅马哈鱼档》,《花城》1983年第6期。

福,为群众服务,同时不断在劳动中探求人生的价值和意义,从而提高了人格。"开篇即明确主题,强调劳动的意义、劳动与人格的关系。在情节设计上,小说通过阿龙与葵妹的生意之争来对比其为人之道,雅马哈鱼档的起伏让阿龙最终意识到做人与赚钱的关系,认识到"只有懂得做人,才能在平凡的劳动中赢得群众的信任和尊敬",小说多处借人物之口发表议论,肯定了"会做人就能赚钱"的经商理念,强调个体户也要培养高尚人格。如葵妹说:"有人叫我们街边仔街边女,就算是吧;但我们街边仔街边女也有我们的理想和追求,也有我们高尚的人格。""我们不要只想着赚钱,只听港台流行曲,要学会做一个有道德修养、有高尚生活情趣的人。"由于涉及新兴经济主体,《雅马哈鱼档》既宣扬新的价值观,也传承传统价值观。比如葵妹,她秉承了中华民族的传统美德,这些美德与小说中强调的生意原则如"诚实""信用""信誉""信任""义气""童叟无欺""自尊自重"等等,都是传统儒家文化的延展。葵妹说:"八十年代了,随着经济形势的发展,赚点钱还不容易?但做人就不易了。一个人净想着'钱'字,迟早会中邪的!"在当时那个对商品经济的合法性仍存有疑惑和分歧的时代,小说率先反映个体户生活,不仅表达了劳动致富、赚钱光彩的新观念,也强调传统道德修养和高尚人格,影响深远。

三、改革开放的城市风俗画

作为改革开放前沿,广州也是现代都市文化的演练场,以广州为故事背景的《雅马哈鱼档》充满现代气息并独具岭南特色。一方面,小说展现了改革开放后的广州市井风情,"鱼档"故事题材鲜活、画面生动,方言俚语自然融入人物对话,辅以成珠茶楼、西濠夜市、生鲜市场、水上鱼栏、涌边艇仔粥等具有地标特色的场景,不仅具有浓郁的岭南特色,而且把经济体制改革后的广州热气腾腾的时代特征展现出来了,形成一幅具有鲜明时代感的南国风俗画;另一方面,小说通过细节描写呈现了传统文化与流行文化(尤其港台文化)共生的城市文化景观,体现了不同文化之间的碰撞与交融,彰显出现代都市文化的复杂面貌。如海幢公园音乐茶座,西洋乐器伴奏的《卖汤圆》,倪惠英的粤剧、港台流行音乐以及迪斯科等等。有评论家认为:"对于与时俱进的广东文学,章以武创作的最大贡献在于:他为都市文学的先期呐喊和助攻,写作题材在此领域的集中深入与细致拓展。"[1]章以武所描写的充满活力的城市生活为当代都市文学创作提供了新的经验,成为广东文学打开新局面的重要推手。

---

[1] 钟晓毅:《城与人、与时代的命运契合——关于章以武的都市情怀书写》,《广州文艺》2016年第8期。

《雅马哈鱼档》发表之时,北方文坛兴起的"伤痕文学"在广东余韵尚存,章以武敏锐地捕捉到改革开放新气象,以原汁原味的"鱼鲜"寄寓广东人的草根精神,既反映了政策利好的社会形势,也开辟了广东文学创作的新方向。2017年11月3日,广东省作协在佛山南海举办章以武学术研讨会,广东省委宣传部原副部长、著名作家刘斯奋在会议中指出:《雅马哈鱼档》在当时的全国作品里面是最先表现改革开放的,因此具有文学史意义,而且小说改编成电影放映后引起社会的强烈反响,激励了广东作家关注改革开放题材,为20世纪90年代广东电视剧的爆火打下坚实基础。

第二节　章以武的其他文学创作

《雅马哈鱼档》获得成功之后,章以武随后几年又创作了短篇小说《乔迁之喜》《作家梦》《金陵雨丝丝》《如歌如梦》《迎战》《邢编辑轶事》《白鸽飞翔的楼台》、电影剧本《爱的结构》及话剧《三姐妹》等等,其作品涵盖的文学体裁有小说、电影文学剧本、电视连续剧剧本、电视专题片脚本、话剧、散文、报告文学等,至今仍笔耕不辍,其创作出版的、包括搬上银幕荧屏的作品已近300万字。

一、新世纪小说创作

2019年,章以武出版中短篇小说集《朱砂痣》,该书被评为2020"书香羊城"十大好书,收录《朱砂痣》《暖男》《太老》《头发上停着许多蚊子》《唏嘘》等作。小说主题一如既往聚焦现代都市生活,如抑郁症、自主创业、情感困惑、过度消费等。《暖男》是章以武小说中较少见的高校题材,田边草的情感生活交织着职称评审的魔咒,展现了当代高校青年教师的生存状态,小说人物的最终命运发人深思。中篇小说《朱砂痣》直面现代城市精神疾病抑郁症,探索解决之道。小说主人公朱莎莎物质充裕、家庭美满,却饱受抑郁症之苦,丈夫冷一丁的旧情人方珊珊的出现更让她心烦意乱、胡思乱想。深夜,雨潇潇,莎莎不自主地走向十六层高楼天台,所幸病友何小刚及时发现救下莎莎,他现身说法开导莎莎并陪伴她,莎莎在众人关爱下逐渐康复,她对何小刚也产生了别样情愫,但是,何小刚婉拒了莎莎的爱。除夕之夜,朱莎莎和方珊珊开诚布公重拾友谊,与爱人冷一丁和好。小说深刻表现了现代都市中产阶级面临的情感困惑与精神危机,作者并未采用都市文学题材常见的批判性视角,而是满怀同理心展现人与人之间的关爱与克制,强调人文关怀对于治疗城市精神疾病的关键作用,小说语言唯美、灵动,手法细腻,让人对都市萌生好感。

中篇小说《太老》的主人公李凡丁是一个年过五十的文化局干部,俊朗潇洒,爱好书法、油画,中年丧妻,他的下属蔡志浩牵线搭桥,安排他与风姿绰约的美术学院青年讲师苏霓虹相亲,蔡志浩的女朋友乔真真作为陪客也因此熟识李凡丁。最初李凡丁与苏霓虹的恋情进展顺利,后来因苏霓虹责怪李凡丁没有为她的参赛画作拉票导致两人关系降温,随后又因李凡丁退出仕途转向油画创作,让苏霓虹对他彻底失去兴趣,然而李凡丁的个性和才气却获得乔真真的青睐,在与乔真真的交往中,李凡丁的内在活力被激发,油画创作也风生水起,最后与乔真真合办画展一举成功,事业与爱情双丰收,开启人生第二春。《太老》充满青春活力,它形象地说明了人的价值观对婚恋所起的重要作用,现代都市饮食男女的结合不仅仅看年龄地位,更重要的是价值观的彼此认同。

二、影视剧本创作

《雅马哈鱼档》被称为中国"南派电影"的代表作,凭借这部作品的影响,章以武的《爱的结构》《三姐妹》《南国有佳人》《情暖珠江》等剧本也都获得关注,这些剧本展现广州市井生活,反映个体户和民营企业家奋斗历程、精神面貌和情感世界,引导时代潮流。

1984年创作的电影文学剧本《爱的结构》塑造了一个美丽、自负、才华横溢的年轻女雕塑家形象,陶海宁,年过三十,艺术创作稳扎稳打,成果卓然,但是个人问题却迟迟没有动静,亲朋好友看着着急,她本人却坚持"我要的一定是自己的眼睛发现的",后来接触建筑公司艺术装修队的工人谭国强,从误解到欣赏,陶海宁主动展开追求,她坦然面对来自周围的各种质疑和成见,谭国强也克服怯懦、犹豫,在艺术创作中重获自信,并且报考美院,期望事业上与爱人齐头并进。小说所传达的婚恋观突破传统男强女弱模式,强调价值观统一,直到今天仍不过时。

五幕话剧《三姐妹》创作于1985年,曾在广东省话剧院公演并赴港澳地区演出。该作带有《雅马哈鱼档》的余韵,故事地点仍然是广州龙珠街,三姐妹合开"靓靓时装店",物美价廉、诚信经营、敢于创新,她们自己设计服装,自己做模特推销服装,而且吸引了大学生追求者,体现了改革开放初期广东市场经济的鲜活力量。1986年,该剧获广东省文化厅优秀剧本二等奖。

长篇小说及电视连续剧剧本《南国有佳人》创作于1993年,这是一部以改革开放的广州为背景的房地产题材作品,讲述年轻、秀雅的俞华辞掉广告公司的工作,转入房地产行业拼搏,在改革大潮中几经沉浮,执着追求事业成功与个人幸福的故事。该作塑造了果敢、才貌出众的女企业家形象,揭示了金钱面前人与人关系的嬗变以及广州的人文景观。此外,章以武作为第一编剧创作了电视连续剧《情暖珠江》,该剧刻画了传统农民企业家麦志行在情与理、新与旧的冲突中的困惑、迷茫与无所畏惧的拼搏精神,展现了珠三角民营企业家"精神换血"的历程,尤其突出人物永不言败、敢为天下先的人格魅力。

2013年,章以武发表电影文学剧本《小蛮腰》,该作讲述了乔真真、何丽华、梁小云合伙开店的故事,揭示了广州青年创业之路的艰辛与情怀。三个年轻、美丽的女孩喊着"敢用青春赌明天"的口号,为凑钱开"小蛮腰甜品店"各出惊人之举。她们凭借自己的能力经营甜品店,买料送货亲力亲为,巧妙应付无礼刁蛮的客人,积极弘扬本土文化。甜品店历经波折不断发展壮大,三个女孩获得事业的成功并找到爱情归宿。

三、散文创作

章以武的散文主要描写个人生活经历、创作体会、人物品评、社会百态等,其创作手法具有明显的小说化特点。其一,写人居多,个性鲜明。他评论过诸多画家、小说家、评论家等文艺界人士。如《风一样开阔的男人——陈俊年印象》开篇描写人物外貌,文字简洁有力、节奏鲜明,人物形象跃然纸上,让人忍俊不禁。该作结合陈俊年的个人经历描绘广州、深圳等地在改革浪潮中的新生活图景,勾勒出陈俊年文学创作的选材特色及其时代意义,刻画了一个有干劲和务实精神且热爱南方这片热土的广东作家形象。章以武写人的常用手法是着力描写人物音容笑貌、举止谈吐,精准表现人物个性特征,形神兼备,充满时代气息。

其二,叙事为主,细节饱满。章以武的散文较多真实的日常生活记录,注重叙述视角的选取,叙述手法灵活多变,擅于刻画细节,营造在场感和镜头感。散文《老娘的清蒸臭豆腐》较有代表性,该作描写70多岁老母亲大清早乘坐公交车去郊外买臭豆腐给"我"做清蒸臭豆腐的事件,作者采用先抑后扬的笔法,先写老娘不见了,全家焦急,然后着力描写老娘回家的场景:"直到上午10点多,老娘撑着油纸伞,浑身湿透,紧攥竹篮子,回来了。她冻得通红的青筋暴起的手,取出几块臭豆腐放进碗里:'运道好,买到了。'……中午,一碗热腾腾的清蒸臭豆腐,上边散落着十几粒碧绿的毛豆子,摆在八仙桌的中央。老娘的手微微颤抖,捏着小油壶,在臭豆腐上淋了一圈麻油,又用筷子轻轻戳了一记,顿时,冒出一股特别的鲜香!老娘说:'阿武,吃,吃,趁热趁热!'……我禁不住伏案而泣。"[①]人物动作描写精准细致,细节感人至深。章

---

① 章以武:《老娘的清蒸臭豆腐》,载章以武:《风一样开阔的男人》,广州:花城出版社2022年版,第4页。

以武散文常常运用大量的人物对话以及细致的心理描写,这在传统的散文中较少见到。

其三,趣味盎然,可读性强。章以武写人叙事,说的都是老百姓感兴趣的日常话,不写大道理,也没有冠冕堂皇的说辞。他写文人逸事,如骑车探路、喝茶吹水、谈天说地、黄昏恋、卡拉OK、买房买电视之类,题材鲜活、语言轻松,闲趣十足。作家艾云评价:"其乐观、豁达的底蕴,正在于对生命本质的穿透。"①

章以武的散文表面结构松散,不像传统散文那样注重起承转合,但其散文秉持"真情大爱""人性之美"等要义选材叙事,内里丰盈不散,闪现人性的光辉。例如《土坑相亲》中西北姑娘的真情和纯朴心灵,让人印象深刻。章以武常说写作要"心向上,脚向下",他的散文既有对生活的感性介入,又有超出日常生活的理性认知与判断。作家的思想高度,决定了文章的高度;作家的灵魂是否丰富细腻,决定了他的写作是否丰盈有趣。这是章以武散文对当下写作的启示。

第三节 章以武文学创作的艺术特色

章以武笔下丰富的文学形态体现了作家多样的生活体验以及敏锐的艺术感悟力,他善于抓取社会焦点,捕捉流行风尚,以雅俗共赏的艺术表现手法,还原新鲜热辣的生活第一线,反映改革开放以来广州的城市发展与生活变迁,被称为"南国流行生活的记录者"。知名文学评论家蒋述卓如此概括章以武的写作特色:时代表征、平民特色、都市情味、南国风尚。

一、坚持改革开放题材创作,聚焦个体户及民营企业形象

章以武在很多访谈中谈及自己的创作理念,他强调从生活中获取创作素材,在生活中认真思考,写中国式的、人们喜闻乐见的、又给人思想启迪的人与事。由于多年在广州生活,又亲身经历改革开放的大潮,他说:"我常有一种冲动,就是怎样形象地告诉人们,改革开放后富起来的珠江儿女是如何与时俱进的,是如何走向世界的,是如何在社会主义市场经济的波峰浪谷中拼搏闯荡的,是如何改变观念进行精神换血的,是如何在党的十九大精神指引下圆中国梦的。40年来,我一直热衷于近距离地书写当下现实生活,或者说都是贴近生活、接地气的主旋律作品。"纵观其创作生涯,

---

① 艾云:《一部热烈拥抱生活的书——读〈章以武作品选〉》,《岭南文史》2014年第4期。

章以武始终坚持深入体验生活并不断思索,其作品生动展示了20世纪80年代以来市场经济背景下的各种财富故事和小人物传奇,尤其是关于个体户及民营企业人物形象的塑造,从某种角度而言也是改革开放的重要文献。"我坚守以文学形式记录大时代,反映社会进步,展示广东改革开放以来所发生的动人的中国故事。"①

二、突出女性人物形象,注重情节设计的反转

章以武文学作品的主角以青年为主,尤其是女性青年,更是其钟爱的描写对象。《雅马哈鱼档》中的葵妹虽为个体户,却是样貌端庄文静,说话自然得体,珠珠虽是待业青年,也长得妩媚动人,个性纯真且忠于爱情。这两个女性从某种意义上讲,都是那个时代涌现的新女性。《爱的结构》中的陶海宁,《三姐妹》中的梁美甜、梁美霞,《南国有佳人》中的俞华,《太老》《小蛮腰》中的乔真真,还有何丽华、梁小云等女性,无论是财富观念还是婚恋观念,都是特立独行的。章以武塑造了众多具有现代观念的新女性形象,展现了改革开放以来城市发展中出现的新的生活方式和意识观念。他的"男人50岁"系列散文,体现了20世纪八九十年代男女两性关系的变化,女性不仅在家庭中的地位明显提升,在情感关系中,女性也常常把握主动权。如《美的焦虑》写男人相亲,态度主动的都是女性,男的反而越来越没自信。章以武也是一个讲故事的能手,擅于设计具有反转性的故事情节。《金陵雨丝丝》采用倒叙形式讲述故事,营造悬念,通过情节的反转增加故事性。《太老》中李凡丁的恋爱经历,一波三折,结局更是让人意想不到。《小蛮腰》中乔真真拒绝富二代的追求,爱上旅途中邂逅的异国男子。故事好看且受读者观众欢迎,这也是章以武文学创作的一贯原则。

三、文学语言鲜活生动,擅长人物对话描写

章以武是改革开放以来较早涉足影视行业的作家,其文学创作也深受影视艺术表现手法的影响。在他笔下,人物描写生动形象,故事情节曲折好看,无论何种文体,其文字必然画面感强,且具有动作性特征,语言则通俗易懂,力求"准、活、新、净"。他偏爱口语化的表达方式,文中"哩""啊""啦""嘛""吧""呗"等语气助词随处可见。擅长人物对话描写,有不少作品几乎全篇由人物对话构成,这些对话不仅富有个性,而且生动活泼、引人入胜,达到"人说人话,鬼说鬼话"的效果。甚至于他的文学

---

① 章以武:《努力书写新时代的中国故事》,载广州市文学艺术界联合会编:《广州文艺百家》,广州:广州出版社2019年版,第218页。

评论也多是对话体,即采用第二人称"你"称呼评论对象,被评者似乎坐在面前,与作者絮絮聊天、娓娓而谈。有评论家称其作品具有休闲性与娱乐性,其实正是这种影视化创作的表征。

　　回望章以武的文学创作,其取材立意常常遵循改革开放以来城市变迁中市民生活的底层逻辑,从个体户经营到地产风云,从跨国情缘到忘年恋,他的作品无一例外紧扣时代脉搏,关注历史节点中最普通人民大众的所做所想,其作品人物性格鲜明、语言利落、形象生动,彰显了当代广州人的创新意识和文化追求,也代表了当代广东文学的时代特色及语体风格,其创作对于我们继续探索广东文学特质具有引导作用。

第六章 报告文学

20世纪80年代被称为理想主义的年代。所谓"理想主义"在这个特殊时期实则指向理性、真实等关键词,代表着人们在告别了一个混乱年代之后对于美好生活前所未有的追求与向往,人们空前的热情、澎湃的激情缔造了独属于20世纪80年代的时代氛围。正是在这样的时代氛围中,我国的报告文学蓬勃发展起来。时任中国作协主要领导的张光年在1983年说过:由于我国报告文学作家的共同努力,近几年来,报告文学这一生动活泼的文学品种,已经由附庸蔚为大国。① 同一时期,有关报告文学的各种全国性或地方性奖项纷纷设立起来,如徐迟报告文学奖、全国优秀报告文学奖以及"中国潮"报告文学奖等等。奖项的设立是报告文学自身趋向成熟的标志,同时也激发了报告文学创作者的创作热情、交流进步与理论建设。报告文学的兴旺在广东这一改革开放的前沿之地也鲜明地展现出来。广东的作家站在改革开放的潮头,以广东人求新、尚实的精神积极投入到了反映思想解放与改革开放的创作中,并贡献了不少优秀的作品。如《落难者的爱情》《从悬崖到坦途》《天地男儿》等。同时,这一时期的广东报告文学在题材开拓、艺术创新等方面都有突破,更为难得的是,全省文学、新闻领域齐心推动报告文学创作,以《风流人物报》的创建为代表,包括《南方日报》《羊城晚报》《深圳特区报》等各大报刊的副刊中报告文学都占据举足轻重的位置,这是从内容到载体的创新,这也是改革开放精神在报告文学领域的全面展现。总体而言,20世纪80年代的广东报告文学有很强的记录时代的精神,也有很自觉的文学创新的追求,为即将到来的广东报告文学的全面繁荣,在作品、人才、平台等各方面做好了准备。

第一节 改革开放与报告文学的勃兴

1978年伊始,国家经济全面恢复,广东站在了改革开放的最前沿。经济社会的发

---

① 丁晓原:《从"轻骑兵"到文学"重器"——新中国70年报告文学的一种速写》,《文学报》2019年9月28日。

展如同驶上了高速公路进入高速发展阶段;而广东的文学创作尤其是报告文学方面也同时发展起来。因为社会生活面貌在快速发生改变,不管是身处广东、沿海地区还是祖国内地的人们都急切地想要了解广东真正的情况:经济发展、社会生活、人民生活水平等等。这时期广东的报告文学作家们如同企业里的一线工人还有企业家一样,夜以继日地投入了改革开放的浪潮里,及时有效、源源不断地奉献了一批又一批广为传诵的报告文学作品。这一时期的广东报告文学无论是在作家的主体意识、创作理论、创作题材的创作方面,还是在报告文学传播的语境、载体、理念上都有非常大的突破,同时有着相对统一的整体风貌:敢于创新、直面现实、积极进取,应该说这样的文坛风貌是与当时整个社会的改革环境以及不断求实创新的社会氛围相匹配的。20世纪80年代广东报告文学的复苏、发展与彼时传播环境的更新有着极大的关系。报告文学与其他文学体裁最大的区别在于其纪实性与时效性,而纪实性与时效性都需要传播环境的支持与配合。纵观报告文学的发展,凡是报告文学得到长足发展的时代,都是传播语境宽松、传播载体更新、传播理念先进的时代,20世纪80年代的广东也不例外。

首先是传播载体的复苏、革新与发展。广东报刊业的复苏与发展与改革开放是同步进行的,应该说报刊业的全面复苏与发展为广东报告文学的崛起搭建了良好的平台。据统计,20世纪80年代广东省新创办与复刊的省级与地市级报刊就有70余家,非常有特色的包括1982年5月24日创办的《深圳特区报》、1985年11月1日创办的《珠海特区报》、1986年创刊以刊登报告文学为主的《风流人物报》,这些报刊以及《当代文坛报》等都为报告文学开辟大幅版面,传播空间的扩容是传播内容得以丰富的重要条件,有效且畅通的传播环境推动了报告文学的创作。

此外,各大报社与出版社还组织出版发行了多部报告文学集,报刊上的报告文学是即时性的但却是相对零散的,而报告文学集的出版则以集中全面的力量出现。花城出版社在1985年出版的报告文学集《年轻的世界——深圳特区剪影》,这部报告文学集中展现改革中的普通的年轻人,他们虽然不是企业家,却更为集中地表现了新时期特区人的精神面貌。广东省文联图书馆编辑部则在1984年出版了报告文学集《来自特区的报告》,这部报告文学集以多角度的方式向读者介绍了经济特区的风貌。1988年12月《南方周末》编辑部编写了报告文学集《众生录像》,收录了反映新时期各行各业人士的作品,其中也包括许多当时仍极少出现在报告文学作品里的人物,比如歌星、演员、个体户、体育运动员等,这些作品集中书写他们的生活状态、心理变化,来反映改革开放的全面影响。各大报社与出版社还经常召开有关报告文学的研讨会,比如《羊城晚报》副刊部与《当代文坛报》、广州军区政治部举办的关于李士非、雷锋的报告文学作品研讨会等,研讨会帮助创作者提炼创作中的经验,发现创作中的不足,理论与创作的交流促进了报告文学的创评共荣。这一时期广东的报告文学毫无疑问地形成了一股热潮,而在这股热潮中的却不仅仅是报告文学作家,还包括了不同体裁作家如小说家、诗人的加入,还有文学评论家、新闻记者、政界领导、企业界人士以及部队军旅作家们都纷纷加入报告文学创作的队伍。作家主体的多元化成就了这一阶段广东报告文学创作题材的丰富多彩、写作手法的自由灵活以及艺术风格的多元进取。为有源头活水来,各种力量的加入保证了报告文学创作的新鲜与活力,而备受读者欢迎、深受各界关注的报告文学创作同时也成为诸多文学评论的关注对象,为报告文学的书写提供了理论支持。

1986年广东作协主办的文学报《风流人物报》创刊,由程贤章接手主编,这是全国第一张报告文学报,20世纪90年代发行量达到25万至30万份。《风流人物报》是彰显传播理念更新的主要代表,它的性质介乎于新闻与文学之间,为报告文学这种特殊的体裁寻找到了相匹配的传播方式。这份报纸最突出的特点是"追新":"作为一种记者型的报告文学,新闻性的报告文学,新闻行理所当然地占据主导的地位。"①这份报纸主要登载报告文学、特写、传记等文学作品,积极宣传改革开放政策与成绩,并且集中呈现人物,努力讴歌新人新事,以报告文学的形式推出一个个立体可感的艺术形象,为新时期广东报告文学丰富了人物画廊。这些人物以及他们身后的事业、企业都是广东改革开放的先进典型,改革开放的先锋们开垦经济的试验田,报告文学作家们则冲破思想的禁锢,发挥创造力与能动性,结合客观事实,为读者展现丰富、生动的现实生活。虽然重点落在人物,但背后要呈现的仍然是改革开放的精神。在《风流人物报》讨论会上,谢望新为《风流人物报》总结了三个特点:其一是这张报纸较充分地体现了主编的意志和个性;其二是以系列性报道的形式来反映岭南改革、开放的气势,对社会产生一种多功能效应;其三是公民感。程贤章主编《风流人物报》期间,不仅通过报告文学作品真正宣传改革开放的国家政策,提升改革开放在群众在国内的影响与价值,他还通过这份报纸为广东培养了一代报告文学作家。他每次出发采访都带着作家同行、共同署名,报社的记者方阵则是清一色的专业作家,通过这种传、帮、带,为广东培养了一批具备新闻意识、社会责任与公民感的报告文学作家,为广东报告文学发展储备了力量。

作为《风流人物报》的主编,程贤章开创了记者型报告文学报纸,同时,他在报告文学创作方面贡献了不少优秀作品。《从祖庙到自由神》《佛山,高速度发展的道路》和《深化改革开放中的江门市》深入探讨珠江三角洲有代表性的经济模式;以记者采访方式分别采访了中共佛山市委书记叶谷、市长卢瑞华,中共江门市委书记黎子流,也是采访式报告文学的代表作品。程贤章特别看重人物访谈式报告文学,他的精

---

① 谢望新:《落潮之后是涨潮》,广州:花城出版社1989年版,第146页。

彩作品也多集中于人物访谈,尤其是对当时工作在广东改革开放前沿的各阶层领导人的报道,他认为:"较高层次的读者,想了解各个专访对象对改革的构想,决策,心态。另外,专访有较强的现场感,在报纸栏目中,可谓是最活泼的文体,聊家常,叹身世,论政局,天南地北,欢声笑语,给记者很高的自由度。"① 秉承这样的观念,程贤章的人物访谈报告文学给广东改革开放留下了一组特别的人物画廊:林若、郑国雄、王宗春、卢瑞华、黄浩、黎子流、张汉青、石安海等。此外,程贤章、廖红球和黄静远三人合作完成的《谢氏兄弟》,则是书写个人奋斗如何在顺应时代潮流的改革开放的大环境下实现知识改变命运,两兄弟凭借自己对电学的勤奋钻研,承包了梅县雁洋公社机电修理门市部并最终走向成功。程贤章的报告文学有很强的新闻感、时效性与现场感,不管是作为报刊主编,还是引导作家进行深入到改革开放一线的采访与报告文学写作,或者自己的报告文学创作,程贤章在广东以及全国新时期报告文学的发展中都贡献了自己的力量。

20世纪80年代的广东报告文学创作显示出前所未有的题材多元、内容丰富。此时的报告文学在题材上,主要是全面反映日新月异的社会、经济与生活。面对美好的新事物不吝啬自己的笔墨,把社会展现出来的积极进取的风貌、思想解放的创新全面地书写出来;面对改革开放中的问题也绝不笔下留情,而是充满勇气地面对经济社会发展中的问题与矛盾。改革开放是需要勇气与胆魄的;此时的报告文学书写同样展现出了改革开放的精神,既有书写新事物的胆魄,也有批评不良现象的勇气。

林雨纯、郭洪义创作的长篇报告文学《天地男儿》,获中宣部第八届"五个一工程"奖。这部作品着重表现了深圳龙岗区南岭村在党支部书记张伟基的带领下,抓住改革开放的大好时机,充分利用地理位置优势和特区的优惠政策,引进外资,发展经济,改变了原来的落后面貌,成为经济强村、科技新村、文化新村、旅游新村、花园新村、长寿新村的过程。这部作品内容充实,感情真实动人,被称为"一部来自时代前沿的报告文学佳作"。以一个村的改革反映深圳,乃至岭南改革发展的历程。

作家李士非是最早以报告文学的方式,反映深圳蛇口的巨变和蛇口工业区总设计师袁庚的事迹的,代表作品《热血男儿》和《招商集团》分别在1986年和1988年创作完成,两部作品都塑造了面对瞬息万变的改革大潮,凭借着胆量和智慧,大刀阔斧的改革者形象。陈残云的《南大门风光》以历史的厚度,从民国时期"南天王"陈济棠开始书写,展现不同时代南大门的时代演变,从近代到当代,祖国南大门从渔村的萧条、混乱到如今的现代、文明,改革开放的意义不言而喻。除了大的环境书写,改革者中的不同群体这时也被关注到,张瑞龙的《被遗忘的"地下工作者"们》就是书写新时

---

① 程贤章:《我看广东·序》,南昌:百花洲文艺出版社1993年版。

期女性改革者的一部作品,全文以"地下工作者——广州市政工程维修处海珠队清疏三八班"为落脚点,这群女性身上既展现了中国传统女性的优秀品质,也同时体现了新时代男女平等以及女性的现代追求等多维度的内容。此外,宁泉聘的《广州,夜幕正在降临》(系列报告文学《南风畅想曲》之四)从饮食文化角度描写广州的夜生活,比如夜宵,广州的"吃"文化,珠江边上的大排档,夜茶等,通过对夜生活的描写来考察社会、时代、世情、民心。洪三泰的《中国高第街》从邓小飞"改邪归正"的人生经历映射出广州高第街生活场景和人文气息,又从高第街看到这种经济发展在全国的辐射力。报告文学集《来自特区的报告》全方位反映、介绍经济特区,让人们了解经济特区,吸引更多人来关心经济特区。

随着广东改革开放的快速推进,经济迅速发展的同时人们疯狂地追求物质生活的享受,社会上许多负面问题也不断出现,问题报告文学由此诞生。报告文学作家们并非只是乐观地看到改革开放带来的好处,盲目地书写改革开放的成绩;同时也敏感于社会风气的转变,比如人们心态上的唯利是图、纸醉金迷、追逐名利、只追求个人享受等不健康的风气,并敏锐地捕捉到了社会出现的各种问题,且有勇气以报告文学的方式及时反映出来。伊妮创作了不少反映广州本地社会现象的报告文学作品,比如《阳光下的思考——羊城暗角的黄色幽灵》大胆书写广州街头沦为娼妓的女性,这是广东在改革开放后精神文明建设面临的严峻考验,同时也体现了创作者对女性命运的关切。相较于其他作家的大开大合,伊妮更敏感于女性在社会变迁中的遭际与矛盾,她的另一部作品《开放心中的世界——当代广州青年速写之一》则是以制药厂员工高咏梅的事例反映改革开放后新旧价值观对青年的冲击,以及传统生活方式与全新生活观念的冲突与矛盾。作家谢德辉则在《钱,疯狂的困兽》这部作品中深入探讨金钱这柄双刃剑给人的欣喜、诱惑与伤害,作品以大量原始材料描写"个体户"这一新生群体,全方位地探讨个体户们围绕着金钱的喜怒哀乐,为改革开放的书写提供新的经验与角度。

第二节　历史反思与爱情礼赞

20世纪80年代是典型的理想主义年代,这一时期作家们的关注仍呈现出一定的集体性,人文主义的回归是最本质的因素,在此基础上80年代的报告文学对两个题材的挖掘尤为深刻:对历史的反思与对爱情的礼赞,同时以反思与礼赞开启了新的时期。以知识分子题材展现人们对自由与尊严的坚守,呈现知识分子受到迫害之后仍以顽强不屈的意志在新时期重建美好的生活迎接爱情;以新英雄题材打破20世纪六七十年代教条式的英雄人物创作方法,讲述有血有肉有韧性也有缺点的新英雄人物的感人故事,并且以最初的改革开放作品将反思与礼赞转为理想主义的追求与呈现。广东的报告文学,在这两方面也有突出的表现。

首先,在历史反思方面,主要集中在对战争的反思以及对知识分子命运的探讨。代表作有雷铎的《从悬崖到坦途》、张波的《猫耳洞与摩天楼》和《法卡山与摩天楼》等。张波通过对战火硝烟的猫耳洞与现代都市摩天楼的对比,记录了和平年代中国生活的两端——在猫耳洞与摩天楼之间,在战区与特区之间,在前方与后方之间,张波写出了战争的残酷与和平生活的珍贵,思考生命的意义、人性的永恒与"理解万岁"的普适价值,同时通过报告文学的书写,探索着中华儿女保卫祖国建设祖国的大义和民族精神。

谢望新与李钟声这时期除了写了大量的文学评论,也积极投身于报告文学的创作。谢望新的《囚徒——一个剧作家的遭遇》是历史反思的佳作,也是知识分子题材方面的代表作。作品以剧作家赵寰在"文革"中遭受迫害的真实经历为基础,以诗意的文学语言写出了对特殊历史时代的反思,对人性的讴歌。他的作品描写环境、氛围;描摹人物状态、内心都非常优美。比如写赵寰等人探访董存瑞故乡时写道:"远山苍翠欲滴,村子里的柳枝泛青了,榆树、椿树、白杨抽蓄了碧绿的枝条;粉红的桃,雪白的杏和李,开得百态千姿,迎接着我们的归来。"这种对春的细致描写将一位剧作家对生活的热爱、对生命的热情都表达了出来,情景交融地写出了剧作家内心的细腻感受,突出了知识分子的人物特征。

谢望新的报告文学创作,不仅有题材方面的拓展,也有鲜明的时代特征。写萧殷的《寒凝大地发春华》,记录了知识分子在特殊年代的命运;而《囚徒——一个剧作家的遭遇》,写的是剧作家赵寰在"十年浩劫"中的悲惨命运。他与李钟声合作的《落难者和他的爱情》,将"爱情"两个字写进标题呼唤人性;他写《一个英国皇家水兵的传奇》,从一个特殊人物切入写"文革"的伤痛与反思;他也是最早一批书写农村改革、城市改革的作家。除了创作成果之外,谢望新还在报告文学以及岭南文艺创作方面提出了许多自己的见解。如《真实的,更是文学的——关于报告文学的一个观点》,强调报告文学在真实性与文学性上都必须硬,作为创作者尤其要打磨文学性。在报告文学的选材方面他主张选取生活事实复杂、人物命运和事件独特、人际关系纠葛丰富并且故事含义深沉的题材。谢望新还在《试谈报告文学的构思》一文中详细论述了他对报告文学构思的观点:"在素材和想象两个方面,都要受到真人真事的制约。同时还要受到逻辑(新闻真实和艺术整体、本质的真实)和理智的约束。"[1]在报告文

---

[1] 谢望新:《谢望新文集》,广州:花城出版社2010年版,第206页。

学创作中,谢望新既强调主旋律性,又提倡多样化;既强调真实性,又提倡文学性;既强调理性,又强调艺术性,他的创作与理论对于改革开放时期广东报告文学的题材拓展及全面进步起到了许多积极作用。

谢望新与李钟声合作的《落难者和他的爱情》是20世纪80年代打动了无数读者的报告文学作品。在当时,这部作品大胆地在标题中就直接选择了"爱情"作为关键词与切入点,呼应着随后出现的经典电影《被爱情遗忘的角落》,这是那个时代最能体现人性同时也最为先锋的书写角度。《落难者和他的爱情》这部作品无论是爱情题材还是主人公身为劳改释放犯的选择都是对禁区的突破,也都是对人性的深刻把握,是报告文学创作中不可或缺的人文主义精神的高光,由此体现出与20世纪80年代理想主义的时代精神的高度吻合。

《落难者和他的爱情》以主人公郭光豹劳改释放后遭遇的精神磨炼结构全文,书写对知识分子精神的深度挖掘。劳改的磨炼、战友的冷漠、邻里的蔑视、妻子的去世,文本中的矛盾点一个接一个地吸引着读者在阅读中自觉地与主人公共同面对似乎无穷尽的精神折磨,但这些困难、坎坷最后都变成了对郭光豹的磨炼,走过坎坷,依然精神振奋地面向未来的道路。谢望新与李钟声显然在郭光豹与郭蔷的爱情故事里投入了非常多的感情。郭光豹这样一个正直、积极、深情又体贴的男性角色,在苦难岁月里经历的磨难非但没有减少他的魅力,反而如同被打磨的珍珠更彰显了那岁月里历经磨难而留下的光辉。正如英国美学家斯马特所说的那样:"如果困难落在一个生性懦弱的人头上,他逆来顺受地接受了苦难,那就不是真正的悲剧。只有当他表现出坚毅和斗争的时候,才有真正的悲剧,哪怕表现出仅仅是片刻的活力、激情和灵感,使他能够超越平时的自己。悲剧全在于对灾难的反抗。陷入命运罗网中的悲剧人物奋力挣扎,拼命想冲破越来越近的罗网的包围而奔逃,即使他的努力不能成功,但心中却有一种反抗。"[1]在这部作品中,主人公郭光豹身上展现的就是这样一种具有悲剧色彩的光芒,具备反抗精神的理想主义之光,而勇敢与他相恋的年轻女孩郭蔷身上则展现出如大地一般的包容与温暖。虽然是一部报告文学作品,却展现出传统爱情故事的魅力,让读者产生有很强的共情。该作品中有两段梦境,一段是通过郭蔷的梦境追述郭光豹受迫害的过程;一段是通过郭光豹的梦境展现内心隐秘的感情,报告文学有新闻性质的真实性要求,而梦境为"虚",这里的虚与实恰恰展现出报告文学创作的艺术突破。谢望新与李钟声不仅选择了"爱情"这一大胆的写作题目;同时还大胆地突破报告文学的写作,以梦之虚打破时间线索追述往事,以梦之虚写人内心感情之

---

[1] [英]斯马特:《悲剧》,转引自朱光潜:《悲剧心理学》,北京:人民文学出版社1983年版,第206页。

实,这是值得肯定的,为后来的报告文学不断突破禁区作出了表率。

除了对爱情的赞歌,书写改革开放也是谢望新与李钟声报告文学的主要内容。李钟声的《特区,那歌星的梦》"描述了众多凡人的不凡经历,既写他们的奋斗,他们的业绩,更写他们比这还要动人得多的精神境界"。他的另一部作品《深圳去来》,则仿佛一串珠链将作者在一次深圳之行中的所见所感串联起来,其中有英语培训班与度假村这些新鲜事物,也有宽阔的马路和舒适的长途车等生活细节,这些点点滴滴在作家笔下都成为改革开放的注脚,共同见证改革开放中社会生活的变化。谢望新与李钟声合著的《绿意初绽》,书写广州市郊东圃公社珠村大队六户人承包一个濒临解散的农场,在解放思想的政策鼓励下勤劳致富的故事,他不仅写出了改革开放初期人们思想开放、敢于革新和勇于战胜困难的精神,也用带着诗意的笔触写出了广东乃至整个国家在改革开放中迎来春天的过程。

第三节　时代精神的记录与艺术创新

1978年5月11日,《光明日报》发表《实践是检验真理的唯一标准》,一场全国范围的关于"真理标准问题"的讨论从根本上改变了社会环境与文化氛围,中国迎来崭新的时代,整个社会告别革命进入改革时代,迎来了经济、文化的春天。报告文学作为一种特殊的文体在长期大量的实践中自身文体特征越来越凸显,与其他文体的边界逐渐清晰,报告文学作为文体的独立性愈发鲜明。20世纪80年代是打破政治束缚的年代,但也是人们仍紧密关注着政治变化的年代,报告文学这一文体将文学性、新闻性与政治性结合起来,在政治导向、价值导向、文艺特征等方面都展示出独立性与思辨性。1981年,中国作协的首次全国文学评奖将报告文学纳入,报告文学从此与诗歌、小说一起纳入获奖体裁,这是报告文学文体的官方正式确认,而得到官方确认当然是报告文学以自身的实际成绩赢得的。整个20世纪80年代,报告文学在社会和文坛都引起过多次轰动效应,报告文学不仅是"轻骑兵",还将成为"重器","将八十年代推演成一个无法复制的报告文学时代。"①

20世纪80年代的广东是一片从复苏走向繁荣的改革开放的热土,敏锐捕捉变化的报告文学与广东的社会现实实现了完美的双向奔赴,一路走向新高度。这一时期思想上得到解放,改革开放的春风吹起,广东人迅速走过了伤痕、反思,进入对新生

---

① 丁晓原:《从"轻骑兵"到文学"重器"——新中国70年报告文学的一种速写》,《文学报》2019年9月27日。

活的追求,当然这种新追求里同时包含着对过去的批判与思考。生活的翻天覆地,社会的迅速发展,作者急切地需要文学书写的抒发,读者焦急地等待关于生活的记录与总结,这种时候,报告文学这种集新闻与文学特性于一身的优势迅速凸显,能同时满足迅捷又真实、理性又优美的特征的书写非报告文学莫属。这一阶段,广东报告文学不仅有大量优秀的反映时代精神与社会发展的报告文学作品,比如谢望新的《囚徒——一个剧作家的遭遇》、雷铎的《从悬崖到坦途》等,这些作品一方面在主体意识觉醒方面与"伤痕文学""反思文学"等时代文学汇流,另一方面也展现出广东报告文学作家在精神方面对"五四"精神遗产的继承;同时作为改革潮头的广东报告文学也产生了许多反映改革成果的优秀作品,如理由的《南方大厦》(《人民文学》1984年第8期)、宁泉的《南风畅想曲》等作品则在精神上表现出来开放的维度。广东报告文学在这一时期展现出了继往开来、乘风破浪的品质。1988年百家文学期刊共同发起"中国潮"报告文学联展,在文学史上被称为"报告文学年",应该说在20世纪90年代前的这一次报告文学浪潮中,广东文坛的报告文学发挥了巨大作用,此时的广东文坛涌现了一大批优秀的报告文学书写者,奉献了一大批出色的报告文学作品。这一时期的广东报告文学以记录时代精神这一鲜明的面貌占据中国纪实文学长廊的重要位置,同时以敢于冒险的改革精神带来了艺术创新,为中国报告文学的书写推开了新的大门。

  20世纪80年代的广东被称为"试验区",也被称为"窗口"。这样的称呼一方面是对广东作为改革前沿的描述,另一方面也成为广东报告文学的准确风貌。广东的作家们在报告文学这种文学体裁上充分展示着"试验区"的魅力,他们深入到改革开放的最前沿,为全国乃至全世界了解广东的改革开放书写新风。可以说此时的广东报告文学就是广东改革开放的文学窗口,人们正是通过这扇窗了解广东,理解改革,走向开放。广东作家应该是全国第一个"吃螃蟹肉"的。他们最早看到体验到社会生活在改革开放的助力下发生翻天覆地的变化,社会的飞速发展,促进了人们的精神世界的改变;精神文化的启蒙与解放又进一步推动了社会的发展。新生活、新现实,广东作家面对的是前所未有的一个社会环境,他们要解决新问题、提供新思路、贡献新探索。社会生活的丰富当然也丰富着文学创作,走过了漫长的伤痛、反省与沉思之后,广东的报告文学作家以饱满的热情记录时代的精神,努力地把一个全新的社会风貌以报告文学的形式呈现给读者。

  这一时期广东的报告文学特色鲜明,主要表现在报告文学作家都以最饱满的深情面对广东,以积极热爱的姿态拥抱广东。比如人物报告文学不仅关注到风流人物,也多聚焦小人物,正因为此时的报告文学关注到各类人物,并且把人物置于生活环境中,所以这一阶段的广东人物报告文学在众生相的背后,也表现了广东的生活方式、文化特色,广东的地方风情与地方精神随之进入国人视野,伴随着对改革开放前沿的肯定与追求,广东的风情、精神在全国都成了风尚与潮流。陈俊年的作品《"太爷鸡"与探索者》书写的是"太爷鸡"经营者高德亮,这是品牌老店与改革开放的故事,而个体户在当时还是个新鲜事物,在许多地方备受争议,此时却成了广东人物报告文学的主角,这无疑是文学对改革开放的重要助力,《南风》报发表了这篇7000字的报告文学作品,迅速被广为转载。人物报告文学书写小人物时自带鲜明的民间立场,那些自然流动的人物气息为此时的广东报告文学带来了无数清风。方亮的《他——强者》书写的是一个小人物容志仁。从一间小小的肠粉店彰显普通人的生命哲学、人生理想,容志仁依托这个小肠粉店为社会贡献微薄之力,坚守着人性的真善美。20世纪80年代还是一部文学作品就可以影响全国的时代,当年红遍全国的高第街就是因为洪三泰笔下的《中国高第街》,这部作品集中书写邓小飞"改邪归正"的人生经历,从一个小人物的人生经历映射广州高第街的生活场景,同时赋予其人文气息,高第街不再是一条小小的街,而是凝聚着广东气息、岭南精神、改革风貌、开放色彩的地标。除了高第街这样的地标,当时广州还以有声有色的夜生活影响全国,宁泉聘的《广州,夜幕正在降临》写广州的夜宵、大排档、夜茶等等,广州的饮食文化与生活气息生动感人,社会民情的考察反映在文学作品里。此外,李钟声、谢望新还合作了一部《绿意初绽》叙述广州市郊东圃公社珠村大队一个濒临解体的农场,在六户人家手里重新承包起死回生的故事,改革开放不仅仅是大的政策与经济,落实到具体的劳动者手里以改变劳动农作和经验的方式重新收获了兴旺,也带来了希望。

这一时期的广东报告文学在书写内容方面不断突破禁区,不管是书写的人物、事件还是具体内容都不再拘泥于某些标准,而是以"实践""生活""事实"来决定;在报告文学的资料收集中,将新闻采访、观察记录、文献收集灵活运用,这些也使得书写内容变得生动;作家们在叙事方式上也不断推陈出新,尝试新创作,比如引入意识流手法,突出人物心理活动,等等,作家们也都有鲜明的个人特色。在报告文学的创作主体方面更是有大量新鲜血液的融入,此时不仅仅有纪实文学作家,报告文学这一"富矿"还吸引了小说家、散文家、诗人纷纷前来支援创作,这些作家的融入,也把新的创作特色、不同的文体特征引入了报告文学领域,文体杂糅带来了文学的新质,使得广东报告文学在文体和风格上都有了新意与变化,也为读者带来了新的阅读体验。报告文学的发表、传播、评奖、研讨等方面也都有新气象。生活是新的,体验是新的,需要全新的书写方式来传递,也造就了全新的阅读氛围。

新时期的广东报告文学是改革风貌的报告文学,是承前启后的报告文学,呈现出了繁荣的创作风貌。这是一个除旧布新的时代,也是一个新人辈出的时代,这是一个新鲜事物层出不穷的时代。对于报告文学作家而言,这些都是创作的动力,也是创作的材料,更是创作的目标。20世纪80年代宽松的文化环境使作家们的创作呈现井喷状态,被激发的创作欲望在相对自由宽松的创作环境里贡献了无数好作品,积极的作者,多元的作品,丰富的题材,多样的人物,深刻的问题,广东报告文学以全新面貌翻开了新时期报告文学的繁荣篇章。

第七章 诗 歌

　　地域空间与文学生产的关系向来相互缠绕,并引发了中外诸多探讨,早在南北朝时期,刘勰作《文心雕龙·物色篇》,即有江山之助的慨叹。近人刘师培的《南北文学不同论》专以地理为据来辨别文学之南北;西人丹纳的《艺术哲学》亦将地理环境视为决定艺术特质的三大要素之一,斯达尔夫人则认为欧洲南北的地理差异乃是19世纪欧洲文学的变化动因。由此可见,古今中外文艺批评者均认为文学拥有与植物类似的特性,基于地缘而形成的文化空间会生长出具有地域特性的文学艺术,而独特的文学艺术会相应促发、引领地域文化自我主体性的生成。更何况,在全球经济文化趋于一体化的后工业时代,地域文学的自我确证有着纠正全球化之弊端的功用,文学的地理辨析能够有力地打破线性的叙述霸权,离析出当代史上更为丰富多元的文学景观。

　　广东位于南方之南,负五岭而面大海,游移于中原文化之边缘,而多与外来文明相激相融,加之历来为贬谪之所,各类异端叛逆流寓于此,广东自古便形成了包容、开阔的地理文化品格,这一地域性的历史文化生态如同适宜的气候催生了富于变革意识与创新精神的文学书写。丹纳有言:"自然界有它的气候,气候的变化决定这种那种植物的出现;精神方面也有它的气候,它的变化决定这种那种艺术的出现。"[1]作为改革的热土,自20世纪80年代末至90年代初,广东已发育成中国的诗歌大省,不仅诗人数量庞大、诗歌活动频繁,而且产生了一批富于影响力的诗人与诗歌事件,广东诗歌的身影由此勃然而大。

　　与此同时,富于影响力的诗论、诗刊、诗歌活动也浮出水面。1980年,广东的章明在《诗刊》发表了《令人气闷的"朦胧"》一文,最早提出"朦胧诗"的概念。20世纪80年代中期,《海韵》诗刊在广州正式出版发行,李士非、林贤治为主编,这是广州第一家官办的现代诗诗刊。几乎同一时期,民间诗社"面影"在广州成立,并编辑发行了《面影》诗刊。1986年,诗人、理论家徐敬亚、王小妮、孟浪、吕贵品等在深圳发起了由《深圳青年报》和《诗歌报》联合举办的"中国诗坛:1986年现代诗群体大展",介绍

---

[1] [法]丹纳:《艺术哲学》,傅雷译,北京:北京大学出版社2017年版,第5页。

了60余家诗派、100多名诗人的现代诗群体,成为引领全国新诗潮流的肇始,影响深远,可惜的是在这一现代诗群大展中登场的广东诗人寥寥无几,因而,它对广东诗坛格局并没有造成重大冲击。

第一节 "大沙田放歌"

广东面朝大海、毗邻港澳,自20世纪80年代初以来,一直是敢于变革、勇于争先的时代弄潮儿,改革开放的号角洪亮地荡漾于这片南方热土。诗歌合为时而作,一批广东诗人最先敏感到时代脉搏的跳动,率先在改革开放的前沿阵地唱响了改革之歌,如谭日超的《望香港》、洪三泰的《孔雀泉》《南风》《南方》等、韦丘的组诗《无字〈经济学〉》,以及李士非作于90年代初的长诗《金海岸之歌》等,它们仿佛声声春雷,传递了广东诗人的先锋意识与变革勇气,其中最具代表性的诗人诗作是谭日超的诗集《望香港》有关社会变革与特区风貌的抒写。

《望香港》出版于20世纪80年代初,它是一部情感充沛又兼具理性反思的抒情诗集,它大胆突破了当时的观念禁区,将香港纳入历史与时代的双重视角进行书写,并且对极左思潮进行了大胆挑战。

作者谭日超,实际是三位作者的名字,即谭学良(1940—1985)、陈日生(1939—)、陈启超(1938—),其中谭学良是主要作者。三人是台山县端芬中学的校友,因爱好文学走在一起,他们为苏联的笔名库克雷·尼克斯的三位漫画家真诚合作的事迹所感动,决心要成为中国的库克雷·尼克斯,用笔为祖国和革命事业歌唱,由此合作发表诗作。1957年他们在《边疆青年报》发表第一首诗《红旗》,之后他们在各大报刊源源不断发表诗作。《南方日报》编辑关振东替他们想了个办法,在他们的姓名中各取一字,以"谭日超"为笔名。1975年,他们以谭日超为名,完成了第一本诗集《大沙田放歌》。20世纪80年代,他们又以谭日超之名陆续出版了诗集《望香港》《金翅》等。

其中,最具代表性与开创性的是《望香港》这部突破禁区、抒写改革新风貌的诗。由于地缘政治的割裂、历史残留的体制问题,建国之后相当长一段时间,香港一直被视为被资本主义所腐蚀的禁忌之地,如诗歌开篇所叹:"多少年,你像一个忌讳,罩着云水千重/多少年,你似一个魔鬼,阴森不可想象…………多少年,你一直为时髦理论所诅咒/小学生向你吐口水,说'臭'不说'香'。/"如何正视妖魔化、扭曲化的香港,如何突破固有的意识藩篱,重新发现香港、为改革扫清障碍,可谓是对当时语境下诗人勇气与智慧的重大挑战。

谭日超以清醒的勇气直面被历史烟云笼罩的香港,回顾了鸦片战争以来香港峥嵘的历史进程,强调了香港与内地血脉相连的内在力量,以大胆的笔触描述香港发达的物质文明,一个现代而充满魅力的香港浮现出来:"看尖沙咀,今晚又泊进多少层楼大厦!/望扯旗山,这透明的玉石雕,花篮一样!/小岛呵,贸易在裂变,商标在汹涌,/电子,塑料……简直是魔术一场。"诗人从历史游弋至现实,立体编织了与内地血脉相连又别具文化风貌的香港形象,他们对香港的书写在20世纪80年代初可谓得风气之先。《望香港》整部抒情长诗不仅奔流着历史的激情,而且对固有的僵化观念进行了尖锐的反思:"经验该使我们变得诚实谦逊一些了:/为啥不让外来的长处,春草般长入国疆/我们丝毫也不应当给成就和果实扣帽子"(《望香港》)。诗人率直地呼吁应该学习外来的长处,要打破以往拒绝外来文化的僵化思想,如此恳切而激烈的反思在当时可谓春晓初啼。

《望香港》作为一本诗集,还纳入了一批书写深圳特区的诗作,对深圳特区面貌进行了歌颂。作为中国改革开放的桥头堡,深圳特区自成立以来,便逸出了地理范畴,而成为一种表征了改革与现代性的城市符号。谭日超以快速的扫描勾勒一个蒸蒸日上的新都市形象:"我咀嚼着/属于这神奇土地的/一切,一切/包括:海关联检站/友谊餐厅的熙攘声/廉价可口的焗鸡腿/太阳伞下的柠檬茶/还有,波浪般/奔腾不息的/集装箱,面包车/新市开发区的风采……我差点儿/窥见了未来!"(《我咀嚼着》)一切都那么新奇而丰富,其中洋溢着现代气息,作者不禁感慨,他似乎从中窥见了未来,一种明朗、乐观的情绪溢于言表,改革时代重构历史蓝图的雄心与激情谱就了一曲时代的颂歌。

作为始终紧跟时代潮流的主流诗人,谭日超始终秉承"歌诗合为时而作"的理念。《望香港》是时代的先声,其风格也部分承续了20世纪70年代的《大沙田放歌》的抒情方式,诗句始终由情感所推动,洋溢着丰沛的诗意,诗歌多采用今昔对比的模式,结构清晰而灵动。不过,在承续的同时,《望香港》对以往风格也有所突破,诗句结构更为复杂,纳入更多异质性的现代意象,奔泻的抒情中加入辩证的思考与多声部的对白,多种技巧的穿插与诗意的复杂化,让诗作初具现代诗的特质,从而成为广东80年代重要的代表诗作。

与《望香港》相媲美的还有洪三泰的《孔雀泉》、韦丘的组诗《无字〈经济学〉》等。在组诗《无字〈经济学〉》中,韦丘对昔日的平均主义"大锅饭"进行了辛辣的讽刺,以开放、昂扬的抒情姿态赞美了刚从中国地平线初萌的经济改革:

农村为什么长年累月都是半饥不饱?
小脚穿上大鞋——以往的生产关系。

>让人们按照自己的脚去选择鞋子吧,
>管他穿的是布的、胶的,还是皮的!
>土地的主人,是不高兴走回头路的,
>田野是慷慨的呵,将献出丰衣足食。

韦丘以脚与鞋的精妙比喻阐释了经济变革的新理念,热情讴歌了刚刚启动的农村责任承包制,诗句明快有力,积极配合改革开放的路线方针,体现了诗人的高度政治敏感度。

20世纪80年代初,韦丘到深圳的宣传部门工作,目睹这焕然一新、高速度发展的新特区,诗人满怀豪情与好奇,以城市志的方式,迅速记录了昂扬奋发的深圳形象,写下一组有关深圳的特写:

>这里的服饰象除夕的花市/这里的车辆象渔场的汛期/这里的时速——一百里/这里的节奏——昂扬奋激/这里的每一条动脉与静脉/都流通着促进生机发活力/这里的每一颗尘粒和埃末/都沾满了开拓者的汗滴……(《这里》)

韦丘关于深圳的特写与歌颂可纳入广东改革者之歌,诗人自觉汲取生活的题材与诗意,留下了深圳特区宝贵的历史侧影。韦丘在关注特区风貌的同时,还通过一帧帧的人物特写,塑造了一系列特区人物形象,如大队书记、业余舞蹈家、专家、女经理等,他们活跃于特区的各行各业,以汗水与智慧创造人生价值。更难得的是,韦丘没有滑行于人物的表面,也没有束缚于颂歌的语调,他在赞叹、描绘、抒情的同时,也于笔端注入了探索与批判意识,在书写形形色色的深圳人的同时,诗人以细腻尖锐的笔触深入人物内心,展示了特区新一代人的复杂变动的心灵世界,指出他们在拥抱丰盛的物质生活时可能发生的精神变形,如《寻找那失落了的……》:

>什么都有了/彩电,音响/洗衣机,电冰箱……/又好像一切都淹没在/软绵绵的沙发椅/虚悠悠的海绵床……当理想变成了零/犯罪率就张开了嘴/嘲笑现代的文明/当精神失去寄托/夜总会就脱光了衣服/引诱你去吸食欲望的海洛因

诗人以批判性思考勾勒了因物质生活而失去理想与目标的迷惘者形象,提出了物质时代如何安顿精神生活的警示。诗人似乎在汹涌而来的经济大潮中听到了人文精神趋于消歇的声音,敏锐的眼光、深沉的思考让文本获得了穿透时代的力量。

李士非以时代的召唤为其使命,以敏感的眼睛观照变动不居的现实,并以诗歌热忱参与了时代创造。他的《南中国之恋》写海南岛的大开发,笔涉海南的农场、矿场,展示其崭新的变革风貌,其中《开放》一诗写道:"大门打开了/不会再关上/正如盐池/永远对阳光开放/对风开放/对大海开放。"新一代的海南人正在开放的大变革

中,顶天立地地站起来。《金海岸之歌》弘扬改革开放的主旋律,为文学史贡献了新时代的新人形象。诗人在开篇就点明题旨:"钟华生/在用汗水写一首/气势磅礴的诗/我可以用墨水/使他的汗水显影"。通过立体勾勒与细节描述,李士非生动形象地塑造了钟华生这一洗脚上田却胸有丘壑、勇于改革的当代农民企业家形象。

上述诗章都勇立改革开放的潮头,以开放、昂扬的精神,对曾经束缚人的精神观念与经济活力的僵化体制加以大胆批评,同时描述新时期蒸蒸日上的改革风貌,形成了富于地域特质与时代精神的改革之歌。总而言之,这批改革之诗率先把握了时代思潮,主要关注政治、技术、制度、经济等宏大的变革事项,强调在社会的经济变革中推动现代化的进程,并试图在历史反思、时代勾勒中寻求现代性的变奏。正因此,这些产生于20世纪80年代的诗作便具有了时代价值与文学史的意义。这一时期诗人的书写虽然还遵循着以往的抒情方法,其中仍流转着与初期政治抒情诗类似的情绪,承续了铿锵有力的抒情语调;但是,这批诗作更新了抒情对象,丰富了抒情内容。更重要的是,诗作在热烈赞颂改革新时代的同时,体现了直面历史经验的反思精神。

第二节　归来的军旅诗人

军旅诗自古已有,从《诗经》中的《采薇》《载驰》,《九歌》中的《国殇》,到两汉的乐府至唐代王昌龄、王维、杜甫等,军旅诗以特殊的军事战争题材、豪迈苍凉的独特风格,成为中国诗歌的重要一脉。近现代以来,军旅题材的诗作在承续传统的基础上,佳作迭出,并涵括了新的时代精神,其中,广东涌现了一批重要的军旅诗人,柯原、张永枚、韩笑、郭光豹等,他们历经解放战争、抗美援朝、西沙之战等,在炮火声中锤炼诗意,以诗歌切入战争,运用新诗的形式表现战争和军人生活,他们的诗作或者铿锵如战鼓,慷慨多气、壮怀激烈;或者活泼如小鼓,朗朗上口、风趣幽默;或者如庄严肃穆的长号,沉郁顿挫、金声阵阵。这批于战火中诞生的诗作无不闪烁着人道主义的光辉,回荡着英雄的呼喊,弘扬爱国主义情感与英雄乐观主义精神,是共和国诗歌的重要组成部分。

张永枚、柯原最早以朝鲜战争题材的诗作而闪耀于20世纪50年代的诗坛,他们以战士的身份从战场走向诗坛,诗歌不仅是纸上文章,更是战斗的武器,因此,他们承续了田间、蒲风的战歌传统,多抒写富于鼓动性与炽热爱国情感的短章。

柯原,原名章恒寿,祖籍湖南新晃侗族自治县,曾任《华夏诗报》主编、《散文诗报》副总编辑、大型文学刊物《虎门》副主编。曾任中外散文诗研究会会长等。柯原创作于20世纪五六十年代的《一把炒面一把雪》《咱们为谁来打仗》《手榴弹》等诗直白幽默,宛然行军途中的快板,富于民间气息与乐观主义精神。名诗《一把炒面一把雪》写战场上志愿军的艰苦生活,却毫无传统边塞诗生死无常的哀鸣,恶劣的生存环境反而成为砥砺高贵品质的试金石:"一把炒面一把雪/枕着石头盖着天/艰苦朴素是光荣/消灭了敌人心欢喜!"艰苦的物质生活与乐观坚定的斗争精神之间形成了巨大张力,更为夺目的昂扬斗志反而从诗歌中迸发而出,口号式的诗句鲜明铿锵,易于记忆与朗诵。柯原写炮火纷飞的战场,也另辟蹊径,鲜血、牺牲、残酷等惯常的战争书写消弭于乐观的战斗精神之中,诗人以民歌的语调将激烈的战斗纳入举重若轻的幽默诗句间:"手榴弹,腰间挂/铁黑着脸不说话/跟我一道上朝鲜/抗美援朝保国家/别看它平时不吭气/战场上面脾气大/坦克碰见它爬不动/榴弹炮碰上它变哑巴/要是敌人冲锋队形密/手榴弹一瞧笑哈哈/钻到鬼子堆里去/黑烟起处冒红花/连吃带喝真高兴/欢送鬼子回老家。"(《手榴弹》)手榴弹这一战争利器被诗人赋予拟人化的修辞,仿佛一名爱憎分明的英雄战士,具有强大的人格魅力,口语化的书写方式则让诗歌通俗化、大众化,让战士喜闻乐见。总之,柯原这类战争诗幽默、爽朗、朗朗上口,洋溢着民间的乐观精神,富于强大的鼓动性与宣传效果。

柯原自20世纪40年代开始写诗,诗歌创作历程跨越了半个多世纪。他写抒情诗,也写山水风物诗,还创作了不少哲理诗和讽刺诗,出版诗集40部,共近3000首诗歌,可谓高产诗人。他对诗的热爱从没改变,他用诗来歌颂美好未来的追求也随着时代的变化而得到拓展。改革开放后,身居广东的柯原,将笔墨倾注到南中国这片"神奇的土地"上,面对"南中国海"和"伟大变革中的祖国",饱蘸深情地唱出了他的"金三角之恋"。他的眼中,处处充满神奇的发现:珠江三角洲是一架钢琴吗?/一架金色的三角钢琴。风的弦,雨的弦,河的弦,组成了天籁的交响;/欢笑声,喇叭声,汽笛声,交织起生活的奏鸣。……大地上日日绽开新的花朵,琴弦上时时迸发新的流韵(《珠江三角洲》)。他用生花妙笔来抒发《海洋诗情》:南海是诗的海洋/色彩奇丽的花朵竞放/每滴海水中都有一颗太阳/飞翔着无数比喻与幻想。/哦,只要心里装着南海/灵感就会日夜潮涨/开放出层迭的意境/奔腾出不尽的诗章。

诗人愿化身木棉树,将根须深深扎进"这潮湿的,温热的,/饱含了阳光的南国泥土呵!"(《南海,新的日出》)。在珠江三角洲"缤纷的人流"和"金色的风"中,诗人吹响"蓝色号子",奏起"蓝色奏鸣曲":天是蓝的/海是蓝的/我们的劳动号子/也是蓝的/蓝得又雄浑、又宽阔……水兵的号子,蓝色的号子/奔突着生活激情的号子……这是水兵献给南中国海的/一首深沉的情歌/一缕悠悠的眷恋。

诗人笔下的这片"蓝土地"充满着变革的盎然生机:

  只因为南中国海
  紧紧拥抱着

伟大变革中的祖国

战士和大海

每天才能有

新的姿态,新的脉搏

新的梦幻,新的歌……

——《大海,每天都是新的》

诗人感怀历史,念兹在兹的是"老兵的心曲":难忘那天安门前红旗升/难忘那烽火南疆大军行……满头白发岂是霜雪染/那是老树槐花朵朵情。他更寄情现实,在诗心、诗情和诗意的浸染下,面对居住多年的广州城这"读不完的历史诗卷",读出了百般滋味(《解读广州》)。柯原新时期以来创作的诗歌,比喻新奇、联想摇曳多姿,将军旅诗人的铮铮铁骨、铁汉柔情和南国的情趣、郁郁的诗意熔于一炉,老成中透露出新意和锐气。正如侗族民间文化研究专家过伟所言:"柯原有时也是擂鼓的诗人,有时却是奏笛子的诗人,有时又是弹琵琶、吹木叶的诗人。总之,他是一位多面手诗人。"[1]

与柯原的诗风不同,张永枚的战争诗有着浓郁的抒情气息,他擅长细节捕捉,侧面书写战争中人的心境与情感,如同样是写朝鲜战场,柯原的诗如快板,以乐观精神快速切换战斗场面,而张永枚则强调长镜头的凝视,着重刻画战争中人的精神面貌与情感世界,如《红色信号》:"听得出春雪溶化的声音/战场上一片沉静/在鬼子阵地的前面/闪着战士们焦急的眼睛。 一双双焦急的眼睛/向那水牛皮样的天空找寻……/然后再互相交换一下眼神/按捺着跳动的心。 天空仍旧是一片漆黑/只挂着一颗孤零的小星/战士找寻的不是小星/而是红色信号——攻击命令。"这首诗以细腻的笔触书写了攻击之前焦急而兴奋的战士心情,紧张危险的战争被诗意化、情境化,静水流深的书写风格生动地还原了战场的一个侧面。

张永枚也是写作成果最为丰硕的军旅诗人之一,他于1949年冬参加中国人民解放军,1950年赴朝鲜作战,于硝烟中创作大量战歌,出版了近30部诗集。他创作的《骑马挎枪走天下》传唱天下,1974年的长诗《西沙之战》独创诗报告这一新体裁,以新闻与诗歌相融合,不仅快捷真实地再现了激烈宏大的战争场面,而且善于描摹细节、刻画人物,经纬交织、壮怀激烈的书写方法营造了撼动人心的艺术效应,出版后广受欢迎,甚至被改编为连环画广为传播。《羊城晚报》子报《新快报》在西沙之战30周年时,用整版的篇幅发表专栏"深谈":《张永枚:赶写〈西沙之战〉只吃了四个汤

---

[1] 过伟:《柯原诗歌赏析》,《凯里学院学报》2010年第1期。

圆》,对张永枚的创作经历及其《西沙之战》作了公允的评价。谢冕先生主编的一本关于海南岛的诗选,还选了《西沙之战》的部分章节。张永枚描绘战争、歌颂战斗英雄的军旅诗歌可看作是当代文学中英雄主义宏大叙事的一个重要范本。

新时期以来,张永枚的诗歌创作多以反映军民风貌为主,曾于2010年获广东省首届文艺终身成就奖。《梅语》(云南民族出版社1998年版)是他"重新开始"后的一部力作,颇能彰显诗人的艺术个性和美学风格。张永枚在《梅语》的"跋语"中说:"梅语非枚语。""梅语,中华各民族老百姓之语。"这部诗集,表达的就是中华老百姓的"中国心、赤子情",也是作为老兵的诗人"骑马挎枪走天下,祖国到处都是家"的深厚爱国情怀的自然流露,是诗人在几十年的军旅生涯中粹炼出来的朴实、深沉又隽永的生命感悟。

"长跑诗人"韩笑也是具有代表性的军旅诗人,著有诗集《战士和孩子》《英雄战南海》《南国旅伴》《白山黑水》等,他的军旅诗作,别具鲜明的艺术风格,他擅用节奏跳跃的短句,来描绘军旅生活和南方的渔岛、农村,常将对战士崇高品质和美好情怀的表现,与富有特色的南国风光相交织。韩笑多写战士的平凡生活,如站岗、巡逻等,从军人的日常生活中来提取诗意,表现军人的责任心与爱国主义精神,如《榕湖小夜曲》:"边疆巡逻兵/客旅榕城,/贪恋湖边月/走走停停。……边疆巡逻兵/习惯于/戴月披星,/更何况面对这/好山好水,/怎能不为她/守夜巡更……"诗人以优美的笔触展现了战场之外的士兵形象,他们虽然生活于和平年代,仍提高警惕,展现了近乎神圣的责任意识,这类题材的书写丰富了军旅诗歌的内涵。在经历整整40年军旅生涯后,"离职休养"的韩笑,自1985年1月至1994年共出版了长诗2部,诗集11部,文集1部,创作成果丰硕。

出版于1990年的自传体叙事长诗《松江浪》,荣获第四届广东省鲁迅文学艺术奖。诗作刻画了一个小知识分子投身革命的坎坷历程,表现了一代知识分子的思想转变和命运波折。诗人自述道:"我写自己,也是写一代人;我写历史,也写现实。我不仅为诗中的主人公辩护,也在为一代又一代的中国青年辩护。"诗学研究专家陈良运指出:"如此真实地抒写'自我'的心境和遭遇,写得如此坦诚,如此粗豪中见深沉,在四十年来的诸多长诗中,是最突出的一部,或可说是唯一的一部!"[1]1993年为纪念毛泽东诞辰一百周年而创作的300多行长诗《毛泽东颂》更被誉为"史诗"。此外,韩笑还有不少脍炙人口的歌词在全国传唱,在诗的形式上也做了多方探索,民歌、兵歌、新格律诗都有不俗的尝试,特别是借鉴马雅可夫斯基诗体并进行中国化实践的

---

[1] 陈良运、陈卫:《老去诗篇浑漫与——韩笑近作漫评》,《文艺理论与批评》1994年第1期。

"楼梯式"自由体诗歌创作,更取得了突出的成就。

韩笑新时期以来的诗歌创作,其主调是歌唱改革开放。《跑步的中国》一诗可视为这一主调的"序曲":从广州到漠河/万里迢迢/我是个跑步者,/我眼前的中国/是跑步的中国。他处身"得风气之先"的广州,思想活跃、视野开阔,他以诗歌"长跑"的姿态来追赶和见证中国改革开放的步伐,为读者留下不少脍炙人口的诗篇。这其中,就有他"为珠江三角洲新貌塑像"所写的诗集《珠江美人》。这部诗集收录韩笑1988年至1991年所作短诗130余首,是表现广东改革开放的一曲交响乐,在"代自序"中,诗人感应着鲜活的改革浪潮,以酣畅自由、灵动跳脱之笔,勾勒出"珠江美人"新的形象:

手上有宝石,颈上有黄金……
在车间指指点点,在商场出出进进……
莎丽雅抹去泪痕,迪斯科夺回青春……
祖辈哭屋漏船破,父辈叹风狂浪狠……
新一代芙蓉出水,千里外动魄惊心……
照亮绝望的眼睛,启迪贫困的灵魂……

短短12行诗,颇具象征意味的"珠江美人"意象就跃然纸上,使读者眼前一亮。在这部诗集中,诗人从粤北瑶村山寨,唱到"千古荒凉的海滨,/变成高楼的森林"的深圳、珠海,从"农民企业家""小镇小姐"唱到驰骋"电子世界"的康佳人、"最美在车间"的新时代女工……改革开放大潮中那些"弄潮儿向涛头立,手把红旗旗不湿"的新人、新事、新景观——呈现在读者面前。

歌颂军队,歌颂祖国,歌颂党;热情拥抱新生活,歌唱南国的起飞;讴歌真善美、鞭挞假恶丑,是韩笑诗作一以贯之的思想红线。他既为改革开放谱写了一曲曲赞歌,也通过《菜市场沉思》《向廿一世纪,冲刺》《老兵的深情》等诗,敏锐地捕捉并针砭了商品经济冲击下都市文明的浮泛和沉渣,表达了诗人对时代变动中人心、人情、人性的思考,对现实的忧患意识,对祖国改革进程和未来发展道路的深切关注和沉重的使命感。

此外,称自己为"向太阳的诗人"的韩笑还写了大量的山水诗,以"战士诗人"独特的审美意识,开掘出新的审美视野、诗歌意境和生活哲理。如诗集《南国伴侣》,诗人漫跑花城,行吟特区,用战士的眼睛看桂林、看潇湘、看张家界,以战士的心灵感受山水。注重选取独特"意象",努力营造南国"气象",在形象和情感的自然升华与诗意深化中迸射出思想的火花。又如诗集《海誓山盟》,表达了一个离休者对山川、对祖国的热爱,对亲友、对人民的深情。他的一些即景抒情小诗(如《清远峡》《凝碧湾》

《小梅沙》等),颇耐人寻味,呈现了韩笑作为"战士"之外的别一种诗人情怀。

这位"长跑诗人"终身在为共和国深情歌唱,终身在追寻"诗的女神"。他的最后一本诗集——32.5万字《中国人民解放军颂歌》(海南出版社1994年版),以生命不止、战斗不息的革命热情和战斗精神,激励着广大读者继续前进。

戎马生涯中,在部队从事政治工作的郭光豹创作了大量富有特色的军旅诗;他的军旅诗题材接近韩笑,擅长写海防等南方边境的军队生活,歌咏和平时代士兵的崇高责任感与爱国情,在风格方面,郭光豹的诗作风格柔美流丽,语句含蓄蕴藉,曲折有致的诗句带来抒情谣曲的风味,如《流萤》:"你来自哪儿哟,流萤/你不是流星,而是会飞的亮星/边境的夜,浓黑如墨呵/谁遣你来,给我提着灯笼? 尽管你发出的光热如此微弱/却要燃干热血,烧尽生命/你的身上岂止有个发光器哟/还有一颗晶亮透明的心。于是,你才看到我怒火欲燃的眼睛/好,一猜就中,我是人民侦察兵/在这浓黑浓黑的夜啊/我,铁肩担正义,胸臆装和平。"又如《界河随想》:"界河的波涌哟/轻轻地摇,轻轻地摇……/那是我彻夜巡逻之后/晨风伴我换哨的时候/战友和我会心的笑!"上述军旅诗从战火纷飞的战场转向和平时期的边境戍卫生活,边境风物作为诗人沉思的对象、对话的他者,流星、界河等意象委婉动人地隐喻了戍边战士高洁的心灵与磊落的胸怀,诗情画意的倾诉中荡漾着战士深沉的爱国热情。

郭光豹在散文集《美妙的人生》中发自肺腑地写道:"大凡古今中外的诗人,心灵里总有二块土地,一块是祖国、一块是家乡,屈原正是怀着这两块沉甸甸的土地而坠入汨罗江的。爱国和爱家乡总是紧紧地联系着的,爱家乡是爱国的一种具体表现。"诚哉斯言!抒发爱国情怀和思乡之情,是大部分诗人特别是军旅作家的创作重点。

在创作了大量富有特色的军旅诗作后,郭光豹以归侨的身份,倾力描绘故土风情,书写海外游子的思乡情谊,讴歌港澳同胞造福桑梓的感人举措,为诗坛贡献了题材新颖、风格独特的长篇叙事诗。他呕心沥血,在纸上耕耘五载,创作出万行长篇叙事诗《赤子三部曲》(包括《望乡风》《静庵之歌》《溶溶寸草心》三部诗集),以诗立传,用诗笔塑造了商界巨头李嘉诚、庄静庵、陈家铭等一位位故乡赤子的高洁形象,以"人格""人道""人性"三个相关的题旨,串成了一部爱国主义的颂歌,丰富了当代中国叙事诗的长卷。郭光豹写归国华侨的桑梓情怀,其实也是在表达自己的浓浓乡情。从中,我们可以读到诗人经历人生坎坷的心绪起伏,可以真切地触摸到他孜孜以求、灼烫透亮的创作心愿:诗神呀/原要唱一支"归来"的歌……把父爱母爱乡爱国爱熔为一炉/让情和爱绕过是和非/产生出一种巨大的力量/穿透时空风雷/跨越历史尘埃。《赤子三部曲》在题材、体裁、艺术构思、语言及美学追求等方面都颇具匠心,当时就有论者指出,郭光豹的叙事诗"熔叙事、抒情、议论于一炉,集传说、心言、实例为一体,不满足于事件的一枝一叶、人物的一言一行的忠实记录,放弃了叙事时空、人物情节的文字缀合,创作主体积极无畏地投入其中,借用象征、比喻、排比、引用、神话传说、抒情判断等手法,对一个人、一类事、一种高尚的乡心、一种文化精神纵情放歌,这对于传统叙事诗来说,即便不是一种创新,也是一种大胆的突破与尝试"①。可以说,热情奔放,酣畅淋漓,以真情打动读者,构成了郭光豹后期创作的一大特色。他的诗集《深沉的恋歌》曾获 1986 年广东省鲁迅文学艺术奖,《爱情的凯歌》(合著)曾获 1980 年全国报告文学奖、解放军"八一奖",电视剧剧本《灿烂的晚霞》曾获 1986 年中央电视台、解放军总政治部电视剧奖等。2010 年,郭光豹的诗作《情系煤矿》获"世界华语诗人诗歌赛"特等奖。

归来的军旅诗人曾经历过金戈铁马的战场生涯,他们或正面书写激烈的战争,或侧面描写军人的生活,或歌颂和平时期战士的责任感,爱国主义、英雄主义精神始终萦绕其中,宏大的抒情与高度政治化的意识形态叙事,使得这批军旅诗有着类似的主题与意涵,喜用大词与政治语汇,与此同时,作为个体的情感或命运则被有意弱化或者遮蔽。无疑,军旅诗的艺术资源多来自左翼诗歌传统与解放区的诗歌创作模式,多吸纳民歌、民谣的艺术手法,而较少借鉴复杂的现代诗技巧,呈现较为单一的美学风貌。然而,军旅诗以诗铸造军魂,在艰苦的战争年代承担了战鼓的历史使命,在和平时代书写家国情怀,其中奔涌的纯正明亮的爱国激情、虔诚真挚的战士情怀,仍散发着独特的魅力,无愧为时代的强音。

第三节　新生代诗人

当 20 世纪 80 年代"朦胧诗"风起云涌之际,处于改革前沿与商品经济大潮冲击下的广东诗坛也涌现了一批新生代诗人,其一为在全国崭露头角的年轻诗人,如筱敏、郭玉山、桂汉标、黄蒲生、谭学良、郑启谦等。其二为活跃于广东高校的年轻学生诗人群,如马莉、辛磊、陈小奇、汪国真、樱子、游虹、陈美华、欧宁等。其三则为从北方迁徙而来的青年诗人,如徐敬亚、王小妮等。这一批新生代的广东青年诗人在诗歌语言、意象以及题材方面均有所突破,表现出新锐的探索精神与艺术革新趋向。与张永枚、韩笑、谭日超等老一辈作家相比,这些年轻作家在生活经验、文化素养、现实感受、审美选择方面都发生了相应变化,他们对迎合政治动向、图解政治概念的创作不再热

---

① 陈远程:《海浪夜夜唱着一支不朽之歌——郭光豹长篇叙事诗〈望乡风〉〈静庵之歌〉》,《韩山师专学报》1992 年第 7 期。

衷，更注重批判性的历史反思与个体经验的呈现，并广泛吸纳现代诗的技巧，强调诗歌的现代审美艺术手法。

这一时期比较活跃的广东诗人是筱敏。筱敏曾做过14年工人，多凭天赋创作，20世纪70年代初期就开始发表作品，其诗作主要集中于70年代末至80年代中期，结集为《米色花》《瓶中船》。其中，《瓶中船》可谓筱敏诗作成熟期的代表作。筱敏后来转向散文创作，并成为当代中国重要的散文名家，作为诗人的筱敏隐没于诗坛，然而她那抽象与感性交织的华章在广东当代诗歌史上留下了美丽的足迹。

筱敏早期的诗作纯净、优雅，母亲、父亲、孩子、少女、清晨是她吟咏的对象，诗作通过精妙比喻、清新的抒情手法来塑造充满诗情画意的形象，敏感地捕捉外部世界所激起的情感反应，讴歌自然、母爱与美好的人情人性。在她笔下母亲是美的象征、自然的化身："在鸽群覆盖的天空/满潮一样铺撒着晚霞/我听见你的喘息了/妈妈/你风帆似的灰发/你召唤鸽群的咕咕的胸音/——妈妈呵。"清新自然的文笔下，母亲被比拟为不断涌现的自然形象，晚霞、鸽群与母亲形象重叠交错，化为一曲对母爱的颂歌，形象化手法、爱的基调与明丽的风格，可以看到泰戈尔的影响。筱敏也善于以拟人手法抒写自然，借助自然之美来暗示内心情绪、传达抽象的意念，她笔下的清晨是少女的化身："你拽着柔柔的发辫来了/你踮着悄悄的舞步来了"（《晨》），清纯、唯美；而在另外的山水诗中，山水则成为独立人格的象征，诗人笔下的大龙湫是"拢紧十指苦等""赴前途莫测的路追寻"的勇者，最终以一跃而下的决绝让生命得以升华，"于是，你跌跌宕宕地涉到/一百九十米的崖顶/沉默/绷紧了每一份神经/你反复地想象那一瞬/——证实生命并照亮生命的/一瞬/你纵身一跳。"（《大龙湫》）山水被赋予了血性与人格，诗人突破了直抒胸臆的浪漫主义手法，将激烈的情绪熔铸于山水之内，通过山水的拟人化命运来显现诗人心志。

筱敏写于20世纪80年代中期的一部分诗作则昭示了她耽于精神性散文写作的质素，即坚守人文主义者的立场，在诗中思考着自由、独立、信仰、民族命运、人的尊严等。她往往以具有视觉冲击力的事物作为承载其抽象哲思的客体，如《瓶中船》："鼓着风帆，很美/如你一遍遍拟就的/航海宣言　惊涛轰鸣/海岸线迁徙/地球的经纬线恢恢如网/却遗落了小小一个/封闭的空间/许多年……　四面八方都是凹面镜，于是/世界很怪诞/海枯瘦得都病了/太阳很扁/你庆幸并骄傲，你的天地/十二分的稳定，而且圆满　航道荒芜着。水手的梦/会飞，飘得很远很远……"瓶中船是一个独特的个人化意象，它是诗人沉思与凝视的对象，作为诗人想象力的凝聚体，其中船承载了诗人多维的抽象性思考，它可以是内心冲突的隐喻化表述，也可以是理想与现实之冲突的形象展示，甚至，它的意义维度可以辐射至国家民族的封闭与开放的辩证思考。

新时期广东还活跃着不少校园诗人。马莉是其中较突出的一位。她毕业于中山大学中文系,出版有《白手帕》《马莉诗选》《金色十四行》等诗集。马莉写于20世纪80年代的诗歌富于浪漫主义色调,书写青春的忧伤,展示无拘无束的想象,跳跃着青春期诗人奔放的想象力与敏感的心,如《白手帕》一诗:"你在我手心画了一个圈/昨天结束了/我独自和我玩着/依然做我的梦//谁也别解释/这有什么不允许的//我迈向夕阳/把剪影留给大海和风//你把手搭上我的肩膀/你的愿望像一片湖/夜晚的船舶/期待的愤怒的眼睛/印着泥泞的道路/那里有一片蒺藜/让我到那里去吧//一个古老的负担在你的翅膀飞翔/我把你的手拿起,又放下//我不懊恼,也没有忧伤/然而,让我哭//所有潮湿的土地/都埋藏着丰富的情感。"这首诗有着单纯而真挚的情感形态,诗中的抒情主体情感丰沛,有着青春的倔强与独立;朴素的诗歌的意义紧密贴合着情感的波动而展开,避免了情感的宣泄;马莉多运用比喻、隐喻的修辞手法,制造夕阳、大海、湖等意象,将意涵与意象进行明确对接,使得诗作风格明快又含蓄蕴藉。

马莉20世纪90年代以来的诗作则不断进行自我嬗变,诗意展开更为繁复、立体,并借助悖论、象征、通感等修辞技法丰富诗歌的表达,追求富于张力的诗歌形态。作为一名颇有创造力的画家,不同艺术方式之间的切换、交融让她的诗作更能挣脱诗歌体制的惯性羁绊,拥有了随心所欲不逾矩的气质,她的不少诗作如《裂开的缝隙》《神引领了窗前的月亮》等,可谓诗中有画,与后现代派的印象画一样饱含张力,富于视觉冲击力;诗人以专制的幻想力对客观对应物进行变形,使之成为诗人情感的承载体,并以物我相激相荡的方式营造了情绪与理性相交错的诗意空间。

第八章 散　文

广东的散文有着深厚的传统。在晚清,梁启超"笔锋常带感情"的"新文体"不但风靡一时,而且启迪了"五四"时期议论性散文的兴起。而以梁启超的《夏威夷游记》《新大陆游记》,康有为的《欧洲十一国游记二种》为代表的晚清域外游记,既让国人"开眼看世界",也开了我国国外游记的先河。20世纪20年代,钟敬文的散文小品深得周作人赞赏,周作人还在《燕知草·跋》里,专门评点钟敬文的散文小品。1934年,阿英在编选《现代十六家小品》时,钟敬文被列为其中一家。郁达夫在编选《中国新文学大系·散文二集》,收录了钟敬文的《西湖的雪景》《花的故事》《黄叶小谈》三篇散文,将其视为"五四"新文学第一个十年的重要收获。岭南另一位文学理论家黄药眠,同时也是现代散文名家。他的散文集《美丽的黑海》和《抒情小品》,便富于岭南的情调和抒情色彩。

第一节　回归自身的散文

从1978年党的十一届三中全会的召开到20世纪90年代初,是广东散文的发展和恢复期。如众所知,在20世纪五六十年代乃至80年代初期,当代散文的主导话语是以杨朔为代表的"杨朔模式"。这一散文模式注重散文的审美性和抒情性,强调将散文"当诗一样写"[①]。这是在特定的时代、社会、政治、文化语境中,在文学的抒情时代发展起来的一种成熟的抒情范式。它理所当然地受到冰心、老舍、曹禺等老一辈作家的首肯,同时受到同辈及后辈散文家的推崇和模仿。问题在于,以杨朔为代表的散文话语方式不仅成为20世纪五六十年代的"文学时尚"。即便到了80年代中前期,这种散文话语方式仍然拥有相当的市场。所以就当代散文的发展而言,80年代理论界对杨朔"诗化散文",以及"形散神不散"散文观念的重新评价,对巴金《随想录》的充分肯定,对林非"真情实感论"高度一致的认同,就显得特别重要和关键。因为这

[①] 杨朔:《东风第一枝·小跋》,《杨朔散文选》,北京:人民文学出版社2009年版,第220页。

几个散文事件,既恢复了散文必须说真话、抒真情的基本原则,而且有着启蒙和自我启蒙的意味,即散文必须解放自我与心灵,必须重视人格、胸襟与灵魂抒写。尤其是,散文必须重新定义知识分子的良知、责任与使命,思考散文与历史以及现实社会的关系。

正是在散文界呼吁散文要"说真话,抒真情",强调散文要敢于表现自我,要回归"五四"的散文传统,回到散文自身的审美属性的呼声中。新时期的散文重获了青春和生命,同时,曾一度被扭曲了的散文和现实生活的关系也得到了调整。广东的散文也和全国散文一样,进入了一个新的发展期和恢复期。这一时期,老一辈的广东散文家笔耕不辍,比如钟敬文、黄药眠时有新作问世。活跃于20世纪五六十年代的秦牧、陈残云、杜埃、紫风雄风不减当年。其中特别突出的是秦牧,这位在五六十年代便名闻天下的岭南散文家,在新时期之初便发表了《鬣狗的风格》,在全国引起了极大的影响。尔后,秦牧又结集出版了《长河浪花集》《语林采英》等10多部散文集,不愧为岭南散文界的"长跑冠军"。这时期,杜埃出版了《不朽的城》,紫风有《樱桃和茉莉》《渔歌飘荡的时候》《这里有一条爱河》等散文集出版。由于秦牧在上一卷已立专章,他在新时期的散文创作不再单独论述。

值得指出的是,新时期广东还出现了黄秋耘、吴有恒这样多少有点另类的散文家。黄秋耘以文学评论家著名,他同时也是一个散文家。在20世纪80年代,他出版了《雾失楼台》《丁香花下》等散文集,其作品虽不多,但其质不在秦牧之下。黄秋耘的散文,开辟了广东散文的另一种抒情视角。吴有恒是一个将军小说家和散文家,这一时期他的创作实绩主要是杂文。他以一种无畏的勇气,批判封建主义,反对个人崇拜和造神运动。吴有恒的杂文有阅历有知识,敢于说真话抒真情,不仅在岭南,即便在这一时期全国的杂文中,都属出类拔萃者。

除了老一辈散文家焕发青春外,更为可喜的是,这一时期岭南涌现出了一大批中年和青年散文家,其中的佼佼者有岑桑、杨羽仪、范若丁、苏晨、沈仁康、柳嘉、关振东、陈俊年、左多夫、符启文、黄廷杰、陈焕展、张振金等等。他们的出现,表明了广东散文并不是昙花一现,而是有其独特的人文传统和文化底蕴做支撑。这是广东散文得以持续发展的根本。

从总体看,回归自身的广东散文,具有如下一些鲜明特色:

其一,先从题材看,广东散文家由于长期处于同一地域,熟稔岭南的人情、乡土、景物,因而他们的作品都不约而同地以岭南地区农村城镇的生活作为主要内容。在他们笔下,海南岛的椰风海韵,雷州半岛的绿色长城,潮汕平原的抽纱刺绣,粤东山区的丛林白雾,连南瑶山的竹楼情歌,广州的花市,珠江三角洲的秀水阳光……都带着南方所特有的乡土色彩和抒情风,充满着一种牧歌式的情调。正如人们不会把以孙犁为代表的"荷花淀派"和以赵树理为代表的"山药蛋派"相混淆一样,人们也绝不会把广东的这些散文作品同写大漠建设者生活,写黄土高原崇山峻岭的陕北散文作家李若冰的作品相混淆,更不会和描写草原风光、牧民生活的玛拉沁夫的散文相提并论。

或许是和气候土壤、人情风俗、经济形态有关,广东的散文很少去描写轰轰烈烈的场面或者重大的题材,而大多数作家的目光总是投向日常的生活和平凡的人,写新农村的新风貌,写各行各业的历史变迁和城乡圩镇滨海的风土人情,通过描写生活的枝叶,来含蓄地反映社会主义的大树,以小见大,从平凡中表现生活的美。选择题材的接近,决定了广东散文家摹写的景物以及摄入笔底的人情乡风也有其共同的色调。纵观岭南几十年来的散文,我们不得不承认,岭南作家不论是托物抒情还是借景叙事,不论是精工细摹还是泼墨写意,都能紧紧抓住岭南地区的山川景物,农村风貌的特色来着笔。

其二,与轻松多彩、富于南国情调的内容和景物相适应,广东散文的形式则是各式各样、不拘一格的。纵观岭南的散文,便是各种式样俱全的。而具体区分起来,黄秋耘、杜埃、范若丁、苏晨的散文偏重于写实记事;紫风、杨羽仪、沈仁康的散文侧重于写景抒情;岑桑、吴有恒的散文则主要是短小精悍的思想杂谈;而秦牧那些谈天说地、介绍知识,充满趣味性的文艺随笔、杂文小品,更是根植于岭南的独一无二的奇卉异花,不仅在国内且在国外都享有盛名。概而言之,集"奏议"之"雅","书论"之"理","铭诔"之"实","诗赋"之"丽"①,便是岭南散文形式方面的特色。它们或大或小,或情思沉愤,笔墨淋漓;或玲珑剔透,婉转感人,但都内容饱实,给人以思想美和形式美的双重感受,充分地体现了形式与内容相适应所必然产生的艺术力量。

其三,在艺术表现手法上,广东散文的美学追求是一种"阴柔之美",它与北方散文那种古朴、质直、粗犷雄浑的"阳刚之美"迥异。它缺少"三万里河东入海,五千仞岳上摩天"的气魄,而更多地富有"小荷才露尖尖角,早有蜻蜓立上头"的轻灵。

细腻的描写,真挚的抒情,形象可感的议论以及这三者的有机结合,是岭南散文鲜明的特色之一。这种创作风格的形成,首先是由岭南散文的特殊题材和岭南的景物风光使然。我们大家都知道,描绘北方的"大漠孤烟"和莽莽林海,表现轰轰烈烈的事迹,适宜于用雄浑的笔墨,豪壮的旋律,高昂的格调,诸如刘白羽、魏巍的散文就是如此。而与此相反,描绘南方的小桥流水,表现日常生活的细波微澜,则往往需要用优美细腻的笔墨,委婉柔和的色调和轻松流畅的叙述,非此不足以曲尽情意。所以说,不同的生活习惯,不同的创作题材和不同的山水景物,要求作家以不同的风格来

---

① 曹丕:《典论》。

表现,岭南散文表现风格的这种"阴柔之美",正是与这种要求相适应的。

其四,直抒真情,倾注胸臆,敢于流露"我"。任何一篇真正能感染人的散文作品,都离不开抒情,然而并非所有的抒情都能感人。文学作品尤其是散文的"情"要感动读者,就必须表达出真挚的感情,亦即袁牧所说的"不可以无我"(袁牧语)。朱自清先生的《背影》只有1000余字,然而大凡读过它的人,总会留下一个深刻的印象,不管时间多久都不易磨灭,我们谈"五四"以来的散文,也不能不提到它。这里的奥秘,在于作者在朴素和细腻文字中,灌注了一股真挚而又深沉的对于父亲的热爱。反之,我们经常读到某些散文,既缺乏思想的火花,又没有感情的波澜,满篇都是干巴乏味的说教,这样的作品当然不能指望会震撼读者的心灵。另外有一类散文虽然满纸充塞"呵"和感叹号,"情"不可谓不多矣,但奇怪的是人们读后非但不受感动,有的甚至大倒胃口,这里的关键在于这些作者抒的不是真情,而是假情、矫情,因而他们的情总和读者隔着一层,也交流不到一块儿。广东的散文作者却不是这样,他们主张"文章贵于有我",我的独特感受,我的真情实感,我的新鲜语言。他们以"我"——以自己的眼睛——去审察岭南景物,以自己的个性去取得独特的生活感觉,于是,他们笔下山光水色的描绘,事体人情的叙述议论,都具有与自己的性格相协调相统一的美的特征——岭南景物之美与岭南作家心灵之美的交融而产生出来的情致。这方面,只要读过秦牧、黄秋耘、岑桑、杨羽仪等散文的读者,都能强烈感受到。

广东散文是我国散文园地独特的一枝。在长期的创作实践中已经呈现出某些引人注目的共同特征,出现了一批卓有成就的散文家和一批思想性、艺术性结合得较好的优秀作品。然而,常识告诉我们:衡量一种文学风格有没有生存的可能和发展前途,不能老是满足于过去,而应当立足于未来;换言之,决定广东散文风格的价值,主要看它对繁荣我国当代散文作出了什么样的贡献。我们以为,首先,广东散文那种以轻松柔和、优美抒情的笔调反映生活的创作特色,丰富了我国散文的表现内容,提高了散文美的欣赏价值。其次,广东散文中有不少思想性、知识性和艺术性并重,"寓思想于闲谈趣闻之中"的佳作,它能给人以精神上的怡悦,知识上的满足,因此在生活水平、文化水平提高的今天,也有提倡的必要。再次,广东散文中大量的小品、杂感、随笔之类,继承和发展了我国自春秋以来到"五四"时期形成高峰的说理散文,扩大了当代散文的领域。总之,我国地大物广,乡土人情各不相同,它为各种特色纷呈的散文风格的竞争,为多种多样的社会主义散文风格提供了广阔的创造天地,而广东的散文风格,正是适应时代的需要、人民的要求而产生和发展的。

毋庸置疑,广东散文也还存在一些不足和遗憾。具体来说,在题材的选择和主题的发掘上,它似乎还应该更加多样化,同时还更加深广些。在表现手法和艺术结构上,它过于恪守按部就班的记叙,不少作品虽然追求文辞的优美和描写的生动,但各篇的构思往往给人大同小异的感觉,显得既呆滞又拘泥,而这种情况在单个作家的作品中更加明显。此外,有的作品只是记录一些表面的生活现象,语言粗糙、意蕴较浅。凡此种种,不仅削弱了广东散文应有的美感,而且也限制了它在更大范围上为岭南乃至全国的读者所接受。因此,我们以为,广东散文欲求繁荣,要取得更高的成就和得到广大公众的承认,就不能一成不变地、固定静止地死守原有的状况,而应当随着生活的前进,在继续保持发扬岭南的地方色彩的前提下,还要尽可能地从各方面吸取营养,丰富和发展自己的风格。唯其如此,才能不断地完善和改进,最终发展成为一个具有岭南特色的散文流派,为新时代散文的进一步繁荣作出更大的贡献。

第二节　岑桑与紫风

岑桑与紫风,是新时期广东两位优秀的中年散文家。岑桑的散文,以思想随笔为主。紫风的散文,富于女性作家的抒情色彩。尽管写作意向不同,但他们的散文,既体现了岭南散文的共性,又有鲜明的个人特色。

岑桑(1926—2021),笔名端木桥。广东顺德人。著有散文集《当你还是一朵花》《在大海那边》《岑桑散文选》,诗集《眼睛和橄榄》等20余种。评论集《美的追寻》获第二届广东省鲁迅文学艺术奖。儿童文学《野孩子阿亭》获1990年新时期优秀儿童文学奖。《岑桑作品选》获首届冰心儿童图书奖等。1997年获中国出版工作者协会首届伯乐奖。2010获广东文艺终身成就奖。

岑桑,是一位诗人,更是一位优秀的散文家,一位乐于思索的冥想者。20世纪80年代初期,他的散文集《当你还是一朵花》影响了一代青年,在读者中产生了广泛影响。岑桑把散文的素质、诗歌的意趣、哲理的思索凝结为一,合成了一种美的文体,一种诗的散文,或叫哲理的诗。这种富有诗和哲理特质的美文,自然不是岑桑一人所独有,而是岭南散文作家的共性。但是,应当说,岑桑在这方面表现得特别突出。

岑桑是一位有个性,有只属于自己的声音的散文家。他的散文做到了真实、真诚和真切,即"三真"。他的《回来吧,天鹅》,从两只来北京过冬的野天鹅说起,谈到了优美的舞蹈《天鹅湖》和安徒生的童话《野天鹅》。但是,这象征圣洁、美好的天鹅,却在玉渊潭公园被残杀了。作者对"文明世界里的这桩耻辱事"感到痛苦,他愤慨于"以摧残美好事物为赏心乐事"的种种丑恶行径,由此他想到对青年人进行美的熏陶、爱的教育的必要性。他对着被宰杀因而躲藏了的天鹅喊道:

回来吧,天鹅!把更多美丽的珍禽带到我们这儿来!

回来吧,天鹅!和我们的美好事物一同回来吧,我们这里太需要美了!

这出自作者内心饱含怨愤之情和殷切期待的文字,活脱脱地托出了作者那颗热爱美、卫护美、憎恶丑的赤诚之心。这是作家对美的深情呼唤,也是新时期千万人民群众的心声。他的《填方格》,更能表现出他真挚坦率的感情。这篇作品采用白描的朴素手法,记叙了作者经历过的两种截然不同的"填方格"(在稿纸上写作和在木模子方格里打泥砖)生涯。《填方格》把作者当时那种对创作欲哭无泪、欲罢不能的痛苦以及矛盾重重的感情和盘托出。然而文章的感情流淌并不到此为止,作者毕竟不甘于在木模子方格上了此一生。他深深懂得人的价值和尊严,更有追求真理的勇气和呼唤未来的信心。这种感情激流是属于岑桑自己的,但它又不是纯粹的"自我感情"的流露;它和我们的民族、和人民群众的感情是息息相通的,因此也是能够引起共鸣的。

岑桑的散文情理交融、情深理显,富于思想性和精神性。在长期的创作实践中,岑桑形成了一套自己的美学和文艺观。他认为:"在我一般称之为抒情散文的作品中,我以为情和理正是它们的命脉所在,少不得的。因此,散文作家应该力求以自己强烈的爱憎感情打动读者,并且从中闪现出思想的火花和美丽的心思,给读者以启迪。"岑桑从踏入创作的门槛起,便有意识地在自己的作品里实践这一文艺观、美学观。他的《当你还是一朵花》,其中便不乏情景交融、情深理显的篇什。而他的记游散文,这种创作特色更加鲜明和成熟,他在情理结合上的追求更加自觉了。如《京口漫笔》《沙角怀古》《在徐霞客到过的地方》《宝瓶口遐思》等篇,便往往在自然山水的描绘或历史往事的纵谈中,揭示出某些生活或人生的哲理。由此引起读者的思考。特别是《古猿,神女及其他》《浣花溪抒情》这两篇作品,更能体现岑桑创作中的情理交融、情深理显的特色。前者写的是三峡"梦幻般"的景色以及由此而激起的沉思遐想。整篇文章,情以理动,理因情显,感情抒发与哲理的议论达到了高度和谐统一。尤其是文章结尾的哲理抒发,把思想境界升华了。这样的哲理抒发是深刻的,属于岑桑自己的。它能够引起读者的思考,开阔读者的眼界,把人们的精神境界提高一等。

《浣花溪抒情》则以情深见长。它一开头便用形象化的语言、抒情的调子对成都草堂前的小溪反复咏叹,使人们对这曾经哺育过我国一代"诗圣"的涓涓溪流顿生向往崇敬之情。《浣花溪抒情》不仅情中有理,理中带情,情理俱美,而且具有一定的学术价值。因为它以真切的感受,翔实的考察,形象的描述解开了人们心中的疑团。这就在很大程度上加强了这篇游记的思想深度,同时也使得它富有艺术个性。岑桑的其他散文,有的理隐情中,融情入理;有的以情驭理,情理并茂;还有的以事引理,理以意显,尽管各篇在表情达意上各有轩轾,但都能给人一种"理趣"的美感。

岑桑散文中的哲理抒发,不是架空的阐述和说教,而是借助具体的形象来体现的。《当你还是一朵花》里大部分作品,便大抵是从一些具体的事物入手,然后生发开去,引申出一种道理,一种见解。这些具体事物或故事虽然一般来说都比较简单,但由于作者写作时注意联系青年人的实际,加之感情真挚,胸无芥蒂,笔墨带着较浓的文学色彩,文字流利畅达,比喻自然贴切,所以能使读者信服并接受。这是岑桑散文哲理思索的另一特点,也是岭南散文创作的一个共同特色。这类作品在议论知识、说事释理以及行文运笔上颇似英美的"絮语散文",所不同的是英美的"絮语散文"以闲适超脱为怀,以幽默机智为本,而岑桑的散文尽管也有幽默机智,但却少了点闲适,多了点激情,多了火药味和现实气。这大概就是所谓时代、生活和审美情趣对作家的支配吧。

岑桑散文的语言,同样鲜明地体现出自己的情调和色彩。他的语言讲究形象、色彩、声音,讲究句式的排列和变化,是一种诗性的语言。岑桑散文的语言,同样鲜明地体现出自己的情调和色彩。不仅具有诗性,他的语言还具有一种诙谐幽默的情趣美。要是说,他的早期作品,比较偏重于追求语言的形象、优美和流畅,但有时还显得堆砌纤丽的话,则后期由于思想的成熟,艺术的老辣,他的语言在讲究形象、色彩和声音节奏的基础上,又透露出幽默诙谐的特色。好像《填方格》《沧桑书话》里的语言,几乎都是朴质无华,而又妙趣横生,诙谐幽默中透露出泪痕和燧石与斧钺碰击迸发出来的美丽火花。它与作者风趣机智的气质,与他飘逸的情思、丰富的想象构成了和谐的统一。而这两方面的结合,便形成了岑桑散文特有的优美形象、飘洒跳脱、色彩明丽、质朴机智的语言风格。

岑桑是当代广东优秀的散文作家之一,其作品文情并茂,质量兼优,他的作品,提升了广东当代散文的品位,扩大了广东当代散文的影响。遗憾的是过去对于岑桑散文研究不太够,期望有更多的人来研究岑桑的散文,推动当代岭南散文的发展繁荣。

紫风(1919—2011),原名吴月娟、吴紫风。出生于广东台山那扶。紫风长期从事编辑工作。党的十一届三中全会后,重新拾笔并把历年所写的作品结集出版,计有散文集《樱桃和茉莉》《渔歌飘荡的时候》《这里有一条爱河》《花神与雷神》《锦绣山订河赋》《船家姑娘》《我和秦牧》等。

紫风散文的艺术个性和人格色彩突出,善于用近乎自然、平易的音符唱出不同凡响的、动听的歌。题材的重大与否于她并不是头等重要的,决定其风格、描写方式以及作品美感享受的重要因素,是她几十年——从童年大海之滨那个赤脚拾贝,钟情于海和泥土的小女孩至今,所形成的性格禀赋——内心的明秀与蕴藉、纤细和柔情的气质对于题材的艺术节制和规定;或者说,是这种气质的艺术化程度。在她题材各异的作品中,有一条基本的内在气质线路可以寻觅:她对于能够引起她情思的任何题材和描写对象,都以一种初恋似的激动和柔情,以一种蕴蓄的、藏之而后出的委婉的方式,矜持地表达着她的深情。即使是那些瞻仰革命纪念碑,登临革命圣地,记叙先辈斗争业绩的散文,如《巍巍井冈山》《谒雨花台》《鼓声回荡红花岗》等,虽难免时有史料性的说明与叙写,但依然会呈现出新鲜的韵味和情致:"我怀着激动的心情向会师桥默默致敬。我知道世界上还有无数的工农群众,虽然赶不上那次会师;但他们的心却会超越时间和空间的限制,会合到这里来。"(《巍巍井冈山》)说的是很简单的道理,一种继往开来的精神,但是,一经作家情感的过滤,它变得深邃了,含蓄和富有情感了,令人咀嚼和低回的味道也更浓了,使人们认认真真地来考虑和重温革命传统。另如:"我每次端详着它(雨花石)的时候,就好像端详着一个伟大时代的秘密,有时感到它渐渐地变高了,变大了,变成了一座座高插云天的纪念碑;有时又觉得它变深了,变长了,变成了道道波涛翻滚的历史激流。"(《谒雨花台》)蕴藉和明秀的气质,往往会使之对事物的揣摩深入几分,而比常人多剖出几个层次,多发现几许纵横网结如蛛丝的纹路。而婉约和柔情又往往可以拓出描写对象本身所深藏的、需要我们去感应的气韵和神采。正如这象征革命先烈的雨花石,包含着多少壮烈、多少可歌可泣的故事啊!但仅此而已吗?作者并不取其本质意义上为人所赋予的外部形态上的豪壮,而是从一般性的归纳概括中跳了出来,凭着自己的个性气质,从另一点上,对其进行内在的发掘。用她惯用的抒情方式,化客观为主观,化外部为内部,化宏观为微观。"这是一个时代的秘密。"既是秘密,是绝不能予以简单表述的,可以作多种多样的揣摩和联想:深长、幽远,像君子兰的香味,难以一言以蔽之。至于那些题材本身就蕴含着较浓抒情因素的作品,作家贯注其中的独特的抒情方式所产生的艺术效果就更不用说了,如《海恋》《堡垒村夜话》《鹤岛童话》《葵林短歌》以及一些描写瑶家生活的散文如《瑶寨情歌》《高山小楼》等,表现得更为突出。《鹤岛童话》写生长在广东新会县天马河江心的榕树,带着淡淡的哀愁:"一个庄稼人失踪了。这个可怜的人劳碌了一生,什么也没有剩下,只剩下一根撑船的竹竿,直挺挺地插在土墩上面,象征他那赤贫而正直的一生!说也奇怪,这竹竿后来竟变成了一棵榕树,一天天抽枝发芽了。"接着,作家写道:"在迷茫的夜色中,我回头,望了榕树一眼,真是难以想象它是由一棵小榕树繁荣滋长而成的,更别说会去相信它是由一根竹竿变成的民间传说了。但关于鹤岛这个美丽而又悲伤,朴素而又奇特的童话却始终萦回在我的心头。"在精神上来说是美丽的童话,在给人的情绪感染上却又是悲伤的。你看她写花,怀着歉疚的心情写那被自己委屈了的朱顶兰。它"默默地弯垂着绿叶,带着满怀心事的样子"(《花的火焰》)。既不开花,又不凋残。有一天,它终于开出了"我从来没用见过这样壮丽、热情的兰花"。那喇叭状的花朵,"使人想起那是一群小小的军乐队,正合奏着一首首雄浑的交响乐。"又"多么像一个个注满了蜜汁的酒杯啊!从这里,我又享受到了友谊的芳醇"。这友人赠送的朱顶兰,象征着友谊,它是默默的,又是热烈的、不图报的。它用花的火焰暖和和缅怀着友人们的心。写花的文章很多,尤其是在岭南散文中,写花、花市的散文不可胜数,时有佳篇。但我们说,像《花的火焰》这样以独特的艺术表现,以如此纤细而柔情、深长而含蓄的情意来写花,达到情与智的妙合、给人以哲理思索和脉脉情丝的写花之作,实在并不是很多。更妙的是,作家以一种颖悟的心境发问:"谁说花不解语呢?'不解语'的花不也默默地用它们的神韵发出有力的语言么!"于是,从"花开到花落,前后足足经历了十多天。这种深沉的声音就仿佛一直在我们的耳边缭绕"。正是作家将自己全部爱情和心力、钟情倾注于描写对象之中,仿佛描写对象便附丽了作家的性格——花变紫风了。

　　对于人心美质的发现,固然是头等重要的,但作为一个散文作家,对于美的艺术表达,更是不能忽视。由于作家个性素质的纤细,她对事物的观察就细致入微,有如对起于青萍之末的和风的指触,同样需要相应的表达方能曲尽情意,否则便会流于一般新人新事的赞颂。与岭南其他散文作家不同的是,在表现美的时候,紫风更多的是采用"我"的细腻抒情,或抒情与象征手法糅合,像诉说心曲一般的表述方式。基于这种认识,她多情的眼光,总是注视着平凡普通的人们,因为她确信美在其中。而且生活也正这样展示着:"正像每一片土地都长出鲜花一样,每一个岗位上都有人民在平凡的劳动中创造出伟大的成绩来。……在他们身上散发出比花朵更悦人的清香。"于是,她从万山丛中一个村寨里,看到了"一位平凡的乡邮递员"在生活中的显赫位置:"一个村寨里,正有一群人在等候着一个人来临","一个他们心目中的重要人物。"为什么?因为"他使这些长年住在山林里的人们感到时代的脉搏,使这些云封雾锁的山头听到了祖国前进的脚步声,从而使一向平静如池水的山居生活也激起飞跃的浪花来了"。这里同样表现了作家的审美标准和价值观。事业的价值,不在显赫,而在于与人民的利益、党的事业的一致性。《深山贵客》《山村医生》《家书》《青春和田野的乐章》,这些写于20世纪五六十年代的平凡小人物的赞歌,今天读来,仍新鲜扑鼻,令人感到美的力量。可见凡是美的事物,生命力总是持久的,它是对于作家创作初衷的检验。

　　紫风的散文思想和艺术,都深深地烙上了她个性色彩和人格的调子。这调子也许还显得过于细弱,甚至可以说是缠绵。但从这细弱与缠绵的音调里,我们真正感觉到"某种特别高尚的、温和的、柔情的、馥郁的、优雅的东西"(别林斯基语)。生活是丰富多彩的,我们的艺术风格也应多种多样。任何为了"刚健""壮烈"而贬低"细弱缠绵"的见解,都不利于艺术个性的发展和散文的真正繁荣。如果在散文创作中,每个人都能充分发挥自己的特长,那么,我国散文创作所存在的某些单调的现象,是会很快得到改变的。

第三节 主要散文家的创作

20世纪80年代的广东散文,有两个值得注意的现象:一是老一辈散文家重焕青春;二是一批中年散文家创作出了一批优秀作品。在中年散文家中,除了上面介绍的岑桑和紫风外,苏晨、沈仁康、柳嘉、高凯明、陈焕展、黄廷杰的创作也值得注意。

苏晨(1930—   ),辽宁本溪人。曾任广东人民出版社、花城出版社副社长,著有散文集《野芳集》《常砺集》《小荷集》《夹竹桃集》《天南地北》《串门纪事》《访韩纪事》《汨汨的流水》《行行复行行》等25部。

苏晨少年入伍之前,在"满洲国"受过奴化教育,读过工业化学,参加革命之后,带过兵,编过报纸杂志,钻研过经济和技术,当过厂长,管过文艺。各种截然不同的工作内容和领导艺术,要求他在各个截然不同的领域中摸索探求各种专门知识。在用以祈学、学以致用的同时也就产生了这样一个事实——以其老兵的情怀和眼光,吮吸了广博多样的知识,锤炼了学人的风致,三者杂糅成就了苏晨散文创作的特征:别具一格的学者文章。

苏晨的散文,既有现实的紧迫感,又有着历史的纵深度。不管是那些写与前辈、朋友交往的文章,还是笔记类散文,或者是旅游文字,无不渗透着大量确凿翔实的历史知识以及自己的见地。博学,对散文作家来说是非常重要的,但知之多并非知之深,从广博到精深还有一段路程。凡入文的物事,苏晨都不停留在传闻,也不满足于说明书式的交代或泛泛的介绍,而是穷根溯源,重考据实证,重辨析引申。尤见功夫的是,对一些史料的错讹能给予纠正,如李时珍《本草纲目》、李延寿《南史》、张勃《吴录》关于红棉记载的错谬。与所引有关的散见于其他史籍的东西,都尽可能搜罗拢来,寻找内在联系,注意所写物事的完整性和科学性。如《雕手》《图章》《田黄》三篇,对寿山雕刻艺术的发展演化、规律、技法乃至原料品种、雕刻过程的特殊问题、相关的民间传说等,作了全面的考察和介绍。它们固然有着"天工开物"的科学价值,但毕竟大异其趣,弥漫文章的是学者的渊博和谨严,是对现实人生、文艺、学术诸问题的探索。这是苏晨散文的重要特点。

苏晨散文中给人印象最深的,是他那些写老专家、老教授的文章。这是苏晨从事散文创作以来的一贯特点,"文革"前就写了不少,而近年所写尤见功力和特色。《九叶散文丛刊》第二辑发的《甲辰探花》写了与商衍鎏、容庚、杨荣国的交往;《艳秋》写了许麟庐;《壮美》《常砺》写了90多岁的国画大师朱屺瞻;《老伴》《六米斋》《积微》写了端木蕻良;《田黄》《雕手》《图章》《寿山十章》写了周哲文、郭功森,《精神》《不舍》《夹竹桃》《播种》《余热》写了宋世明、高马得、陈洞庭、曹辛之、臧克家;《心花》《细事》写了曹靖华、巴金。这些文章写得动情,与老人们忘年而心心相印,有学术,有衷情,有评说,尤其是老人们岁暮之年的心境,智者的高风亮节,耕耘者的兢兢业业,不是传记式的实录,而是交往中的真切感受,是人生评价,也是艺术探幽,从中自然托出老艺术家们的人生命运与艺术道路,在有限的篇幅里浓缩了他们人生艺术的精微,从这点说,它又倍功于传记。随着岁月的流逝,我们将会倍感这类散文的价值弥足珍贵。

苏晨的散文重考据、重古训,领读者漫游于几千年中外文化的海洋之中,力求言之有物,物在言先。他写人、记事、笔记,仿佛都和古代文化结了缘,仿佛都融入了历史的反刍与感知,让人领会事物发展的延续性,使立言凿凿。他推崇汪中的文风,主张"所行归乎平实,于学观其会通"(汪中与孙星衍尺牍),在会通史料的同时,以其平实的文风,以口语为基本,文言和方言等分子杂糅调和,像大白话,又不失雅致,有着知识与趣味的两重统制,流贯着自然、朴实、大方的语言风度。所以,尽管旁征博引者古奥繁缛,在他笔下却显得简易和充满情趣,电白番薯庙的传说、越南李朝的历史等等,虽然通篇史料,不乏引文,但并无多少艰涩感。

作为学者和老兵的散文,苏晨的创作已引起人们的注意,随着人们欣赏水平的提高,岭南的散文的确需要更多谈玄说奥、追根溯源,引证和论说现实人生问题、学术问题的学者散文,与其他美文式散文一起并行齐驱。

沈仁康(1933—),江苏常州人。曾任《作品》杂志副主编、广东省文学院副院长。著有长篇小说《记忆里的一片落叶》《尘世》《江南小镇》《黄金大道上的舞步》,中短篇小说集《荒原上的少男少女》《爱情圆舞曲》《敦煌的晚霞》等;诗集《秋天的白桦林》《延安道上》《南疆风》;评论集《抒情诗的构思》;散文集《火把》《秋收战鼓》《杏花雨》《彩贝与山桃花》《秋天的旅程》《大地记痕》等。

在广东的散文家中,沈仁康是一位多面手。从20世纪50年代中期开始文学创作至今,迄今已出版了30余部作品集。不过,最能体现沈仁康文学水平的,还是他的散文创作。与大多数土生土长的岭南散文作家不同,沈仁康出生在烟波浩渺的太湖边,那里有如诗如画的云水波光,闪烁着生命的光泽的绿色芦苇,桃红李白的枇杷百合,还有呢喃的鹧鸪紫燕和星星点点的白帆……沈仁康的童年和少年就是在这里度过。美丽柔和的大自然景色给他以憧憬和遐想,然而他感情的维系点,他创作的摇篮却是在古老而秀美的岭南。从60年代初期,他便来到岭南这片土地上扎根——在雷州半岛深入体验生活。由于长期生活在岭南的海边农村,受到南疆山水和亚热带气候的熏陶,沈仁康的性格也变得和岭南人一样多情而明秀。他用热情明快、富于诗意和抒情的笔调,写下了反映雷州半岛和海南岛等地生活的诗集《南疆风》和散文集《火把》。在这些作品里,呈现在我们眼前的再不是光秃秃的红头荒原,不是"赤地千里"的蛮荒僻野和旧时代的犯人流放地,也不是陈残云、林遐、杨羽仪笔下温馨柔媚的珠江三角洲农村;在这里,我们看到的是鲜明而又朴素的南国边地色彩:那抗风顶浪的绿色防风林带,威严挺举着尖刺的剑麻,蜿蜒曲折的海岸线和白浪滔滔的大海,特别是那些刚毅豪迈的"酿蜜的人们",这一切都是这样地令人喜爱和神往!在这里,美丽古朴的土地产生了英雄勤劳的人民,而英雄勤劳的人民用双手把美丽的土地装点得更加美丽。沈仁康在讴歌平凡的人,也是在抒发对岭南这片土地的深挚的爱。

沈仁康的散文,不仅具有鲜明的岭南边地色彩,还充溢着鲜明的岭南边地色彩和浓厚的新生活的气息。也许是个性气质使然,沈仁康的散文,很少有悱恻缠绵的"自叙传"色彩,他的散文面对的是今天和明天。他总是把眼光投向奔腾向前的时代,以饱满的政治热情讴歌社会主义和新的生活,特别是歌颂三中全会以后,党的农村新经济政策给人民群众的生活上和精神上带来的巨大变化。《一枝野山桃》便是一篇反映近年来农村新生活的优秀作品。在这篇散文里,作者没有正面去展开贯彻农村新经济政策过程中的矛盾和斗争,而是从侧面落笔,通过一对山区青年上城办婚礼这件事,使我们看到了欣欣向荣的山区农村的新气象。《大白藕》反映的也是这方面的内容。三个山区姑娘到城里卖自己种的大白藕,这件事本身就意味着农村的生产结构正逐渐地发生变化。但是,作者并不满足于罗列生活的表面现象,或者简单地来一番新旧对比。作者的深意在于通过卖大白藕"这样的壮举",通过一系列活生生的生活细节的描述和人物心理活动的刻画,揭示山区人民的精神状态以及感情的更新——他们在新旧交替的时代里,是怎样兴奋、欢快而又不免带点担忧地追求、憧憬着新的生活。

多年的艺术实践,沈仁康形成了自己的创作个性。他的作品以抒情、明快、清新、热烈和富于诗意见长。他总是寻求适合自己散文的艺术角度和表现手法。不,应当说,他在找寻一种小说与诗结合的散文形式。为了使自己的作品更加诗化,沈仁康在写作散文时,比较注意用诗的抒情调子来叙事写景,使得作品流荡着一种音乐般的旋律和节奏。《我穿过胶东的土地》最能代表作者在这方面的艺术特色。这是一篇以感情的真挚、叙述的自然和诗的语言、诗的情调感人的作品,也是一曲富于岭南风味的"土地篇"。沈仁康的散文,还常常运用以景托人的手法,通过对富于诗情画意的景色的描绘,烘托出人物的精神风貌,从而创造出一个诗的意境。

柳嘉(1924—2010),原名刘家泽。广西桂林人。著有散文集《山山水水》《风华集》《彩色之恋》,长篇报告文学集《"威化饼"王国》,杂文集《求知·求富·求采》《柳嘉作品选粹》等。

　　柳嘉的山水游记给我们的第一个鲜明印象,就是作家很善于抓住山光水色的特征,并用清新细腻的工笔描绘,把这些风貌各异的特征呈现在读者面前。这样,柳嘉的山水游记也就有了自己的个性,避免了泛泛描写的一般化毛病。比如,在《满眼秀色看青山》里,他抓住了越秀山的"秀"这个特征,然后多方渲染,从湖水、岸柳、建筑、花卉绿树,写到越秀山的历史和传说,但又处处不脱这个"秀"字。写白云山的《云树苍茫间》又不同于写越秀山。由于这里是"白云山上白云飞,白云山下白云围",所以作者着重从云和树之间的苍茫景象来落笔。《七星降人间》的特点是抓住"刚和柔的统一"。而《珠江抒情》中对那条"珠光宝气、绰约多姿"的珠江,既不同于浩渺宽阔的长江,更不同于一泻千里、气势磅礴的黄河。至于《海边的莲花》,那座像一块未经雕琢的璞玉,"于豪放之中见细腻"的莲花山,又有别于交织着"传说与诗意",笼罩着一层缥缈空灵的浪漫色彩的罗浮山。不仅写岭南的作品各具风貌,给人以"奇山异水,天下独绝"的印象,甚至写千百人写过的山水景物,比如写苏州园林、杭州西湖、匡庐黄山这样的名胜古迹,柳嘉也能够独具慧眼地从中发现新的特点。像《苏州小札》,作者不但突出描写苏州园林的"巧",而且体现了一种折、迷、回、间的艺术境界。西子湖人们写得太多了,但在《淡妆浓抹总相宜》中,柳嘉巧妙地通过雨中朦胧的景象来突出西子湖的柔媚淡雅,并由此生发开去,引出开朗与含蓄的哲理议论。这样的描写自然便不落俗套,其艺术效果也非那些泛泛描写西子柔媚的作品可比。其他写黄山,写庐山,写太湖,写嘉陵江等作品也都一样,每篇所描绘的山水景物都有自己的特点和侧重点。

　　柳嘉的山水游记,不仅形象地写出了山水的特点和个性,在刻画摹写山水上,同样表现出较高的艺术技巧。他刻画山水时,往往采用了分类摹写和移步换形相结合的表现手法。在《七星降人间》里,他在简洁交代了星湖的刚和柔统一之后,便分门别类地对星湖的山水作了详细描述。先写星湖的天柱岩,以突出其"刚";次写星湖的水,以显示其"柔";接下去写星湖的刚和柔是怎样统一,写星湖清晨、傍晚、月下各不相同的景象;再接下去由湖的开阔写到人心的开阔,神奇的传说和历代诗词书画。这样依游踪和时间次第写来,显得层次井然、条分缕析。《海边的莲花》也采用了分类模写的手法,它把莲花山的奇特的砺石分为石门、石桥、石鹰、石狮几类来写,然后再突出南天门的一湾明湖,附带着还介绍了莲花塔。尽管描状的景物与上篇不同,但收到了同样的效果。其他如《苏州小札》《淡妆浓抹总相宜》《八百里太湖》等篇,也都采用了此法。但是,在更多情况下,柳嘉总是把分类摹写和移步换形两种刻画山水的手法结合起来运用。比如《云树苍茫间》这一篇,作者既分类写了白云山的云、树,同时又运用移步换形法对景物作了具体细致的刻画。

柳嘉在这方面所做的努力,对于发展岭南的山水游记,应该说是很有借鉴价值的。但是,假如说柳嘉的山水游记只工于描摹山水,只是纯客观地反映自然物,那显然失之于片面,也不符合柳嘉的创作实际。柳嘉写珠江,写白鹅潭的翠色,也都具有写西子湖所共有的特点,都带着或柔婉或情深的感情。而他写新会侨乡的葵:"那葵林的绿颇带一点淡雅,而湖水的绿却略呈几分清幽,真是水洁葵清,到处一片青容俊茂。"写天马河上的小鸟天堂:"你瞧,那榕树的枝干儿攀结在一起,仿佛是兄弟姐妹们在一块亲切握手、拥抱、亲吻,而鸟儿们也在这里相互亲热地欢歌鸣唱……"这样的写景抒情,自然别有一种风味,别有一种情怀。它既是一幅幅情文并茂的岭南风景画,又像一首首优美的散文诗。在这些作品里,我们看到的自然景物已经不是冷漠的存在,而是融进了作家自己的影子,带上了他的个性气质和感情色彩。因而这样的描写也就容易打动读者,能够引起共鸣。同时我们还应看到,由于柳嘉在刻画山水景物时,采用了融情于景、情景交融的手法,所以他的山水游记也就有了意境。

陈焕展(1935—2008),广东潮阳人。著有散文集《韩江拾翠》《窗口的白云》《阳光·草地》,报告文学集《乡恋》《群星灿烂》《潇洒走向前》等。

陈焕展的散文报告文学,主要以潮汕平原的人事为题材。作为潮汕平原的子民,他深知历史的阴霾给潮汕平原以太多的凄楚。长长的历史和过分丰饶的土地繁殖了太庞大太密集的人群,于是丰饶向历史讨还它的无私奉献。人们终于感觉到丰饶的贫困,感觉到空间的窘迫,感觉到昨天已经古老,感觉到天赐也是一种沉重的负担。于是,渴望变革建树一个新世界,在古老的土地上审慎地走向未来。陈焕展是捕捉到这种新文明诞生时,潮汕平原的人们的普遍社会心态的。他是一个记者,又是一个作家,一个于潮汕平原的现代化过程中与之同步躬行过来的目击者和建设者。所以,陈焕展的散文便画出了潮汕城乡历史与现实现代化过程的轨迹。虽然质朴,但是真实而有感情,像潮汕民间的水布,既有历史的拙朴,又有其悠长的韵致。他以其朴素的新鲜记述古旧的风情,晚近的物事,关于人与人生,关于新文明到来之时,大潮汛中人的叫啸人的呻吟。他所有的热情都奉献给这刚刚开始的历史:推开窗口之后,飘荡着白云的历史。

他与这历史一起追逐着寻找着建树这历史的人与他们的人生。这是一个记者坚实而又匆匆的步履,遍及粤东大地有多少大潮的弄潮儿。他的笔墨跟踪着这些人物,他的文字簇拥着素净而圣洁的人生。他以追求光明、憧憬神圣的眼光,塑造了一个又一个时代的优秀产儿。他写刘嘉诚、肖玉科,写他们对故乡建设的无私奉献和热忱;他写特区女厂长林一娜那百折不挠的创业精神和负责的态度;他写普通的女秘书,孜孜不倦,完善自我、设计自我以迎合大时代的要求;他写新体制下人的能量得到充分舒展,才智得以充分扩张,从小地域走向大世界的政府工作人员,是如何搏击过来的,诸如海洋音响公司的李国俊的蔚蓝色的开拓;他写乡镇企业家们,如何从艰难走向艰难,在政策变动和风云突变的经济竞争中求生存求发展,从无到有的历程,诸如李科生;等等。这些人物构成了潮汕新文学新的人物格局的组成部分,亦即他们已从现实走进文学,从单纯报告走向文学纪实。他们在不同程度上接受了文学的艺术升华,这无损于他们本质上的真实。纪实的文学化过程使这种人物格局拥有更广大的读者,同时发掘了人物本身的文学想象。当然,并非说作家这一类作品全都将现实真实的文学化过程完成得十分精微,不尽如人意之处间或可见。散文化描述固然使文气通畅、辞章华彩,但作家观念上只要一偏移现实之卑污一面,有时便滑入矫情的边缘,热情讴歌的同时便遮蔽了人生复杂与多难一面。作家若能看取生活严酷卑污的一隅,同时描状人性的冲突,他笔下时代的风潮及其骄子将更摄人魂魄。这也许是描状改革风流人物的共同课题。对于许多生活于基层的作家来说,宽阔地看取历史生活中的人生,显然是很必要的,它终将从根本上提高作品的品位。

陈焕展是有这种意识的。在他的作品中,他大量地征引了潮汕文化物事,功夫茶、鱼丸、鱼头芋等等。这些饮食文化与人格嬗变之间有着极为微妙的关系,强调这种关系事实上便是一种文学人生化的实现;强调这种关系的历史演变,同时也凸现了时代变革中人格的变异。在《乡恋》《彩霞漫天》等篇什中,这种关系描绘得相当精彩。睹物思人及其饮食习惯自然也透视着时代与人的精神。潮州柑、功夫茶、鱼丸等等,在特定的文学世界里和人物性格中,都有着无可比拟的人文价值。

陈焕展是个记者兼作家,长期在基层,致力于粤东乡村生活的写作。近年涉足于城乡企业界,写出了相当数量和质量的反映改革开放新物事的篇章。这些篇章追逐着积极的时代精神。作为文学家,他是较早感知粤东潮汛对文学的报春的。因此,他的散文创作可以看作粤东新文学的主要收获之一。

黄廷杰(1939—),广东汕头市人。长期任《文化走廊》报主编。已结集出版《南方情话》《凡人情结》《我心依旧》《忧天血》等作品集。

悠久与富足,剽悍与鬼灵精怪哺育了潮汕世俗的、现实的人文环境。潮汕自古人文荟萃,世俗文化也极为发达。独特的地理人文环境塑造了一个个独特于外部世界的潮汕民间文化人的心态。黄廷杰正是生活于这种人文环境中。所以,"杂"便成了他散文的第一特征。短小的篇幅营造出杂多的盆景,虽然未及山医命卜讼,琴棋书画拳之杂驳,但当代生活角落的种种感觉,在这些散文里被叙道得十分真切。南北风情、天方夜谭、师友文心、霓虹碎语、生活素描,一个个小辑,浓缩着一帧帧有相当景深的画轴。他不厌其烦地搜罗被人忽略的那一部分事情:潮汕抽纱女,濠江踯躅录,南北行脚情。他拘谨地落笔,却巨细无遗地注视着曾经体验着的种种。《1965年冬之旅》,1987年西行之后的《千古风味》等篇,都是极有意味的代表作。在不多的几次远行中,他都很细切地描状着他的见闻,异域异地的风情。桂林山水,湛江博物馆,东莞的街市,琼州海峡的浪巅,海口之杂色,五公祠的幽思,佛山文化及非虹之虹的奇景,乃至大西北羊肉泡馍、烤羊肉串、皇帝饺等等。他感兴趣的是事关民生民风的那一部分。在细碎的记述中透着他的哲思,他的情怀,他以从古文化的熏陶中而进入大千世界的那一份惊诧,那一种新鲜感去描状他的感触。

他散文的"杂",既是他浸泡于基层文化工作使然,也显示着潮汕文人气度对他的影响。离开潮汕人的气质,离开潮汕的文化传统,就没有黄廷杰的散文。一如潮汕的功夫茶,他的散文形式精致、小巧,让人必须细细品尝、反复咀嚼,否则便觉无色无味。比如他发表于《羊城晚报》上的那一些"生活素描",既无大喜大悲的跌宕,又无大起大落的构致,更找不到波澜跌宕的恣肆风云,那么恬淡,那么不经意,那么汩汩地流失着沉重,可是,却浅浅地淤积着生活的艰难,九曲回肠的意绪,似有若无地要告诉人们一些什么委曲,礼赞一丁点儿已经让人淡忘的情绪!一丝丝忏悔,一缕缕愁绪和泛泛的忧患。那是人们在粗糙的生活里,在繁忙的节奏中淡忘了、丢失了的细微之处。为了为人父的威严而给了无辜的孩子一训尺(《追悔》),那种无形的沉重是如何压迫着忽然觉悟的心灵。而细雨帷幔中摆卖味素的读书女孩(《街边一朵花》),给人的美感无论如何是一种升华。几百字的散文,细细地营构着一种广博的人生,粗粝的人生有无穷启悟的意蕴,荡漾着轻轻的却趋于无限的涟漪。他的这类名为素描的散文,是写给那从粗糙的人生之海中遨游归来,站在边上歇息,求得一份平和的心境,同时反思世事世情的人们的。所以,那精致、那小巧便自有其价值在。

在文学这条羊肠小道上,黄廷杰是个拾荒者,他常常被横冲直撞的潇洒者挤到路旁。他很知趣且无奈地闪到一边,于是便多了一份天赐的冷静和漠然,自然也多了一些悲悯的意绪。他于是靠着一份真诚,小心地经营着小小的文窠,这里有真心在,虽然并不汪洋恣肆、并不显赫于世,但却自有一番景致,一种韵致。

第九章　影视文学

　　新时期是全国影视业的复苏时期,伴随着国家政策的扶持,改革开放的春风,广东的影视业迅速复苏,并进入繁盛时期。这一时期广东影视的发展不仅仅体现在作品优秀、获奖无数,也体现为题材上对"禁区"的突破,在影视产业化道路上的探索,在影视人才等的培养。"珠影""深影"的成立是这一时期广东影视产业复苏并很快走上高速发展的保障。在电影方面既有充满岭南风情的《三家巷》《孙中山》,也有呈现改革开放浪潮与广州风情的《雅马哈鱼档》,还有女性电影探索的《寡妇村》。电视剧方面,20世纪80年代内地引进港台电视剧掀起热潮,广东电视剧抓紧机会学习合作,很快就推出了自己的收视冠军作品《公关小姐》与《外来妹》,为90年代实现电视剧"四连飞"打下基础。总体而言,20世纪80年代是广东影视充满活力的年代,在改革开放的浪潮中,影视业如鱼得水般以鲜活的生命力拥抱着新时期的到来。

第一节　影视创作的复苏

　　影视是多元艺术产业,其发展不仅需要大量创作者的分工合作,也对社会环境及经济发展有更多要求。党的十一届三中全会之后,改革开放的浪潮席卷全国,广东无疑傲然潮头,新时期给影视创作带来了复苏的环境,中国电影、电视业在长久的束缚之后迎来了爆发期并且很快就进入了高速发展,广东影视业伴随并配合着改革的浪潮乘着东风走在前列,通过不断整合、发展,培养了大批专业人才,佳作迭出,喜讯频传,屡获国际、国内大奖,从20世纪80年代到90年代,广东影视业迎来了一个辉煌的繁盛时期。

　　1984年10月,《关于全面开展城市经济体制改革的决定》正式发布,电影业被规定为企业性质。1985年1月,深圳影业公司经国务院批准正式成立(1998年更名为"深圳电影制片厂",即"深影");3月,珠江电影制片厂改建为"珠江电影制片公司",即"珠影"。20世纪80年代至90年代的广东影视作品基本出自这两家公司。他们一边改革一边摸索,一边创作一边发展,思想解放激发了充满活力与激情的创作,市场开放则为题材扩容、类型多元创造了条件。综合来说,影视创作的复苏与发展主要表现在既有极强的时代感,又有鲜明的地域特色,具体来说,在电影、电视剧创作及人才培养方面都有值得书写的成绩。

广东影视在这一时期最突出的成绩首先是电影题材多元、全面开花。艺术无禁区,电影业的发展依赖于思想解放。这一时期广东电影在题材探索方面展现出非常前沿的意识,在都市片、农村片、人物传记片、历史题材片、武侠动作片以及警匪片、英模片、青春儿童片、纪录片、戏剧片等类型中全面开花,展示出广东影视在新时期乘风破浪、一往无前的气质,也收获了大量精品佳作。

都市片主要是呈现广东改革开放的成绩与风貌。广东在改革前沿,短时间内经济的巨大变化不仅改变了社会经济,也改变了社会风貌,推动了人们生活观念的更新,以及人际关系的新变。电影故事片用高度浓缩、极具代表性的镜头展现了这一时期的广东风味,张良导演的《雅马哈鱼档》《特区打工妹》《女人街》《逃港者》等都是这方面的优秀作品,其中《雅马哈鱼档》是第一次在大银幕呈现个体户的形象,荣获文化部1984年优秀故事片二等奖。张良导演的电影都注重对广东本土风味的呈现,这些镜头也成为今天人们回顾20世纪80年代广东风情的宝贵资料。此外,丁荫楠导演的《他在特区》、曹征导演的《花街皇后》、王亨里导演的《龙飞凤舞》、张前导演的《天字码头》、滕文骥导演的《大明星》、陈家林导演的《你好!太平洋》等等都是出色的都市题材电影,在真实反映改革开放的同时,让观众们看到了极富广东地域特色的生活,火热的、积极的、向上的生活精神也打动了电影观众,"南国都市电影"成为人们讨论的话题,也成为人们追捧的电影题材。同时,都市题材电影也不仅仅只有单一的正面题材,胡炳榴导演的《商界》《安居》,张良导演的《白粉妹》,王进、何群导演的《女子戒毒所》都正面描绘经济高速发展带来的问题与困惑,电影不仅呈现生活的美好,还呈现社会问题、捕捉生活难题,展现现实困境,这些都展示了广东影视业的高度的社会责任与艺术追求。

如果说都市片是反映改革开放中城市变化的风景,那么农村片则是反映精神文明建设不可或缺的组成部分。王进导演的《寡妇村》《出嫁女》分别荣获1989年第十二届大众电影百花奖最佳故事片奖,法国第六届蒙彼利埃国际电影节金熊猫奖,第十七届莫斯科国际电影节特别奖,推动了广东影视业以及中国影视业走向世界的步伐,乡村电影可以呈现新农村的巨大变化,比如张良导演的《龙出海》;也可以批判农村陋习,如《寡妇村》;还可以讨论农民观念的变化,如胡炳榴导演的《乡民》;等等。乡村是改革中的重要部分,广东的开放也不仅仅呈现在大城市,从农村经济、乡村生活、人情世故的变化中,可以看到中国这个古老的农业国家的新变,这是关于改革开放的不同角度的展现。

这一时期的广东电影业在人物传记方面也有不俗成绩,涌现了丁荫楠导演的《孙中山》,汤晓丹导演的《廖仲恺》,王亨里导演的《冼星海》等出色的影片;人物传记电影通过对重要历史人物的刻画再现重大历史时刻以及历史事件,好的人物传记、历史题材电影不仅能促使观众反思历史,铭记历史,还能激发民众的民族自豪感与爱国情怀。与人物传记、历史题材影片的"求实"有所区别,武侠动作片以"创新"打出新天地。武侠动作片一方面继承了近代以来通俗小说创作的受众需求,同时又在影视拍摄的技术方面不断求新,这一时期的广东武侠动作片利用地理优势,学习香港电影,并与香港影视业积极合作,在1987年至1990年拍出了《巴陵窃贼》《还剑奇情》《康熙大闹五台山》《险恶江湖逍遥剑》《女子别动队》这五部叫好又卖座的电影,每部电影进入了上映当年的全国票房统计前十名,社会效益与经济效益双丰收是这一时期广东武侠动作片的优异成绩单。这一时期广东出品的青春儿童片也有非常优秀的作品,张良导演的《少年犯》是新时期第一部普法电影,电影中对青少年成长环境、心理健康的探索与谈论今天看来仍丝毫不落伍,使人动容;深圳影业拍摄的改编自郁秀小说的同名电影《花季·雨季》也大获成功。纪录片方面的《广州街巷》《今日湛江》《今日东莞》《蛇口奏鸣曲》也都有不错的反响,总体而言,这一时期的广东电影题材多元,全面开花,广东电影人以改革开放、求实创新的精神探索着电影艺术,为新时期的广东电影开启了光辉一页。

其次,这一时期的广东电视剧初显成绩、迎来辉煌。自1978年开始推动的中国电视媒体管理体制改革,在1983年召开了第十一次全国广播电视工作会议之后迎来改革高潮、迅速发展。广东电视台、珠影电视部、深圳电视台、广州电视台以及省内各个地区电视台陆续成立,制作播放的电视剧也从单本剧慢慢过渡到电视剧。1986年广东电视台推出系列短剧《万花筒》,这是我国第一个把系列短剧作为独立电视艺术样式来经营的栏目,并且大胆创新地使用了同期声,该栏目真正把握了市民化、娱乐化的特点,成为地方系列短剧的先声。

1983年之后港台电视剧引进内地,在国内备受欢迎,从《上海滩》到《射雕英雄传》,从金庸到琼瑶,港台电视剧在内地引发各种热潮。广东电视剧也抓紧时间,一方面争取合作机会,一方面努力发展自我,20世纪80年代之后广东电视剧渐入佳境。1989年的《公关小姐》收视率高达90.99%,《商界》《外来妹》《深圳人》都以表现改革开放中的广东为故事主体,这些作品直面现实、探索新生活的精神获得全国好评,电视诗剧《小船》更是连续在国际电视节上获奖,成为中国电视剧走向国际的先锋。经历这一时期的快速发展,广东电视剧在90年代迎来不可复制的高峰。

最后,这一时期的广东影视界人才辈出、享誉全国。影视业是一个综合产业,不仅需要艺术的支持,也需要技术的加持,更需要政策的扶持。影视业的发展需要各方面人才的配合,改革开放后广东影视业的一路高歌走向辉煌正是人才辈出的新局面造就的。导演、编剧、演员、制片、文学策划、摄影、美术、录音、剪辑等各个方面的综合发展,老一辈艺术家传、帮、带新生力量,保证了广东影视业的长足发展。导演有张良、丁荫楠、胡炳榴、王进、孙周、何群、王薇、郑华等,编剧有陈健、于力、邓元、贺梦凡、廖致恺等,演员有陈锐、张天喜、普超英、左翎,等等。20世纪80年代的广东影视业不仅是出成果的"梦工厂",更是培养影视人才的学校,为广东乃至全国影视业的发展培养了诸多人才,储备了发展力量。

第二节 开风气之先的《公关小姐》与《外来妹》

广东本土电视剧是在面对港剧的压力下走出自己的道路的。20世纪80年代,港产连续剧在内地市场占据巨大份额,广东电视台1986年购买香港无线台制作的长篇电视连续剧收视率更是高达76%。广东本土电视剧也在激烈的竞争中学习进步,1987年广东电视台召开南湖会议,希望尽快打造出优秀的广东本土电视剧,1989年广东推出《公关小姐》《外来妹》两部电视剧,均收获巨大成功。

20世纪80年代,香港回归的步伐在慢慢靠近,广东作为改革开放的前沿阵地,又毗邻香港,在文化上与香港天然有着亲近的关系。《公关小姐》正是在这样的大背景下创作,这是广东电视台当年全力打造的反映改革开放成就的主旋律精品电视剧。当时,中国大酒店公关部经理的常玉萍被评为广州十佳青年,以她为原型,黄加良导演、邝建人编剧的《公关小姐》面世。这是内地第一部反映改革开放、反映公关行业的电视连续剧,也是内地第一部反映女性和女性群体生活的电视连续剧。电视剧中的主角是来自香港的公关人士,依托"一国两制"政策出台的背景,市场经济的社会环境,以流行的都市言情剧形式展现粤港地区的时尚潮流。彼时"公关"是全国观众尚不熟悉的现代职业,这些新鲜元素都使得这部电视剧在全国走红,收视率高达90.99%,当年中央台以每集4万元的价格购入了这部成本每集2.5万元的电视剧,播出期间又有200万元的广告收入,这个数字在当年可以说实实在在获利颇丰。内地播出后,香港亚视很快就收购了这部电视剧,一时间《公关小姐》风光无两。

《公关小姐》同时也可以称为成功的广州宣传片,这是广州真正意义上作为改革前沿的大都市形象出现在全国观众面前,第一次带全国人民通过镜头看到了一个全新的时尚广州,后来全国流行一句话"孔雀东南飞",各地人才都涌向广东与以《公关小姐》为代表的这些影视的宣传密不可分。人才涌向广州首先是广州的经济发展,但更多的是这些影视剧都以非常正面、客观的方式讲述了广东人面对改革开放的态度与思考。《公关小姐》的主要文化背景是广东的改革开放,也可以说是用电视剧的形式向全国观众描绘广东的改革开放,因此都市言情剧只是吸引观众的外衣,其真正立意仍是"改革"。剧中正面呈现了改革开放后经济方式的转变,"铁饭碗"被打破的生活,粤港交流的活力,人际关系的巨大变革,广州自身的坚守与选择,等等。又如《公关小姐》中出现的第一次"美在花城"选举,这在全国第一次出现的新鲜事物,本来颇具争议,但是通过电视剧的呈现人们可以更清晰地捕捉到新事物背后对改革开放政策的理解与拥护,对思想解放浪潮的实践,这些是比单纯的经济发展成果更吸引人的广东宣传。

公关行业是市场经济的产物,《公关小姐》是第一部直击这一行业的电视剧,广州也的确是全国第一个出现公关行业的城市。1984年,广州白云山制药厂挂出了国内第一块国有企业公共关系部的招牌,正式开展公共关系活动,举办"白云杯"城市国际足球邀请赛,将广州歌舞团纳入旗下,足球与歌舞带着白云山的招牌在全国打响。电视剧全国热播之后,内地不少城市纷纷成立公关协会,企业成立公关部,电视剧成了人们的公关教材,甚至电视剧导演黄加良也成为公关专家,到各地当公关比赛评委,可以说《公关小姐》这部电视剧在全国推广了一个行业。

此外,改革开放后迅速发展起来的广州繁华热闹,处处显示出经济发展的巨大魅力,当时电视剧里公关小姐频繁出入的几家五星级大酒店很快闻名全国,直至今日仍然是极具代表性的广州地标。电视剧又巧妙地通过人物关系网广泛地将丰富的社会层面展现出来,江边吃艇仔粥,"蛇满王"吃蛇胆,排队饮早茶,过年逛花市,这些极具广州风情的地方特色都在电视剧中自然呈现,就连公关小姐的着装都成为全国女性追捧的对象,是当年名副其实的时尚剧"爆款"。

1982年,深圳蛇口工业区一家香港独资的玩具厂招募了大量农村姑娘作为基本劳动力,此后,到广东务工成为无数内地山区青年的选择,"东西南北中,发财到广东",人们仿佛觉得踏上了南下的列车就是一步踏进了金矿,改革开放的几十年中,外来劳动力为广东的经济发展提供了重要的动力,这些打工者也用一张张汇款单改变着自己的家乡自己的家,当然也改变了他们自己。

《外来妹》由成浩导演执导,主要描述从穷山沟到广东打工的女性的命运,剧中还邀请了香港演员汤镇宗参演,这是第一部正面描述当代市场经济下劳资关系的电视剧,也是第一部有香港演员加盟的电视剧,该剧1991年在中央电视台播放之后又一次引来人们对广东电视剧对广东的热切关注,荣获第十二届电视剧飞天奖及第十届中国电视金鹰奖。

电视剧《公关小姐》的确展示了广东改革开放的前沿经济、五星级大酒店的繁华,但是公关小姐们的世界离内地大多数观众仍然比较遥远,这个世界看上去热闹发达却似乎可望而不可即,而外来妹就亲切太多了,无数内地的乡村城镇青年通过《外来妹》看到了改变命运的希望,这部电视剧呈现的是一群从边远山区从内地乡镇来到广东做底层工作的打工者,虽然都是经济浪潮的反映,除了光鲜亮丽的公关小姐、商业成功人士,那些在工厂里流水线上工作的外来妹也许更符合内地人对于广东经济开放的切身想象。这部电视剧也正是以这种亲切感为自己迎来无数掌声。当年电视剧播放时片尾曲配的镜头就是一张张真实的外来打工妹的照片,那些年轻的脸,那些充满希望的眼睛,代表着一个时代的风华,人们多少年也无法忘记那首歌里唱的:"一样的天一样的脸,一样的我就在你的面前。一样的路一样的鞋,我不能没有你的世界。"

伴随改革开放的深入,奔赴广东成为内地人改变命运闯荡世界的淘金梦,无数外来工涌入广东希望在这里实现自己的人生梦想。《外来妹》里描写的一群从北方来广东的女孩子就这样进入了康乐厂,此后各自走上不同的命运轨迹。有笨拙的不断出错无法适应现代工厂节奏的"靓女",也有聪明好学最终发展为乡政府自办工厂厂长的赵小云。有人在金钱的面前经不起诱惑最终堕落,有人在当地寻找到自己的另一半结婚生子安于现状,也有人觉得金窝银窝不如自己的狗窝还是回到山村,但总有更多的小姐妹被有外出打工经验的姐妹带出山坳子,她们又成为新一代的外来妹,一批又一批,外来妹们走出大山,走进城市,她们的命运又将如何呢?《外来妹》就是这样聚焦于几位打工妹的生活轨迹,但呈现的不仅仅是几个女孩子的命运,而是整个改革开放对全国人民的影响,这种影响翻山越岭,深深改变着整个国家,同时该剧呈现的也是国家与个人命运的交集,当然电视剧也通过赵小云给无数的打工妹做了一个正面的引导,她们或许不能都成为民办工厂的厂长,但是至少会朝着这样一个正面、积极的方向去努力。

《外来妹》这部电视剧选择了平凡人的视角切入故事,外来妹都是社会最底层的工作人员,也是生活中最普通的个体,站在改革开放的前沿,在广州经济腾飞之初就意识到这巨大的成功背后有着无数外来妹的汗水与泪水,有着无数外来务工人员的辛劳付出与不懈努力,数以千万计的外来务工人员直到今天依然是广东经济发展的劳动力根基,事实证明,关于外来打工者的话题从未过时,这正是广东影视的敏锐与前瞻性。

第三节　电影的新探索

20世纪80年代广东电影呈现出鲜明的探索精神,题材上既有改革开放的现实主义电影,也有民主主义革命的历史人物传记电影;审美风格上大胆突出地域特色,既有反映广州市井烟火气的城市风格;也有表现西关风情的岭南风味。《雅马哈鱼档》《少年犯》《三家巷》《孙中山》等电影的相继推出正是广东电影业这一时期的优秀成绩。

《雅马哈鱼档》由张良导演执导,1984年由珠影厂推出。这是以章以武、黄锦鸿的中篇小说为蓝本改编的电影,讲述的是改革开放之初,个体户艰难创业的故事。这部电影的优秀不仅在故事与风格上真实接地气,在传递广州的先锋精神方面也非常有代表性。此外,电影选择的鱼档本身就是很有广州风情的一个代表。因此,《雅马哈鱼档》被公认为是真正属于广州的新时期粤派电影,这部电影不仅当年在国内备受好评,越南等国的改革开放初期,也多次在电视台播出此片,将其作为改革的示范性教材。

1985年,张良导演延续自己对年轻人的关注推出了电影《少年犯》。这部电影由张良导演与他的妻子王静姝共同编剧执导,镜头对准了少年犯管教所,主要讲述了少年犯方刚、萧佛、沈金明几个少年在市少年犯管教所改过自新的故事。虽然电影的主体在少管所里,但也通过人物关系的设定,由几个少年犯关联警察、记者、父母等不同的人物,围绕少年犯的家庭问题、社会问题挖掘电影的深度,结尾处全心全意帮助少年犯的女记者接到电话赶回家,看到因为自己工作繁忙而忽视的儿子被押上了警车,意味深长。

《少年犯》在当时引起全国讨论,并不是因为电影的艺术如何超前情节多么吸引人,事实上电影在实景拍摄艺术上并没有什么过人之处,但是电影非常真实地直面了一个社会问题,也非常诚恳地讨论"少年犯"这样一个与全社会、与所有家庭息息相关的话题。为了使电影有更好的质感,张良、王静姝走访全国少管所,拍摄时也大胆起用了在少管所里的在押少年,观众都被电影中真诚的"挽救孩子"的呼吁深深感动。电影最有价值的也许是当年就发出了要从只在表面上关心青少年犯罪问题,走到真正理解少年犯内心的路上,帮助观众真正了解少年犯,也通过女记者自己儿子的遭遇说明少年犯的问题并非离普通人很远,而是有可能在每一个家庭出现,从而呼吁人们对该问题的思考、讨论与重视。

20世纪80年代是南方在改革开放的政策推动下经济腾飞的时代,但整个社会除了有充满机遇、挑战与考验的一面,其实也有伴随质疑、不安与疑惑的一面,而张良导演的《雅马哈鱼档》《少年犯》两部电影都在踏踏实实地反映人们的实际生活与社会问题,是广东影视也是珠影集团值得记录的重要成绩。

电影《三家巷》改编自欧阳山的同名小说,由曾炜、王为一编导。欧阳山曾经参加上海左联,1957年开始书写《一代风流》,1959年第一部《三家巷》出版。小说围绕着20世纪20年代广州城里的故事展开,故事里青年们的个人成长、家族的兴衰沉浮、历史的风云变幻依然在20世纪80年代的文艺复苏氛围里使读者感动,改编电影使原本就拥有众多读者的故事迎来了影像化的光彩。电影里将故事发生背景浓缩至1932年之后,有着鲜明的阶级色彩的三家年轻人的成长、情感、革命的选择,通过对青年人的细腻描写展现了现代中国丰富复杂的革命史。几位青年都是接受"五四"新文化熏陶的进步青年,他们个个主张人人平等,自由恋爱,但是在严峻的革命斗争考验中,有人被枪杀,有人逃避出嫁,有人成为革命叛徒,当然也有人坚强成长。故事基于阶级斗争又超越了阶级斗争,三家人不仅仅是不同阶级的代表,他们之间还通过表亲、姻亲、换帖兄弟、邻居、同学等多重关系建构起富有中国传统社会特色的家族——社会关系,将复杂的人物关系与风云变幻的革命历程结合起来展现了生动、深刻、层次丰富的现代广州史。

故事主人公周炳出身纯粹的工人阶级的打铁工人之家,他没有完整接受资产阶级的教育,但和一群青年知识分子哥哥姐姐共同成长,身上同时夹杂着知识分子情怀,憨直、幼稚带一点傻气。电影里周炳如打铁一般经受千般捶打、热火冷水,承受一次次严峻的考验,最终成长为真正的革命者,周炳的经历也代表着一般革命青年的成长过程。区桃则是南国美女的完美代表,她以令人无限惋惜的挡在敌人枪口下的早逝生命引导着周炳一步步走向革命道路,而周炳正是在这个过程中经历了淬炼,从最初质朴的愤怒到简单的复仇心理,一直到最后真正走向共产主义信仰。这部电影成功地在有限的时间里讲清楚了革命的来龙去脉,描写了工人阶级从幼稚到成熟的过程,周炳是有着美、痴、傻、憨特点的中心主人公,他身上为人正直、坚强努力的品性也代表纯良的工人阶级属性,电影中围绕他的成长也首次通过大银幕反映了沙基惨案、省港大罢工、广州起义等重要的历史事件。

《三家巷》的电影叙事充满了传统古典小说的味道,俊男美女谈恋爱,既有巴金小说《家》的青年学子与传统大家庭的背景,也有《子夜》中不同阶级典型人物分化变化的过程,还有传统小说《红楼梦》的细腻的情感与复杂人物关系;同时电影在审美上用影像还原了原汁原味的南国风格,极有风情的岭南音乐、西关大屋、花阶地砖、红木家具、藤条躺椅、水烟筒、沙面的建筑与珠江的风景等等。

这一时期反映现代革命史的电影还有人物传记《孙中山》,丁荫楠导演把近现代革命史上最重要、人们也最敬爱的人物之一孙中山搬上了大银幕。孙中山是广东中山人,广东是近现代革命的策源地,由广东拍孙中山真是再合适不过了。这部《孙中山》为珠影厂赢得荣誉无数,包括第7届中国电影金鸡奖最佳故事片、最佳导演奖(丁荫楠)、最佳男主角奖(刘文治)、最佳摄影奖(王亨里、侯咏)、最佳美术奖(闵宗泗)、最佳音乐奖(施万春)、最佳道具奖(田世凯、黄校明、林洪添)、最佳剪辑奖(冯惠林、严秀英);第10届大众电影百花奖最佳故事片;广播电影电视部1986—1987年优秀影片奖;上海《文汇报》新时期十年最佳故事片奖;广东省鲁迅文学艺术奖等,曾被誉为获奖最多的电影。电影除了在国内引发轰动效应,也在香港、澳门、台湾地区以及日本、东南亚、美国、加拿大等地产生强烈反响。

孙中山的一生就是中国近代革命的历程,人们对孙中山是熟悉的但也是陌生的,在孙中山诞辰120周年之际,这部历史传记体故事片与观众见面,使观众看到了一个有血有肉的、鲜活的孙中山。导演丁荫楠善于把电影拍成造型的诗,拍历史伟人很有心得。20世纪90年代之后又陆续拍摄《周恩来》《邓小平》,都把"不朽的人生"拍出了"不朽的艺术",史诗风格是其电影最明显的特征。电影从1894年(清光绪二十年)开始讲述孙中山革命斗争的一生,在他和同志们的组织领导下南方各地开始革命,但广州起义、惠州起义相继失败,孙中山流亡海外、成立同盟会。1911年武昌起义成功,孙中山就任中华民国临时大总统,为避免内战引发生灵涂炭,遂让权于袁世凯,此后,"二次革命"、讨袁战争、护法北伐,革命经受无数磨难与打击,而孙中山虽九死而无悔。1924年,孙中山又在国民党一大上提出了"联俄联共扶助工农"的政策,缔造第一次国共合作……电影第一个镜头就是历史性的人物定格,孙中山的一个忧虑深情的回眸,电影第二镜头切到枯槁的眼神麻木的广大民众,两个镜头里关于历史领袖人物对民众的启蒙、英雄人物与历史浪潮的关系交代得清楚明白;电影最后则是孙中山在十多万民众的欢迎中坐在藤椅上渐行渐远,与片头的呼应完美呈现出伟人与民众的互相理解。电影中的孙中山有很强的悲情色彩,这个总是带有忧虑、疲惫、伤痛的孙中山令无数观众感动心疼,身边的战友一个个离去,尤其是宋教仁、朱执信、陈其美、黄兴等最亲密的战友相继离去,孙中山越发孤寂悲情,然而这种悲情并没有削弱影片的力量,反而使革命伟人对民族复兴的决心与力量更显坚定。

在关于电影《孙中山》的研讨会上,时任电影评论学会副会长王云缦发言指出这部电影"浓墨重彩、气势磅礴",既是叙事的,又是造型的;既是现实的,又是浪漫的;既是写实的,又是写意的。这是关于电影整体的高度凝练的审美风格的评价,这部电影最成功的地方还是其中的历史思考与历史意识。拍摄革命伟人意味着对整段革命历史的把握与传达,孙中山的一生就是整个中国近代史,对孙中山的把握当然也意味着对中国近代革命史的把握,孙中山与一众革命党人的关系,孙中山个体与民族国家的关系,革命过程中的轻重缓急、辗转迂回等等都需要有高度的历史意识才能准确把握,才能高度凝练地使用影像语言进行传递,从抽象的政治、历史转化为电影的审美,又通过电影的审美影响受众的历史意识。电影以大历史事件串联孙中山的一生,对于一些普通观众来说可能过于浪漫,但也是英雄人物传记电影的一种探索。

第十章　儿童文学

新时期是中国当代史上一个最具历史意义的时间段,在中国社会历史发生重大变革和转折的大背景中,在中外文化和文学思潮发生空前交汇和冲撞的大语境中,作为当代中国文学的一翼——儿童文学也同样发生了空前的变革和进步。"以儿童为主体",成为新时期儿童文学的革命性位移。将儿童文学从以成人意志、成人教育目的论为中心转移到以儿童为中心,也即以儿童文学的服务对象与接受对象为中心,这是一个了不起的变革,不但带给当代儿童文学新的思想内涵、新的题材内容、新的描写对象,而且也使当代儿童文学的创作力量与资源生产和输出发生了很大的改变。

受此影响,广东儿童文学作家们的创新意识大增加,为新时期广东儿童文学提供了不断进取、不断超越自我的精神资源。从整体上说,新时期广东儿童文学经历了回归文学—回归儿童—回归作家创作个性的三个阶段,但其核心则是回归儿童,让文学真正走向儿童并参与少儿精神生命世界的建设。由此,新时期的广东儿童文学便显示出了空前的繁荣,可谓进入了新中国成立以后的第二个儿童文学的春天。从中国儿童文学史的高度鸟瞰,我们可以毋庸置疑地说,新时期儿童文学是广东儿童文学发展最快、变化最大、成绩最著而所需探讨、研究的课题也是最多的时期。新时期的广东儿童文学给我们提供了十分丰富的研究内涵。

第一节　广东儿童文学的创作传统

现代意义上的中国儿童文学,是在五四新文化运动前后发生和发展起来的。随着新民主主义革命的最后胜利,中华人民共和国的成立,广东和全国一样,进入了一个崭新的历史阶段。中国共产党带领人民,发展生产,重建家园,进行轰轰烈烈的社会主义现代化建设。作家和儿童文学作家,在这种环境下,也感到有写不完的新人新事,抒不尽的豪情。

一、草创期的儿童文学

20世纪50年代,中国的儿童文学被赋予了新的品格和要求,形成了一个儿童文学的繁荣期。这个繁荣期的形成主要有两个因素在起作用:一是民国时期的创作积淀和既已形成的儿童文学品格的继续存在。二是政府对于儿童文学创作与出版的提倡①。在这个历史条件下,广东儿童文学迅速发展并取得可喜的成绩。

当时广东儿童文学队伍的力量虽然单薄,但还是有一定的基础。一批成人文学作家,如欧阳山、萧殷、郑江萍、杜埃、易巩等都写出了精彩的儿童文学作品。在全国为少年儿童"大量创作、出版、发行少年儿童读物"的氛围下,广东的出版社加强了儿童读物的编辑出版。黄庆云的《奇异的红星》,郁茹的《一只眼睛的风波》,秦牧的《在化妆晚会上》,紫风的《国庆夜》,韩笑的《战士和孩子》,廖振的《战斗的少年时代》,司马玉常的《妈妈不在家》,岑桑的《当你还是一朵花》,等等,都是这一时期出版的较有影响的作品。其时,共青团广东省委还创办了《少先队员》杂志社,为儿童文学作家提供了发表园地。其后,陆续创刊的《华南文艺》《文艺快报》《广东文艺》《作品》等,也用一定的篇幅刊登儿童文学作品。《南方日报》的文艺专栏也经常发表一些短而精的儿童小说、儿童散文和儿童诗歌。

这一时期,儿童文学理论也开始活跃起来。1952年,欧外鸥在华南师范学院(后改华南师范大学)中文系开设了儿童文学研究专题课程,对广东儿童文学的理论建设作出了开拓性的贡献。华南师范学院也由此成为全国最早开设儿童文学课程的院校之一。当然,囿于主客观条件的制约,广东的儿童文学最终并未朝着期待的方向发展。

二、在低谷中前行

20世纪60年代初期,是广东儿童文学曲折发展的时期。这个时期,在"左"倾文艺思潮和阶级斗争扩大化的冲击下,作家队伍并没有得到壮大,儿童文学的发展同样处于停滞不前的状态。当然也有一些好的作品问世。如陶萍的小说《满院春风》,就反映了那个时代孩子们爱学习、爱劳动、有理想、喜欢搞科学试验的精神风貌。黄庆云、紫风等合作的儿童报告文学《阳光·花圃·摇篮》,记述与描写了归国华侨子女在华侨学校健康成长的故事,把新闻性、文学性和政论性有机地结合起来,让人读后

---

① 眉睫:《近六十年儿童文学观的演变》,《文学报》2013年12月16日。

精神振奋。韦丘的儿童诗《在这红色的日子》,以孩子脖子上的红领巾为引发点,写到祖国对下一代殷切的希望,写到孩子们"为祖国的胜利和荣誉"而献身的决心和意志,感情强烈,色彩鲜明,具有节奏感和想象力。西彤的儿童诗《快乐的梦》,以孩子的梦来反映未来一代的科学理想,具有丰富的想象力和幽默感,意境清新,文字活泼,在当时"反修防修"的文学氛围下,是相当难得的。这些作品,有鲜明的时代特色,也具有儿童情趣,从不同角度反映了少年儿童的生活风貌和精神世界。

总的来说,这一时期的广东儿童文学事业在极左思潮的干扰下艰难前进,虽然也取得了一定的成绩,但很快走向萧条。由于阶级斗争这根弦越拉越紧,特别是中苏公开论战以后"反修防修""兴无灭资"的提出,作家忙于上山下乡、"斗私批修",创作的情绪大减。同时,支撑儿童文学的儿童观和"童心""童趣",已开始动摇。发表的作品,题材狭窄,儿童文学作家只能在规定的小胡同中摸索前进。再加上当时由于过分强调文艺的政治性,儿童文学作家不得不放弃自己熟悉的生活和原有的风格去"紧跟形势",表现"重大题材",使作品向假、大、空靠拢,公式化、概念化大行其道。总之,受不可抗拒的文学外部和内部因素的干扰制约,这一时期的广东儿童文学百花园开始败落。

受当时社会大环境的影响,20世纪70年代的儿童文学,无论内容还是形式都出现了下滑趋势。1966年至1976年,是广东儿童文学受到压抑萧条时期。"文化大革命"前17年初步繁荣起来的儿童文学不仅被全盘否定,连儿童文学作家也遭到打击和迫害,儿童文学园地呈现出一派荒凉的景象。1976年10月,林彪、江青反革命集团被彻底粉碎,十年动乱宣告结束。1978年党的十一届三中全会制定了正确的方针路线,广东和全国一样进入了社会主义建设新的历史时期。随着文化事业的恢复和发展,儿童文学事业也从"四人帮"的破坏所造成的废墟上,开始了全面恢复发展的新里程。党和政府更加重视儿童文学的创作研究、出版和发行工作。广东的文化部门、宣传部门、文联与作家协会、出版社等,都对各自的工作进行了认真、具体的规划和部署。

在这一时期,被迫害的作家得到了平反,在创作上,重新肯定过去被作为"毒草"批判的一批优秀作品。广东儿童文学队伍开始重建。黄庆云、郁茹等通过儿童文学联谊会、儿童文学座谈会等形式,联系广东儿童文学工作者,并将他们团结在省作家协会儿童文学创作委员会的周围,为广东儿童文学的恢复与发展作出努力。在华南师范学院和广州师范学院,陈子典、刘玉美、缪美贤等教授,开设了儿童文学课程,把儿童文学带进了大学的讲坛,不仅为大学生普及了儿童文学基础知识,而且还培养了一批儿童文学的接班人。在这一时期,"四人帮"套在儿童文学作家身上的枷锁虽然挣脱了,但儿童文学如何反映生活,如何体现儿童文学特点,如何拓展内容、创新形式等,还没有很好地解决。

三、走向第二个春天

粉碎"四人帮"以后,中国进入改革开放的历史新时期。广东儿童文学也迎来了新中国成立之后的第二个春天。不仅广东文化厅成立了少年儿童文化艺术委员会,省作家协会也成立了儿童文学创作委员会。1983年,文化部少年儿童文化艺术司和广东省文化厅、作家协会广东分会等单位在广州举办了儿童文学讲习班。与此同时,广东省内许多地市县纷纷成立儿童文学社团。儿童文学创作和研究的氛围日益浓厚。

这一时期的广东儿童文学作家突破了"教育工具论"的束缚,摆脱了"成人中心论"的羁绊,校正了儿童文学标准单一性与创作现象丰富性之间的矛盾错位,确认以少年儿童年龄特征的接受心理的差异性来建构多层次的儿童文学分类,使儿童文学走向宽广的艺术世界。黄庆云的低幼文学《金色的童年》、李国伟的儿童游戏故事《少年警队》、关夕芝的少年小说《五虎将和他们的教练》等表现出不同年龄阶段儿童的个性,获得不同年龄阶段读者的热烈欢迎。在儿童小说方面,管建华的《角落》、小翎的《老师结婚的那天》、丘超群的《哈哈将军》、谢继贤的《四只相思鸟》等等,都冲破了传统题材的局限,让孩子们得到多方面的审美满足。在寓言童话方面,邝金鼻的《动物王国里的寓言》、陆镇康的《Dida医院》、陈海仪的《鸡和猫的故事》、杨志坚的《小马娇娇》、马翠萝的《木小偶乐乐》,还有老作家秦牧的《恐龙世家》、张永枚的《宝马》等,各具特色地呈现在小读者面前。戏剧方面,也取得了可喜的成果。如管建华的《闪烁的小星星》、许丹华的《风流学生》、张颖的《飞向星空之前》等,均以崭新的戏剧观念,揭示20世纪80年代少年儿童的内心世界,反映20世纪80年代丰富多彩的校园生活和新型的师生关系。此外,儿童报告文学异军突起。关夕芝的《祖国在我心中》、罗奇星的《广东小将》、蔡玉明和何小雅的《羊城掀起"家庭教师热"》等,都敏锐地反映了改革开放的时代步伐,震动了孩子们的心灵,成为儿童文学一支最有冲击力的生力军。

可以说,儿童文学开始回归文学、回归"五四",继承了"五四"儿童文学"以孩子为本位"的传统精神;幼年文学、童年文学、少年文学"三个层次"的儿童文学的分类,直接激活了儿童文学的创作生产力;重建人的意识、塑造未来民族性格,极大地提升了儿童文学的价值功能与作家的人文担当。这三方面的合力,直接促进了20世纪80年代广东儿童文学的发展繁荣。

第二节　黄庆云与《月亮的女儿》

黄庆云(1920—2018),广州人。著名儿童文学作家、广东省文艺终身成就奖获得者。1941年,在香港创办《新儿童》半月刊并担任杂志主编,其时开辟"云姐姐信箱"专栏,曾赢得众多海内外小读者的喜爱,后辗转迁至广州,刊名改为《少先队员》。历任《广东文艺》《少年文艺报》《少男少女》杂志创刊总编辑,曾先后被选为广东作家协会副主席、国际笔会中国广州笔会副主席及秘书长。

黄庆云的文学之旅从香港出发,走过一生,最终又回到她始发的港湾。作为继冰心、叶圣陶之后的第二代儿童文学作家,她的作品数量多,体裁丰富多样。自1941年起,先后创作出版了童话《月亮的女儿》《奇异的红星》;传记文学《刑场上的婚礼》《眼泪和欢笑》,小说《香港归来的孩子》《苗山娃娃》,还有脍炙人口的儿童歌谣《月光光》等。从题材上看,黄庆云的儿童文学世界可谓丰富博大、形式多样。她用80年的岁月和数百本作品集一层一层堆叠起来的一座"儿童文学的青山",既巍峨耸立,又妩媚多姿。

她的作品引领人们追求真、善、美,其创作始终紧密联系现实,让小读者在成长过程中不寂寞,不孤独,不浮躁,不忧伤,让他们有自尊,有理想,有追求,不灰心。读黄庆云的作品时,我们仿佛变成一群孩童,抓着"云姐姐"的手,遨游在儿童文学的海洋里,轻松且单纯。"为了孩子"四字贯穿黄庆云的一生,她怀揣着一颗不泯的童心,弯下腰,深入儿童的生活,创作出许多传奇经典的儿童文学作品。这些文化瑰宝现已成为粤港地区儿童的精神母乳,滋润着孩子们的心灵。《月亮的女儿》是黄庆云的童话代表作之一,它讲述了月亮的女儿为了帮助穷苦的孩子们,牺牲了自己,化成繁星,照亮夜晚的故事。这篇童话体现了黄庆云对于爱和美的理解和表达。可以说它的诞生与新文学奠基人鲁迅先生有着直接的关联。鲁迅先生"救救孩子"的口号使黄庆云受到很大影响,并吸引她走上儿童文学创作的道路。

黄庆云曾说:"'救救孩子'从哪里救呢?我那时的理解是从传统的意识形态下解放下来。从《狂人日记》以至鲁迅所写的有关儿童读物的短评,我得出两个结论:第一,我们必然一代比一代好;第二,现在有很多人想逆这个历史潮流,用传统的观念来毒化和奴化儿童。"[1]不论是"从传统的意识形态下解放"孩子,还是不能"用传统的观念来毒化和奴化儿童",都反映出鲁迅先生反对封建主义的革命精神强烈地影

---

[1]　周蜜蜜编:《黄庆云作品评论集》,香港:香港文学评论出版社2010年版,第57页。

响着黄庆云的创作道路。她的第一篇童话《跟着我们的月亮》就是把富有同情心的、善良的、充满活力的月亮和严厉的、墨守成规的太阳进行对比,月亮为了能够帮助夜间出行的人们,违抗太阳的指令,拼命把脸儿鼓圆,被太阳追着打,作者借月亮对太阳的反抗来歌颂月亮的献身精神。这篇童话先在1939年岭南大学的校刊上发表,1941年又在香港《新儿童》上发表,首次刊登的童话在黄庆云看来虽然略显稚嫩,但却是她把童话和社会生活结合在一起的良好开端。

创作于1943年的童话《月亮的女儿》,延续了"月亮姐姐"的善良,"月亮的女儿"就像"海的女儿"一样,为了他人的幸福牺牲自己,前者化作星星,后者变为泡沫。我们虽然可以从这篇童话里看到安徒生童话的影子,但是故事情节却是以实实在在的社会背景为基础的,不论是农业失收的灾难,还是穷苦的孤儿院,都与真实生活紧密相连,可以说作者是以旧中国为背景进行创作,而不同于《海的女儿》仅有王子公主的情节,时空背景被架空。《月亮的女儿》的主要艺术特色有四:

一、现实与梦幻结合

"黄庆云的童话立足现实而又富于幻想,富于幻想而又更接近现实生活。"[1]黄庆云童话虽然以现实题材为基础,但幻想的适度和文笔的柔美清丽使其脱颖而出。她童话的梦幻性表现在完全凭空虚构出来的人物场景。《月亮的女儿》中的万知老人是生活中不存在的,但这个幻想出来的人物又使读者感到真实,尤其是作者在字里行间对虚构的场景进行细节描述,使情节合情合理又真实可感。如作品中的一段话便寄托了作者对理想国度的美好想象:"从这里向东走一百五十里,就有一个没有饥饿的地方。太阳晒黄了的果子是美味而有营养的糕饼,瀑布上溅着的飞沫就是甘甜的牛奶……"[2]读者自然知道一百五十里是虚构的概数,更不会去考虑这个"瀑布是牛奶"的地方在哪。在童话中,黄庆云把幻想和现实生活结合得那样紧密,简直分不清哪些是幻想,哪些才是现实。

和一些充满说教的、浅陋的儿童故事不同,《月亮的女儿》带有梦幻色彩,着眼于现实社会,表现出一种甘于牺牲、无私奉献的精神。这种精神的形成又和黄庆云的生活经历相关,她表示自己的童年生活中身边有很多穷苦的小孩子,他们不仅一天到晚从这边到那边给妈妈打绳子,还要背比自己小四五岁的弟弟。她曾说:"许多小朋友在包陈皮梅、酸柠檬,他们既有大人那样灵活的手,却没有孩子那样馋的嘴。"[3]黄庆

---

[1] 陈子典:《广东当代儿童文学概论》,广州:广东高等教育出版社2005年版,第218页。
[2] 黄庆云:《月亮的女儿》,成都:四川少年儿童出版社2020年版,第15页。
[3] 周蜜蜜编:《黄庆云作品评论集》,香港:香港文学评论出版社2010年版,第57页。

云从每个小伙伴背后关注到他们的家庭和所处的社会。由此可见,黄庆云童话现实主义特征的形成深受鲁迅的先进思想、许地山的鼓励支持和当时社会环境的影响,这种影响使其作品的写实性逐步走向成熟。

二、童心与诗心相映

没有童心和诗心,就没有文学。以孩童般的真善美之心去观察、体悟和表达世界,是一个真正的儿童文学作家所必备的。黄庆云在她的童话作品里刻画了各种拟人化的形象,很多没有生命的植物、动物都有了人的特点而变得活泛起来。《月亮的女儿》中的月亮妈妈和月亮女儿都有人的情感,月亮女儿本身是为了获取人间的"热气"而落入凡间,和小朋友的相处使其身上的人性更加强烈。这种天马行空、毫无拘束的想象力映照出的,其实就是一颗深邃的童心和纯真的童性。

黄庆云童话的童心与诗心不仅表现在情节设定,还表现在行文中如梦境般的"诗美"特性:既有如诗一般的音乐韵律感,还有如画一样的艺术美感。这里的诗不是对现实生活的刻板再现,而是使读者在幻想故事时更好地感悟生活的催化剂。黄庆云童话的童心与诗心还表现在画面感上,只有把要表现的内容具体化才能使读者想象时生成最实在的画面感,作者在这一点上做得尤为出色,几乎每篇作品都不同程度地展现出这种艺术美感。《月亮的女儿》中的"牛奶瀑布"的描绘,让人感受到"诗美",唯有"诗美"能把现实和幻想联系在一起。在"诗美"的背后,读者感到的是和梦幻情景相统一的人情美、人性美、自然美。故事最后说:"这就是月亮的女儿——星星的故事。没有月亮的晚上,星星总是替月亮照着大地。孩子们也最爱星星,他们唱着星星的歌,用小手指数着星星。星星是数不尽的,因为它们是要陪伴许许多多的小朋友的。天下的小朋友数不尽,星星也是数不尽的。"[①]黄庆云童话通过幻想的故事和"诗美"的语言,传达其对人情美、人性美的感受和对大自然的热爱。这篇童话,就是置入全世界最美的短篇童话宝库里,也熠熠闪光、毫不逊色。

三、温情与柔婉交织

月亮女儿刚生下来,为使她有"热气",母亲便拜托鹳鸟把她带到了人间。她来到了一所孤儿院,与无家可归的孤儿们共同生活了12年,孤儿们之间的挚爱、温情,更培育了月亮女儿的爱心与热情。她本还要回到母亲那里的——待有了"热气"之

---

① 周蜜蜜编:《黄庆云作品评论集》,香港:香港文学评论出版社2010年版,第57页。

后,谁知,一场大难突然降临,为了使孤儿院小朋友们能够脱离险境,她下了决心,要用自己的光辉为他们照亮道路,"我有母亲,大家没有母亲。我就要像母亲样照着大家"①。于是,她"纵身向天空一跃,化作了千片万片飞上天去,成了千片万片光闪闪的东西,发出耀眼的光芒,这就是从前天上所没有的——星星"②。从此,"没有月亮的晚上,星星总是替月亮照着大地"③。全篇充满着独有的梦幻色彩,处处透露着女性的柔和温婉。

"月亮"对女儿无私的爱以及"月亮女儿"的善良之心,之所以显得十分突出,让人感动,和作家善于运用多种艺术表现与烘托密切相关,而主要的还归功于她的渗情于美的境界,使情与美水乳交融的艺术功力。黄庆云的童话常常是女孩子担当主人公,这些清丽柔婉的女孩子形象更接近小朋友的心灵,从而便于作者和小朋友展开心灵的对话。黄庆云表示:"我接触的孩子是快乐的、向往光明的,哪怕在恶劣的环境里,也是乐观、积极、充满希望的……而我又想,女孩子是孩子中较弱小,地位较低的,所以,聪明、可爱的女孩子常常是我写的故事中的主人公。"④可以说,柔婉、清丽的女性气质,如同泉水缓缓淌入儿童读者的心灵,少了犀利,拉近了与读者间的距离,把黄庆云与同时期的儿童作家区别开来。

四、轻盈与厚重平衡

如果从轻与重来论,童话这种文体本身应该是轻盈的,孩子们能看,大人也能看。但是黄庆云在《月亮的女儿》中,把现实感和问题意识一点点带入作品中。因此,这个童话又是厚重的。具体来说,黄庆云的童话不仅叙述快乐,比如月亮不能把当女儿带到孤儿院外面美丽的环境里去,可她却会把外面的美丽的环境带到孤儿院里面来,央求蔷薇和白玉兰从墙外把头探过去,把香气送到院子里面去,请小白兔在土里钻个洞洞,跑到院子里面去。"从此,在香甜的空气中,蝴蝶儿飞来跳舞了;在青青的草地上,小兔子跳跃着玩起来了。孤儿院成了热闹的地方,孤儿们不再感到那么孤苦伶仃了";也描绘苦难,比如遭遇旱灾,农业歉收,瘟疫流行,主管人扔下孤儿院走了,孩子们没吃没喝。这个时候月亮女儿决定带领大家脱离困境。

全篇用拟人化的手法,用民间故事的单纯明快的叙事方式,来讲述善良无私的月亮和孩子们之间不为人知的故事。在快乐和苦难中表现友谊、关爱、坚强、理解和智

---

① 黄庆云:《月亮的女儿》,成都:四川少年儿童出版社2020年版,第23页。
② 黄庆云:《月亮的女儿》,成都:四川少年儿童出版社2020年版,第23页。
③ 黄庆云:《月亮的女儿》,成都:四川少年儿童出版社2020年版,第23页。
④ 周蜜蜜编:《黄庆云作品评论集》,香港:香港文学评论出版社2010年版,第57页。

慧。这篇童话关注的是比故事本身更有价值的东西,那就是孩子的精神素质。月亮女儿引领着苦难中的孩子们到一个没有饥饿、没有疾病的福地去,自己却粉身碎骨,化成碎片,永远不能回到妈妈月亮的身边。不但是孩子,就是大人读了这个童话,也会被作品的凄美意境和精神境界所打动。在诗意与变幻的抒情叙事中,给人一种轻盈中的厚重感。这样一种写作,在其他童话都围绕抗日救亡的主题展开的20世纪40年代,黄庆云的作品就像一缕清风吹拂着现实主义儿童小说的文坛,达到了很高的艺术成就。

要之,因为作家的心灵、情感和精神气度时刻连通着国家、民族和儿童的世界,所以包括《月亮在女儿》在内的她每个时期的作品都能很接"地气",洋溢着饱满的家国情怀和鲜活的"中国式的童年"气息。黄庆云早期的童话创作,有安徒生童话那种与现实生活和人间悲欢息息相关的幻想故事的影响,更多的是汲取了中国民间故事、乡土文化的滋养。黄庆云的童话结合了世界古典童话和中国本土文化两者的精髓,堪称世界儿童文学的宝藏。

第三节　主要儿童文学作家的创作

20世纪80年代,在中国儿童文学发展史上是一个极为重要的年代。随着改革开放新时期的到来,我国进入了由计划经济向商品经济的转型期,在挑战与机遇并存的新时期,儿童文学又经受了一场严峻的考验。一方面,商品经济观念和儿童文学习惯了的创作观念、审美定势,与当时的社会发生了尖锐的冲突,使许多人在这种冲突中无所适从。另一方面,儿童文学报刊订数锐减,不少刊物被迫停办,儿童文学书籍出版难、销售难,不少儿童文学作家为之困惑。

可喜的是,在商品经济冲击下,广东儿童文学并没有一蹶不振,不少作家冲破旧观念、旧手法的牢笼,佳作纷呈,理论探索也日趋活跃,班马、陈子典、谭元亨、陈庆祥等一批儿童文学作家的创作、研究尤其值得关注。

班马(1950—),原名班会文。上海人。出版的各类儿童文学著作达十余种,较有影响的有:长篇小说《六年级大逃亡》《李小乔的幽秘之旅》《巫师的沉船》;中篇小说《鱼幻》;短篇小说集《那个夜,迷失在深夏古镇中》(与韦伶合著);长篇童话《绿人》《现代梦幻童话系列》;散文集《星球的细语》;科学幻想剧《只有一个地球》;等等,以及《中国儿童文学理论批评与构想》《游戏精神与文化基因》《前艺术思想》《走通散文艺术的儿童之道》《世界奇书异读》等。

班马对新时期儿童文学的重要贡献在于对以探索性、实验性为标识的先锋主义的张扬,无论是理论研究还是创作实践,他都以先锋的姿态出现,其中固然有开辟和"构建"新的儿童美学体系的努力,然更多的是在"颠覆"一些陈旧的文学意识和创作方法,其文学思维常常逸出原有的体系。他的各种自我建构的努力显示出了一个新潮理论家和创作家的充分的才气和前瞻精神,赢得了同属"新潮"的一代同龄作家们的赞同和激赏,同时也难免受到一些长期以来对新潮、创新、探索等先锋性质缺少承受心理的作家和理论家的抵触。而这种发生在新与旧、颠覆与墨守、现代与传统之间的文学冲突,对于文学发展史来说,终究不是坏事。

比如,他早年的"儿童反儿童化"命题提出后激起了深刻的震荡;比如,他的小说《鱼幻》(载《当代少年》1986年第8期)涉及许多重要的儿童文学话题:陌生感、少年感、创作边界、艺术路径、读者接受维度等等。这个作品一经发表便引来一场旷日持久的艺术观念思辨。比如,他作为儿童美学理论的先行者出版的《中国儿童文学理论批评与构想》有力参与了新生代理论学术运动的兴起,等等。作为文学上的多面手和各种先锋文本的实验者,班马在少儿散文创作方面也不例外。班马的获奖散文集《星球的细语》较之一般散文,其独特性表现在:一是一种宏大的星球观,以及由此而引发的一种严肃的人类生存意识,弥漫在作家的创作幻思之中。这种宏大的星球观和对人类生存危机的忧虑与思考的主题,在新时期少儿散文中并不多见。其次,班马也常常沉迷于古朴的怀旧和还乡的幻梦之中。他的散文名篇《江南,有一座永不忘的小屋》即是这类主题的代表作。在这组散文里,他倾听自然,感悟着金黄的狗尾草的生命的秘语,也陶醉于田野上的黄月亮、弯弯的小河和细雨中渔翁的宁静之美。班马通过这组优美而雅致的作品,表达了一个现代人身处现代工业文明之境而对昔日的那种宁静和谐的农业文明和自然氛围的眷恋与怀想。其中的怀旧之痛、伤逝之情,我们不难感知。

班马的多文体写作涉及诸多领域,"低"到幼儿诗歌,"高"到抽象理论,班马的多种文体写作的成绩单令人瞩目,是20世纪中国儿童文学领域里的一位"怪才"。可以说,他的创作行为一直触动和牵引着当代儿童文学评论界的神经中枢,"为'儿童'实际上成为了他的'信仰'""他具有一个中国儿童文学作家的使命感",[1]是一个被低估的作家。

陈子典(1937—   ),笔名陈晨、陈蔚。广东新丰人。著有儿童文学作品集《动物歌》《点虫虫》《小学生文明礼貌歌》《植物歌谣》《动物歌谣》《奶奶,你别说我小》;论文集《走向世界——华文儿童文学审视与展望》《台湾儿童文学·诗歌论》《儿童文学阅读引论》等。《欢迎新朋友》获全国第二届儿童文艺创作奖,《儿童文学大全》获广

---

[1] 张秋林:《解读班马现象》,《出版广角》1998年第4期。

东写作学会优秀科研成果一等奖,《写作知识辞典》获中国写作学会首届优秀成果一等奖,《台湾儿童诗歌的艺术形式》获广东省第五届儿童文学奖。

陈子典于1978年开启了少儿出版新篇章,也树立了他一生为儿童作品创作的信心。他为小朋友们收集、创作童谣不遗余力,他创作的童谣,多写孩子们身边的生活场景,生动活泼,情趣盎然,具有浓郁的地方特色,特别受到广东小读者的喜爱。其中《小鸭》等被配上曲谱,在中央人民广播电台《小喇叭》节目中多次播放;他创作的广州方言儿歌《鸡公仔,尾婆娑》《落雨大,冇浸街》在国内最早被灌注录音带和唱片,在穗港等地儿童中广泛流传;有些诗歌,还被编入了人民教育出版社出版的幼儿园语言教材。《月光光》是在广东粤语地区代代相传的童谣,随着时代的发展衍生出很多版本。而现在幼儿园孩子们所唱的,是经过陈子典改良的新版本。"月光光,照地堂,年卅晚,摘槟榔……箩盖圆,买只船,船沉底,吓亲两只番鬼仔(注:番鬼仔意为外国小朋友),跳上基围返头睇。"陈子典把原来童谣中的最后一句"船浸底,浸亲两只番鬼仔。一个浮头,一个沉底。"改为了友好版本,充分体现了陈子典与时俱进的创作观。

作为一位两栖型的儿童文学工作者,陈子典既是儿童文学作家,又是儿童文学理论家,其儿童文学理论专著和学术论文非常丰富。其中,1988年由广西人民出版社出版的《儿童文学大全》洋洋60万字,并不局限在基本理论上,而是观察海内外,放眼七大洲,书中许多见解富有新意,在论及中国儿童文学发展全貌时,安排了"港澳地区儿童文学的现状"与"台湾省儿童文学的印象"两章,使读者对中国儿童文学的发展有一个全景的印象,弥补了许多研究我国儿童文学现象的论著只谈内地情况而不谈港澳和台湾的不足,体现了他儿童文学理论研究的高度,以及国际眼光与者国际视角。

谭元亨(1948—),广东顺德人。著有长篇小说《鼓角相闻》《奇怪的罪犯》《后知青,女性三部曲》《海外中国孩子三部曲》《客家魂三部曲》,纪实文学《潘汉年》《潘氏三兄弟》等,影视剧本《客家女》等近百部(集),理论专著《元亨文存》多卷等。

儿童文学创作方面,他是"两栖作家",创作与理论双枝并秀。他不仅有长篇理论专著《中国儿童文学:天赋身份的背离》及《外国儿童教育思想史论》,而且还有为数不少的论文,其中引人注目的有《儿童文学:东西方两大空间的时差》《世界儿童文学:忧虑与期望》等,其中,如《他们在倾诉——中国非虚构类儿童文学的兴起》等名篇,先后为IRSCL(国际儿童文学研究学会)国际学术会议所采用,有的发表在美、法等国的大学儿童文学理论刊物上,如圣迭戈大学的《儿童文学界》。谭元亨的理论,在中国儿童文学理论界中,可以说是独辟蹊径,自成一家之言的。他在研究中努力发掘自己在儿童文学中能独树一帜的理论,不断推陈出新。他坚持民族化的道路,不同意掇拾西方那种唯美、唯情的片面观点。从历史与文化的角度上,重新审视了中国儿童文学,对中国儿童文学的"源"和"流",作出了全新的解释,"是我国儿童文学流派中文化派的主要代表人物"①。

陈庆祥（1944— ）,广东东莞人。著有长篇小说《我们正年轻》,中短篇小说集《孖女》,报告文学集《血案留下的思索》《黄泉路上的思考》《陈庆祥报告文学选》,散文集《小巷九里香》《她一定要跳楼吗》等。小说《窃贼》获广东省第一届新人新作奖,《生命的珍贵与生命的卑贱》获京沪宁穗邕五城市八报刊少年题材报告文学奖,报告文学《一个准飞女的自述》获广东省儿童文学一等奖、全国青年报刊好新闻好作品奖,《我们正年轻》获第六届广东省优秀儿童文学奖等。

土生土长、和珠三角结下不解情缘的陈庆祥,作品深刻表现了他的珠三角情结,具有鲜明的时代特色和浓郁的"广味"。陈庆祥儿童小说具有构思精巧独特,情节跌宕起伏,笔触细腻温婉,语言简洁风趣等特点。长篇小说《我们正年轻》正是这样一部作品。该小说以市场经济发展较快的东莞市作为人物活动背景,以极富艺术吸引力的叙事手法展开一系列有趣而又典型、真实的生活事件,通过叶梦飞、何振宇、黄牛女、容蓉等人的追求,来展现当代中学生追求与失落、奋斗与迷惘的心路历程。被评论者誉为"是近年校园文学中难得一见的好作品","是一部值得两代人(学生和教师、孩子和家长)阅读的好书"。②

---

① 陈子典:《广东当代儿童文学概论》,广州:广东高等教育出版社2005年版,第424页。
② 陈子典:《广东当代儿童文学概论》,广州:广东高等教育出版社2005年版,第97页。

第二编　世纪之交的广东文学

概　　述

"世纪之交"指的是1992年至2011年这一时段。进入20世纪90年代，我国政治与经济有两件大事改变了历史的走向：一是邓小平1992年春天视察南方，进一步吹响了改革开放的号角；二是中国从计划经济转轨为市场经济，商业大潮席卷而来，文化与文学也出现了大转型。在世纪之交，广东文学的题材选择、价值取向和叙事形态也发生了一些改变，不仅出现了一些新的文学现象，而且取得了不俗的成绩。

首先，是刘斯奋创作的长篇历史小说《白门柳》获茅盾文学奖，实现了广东文学在中国文学最高奖项零的突破，这是刘斯奋对广东文学的突出贡献。

1996年，三联书店出版陆键东的《陈寅恪的最后二十年》，此后该著一版再版。仅1996年至1998年，三联书店对该书先后再版六次，印数达十多万册。进入新世纪的头十年，该著依然热度不减。据不完全统计，数年间引起海内外媒体对该书谈论的文章、书评与读物，已超过1000篇。该书还在香港、台湾先后出版两种繁体字版。2001年，由日本学者翻译成日文出版。世纪之交另一部值得关注的人物传记，是张培忠的《文妖与先知——张竞生传》，该著2008年在三联书店甫一出版，就以独特的人物，独特的题材和生动传神的描写，受到学界的好评和读者的欢迎。

新世纪之初，发生了南方雪灾、"非典"等重大灾害，广东作家积极投入到灾难书写中，并拿出了不少全国瞩目的好作品，如长篇报告文学《护士长日记》等。因题材与主题连续性的需要，有关"非典"的报告文学放到"新时代"，与"新冠"报告文学一并论述。

世纪之交出现的广东"小女人散文"，作为一个反映转型期南方大都市年轻女性的时尚消费观、价值观，并且影响全国散文写作流向的散文现象，"小女人散文"也应是广东文学值得称赏的一道风景线。尽管"小女人散文"无法具有传统文学作品那样的艺术深度和经典意义，但"小女人散文"作为一种个性鲜明的自我表达，一种对生活、对艺术、对爱情、对欲望、对个体生命、对心灵和自我的抚摸与幻想，它给人们带来了新的阅读享受，在洋溢着浓郁又细腻、温润又迷人的女性气质的文字之间，展示改革开放取得的成就、社会文明的进步，以及市场经济如火如荼发展时期都市女性的精神面貌，让人们感受并分享现实生活的温暖。它是广东文学中颇具市民性和诗意的部分。

20世纪90年代伊始,作为改革开放前沿地的广东,最先经受了资本与消费的全面洗礼,从炫目喧哗的现代性都市到机器轰鸣的"世界工厂",一种基于工业、资本的物质新时代最先降临于这片热土,商业经济与消费文化在消解惯性诗意的同时也呈现出它无与伦比的庞杂性与创造性,并呼唤一种新的抒情方式来应对这份泥沙俱下的时代经验。杨克、凌越、黄金明等诗人的创作从不同面向切入90年代以来的都市社会,对其进行深描与反思,呈现了立体多维的时代面影。他们或如本雅明笔下的都市漫游人,穿行往来于广东都市的繁华空间;或以游子的姿态回顾田园,以见证与批判的方式凸显并加深了当代诗歌的城市经验。90年代的广东诗人对现代诗书写有不同向度的自觉追求:其中一部分追求口语写作,其代表者有老刀、宋晓贤等,他们有强烈的平民意识,坚持本真的口语写作,强调呈现新鲜的生活经验,这类书写意识与80年代南京的"他们"、四川的莽汉主义有所不同。广东的口语诗人更多缘于个体诗歌美学的自我选择,意图从口语的角度找到现代诗书写的突破口。这时期,广东各种诗歌民刊、诗歌选本以及诗歌奖等作为重要的文化志,也充实着广东诗歌史的自我生成,并让曾为中心的北方诗坛刮目相看。

从20世纪70年代开始,广州人就开始收看香港电视台,虽然使用的是房顶上的鱼骨天线、锅盖天线,但香港电视对广东的影响早已开始。1983年,国内正式引进港台电视剧,1986年香港无线台的《流氓大亨》的收视率高达76%。但是从20世纪80年代末到90年代初,广州电视剧以南方改革开放特有的风采开创了南方影视的新时代,从《公关小姐》《外来妹》开始,全国观众的目光开始被南方影视吸引。

世纪之交是广东电视剧蓬勃发展、硕果累累的年代。在1994年至1997年连续四年的时间里获得中国电视剧飞天奖。其中《情满珠江》获1994年第十四届中国电视剧飞天奖长篇连续剧一等奖;《农民的儿子》获1995年第十五届中国电视剧飞天奖长篇电视连续剧二等奖;《英雄无悔》获1996年第十六届中国电视剧飞天奖长篇电视剧一等奖;《和平年代》获1997年第十七届中国电视剧飞天奖长篇电视连续剧一等奖。这"四连飞"的盛况成为20世纪90年代中国电视剧行业里的标杆。在没有太多的娱乐方式,人们习惯一家人围坐在客厅里追电视连续剧的年代里,这些电视剧就带着广东改革开放的春风吹向全国。

打工文学作为特定时期、特定地域的文学现象,从一开始就打上了广东的鲜明烙印。它开始产生于20世纪80年代的深圳,世纪之交成熟于东莞。东莞作为打工文学的重镇,不仅发表的以"打工"为题材的作品最多,而且各种文体的打工文学发展较平衡。同时,出现了一批优秀的作家。比如小说方面的王十月,诗歌方面的郑小琼,散文方面的塞壬、詹谷丰,报告文学方面的陈启文、丁燕,文学评论方面的柳冬妩,等等,正是这些作家,使东莞的打工文学在国内乃至世界文学中有一定的知名度。

世纪之交兴盛于广东的"南方新都市"写作,也是广东文学的重要方面。"南方新都市"写作以张欣为代表。在20世纪90年代,张欣以都市、女性题材为主,描写改革开放初期市场化大潮冲击下的都市男女,展现都市生活和都市人心理。这时期她的都市写作多为中篇小说,如《不要问我从哪里来》《绝非偶然》《真纯依旧》《爱又如何》《此情不再》《岁月无敌》等等。这些作品讲述都市男女故事,打破"你耕田我织布"的田园式爱情模式,以一种商品经济的思维模式重构受到物质化洗礼的现代男女关系,反映了改革开放以来城市婚恋观价值观的悄然变迁。与王安忆的上海叙事相比,张欣更关注城市的当下状态,较少挖掘城市历史文化;追求故事的传奇色彩,疏于构建人物历史命运;其笔下个性独立、价值观超前且不断寻找自我的现代都市职业女性形象,明显不同于王安忆塑造的弄堂平民女性。

第十一章　文学理论与文学现象

在 20 世纪 80 年代末至 90 年代初期,承接 80 年代广东应有一个"岭南文派",以及岭南散文流派、岭南小说风格等问题,广东的作家、评论家一直在思考、探索广东文学如何"跨越五岭山脉",走向全国,于是有了"南方文化论纲"与"新南方主义精神"的倡导和讨论。

第一节　"南方文化论纲"与"新南方主义精神"

较早以理论的自觉持续思考广东文学的创作出路,并逐渐形成自己的理论系统的,是谢望新。其时,谢望新在《文艺报》上发表《在对生活思考中的探求》《文学的三重奏》等文,以宏观的视角评价中篇小说的价值和作家创作的趋向,并开始有意识地思考广东作家的创作方向问题。在为小说《黑三点》作序时,他提出了"走出五岭山脉"的口号。在此基础上,谢望新又发表了《续谈"走出五岭山脉"》《三谈"走出五岭山脉"》,在这一组文章中,他概括了广东作家影响力不足的原因,畅谈了作家"走出五岭山脉"的四个条件。他清醒地意识到:"广东是否已经出现了一个在全国有影响的作家群呢? 我认为现在还没有。"

1989 年,谢望新植根于广东本土文化,又提出了另一建设性的口号:"广派文学批评",对广东文学批评的特征和不足作出了整体性的回顾,从另一个角度完善"走出五岭山脉"的理论主张。谢望新认为,在当代中国文学批评界,"京(北京)派"实力雄厚,"海(上海)派"呈崛起之势,"广(广东)派"也日益显示出自己鲜明的批评个性,即坚守民族传统文化的精华与崇尚西方现代文化文明;奉行独立的文化品格与人格意识;弘扬批评的个性与批评的科学性,这三者是"广派"批评的基本特征。而缺乏权威性、理论性和凝聚力则是限制"广派"批评发展壮大的几个短板。

此后,谢望新以此为发力点,紧紧围绕"南方文化"进行思考,连续发表了《南方,母性的河》《强化南方文化意识》《请不要丢失和遗忘南方》等文,显示了鲜明的理论自觉和建构"岭南文化"体系的决心和毅力。

1992年春,谢望新以答《当代文坛报》记者问的方式,提出《南方文化论纲》。这是他关于南方文化的总体思索。《论纲》在力证南方文化的独特性和优势的同时,清醒地意识到:举起南方文化的旗帜,更能增加广东文坛的凝聚力,更能在中国当代文化劲旅、流派的竞争中,奠定自己的格局与地位。但是,这并非要广东所有的作家,都必须集合在这面旗帜下,听从号令,造成新的大一统局面。每个作家完全可以根据自身的主客观条件,寻找最适合自己的文学选择。当然,南方文化的精神品格,仍是生活在这块土壤上的所有作家、艺术家所共同追求的。

大约在1987年左右,报告文学在广东文坛骤然升温,成为文坛的一个兴奋点和热点,掀起了一个个"热浪",引起了全国文坛的关注,可以说是新时期十年广东文学的"第二次浪潮"。正当作家们以笔为旗,投身于报告文学的创作热潮时,青年评论家郭小东从广东作家洪三泰的报告文学《中国高第街》敏感到一个信号:南方精神再度崛起。郭小东指出,洪三泰已明确地觉察到这条街所体现的是一种在广东萌芽了好些时日,却仍然未引起人们足够重视,尤其未引起经济改革的研究家们高度重视的东西。他以对改革的参与意识,关注于一条街的考察上,企图用文学的方式将这条街引向中国经济改革论坛。其实,这里头已经包含了他不甚明确但却雄心勃勃的精神。

郭小东对报告文学的关注,是有着更高格局和视野的追求的。他对《中国高第街》的分析,并不止步于文本内涵的阐发,而是有意识地将洪三泰与李士非、雷铎、沈仁康、朱崇山、张波、熊诚等人的报告文学"粘附在一起来透视",把广东的报告文学创作热"粘附于广东文学这一个新格局的形成上"来考察,从而直指新时期以来广东文学的积弱,为"重振南方文学的雄风"指明方向——

> 重振南方文学的雄风,不是去北方文学中寻找模式和语言,而是从南方生活中寻求南方精神的特殊血脉,从80年代的南方现实中,开放改革的现实中,挖掘历史,审视历史,把南方百余年来的近代史所铸就的南方精神,作为南方文学的根来清理与认同。不是从狭隘的民族情绪和地域感情上来认识南方精神的崛起,而是把它作为中华民族一种特殊的、从商业经济和对外开放的独特背景上,以半封建半殖民地特殊社会心理意识以及近代以来的各种革命精神为土壤,而产生出来的精神崇尚。只有在这点上,南方文学才能作为以武勇雄阔浑厚,阳气亢盛,情绪深沉的北方文学的同胞兄弟,共存互补并且独特地发展起来。①

诚然,自然地理环境对文学创作的影响,是一个很难进行定量分析的问题。特定的人文地理环境影响到作家的精神性格,进而体现出相近或相同的创作倾向,这种现

---

① 郭小东:《南方精神的再度崛起——〈中国高第街〉启示录》,《当代文坛报》1987年第12期。

象虽然基本为人们所认同,但仍需要作更为缜密的文化分析。这也是包括"岭南文学""珠江文学""南方文学"等诸多概念在内的"地域文学"研究长期面临的困惑和难题。郭小东对"南方精神""新南方文学"的挖掘和阐释,在宏观和微观方面,都能给人以启示。

第二节 "新都市文学"与广州叙事

20世纪90年代初期,随着改革开放的深入、经济特区的建立和社会主义市场经济体制的确立,中国社会发生了惊人的变化。新兴大都会的崛起,作为中国经济神话的重要见证,是这些变化中最值得注意的社会现象。在东南沿海地区,以广州、深圳、珠海、香港、澳门为基础的一个新的都市带正在逐渐形成。经济发展带来人的价值观念、生活方式、人际关系的变化,此变化必然要在文学中有所反映,"新都市文学"于是应运而生。

1994年,深圳《特区文学》第1期提出"新都市文学"的口号,在全国同行中率先亮出了"新都市文学"的旗帜。从这一年开始,"这里是新都市文学的天地,这里是文学的新都市"的标志性口号赫然出现在《特区文学》的目录页上,昭示了《特区文学》鲜明的姿态和探索的方向。自1994年第2期开始,《特区文学》连续三年开辟"新都市文学论坛"专栏,发表不同意见,多次组织作家和学者进行探讨和论争,在争鸣中完善着"新都市文学"的理论。"新都市文学"的提法,还得到了深圳市委、市政府的重视,被纳入"深圳文化发展规划"之中。

同一年,《北京文学》也举起"新体验小说"的大旗,强调创作的现实性和作家在创作中的主观体验。随后,多家文学期刊纷纷打出"新"的旗号,竞相刊发书写现代都市人生的作品,使人颇有目不暇接之感:南京的《钟山》和长春的《文艺争鸣》联合发动声势浩大的"新状态"文学运动,南北联合、创作刊物和评论刊物合作,既刊发作品又发表评论,倡导作家和评论家关注现实中的"新状态","迎接新状态"。济南《当代小说》杂志标举的"新都市小说"应者云集、颇有声色。《春风》杂志不甘落后,打出"新闻小说"的口号,意欲把纪实的新闻和虚构的小说融为一体。《小说林》杂志也闻风而动,拉出"TV小说"的旗帜,试欲与电视剧一争高低。《上海文学》更是出手不凡,在倡导一种气势恢宏的"文化关怀"小说之后,还与地处珠江三角洲腹地的《佛山文艺》联手举办"新市民小说联展"。至此,大江南北的文学创作汇成了一个自觉的城市文学潮流,以不可遏制的态势持续发酵。对于这些文学期刊的新举措,文艺界议论纷纭,褒贬不一。大多数人认为以文学期刊为阵地推出文学流派是锐意变革,"新都市文学"的倡导,拓宽了深圳文学带有特味的地域特色,是"'特区文学'的新发展",是"拉开重构文学格局的序幕"。① 文学期刊的这番举措,显示出一种基于现实的默契与共识,蕴含着对"现代性""都市性"的追寻与探索,都市与文学结下了不解之缘。

1995年4月,《特区文学》举办了"95'新都市文学笔会",其间还举行了"新都市文学与小说创作研讨会"。1995年9月,由《特区文学》《潮声》《厦门文学》《珠海》《天涯》等5个特区文学期刊主办的"第四届中国特区文学研讨会"在汕头召开。同年年底,为进一步推动"新都市文学"的发展、繁荣都市文学的创作,中国作协《小说选刊》杂志社、《深圳商报》副刊部和深圳《特区文学》杂志社,联合举办"'深圳商报杯'新都市文学征文"活动。活动征集了一批作品,其中一部分佳作比较充分地反映了现代新都市人的精神风貌和新的人文精神,被《小说选刊》《中篇小说选刊》等报刊转载,在文坛引起了一些反响。"特区文学""都市文学"成为这一年文坛热议的焦点话题。在《羊城晚报》组织的"1995年中国文坛十件大事"评选中,《特区文学》的"新都市文学"和《上海文学》的"新市民小说"并列在一起,被评为第七件大事。《羊城晚报》的编者按语指出:"这既是岭南文学界对中国文坛的看法,也是一种参与。"②从中可以看出岭南文学界对中国文坛的积极参与姿态。诚如中山大学程文超教授所言:"都市对文学的进入成为1995年一个重要的文学现象,一大批作家把目光投向当下,把现代都市作为独立的审美对象。"③

为了从理论上更深入探讨"新都市文学",进一步扩大"新都市文学"的影响,1996年10月9日,在黄浦江畔的上海,深圳市文联、《特区文学》杂志社、上海市作家协会联合召开了"新都市文学理论研讨会"。与会的深沪两地的评论家、作家、学者,就"新都市文学"的发展、当下文学的走向、都市作家所担负的责任等问题进行了讨论,认为深圳和上海有诸多共同的东西,有可能成为代表21世纪都市文学发展潮流的领头羊。讨论将"新都市文学"的创作和批评引向更开阔和纵深的场域。

"新都市文学"强化了作家的都市意识,有效地克服了当代文学对现实的"失语症",大大增强了文学参与当下现实的话语能力。文学挣脱意识形态的方式和多元发展的可能性进一步拓展了。越来越多作家进入这一新的题材领域开疆拓土,更令人欣喜的是,文坛涌现出一批文学新人,他们取得的成绩是有目共睹的。在众多书写现代都市的作家中,北京的邱华栋(《都市新人类》),广州的张欣(《城市情人》《岁月无故》)、张梅(《孀居的喜宝》),上海的殷慧芬(《纪念》)、唐颖(《红颜》《丽人公

---

① 黄伟宗:《拉开重构文学格局的序幕》,《特区文学》1996年第2期。
② 《羊城晚报》1996年3月10日。
③ 程文超:《都市对文学的进入》,《特区文学》1996年第3期。

寓》),长沙的何顿(《我们像葵花》)成就突出,受到广大读者和众多批评家的关注。他们以全新的感觉、全新的眼光去把握当下变动不居的城市生活,创作了大量的"新都市文学",塑造了各种各样的"新都市人":打工人,"金丝雀",世俗市民,城市异化人……在读者面前打开了一片异彩纷呈的文学天地、一片发人深思的文化空间。特别是张欣和张梅的"广州叙事",以女性纤细而敏锐的触觉感受城市风情,书写都市人生,生动又深刻地诠释着都市的"物欲"和"情欲"的涌动,成功引起了文坛的注目和欢迎,也受到了读者和市场的追捧。

第三节 "文化诗学"与"第三种批评"

20世纪90年中期,经历了"世纪之交的文化走向""经济文化时代""新都市文学""新人文精神"等不同层面和范畴的观念碰撞和实践探索后,身处中—西、古—今、中心—边缘、自我—他者等多重二元模式中的岭南评论家,开始把目光投射于当下更为复杂的现实,寻找文化建构的方向,努力重建新的精神法则,由此生发了许多极具观念冲击力的理论话题,与全国范围内同一时期的理论探索形成了积极的互动和对话,在"五岭"之外产生了不小的影响,成为岭南文学理论现象的又一大奇观。这当中,程文超、金岱、蒋述卓等人对"第三种批评"和"文化诗学"的阐发,在方法论和价值立场上提供了不少富有启发性的内容。

"第三种批评"不是由一个人,或一个意见非常统一的群体提出来的,而是在1994年10月,中国社科院文学所在北京召开的"世纪之交的文学选择"研讨会上,由对文学趋势的看法有某些共同点的一群朋友在聊天时激发出来的。[①] 当时的文学批评,面对先锋文学的一时兴起,找不到有效的批评方法和词语,陷入了一种困境和失语状态,批评家们纷纷谋求"突围"。1996年,《广州文艺》推出"第三种批评"笔谈,使得这一理论探索集体浮出水面并得到进一步阐发。提出"第三种批评",是基于一种时代的文化使命,同时也为了区别当时的"先锋批评"和"社会学批评",是对当时甚嚣尘上的"后现代"结构游戏和"人文精神"讨论模式的反驳和纠偏。"三"就是"多",就是要打破"一"和"二"的思维定式,因而集结在"第三种批评"话题下的众多批评家们所持的观点就显得多元化了。

金岱有关"第三种批评"的思考,包括《第三种批评:意义的先锋》《论作为知识分

[①] 蒋述卓:《努力建构中国的文化诗学批评》,《文化诗学批评论稿·序》,广州:花城出版社2021年版,第3页。

子批评的文化批评》等文,收入在批评集《"右手"与"左手"》一书中。他将当代文学描绘为"正反逃"三部曲,"正"即正统,那种政治功利主义的、意识形态中心的文学;"反"即反思、逆反、反抗、反叛,从"伤痕文学"开始;"逃"即逃亡,逃离政治功利主义、意识形态中心,逃离"庙堂文学"与"在野文学"的二律背反的焦点,从王蒙的意识流开始,包括后来的先锋派一类。金岱将"逃"的文学分为三大类,第一类是逃向"形式主义";第二类是逃向"玩文学""痞子文学";第三类是逃向商业主义文学,消遣、娱乐、搞笑、宣泄之类。

金岱指出,"文学逃亡"之初的积极性随着逃亡的普遍和成功已在逐渐消失,"文学逃亡"的负面影响却日益显现出来——"逃"的文学在逃离文学的政治目的和社会指向时,也逃离和否定了文学的一切意义,逃离和否定了文学的内容、内在感受、寻索和沉思、使命感、崇高感、创造性和人文精神。当消解成为时髦,营建就开始成为需要。

"第三种批评"是一种多元化的批评思维,打破了二元化的思维定式,既要追求与社会文化的贴近,又要追求审美遨游式的超脱与心境体验。同时,它也强调文学的意义、重建精神规则与知识分子自审的重要性,指出了政治、功利、形式、娱乐性的文学及文学批评的狭隘。在文学批评实践中,金岱始终对中国现实保持着高度的敏感,将"第三种批评"放置于当代中国文学现实的层面进行讨论,使理论保持了鲜活的张力,成为富于建设意义的新的理性的文学。

对"第三种批评"做出理论探索和实践的,还有蒋述卓。与金岱寻求"意义的先锋"不同,蒋述卓在"第三种批评"中着力倡导的是"文化诗学"。他发表于1994年《江海学刊》的《应当建立文学史研究的"文化史派"》,虽然谈的是文学史研究,但把文学、文学与文化的关系置于整个文化背景、文化结构、文化系统中去研究的思想,可视为其"文化诗学"理论的源头和滥觞。1995年,他在《当代人》发表了《走文化诗学批评之路——关于第三种批评的构想》一文,对何谓"文化诗学批评"作了阐释,认为文化诗学批评就是将文化学的理论与方法运用于文学批评的一种新的阐释系统和方法。他提出在保留中国传统文学批评中的整体印象式批评、诗意描述与感悟式批评等优势的前提下,融合西方文学批评的各种理论与方法,创造一种新的文化诗学批评的理论与方法。这是蒋述卓对当时文学批评应当建立一种新的阐释系统的详细论述,进一步体现了他从文化角度去评论文学的思想与方法。围绕"文化诗学"这一核心主题,蒋述卓出版了《文化诗学:理论与实践》《批评的文化之路——文艺文化学论文集》《文化诗学批评论稿》等书,体现了坚实的现实依据和清晰的思想发展逻辑,既贯注着批评家深厚的中西学养,又透露出理论自信和智慧。

"第三种批评""文化诗学批评"更多地体现为一种寻找的姿态。它是检阅既往文化危机、直面当下文化难题、寻求未来文化出路的一种文化姿态。学者们努力在更为广阔的文化背景中找到"自己的话语",以便有效地切入现实的精神空间和文化实践,从根本上解决精神意义上的文化转型问题。它不仅是金岱、蒋述卓等学者所面临和关心的批评难题,也是我们这个时代迄今为止仍在寻找、亟需答案的文化问题。它也为批评家面对繁复驳杂的文学、文化现象,创造新的批评概念和学术话语,建构本土的现代文论提供了很有价值的思考方向。

第四节　呼吁"朝阳文化"与"珠江文化圈"讨论

　　1992年,中共十四大正式确立了实行社会主义市场经济的大政方针,这也为社会主义的文化建设问题,提供了一个明确的、全新的出发点。随着经济领域改革的深化、开放的扩大和现代化进程加速推移,作为上层建筑的文化,无法再固守原有的生存方式和生产方式,而必须追随建立社会主义市场经济体制的大方向,通过深化体制的改革来重新获得强健的活力。然而,对于正在到来的文化观念和文化思想方面的深刻变革,文化界尚缺乏自觉的、明晰的、充分的认识。特别是对于先行一步的广东所出现的种种新的文化现象,本能地觉得反感。一些报刊甚至提出诸如"广州是否变成了文化沙漠?""广东能够摆脱港台文化的影响吗?"等尖锐质疑。而广东的文化界本身,面对"大锅饭""铁饭碗"的常态被打破,"下海""走穴"之风方兴未艾,感到忧心忡忡,无所适从。在创作思想方面,全国范围内出现了两个极端:相当一部分文艺家,还沿袭农业社会的审美惯性,醉心于对贫穷、落后、苦难的揭示和展览,着力宣扬一种失败绝望的灰暗情绪;而另一些人则迫不及待同世界"接轨",对西方流行的所谓"现代艺术"顶礼膜拜,热衷于引进仿效。他们都脱离了中国社会的改革开放现实,对于广大人民群众追求美好生活的空前积极性,以及由此带来的社会巨变缺乏关注的热情。

　　针对这些情况,时任广东省委宣传部副部长的刘斯奋在深入调查研究后指出:通过改革开放,实现从农业文明向工业文明的飞跃,这是历史发展的总趋势,是不能回避、也不可抗拒的。整个中国社会,包括文化在经受这一场洗礼过程中,出现某种失序和混乱,是正常的,不可避免的。广东由于先行一步,所以首当其冲。这种状态在其他地方或迟或早也会跟着出现。因此正确的态度不是惊慌失措,埋怨指责,而是抛开"叶公好龙"的心态,勇敢投身进去,努力驾驭社会主义市场经济这条"真龙",用新的、符合中国社会发展方向的文艺批评标准,来审视衡量广东的文化创作。

　　处于文明面临质的飞跃时期,文化应当如何调整自身的价值取向和行动模式,才能适应时代发展的要求,并承担起历史所赋予的使命?为了解决这个迫切的问题,明确概念,进一步深化文化领域的改革,1995年,刘斯奋写下了《朝阳文化、巨人精神与盛世传统——关于社会主义新文化建设的几点思考》一文,从文化的性质、文化的精神和文化的传统三个方面,对当前从农业文明向工业文明社会转型期的文化进行论述和界定,提出了他对社会主义新文化建设问题的思考。该文长达一万一千字,在1995年5月9日的《南方日报》全文刊出后,《羊城晚报》便在头版头条加以摘要报道,随后《人民日报》又摘要刊登,迅速在全省乃至全国范围内引发广泛反响,引导广东文艺创作掀起新的高潮。

刘斯奋的主要观点是:

1. 围绕社会主义现代化建设的总体目标,当前我们的任务是要建立属于工业文明性质的文化。为了迎接这种生机勃勃的朝阳文化。我们不应再对看似无限美好、其实已是夕阳西下的农业文明恋恋不舍。

2. 为了迎接和建设代表中国未来的朝阳文化,我们要提倡一种巨人精神。这是一种深深植根于中国的现实,与人民大众的情绪和意愿息息相关的精神;一种敢于正视矛盾,直面人生,并通过不屈不挠的艰苦的努力,去实现崇高的理想的精神;一种具有无比丰富生动的内涵和纷繁奇丽色彩的精神。

3. 在我国漫长的发展历史中,既经历过盛世,也经历过衰世。两者都曾经直接影响着文化传统的形成和分流。在身处中华民族伟大复兴的今天,面对工业文明新文化建设的历史课题,我们应当继承以雄强、博大、开拓、进取为特征的盛世传统。

诚如黄树森所言:"刘斯奋的'朝阳文化'论,无疑是迄今为止,试图以新视野、新建构、新精神全面梳理、抽象、升华岭南新文化乃至社会主义新文化精神品格和渊源的最具魅力和冲击性的理论。"[1]这篇万字雄文,高屋建瓴,纵横捭阖,以高远的目光和理论魄力燃起了广东文化界的圣火,充分彰显了广东的文化自信和理论自觉,成为20世纪90年代的一面文化旗帜。

1989年春,在《当代文坛报》迎春茶话会上,广东文艺批评界正式提出了建设"珠江大文艺圈"的构思,并在《当代文坛报》1989年第1期发表了《中国要重视"珠江大文艺圈"的研究》特稿,第一次提出"珠江大文化圈"的概念,认为:"'珠江大文化圈'是中华内陆和外来文化的结合部和临界点,与内陆文化元素密集、有序稳定比照,更具有兼容性、可塑性,更易产生新的文化相变。""'珠江大文化圈',不必沉溺昔日的荣华,也不必哀叹今日的偏见;不必庸俗地歌功颂德,也不必雅致地妄自菲薄。"这一构思和举措,是广东文坛决心寻找商品经济运转中新的文学坐标,弘扬珠江文化新的精神气韵进行的积极探索。《羊城晚报》《广州日报》等报刊也纷纷开辟专版组织讨论。

---

[1] 黄树森:《刘斯奋:"朝阳文化"论》,载《叩问·手记》,广州:花城出版社2001年版,第376页。

此后，《当代文坛报》辟出"珠江大文艺圈"专栏，在一年多的时间里编发了20余篇文章，从历史现状、精神实质、文学实践等不同角度爬梳岭南文艺的渊源流变和性格特征，如陈实的"南方人文精神"、郭小东的"南方精神的再度崛起"、张奥列的"南国都市文学"、谢望新的"强化岭南文化意识"等批评主张，致力于廓清长期以来笼罩在广东文化上的种种迷障，为岭南新文化的生长鼓与呼，从而使岭南文艺批评界独立于京沪学派，发出了第三种声音。他们回眸过去、检阅当下，在描述、研究珠江文化的现状和特点的同时，又着眼建设，面向未来，努力在中国文化与珠江文化、历史与现实、传统与时代等等纵横交错的关系中寻找珠江文学的最佳支点。

第五节　广东省文艺评论家协会成立与引领作用

广东省文艺评论家协会成立于1994年11月，是全国最早成立的省级文艺评论家协会之一，原称广东省文艺批评家协会，2016年改称广东省文艺评论家协会。广东省文艺评论家协会是由全省文艺评论家组成的专业性、学术性社会团体，是中国文艺评论家协会和广东省文联的团体会员。历任主席刘斯奋、黄树森、蒋述卓，现任主席林岗，驻会专职副主席梁少锋。担任过协会领导班子成员的著名文艺评论家有饶芃子、黄伟宗、林墉、张维、谢望新、李树政、李钟声、程文超、郭小东、金岱、郑心伶、陈志红、李凤亮、徐南铁、谢有顺等。广东省评协实行个人会员和团体会员制，现有个人会员552名，地级以上市评协（批协）团体会员16个。

广东省评协自成立以来，立足岭南，观照时代，展现作为，以探索和梳理改革开放以来广东新文化的特征及规律，确立广东新文化品格为主攻方向，致力于以"精品评论"推动和繁荣"精品创作"，于新时期提出过"朝阳文化"论、"经济文化时代"、"欲望本体"论、"向内转（向人性开掘）与向外转（不脱离与社会联系）一块转"、"意义先锋"论、"城市诗学"论、"叩问岭南就是叩问中国当下新文化"、"新英雄主义重出江湖"、"走出五岭山脉"、"珠江文化"论等理论学术主张，在新时代亮出"粤派批评"旗帜，努力构筑富有特色的文艺评论高地，提升广东文艺评论话语权。近年来，赴北京举办"粤派批评与中国当代文艺"学术研讨会，编撰出版《粤派评论丛书》《广东文艺评论文选》等，助力"粤派批评"闪耀中国文艺评论界。利用地缘优势首创"粤港澳大湾区文艺创新论坛"，打造文艺评论高端平台，每届有来自省内外的数十位知名专家学者畅谈湾区文艺未来的"想象与期待"，引领当代文艺评论勇立潮头。举办全省文艺评论骨干研修班，推出签约文艺评论家制度，注重发现和培养各高校、主流媒体、文艺院团、文艺家协会里思想素养好、专业知识强、学术造诣深的文艺评论人才，孵化扶持文艺评论骨干,培养有锐气、有潜力的中青年评论家。开展文艺评论作品年度推优活动,入选"啄木鸟杯"中国文艺评论推优的优秀作品数量一直位居全国前列。举办广东文艺终身成就奖艺术家学术研讨会,推介艺术名家及作品,树立德艺双馨艺术家风向标。创建广东省文艺评论基地平台,加快出作品、出人才、出动力步伐。举办"2018大师对话:鲁迅与但丁"、鲁迅诞辰135周年研讨会,为中外文艺理论家提供对话交流平台,从不同角度探讨了鲁迅与但丁如何引领民族的文化复兴及其文学著作的思想内涵和现实意义。积极发挥导向作用,常态化开展广东艺术家沙龙、粤港澳青年文学论坛等学术活动和"文艺名家公开课""诗人在线"等惠民活动,提高广大文艺爱好者审美鉴赏水平。

协会曾多次受邀参加中共中央宣传部、中国文联召开的全国文艺评论工作会议并作经验介绍,两度被评为"全国文艺评论工作先进集体"。

第十二章 小说(一)

1992年1月,邓小平视察武昌、深圳、珠海等南方城市并发表系列讲话,此次南方谈话影响深远,它不仅明确了改革开放的经济发展方向,而且推动文学创作、文学活动等进一步解放思想,走向市场,走近百姓。随着改革开放的深入,自20世纪90年代起城市化进程有了明显的推进,新的生活方式、新的价值观念以及新兴阶层为文学创作提供了丰富、鲜活的素材,都市文学应运而生。以张欣、张梅、彭名燕、黎珍宇、王海玲等为代表的广东女作家是都市书写的主力军,广州、深圳、珠海等现代城市成为都市文学的主要背景,在不断讲述都市以及审美化过程中,都市文学成为影响城市形象不可忽略的隐形力量。依托改革开放工业建设及城市发展而逐渐成熟的都市文学、女性文学以及打工文学成为这一时期广东文学的朝阳产业,滋养着大量的文学后备人才,为新时代广东文学的发展积聚能量。除此之外,陈国凯、章以武、朱崇山、吕雷、何卓琼、余松岩、洪三泰、杨干华、程贤章等早年成名的作家继续深耕各自擅长的写作领域。刘斯奋一鸣惊人,凭借历史小说《白门柳》获得第四届茅盾文学奖,成为迄今为止唯一获此殊荣的广东作家。郭小东发表《中国知青部落》《青年流放者》等作,跻身知青文学代表作家行列。

第一节　都市文学创作的流变

自改革开放以来,广东以敢为天下先的创新精神在经济上取得巨大成功,珠江三角洲的城市化进程也不断向前发展,出现新的城市形态与生活方式。随着物质财富的持续增长与重新分配,社会阶层分化及价值观裂变也随之发生,新的社会主体需要发声,反映新都市、新生活、新观念的都市文学应运而生。广义的都市文学指所有描写都市生活的文学作品,狭义的都市文学则要求其所描写的都市生活具有都市独有的城市面貌、思维方式、价值观念等。

一、都市文学创作与特区文学

早在20世纪80年代,处于改革开放前沿的深圳、广州等地作家已经敏锐捕捉都市新风尚新气象,自觉投入都市文学创作,开辟都市小说的基本叙事逻辑。其一,讲述都市青年勇于面对现实,奋斗拼搏,努力实现个人价值。如刘西鸿的《你不可改变我》中的16岁少女孔令凯毅然进入模特行业并取得成功,可谓是广东都市文学中最早的先锋女性。李兰妮1986年发表中篇小说《他们要干什么》写深圳"新移民"的奋斗故事,以细腻的心理描写与逼真的现实生活传递出鲜明的时代观念,即青年人要有强烈而自觉的竞争意识。章以武的《雅马哈鱼档》《三姐妹》塑造了新兴城市个体户的早期形象。其二,讲述无法进入都市的底层困境,描述"无根"的漂泊心态。如林坚的《深夜,海边有一个人》《别人的城市》等打工文学作品,倾诉城市"新移民"的苦闷。梁大平的《大路上的理想者》等描写深圳的系列小说,其中贯穿始终的知识分子形象吴为最终因无法在城市找到自己的精神归宿而选择回乡,乡村与城市、内地与沿海的格格不入成为小说的主旨。其三,以一种批判姿态揭露、谴责因城市商品经济发展而带来的人情淡薄、道德败坏等不良社会现象。

20世纪90年代,广东作家进一步深度发掘80年代所开辟的都市叙事逻辑,逐渐形成以张欣、张梅为主导的广州城市书写,辅以深圳、珠海都市作家群体的各类创作,近距离呈现出改革开放以来新的生活方式、交往方式、人际关系、价值取向等都市复杂面貌。这时期,在张欣与张梅的努力下,广东都市文学在全国独树一帜。与此同时,特区文学也得到强化。特区文学是都市文学的重要分支。1984年,韦丘、伊始等人在深圳参与创办《特区文学》,以培养特区文学新人为己任,以反映改革开放、特区生活的作品为主,推荐港台海外佳作。此外,《深圳特区报》《深圳青年报》副刊也刊发大量特区文学题材作品。随着深圳特区经济的发展与繁荣。如朱崇山、谭日超、陈荣光、郁茏、钟永华、林雨纯、黎珍宇、张黎明等创作活跃。1994年,深圳《特区文学》率先提出"新都市文学"概念,张欣、丁力、张梅、缪永、郁秀、陈国凯等人的创作均被纳入这一类别,这种将概念外延无限扩大的做法虽然可能导致都市文学面目模糊,但客观上仍推进了都市文学的发展,广州、深圳、珠海成为都市文学创作重镇。特区作家则持续探索特区文学特有的文学经验和叙事传统,培育特区文学精神。

深圳以朱崇山、黎珍宇为代表的特区文学致力于描写特区与香港的历史渊源及现代冲突。如黎珍宇1984发表的《选择》和1997年出版的《界河儿女》,以描写深港两地青年的心路历程为主要情节。朱崇山多年深耕特区文学,1997年出版长篇小说《风中灯》,讲述香港华商顺泰公司与英资太和洋行之间的经济竞争,后者在香港回归之前意图撤资,引发香港金融动荡,此时华资大胆入市,成功化解了这场因政治而引发的经济危机。与此同时,没有英资参与的香港联合交易所应运而生,成为"港人治港"的成功案例。小说描写香港经济生态及金融事件,惊心动魄,其所反映的东西方文化观念的交融以及五光十色的生活方式,亦成为都市文学的重要风景。小说出版的时机正值香港回归前夕,其鼓舞人心的主题也发人深思。1999年,朱崇山又出版澳门题材小说《十字门》,以张氏家族的坎坷经历,反映澳门百余年来的风云变幻和澳门同胞渴望回归祖国的迫切心愿。《风中灯》《十字门》以及2006年出版的《鹏回首》合称为"深港澳三部曲",生动描绘历史风云和地方风俗,艺术地再现了粤港澳地区的历史渊源与文化血脉,提升了广东都市文学的思想深度与艺术内涵。

珠海特区文学创作则以谢金雄、王海玲、杨雪萍、曾维浩为代表。谢金雄1989年创作中篇小说《孤岛情缘》,以新的视角描写海峡两岸的儿女如何在传统文化的引导下形成共识,1990年又创作长篇报告文学《珠海,台胞回眸处》。此外还有《彼岸情思》《异邦情感》《特区情结》等小说。1985年从南昌调至《珠海特区报》的王海玲见证了珠海经济的起伏,其小说也自觉承担起讲述特区故事的重任。《在特区叹世界》以现实主义笔法描绘当下都市,如文人下海、南下干部炒更、广告公司拉生意等等,作家绘声绘色地描述赚钱门道,以戏谑的语气感叹有钱的优势,这些都是近距离观察特区生活的结果,小说中穿插的粤语方言,也增加了叙事的现场感。身为女性作家,王海玲20世纪90年代的小说创作在女性人物形象塑造上亦有所创新。《在特区掘第一桶金》中的女研究生蓝黛不动声色地把处女之身献给麦开宏,但她并不依附男人的金钱,而是利用麦开宏的资源开拓自己的生意圈,最终成长为独立自强的女商人。《激情不再》中雪迷恋男作家Z,自愿投怀送抱,独自承担激情导致的后果,堕胎、辞职当个体户,当她发现自己不过是Z的众多情人之一,冷静决绝地从男人身边走开。《东扑西扑》《永远像要下雨》《本小姐A城搵食》等小说,几乎都是描写具有较高文化水平的知识女性在特区搵食发财、挣扎浮沉的生存之痛和情感诉求,这些女性形象已明显区别于传统女性,她们不仅是商品经济市场的弄潮儿,也是个人欲望的主宰者。长篇小说《热屋顶上的猫》更集中地体现了王海玲这类小说的选材特点,丽莎、小雨、燕子等三个女大学生因为情感创伤来到特区,又在特区经历更复杂的欲望考验,她们为了报复他人而不惜出卖身体,这种实现个人价值的另类方式与刚刚盛行的女性主义话题常常混为一谈。珠海特区文学主要聚焦特区新现象,如珠海黔籍作家杨雪萍的"特区移民故事"、曾维浩的小说集《凉快》(1994年)、《都市雕塑》(1998年)与长篇小说《弑父》(1998年)等作品,都从不同角度讲述都市故事,艺术特质也各有不同。《弑父》以丰富多变的想象与错综复杂的结构形式表现人类生存困境,其寓言化、象征化的表现手法彰显了珠海作家不同寻常的美学品位。

特区文学创作异常活跃,对金钱的膜拜、对爱情的拒绝以及无根的漂泊感和寻梦情结,也是这一时期创作的常见主题,但也存在不少争议,尤其是那些来特区打工的非科班出身者的自由创作。1992年,26岁的梅毅来到深圳,虽然就职于金融行业,却心怀文学梦,在工作之余创作《赫尔辛基的逃亡》《生命的伤口》《表层》《纯真年代》等多部中篇小说,描写深圳外来青年的生活状态和复杂人性,其创作的"伪青春三部曲"——《南方的日光机场》《失重岁月》《城市碎片》等长篇小说,被评论家乍爱成称为"深圳最好的城市小说之一"。西北女孩缪永1994年来到深圳,做过文秘、助理、艺员,她深刻体会到都市生存的不易,也看到城市中隐藏的各种为了生存而做的隐秘交易。其中篇小说《驶出欲望街》取材敏感,主题暧昧不明,韦昌与女大学生志菲由金钱而建立起来的情爱关系却在双方处出真情后走向分离,志菲靠炒股获得经济独立后毅然离开韦昌,传统的道德观被打破之后,面对新的生存状态与个人的情感需求,知识女性面临全新考验以重建伦理观。与其题材类似的还有文夕的《野兰花》《罂粟花》等小说,同样以金钱崇拜、情妇生活、欲望书写为内容,小说的市场效应高过文学效应,文学商品化现象愈发普遍,经典文学与通俗文学的界限正逐渐打破。此外,打工文学也一直在学术界的争论中发展壮大。

二、女性创作及女性文学的繁荣

1995年,世界妇女大会在北京召开,从此开启中国女性主义的潮流。大量女性文学研究论著相继产生,女性写作亦成为时尚。除了女作家崛起,塑造女性形象、描写女性日常生活的小说也日渐增长。在中国当代文学史上,女性主义写作多指向陈染、林白的私人化写作以及卫慧、棉棉等"美女作家"写作,她们大胆前卫地以各自的方式演绎法国女性主义倡导的"身体写作"原则。广东都市文学与女性主义在20世纪90年代相融,又显现出更加复杂的文化品格。

张欣、张梅所开创的广东都市文学多数属于女性题材小说,其主要原因在于女性因经济独立而拥有更多话语权,也在于女性与商品社会的天然联系。但是张欣、张梅的都市女性创作不是观念先行的理论先锋,而是对现实社会物质状况的自发回应。广东作家的务实精神决定了她们的写作视角永远面向现实世界而非想象性虚构,其小说所描写的女性处境几乎摹写生活蓝本。在张欣、张梅的早期小说中,关于女性身体的描写更多指向物质消费,极少身体欲望书写。缪永、王海玲等人的小说虽然认同女性身体欲望的合法性,但是在她们笔下性爱往往成为金钱的俘虏,缺少女性主义的隐喻性及先锋色彩。因此,这类写作常被评论界视为商业化写作模式而非典型的女性主义写作。深圳女作家乔雪竹、李兰妮、彭名燕、黎珍宇、张黎明等人的创作也曾名重一时,其中黎珍宇小说创作的女性意识最为突出,她在1986年至1994年期间完成"1956年出生于中国的亚当与夏娃"三部曲——《再见,船长》《生命的湖》《无土流浪》,涉及人性、生命成长的本质感觉、家族生存环境、社会性角色等问题,深入思考特区女性命运并着力表现独特生命体验和女性意识。此外黎珍宇的《面对破碎的妻子们》《独行女人》《再生禁忌》《亮丽而黯淡的游荡》《界河儿女》等小说,关注特区女性处境,代表了黎珍宇在女性主义文学上的突出贡献。

上述创作代表了世纪之交广东都市文学的主要成就,并且形成一种虹吸效应,带动其他作家创作及新兴都市文学题材。打工作家林坚1994年出版中国当代第一部股市题材长篇小说《股市大炒家》,描写中国人炒股的特点以及初起的股市给人们生活带来的价值观念转变。诗人洪三泰创作"风流时代"三部曲:《野情》《野性》《又见风花雪月》,将目光投向房地产、商品经济等领域。高小莉出版长篇小说《永远的飘泊》《城市爱情》,描写在都市打拼的男女及其情感生活。此外,陈国凯、章以武、郭小东、张黎明、乔雪竹、薛忆沩等作家都有都市题材创作。

值得一提的是1964年出生的湘籍作家薛忆沩,他在20世纪90年代求学于广州外国语学院,1996年毕业后在深圳大学任教,后来移民加拿大,成为当代华文文学知名作家。薛忆沩是一个具有高度文体自觉性的现代小说家,他深受乔伊斯影响,其小说充满历史洞见和哲学沉思,情感表达含蓄节制,语言娴熟又有陌生感,受众多学者垂青。2005年花城出版社出版薛忆沩首部小说集《流动的房间》,其中大部分作品是他20世纪90年代以来在广东的创作,如城市系列小说《出租车司机》《公共澡堂》《流动的房间》《深圳阴谋》以及历史系列小说《广州暴乱》《一段被虚构掩盖的家史》等等,可以说,薛忆沩在广东已形成其主要文学风格,而深圳生活经历则成为他文学创新的重要背景。其代表作品《出租车司机》即写于深大时期,该作语言精练、构思精巧,加之灵活应用的意识流手法,被评论界盛赞多年。以《出租车司机》为起点,薛忆沩创作"深圳人"系列小说并结集出版,引起评论界高度关注。薛忆沩的城市题材小说基本属于现代主义风格,他有意摒弃关于城市面貌的书写,也较少提及城市地标建筑、现代交通或物质生活,而是执着于表达城市人复杂的内心世界以及人性的真实,如他自己所言:"城市里面的城市"。由此看来,薛忆沩的城市题材小说不能简单归入都市文学,但是他的创作却预示着广东都市文学进一步发展的无限可能。

世纪之交广东都市文学的创作成就大致归纳如下:打破城乡对立的叙事视角,肯定城市景观和日常生活的审美价值,包括商业、娱乐、建筑、城市绿化、现代交通等等。作家积极投入改革开放大潮,追求题材创新,满足文学的大众需求。客观上反映了改革开放以来现代人际关系、价值观念、文化习俗的变迁。但是,早期都市文学急于表现快速变化的社会现实,缺乏对城市历史意蕴的挖掘与回望,审美现代性不足,尚未建立稳定、深刻的审美规范。这些不足在新世纪有所改善。都市文学创作是广东当代文学乃至中国当代文学的重要组成部分,其发生路径、艺术特质及未来特质已成为广东作家持续探索的方向。

第二节　郭小东与张梅

郭小东(1951—),广东汕头潮阳人。著有小说《中国知青部落》三部曲及《1966的葵》《红庐》《风的青年时代》《知青人信札》《铜钵盂:侨批局演义》《仁记巷》《光德里》《十里红妆》;文学理论集《想象中的时间》《中国知青文学史稿》《中国当代知青文学》《文学的锣鼓》《转型期的文学风度》《逐出伊甸园的夏娃》《诸神的合唱》;散文集《南方的忧郁》等,作品多次获广东省鲁迅文学艺术奖。

郭小东最初以写知青文学知名于文坛。《热土》《无边的边地》《弓背》《三月的人》等作都属于知青文学题材,这些作品主要以海南岛黎母山为故事背景,以表现黎族人民带给他的勇气、希望和爱的力量为主题,具有浓郁的主观抒情色彩和"自叙传"特征。"郭小东多方面加强自叙传的色调,加之注意采用散文的抒情笔调,这使他的知青小说和盘托出自己的心灵世界——充满'爱''梦''美'的心灵,因而他的主观抒情尤为强烈鲜明,显示了与众不同的创作个性和艺术情趣。"[①]勇气、希望、爱的力量等作为人文精神中最可贵的元素,成为郭小东知青文学创作的母题并贯穿于其创作始终。

《中国知青部落》三部曲包括长篇小说《中国知青部落》(1990年)、《青年流放者》(1994年)以及《暗夜舞蹈》(2001年),它们代表了郭小东20世纪90年代知青文学创作的主要成就,也是中国知青文学的重要作品。《中国知青部落》以云南知青返城运动作为故事主线,小说以这场运动的策划者、参与者为故事主角,采用多时空交叉叙事的形式讲述了知青下乡、知青劳作、知青返城以及知青谋生等不同时期的知青故事,力图通过云南知青返城这一典型事件的人物命运展示知青群体生存状态并反思知青运动的意义。《青年流放者》以海南兵团知青为描写对象,它与《中国知青部落》有诸多相通之处:就时空结构而言,两部小说均采用了交叉时空,即将知青岁月的重要事件与改革开放初期的社会生活杂糅,描述了知青群体在改革开放社会语境中的沉浮,具有鲜明的时代特征。就人物塑造而言,小说着意于知青群像的描绘,试图将每一个人物塑造成一个典型,以反映知青生活群貌。就小说主题而言,一方面,

---

① 吴周文:《梦的失落和爱的追寻——论郭小东的知青小说》,《海南大学学报》1986年第2期。

它探讨了知青返城运动的复杂性;另一方面,又试图从知青身上挖掘可贵的人文精神,寻找社会发展的精神力量。《中国知青部落》中的知青离婚事件以及《青年流放者》中关于屯昌大洪水事件的描述均体现出这一双重主题。郭小东知青小说勾勒出知青回城后怎样面对现实、克服困难,在物质和精神的废墟上重建人生理想的艰难探索。《中国知青部落》中的侯过、夏云、马戈、方炜、林大川,《青年流放者》中的肖邦、麦灿辉、林尤福等,每一个人代表了一种生存类型,而且,由于他们多来自广州,返城后又聚集于广州,因此知青群体生存境遇也成为改革开放初期广东社会发展的一个缩影。

郭小东是最早提出"知青文学"概念并持续追踪研究的评论家。20世纪80年代,发表《众神渴了:论知青文学的孤独感》《论知青文学的死亡意识》《重归伊甸园:论知青文学的爱情模式》等论文,1988年出版的《中国当代知青文学》,这是国内第一部知青文学研究专著。2000年之后,郭小东发表《中国叙事:知青文学流程的基本范式》《中国知青文学的另类书写——论非主流倾向的现状表述》《知青文学的另类书写》《知青一代及知青文学的历史起源》等论文,2012年又主持出版了《中国知青文学史稿》。可以说,郭小东的知青文学研究代表了这一研究的最前沿,这也是他作为文学评论家的主要理论建树。郭小东说:"知青文学,其重要性不仅因其在新时期文学中的数量与质量,更因其最能显示新中国成长起来的一代作家,继承与反叛20世纪中国文学传统,以及对主流文学的认同与检讨。知青文学有当代中国曾经被忽略的人文精神、社会革命和市民世俗思想的主题视野。知青作家更现实,也更深入地体恤中国自50年代以来的社会苦难,并对之作真切的文学表达。这是'重写文学史'一个不可忽略的基本内容与重要话题。"[①]从知青文学视角出发,郭小东重新评估了中国当代文学重要作家,分析了现实主义、现代主义及后现代主义等文学现象的理论生成与实践原因,提出了一些令人耳目一新的观点。无论是理论研究还是文学创作,郭小东始终关注当代中国人文精神、社会革命和市民世俗思想,这一创作理念在《非常迷离》《非常迷惑》《罪恶》《1966的獒》《风的青年时代》《红庐——雅加的沉香》等作品中仍有延续。

郭小东比一般作家背负更多的家族使命,对于政治变革、文化传承抱有异于常人的感悟。有研究者指出:郭小东小说的人物"大多具有一种'知青情结',即始终强调个人对社会所应承担的责任以及突出集体主义的道德范式"[②]。知青文学创作可以被视为郭小东表达个人政治、文化观念的特殊渠道,成为他探索人类精神以及人与人

[①] 郭小东:《中国知青文学史稿》,北京:北京十月文艺出版社2012年版,第3页。
[②] 罗长青:《理想的坚守 价值的追寻——评郭小东小说创作的知青倾向》,《海南师范大学学报》2011年第1期。

关系的试验田。这种"知青情结"也是一种政治诉求,它是郭小东从郭氏家族以及潮汕文化中继承而来的一种精神信仰。虽然在其早期创作中郭小东较少讲述家族故事,但是他对其家族在中国近现代史上的政治遭遇的思考却构成了他全部小说的潜台词。2014 年,郭小东在其文集总序《天堂没有黑暗》中详尽地讲述了自己的父母及郭氏马氏家族的故事,尤其浓墨书写了郭节母廖太夫人的事迹,从此开启了家族叙事的大幕。

2016 年出版的《铜钵盂:侨批局演义》是郭小东文学创作转向的重要节点。小说将侨批历史、家族史事与潮汕地区的风土人情、民族风物、商业传奇以及历史风云、人文情怀融于一体,以传奇之笔演绎了清末民初潮汕地区郭、马、周、郑四大家族在革命大潮中的风云跌宕,展现了潮汕民系独具特色的地方风貌以及潮汕人重情讲义、重文兴教、重德行善、重商守信的精神特征。小说以一种复调的方式交织叙述家族记忆与历史风云,如革命、兴业、办学、废缠足、养花草、娶妻生子、兴建旌表牌坊,其中人物既有中国近现代史上声名显赫的历史人物、作家的族人长辈,亦有訾师、水客、捐客等民间百姓,作家深谙潮汕文化,如潮汕方言、歌仔戏、訾师口中的唱词、批脚的言行及"四点金""驷马拖车"和下山虎的建筑风格等等,凡此种种,将文人气息浸透入乡土血脉,形成一种凝重与飘逸互补、现实主义与后现代主义并存的叙事风格。此外,郭小东一贯坚持的人文精神的探索在小说中亦有明显体现,侨批的诚信、口诺作为潮汕人文精神的化身,成为潮汕人站立于世界的资格、胆气和作为现代人的精神表率。可以说,《铜钵盂》既是侨批局演义史,也是家族历史,更是反映潮汕历史传承的心灵史,侨批也因此成为一种文化符号。

继《铜钵盂:侨批局演义》之后,郭小东又创作了《仁记巷》《光德里》《十里红妆》等小说,仍然以家族记忆、历史风云以及潮汕风情为主要描写对象,故事时间则由近代、现代直抵当代,折射出百年中国的政治变局。这些小说的创作具有明显的计划性,也获得政府、学界、媒体等多方支持与关注,在当下主流文学推崇红色文化、地方文化的背景下,郭小东在纪实与虚构、个人记忆与文学想象、历史叙事与文化传承、家族叙事与地方志书写、南北方言的兼收并蓄等诸多方面做出积极探索并获得显著成就,无论是对个人文学生涯还是中国当代文学发展而言,《铜钵盂》系列小说将成为其标志性作品。

张梅(1958—),出生于广州,祖籍广东梅县。1988 年开始发表作品,1989 年发表的中篇小说《殊路同归》获广东省第七届新人新作奖。已出版著作 20 余种,有长篇小说《破碎的激情》《游戏太大团》;中短篇小说集《酒后的爱情观》《随风飘荡的日子》《女人·游戏·下午茶》;散文集《千面人生》《此种风情谁解》《暗香浮动》《木屐声声》《我所依恋的广州》以及《张梅自选集》等。散文集《木屐声声》获第二届广州文艺奖。2003年,张梅获第九届庄重文文学奖。

张梅的创作是从城市起步的,她在《美与生活》《希望》杂志社工作时,接触到大量推广新生活方式的稿件,也因此对城市新兴现象有更多关注,其早期作品常描写年轻人对理想生活的期待,如《摇摇摆摆的春天》中有灵气的女人草鸣被天桥下吹泡泡的小乞丐激发了生命灵感,《酒店大堂》中人物在理想与现实中徘徊,《殊路同归》写形形色色有先进思想的年轻人,这些作品带有20世纪80年代特有的理想主义色彩。90年代以来,随着城市发展以及作家个人阅历的增长,张梅小说中的理想主义色彩逐渐淡化,转向描写城市人的物质欲望与精神状态。艾晓明说:"张梅慢,而且,她写诸多的闲,闲人、闲情。张梅写出,在那样一些闲散无事的场合,茶聚、舞会、郊游的晚上,竟是有些生命本相隐藏其中的。那有待于去捕捉的、蜜蜂与蝴蝶一般翩翩飘忽的东西。"[①]张梅笔下的这些闲人和闲情,不再是挣扎于贫困线的平民,而是商业文化催生的城市新阶层。不同于新写实主义小说写城市底层一地鸡毛的琐碎生活,也不同于张欣笔下女性驰骋商界的拼搏人生,张梅写的是现代都市男女的休闲娱乐及其背后的情感需求,其中不乏舞会、酒会、俱乐部等高档娱乐中心,以及化妆品、时装店、下午茶、奢侈品等消费主义时尚符码。张梅是较早领会都市体验并且形成独特艺术表现形式的都市文学作家,"在当代作家中,张梅是少数有着真正都市体验、并能用自己独特的艺术形式表现出来的作家。"[②]张柠形容张梅以一种"睡眼惺忪"的眼神观看瞬息万变的都市生活,颇为形象地描绘出张梅小说的神韵,《蝴蝶和蜜蜂的舞会》《女人·游戏·下午茶》《随风飘荡的日子》《小宝的裙子》《嬬居的喜宝》《乌鸦与麻雀》等作较能体现张梅都市文学创作特色。

张梅的小说从外表看属于现实主义风格,人物、事件、环境都描写得很翔实,但是这些事件缺少起承转合的戏剧性,没有明显的意识形态色彩,也不追求宏大叙事。她以一种旁观者的视角记录都市男女的言行,偶尔采用一些现代主义手法,表达都市情绪。张梅深受马尔克斯《百年孤独》的影响,她的都市小说也透露出现代人的孤独、冷漠、脆弱、忧伤等,这些情绪在《随风飘荡的日子》《保龄球馆13号线》《爱猫及人》《酒后的爱情观》等作品中均有所体现。不过张梅很少以批判性姿态呈现都市生活,她更多的是共情,其小说既肯定物质文明给人带来的欢乐与满足,也探究欲望沉淀后的精神归属。有评论者认为张梅的新都市小说反映了20世纪90年代被想象为中产

[①] 艾晓明:《此种风情——话说张梅》,载《张梅自选集》,广州:花城出版社2009年版,第133—134页。
[②] 张柠:《睡眼惺忪的张梅和一座忧郁的城市》,载《张梅自选集》,广州:花城出版社2009年版,第3页。

阶级的新贵群体寻找自身美学形象的心理诉求。《蝴蝶和蜜蜂的舞会》颇有代表性，小说描写在机械厂当描图员的白萍萍与她的三个女伴珊珊、翠翠、齐靖的青春生活，她们几乎都有着相对富裕的家庭背景，衣食无忧，精心打扮参加各种类型的舞会，结识不同的男人，跳舞、时装、音乐、情爱、金钱、阴谋与交易构成她们的基本生活。肆意放纵的物质欲望与性的渴求，推动了都市年轻一代消费观、贞操观、价值观的悄然变迁。徐岱说："能让我们耐着性子逼近当下中国灯红酒绿的现实，去认识那些刚解决了吃的问题的年轻人是如何将全球化的现世主义与享乐哲学同中国的'小康理论'相结合，成功地形成具有中国特色的现阶段大众文化，这就是张梅小说的一种意义。"[1]如果说张梅的都市小说是"具有中国特色的现阶段大众文化"载体之一，那么她笔下的都市女性则是这些大众文化的主要传播者。

张梅的第一部长篇小说《破碎的激情》出版于1999年，小说第一部分《殊路同归》早已在1989年发表，十年之后续写的《破碎的激情》可以说是张梅对自己十年都市文学创作经验的小结。小说讲述了在20世纪八九十年代的广州，以《爱斯基摩人》杂志及其主编圣德为中心的青年文化艺术人群体由一群狂热的理想主义者走向物质主义者的人生轨迹。圣德是贯穿小说始终的灵魂人物，他常常换上黑白格棉质硬领衬衫充当精神教父，曾经是一位自命不凡的大众灵魂领导者，90年代之后他"更新自己，重新入世"，成为一个文化贩子。小说中的其他人物如天才钢琴家、闲人、美少妇、大学生等人也都激情消退，有的空虚无聊、有的浮躁不安。小说采取讽刺、戏谑的笔调，运用象征、荒诞、夸张、变形等表现手法，糅合超现实主义、浪漫主义、奇幻文学等文学类型，对改革开放初期在中国大陆文化圈内密集流行的"理想主义"分子作了虽然夸张却非常形象、清晰的深度剖析，也较好地呈现了世纪末都市人的精神状态及其发展逻辑。《破碎的激情》是一部反思当代都市生活的佳作，兼具深刻的思想性及时尚的叙事方式，社会反响颇好，曾被评为"中国小说50强"，并获第七届广东省鲁迅文学艺术奖及第二届中国女性文学奖。

新世纪之后张梅的创作更加多元化，小说创作有所放缓，报告文学、散文创作居多。由于具有多年都市文学创作的经验，张梅在影视剧创作上颇有收获，2003年参与编剧的电影《周渔的火车》在全国上映，创下当时文艺片最好的票房，参与电视剧《非常公民》《大江沉重》的编剧工作。她还主编《广东文学大观》《辛亥革命中的女性群像》，担任反映广州市援建汶川建设的报告文学集《废墟上的神话》以及第16届广州亚运会报告文学作品《运动员村的故事》的副主编，出版长篇小说《游戏太太团》，等等。这一时期张梅的创作最明显的特点是本土意识更强，注重挖掘广东本土

---

[1] 徐岱：《南方故事的两种讲法——张欣和张梅小说新论》，《浙江大学学报》2005年第1期。

文化资源、讲述广东故事。2015年在散文集《我所依恋的广州》中,她以一种非虚构性的写作态度记录了对这座城市的观照与体悟。在她笔下,破旧的楼房、狭窄的老巷、古老的建筑、鲜活的植物都是个人体验下的城市独特记忆,她从个人情感出发去看待写作对象,充满抒情色彩与浪漫情怀。此时张梅不再热衷于早期小说中常用的现代主义手法,而是更多地表现关于城市的记忆与情感,《成珠楼的记忆》颇有代表性。小说讲述珠珠替女儿去成珠楼买鸡仔饼,途中回忆起30年前,她被父亲支开去成珠楼买鸡仔饼,回来发现父亲自杀的往事。小说述说广州老城的风情记忆,让读者跟着珠珠的视角重温盘福新街、南华西街、江南西路等地的新旧地貌及风土人情,虽然小说所述事件类似伤痕文学,但是其情感指向不在于控诉,而更多的是指引读者去思索城市的文化消散及历史变迁给人造成的精神影响。张梅及其小说可以说是改革开放以来广州城市文化的见证者与书写者。

第三节　主要小说家的创作

杨干华(1941—2001),广东信宜人。20世纪60年代开始发表小说,早期作品如《姐姐要出嫁了》《秋风秋雨》等,主要颂扬爱国、集体主义、因公忘私等新人新事,其语言朴实简约、富有生活情趣和乡土气息,深受读者喜爱。改革开放后发表《惊蛰雷》《被蹂躏的灵魂》等作品,从思想观念层面批判"文革"给社会造成的危害,具有讽刺意味及批判意识。1984年杨干华从闭塞的山村移居珠海特区,在珠海市委政策研究室挂职研究员职务,生活环境的改变使他的视角与观念发生嬗变,致力于社会、历史和人生的纵深思考,突显独立意识,创作愈加成熟。相继发表《天堂众生录》《天堂挣扎录》等中长篇小说,在省内外引起反响。1992年,杨干华的《天堂挣扎录》获第四届广东省鲁迅文学艺术奖。

杨干华是一个农民作家,他多年深耕粤西乡土题材小说,反映农村社会生活变迁以及不同时代背景下的农民心理特征,其20世纪80年代小说创作的主题非常鲜明,即表现"文革"对农村的思想毒害及农村改革所面临的思想阻碍。前者如《队长得了横财》《良心》《惊蛰雷》《被蹂躏的灵魂》等,后者如《社会名流》《山里的太阳》《冬夜备忘录》等。不过两个主题也时有交融,其名篇《惊蛰雷》所塑造的钱金贵这类农村基层干部,既是"文革"思想的受害者,反过来又成为"四化"建设的阻碍,篇名"惊蛰雷"既是小说人物行动所处的自然环境,也喻示农村改革势在必行。《山里的太阳》中的高大成也是类似人物,但是其境遇比钱金贵更为复杂,人物形象塑造也较少揶揄口吻或漫画式描写,小说的社会内容与思想内涵都有明显增进。《冬夜备忘录》追溯新中国成立以来的历史问题对新时期改革的潜在影响,丘子谷、梁碧君、解放英等人物形象丰满、内涵丰富,其农村叙事的历史纵深度及对同时期社会面的表现力度都有所增强。

长篇小说《天堂众生录》与《天堂挣扎录》是杨干华关于农村思想改革问题的集中思考,也是最能体现其艺术成就的作品。《天堂众生录》描写了建国后30年间天堂乡氏族矛盾、封建残余与阶级斗争交织下的农民生存面貌和精神矛盾状态,小说真正深入到农民性格、心理结构成因及民族文化背景中刻画老农民、农村干部、农村妇女以及农村知识青年等各类人物形象,既写出了传统文化心理结构自身的悲剧性,又写出传统文化心理依附于现代阶级斗争之后的荒诞性。罗可灿、钟万年、梁继承、陆梦兰、罗金河等是杨干华塑造得最成功的人物形象,他们代表了南方生态环境和文化环境所孕育的农民性格、心理特征,具有南方农民特有的灵秀、机巧与狡黠的思维特点,如对强权统治的顺从或反抗,对贫苦命运的忍让或嘲弄,对愚昧的虔诚或戏谑,等等。

《天堂挣扎录》是《天堂众生录》故事的延续,以男女两性关系为观测点,描写天堂乡正反两股力量的冲突,即一方面是历史发展的必然要求,生生不息的生命力,人性复归的要求以及想过好日子的生存发展意识;另一方面是愚昧、落后的封建宗法迷信和伦理观念,极左政治路线以及小生产者自私、狭隘的性格缺陷,杨干华用近乎荒诞的形式将封建文化、极左政治和小生产者意识的谬误和落后暴露得淋漓尽致。小说在艺术上亦有较大突破,其叙事采用散点透视的手法,自由变换视角,同时通过大量描写人物的梦境、幻觉、白日梦、内心独白等现代主义手法,最大限度地表现人物内心世界与生活容量。小说融合农民语言、文人语言与"文革"语言,将日常口语、土语、谚语、农谣、粤曲、古诗词以及领袖语录等多种语言元素排列组合或变异,间或夹杂一些幽默讽刺话语,形成独具广东特色的语言风格,让人拍案叫绝。正话反说、反话正说,以幽默讽刺的笔法讲述苦难而荒唐的时代,体现了知识分子叙事者对农民的怜悯、悲愤、嘲弄、鞭挞等复杂情感,《天堂挣扎录》对国民劣根性的深刻剖析直至今天仍有意义。

程贤章(1932—2013),广东梅县人。长篇小说《云彩国》和《神仙·老虎·狗》反映了改革开放以来南方经济发展状况;《青春无悔》描写20世纪50年代畸形政治与婚姻爱情的冲突;《围龙》则开辟客家文学新天地。

程贤章的官场小说常被人称道,如《小城之夜》《第六书记》《金山阁的乞丐富翁》等小说塑造的各类基层官员,形象丰富多样、寓意深刻。长篇小说《神仙·老虎·狗》是这类创作中最有代表性的,该作以A市经济改革为故事背景,展现了各类官员、知识分子代表以及社会其他阶层之间的关系纠葛、社会心态、文化背景等。小说在人物形象塑造上有较大突破,牛皋、牧村、龙种等人都具有鲜明个性,体现了改革开放背景下的复杂人性及文化内质。比如牛皋这一人物形象亦正亦邪,既体现了改革者开放进取的魄力与干劲,又暴露出人性的弱点以及官场的腐败作风。叙事者采用一种揶揄、夸张、叙议结合的语气讲述牛皋的所作所为,并以新闻记者龙种的言行与之对照,人物类型明显不同于早期改革文学。此外,小说还夹杂大量客家民俗、方言、谚语、山歌等,整体叙事生动传神,既有时代特征又有地域特色,达到审美性与社会性的统一。

程贤章被媒体和评论家称为"客家文学的开山鼻祖",在中国当代文学史上,他是第一个打出客家文学旗号的作家,其小说系统地描写了客家人的历史变迁、社会生活、文化心理、山川风貌及人文景观,代表作品有《围龙》《仙人洞》《长舌巷》《挽水西流》等。程贤章长期生活在广东梅县客家地区,他熟悉客家生活并勤于思考,自身即体现出典型的客家人思想,同时具有关注国家、民族前途命运的宽广胸襟和强烈的忧患意识。其早期创作《俏妹子联姻》《清明时节》《樟田河传》《神仙·老虎·狗》等小说都是从客家地区取材,1998年出版的《围龙》则被视为"客家文学走向成熟的标志"①。小说所述事件时间跨度长,涉及内容广,堪称客家人史诗。它既注重挖掘客家文化的历史与内涵,传承客家人爱国保族的传统意识,也致力于描写当代客家人的生活变迁、民俗风情、饮食服饰、方言俚语等,其中塑造的坚忍不拔、勤劳朴实的客家农村妇女形象尤为精彩。《挽水西流》也是一部典型的客家文学,小说不仅重温客家族群漂洋过海的历史记忆,而且通过大量描写过番歌谣彰显客家文化意识。程贤章的客家文学不再只关注政治生活中的主流人物或图解主流政治观念,而是以独特的文化蕴涵为指归塑造更具有历史深度的人物形象,这些创作与中国当代文学的寻根文学、女性主义文学潮流相呼应。

作为《风流人物报》的主编,程贤章还创作了大量的报告文学。如《大亚湾的诱惑》《梅江舞彩虹》,以及书写珠江三角洲有代表性的经济模式——"佛山模式"与江门起飞的成功经验的报道《从祖庙到自由神》《佛山,高速度发展的道路》和《深化改革开放中的江门市》等。程贤章特别看重人物访谈式报告文学,他的精彩作品也多集中于人物访谈,尤其是对当时工作在广东改革开放前沿的各级领导人的报道。程贤章的人物访谈报告文学给广东改革开放留下了一组特别的人物画像,这是他对广东乃至全国新时期报告文学所作出的独特贡献。

---

① 罗可群:《〈围龙〉,客家文学走向成熟的标志》,《韶关大学学报》1999年第6期。

彭名燕（1942— ），祖籍江西南昌，生于成都，长于重庆。著有《蔚蓝色的迪斯科》《嘿！哥儿们》《失落的梦》等影视剧本20余部；1988年转向小说创作，先后发表中篇小说《都市风流》《真诚大拍卖》及长篇小说《公关小姐外传》等。1992年夏调入深圳市文联，出版长篇小说《世纪贵族》《日耳曼式的结婚》《大腕》等。新世纪以来，又出版《杨门家风》《岭南烟云》《高贵的混血儿》《为你心跳》等作品。

彭名燕的小说及时快速地反映了被商品经济大潮裹挟的都市生活。早期创作如《都市风流》《真诚大拍卖》《公关小姐外传》等主要取材于发生在文化界的追星受骗、职称评审、演员下海等现象，塑造了一批被金钱异化的人物形象，如《都市风流》中的楚月江、《真情大拍卖》中的辛士龙、《公关小姐外传》中的钱珠珠等，揭露了商品经济发展中的时代痼疾，如精神裂变、价值观念失衡、文化缺失等。长篇小说《世纪贵族》(1994年)是彭名燕的名作，曾获茅盾文学奖提名。该小说选材不再局限于文化界，而是聚焦特区大中型企业改革，通过刻画胡鹏、于松涛、黎少荣等三个不同年龄、不同文化品格的企业家形象，反映现代企业改革的必然性及其难点，该作代表了这一时期广东文学的创作成就。

因专业学习过表演艺术且有较丰富的表演经验，彭名燕的艺术感觉颇为敏锐，表达方式灵活生动，她尤其擅长通过戏剧冲突表现人物性格，其小说具有戏剧性、动作性等特征，如《世纪贵族》采用大开大合的情节设计以及悲喜剧交杂的艺术手法，人物命运大起大落，获得第七届广东省鲁迅文学艺术奖的《杨门家风》以两代人感情生活的矛盾纠葛呈现改革面貌，情节曲折生动。彭名燕深谙都市读者的阅读兴趣，其小说多以男女情感纠葛为切入点展现百姓生活，作品好读好看。但是由于偏重戏剧效果，导致小说叙事节奏较快，人物性格及命运安排靠作家主观意愿推动，缺少必要的铺垫，小说文化意蕴稍有不足。

金岱（1953— ），本名胡经代。江西南昌人。其小说处女作《船歌》发表于1981年第8期《青春》杂志，是年获"青春文学奖"。1982年发表短篇小说《雨夹雪》获全国"五四青年文学奖"。1988年发表第一部长篇小说《侏儒》，获江西省首届"谷雨文学·长篇小说奖"。1994年出版长篇小说《晕眩》。2002年，中国青年出版社以总题名《精神隧道》合并出版金岱的长篇小说《侏儒》《晕眩》《心界》，引发学术界、评论界、媒体等多方关注。2006年，《精神隧道》三部曲获第七届广东省鲁迅文学艺术奖长篇小说奖。

《精神隧道》三部曲开创了一种哲学小说模式，作家以虚拟的东西大学为背景，通过描写当代知识分子的家庭生活和师生关系探究其深层精神现象问题，小说采用心理分析、结构象征、思想主人公以及超文本写作等具有高度探索性的创作方法，深刻描述了"侏儒""晕眩""窝囊""挣扎""蜕壳"等一系列具有中国文化特征的感觉范式及哲学体验,在生存本体论意义上,探究在中国文化视角下整合现代性世界观与传统性世界观的可能性,亦即当代人类超现代或"后(期)现代"生存的可能。三部小说故事情节互不关联,人物形象也各不相同,但是其人物行为所象征的深层意蕴体现了知识分子探究精神世界的思想过程。小说第一部《侏儒》作为知识分子自我觉醒的独立宣言,叙述了主人公内在现代意识与传统积淀之间的剧烈冲突以及面临一系列人生选择时可笑或可悲的局面;第二部《晕眩》描绘"上帝"死了之后,主人公们找不到生存支点的晕眩状态;第三部《心界》通过刻画师生三人不同的生存模式,探讨现代性与传统性生存理念的整合问题。小说亦可被视为作者关于重建理想的精神自我的哲学思想文本,文末提出的"我世界"思想,不仅仅是一种文学意象,也是作家倡导的价值理念或生存本体论哲学。《精神隧道》三部曲最突出的思想贡献亦在于此。

金岱也是一位文学评论家,著有《当代长篇小说的文化流向》《文学作为生存本体的言说》《"右手"与"左手"》《千年之门》《如此世界——转型选择与再启蒙》《城市:作为符号与表征——文化现代化视域中的文化广州论》等批评论著。《精神隧道》三部曲是作家理论探索的直接成果,这一创作方式在当代文学中尚属少见。20世纪90年代,金岱曾提出"重建精神规则"等文化批评主张,讨论中国社会转型问题;提出"第三种批评"主张,批评唯政治功利文学以及"文学的逃亡"。《心界》创作期间,金岱又提出了"文学作为生存本体的言说",以"社会性情感体验"与"本体性情感体验"等批评范畴,强调自己致力的是"本体体验",主张"文学是交谈"。无论是小说创作还是理论研究,金岱始终关注当代中国的文明转型问题以及与新文明形态相协调的新人文精神的建构问题,其小说意在将哲学体验与诗意沉思融为一体,让人在心灵深处引起震荡的同时又在大脑深处实现观念变革。

田瑛(1954—),土家族。湖南湘西人。代表作有小说《独木桥》《龙脉》《仙骨》《大太阳》《悬崖》《炊烟起处》《早期的稼穑》《生还》,以及散文集《未来的祖先》等。

田瑛的小说数量不多,但选材奇特诡异,风格独特。他几乎所有作品都是描写南方湘西少数民族神秘、幽闭、残酷的生存状态及文化心理,以一种隐在、夸张、变形的方式呈现现代政治及社会矛盾,表达作者对人性和民族命运的哲理性思考。《独木桥》《龙脉》《深山里,深山外》讲述生活在底层边缘的土家族人民的抗争,《山的图腾》《沉棺》《悬崖》反映愚昧带来的悲剧性后果,《大太阳》《金猫》书写旷古原始生活状态,《仙骨》写混沌未开的巴洞人被现代文明侵蚀,《生还》以赶尸还魂展示湘西民间古老风俗以及社会世态百相,寄寓湘西民间人文精神。田瑛以一种本土魔幻现实主义笔法构建具有个人心灵记忆和独特经验表达的文学世界,其笔下极度乖张怪异又近乎真实的人生形态区别于沈从文、孙健忠笔下的湘西世界,给人留下深刻印象。

田瑛小说人物大多无名无姓,或姓名极简,有时用性别、身份、职业、特征等取代,这些人物大多心灵及心智不成熟,缺少人道主义、理性主义以及宗教情怀,尤其是男性,多为残疾、病弱或亡故,隐喻了人性的不足,以及对单一线性历史的质疑与瓦解。田瑛小说具有明显向内转的倾向,采用一种类似于意识流的叙事策略,有意淡化矛盾冲突,省略关于时代和社会背景的具体描写,使故事具有历史、现实或预言等多维时空可能,从而提升其叙事的普遍意义。隐喻和象征亦是其小说显著特征,如早期作品中反复出现的山即为一种人格化象征,《金猫》中的金猫、天坑是隐喻性符号。《大太阳》中部落迁徙、牛贩子交易、人变成化石等情节以及喜鹊笼、酋长的窗子、乌鸦、金子等细节,均可视为隐喻、象征,它们共同指向批判庸俗的功利主义与实用主义的民族性弱点。此外他的散文《未来的祖先》以个人成长记忆、家族历史及少数民族巫术风俗构建其原乡书写,表达了现代人寻求生命存在及精神原乡的愿景。

第十三章　小说(二)

世纪之交,先锋文学潮流消退,文学潮流势头减弱,文学空间更加多元化,也更具有包容性。整体来看,这一时期广东文学的理想主义色彩进一步淡化,现实主义创作及商业化叙事凸显,同时带来个人化叙事的觉醒。都市文学、女性文学、打工文学、知青文学、改革文学、客家文学、广味小说、青春小说、历史小说等不同类型小说获得发展空间。作家创作的本土意识逐渐显露,谭元亨的《客家魂》三部曲(《世纪之旅》《客家女》《千年圣火》),程贤章的《围龙》等作标示着客家文学的成熟,杨干华的乡土叙事,廖琪、邹月照、廖虹雷的创作等,也体现出鲜明的地域特色。传统岭南文化书写继续往纵深处发展,一方面挖掘、梳理岭南文化的历史脉络,另一方面关注现代化进程中岭南风情和民俗的变迁,形成以张梅、郭小东、程贤章、廖琪、梁凤莲、谢宏等本土作家与杨争光、周崇贤、吴君、魏微、鲍十等"新移民"作家共同构成的当代岭南文学创作新格局。

改革开放吸引大量内地人才前往深圳、珠海等沿海城市,作协、出版社、文学期刊等文化机构引进诸多创作人才,移民作家群体效应初显。金岱、曹征路、南翔等人相继从内地调入广东高校,他们一边从事文学理论教学,一边积极开展文学创作实践。肖建国1996年任职花城出版社。1999年,刚刚调到深圳的杨争光发表长篇小说《越活越明白》与短篇小说《公羊串门》。移民作家知识背景和人生境遇各有不同,其创作也日趋复杂,有的稳打稳扎,继续深耕原初创作;有的积极创新,在新的城市语境中拓展写作题材;有的面对物质诱惑以及新旧观念碰撞的生存现实,坚持揭露、谴责和批判。新移民作家笔下的城乡叙事与广东本土作家创作交相辉映,构成广东当代小说创作的多维图景,预示着广东小说创作的未来前景。

新世纪以来,随着改革开放的深化,广东进一步加大文化体制改革,文学生产、文学评论、文化交流也获得充分发展,广东作家承继20世纪90年代以来开创的新局面,继续开掘更深、更广的文学空间。打工文学持续发酵,一大批优秀作家作品进入主流文学视界,其创作实绩在21世纪初达到高峰,随后有减弱趋势,但从打工文学起步的王十月、郑小琼、陈再见等代表性作家与主流文学、精英文学关系更为密切。改革文学仍聚焦于工业改革或农村改革,产生一批内容厚重的长篇小说。都市文学稳步发展,长篇小说数量也明显增长。城乡对立叙事逻辑进一步弱化,都市小说选材更为广泛,如对都市历史文化的挖掘,对都市底层的书写,对都市人情感的多样性呈现,相比于90年代,都有所进益。都市小说的创作方法不再局限于现实主义,而是浪漫主义、现代主义、后现代主义多元混合,尤其是年轻一代作家,其作品中的现代主义观念更加鲜明、更加自觉。都市文学创作方法的选择不再是简单地模仿西方文学或文体试验,而是城市发展到一定阶段必然出现的现代性审美需求,现代主义与后现代主义在都市文学领域获得发展空间。女性文学的发展同样依托都市语境,几乎所有女作家都有都市题材创作,而且大多数作家自觉回避商业化叙事,积极探索女性主体意识,肯定女性价值,女性主义写作更加纯粹。此外,女作家在先锋文学、乡土文学、底层文学、打工文学等领域亦表现出色。开放、多元、活力、跨时代等等,正是世纪之交广东文学的特质。

第一节　小说创作的多元化

广东优越的经济条件与开放的人才政策吸引全国各地风格多样的写作者,南方的、北方的,传统的、先锋的,历史的、现实的,汇聚一炉,带来了新的文化大融合的图景,充分体现了岭南文化的开放性与包容性。打工文学无疑是广东地区尤其是深圳最具影响力的文化品牌,它激活了民间创作的热情,并持续为广东文坛注入新鲜活力。"新移民"群体已发展为广东当代小说创作的主力军,他们在乡土文学、都市文学以及地域文化书写等领域都有不俗表现。网络文学的兴盛亦是不可忽视的广东新兴文学力量,网络文学开拓的叙事空间及其文学观念的更新,为当代中国文学的发展提供了全新的艺术经验。除此之外,另有以下类型小说创作成果突出。

一、地域文化小说

改革开放带来的现代化生活节奏对传统文化的冲击愈来愈明显,全球化语境又进一步加快城市同质化步伐,在此背景下涌现出大量具有岭南地域色彩的散文及小说,其原因是多重的:既出于对本土文化流失的本能性警觉,又是国家政策使然,也是当代作家保持小说独特性的有效手段。当代广东地域文化小说以广府文化、客家文化、潮汕文化为主。梁凤莲的《西关小姐》《东山大少》以及张梅的《成珠楼记忆》是广府文化小说的标志性作品。"新移民"作家鲍十的《咸水歌》《广州小说三题》,黄咏梅的《多宝路的风》等作亦对广州饮食文化、民风民俗、市井文化等有所表现。

梁凤莲是土生土长的广州人,暨南大学文学与文化专业博士毕业,现任广州市社科院岭南文化研究中心主任,致力于岭南文化与文学的内省及互证研究,并坚持本土文学创作。长篇小说《西关小姐》在时代大历史框架下讲述广州老城西关和顺绸缎庄李家千金若荷小姐自戊戌变法时期至新中国成立的人生经历,再现了20世纪上半叶的时代风云、商业变迁、中西文化交融以及老广州的日常生活,作者有意将岭南民俗、粤剧粤语、骑楼商号、白荷红荔、花尾艇仔等大量岭南文化符号自然散落在小说桥段中,其语言如散文诗般优美,字里行间又透着淡淡的忧伤,呈现出浓厚的地方韵味和明显的抒情色彩。女主人公若荷深受岭南文化熏陶,又受教于洋学堂的西方民主自由思想,她勇于追求爱情,虽感情受创,仍坚忍地重觅生存之道,以独立女性姿态创新创业求发展。西关小姐"若荷"与王安忆《长恨歌》中的"王琦瑶"存在鲜明的文化差异,"若荷"身上体现的积极进取、勇于创新的时代精神,亦成为岭南文化的重要特征。梁凤莲创作的《东山大少》同样紧扣历史叙事,还原壮阔雄浑的历史现场,她将岭南商业文化、饮食文化等融入人物行为及日常生活,又以近乎纪实的笔调记录西堤骑楼、爱群大厦等广州标志性建筑的修建历史,其为广州立传的初心由此可见一斑。此外,梁凤莲的《应愿之地》《广州散韵》等散文集中亦有大量广州书写。面对突飞猛进的广州经济发展与城市建设,梁凤莲借文学书写抒发其深厚的广州情怀,表达了一种对传统文化消逝的缅怀之心。

客家文学代表作家程贤章继《围龙》之后,2005年又出版《仙人洞》《长舌巷》等长篇小说,另有短篇小说《神医》,将岭南特有的食疗文化描写得活灵活现。廖红球的长篇小说《苍天厚土》以20世纪下半叶粤东客家山村"月影村"为背景,以客家农民企业家李大牯自办自行车轮框厂的艰辛创业为线索,讲述了现代化背景下南方客家人的生存状况和心路历程,塑造了一系列坚忍、进取、奉献、诚正的客家人形象,对客家文学地域特色的基本元素和核心价值做出有益探索。关于客家文学及文化的理论研究也日渐增多,罗可群出版《广东客家文学史》,谭元亨出版长篇小说《我是客家人》及其他客家文化研究论著。

潮汕文化小说发展迅速,长篇小说尤其兴盛。廖琪继《茶仙》之后又发表长篇小说《茶道无道》,将潮汕茶文化置于经济发展中考察,感叹传统茶道的现代性消解。陈崇正的《半步村叙事》《黑镜分身术》以一种狂欢式想象叙述潮汕地区的神秘巫术和风俗意象,创造出一个具有魔幻现实主义色彩的现代文学空间。林培源的《小镇生活指南》打捞潮汕民俗文化,展现了小镇居民的生死悲欢。陈再见的《胰腺》《出花园记》等作亦将地方风俗作为联结个体情感的重要纽带。由于文化自信的增强与本土意识的觉醒,当代广东文学中潮汕文化元素越来越突显,越来越多年轻一代潮汕籍作家有意识地挖掘个人经验及成长记忆,以地域文化突显个人创作特色。

地域文化书写有利于加强国家意识形态的传播,但是,有些作品一味堆砌文化元素或铺陈岭南传统文化习俗,导致文化文本与故事内容相脱节、文化与历史相断裂,这些极不利于地域文化书写的可持续发展。部分作家已意识到应超越那种表层化、怀旧式的地域文化书写,打破文化守成的姿态,在大历史的框架下重新观照地域文化习俗,提升地域文化小说的现代意识。

二、底层文学创作

2004年,曹征路的中篇小说《那儿》引起了人们对底层文学的关注,底层文学创作也随之增多。底层文学主要指知识分子群体关于城市底层或边缘生活的叙述,它承接"五四"时期左翼文学传统,体现了作家强烈的责任感、人文关怀和批判精神,如曹征路、南翔、黄咏梅等人的诸多作品大抵可归入此类。但是由于底层文学与打工文学、都市文学常常处于交叉状态,存在辨识难度,因此学术界常有争论。

黄咏梅,广西梧州人,少年时代即有诗才,曾出版《少女的憧憬》等诗集。1998年从广西师范大学中文系毕业后分配到广州羊城晚报社,成为花地副刊部编辑,2002年转向小说创作,同年在《花城》发表第一篇小说《路过春天》。此后十年在广州深耕中短篇小说创作,出版《把梦想喂肥》《隐身登录》等中短篇小说集,2012年调到杭州。黄咏梅在广州时期的小说创作包括两大类:一类描写小城生活或背井离乡的小城居民,"梧州—广州"的双城对照成为小说内在语境,其描写多聚焦于外面的世界对人物内心的影响,如《路过春天》《把梦想喂肥》《骑楼》《契爷》《档案》等。《把梦想喂肥》中的"我妈"在小城有着领袖般的江湖地位,然而当她怀揣发财梦来到广州,却陷入传销骗局,最终人财两空。另一类作品侧重讲述都市底层或边缘人的生活状态。交叉主题的《把梦想喂肥》《鲍鱼师傅》等作,写小城居民进入大城市的不幸遭遇。《达人》《瓜子》等作以独特的构思表现被城市生活及其规则压抑的人生,《粉丝》等作描写"追星族"一类文艺青年的现实困境,《负一层》《文艺女青年杨念真》《开发区》《多宝路的风》等作描写现代"剩女"或第三者偏离主流生活或主流价值观的人生状态。黄咏梅笔下的底层人物多种多样,她不断尝试新的文学题材,寻找观照生活、考察人性的最佳方式。小说《负一层》很有代表性,是黄咏梅早期创作的名篇,小说主人公阿甘是一个在地下车库工作的39岁老姑娘,她的工作与人缺少交流,工作之余也没有太多人际关系,无聊的人生、空虚的内心,只能每天对着墙上的张国荣画像倾诉哀乐,后来因被骗而自杀。黄咏梅的小说很少对人物遭际做细密的社会学分析,也较少以知识分子批判视角或城乡对立情绪叙述故事,她更多以一种平和的心态呈现人物的命运,真切把握人物的心境与人性的秘密,刻意营造一种氛围,捕捉特定时代与人心的哀伤感受。

以曹征路、南翔为代表的深圳作家群亦在底层写作领域创作了诸多作品。毕亮的短篇小说集《在深圳》构成"城中村"和"失败者"人物系列。盛可以的《北妹》《道德颂》等作品描写了城市底层环境中各类女性的生存危机和情感困惑,且因其语言风格独特而备受文坛瞩目。吴君的《陈俊生大道》《十二条》《亲爱的深圳》等作描写进城务工农民的物质追求和精神焦虑,探寻深圳底层移民的心灵密码及心理面貌。

三、其他文学创作

新世纪广东女作家创作风头正健。张欣、张梅、魏微、吴君、盛可以、盛琼、梁凤莲、西篱、宋唯唯等人,都在全国各大知名报刊发表过作品,并且获得重要奖项。女作家深入广东都市文学、底层文学、打工文学、地域文化小说等文学创作并成为主力,体现了广东女作家创作的开阔视野。西篱、盛琼、盛可以的小说女性意识更为突出,而且具有鲜明特色。西篱的诗化小说成为展现女性现代意识的独特方式。盛可以小说的价值观念、凌厉文风以及语言修辞,使其从众多女性主义小说中脱颖而出。盛琼有多年媒体工作经验,对于女性主义的发展心知肚明,但是她对传媒和市场抱有警惕之心,常有意将小说人物与她本人的经历错开,尽量虚构情节,重在表现心灵。在小说代后记《美丽得惊讶》中,她反复列举那些不知名的却又干净、纯粹的创作,推崇那些灵魂的写作、生命的写作。《生命中的几个关键词》《杨花之痛》《爱别离》等小说展现女性情感世界,有意回避物质化、欲望化叙事模式,真正深入女性内心挖掘其成长意识,其小说尽管也描写性、婚外情,但是被赋予理想的爱情之光后,饱含人文主义气息,避免了物质化、欲望化倾向。她们的创作与 2000 年以来泛滥文坛的"美女作家""身体写作"有明显不同,成为当代女性主义文学的一股清流。

改革文学方兴未艾,长篇小说明显增多。展锋创作的 80 万字长篇小说《终结于 2005》以广东珠江三角洲经济改革为背景,采用一种村史式笔法叙述南方农村的剧烈变化及身处变革时代农民的内心挣扎、情感波动与欲望追求,体现了农民和土地的关系、乡村精神的复杂性及生命力,而这种将土地变成地皮、村民变成市民的农村城市化过程,也是乡土中国正普遍经历的演化路径。陈国凯的《大风起兮》、吕雷的《大江沉重》、何卓琼的《蓝蓝的大亚湾》等作既是对特定行业改革的全景式呈现,亦生动反映中国社会经济向全球化迈进的步履,具有特殊的文本价值。

跨界写作初显成果。散文家熊育群秉持体验主义创作原则,2007 年发表中篇小说《无巢》,开启其跨界创作之旅,其长篇小说《连尔居》《己卯年雨雪》,特色鲜明。《连尔居》采用一种散文化笔法将有关作家故乡的日常生活、历史生活与政治生活的碎片化记忆连缀成篇,是一部集中楚地遗风、成长记忆、乡村现代化进程、"文革"叙事等多种叙事元素的跨文体杰作,其第十三章"神鱼的故事",表现了政治生活的荒诞性。《己卯年雨雪》是一部带有纪实色彩的抗战小说,作家历经多年开展田野调查,搜集并阅读大量历史文献及日本文化著作。他以一种超越民族主义、英雄主义、集体主义的立场重新讲述战争,通过视角转换再现对抗双方的心理状态,还原历史现场,呈现战争真相。

都市文学创作依然受到广东作家的青睐。张欣专攻都市长篇叙事,张梅转向挖掘都市文化底蕴。珠海作家裴蓓的《我们都是天上人》《南漂》等作以经济特区为背景讲述都市传奇故事,她的中篇小说《制片人》采用"戏中戏"的叙事策略描述文艺界面临的时代悖论,这些作品体现了都市文学与影视文化的天然联系,也将裴蓓引向影视创作的广阔天地。李更凭借记者的敏锐眼光写出《特区女人素描》,再现中国当代都市最具冒险性和前卫性的女性生存状态。千夫长的《城外》、谢望新的《中国式燃烧》这两部手机短信小说不仅文本形式独具创意,其描写的情感类型也反映了时代特色。深圳作家谢宏、南翔、丁力等人亦在都市文学创作中找到专属领域。如今,都市文学创作不再被看作一种显在的特定时期的文学现象,它已经发展为广东当代文学的血脉,几乎所有的文学创作都带有都市底色。

谢宏在20世纪80年代初从粤北迁居深圳,高中毕业于深圳中学,他爱好诗歌创作,大学考上华东师范大学经济系,1989年毕业后回到深圳蛇口的一家银行工作,90年代开始小说创作。谢宏作为深圳本土作家代表,他的文学之路与深圳的发展走向关系密切,从他的作品中可以看到丰富的城市生活、复杂的都市情绪以及独特的都市人物。受谭甫成、梁大平等前辈作家影响,加之大学期间受上海文化熏陶,谢宏的小说具有某种现代主义特征。2003年出版的长篇小说《貌合神离》最有代表性,该小说讲述了银行职员李白十多年的人生历程,没有曲折离奇的故事,也没有大悲大喜的情绪,小说叙述姿态是克制、平静的,它恰如其分地传递出重复、无聊、琐碎、困惑、无奈、焦虑、无力等多种都市情绪,反映都市新阶层"波波族"的生活真相。这部小说集合了谢宏的城市文学创作涉及的各种主题、技巧、情绪、认知,它与谢宏的其他短篇小说,如《当日子变成石头》《我很重要吗》《爱情病例》《成人游戏》等作相互对照、互为补充。2011年谢宏移居新西兰之后,更以中西对照的眼光重新审视深圳,开辟都市写作新的可能。

广州、深圳、珠海、东莞等珠三角城市文学创作活跃,形成各种类型规模不一的作家群体。以深圳文坛为例,除曹征路、南翔、杨争光、邓一光、梅毅、盛可以、吴君等知名作家,新世纪以来,在各种文学赛事及网络文学推动下,大量青年作家聚集深圳寻求发展,逐渐形成较为稳定、成熟的深圳青年作家群,如蔡东、毕亮、厚圃、戈铧、刘静好、钟二毛、秦锦屏、央歌儿、陈再见、宋唯唯、谢湘南、陈诗歌等人,他们的创作开辟了各种现代性经验及都市文学风格,文体形式丰富多样,推动深圳文学创作进入一个多元时代。东莞亦有陈启文、陈玺、吴向东、莫华杰、李会展、穆肃等人在小说创作方面有所作为。

第二节　张欣的南方新都市书写

张欣(1954—　),祖籍江苏,出生于北京。张欣的文学创作以都市小说为主,其创作历程大致可分为三个阶段:第一阶段为20世纪80年代的创作,以部队和医院题材为主,如《晚霞》《喜鹊》《鸽血红》《无雪的冬季》等作品。第二阶段为20世纪90年代的创作,以都市、女性题材为主,描写改革开放初期市场化大潮冲击下的都市男女,展现都市生活和都市人心理,多为中篇小说,如《不要问我从哪里来》《梧桐梧桐》《绝非偶然》《真纯依旧》《伴你到黎明》等等。第三阶段为2000年之后的创作,形成一种相对成熟的都市叙事风格,多为长篇小说,如《沉星档案》《浮华背后》《深喉》《为爱结婚》《依然是你》《不在梅边在柳边》等。已出版《不要问我从哪里来》、《情同初恋》、《如戏》、《城市情人》、《张欣文集》(四卷本)、《张欣自选集》、《张欣经典小说》以及散文集《泡沫集》等30多部作品集。

一、张欣小说的都市叙事

张欣常年在南方生活,熟悉南方都市的职场生态及人情世故,切身体验改革开放以来的城市发展及社会变迁。她的小说多以广州为背景,描写都市白领或者富裕阶层在激烈的职场竞争中的生存状态、情感纠葛、欲望诉求,挖掘人性的复杂面貌。小说实录色彩浓厚,紧扣时代脉搏,反映了中国市场经济发展、都市文化形成、社会结构转型的变革过程,同时通过写字楼、商场、咖啡厅等具有商业化特征或地域特性的城市建筑,构建现代都市立体审美空间。雷达称:"张欣是最早找到文学上的当今城市感觉的人之一。"[①]与王安忆的上海叙事相比,张欣更关注城市的当下状态,较少挖掘城市历史文化;追求故事的传奇色彩,疏于构建人物历史命运;其笔下个性独立、价值观超前且不断寻找自我的现代都市职业女性形象,明显不同于王安忆塑造的弄堂平民女性。

---

① 雷达:《当代都市小说之独流——张欣长篇近作的价值拓展》,《小说评论》2013年第2期。

张欣讲述都市男女故事,打破"你耕田我织布"的田园式爱情模式,以一种商品经济的思维模式重构受残酷的物质化洗礼的现代男女关系,反映了改革开放以来城市婚恋观价值观的悄然变迁。如《浮世缘》中的男女主人公打破古典爱情模式,为了各自的前途,牺牲爱情也在所不惜。《绝非偶然》中何丽英与车晓铜夫妻为了争抢一个模特作为广告代言人,互不相让、各出绝招,竞争意识明显颠覆夫妻琴瑟和谐的古训。《爱又如何》中的市委宣传部干部因生活艰难瞒着妻子跑"摩的"赚钱,类似的公职人员下海的故事在张欣小说中屡见不鲜。"张欣善于把商业社会人际关系的奥妙充分揭示,并把当今文学中的城市感觉和城市生活艺术提到一个新高度,她始终关怀着她的人物在市场经济文化语境中的灵魂安顿问题。"[1]

张欣尤其重视挖掘故事蕴含的都市情绪,并试图为都市人寻找心灵归属。在自选集自序中,张欣自述都市文学不可或缺的元素之一是叙事和字里行间渗透的一种独有的情绪:"它是自由同时又是内敛的,它敏感但不大惊小怪,同时有着抹不去的孤独体验和淡淡忧伤。"[2]以小说之名探寻人的内心,在短篇小说《不系之舟》中,张欣借歌词阐明了自己关于都市人的情感诊断:"活在今天的都市人,越来越漂浮不定,如不系之舟,却再也没有人愿意做港湾了。"[3]《一生何求》中的天游因祸得福,成为流行乐坛的一匹黑马,然而事业的成功与匮乏的内心之间的反差让天游在歌唱事业鼎盛之时患上躁狂抑郁症,这是一种典型的都市情绪病。小说结尾以人物之口说出"从来没有真正理解过他",反映了都市人与人之间的隔阂,而如何治愈这一心理疾病成为小说的未完叙事,并在张欣后期创作中不断被思考。

二、张欣小说的艺术特征

张欣小说语言干脆、利落,短句居多,且自然融入时尚、流行用语,具有通俗性、大众化特征,可读性强,雅俗共赏。同时,张欣也追求语言的审美性及抒情性,自称"纯文学作家"。评论家雷达说:"她的语言建构了一种契合都市语境的特有的抒情风格,一种古典美与现代流行话语相糅合的情调,打造出一种有着鲜明时代烙印的时尚化写作模式。"[4]

张欣笔下的都市故事,细节处隐隐地追求一种审美的超越性。20世纪90年代,程文超教授评点张欣的小说以诗意对抗世俗:"欲海茫茫,人生茫茫,伤痕累累的心

---

[1] 雷达:《当代都市小说之独流——张欣长篇近作的价值拓展》,《小说评论》2013年第2期。
[2] 张欣:《代自序》,载《张欣自选集》,海口:海南出版社2007年版。
[3] 张欣:《访问城市两篇》,载《张欣自选集》,海口:海南出版社2007年版,第34页。
[4] 雷达:《当代都市小说之独流——张欣长篇近作的价值拓展》,《小说评论》2013年第2期。

灵需要诗情的慰蕴。张欣,一个当代都市人,就这样苦苦地作着诗情守望。"①在《爱又如何》中,极其现实的爱宛却找了一个"浪漫诗人"做情人,表明她潜意识深处有着对诗情的渴求。《伴你到黎明》中准黑社会混混朝野帮助冬慧追回巨款却拒绝冬慧献身。《绝非偶然》写残酷的商业竞争,却用大量的细节描写反复渲染广告公司业务部职员间相濡以沫、相互慰藉的日常。《对面是何人》在柴米油盐中编织生活的诗意。"她把故事的大框架交给竞争,只把小零碎交给诗情。然而当人物都静下来沉入内心的追问时,人生的价值、意义凸现了出来,小零碎的意蕴便弥散开去,小零碎吞食了大结构。"②这些诗意的细节恰是张欣所探索的"人最本真的情感之光",也是疗愈都市痛感的星星之火。

张欣的南方都市书写为中国当代影视剧制作提供了大量故事脚本。自1989年《梧桐梧桐》被中央电视台改编之后,张欣有十多部小说被改编成影视作品,包括:《爱又如何》《岁月无敌》《伴你到黎明》《泪珠儿》《致命邂逅》《沉星档案》《浮华背后》《浮世缘》《你没有理由不疯》《为爱结婚》《依然是你》《深喉》等等,究其原因,应归功于张欣小说创作对影视元素的重视,如"题材的当代性与时代性""情节的曲折性与传奇性""语言的动作性与画面感"等等。③ 张欣深谙文学创作与市场的关系,熟悉新媒体,其作品形式、运营策略以及个人形象定位均成为IP运营的无形资产,推动其南方都市书写继续传播。

三、新世纪以来张欣小说的艺术深化

新世纪以来,为了突破日趋固化的小说叙事模式,避免题材和故事的重复,张欣转向深耕长篇小说,并从两个向度挖掘小说素材:"一是对巨大精神压力和都市变态人格的正视,强化了对人性深度的精神分析;一是向着社会结构和公共领域拓展,多以司法案件、新闻事件为由头,探究包括黑社会在内的幽暗空间里人性的光怪陆离,寻求正义的呼声。"④《不在梅边在柳边》以描写人物童年心灵创伤进一步拓展人性的深度,蒲刃、梅金的多重人格让故事充满悬念,同时也引人深思。《沉星档案》《浮华背后》《深喉》等作是以社会真实事件为原型,人物涉及演艺明星、新闻媒体,甚至黑社会等等,小说内容的现实感、社会性容量、人性深度以及心理内涵都有了明显增强。张欣的都市叙事紧跟时代变迁,并且随着作家自身心灵的强大愈加成熟。如

---

① 程文超:《欲海里的诗情守望——我读张欣的都市故事》,《文学评论》1996年第3期。
② 程文超:《欲海里的诗情守望——我读张欣的都市故事》,《文学评论》1996年第3期。
③ 王玉屏:《试论张欣小说的影视元素》,《韶关学院学报》2013年第1期。
④ 雷达:《当代都市小说之独流——张欣长篇近作的价值拓展》,《小说评论》2013年第2期。

今张欣已逐渐形成自己的写作风格,其小说常常以具有传奇色彩或充满悬念的故事情节吸引读者的阅读兴趣,通过大量日常化的细节描写使小说富有生活气息和现代感,同时挖掘日常生活的诗性与精神性,从而使其超越一般的言情小说而呈现更高的审美价值。张欣说:"相比起彪悍的英雄史诗、历史巨制和古今传奇,写好普通人的日常与命运,在文学日见庸常的今天,其中已经没有讨巧与迎和,所以,仍旧是一如既往地独自跋涉,或许是想在遮天蔽日的宏大叙事中杀出一条血路。"[1]

2010年之后,张欣仍然保持两三年一部长篇小说的写作速度,描绘新时代新都市,近年来,除了继续关注都市文明所带来的新的价值倾向,张欣更注重体察中华传统文化观念在现代社会的价值。2013年出版的《终极底牌》以来自两个单亲家庭女高中生的情感波折为线索,讲述了三个家庭两代人的情感经历,其中着力最深的人物是江渭澜。当年擅拉小提琴的工程兵江渭澜,为了报答战友王觉舍身救命之恩,毅然舍弃自己的大好前程,承担起王觉的家庭责任。小说回归人性的温暖,江渭澜对情义、责任、诺言的坚信与坚守,成为张欣笔下的"终极底牌"。贺绍俊评论:"她对那些在现实中被压抑的、被遗弃的,甚至被淘汰的精神性特别在意,比如她的小说始终有一种贵族气质在荡漾,这种贵族气质也许在张欣最初的写作中只是一种文化趣味上的无意流露,基本上还是一种感性化的东西。而随着写作的积淀,这种文化趣味逐渐凝聚成一种审美精神,一种人格范式。"[2]《终极底牌》没有将太多笔墨放在描写江渭澜曾经的优越生活上,而是着重描写他在做出艰难选择后如何在逆境中保持优雅的教养,如何在坚守内心承诺的同时维护精神自由。2019年出版的《千万与春住》延续了张欣对传统观念的审美期待。小说情节设计巧妙,一个寻亲故事将新时代女性所面临的事业、亲情、友情、爱情等问题串联起来。小说没有设置激烈的外在冲突,前半部分叙事波澜不惊,密集的日常生活细节使小说充满城市烟火气息。后半部分转向农村人物书写,细节叙事中透露出城乡之间的价值观冲突。质朴而坚定的邓小芬、王大壮等人以超越现实的传统道德观对来自都市的滕纳蜜们进行了一场情感和伦理教育,小说情节设计不是以一种简单的"都市/农村"式二元对立思维来架构人物行为逻辑,而是遵从生活逻辑,让读者自我感悟,自我判断。

学者江冰称赞张欣为文坛常青树,并将其定位为"中国大陆新时期都市文学先锋作家"[3]。改革开放以来,张欣是最早涉足都市文学题材的小说家之一,她40年来一直深耕都市小说创作,其小说生动描绘南方都市的真实风貌,深刻剖析现代都市人

---

[1] 张欣:《日常即殿宇(自序)》,载《千万与春住》,广州:花城出版社2019年版。
[2] 贺绍俊:《铸造优雅、高贵和诗意的审美趣味——以张欣的〈终极底牌〉〈不在梅边在柳边〉为例》,《南方文坛》2014年第6期。
[3] 江冰:《广州故事:都市特征与文化个性——评张欣〈千万与春住〉》,《当代文坛》2020年第2期。

隐秘的内心世界,并且随着中国城市化进程而不断与时俱进,直指社会变迁中的都市生活内核,其作品构成一个非常完整的中国南方改革开放、社会转型、城市发展的现实都市图景。同时,张欣讲故事的艺术魅力及其笔下具有广东特色的地标、语言、人物成为中国当代文学史上独具岭南特色的文化符码,并且持续拥有市场号召力。

第三节　主要作家的小说创作

曹征路(1949—2021),江苏阜宁人。著有长篇小说《反贪指南》《非典型黑马》《问苍茫》,中短篇小说集《开端》《山鬼》《只要你还在走》《请好人举手》,《曹征路文集》七卷本,以及理论专著《新时期小说艺术流变》等等。2004年,曹征路发表中篇小说《那儿》,引起评论界关于"底层写作"和"新左翼文学"的广泛讨论,成为轰动一时的文学事件。

《那儿》讲述"我"的小舅朱卫国作为工会主席,几次试图通过个人努力阻止工厂领导借国企改制侵吞和变卖资产,却反被利用,最终饮恨自杀。这个坚持抗争、为民请命的英雄形象也映照出当代国有企业改制中下岗工人的悲惨命运。小说发表后,评论界将其纳入左翼文学传统,称其为"左翼文学传统的复苏""工人阶级的伤痕文学"等,又因小说揭示了工人阶级不断"底层化"的命运以及弱势群体独自承担社会艰难的严峻现实,引发文坛关于底层话语的系列讨论。"《那儿》的意义在于,它敏锐地勾勒了工人阶级不断底层化的命运,并刻画出他们在这种历史转折中个体意识的分化和颓败。"[①]该作获第七届广东省鲁迅文学艺术奖,它是广东改革文学以及文学政治化的重要文本,曹征路也因此成为新世纪"底层文学"和"新左翼文学"的代表作家。《问苍茫》也是一部典型的现实主义小说,它以塑造典型环境中典型性格的笔法,刻画出新兴农民工、服务于资本的大学教授、变身为董事长的村长以及作为公民代表的打工族等各色人物,深入市场经济的内部运作,揭示了现代工人从"企业的主人翁"变成"劳动力商品"、知识分子由从属政治变成依附资本、资本则以各种匪夷所思的方式渗透到世界每个角落的社会现实,亦是对当代中国社会阶层的文学分析。

《那儿》《问苍茫》等小说在复活左翼文学传统的同时力图找到文学与政治,文学与现实,文学与民众之间新的联系,其厚重的生活基础和强大的问题意识体现了曹征路直面时代困境的勇气与努力。他说:"一个没有能力把握认识自己所处时代的作

[①] 符鹏:《阶级想象的危机与底层话语的困境——重读小说〈那儿〉》,《中国现代文学研究丛刊》2014年第6期。

家,一部只见形式不见形象的小说,吹上天去我也不相信它是'纯文学'。"①这一理念几乎贯穿曹征路的全部创作。曹征路小说中改革题材居多:一是农村改革题材,反映乡村政治生态、农民企业发展困境及乡村文化变迁,代表作品有《豆选事件》《赶尸匠的子孙们》《到大海去》《好官生涯》等。二是工厂改革题材,如《那儿》《霓虹》等。三是官场题材,批判腐败行为、干部选拔机制、官僚主义作风等,如《反贪指南》《非典型黑马》《来生还嫁你》等。四是学校改革题材。如《大学诗》《南方麻雀》《最后一课》等。曹征路对知识分子问题关注颇多,《大学诗》关于高校申博的另类描述反映了曹征路对高校发展模式的深度思考,《测谎记》《请好人举手》《麻雀东南飞》《有个圈套叫成功》《南方麻雀》等小说再现了20世纪90年代以来知识分子精神溃败、主体意识消失的底层化现实。

曹征路创作的写实特征、鲜明的阶级意识以及批判精神代表了新世纪以来广东现实主义文学创作的新高度,其对改革问题的多样化呈现及深入思考与20世纪80年代以来广东改革文学的特质从某种程度而言是一脉相承的。

肖建国(1952—),湖南省嘉禾县人。主要作品有中短篇小说《左撇子球王》《中锋王大保》《中王》《男性王》《上上王》《狐领》等;长篇小说《血坳》《中锋持球》;散文集《静水深流》等。其中,《静水深流》获广东省鲁迅文学艺术奖。

肖建国生活阅历丰富,做过知青、卷烟厂工人、文学编辑、挂职副县长等,其小说以现实主义创作为主,取材多来自其成为专业作家之前的生活经历,尤以湘南农村题材小说取胜,其发表于20世纪80年代的《中王》《男性王》《上上王》等小说,被称为"中国农民文化的图腾","把当代文学农村题材创作提到了一个难得可贵的高度"。② 作家以知识分子的现代眼光观照中国乡土走向现代化过程中所经历的阵痛和尴尬,探索时代变革之际农村生活的变化以及农民文化心理的转变,小说故事内容及主题互文性呈现,既充满地域特色及民间文化底蕴,又不失时代气息,其写作风格明显区别于当年流行的文化寻根小说,成为80年代乡土叙事的另一代表。

因调任湖南文艺出版社后事务繁忙,肖建国自1991年停止了小说创作,后来任职《花城》出版社,又面临出版社债台高筑、经济困顿之绝境,重振《花城》让他耗费大量精力,无暇顾及小说创作,直到2008年才重新提笔创作。2012年,肖建国出版中短篇小说集《短火》,收录《短火》《中锋宝》《轻轻一擦》《县长搭台》《狗婆蛇》《唢呐有灵》《六狗》《英雄老扒锅的平民生活》,其取材仍然不离湘南故土,人物多有原型,

---

① 曹征路:《得意忘形论(后记)》,载《请好人举手》,深圳:海天出版社2012年版,第251页。
② 聂雄前:《中国农民文化的图腾——肖建国三〈王〉臆释》,《理论与创作》1989年第5期。

小说情节、细节以及感受也多来自作家的亲身经历。在《短火》《中锋宝》《轻轻一擦》等小说中,有着多年一线都市生活经验和出版人经历的肖建国尝试用现在的眼光和角度回望当年,以个体命运变迁重现社会转型期的观念裂变和价值更新。他打破文坛流行的带有先锋色彩的西式叙事模式,遵从记忆的时间逻辑与情感认知,从容不迫、娓娓道来,湘桶仔、雷日宝、张滚、杨小侬等人物形象塑造让读者感同身受,当代中国几十年的沧桑岁月在个人生活境遇和情感状态中显得波澜不惊,然而思想的火花、心灵的体验以及批判性思维却不动声色地隐匿于人物命运之中,文简义丰、举重若轻,以一种返璞归真的姿态推进现实主义创作。正如钟晓毅所言:"在如今崇尚先锋,努力把小说向西化靠拢的时尚性潮流中,他返璞归真的朴素向度,不温不火,煞是亲切,却直接、健康、有力,透着洗尽铅华的明朗与清新,既是对浮夸的或故作深沉的一种有力的制衡,也将唤起人们对无边的现实主义写作的重新思考与期盼。"①

退休之后,肖建国仍笔耕不辍。他酷爱篮球,其小说常常借打球书写人生哲理,面对当今社会大量放逐民间朴素伦理观念,他创作长篇小说《中锋持球》,塑造共持"积德存仁"之做人底线的一官一民,以此召唤社会正能量的复苏,发挥现实主义创作的力量。2021年又出版长篇小说《海底捞月》,书写70年湘南百姓生活史,重拾民间叙事传统,歌颂朴素动人的民间生活理想。

杨争光(1957—),陕西省乾县人。已出版十卷本《杨争光文集》(深圳海天出版社2013年版)。代表作品有小说《土声》《老旦是一棵树》《黑风景》《棺材铺》《越活越明白》《从两个蛋开始》《少年张冲六章》《公羊串门》,影视剧本《双旗镇刀客》《杂嘴子》《水浒传》《老三届》《黄土魂》以及《激情燃烧的岁月》(总策划)等等。

杨争光成长于社会动荡时期,经历丰富。少年时期博览群书,善于思考。学习拉二胡、拉小提琴、导演独幕剧,成为学校文艺骨干。高中毕业回乡务农,闲时在县文化馆学习编写戏曲剧本,积累了一些写作经验。大学期间迷恋写诗,任"云帆"诗社社长,与韩东、吴滨等校友一起刻蜡版、印诗集。这些经历造就了杨争光的小说家素养,形成其独特的批判性眼光。1986年,杨争光开始正式写小说。其早期小说篇幅短小,关注西北农民的生存状态,着重描写恶劣的生存环境所导致的农民心理的扭曲变形,文风简洁、冷峻,有一定辨识度。这一时期的作品如《盖佬》《南鸟》《万天斗》《干沟》《耳林和马连道的笑模样》等,没有复杂的故事情节,而是选取乡村生活的某个情境,借助人物对话推进故事情节,通过细节动作表现人物心理,小说意蕴隐而不发,但

---

① 钟晓毅:《在大地上诗意地行走——肖建国小说近作的希望所在》,《当代作家评论》2011年第6期。

画面感强，人物对话简洁精练，佐以语气助词、方言俚语等，语言形式极符合农民语言习惯。这一写作风格为杨争光转行从事电影剧本创作打下基础。

1989年11月，杨争光调入西安电影制片厂从事专业剧本创作，其首部编剧的电影《双旗镇刀客》因具有中国西部独特的自然风景和人文蕴涵，荣获多项电影奖项，成为中国西部片代表。此后杨争光在小说和剧本创作中游走，影视写作是其谋生手段，他的内心更倾心于小说写作，也正因如此，其小说较少受功利因素影响。杨争光的创作生涯与1985年之后中国文坛勃兴的寻根文学、地域文学、先锋派也有所交集，但终与主流文坛疏离而获得某种独立品格。20世纪90年代，杨争光创作了一系列优秀的中短篇小说，如《杂嘴子》《黑风景》《赌徒》《流放》《棺材铺》《老旦是一棵树》《公羊串门》等，这一时期作品仍以西北农村题材为主，包括农村家族和村社文化、农民生命意志和生存哲学，挖掘农村伦理道德与文化心理建构的深层关系，批判国民劣根性、封建陋习、民间暴力、民间集权制等，其小说地貌特征明显，文化内涵丰富，采用娴熟的影像化手段，叙事更为明朗，形成较为稳定鲜明的写作风格。这些影视化写作技巧在其首部长篇小说《越活越明白》中获得充分体现，小说通过描写"老三届"安达从知青生活到回城当工人、考大学、成为学者、下海经商、自我沉沦等人生经历，以新中国第一代读书人的人生境遇折射出中国的真实面目。这一时期，杨争光小说的现代主义意味也初露端倪，他笔下西北农民之间的紧张关系，再现了"他人即地狱"的存在主义理念，《老旦是一棵树》《公羊串门》等小说主题具有明显的荒诞色彩。虽然杨争光写的是极具中国特色和乡土特色的地域风俗小说，但是其主题却有着一定的世界和人性的共通性，《老旦是一棵树》被翻译为多国语言，并被法国导演拍成一部法国农村电影。

1999年调入深圳后，杨争光的小说创作进入高峰期，其小说现代性品格也愈发突出。2000年，杨争光发表了一些试验性的作品。《谢尔盖的遗憾》写一个父亲不断规整儿子的身体，因儿子不配合而钉死他，以此探究绝对的自我意志所造成的极权和专制问题。《上吊的苍蝇和下棋的王八蛋》想呈现遗忘和记忆的悖论式的存在会使我们处在什么样的困境。《高潮》将一个女人的性高潮与政治历史模式化运行相关联。这些违背现实情理的故事背后是真实的现代性体验。进入21世纪之后，杨争光以自己的出生地为起点不断回溯前半生所经历的人事，尝试以一种现代结构和语言方式重新讲述过去，其小说文体意识更为自觉，代表作品有《从两个蛋开始》《对一个符驮村人的部分追忆》等。

2003年出版的长篇小说《从两个蛋开始》是杨争光移居深圳后的第一部长篇小说，该作极充分地展现了杨争光小说的文学特质，可以说是杨争光最好的作品之一。小说采用半自传体讲述作家出生地——符驮村近半个世纪的历史，他有意避开宏大叙事的意识形态限制,以个人化眼光及民间立场重新审视新中国成立以来一系列政治运动在民间生活中的反映,尤其是对老百姓的食与性的影响。小说中赵北存这一人物形象作为政治工具和权力象征,其所作所为充分体现了政治权力和家族势力对民间生存与百姓情感造成的伤害。小说以纪实性笔法描述了符驮村旧景(20世纪50年代到80年代),以荒诞、反讽的形式还原乡村生存状态,书中所录皆为凡人琐事、野史村言、志异传奇、村史民俗、人心变幻等,大的历史风云被推向故事远景,小人物小事件成为小说叙事的主体。《从两个蛋开始》采用的结构方法和叙事策略亦很独特,精致短章各有叙事重心,36个短章合成一个有机整体,杨争光此前创作的笔法和章法在这部小说中获大最大限度的展示,其中不乏拉美魔幻现实主义的印记,这部小说与杨争光的其他作品构成一个互文性文学体系,寄寓着杨争光对民间生存渴望的理解与认同,对农民文化心理及精神境界的隐忧、反讽、批判及谴责。

长篇小说《少年张冲六章》也是一部忧思深广、体例独特的作品。该作突破教育问题小说常用的线性叙事笔法,采用平行结构方式。小说前四章内容分别讲述张冲的爸妈、两个老师、几个同学、姨父一家,第五章是张冲的作文的引文和评点,最后一章讲少年犯张冲的遭遇,各章相互独立,又可以让读者随意翻转组合,从而获得意义的最大化。独特的结构方式更好地体现出传统文化、中国式教育以及时代弊病等各种因素对孩子成长的不当影响和干扰,也折射出人类相互冲撞、挣扎、怨艾、愤怒、无力自拔,以至于自残、互害的生命模式,这是一部切中生命症结的作品。

吴君(1969—),河北泊头人。20世纪90年代初定居深圳,现为深圳市文联专职作家。1991年开始在《花城》《北京文学》等报刊发表小说,著有小说集《有为年代》《不要爱我》《亲爱的深圳》《二区到六区》《皇后大道》《远大前程》等;长篇小说《我们不是一个人类》《万福》等。《我们不是一个人类》获广东省新人新作奖;《十七英里》获第九届广东省鲁迅文学艺术奖;《皇后大道》获第十五届《小说月报》"百花奖"。

吴君的小说多数可以归属于底层写作,同时也是移民叙事、深圳叙事。她的小说背景是日新月异的深圳变迁,其叙事聚焦于移民者心态及其与移民地的紧张关系,具有在场感及批判性。吴君多角度表现了农民工、保安、清洁工、服务员、外来妹、写字楼文员、个体户等城市底层生活状态,早期创作主要描写进城务工农民的物质追求和精神焦虑,着意探寻农民工尤其是女性农民工的心灵密码,勾勒出深圳外来底层人的心理面貌,并逐渐形成其独具标识性的创作主题和艺术风格。其成名作《亲爱的深圳》最有代表性,程小桂、张曼丽等人物形象生动反映了女性移民群体的心路历程,吴君所写不仅仅是女性求生之路,更是身份认同之路。

女性移民婚姻是吴君小说中常见的体察女性身份认同之路的叙事题材。《复方穿心莲》中方小红因婚姻过上本地城里人的生活，其内情却如那穿心莲般苦涩。《天鹅堡》中常小娜从白石洲住进天鹅堡，物质生活的充裕却不能弥补文化身份的缺陷，面对丈夫的外遇，她毫无招架之力，尽显人物精神的卑微面貌。《皇后大道》写阿慧嫁去香港，引来她的闺蜜陈水英及村里人不少羡慕和猜测，但多年后陈水英到香港却发现阿慧在香港过着捉襟见肘的底层生活。这些故事的叙事逻辑反映了吴君对于女性移民靠婚姻谋取城市身份的悲观态度。

吴君的底层叙事较少描写人物的物质苦难，她将更多笔墨放在表现人物内心风暴上，底层不仅是书写的对象，更是批判的对象。她深入挖掘人物行为中隐含的民族劣根性、狭隘性、功利性以及关于欲望的想象，其小说可被视为现代城市社会底层的精神档案。例如《十二条》《陈俊生大道》中的江艳萍、陈俊生等人，物质地位卑微，沉浸在一种阿Q式的自我精神满足中。吴君坦言："个人经历的原因，我对移民的心态非常了解。每个移民，无论是由哪儿到哪儿，所要完成的精神历程其实大致差不多。移到美国的，不会比移到深圳的更高贵些，所受的煎熬不会因为你吃面包牛油我吃稀饭咸菜而有太多差别。"[①]

由于受到商品经济思维的浸染，吴君小说出现一种经济叙事逻辑，她将物质基础视为人物精神的终极筹码。《华强北》和《十七英里》借知识分子与小商贩的较量，反映经济对人格及心理优势的改变。《十七英里》写当年卖猪肉的个体户林老板在豪华别墅接待对自家有恩的教师夫妻，林家的周到与奢华在王家平的妻子江蓝英眼中成为一种炫耀，经济的差距引发心理失衡，在财富面前，知识所带来的精神优越变得不堪一击，两家曾经的患难之情几近决裂。《华强北》中欧阳雪的精神优越感同样随着陈水夫妇物质条件的转变而不断减弱。物质生活状况成为决定人物精神境界的隐在力量，吴君敏锐地觉察到这一新兴价值观并以文学记录下来。

盛琼（1968— ），安徽安庆人。著有长篇小说《生命中的几个关键词》《杨花之痛》等作品，曾获中国作协第五届鲁迅文学奖、第六届广东精神文明建设"五个一工程"奖。

《生命中的几个关键词》以"等待""妥协""欲望""孤独""梦幻"等五个关键词为纲，勾勒女大学生甘霖的爱情婚姻生活经历，以探讨爱、幸福、道德等伦理问题为基本主题，被评论者称为女性的"心灵的成长史"。作者在小说扉页声明"惟有探究心

---

① 傅小平、吴君：《作家应关注人的精神出路——对话深圳作家吴君》，载吴君：《二区到六区》，深圳：海天出版社2012年版，第233页。

灵",她大量描写甘霖的内心独白与心理活动,"梦"尤其多,如结尾写道:"自从我发现了'梦幻'这个词的意义,我就知道,我实际上已经找到了我所需要的一切。这是一个最实在、最真实、最确切的词语。每个人在它的里面都能寻找到自己所需要的东西。"①叙事者、叙事内容与小说主体存在明显脱节,这段话更像是作家在描述自己的创作心理,或者可以被视为弗洛伊德"白日梦"理论的文本诠释。《生命中的几个关键词》的创作技巧虽不够娴熟,但创作动机鲜明,基本奠定了盛琼小说基调,可谓是一出手即风格化。

  对女性感情世界的探究,来自作家个人内心的驱动,这也决定了盛琼小说的取材特点,《我的东方》《杨花之痛》《爱别离》《二女》《苏醒》《小街西施》《爱情旋律》等作,基本属于这一类型,而且艺术水平颇高。盛琼写得最多和最好的是爱情题材小说,她最擅长描写那些把纯粹的爱情当作理想和信仰并愿意为之赴汤蹈火的女性。《我的东方》内容上虽不完全是女性题材,但是其中描写得最好的章节仍然是女性爱情体验,如小说中描写小凤对姨父、对小伍、对丈夫的复杂心理,虽然着墨不多,却让人印象深刻。长篇小说《杨花之痛》是这类题材中叙事技巧最为成熟的作品,也突出体现了盛琼小说主题的特点,即追求理想爱情与幸福生活,尤其是对柏拉图式精神之恋的肯定与向往。短篇小说《老弟的盛宴》荣获第五届鲁迅文学奖,亦得益于盛琼多年深钻女性心理描写的叙事功力,盲人按摩师所期望得到的关怀与尊重,与女性心理有相通之处,该作对弱势群体的人文关怀,对人物心态的准确把握,正是盛琼小说的成功之处。盛琼小说创作另一个值得关注的方向是她尝试通过小说表现博大精深的中国古典文化,《我的东方》《光阴渡》等作表明盛琼有构建宏大叙事、挖掘传统文化特质的雄心,但是这些作品被评论者认为深度不够,给人力不从心之感。

  西篱(1964—),本名周西篱。贵州人。著有诗集《谁在窗外》《温柔的沉默》《一朵玫瑰》《西篱的梦歌》;长篇小说《东方极限主义或皮鞋尖尖》《造梦女人》《夜郎情觞》《雪袍子》《昼的紫 夜的白》;长篇纪实文学和散文集《为苍生而战》《迷惘的女性》等。曾获第四届和第五届中国传记文学优秀作品奖、贵州少数民族影视文学优秀剧本奖、首届有为杯报告文学奖等。

  西篱少年时受父亲影响,阅读大量中外文学作品,热爱创作,大学期间即公开发表作品。1990年出版第一部诗集《谁在窗外》,收录《谁在窗外或幻觉》《父亲》《无声的体验》《禁锢》《寂寞的娜丽》《我的葡萄美酒》《九月二日的清晨》等诗作,文笔灵动,意蕴深沉。1993年在《人民文学》发表的组诗《西篱的梦歌》获贵州首届金筑文

---

① 盛琼:《生命中的几个关键词》,北京:作家出版社2013年版,第300页。

艺奖,在20世纪90年代诗坛有一定的影响力。1999年西篱出版散文集《迷惘的女性》。2000年后西篱转向小说创作,并出版长篇纪实文学《为苍生而战》、诗集《西篱香》《随水而来》等。

西篱的文学之路由诗歌到散文再到小说、纪实文学创作,一直延续其写诗的状态,即"梦态抒情气氛"。她以幻想、期望、梦境的方式表现女性视域下的亲情、恋情、激情、孤独、怨愤、痛楚等情绪,执着于表达自我心灵、探索现代人精神处境,文风缠绵悱恻、幽深朦胧。《东方极限主义或皮鞋尖尖》以对都市隐秘的高度敏感和细腻叙述,对日常气氛的紧张捕捉和热烈渲染,反映世纪之交的狂热与喧嚣背后现代人的落寞、脆弱、异化,成功表现了反都市、生活在别处的现代审美主题。《夜郎情觞》讲述布依族少女歌手辗转于农业文明、宗教文明及现代城市文明的传奇经历,借少数民族文明对照城市人情感心灵的博弈与挣扎。《造梦女人》则以散文体和意识流方式,在女性主义观念主导下全面细致立体地呈现女性的成长和觉醒,在文体方面有所突破,并具有社会学维度的意义。这些小说在精神气韵方面与其诗歌、散文一脉相承,借助色彩、音乐等审美元素以及诗一般的语言结构,表现女性关于现代性的诗意审美,她的创作对于女性主义、诗化小说的文体创新具有较大借鉴意义。[1] 西篱的《雪袍子》是一部对当代成长小说具有开拓意味和独特思想艺术魅力的作品,具有浓郁的文学力量。《昼的紫 夜的白》有着跳跃性结构、诗化的语言、意象化叙事、神秘梦幻的营造、自我心灵的呈现、女性命运的关注、浓烈的抒情意味,是一部将百年历史融入个人记忆、饱含作者痛切的人生体验的自传体小说,故事隐含作者对历史真相的追寻、对人性的拷问、对人的存在意义的反思和救赎之道的探寻,具有现实主义和超现实主义相互映衬相互生发的总体构思和表现手法,小说所表现的人物性格都是在特定历史文化背景下所展示出来的典型,象征笔法的运用颇为精彩,所要表现的主题既深刻又复杂,看似荒诞,实则充满冷峻的历史真实性,是一代知识分子的精神史。[2]

---

[1] 吴义勤:《寻找与丢失》,《文艺报》2012年5月7日。
[2] 参见刘卫国:《超越自我的写作》,《文艺报》2016年7月25日;卢军:《追寻·拷问·救赎——西篱小说〈昼的紫 夜的白〉解读》,中国作家网,2018年3月30日。

第十四章 刘斯奋

第一节 生平与创作

刘斯奋(1944—   ),出生于广西梧州,祖籍广东省中山市沙溪镇云汉村。父母抗日战争前在香港工作,日寇进攻香港时逃难到广西梧州,1946年随父母返回香港,1951年随父母定居广州。刘斯奋的父亲刘逸生是著名的报人、学者,母亲吴畹华知书识礼,熟读古典诗词,刘斯奋儿时虽颇贪玩,但也跟母亲读古诗,又在父亲的书房里谈诗、解诗,培养了文学爱好。在初、高中读书时,刘斯奋曾组织诗社,主编小报和墙报。1960年作七言绝句《见沼气发电有感》:"江湖浪迹任消磨,一旦逢春意气多。愿化明珠三万斛,直教流影乱星河。"显示了其不凡的才气和抱负。

1962年9月,刘斯奋考入中山大学中文系。1963年1月,在香港《大公报》副刊《艺林》发表诗作《与诸子登白云山听松》,之后常以诗词寄意抒怀。大学四年级时,因"文化大革命"爆发延期两年到1968年才毕业。1969年被分配到广东台山县烽火角农场围海造田,1970年3月到海南岛定安县琼剧团做编剧,后转入定安县文化局画宣传画。这一时期,刘斯奋"江湖浪迹任消磨",但也创作了近百首旧体诗,后收录于《蝠堂诗词钞》。

1975年10月,刘斯奋调返广州,先在省委理论小组工作。1976年10月,"四人帮"倒台后,刘斯奋"一旦逢春意气多",写出了广东省第一篇批判"四人帮"历史观的文章《历史的亡灵与"四人帮"的覆灭》,又在《历史研究》1977年第1期发表论文《评〈论黔首〉》,批驳"四人帮"写作班子对秦王朝专制政策的美化。省委理论小组解散后,刘斯奋转到广东省委宣传部工作,先在讲师团,后转到理论研究室。1984年至1985年,与海外名家余英时就陈寅恪先生晚年心境问题展开论战。当时,余英时在香港《明报》月刊上发表《陈寅恪的学术精神和晚年心境》,把著名学者陈寅恪教授描绘成而一个没有追随国民党政权去台湾而充满悔恨的"遗老",刘斯奋觉得,余英时的文章是学术其表、政治其里,以笔名"冯衣北"撰写了《也谈陈寅恪先生的晚年心境》一文,与余英时商榷。刘斯奋的反驳文章显示出的学术水准和论辩艺术,曾得到钱锺书、季羡林等学界名宿的好评,这场学术论战,在中国当代学术史上是一场具有标志性意义的经典案例。1986 年,刘斯奋的论战文章结集为《陈寅恪晚年诗文及其他》由花城出版社出版。

1989 年,刘斯奋任广州市文化局副局长,1992 年调任广东省新闻出版局副局长,1993 年任广东省委宣传部副部长,主抓文艺工作,2003 年任广东省文联主席,兼广东画院院长。

在工作之暇,刘斯奋一方面从事古典诗文的研究工作,编著有《岭南三家诗选》(与周锡复合作,广东人民出版社 1980 年版)、《苏曼殊诗笺注》(广东人民出版社 1981 年版)、《周邦彦词选》(香港三联书店 1981 年版)、《辛弃疾词选》(香港三联书店 1981 年版)、《姜夔张炎词选》(香港三联书店 1982 年版)、《梁启超诗文选》(与方志钦合作,广东人民出版社 1983 年版)、《黄节诗选》(广东人民出版社 1984 年版)等。研究中国古典诗词,需要对历史事实的基本了解,需要对诗人心灵的捕捉能力。这对于刘斯奋从事历史小说创作有一定帮助。

另一方面,从 1981 年 5 月起,刘斯奋开始创作长篇历史小说《白门柳》。1981 年 3 月,刘斯奋在赴广西桂平参加"太平天国历史研讨会"途中,结识了中国文联出版社的编辑邢富沅,刘斯奋对历史的浓厚兴趣和独到的见解,给邢富沅留下深刻的印象,他建议刘斯奋写历史小说。刘斯奋认真考虑并接受了这个建议,两个月后开始动笔。1983 年底《白门柳》第一部《夕阳芳草》杀青,1984 年 12 月,由中国文联出版社出版。1986 年 1 月,开始创作第二部《秋露危城》,1989 年完成初稿,1991 年 8 月由中国文联出版社出版。1991 年 2 月开始创作第三部《鸡鸣风雨》,1997 年初稿完成。1997 年 12 月,《白门柳》第一、二部获第四届茅盾文学奖。《白门柳》三部出齐后,于 2005 年被中国出版集团公司作为经典作品收入《中国文库》。

刘斯奋自号"蝠堂",形容自己"似鸟非鸟,是兽非兽"的蝙蝠状态。刘斯奋是非职业作家,却著有长篇历史小说《白门柳》;是非职业画家,不少画作却被美术馆、博物馆收藏;是非职业学者,却出版多部学术著作;也是非职业官员,在家写作的时间多过在单位上班的时间。

作为广东作家,刘斯奋认为自己"深受岭南文化的影响",他认为岭南文化的特征是"不拘一格,不定一尊,不守一隅"。刘斯奋的人生与创作也体现了这些特征,他才华横溢,兴趣广泛,个性活泼,天赋悟性,不盲目崇拜权威、遵从成法,但又低调务实、埋头苦干,能扬长避短,又进退自如,在文学创作、绘画书法、学术研究等方面均取得了很高的成就。

第二节 《白门柳》的创作历程

《白门柳》三部曲是刘斯奋的代表作,由《夕阳芳草》《秋露危城》《鸡鸣风雨》三部独立而又连续的小说组成,共130余万字,开篇于1981年,完稿于1997年,历时16年创作而成。

《白门柳》的创作贯穿于20世纪80、90年代,在创作过程中,既受到时代氛围的影响,有着与时代潮流的呼应,又立足于作家自己的思考,有着特立独行的一面。

在刘斯奋创作《夕阳芳草》的1981年至1983年间,中国当代文坛出现了历史小说创作的热潮,《李自成》等历史小说风靡一时。刘斯奋曾说:"我选择了历史小说,因为我觉得现实题材不是自己的长处。我的生活经历、生活环境不够复杂,生活的接触面也不够广,在这方面比不上其他作家。写历史小说多少可以避开这种短处。而从另一方面来说,历史小说要求作者具有一定的学术研究基础,能够较熟练地掌握和运用古代语言,对传统文化有较深入的理解。这些方面我相对有点优势,驾驭起来比较得心应手。"[1]不过,当时的历史小说创作,流行的是农民起义题材,这在政治上被认为具有革命性。而《夕阳芳草》描写的是明朝末年的才子佳人,这在题材上并不讨好。因为才子佳人在较长一段时间内不被认定为革命力量,不具有政治的进步性,所以被赶下历史舞台,刘斯奋重新将才子佳人搬上历史舞台,在当时历史小说创作中具有一定的创新意义。

《夕阳芳草》以崇祯十五年的复社第四次大会为历史背景,描写明朝覆灭前夕江南地区的政治局势。江南文坛领袖、东林元老钱谦益辞官多年,在新娶的宠妾柳如是的鼓动下,试图东山再起,但朝廷权臣提出了政治交易,要求钱谦益利用其在江南士林中的威望,在复社第四次大会上为阉党余孽阮大铖开脱。钱谦益深知其中的危险性,这时柳如是发挥了决断作用,决定接受这一政治交易,但要把事情做得更为隐蔽。这时,复社成员、各路名士纷纷来到江南,准备参加复社大会。其中,目的最明确、态度最严肃的是黄宗羲。他希望利用这次大会,重新集合复社和东林的力量,以民间清议影响朝政。为此还曾拜访钱谦益,请他出来主持大局。其他复社名士则没有什么明确目的,只当是一次文人雅集,其中"复社四公子"之一的冒襄,本来想乘机迎娶姑苏名妓陈圆圆,不料权势熏天的国丈田弘遇到江南搜买美女,将陈圆圆强掳到京。冒襄感情受到重挫,对于参加复社大会失去了兴趣。他无意中得知钱谦益想在复社大

---

[1] 李妍、孟祥宁:《刘斯奋:我庆幸赶上了一个好时代》,《中国艺术报》2008年12月18日。

会上为阮大铖开脱的阴谋,于是更加失望,将这一消息透露给一帮社友之后,就去寻访另一名妓董小宛去了。

董小宛受到田弘遇搜罗江南美女的惊动,一心想寻找一个好归宿,对于冒襄的来访异常激动,但冒襄因为陈圆圆之变,对她非常冷淡,董小宛锲而不舍地追求冒襄,加上一班乐于见到才子佳人风流佳话的社友起哄撮合,冒襄最终在无奈之下只好承诺迎娶董小宛。虎丘大会召开时,钱谦益的阴谋最终暴露,未能达到目的,声誉受到沉重打击。钱谦益本来心灰意冷,但在柳如是的劝告下,还是继续为复官活动。黄宗羲认清钱谦益真面目后,非常失望。他北上京师准备参加乡试,途经镇江时目睹冒襄与董小宛在金山寺游玩,痛恨这种才子佳人的缠绵,进京途中目睹北方人民流离失所的遭遇,到京后大发议论,引起厂卫注意。黄宗羲在京乡试失败,又拒绝了入幕邀请,在与西洋传教士的交往中得到新的知识启迪。在一再推迟之后,冒襄终于派人来迎娶董小宛了,而董小宛因为欠债被债主绑架勒索。钱谦益主动参与谈判调解,一番恩威并施,使董小宛获得自由。黄宗羲返回江南,途经如皋冒家,正逢董小宛被迎至冒家。

《夕阳芳草》出手不凡,这部小说将故事时间浓缩在崇祯十五年三月至十二月间,使得小说产生了戏剧般的集中,这对于当时历史小说一味追求历史长度的写法是一个创新,同时,这部小说以钱谦益与柳如是、冒襄与董小宛以及黄宗羲为核心人物展开对历史画卷的描写,打破了单一主人公的旧模式。刘斯奋还借鉴当时文坛流行的现代小说技巧,明确提出"写人物就是写心理",让心理取代事件,成为历史小说叙事的重心,"即舍弃故事情节的完整性,追求人物情绪的完整性",让情绪指挥情节,成为历史小说叙事的逻辑,即"有时某一事件完结了,但人物的情绪还在波动,我就继续写下去,直到情绪的涟漪平静下来才搁笔;或者有时人物的情绪已经结束,但事件还没完,我也不写了,让情节戛然而止"。

在思想主题上,《夕阳芳草》也显示出新的面貌。在这篇小说中,最吸引读者的是冒襄与董小宛这对才子佳人的故事,刘斯奋在书写时参考了冒襄的《影梅庵忆语》,但敏锐捕捉到《影梅庵忆语》中的男性中心主义倾向,对董小宛的处境给予了更多的关注和同情,塑造了一个自私、虚荣、自负、粗暴的才子形象和一个泪眼蒙眬、为改变自己命运而苦苦挣扎的弱女子形象,讲述了一个感情的追逐与拒绝的故事,一个充满担忧、恐惧、烦躁、怒气等感情危机的故事,完成了对《影梅庵忆语》的颠覆性书写。

《白门柳》第二部《秋露危城》,以农民军领袖李自成率兵攻入北京,崇祯皇帝自杀身亡为背景,再现了南明弘光王朝的建立及其迅速崩溃的过程,依然围绕钱柳、冒董和黄宗羲展开描写。

崇祯皇帝自杀的消息在江南士人的心中造成极大震荡,东林大儒刘宗周甚至决定以死殉国。黄宗羲以一番激烈的言辞劝说来让刘宗周改变态度。黄宗羲认为,明王朝在以留都南京为中心的江南腹地根基稳固,民心未失,局势未到绝望的时候,应当积极起来救亡图存。他料想到明朝将在南京建立新的政权,决定到南京去,参与挽救危局的行动。由于明王朝突然崩溃,一些军队失去了军饷,纷纷涌到当时唯一的富庶之地来就食,冒襄家面临兵灾,一路仓皇逃难到留都南京。在逃难途中,董小宛得知了冒家上下对她歧视与防范的真相。

在南京,一场激烈的政治斗争正在紧张激烈地进行。围绕拥立新君,以钱谦益、史可法为首东林复社集团与以马士英、阮大铖为首的阉党集团势同水火。钱谦益等人密谋拥潞,马士英和阮大铖则提倡拥福,但福王在血缘上比潞王更近,钱谦益想出了"立君以贤"的名义,罗织了福王七不可立的理由,钱谦益的这一方案在社会上引起不利议论。为求折中,史可法主张拥桂,桂王在血缘上比福王远,但比潞王近。阮大铖与主张拥福的人物密谋,并串通马士英,抢先将福王迎入南京监国。南明王朝终于建立。东林复社集团在拥立新君中彻底失败。史可法因曾反对拥立福王,被迫自请出外镇守淮扬,但钱谦益被新朝诏令起复。复社内部又因政治见解产生分歧,复社领袖陈贞慧等务实派主张入阁当幕僚,并与马士英、阮大铖等人和衷共济。黄宗羲等主张在野主持清议,坚持"君子小人不两立"。

弘光朝建立后,局势稍稳定,号召有志之士前往效力,冒襄先到扬州投奔到史可法的麾下,可是当他跟随前往九江视察军情,目睹明朝军队内部的倾轧和斗争后,对前途感到十分悲观,之后他带着董小宛前往南京,面对黄宗羲等人大敌当前仍然沉迷内斗的现实,内心更感绝望。东林复社集团与马士英、阮大铖集团几番争斗,最终失败。钱谦益转而巴结阮大铖,在家宴请阮大铖,还让柳如是陪席。黄宗羲等激进派则对马士英和阮大铖发起不遗余力的攻击。马士英、阮大铖疯狂报复,黄宗羲、陈贞慧均被捕入狱,黄宗羲在狱中反思,痛批君主专制弊病,顿悟民主政治原理。到了最后,清军大举南下。史可法在扬州壮烈殉国,钱谦益亲自起草降表,领衔投降,柳如是自沉殉国但被救起。冒襄仓皇逃离南京,再度沦为难民。黄宗羲逃回家乡,准备救亡大业。

《秋露危城》创作于1986年至1989年。在当代文学史上,这是新潮迭出的几年,寻根文学、新写实主义相继引领风骚。《秋露危城》也有一定的新写实主义的色彩。如小说写冒襄与董小宛婚后家庭生活的真相,钱谦益和柳如是夫妇的权力欲望以及复社内部的分歧与内斗,都给人"一地鸡毛"的印象。

这一部小说显露出了刘斯奋的创作宗旨,不是抒发所谓明清易代的兴亡遗恨,也不是感叹才子佳人的风流韵事,而是关注我国早期民主思想的诞生。这一部小说最精彩的是写黄宗羲的觉悟。黄宗羲在《夕阳芳草》中表现得就像一个愣头青,不通人情世故,活在理想世界,只问是非,不顾利害。这一部小说依然延续这一人物设计,但让黄宗羲参与更激烈的政治斗争,让他碰得头破血流,在不断失败中,在入狱的极端情境中,爆发出思想的火花,顿悟民主政治的原理。这种安排不仅在思想主题上立意高远,而且在艺术上使得《夕阳芳草》与《秋露危城》前后勾连,浑然一体。

《白门柳》第三部《鸡鸣风雨》,以清朝大军南下为背景,描写易代之际风雨如晦的形势。清朝摄政王颁布剃发改服令,激起原投降的东林复社官员龚鼎孳的反对和担心,但清政府强制推行,引起江南地区大规模反抗。汉奸洪承畴被任命为江南总督,率领清军一路南下,江南地区战火重燃。

黄宗羲回家乡组建义军,加入到反清复明的行列。冒襄和董小宛在战乱中不停逃难,颠沛流离。钱谦益降清后被召北上,在与满清官员交往时备受侮辱。黄澍投降洪承畴,卧底卖友,攻陷了徽州城。洪承畴在劝降吴应箕时则遭到痛骂。未随钱谦益北上的柳如是,苦闷无聊,与人通奸,臭名远播。在逃难途中,董小宛成为冒襄眼中讨厌的累赘,成为任他发泄怒火的对象。钱谦益在京看一批新收的杂档,被《扬州十日记》深深震撼,萌发反清之志,得龚鼎孳之助,找到借口辞官回乡。黄宗羲参与了鲁王政权的建设,但鲁王政权重蹈弘光一朝覆辙,没有丝毫改革迹象,依然内斗不止,令黄宗羲深感失望。钱谦益回乡后,得知柳如是丑闻,为自身降清失节懊悔的钱谦益选择原谅了柳如是。余怀等复社文人试图联络陈贞慧抗清复明,却被心灰意冷的陈贞慧拒之门外。余怀与冒襄在兵荒马乱中重逢,董小宛遵家公之命清唱一曲送行,冒襄痛骂董小宛生性下贱,董小宛却为冒襄不再将自己当婊子看而内心欢喜。黄宗羲最后兵败钱塘,率残部退回家乡四明山,继续反清斗争。

这一章最难写的是钱柳,写得最好的也是钱柳。而钱谦益为什么能宽恕柳如是的丑行,这是"钱柳因缘"中最难解释的问题。陈寅恪的《柳如是别传》对这一丑闻轻描淡写,刘斯奋则对此事进行了深入探究。他在欲望与节操的框架中,剖析了柳如是红杏出墙的原因,抓住钱谦益降清失节的愧疚感,并从大节与小节、男人全节与女子守身的区分中写出了两人冰释前嫌重归于好、夫妻同心反清复明的心理过程,令人信服地解答了"钱柳之谜"。

《鸡鸣风雨》创作于1991年至1997年。这一时期的当代文坛,以欲望史观、权力史观重新书写历史的新历史小说盛极一时。《鸡鸣风雨》与新历史小说有同有异。《鸡鸣风雨》中有对欲望的书写,如对柳如是偷情的描写,但仍以节操节制欲望,柳如是最终还是痛改前非,与钱谦益共襄大业。《鸡鸣风雨》中也有对权力的描写,如鲁王政权内部的争权夺利,但在黄宗羲看来,这些都属于君主专制制度导致的丑恶现象。《鸡鸣风雨》的主题是建构新的民主思想,而不是用欲望史观和权力史观来解构历史,立意比新历史小说更高。

《白门柳》三部曲一部部写来,没有出现文坛常见的越写越差现象。三部小说体例一贯,但又各有特色。从整体上看,构思可谓深谋远虑,前一部的伏笔后面都有结穴,既撒得开,又收得拢,分合、断续、疏密、张弛都处理得井井有条,使得三部曲浑然一体,读起来有一种舒服的节奏感和流畅感。

总的来说,《白门柳》三部曲以明末清初天崩地解的大变局为历史背景,以江南地区文人领袖钱谦益与宠妾柳如是的人生选择,复社名士冒襄与秦淮名妓董小宛的婚恋波折,以及黄宗羲成为思想家的成长经历为核心,描绘了一幅既细致真实又波澜壮阔的历史长卷,再现了当时中国尖锐复杂的社会矛盾和腐朽中孕育新生的历史进程,具有强烈的思想穿透力和艺术感染力。

第三节 《白门柳》的历史贡献

历史小说在中国有着悠久的历史,从古至今积累的作品已浩如烟海,但成功者寥若晨星。究其原因,因历史小说易写难精,存在着真实性、文学性与思想性三大难题。但总有一些作品能够出色答题,《白门柳》正是这样一部作品。《白门柳》从一个独特角度书写明末清初的一段历史,在解决历史小说的三大难题上创造了一些成功的经验。

历史小说要求建构真实的历史图景。刘斯奋曾经从事古典文学研究,重视史实与考证,又熟谙绘画,他以考证和绘画的工夫来写小说。为跨越时代和地域的鸿沟,刘斯奋还花费十余年的精力,刻苦攻读,从文献中披沙拣金,一点一滴地收集可用的材料,务求小说中的环境描写、服饰、化妆、道具等,都符合历史原貌。在《白门柳》中,刘斯奋为我们展现了关于明末清初社会生活的大量细节:小到头上的珠花、裙幅的数量、房中的家具与陈设,大到贡院、陵园、城池的格局,几乎每一处细节都可以在史料中找到出处,同时又栩栩如生。因为这些细节的存在,过去的历史变得可触可感,鲜活丰满。《白门柳》全书,无一处细节描写无来历,没有出现史实硬伤,很好地解决了历史小说创作的真实性难题。

历史小说的文学性主要表现在叙事与写人之上。《白门柳》注重叙事与写人。历史小说的叙事首先需要对史料进行处理,在处理史料上,刘斯奋尊重历史事实,但又从艺术虚构的需要出发,对历史素材作适当的选择、集中、概括、拼接。在史料的取舍上,他"撷取具深刻内涵和巨大生活张力的素材",追求"思想的深度和艺术的广度",[1]注意展示历史、人物及事件的复杂性。他运用"七实三虚、虚中有实"之法解

---

[1] 刘斯奋、程文超、陈志红:《历史、现实与文化——从〈白门柳〉开始的对话》,《当代作家评论》1996年第9期。

决虚实问题,运用"近山浓抹、远树轻描"之法解决详略问题,运用"钩沉掘隐、发皇心曲"之法解决显隐问题。在编织故事上,刘斯奋既借鉴中国古典小说的叙事技巧,增强故事的戏剧性,在悬念的设置、情节的断合上下功夫,又借鉴西方现代小说技巧,让心理取代事件,情绪指挥情节,实现了从事件史写作到心理史写作的重大转换。

在人物塑造上,刘斯奋提出"包住人物",即"要求作者作为一个现代人,在思想上站得比古人更高,胸襟和眼界比古人更宽广;当然还要尊重他们,严肃认真地对待他们,而不是把他们变成玩物"[①]。刘斯奋一方面尊重人物,实事求是,深入体会人物的心理和处境,注意"发皇心曲";另一方面舍仰而求俯,"站在今天的思想制高点上,以现代人锐利和宽容的眼光去看待历史人物,从阶级和人性的角度去深入理解他们,揭示他们"[②],因此写出了新意。比如冒襄的《影梅庵忆语》记述他和董小宛相知相恋的过程。刘斯奋并没有被冒襄的一面之词牵着鼻子走,而是站在历史的高度,对冒襄基于男权主义思想进行的叙述给予了深刻的揭示,重写了冒襄和董小宛这一对才子佳人的故事。对钱谦益与柳如是这两个人物的塑造,刘斯奋采纳了陈寅恪《柳如是别传》的史实考证结果,并发挥文学的想象力,进入钱谦益和与柳如是的内心世界,写出了两人在欲望与节操之间的挣扎过程,展现了两人内心世界的丰富性、复杂性与变化性,更为贴切地解答了"钱柳之谜"。特别是,刘斯奋未像陈寅恪先生那样夸大柳如是的道德情操,而是直面柳如是的内心欲望和极端性格,写出了一个活灵活现的柳如是。黄宗羲为全书唯一亮色人物,但刘斯奋对黄宗羲也不是仰视,而是站在历史的高度,写出了黄宗羲性格偏执的缺点,也强调正是因为其一条路走到底的偏执,黄宗羲才能成长为思想家。

历史小说的思想性,表现在作家"站在历史的高度"看问题。在《白门柳》前后,不少作家都关注过明末清初的这段历史,有的津津乐道于名士名妓的香艳奇情,有的抒发江山易主的兴亡之感,有的书写明末农民起义的悲壮史诗,有的赞叹反清复明的民族立场。刘斯奋则与众不同,他试图表现以黄宗羲为代表的中国早期民主思想的诞生这一主题;认为"这是当时中国,在经历了明末清初那场给社会带来巨大破坏的灾难之后所获得的、唯一称得上具有质的意义的进步"[③]。《白门柳》在立意上认同民主思想,企图表现"我国早期民主思想的产生"这一主题,这就站在了历史的制高点上。

[①] 刘斯奋、程文超、陈志红:《历史、现实与文化——从〈白门柳〉开始的对话》,《当代作家评论》1996年第9期。

[②] 杨苗燕:《求与舍 得与失——访刘斯奋》,载《名家评说〈白门柳〉》,广州:广东教育出版社2000年版,第460—461页。

[③] 刘斯奋:《〈白门柳〉的追述及其他》,《文学评论》1994年第6期。

有一些历史小说也追求思想的制高点,但在表达思想主题上,往往过于夸张和美化,特别是把古人的思想觉悟硬性拔高到现代人的高度。《白门柳》没有这样做,它没有拔高黄宗羲,而是客观呈现了黄宗羲个性的偏激和内心的冲突,描绘了黄宗羲在阐发民主思想时无人理解、无人喝彩的处境,写出了黄宗羲民主思想的先进与早产,这就给人以悲凉的感觉,更能启发读者的深思。

《白门柳》也写到"才子佳人""阶级斗争""民族矛盾""朝代更迭"等内容,但将这些内容都放在从属的地位,用来烘托"我国早期民主思想的产生"这一正主题。在正主题的统摄之下,《白门柳》对这些内容的书写,也都焕然一新。如以男女平等意识揭示才子佳人爱情与婚姻中的不平等关系,超越了"才子佳人"主题;以对生产力和生产工具的重视,超越了"阶级斗争"主题;以对汉文化繁文缛节和党争陋习的批判,超越了"民族矛盾"主题;以"天下之治乱,不在一姓之兴亡"的观念和对中国传统政治文化釜底抽薪的反思,超越了"朝代更迭"主题,这些都使得整部小说的思想层次得到质的提升。

总之,《白门柳》创造性地解答了历史小说创作的三大难题,为当代历史小说树立了一个成功的标杆。

第四节　旧体诗词、文论与《白门柳》的相互映证

在《白门柳》之外,刘斯奋还创作了众多书画作品与旧体诗词,撰写过一些文论。书画作品这里不论,其旧体诗词与文论,亦可与《白门柳》参看,亦可与《白门柳》相互映证。

刘斯奋爱好旧体诗词,也善作旧体诗词,这在当代作家中较为罕见。无论写人、写景、抒情,刘斯奋都能熟练运用旧体诗词。如《题李白像》:"酒侠仙儒赤子心,鲁连踪迹总难寻。胸怀逸兴青云上,此是盛唐天籁音。"这首诗用精练的语言,勾勒出诗仙李白的特征。如《城居杂咏》之一:"日暖晾衫天,小巷丽如绣。云暗雨忽来,窗窗出素手。"写城市生活场景,画面感、镜头感很强。又如1964年所填《蝶恋花》其二:"陌上游丝吹不断,花近高楼,楼外巢新燕。名字每从心里唤,呼来忽觉红双脸。叵奈个郎情腼腆,欲语无言,滴滴时针转。隔院课铃催二遍,倚门一瞥惊鸿远。"写自己青年时的恋爱心理,细腻贴切,清丽婉转。又如《白门柳》三部曲完成后所作《踏莎行》:"钟阜斜阳,秦淮别浦。熏风醉杀花无数。一从鼙鼓渡江来,漫天翻作惊红舞。秃管争晨,孤灯夺暮,华年心力甘分付。妍媸异代未招魂,琵琶一曲凭谁诉?"诉说创作甘苦与心声,真切感人。

创作旧体诗词,养成了刘斯奋炼字、炼句的习惯,这一习惯被刘斯奋运用到《白门柳》的创作中,使其语言雅致,蕴含诗意。

如第一部《夕阳芳草》开头一段:

> 偏西的早春阳光,透过窗外竹树丛的间隙,把斑斑驳驳的影子,铺洒在梅花暖帘上。每当轻风摇动翠竹,那一帘碎影,便像溪水般来回流淌。地板上厚厚的红氍毹,衬托着褐色的雕花窗棂和紫檀木桌椅,使这房间的基本色调显得十分和谐;而华美的泥金描花草围屏,映衬着大铜火盆里通红的炭火,又增加了寝室的温暖和宁帖;粉壁上那帧独一无二的北宋院画人物,颇有分量地暗示出主人的趣味和家世;在画的下面,还摆着一张式样素雅的古琴,两架收拾得纤尘不染的线装书;一只装饰着走兽图形的景泰蓝博山炉,正袅袅地吐出沉檀的烟缕,淡薄的、若有若无的幽香在房间里浮荡……这间小小的、整洁舒适的闺房,虽然是用绫罗锦绣和金玉器皿布置起来,显得奢华而富丽,却依然保持着高雅的气息。这里看不见一样多余的摆设,也没有一样是可以缺少的,即便是一根雀翎、几片绿叶,都经过精心的挑选,反复的比较,被安插到最恰当的位置上。

这一段描写非常细腻,画面感很强,语言不仅准确,而且"保持着高雅的气息"。

又如第三部《鸡鸣风雨》最后一章:

> 这当儿,柳敬亭已经老练地调正了弦柱,校准了音色,随即轻轻弹出几个音阶。只这么一出手,在座的行家像余怀和冒襄,就立即发觉老头儿果然身手不凡,不仅辨音准确,而且力道沉雄。不过,更出乎大家意料的是,几乎那十根手指落下的一刻起,琴弦就在极富变化的勾、挑、按、捺当中,猛烈地跳动起来,紧接着,高亢而急骤的旋律,有如翻卷的波涛,奔腾的战马,倏然而起,汹涌而至,使人们的心头为之一震。
>
> 激切的琴声铮铮钣钣地持续着,把听众们的情绪急剧地推向一个又一个波峰,推向一座又一座崖巅,随后,就收敛起它的逼人声势,一转而变得萧萧索索,纷纷扬扬,人们的心也仿佛重回到平地上,眼前展开了一片白茅满目的旷野,天低云暗,四顾无人,只闻虎啸狐鸣之声……大家正感到惊疑不定,忽然,柳敬亭把头一仰,扯开苍凉粗犷的嗓门,亢声唱了起来:
>
> 风雨凄凄,鸡鸣喈喈。既见君子,云胡不夷!
>
> 风雨潇潇,鸡鸣胶胶。既见君子,云胡不瘳!
>
> 风雨如晦,鸡鸣不已。既见君子,云胡不喜!

这几段描述非常生动,不难看出其中融汇了白居易的《琵琶行》、李贺的《李凭箜篌引》等古典诗篇的词汇、意象与境界,因此显得诗意盎然。

刘斯奋曾在宣传部门工作,长期分管文艺工作,对文艺发展、文艺评论有自己的思考,他在思考文艺问题时,有着宣传部门大处着眼、高屋建瓴的特征,又能结合文坛的创作实际,贴近作家的创作心理,特别是能身体力行,用创作实践思考。1995年10月发表的《朝阳文化、巨人精神与盛世传统》一文,充分体现了刘斯奋主要的文艺思想。

《白门柳》写的是明清易代之际的乱世与衰世,要是换一个作者来写,可能从这个乱世、衰世里看不到任何希望,可能会以悲观绝望的心态对这个乱世与衰世进行否定和批判,但刘斯奋敏锐地捕捉到了黄宗羲的民主思想的萌芽,认为这代表着未来的光明,是当时的星星之火。他高度赞扬黄宗羲"知其不可为而为之"的奋斗精神,因此,整部作品给人一种雄强之气、崇高之感。

第十五章 报告文学

从20世纪90年代到新世纪,广东的经济已经成为全国瞩目的焦点,经济的繁荣自然为广东报告文学创作提供了更为丰厚的物质基础和创作素材,改革、开放、社会发展的新貌、社会变革的问题都成为这一时期报告文学的中心内容。在艺术特色上,这一时期的广东报告文学继续坚持着时代精神的特色,传递昂扬的新时期精神,同时也寻找到了具有更为鲜明的本土特色的书写方向,将本土特色更为有机地纳入报告文学创作中。谢望新、李钟声、郭光豹等人持续发力;雷铎、廖琪、李士非、陈俊年、程贤章、陆键东、伊始、徐南铁、刘小玲、柳明、陈安先等诸多报告文学作家佳作频出,从反映广东改革开放的成绩,到反思市场经济带来的腐败与社会问题;从书写改革开放风流人物到记录香港回归历史时刻。这时期的广东报告文学在宏大叙事、人物纪实的创新方面,在边缘话题的包容以及反思题材的理解等方面也有不俗的表现,这些都使这一时期的广东文学显示出勃勃生机。此外,人们曾经用"文学轻骑兵"的说法来形容报告文学,因为其贴近现实、篇幅不大,以短、平、快的方式直接、快速地切入生活,到了20世纪80年代,随着社会生活的丰富,报告文学逐渐开始展现厚重的气质;至世纪之交,长篇报告文学愈发成熟,报告文学的容量提升,话题随之拓展,风格也更为多元,这一点在新世纪之后的报告文学中更为清晰,大量优秀的长篇报告文学诞生,成为当代文坛中不可忽视的壮丽景观。

应该说相较于20世纪80年代,世纪之交的广东报告文学经历了恢复与爆发,进入了成熟期,在社会变革中报告文学也更为平稳地向前发展。这种成熟表现在这一时期的报告文学不仅在数量上稳定发展,在题材上更是遍地开花,真正展现出时代潮头的沉淀与成熟。

第一节　改革开放题材的拓展

报告文学评论家李炳银曾经把报告文学的文体特征概括为:"报告文学,是指那些及时对社会生活中富有思想、感情内容及为人们普遍关注的社会现象、事件与人物作真实艺术的报告的散体文章。"①在关于报告文学的描述与界定中,新闻性与文学性是最需要考量的两个主要特征,处理好这二者的关系就是写好报告文学的前提。而在"新闻性"的指导下,报告文学题材的开拓就变得尤为重要,世纪之交是改革开放题材拓展的关键时期,报告文学作为一种文体来说,其发展过程中的题材拓展与文体发展密切相关。题材拓展的背后正是创作理念的开放,"文艺无禁区"的观念推动了报告文学的新风,将改革开放的深度从社会层面推进到文艺层面,从而迎来了报告文学在20世纪90年代全方位的题材拓展。整体而言,广东报告文学这一时期在时代性方面呈现出匹配经济改革深化的报告文学,也有回应时代主题比如香港回归的相关报告文学;同时还涌现了许多在社会生活各个方面架起观察镜的作家,包括警匪公安、少年儿童、两性关系等话题都有相当优秀的报告文学作品产生,可以说这一时期的广东报告文学是真正进入了全面繁荣、遍地开花的成熟期。

首先,这一时期的广东报告文学在时代主题中多方挖掘,不仅有改革开放文本的继续深化,也有对社会各层面问题的大胆书写。20世纪90年代改革开放已开始十几年,这方面的题材深化首先聚焦到具体的人物身上,如四卷本的《当代风流》对改革开放中企业家的书写;此外经济改革中"商战"方面的作品也向更专业的角度挺进,比如程贤章、卢一基、仇智杰、张颖等在这方面有代表作贡献。卢一基的作品集中在90年代早期,《国际流行色》《缤纷女儿国》《"南声"多重奏,湛江电视机厂大特写》,这些作品主要写深圳的人与事,书写在改革开放的大背景下深圳的多种变化。张颖的《横空出世:岭南世联商战录》,是较早描写房地产咨询服务机构的作品,虽然这也是经济改革的产物,但是在报告文学的书写中分明也展现出了广东社会的变化,这种前瞻性的书写无疑体现了报告文学在90年代的特殊价值。《躁动的珠江》是仇智杰发表的一部30万字的报告文学,书写自己在银行挂职观察农村金融体制改革的作品。作家们深入生活,对生活的感受不仅仅是浮于表面或想象,而是用自己的真实体验纪实书写。此外,杜峻的《三星魂:岭南三星集团大特写》《地狱的回声》等抓住企业、信息等方面反映新的生活面貌。何锹的作品则更关注在经济改革中,人与人的关系。商场如战场,在这里也有如刘备与诸葛亮的故事,深圳罐头食品公司的经理关照与下属的关系正如伯乐与千里马。以上这些作品虽然也都是改革开放的延续与拓展,但更多展现了整体社会、生活、人际多方面的变化,这些变化既受益于改革开放,也同时推动着整个社会的进一步发展,这从一方面显示了90年代广东报告文学的全面繁荣。

其次,此时的广东报告文学更有责任担当的一面,即敏锐地捕捉到经济发展之后

---

① 李炳银:《报告文学的文体特征及发展演变》,《当代文坛》1995年第5期。

社会出现的各种负面效应:关于反腐败、反走私、打击犯罪的报告文学作品也同时发展起来。这一时期在反腐倡廉领域卓有成就的作家就包括杨黎光、谢德辉以及黄东生。他们分别创作了《梦醒魂不归——深圳"7·11"大案探微》《钱,权力的魔方》《岭南十大经济案例》等作品。此外,李春晓的《港岛廉政风云》,杨晓升的《社会问题沉思录报告文学选》与《中国魂告急——拜金潮袭击共和国》,苏仲衡的《"硕鼠"的末日》都反映了在反腐倡廉方面的问题及思考;黄俊的《神秘的大追捕:广东大案要案侦破纪实文学集》,傅强的《南粤大地上的禁毒之战》,陈安先、张泗琪合著的《粤东大缉私》和伊始的《岭南公安纪实》系列丛书等都是公安战线上的优秀作品。

世纪之交的广东报告文学最大的特色就是题材的广泛开拓,这种开拓当然基于20世纪80年代改革开放带来的风气之先,但同时也是广东纪实作家开拓进取的表现。除了在改革开放中衍生出来的商战、经济环境、社会人际关系的变化,也有在此基础上社会上出现的各种乱象、黑幕以及公检法系统的努力与斗争。此外,这一时期的广东纪实作家还发掘出了儿童报告文学、两性报告文学、香港回归报告文学、社会边缘题材报告文学以及一系列相当夺目的人物纪实作品。

刘小玲利用自己在《少男少女》杂志工作的机会,柳明利用自己在《家庭》杂志工作的机会分别写出了很有代表性的儿童报告文学和女性报告文学。他们接触第一线的青少年儿童和女性,对于青少年困惑、女性的痛苦同情、理解,并记录思考。柳明的《南国女性》、刘小玲的《跨世纪的一代》都以真诚的笔触为中国开发了妇女儿童题材的报告文学。同时,在书写特区经济发展的内容中,也能看到许多边缘题材的开拓,比如安丽娇的《青春驿站:深圳打工妹写真》、李钟声的《特区,那歌星的梦》、陈秉安的《深圳的斯芬克斯之谜》、黄康俊的《华侨城之光》、倪元辂的《深圳的维纳斯之谜》;香港回归这世纪盛事当然也进入了纪实作家的视野,陈安先的《九七香港回归》《香港97回归大曝光》和张波的《1997·驻军香港》等均为香港回归祖国这一重大历史事件留下了文字史料与情感印记。

最后,这一时期广东报告文学也出现了大量的纪实文学作品。新时期的社会出现了大量的新人新事,为纪实作家提供了许多素材,也推动了人物纪实作品的发展。杨黎光的作品是其中的翘楚,比如《伤心百合——一个好男人的故事》,同时,伊妮的《画坛精英录》、谢东阳等的《从"刘海英"到"贝娜丽"》都是这方面的优秀作品。人物纪实也有自己的开拓,比如从小人物写大时代,伍建伦的《收养三老人,孝敬传佳话:记岭南江门市台山县农民许罗女》、徐武熊的《九千多个不平凡的昼夜:记岭南省普宁县黄美凤》和林之白的《为爸爸的幸福干杯:论广州军区干部家属刘玉英》都是这方面的代表作品。翁澜前的报告文学集《国脚高手》,莫少云、曾鸣合著的《陈安邦传》,陶萍的《矿泉专家》,梅逸民的《江湖奇人》,黄兆存的《拼搏者》,曾培新的《"布衣青天"杨剑昌》,谢基贤的《大海骄子》,熊少严的《盛世遗贤——追记当代国画大师黄秋园先生》则在各行各业发掘书写对象。一个个鲜活的人物以及他们的生活、情感、经历使这一时期的社会生活更加生动、丰满,与读者产生共鸣。人物纪实作品丰富了整个世纪之交的广东报告文学的纪实文学人物长廊,这些人物的故事进而也丰富了整个广东文学的风貌。

第二节 报告文学的"当代风流"

不论从内容还是从影响力看,20世纪90年代最有影响力的广东报告文学是《当代风流》(四卷本,第一卷在1989年出版),当年这部报告文学集由习仲勋、任仲夷题字,出版之后央视《新闻联播》专门报道,可以说文本本身也成了报告文学的"一代风流"。

《当代风流》侧重对公司董事长、经理、厂长等人的记录,他们是改革开放的先锋人物。主编者程贤章这一时期主编《风流人物报》,同时还主编了另一部报告文学集《中国的旋风》,集中展示对省市领导以及珠江三角洲风云人物的专访,包括省委书记、省长、市委书记、市长、县委书记、县长、人大主任、检察长等,他们既是"父母官",也是改革开放的设计师、指导员、实践者,关于改革开放的全面战略规划、工作情况以报告文学呈现出来。《当代风流》与《中国的旋风》两部报告文学互为呼应,是改革开放人物传记书写的代表作品。

《当代风流》这部作品在当年有很强的时代性,在今天看来则有很宝贵的历史价值,这是由报告文学的特殊性决定的。程贤章利用在《风流人物报》工作的优势,以书写一代风流的视野与胸襟组织创作了一大批改革人物传记,这些作品精彩纷呈,聚是一团火,散是满天星,全面展现了改革开放辉煌成就背后的人物画卷。

一、改革开放的一代风流

如果说改革开放给广东给全国都带来了丰富的物质文明成果,那么《当代风流》就是广东改革开放十年的精神文明产品。这部作品汇集广东上百家企业深化改革的经验,是第一部全面记录广东企业如何开拓前进,摸索市场经济,展示企业家风貌与情操的作品。在以往的文学作品中,"厂长""经理"很少成为主角,现代文学发展时期,茅盾笔下书写资本主义道路困境的作品曾经出现过"厂长""经理",但中国当代文学中这一类形象总体不多,评价也没有特别高。到了改革开放,如何面对市场经济就必然要回到具体的人身上,一线面对市场经济的就是各大企业的厂长、经理,他们面对如何发展社会主义经济,如何建设有中国特色的社会主义强国的具体问题。改革开放是一块"硬骨头",不能绕着走,只能往前冲,这些厂长、经理在生产实践中忘我拼搏,在激烈的商品竞争中真抓实干,才成长为"企业家"。所以,反映广东改革开放的成绩首先看企业成就,而企业的成就除了那些冷冰冰的数字,更真实更鲜活的反映就应该集中在企业家的身上。正是因为有了这样一群敢为人先的共同努力的企业家,才有了改革的丰硕成绩;正是因为有了一群面貌各异长袖善舞的企业家,才有了开放的多元风貌。《当代风流》这部纪实作品就是记录这样的企业家的。这是一群有别于此前所有文艺作品里的"资本家",也有别于此前所有的文艺作品里的共产党干部的人。他们身上有着在新经济环境中的灵活、实干,也有着共产党员必需的坚定与操守,这是一群带着有中国特色社会主义印记的企业家。

二、形象鲜明展现攻坚克难

虽然是整体展现企业家,也都是在改革开放前沿,可是一共几十上百个企业家还要能各有风貌、各有精神就有难度了。这一点在《当代风流》里处理得很好,一方面是因为这些企业家也的确各有各的性格特点、行事原则,不同的创作者也都以自己的创作方式完成书写。吕雷写《白云魂——贝兆汉一日二重奏》格外灵动潇洒,从白云山的自然景观切入白云山制药总厂,写到总经理贝兆汉先抓住了外貌特征"一头鬈曲的浓发",又用上广东方言"十个鬈毛九个精"。文章开篇,一个企业家的热情、敏捷跃然纸上。文章数次使用对话,但并不过于繁琐地交代背景,而是速写般呈现贝兆汉面对困难、挑战时的反应,面对大家的质疑,需要金钱与人才的发展,复杂的公关关系,现代经济发展与小农环境的冲突,比如里面写药厂被卖草药的农民追债,厂里没钱,贝兆汉提出来用缓兵之计把他们都请到饭堂,工人们说饭堂没菜了,贝兆汉说:"我家鸡笼里还有只鸡,桌上有瓶酒,全拿出来共产!"寥寥数笔一个场景小片段就把人物立得清晰又生动。与吕雷相似,善写小说的陈国凯在他所书写的《杨其华的故事》中也有这样的精彩书写。改革攻坚在最难的地方下手术刀,面对不敢接下任务的同事他并不退缩,而是先劝:"先试一试,失败了再总结经验嘛!"见同事畏难,他严肃起来:"改革嘛,就是要担风险,不敢试,无非是怕负责任。"最后,"好,你不敢,我组织人干。"这样的攻坚片段使得坚持改革前行的形象书写如同改革本身一般有理有据。改革就是要敢于担风险、担责任,勇于面对失败与挫折;真的勇士,才能在改革潮头中站稳,才能在一个个困难的浪头中勇往直前。《当代风流》的书写正是突出了这样的精神与追求。

更为难得的是,在这批报告文学中也毫不掩饰改革开放中的困惑,包括人们对企业家的质疑,对前路的迷茫。在林经嘉书写的《才情厂长招嫌多——记韶关钢铁厂厂长葛弘毅》中就书写了这样的一位企业家。在进入写葛弘毅作为钢铁厂厂长的具体问题之前,先用了相当篇幅写这位文理兼修、有技术有能力又有才情有艺术修为还有生活追求的厂长。多才多艺、聪明能干的人当厂长做企业家是什么样子呢?他当厂长期间政绩无可挑剔,但同时又是历任"一把手"中争议最大的,一年之间上级派调查组七进韶钢,有人欣赏他,有人难以忍受他,文中也特别给出一定的篇幅讨论他备受争议的"5不"政策,包括不准在厂区内养公鸡、不准回家吃中饭、不给车间独立经营权、不准多发奖金、不让无户口子女入学等。但同时也毫不讳言葛弘毅的价值:是专家也是杂家,是实干家也是社会活动家,有思想家的思维也有政治家的眼光。可是文章最后留下一个"令人忧虑的结束语",葛弘毅何去何从是个问号。而作者要问的却是:"面对这么一位崭露头角正当盛年的才子厂长,他的上级领导、他的主人翁——韶钢18000名职工、我们的社会,将会作出何种选择呢?这倒是一张考卷。"其实作者的态度在文中早已表明:我决定无保留地支持他。

当然,对这样一位颇受争议的企业家的书写本身就是一个抉择一个态度,同时也代表着这套报告文学的书写并不仅仅是记录,更重要的是思考,同时这些书写本身也与改革开放同呼吸共命运,报告文学本身何尝不是改革开放的一部分?这批企业家本身就是新时代的产物,《当代风流》的成功出版就是明证。同时也正是书写者的书写特征决定了每一篇报告文学中企业家的风貌,或如油画或如水墨,或如电影或如小说。同时,企业家们自身的性格特征也影响着文本的特征。这毕竟不是小说创作,不是悬浮在作者想象世界里的创作,这是要与真实人物、现实生活环环相扣的书写。因此,书写者不仅用内容呈现书写对象的特征,同时也自觉或不自觉地调整自己的书写方式,从创作方式出发去贴近书写对象,呈现每一位企业家的风貌。

总而言之,《当代风流》的出版是有特殊的时代意义与历史价值的,时任广东省副省长的卢瑞华同志在《当代风流》第二卷的"序言"中谈到书写改革开放的报告文学"任重道远",岭南春来早,大地满生机,《当代风流》系列的出版"标志着广东改革开放事业的兴旺发达,标志着广东经济的繁荣昌盛",同时也标志着广东报告文学配合着改革开放事业的繁荣。

第三节 文化热潮与《陈寅恪的最后20年》

世纪之交的广东报告文学,主旋律是书写广东的改革开放。但在主旋律之外,反映知识分子的命运与独立精神的人物传记也行情看涨,大受广大读者的欢迎。在这方面,陆键东出版于20世纪90年代后期的《陈寅恪的最后20年》堪称代表。

陆键东(1960—),广东佛山人。主要致力于中国知识分子历史、明末清初史事、近代岭南文化演进史等课题的研究。其撰写的《陈寅恪的最后20年》一书,三联书店在1996年至1998年先后再版六次,印数达十万余册,并先后出版了繁体字版和日语版。2013年,三联书店又一次再版《陈寅恪的最后20年》,再掀热潮。无论从哪个角度切入中国近现代文化史、学术史,陈寅恪都是绕不过去的重要人物。他一生学贯中西、文史兼通,学术研究有极高的境界;又因潜心学问、不求显达,为国内外学人所敬重。这样一位学人,其生命的最后20年是在岭南度过的,固然也难逃时代的磨难,但岭南仍在有限的范围内给他带来过庇佑与温暖。人们熟悉陈寅恪的名字,却未必认真读其著述;人们知道他才华横溢却难真正了解他的生活面貌。陆键东的这本书根据大量档案文献和第一手的采访资料,详尽描绘陈寅恪最后20年生命的坎坷经历,披露了许多鲜为人知的史实。该书畅销20年,对广东文化书写、民国岭南钩沉以及名人传记书写都有很深影响。

一、20世纪90年代的文化热潮

20世纪90年代末至新世纪初,国内出现了一股文化热潮。许多近代文化名家引起大众关注,他们的个人命运遭际也成为人们热衷考究的对象。钱锺书、张爱玲等人的作品再次畅销,老舍之死、王国维之死变成文化热点,陈寅恪这样一位乱世之中最终落脚岭南的文化大家也成为人们关注的对象。大众不一定能读他的史学专著,却因为他写给王国维的"独立之精神,自由之思想"而对这位史学大家仰慕不已。放在国内人文精神讨论的大背景下,"陈寅恪热"恰恰契合了人们对一位近代文化名人、现代史学大家的多重想象。

陈寅恪出生于1890年,逝于1969年,是中国现代集历史学家、古典文学研究家、语言学家、诗人于一身的大儒。陈寅恪的父亲陈三立是"清末四公子"之一、著名诗人,祖父陈宝箴曾任湖南巡抚,是清末著名的维新派、清流。陈寅恪学识过人,懂多国语言,是清华国学院四大导师之一。战争开始后,陈寅恪生活颠沛流离,最终落脚岭南,中年之后又被眼疾、腿患所折磨,中山大学的红墙曾保护过这位旷世奇才,最终时代的洪流仍然淹没了他。他的助手黄萱曾经感叹:"寅师以失明的晚年,不惮辛苦,经之营之,钩稽沉隐,以成此稿(《柳如是别传》)。其坚毅之精神,真有惊天地、泣鬼神的气概。"①

大多数读者并不一定能读陈寅恪的《隋唐制度渊源略论稿》《唐代政治史述论稿》《元白诗笺证稿》,包括特别出名的《柳如是别传》《寒柳堂记梦》,但这不影响人们敬仰、敬佩、谈论、纪念他,因此当陆键东推出《陈寅恪的最后20年》,既是在时代潮流中,也符合大众的期待,更是一种文化追求的归宿,而这本书能一直畅销一版再版则充分证明了其文学价值与史学价值。对陈寅恪的书写,不仅是一个文人传记,而是一种高山仰止的精神追求,尽管该书仍有许多遗憾,但是作为一本历史人物传记,在人物光辉的再现以及展现历史人物与时代环境的复杂关系等方面都有很多突破,其中陈寅恪与岭南之关系尤为重要,不仅是当年风云际会中的重笔,也是今日岭南历史中的光彩,再加上陆键东通过史料高度贴近陈寅恪的个人生命体验,以一种精神共鸣的方式开启历史、唤醒读者,应该说为人物传记的书写提供了新的思路,也写出了新的高度,为世纪末的广东纪实文学,留下了浓墨重彩的一笔。

二、历史人物的光辉再现

相较于其他的人物传记,陆键东这本《陈寅恪的最后20年》在如何塑造人物方面提供了特殊的创作经验。作为历史人物,陈寅恪有性格鲜明的一面,这似乎容易描摹,但也容易陷入窠臼;作为文史大家,陈寅恪又有难以把握的一面,这对书写者提出了很高的要求。陆键东这部传记侧重从陈寅恪的生存状态和人际关系入手。毕竟是对现代历史人物的传记书写,秉持严肃认真的态度,基本上放弃主观的想象,文中少见作者对陈寅恪的想象或者生活细节的想象性描摹,而是坚持从档案资料入手,包括各种时代资料尤其是中山大学档案资料、晚年与陈寅恪有交集的身边人的回忆,以历史资料为基础还原陈寅恪当年的生活状态,复盘他的人际交往。当然陆键东的笔不会停留在复盘与还原,而是借助这些书写探索陈寅恪的内心世界。

另一方面陆键东也经由对陈寅恪晚年生活、交际、书信等的深入了解,分析、诠释陈寅恪晚年作品的内涵,提出自己的见解。这些见解饱含着陆键东对陈寅恪生命的理解与共鸣,令人信服。陆键东认为陈寅恪的生命之所以让人感喟,是因为面对乱世,他一直坚守自我,这不是简单的出世入世,而是一种坚守:"拙者陈寅恪,既没入世也未出世,生命之美在此时呈现的并非是空灵、洒脱,而是一种沉重与坚执。"可以说整本传记书写的虽然是陈寅恪晚年的悲怆生活,却是其生命真正的高光时刻。历史中的低谷却是生命中的高光,这正是这本传记另一个特殊之处。

---

① 《陈寅恪:剩有文章供笑骂》,《南方日报》(数字报)2014年11月20日。

三、历史人物与时代的复杂关系

写陈寅恪的最后20年,必然涉及较为复杂的历史环境,尤其是建国之后的数次运动直至"文革"爆发,1969年陈寅恪逝世,虽然他一直避世,但以其文化地位仍不可避免地卷入到运动中。陆键东在传记中并没有过多地纠缠于对历史、对时代的拷问,而是专注于呈现陈寅恪作为一个历史人物在特殊时代中的状态。

陈寅恪与时代的关系除了人们早已熟悉的一些片段,也许可以从其创作以及与身边亲近的人之间的关系反映出来。比如谈陈寅恪写陈端生"这'无益之事',却令其生命情感喷发、一泻千里,几不能收。陈寅恪经历着作家创作、体验的过程,他已不能像治史那样精确地把握自己的情感,他把激情、感怀身世的浩叹,全部倾泻于陈端生身上","这是生命的一次不羁的勃发,当它获得一定的自由时,它突围而去,展现了另一种的人生,也更感性地展现了另一种生命的价值以及存在的价值。这是《再生缘》的价值,是陈端生的价值,从这个意义说,也是陈寅恪为陈端生'代下注脚、发皇心曲'最有意义的价值所在。"又比如书中数次写到在特殊的时代里,陈寅恪特别看重彼此信任的亲密感情。"陈寅恪一直让女儿们呼黄萱为'黄伯母',以示黄萱与自己同一辈分。就为这很平常的称呼,黄萱数十年一直感激陈寅恪对自己的这份'尊敬'"。在陈寅恪这里,一个称呼其实就是很深刻的尊重;而对于自己最好的朋友吴宓,则有更浓烈的情感:"8月30日夜,陈寅恪给历史永远留下的是这样一尊塑像:一人独坐客厅中,急待吴宓的到来,此时他的胸中已翻滚着无数巨浪,情感之闸,千钧一发。"各种情感的细致揣摩与书写既是对陈寅恪生命状态的描述,也是对人物精神世界的塑造。

四、陈寅恪与岭南

陆键东写陈寅恪集中落笔在岭南是有清晰的地理意识与文化追求的。书中写道:"今天,人们有理由作如是问:如果1958年陈寅恪不是栖身于中山大学,而是在其他地方,陈寅恪的命运又当怎样?"其实陆键东写陈寅恪的最后20年,最直接的联系大概就是因为这最后的20年陈寅恪落脚在岭南,而陆键东恰是在岭南书写。"这时陈寅恪独立的世界在岭南已重新构建完毕,生命意识在这重构的世界再度勃发。"当年的陈寅恪走过大半个中国之后,最终来到了中山大学的小楼里,度过了人生中最后的20年,为中大、为广东、为整个岭南文化留下了浓墨重彩的一笔。今天陆键东的这本传记,又为广东的人物传记书写添上了重要的光彩,这是穿越时空的互相成就。

《陈寅恪的最后 20 年》的分量,不仅因为其传主本身极有价值,更因为陆键东挑战的这"最后 20 年"有相当的书写难度。且不说关于陈寅恪本身,其晚年目盲后又"膑足",少有社会往来,其学术著述又是出名的艰深,要写其传记殊为不易;再加上陈寅恪最后 20 年所处的特殊时代,从人物命运去解释时代,去阐释命运的舛途更为不易。可是陆键东仍用这样一本 35 万字的作品为读者展开了一段尘封的历史,毫无疑问这是一部沉重的作品,但正因其真诚且沉重的思考而倍显珍贵。

第四节 雷铎与廖琪

雷铎(1950—2017),原名黄彦生,笔名雷厉、鲁伊多。广东潮州人。新时期以来,发表《从悬崖到坦途》《军中女性》《中国铁路协奏曲》《中国大走向》等报告文学作品。20 世纪 80 年代发表的小说主要有:《男儿女儿踏着硝烟》《国殇》《卡拉 OK》《战争三章》《尘寰》《武一震》等。其中《男儿女儿踏着硝烟》曾获 1982 年《昆仑》优秀作品奖。

雷铎的报告文学创作可分为两个部分:一个部分是他热衷的军旅题材报告文学;另一个部分是他开创的全景式报告文学创作,并且将他在报告文学与小说创作领域的文学探索互相交融,成为广东当代个人特色鲜明的小说家和报告文学创作者。

军人出身的雷铎早期热衷于创作军旅题材报告文学,1979 年在《解放军文艺》发表《从悬崖到坦途》,获得首届全国优秀报告文学奖。这部作品首先在立意上就非常独特,突破十七年文学以及"文革"文学中的刻板僵化的高大全英雄形象,主人公是一个英雄,更是一个有血有肉的人,青少年时期打架斗殴不求上进,上山下乡惹是生非,即使入伍参战也没有立刻成长为英雄,也曾经害怕与恐惧。这部军旅作品对英雄的处理方式是有突破性的,也正因为这种突破,给读者提供了一个更加真实可信,其成长过程更让人感动的英雄形象。同时,在书写过程中,雷铎还使用了倒叙手法,叙述语言也大量使用灵活的口语化叙事,使得整部作品轻松亲切贴近读者。雷铎的另一部军旅作品《军中女性》也在题材上有很大突破,这是一部展现军队女性日常生活与内心世界的报告文学作品。作者以深入访谈、口述实录的方式反映了军队女性的生活与精神世界的方方面面。在雷铎的笔下,这些战斗在前线,在医院,在通讯员岗位的女战士们不仅有坚忍不拔的英雄一面,更有普通女性的一面,她们的喜怒哀乐困惑脆弱同样值得书写,这些不仅不会削弱她们的英雄感,反而更增加了她们身上的动人之处。正如雷铎在开篇写到的"之所以写她们,原因很简单,她们存在着"。

1987 年,雷铎创作《中国铁路协奏曲》,为世纪之交全景式报告文学、问题报告文学的创作提供了新的视角与方法。他在这部作品的准备阶段,深入研究中国铁路的现状与历史,储备背景知识,结合社会学、生态学、科学等视角,采访了近百名在铁路建设一线工作的工人、技术人员,走访了大量乘客以及许多与铁路有关联的人物,完成了一部以大量真实鲜活的素材以及客观充分的数据构成的报告文学巨著,对我国铁路的各个方面做了宏观的审视与微观的细致探究,生动客观地反映了我国铁路的现状与前景。这部作品不仅仅是雷铎献给中国铁路的,也处处反映着他深刻的民族情感,作品中雷铎写到已经72岁高龄的老技术员戴根法,他在短时间内快速培训出千余名掌握了世界最先进设备操作技术的熟练工人,联系此事雷铎发出感慨:"难道中国没能人么?——不!不是没能人。问题仅仅在于能人们都被摆在什么地方了!"作者怀着深深的责任感与历史感发出这样的喟叹,使作品拥有了沉甸甸的分量。

雷铎是非常注重作品细节的作家,在他与曹柯、谢岳雄共同撰写的《南粤之剑:粤海军民抗战纪实》一书中就非常仔细地还原时代环境。《动地风雷起白沙》一节中写到来参加战斗的黎胞:"这3个人面黄肌瘦、疲惫不堪,胡子拉碴,披头散发,全身近乎赤裸,只在腰间系着白藤,上面吊着一片遮羞布"。这里对几位黎胞的外貌描述当然是想象,但作品中紧接着出现了一句补充说明:"30年代,生活在海南山区的黎胞,女人着短裤,男人仅挂那么一片布条",证明前文对他们的描写是出于对历史认知的合理想象,这种很小的细节在报告文学书写中却非常重要,真实是第一要素,细节是文学形象的保证。整部作品节奏紧凑,短句偏多,更增加阅读的紧张感,尤其是写到率领广东抗日游击队港九大队短枪队的刘黑仔,文风更显活泼精彩,如其中一段:这时,刘黑仔给黄冠芳递了一个眼色,立刻跳上桌面,右手拔出快掣驳壳,左手握着手榴弹,大声喝道:"不许动,缴枪不杀!"刘黑仔是名扬港九的传奇英雄,关于他的传说已被编为各类小说传奇,因此报告文学处理这一段的书写中,在保留真实历史的基础上略为增加了武侠风格的画面感,使得人物更加立体,让读者印象深刻。

除了上述作品,雷铎还有写广州钢铁厂创业与改革的《热土雄风》;写深圳保安服务公司创业史的《现代守护神》《世界第X特区——深圳》;写抗战史的《粤、海军民征战纪实》;写白天鹅宾馆的《光荣与梦想》;等等。总体而言,雷铎的报告文学创作风格突出,力量雄浑。军人本色不仅展现在他的军旅题材报告文学作品中,也在他书写其他题材的作品中留下痕迹。不管是书写中国铁路,还是写抗战史,他都有一种战场上挥斥方遒的力量,所以才有了全景式报告文学的突破,为20世纪90年代走向世纪之交的广东报告文学创作贡献了特殊的力量。

廖琪(1953—   ),广东普宁人。出版有长篇小说《茶道无道》《燃情经历》《东方玛利亚》《小镇纪事》；中短篇小说集《茶仙》《等待判决的爱》；大型报告文学《南粤之春》《大地保护神》《胆剑篇》《水龙吟》《大山不再沉默》《创举》《感动》等；散文集《我生命的雨露阳光》；传记文学《庄世平传》《扶贫状元陈开枝》；《廖琪文集》（五卷本）。曾获中国改革开放文艺成就终身奖、中国首届优秀传记文学作品奖、全国气象系统文艺萌芽奖、全国文学院作家作品奖、广东省"五个一工程"奖、广东省鲁迅文学艺术奖、广东省新人新作奖等。

廖琪是从小说创作开始他的文学生涯的。他的小说，关注生活，关注社会发展，同时围绕着生他养他的潮汕文化这一主线展开。他1984年出版的第一部中短篇小说集《等待判决的爱》备受关注。在《茶仙》和《茶道无道》两部作品中，他以潮州茶道作为切入口，一头联系着连绵几百年的潮汕古老文化；另一头联系着历史的巨变、人物的蜕变和现代经济发展，为潮州茶道的演化描绘出波澜壮阔的人间沧桑巨变。廖琪以自己对潮汕传统文化的深厚感情以及潮汕人深入骨子里的对茶文化的热爱建构故事，塑造人物。比如柳二公、林松兴等，故事将传统的线索融于当下几十年的发展中，以茶道为线索徐徐展开潮州文化的长卷。《茶道无道》这一人物和情景兼优的30万字长篇，除了《羊城晚报》连载，还由《长篇小说选刊》全文转载。《东方玛利亚》以一位信仰上与中国文化格格不入，但毕竟其思想品格早已深植于中华文明的伟大女性玛利亚作为主人翁；《燃情经历》则以其挂职经历为主线，描写当代官场文化和现代经济发展，也都是廖琪文学创作重要的作品。《文艺报》、《作品》杂志等报刊都曾专栏给予评论推介。

廖琪的报告文学作品弥漫着浓郁的生活气息，题材多元，是一首首镌刻着深切历史印记的时代主旋律。《南粤之春》《大地保护神》《水龙吟》是为20世纪90年代初广东省人民代表大会决定绿化广东、防止水土流失等重大项目而书写的作品；《胆剑篇》是与邱超祥合作，歌颂公安战线一个个英模的合集。2003年夏，在"文学扶贫"活动中，他与金敬迈、沈仁康、邱超祥等人前往边远山区云浮市，采写出版《大山不再沉默》。2005年冬，面对海水涌入珠江，他与方亮、林基雄、邱超祥、陈娟等人，采访水利部珠江水利委员会从贵州调水、千里压咸的动人事迹，并出版大型报告文学集《创举》，受到国家水利部的嘉奖。2009年夏，他与张建渝、温远辉、熊育群、邱超祥、姚宗才、陈宇等人五进汶川、陇南地震灾区，采访广东援建地震灾区的历史性事件，经历了余震、泥石流、风暴等灾害的考验，最后由廖琪统稿，出版了70万字的大型报告文学《感动》。《创举》《感动》两部书的主体是记录广东政府带领军民帮助汶川、陇南渡过地震难关、重建家园的事迹。两部作品既有新闻价值也有时代价值，展现出自强不息、同舟共济的民族精神。作品中常常将事实叙述、景物描写、情感抒发相结合，在一个相对舒缓的叙述节奏中将大灾大难之后的死亡伤痛过渡到抢救、拯救、救助等方面,整部作品充满了人道主义情感。

《我生命的雨露阳光》是廖琪临退休前出版的散文集,旨在感恩生活和事业上一路扶持和关怀他的恩人:父母、李作辉、庄世平、吴南生、刘峰、金敬迈、汪汉、李汉今、蔡奕廷、陈残云、秦牧、仇智杰、黄培亮、欧阳翎、余荣钦、陈诗辉等等;全书洋溢着深情厚谊,读来亲切温暖、令人动容。

廖琪最重要的报告文学作品是连续十次再版的人物传记《庄世平传》。1986年6月13日,由广东省政协主席吴南生指示,汕头特区管委会主任刘峰直接向廖琪布置这一重大的文学项目。庄世平是著名社会活动家、爱国爱港人士的杰出代表,也是香港知名银行家、侨界爱国领袖,他的一生都与国家民族的命运联系在一起,为维护民族尊严和香港回归祖国、平稳过渡贡献了巨大力量。这样一位杰出的人物,传奇的一生,廖琪花费8年时间,采访足迹及至北京、上海、广州、潮汕各地以及东南亚多国,采访人数达500多人,搜集原始资料近千万字,以事实为依据,以自己的主观情感与经验积累构思行文,书写出一个高大丰满又真实动人的形象,是广东文坛20世纪90年代极具分量的传记文学代表作品。

书写这样的重要人物首先要处理好历史与人物之间的关系,同时还要处理好生活细节与历史瞬间的关系。前者关系着人物的定位,后者关系着人物的形象,只有把这些都在行文中处理好了才能使整部作品既写出人物的伟大,也写出人物的真实。在风云变幻中历史人物如何彰显其不凡之处,除了那些众所周知的事迹,更重要的就是要写出细节,写出符合人物性格发展以及符合时代背景的细节。像庄世平这样历经百年大变局的人物,似乎是注定要成为杰出人物的,但廖琪的书写中分明让人看到:庄世平之所以能成为杰出人物,源于他每一次的坚守、选择与信念。

因为廖琪的文学生涯是从小说创作入手的,他对人物形象的塑造有过长时间执着的研习和实践,因而他一经进入传记文学的写作,便有了一种驾轻就熟的从容。如果审视一下《东方玛利亚》中虚构世界里的母亲和《庄世平传》中真实生活里的庄世平,我们发现,廖琪在报告文学与小说创作表现手法上殊途同归,那些来自现实生活的细节描写,极富人性化的情感刻画,富于生活化的语言构筑,都是为了栩栩如生的人物形象的塑造。也许,廖琪穷其一生的写作,都为了印证那位伟大的文学巨匠的论断:文学是人学。

第五节　主要报告文学家的创作

李士非(1930—2008),江苏丰县人。著有散文集《银河纪事》(合作);诗集《北大荒之恋》《俄罗斯行吟》《南中国之恋》《金海岸之歌》等;报告文学集《转型期报告》《当代奇女子》;长诗《向秀丽》《逍遥游》《正气歌》等。其中《热血男儿》获1983—1984年全国第三届优秀报告文学奖;《正气歌》获香港第三届龙文化金奖优秀作品奖。

李士非的报告文学《热血男儿》《招商集团》都是集中展示深圳蛇口工业区的改革全程,探讨改革与国家政策之间的关系。《招商集团》这部作品写在中共十三大前夕,是中国经济由计划经济向市场经济转型的历史时期,这篇报告文学脱胎于对蛇口工业区的母体——香港招商局的采访。记录了招商集团从崛起到走向世界,写出了袁庚的雄才大略,也展示了中国的大机遇与大挑战,面对这样的改革变局,具备大胆识的改革者才是真正的弄潮儿。

在改革开放的报告文学书写中,李士非的作品是非常有代表性的。他的创作不仅紧跟时代潮流、反映改革开放,还非常有文学追求,其代表作品有很精彩的人物形象。文学是人学,报告文学也不能离开了文学的本质,在追求真实性、新闻性的同时,能够有鲜明的人物形象、典型性的人物书写是非常难得的,在李士非的报告文学作品中,他塑造的改革总指挥袁庚、"当代奇女子"都非常成功。在《热血男儿》这部报告文学作品中,李士非书写的是袁庚作为深圳蛇口改革的总指挥、广东改革的领军人物,如何从全国招聘人才。"数以百计的受过高等教育的青年男女,从全国各地应聘来到蛇口,把自己的青春和命运与改革开放的伟业结合起来,他们是蛇口的未来和希望。"[①]因为有这种对人才的理解与尊重,对人的力量与人的尊严的深切理解,《热血男儿》不仅写出了袁庚的改革者形象,也写出了改革初期改革者的群像,从个体到群像,这不仅仅是人物书写的文学追求,这里面还深刻地反映着李士非对国家改革政策以及改革经验的理解。不仅写出改革的成功,还要挖掘蛇口改革成功的政策、环境、机遇和人等诸多因素。李士非的另一部报告文学集《当代奇女子》,写了一位看上去普普通通却对生活充满热情的女子。下乡插队坚持到底,发奋学英语,当老师注重学生素质教育,这样一位女性有普通的一面,也有充满个性的一面,她的生活与工作都充满了活力与激情。她整个人生命力昂扬,这固然是生命个体的光彩,但同时也是社会环境的开放与改革的氛围给予的机遇,这是对一个普通人的书写,这也是对新时代的歌颂。

陈俊年(1949—),广东兴宁人。著有诗集《红珊瑚》(合作)、《荷思》;散文集《不夜的金三角》《带你游香港》《你也是一颗星》《初夜》;报告文学集《有龙则灵》等。

[①] 周明、刘茵、龚玉编选:《1987年报告文学选》,北京:人民文学出版社1989年版,第492页。

《"太爷鸡"与探索者》是陈俊年最有影响力的作品,也是中国第一篇写个体经济的报告文学。高德亮开办"周生记太爷鸡"熟食店是"敢吃螃蟹的人",敢想敢干也会干,当个体经济引起中央重视,国家计委副所长、著名经济学家何建章亲自上门拜访,他还通过调查提出了三个发展计划向中央提交详细的计划书,这不仅仅是一个做熟食店的个体户,这是一个有探索精神的改革者。而陈俊年的报告文学选择书写这样的人物何尝不是"吃螃蟹的人"呢?这也是报告文学的探索,书写一个从没有写过的对象、一个尚未有定论的事件本身就是冒险,但这不就是改革开放所需要的精神吗?除了最早写"太爷鸡"个体经济,陈俊年1987年在《羊城晚报》连载《广深走笔》,正是在这一系列报告文学里出现了"打工妹"这一词语,也成为日后对这一类女性的称谓,很快电视剧《外来妹》就以"打工妹"为主角将广东影视剧推向了全国。

陈俊年的报告文学作品很符合当年中国奋起拼搏"杀出一条血路"(邓小平语)的精神,他的诸多报告文学都可以成为广东改革开放的注脚与诠释。他的脚步最早踏上深圳、"禁区"、沙头角,像一个战士一样冲锋在报告文学的阵地上,因为这里才有最新的生活,这些地方的改变正是整个国家新生的前沿。从1981年发表《"太爷鸡"与探索者》,到后来一系列的改革开放作品《广深走笔》《有龙则灵》《仰望阳山》《芬芳的魅力》,陈俊年的报告文学展现出来新颖的艺术感悟,细密的艺术思维,而所有这些又统领在一个最重要的指标上,他的报告文学作品总能在纷繁生活中找到精彩题材,又在复杂事件中提炼素材,更能以真知灼见讨论处于特殊历史时代与环境中的人物,因此,虽然是有着鲜明时效性的报告文学,也同时具备能经受历史考验的判断与思索。

陈俊年是文学的多面手。报告文学之外,他还写诗和散文。1985年,他出版的第一本散文集《不夜的金三角》绝大部分作品是以20世纪70年代末80年代初广州及珠三角地区为抒写对象,热情地记录了南国大地在改革开放之初的建设浪潮和精神面貌。特别是2003年,他在《羊城晚报》发表的《南边的岸》,更是陈俊年献给岭南大地的倾情之作,也是难得的散文精品。该文一经发表便引起了广泛的关注,当年第九期的《新华文摘》转载了全文。这篇散文立意高远,眼界开阔,构思巧妙。作者开笔即写广东风生水起,巧从城市的命名都是带水成名来入文,然后随意一句"有水就有岸,有岸就有史",笔锋轻松一转,"水—岸—史"自然衔接,接着由史而写今,水到渠成,再以"水"收拢,深一层挖掘广东的文化品格和广东人的气质禀赋。最后,赞后又有挑剔,期待广东更美更好。作者就像是一个多情的歌者,沿着南边的岸,且行且吟,既缅怀南边多难的过去,也歌赞今日南边沿岸的美丽新图景,笔锋雄劲而视域辽阔。洋洋数千字,浓缩广东的地理特点、历史陈迹、文化习俗于一炉,果是厚积薄发之作。而岭南特有的民歌民谣、历史典故信手拈来,更增添了文章的地方神韵。

柳明(1937—),祖籍扬州。著有《别有一难在人间》《一个女人给一个女人的信》《沉香岛上的沉思》《清凉地》《凤栖何方》《南国女性》《南国佳人》《羊城十二钗》等报告文学及大量散文随笔。

20世纪90年代是思想解放带来丰富成果的年代,这样的社会环境里女性文学成为亮丽的风景线,在报告文学领域里也出现了积极反映女性意识觉醒,讨论两性关系,思考女性生存状况的报告文学作品。柳明曾经是《家庭》杂志的编辑,这一时期她广泛接触社会各阶层的女性,不同社会阶层不同身份的女性在生活、婚姻、爱情诸方面的困境与问题成为柳明报告文学书写的主要对象。同样是女性群体,在改革开放的浪潮中当然有了一些不一样的面貌,虽然同样要面对两性关系的困境,但是这一时期的女性在柳明的报告文学里更多地呈现出新的风貌,她的报告文学集《南国女性》《南国佳人》《羊城十二钗》里书写了许多"新南国女性",在商品经济的活动中,女性展示了自己特有的创造力,柳明关注到活跃在广东改革开放前线的女企业家,挖掘她们身上全新的女性魅力;而与之相对应的则是柳明也书写了大量外地女性在广东打工的状况,打工妹涌入广东,是改革开放的活力表征,但同时每一个具体的打工妹也要面对自己的人生道路的选择,爱情、婚姻、经济都是她们要面对的问题,除了是流水线上的螺丝钉,她们同时也是一个个活生生的女性。在《沉香岛上的沉思》《金色的晒鬼》《低层次》等报告文学中柳明也沉痛地书写了在经济浪潮中迷失自我的女性,当然,她也在《凤栖何方》中书写了勤劳好学最终迎来事业与爱情双丰收的美好人生。此外,柳明也特别关注新时期女性的两性关系困境。新时期的女性,尤其是生活在南方的女性有独立自主的追求,但是她们内心以及周围社会又仍然处于传统观念的语境中,这种矛盾在婚姻关系中特别清晰地显露出来,柳明在作品《一个女人给一个女人的信》《别有一难在人间》《外切圆》中都集中讨论婚恋问题。她以坦率的姿态追寻婚姻的真相,通过追寻婚姻的真相拷问女性的生命价值;她书写女性高级知识分子在不幸的婚姻中被裹挟,折磨对方也折磨自己;她还大胆地讨论中年男女再婚的困难,面对世俗的指责、儿女的质问、情感的尴尬以及经济上的纠缠,而女性在这个困境中被更深地伤害。

柳明以自身百分百投入的方式为广东文坛补上了女性报告文学的重要一角,也为女性报告文学的书写提供了新的视角、新的思路与新的创作手法。柳明的报告文学才气横溢,将女性生命中的幽微之处发掘出来,她既能书写意气风发的女企业家,也能书写在悲剧命运里挣扎的底层女性,而这一切也许应该归功于她有一颗真挚平等的爱心,面对自己接触过的所有女性,情同此情,心同此心,这样的报告文学怎能不打动人?

徐南铁(1951—),安徽歙县人。主要从事散文、诗歌、报告文学创作以及评论等,创作和主编的作品有《大道苍茫:顺德产权改革解读报告》《"非典"的典型报告》《母亲河》《世纪移民》《蝙蝠的意象》《经济人生》等。

徐南铁的报告文学创作善于从产业入手,他为广东改革开放事业书写的报告文学展现出难得的经济视野与产业格局,呈现出在改革开放的时代里作者本人与时俱进、不断进步,追求文字与社会同步的报告文学创作。《南方,南方!》(与陈桥生共同主编)是一部为广东广电人立传的作品,立意在于展现广东的当代传媒精神以及现代文化品格;《大道苍茫:顺德产权改革解读报告》聚焦广东佛山顺德镇在改革开放期间的全景式变革,从文化品格入手讨论一个南方小镇的改革变迁,同时也以富有理论色彩的语言讨论、反思、总结顺德改革的过程、经验与教训。文本中的"拆庙搬门""'靓女先嫁'与'安乐死'""叛逆的自梳女""可怕的顺德人"等源自于顺德的乡土经验,从最本土的现象以及词汇入手描述改革的某一个侧面,进而聚沙成塔整体多面地呈现顺德改革开放的复杂与曲折。在书写者"记不清跑了多少趟顺德,数不清接触过多少顺德人"的努力背后,是报告文学创作者发自内心的责任感与使命感。这种责任感与使命感也体现在面对重大公共事件时作者的反应与行动中。在"非典"最猖狂的时期,徐南铁深入一线采访医护人员及"非典"患者,追踪"非典"发展的过程,倾力打造了一部全面完整记录"非典"历程的报告文学《"非典"的典型报告》。这部作品通过五个章节,以时间更迭记录抗击"非典"历程中的关键事件,将这场殊死斗争中许多个关键节点以行文客观、冷静而不失激情的文字展现在读者面前,全面总括地记录了这场灾难各个层面的情况,让读者了解到了岭南抗击"非典"的整个过程。"2002初战时,我们不知道'非典'。'非典'却已经盯上了我们。"面对灾难,作者用极具感染力的文字和形象化的修辞呈现"非典"的肆虐,用生动的语言将"非典"的全过程展现给读者。报告文学不仅是报道真实,同时也是文学作品,作为一名专业作家,叙事手法的多样、叙事语言的成熟都成为这部作品成功的关键。徐南铁对于报告文学始终保持着创作热情,对社会、真相以及历史始终保持敬畏之心,这些都保证他的报告文学书写成为广东纪实文学创作的一道风景。

陈安先(1947—),广东普宁人。著有报告文学集《广州流花三角》《南方风云》;长篇报告文学《岭南严打流窜犯》《粤东大缉私》《香港回归》;中短篇小说集《爱,流过了界河》等。报告文学《弱者,不是女人的名字》获广东新人新作奖。

陈安先是广东最有影响力的书写公安报告文学的作家。公安报告文学以公安战线的真人真事和真实案例为题材,融新闻性和文学性于一体,真实题材经过艺术加工后以报告文学的方式呈现给读者,能引发对社会问题的深思和讨论。陈安先生活战斗在公安一线,有感于社会种种复杂现象,在他的报告文学中有很强的社会责任感。20世纪90年代的广东大地,一方面在修复此前社会动荡造成的各种社会秩序的破坏,另一方面又要面对改革开放带来的各种新问题,比如流动人口的增加,贩毒走私枪支买卖的猖獗,这些内容一方面是读者日常生活难以接触到的,所以有很强的吸引力,另一方面也有很强的法治建设的意义。陈安先在《金三角警魂》中写到广州治安状况的复杂,所谓"东西南北中,发财到广东",但利益的驱使绝不仅仅是正当的生意,而是盗窃、抢劫、诈骗、赌博无所不有,这些也给广东带来了巨大的挑战。报告文学集《广州流花三角》则集中写当年广州被称为"金三角""黑三角"的流花三角,无数的犯罪案件在这里发生,人性的异化成为社会的毒瘤。广东的警察以巨大的责任感保护国家与人民的安全与财产,在《广东特警队》这部作品中,陈安先就写了许多年轻的战士,严格训练,勇敢抗暴,甚至付出生命的代价与黑暗搏斗,守卫这片土地。

陈安先是善于发掘具有新闻性、社会性的报告文学题材的,他的报告文学《逃港者》对广东曾经四次出现的逃港浪潮做了细致的挖掘与书写,从地域经济写到世界历史,将这一行为背后的种种社会问题予以铺陈,对于逃港者他抱着理解之同情的态度进行书写。与这部作品相对应的则是1998年他出版的报告文学集《香港97回归大曝光》,这一次他书写了粤港同胞的喜悦与自豪,书写香港的历史与中国外交政策的成功。陈安先的获奖作品《弱者,不是女人的名字》仍然是与公安战线有关的,只不过这次他写的是一名女法医。大家都知道"弱者,你的名字是女人"这句话是莎士比亚说的,可是在陈安先的笔下却书写了一个叫陈仲芝的女法医,不仅选择对许多人来说都是极大心理挑战的法医职业,还与丈夫一起在法医事业中无私奉献,她凭着过人的业务能力一次次通过法医工作寻找真相,奋战在一线的她是真正的强者。这部作品一经发表就引发社会热议,并获得了广东省第五届新人新作奖,在全国首届金盾文学奖获奖作品中也名列报告文学榜首。

第十六章　杨黎光

杨黎光(1954—)，安徽人。杨黎光从20世纪80年代开始文学创作，散文、小说、报告文学、影视剧本、评论皆有涉及。长篇小说有《大混沌》《走出迷津》等；长篇报告文学有《伤心百合》、《美丽的泡影》、《打捞失落的岁月》、《惊天铁案》(上下卷)、《中山路——追寻近代中国的现代化脚印》、《我们为什么不快乐》、《大国商帮：承载近代中国转型之中的粤商群体》、《横琴：对一个新三十年改革样本的五年观察与分析》、《家园：对现代化进程中"城市病"治理的思考》、《脚印：人民英雄麦贤得》等。其中，报告文学《没有家园的灵魂》《生死一线》《瘟疫，人类的影子——"非典"溯源》分别获得第一、二、三届鲁迅文学奖。

杨黎光创作于20世纪90年代中期的作品，如《打捞失落的岁月》《美丽的泡影》《灵魂归处》等，其时学界正在开展"人文精神大讨论"，由于从计划经济转型到市场经济，人们不可避免地面临着善与恶的人性考验，杨黎光这一阶段的作品，也呈现出非常明显的人性思考。进入新世纪之后，杨黎光的作品更倾向于关注重大事件，报告文学的"在场感"更为突出，这一时期的《瘟疫，人类的影子》《惊天铁案》《生死一线》等作品，将新闻性与文学性非常好地结合在一起，呈现出报告文学的社会责任感。此后，杨黎光的报告文学作品更趋成熟，其中的文学性、小说笔法等已经非常自然地融合进他的报告文学创作中，《中山路》《脚印：人民英雄麦贤得》等作品不仅有事、有人，更有作者对社会、对人性、对历史深刻的思考。

第一节　心怀天下的报告文学创作

报告文学需要作家以十分严肃的态度和高度的社会责任感思考、报道社会热点事件，活跃在文坛上的报告文学作家无一不具备这样的基本素质，并且以极高的热情面对社会生活，还要有非凡的勇气面对自己所处环境的危机与困难。不管是写改革开放的经济问题，写张子强这样的横跨粤港澳这一特殊地理环境下的世纪大盗，还是写新世纪之初的"非典"疫情，这些都是面对广东的特殊文本。

"非典"时期,"作为一名记者、报告文学作家,我知道该出门了,尽管满世界都是口罩。"①这是因为身为记者,但也可能是出于作为文学家的责任感。"因为,文学是我生命的一种延续,我热爱文学,是因为它可以最大限度地留住时间留住历史,留住生命。历史并不仅仅是史学家们记录的,还有我们文学家的责任。"②不管是源于知识分子的社会责任,还是出于身为记者的职业使命,杨黎光的报告文学创作在忠于社会责任使命方面展现了一种勇气与胆识。这种胆识并非因为他不害怕,相反身为作家他有更强的共情能力,2003年2月"非典"突袭广州,杨黎光在满世界都戴着口罩的时候来到发现第一例"非典"病人的佛山,走到广州,42天里采访进40个单位,120多人。"站在'非典'病房隔离区里的压抑,和刚刚从隔离区出来的医生面对面交谈时的分神,因潜意识中害怕被感染常常在半夜一身冷汗地醒来时的担忧,面对一个个泪流满面的医务人员向你倾诉时的悲壮,看着死神在你面前夺走一个个年轻力壮的生命时的无奈……"③

杨黎光的报告文学书写早期主要展现在对当代社会的考察,对社会现象的追问;此后在《中山路——追寻近代中国现代化脚印》的书写中,又显示出对历史的积累与把握。当然这些也都源于他长期在报社工作对时代性的敏感,长期从事小说创作对文学性的强化。同时,正因为有社会责任与职业使命,他更希望不仅仅是书写一段新闻,展露一段真相,而是能在报告文学创作中思考并回答关于人生的一些终极问题。所以在《惊天铁案》这部报告文学文末,杨黎光这样写道:"世纪大盗张子强在他人生的最后时刻,把希望寄托在上帝身上,可上帝并没有保佑他。上帝是不会保护恶人的。实际上,上帝就是你自己。"④

多年的报告文学创作中,杨黎光的每一部作品都能找到独特的视角切入社会问题。《没有家园的灵魂——王建业特大受贿案探微》《生死一线——嫩江万名囚犯千里大营救》分别获得首届与第二届鲁迅文学奖,前者为读者剖析了腐败分子如何依靠个人奋斗走向成功,又不敌欲望诱惑步入深渊最终被判死刑的过程。后者书写过程中,1998年8月嫩江洪水齐腰时,杨黎光不顾危险到被洪水围困又被营救出来的万名囚犯中进行采访,囚犯的特殊身份,自然灾害的威力与无情,生命与人性的对话与灵魂的拷问都在这部报告文学中得以展现。而获中国报告文学"正泰杯"大奖的《打捞失落的岁月——死缓犯人曾莉华狱中自白》则以一个女犯人在狱中回首人生的过程,杨黎光抓住了对人的精神财富的追问。报告文学就像社会的解剖刀,作家独

---

① 杨黎光:《瘟疫:人类的影子》,北京:人民文学出版社2004年版,第10页。
② 杨黎光:《日记上的时代印痕》,北京:中国文联出版社2004年版,第11页。
③ 杨黎光:《瘟疫:人类的影子》,北京:人民文学出版社2004年版,第11页。
④ 杨黎光:《惊天铁案》,北京:人民文学出版社2002年版,第811页。

特的视角是作品成功的保证。杨黎光写经济社会疾病,用手中的笔探访人类精神的深渊;写"非典"溯源,则用文字讨论人类与瘟疫的斗争历史。他将自己的"文学创作分为两个阶段,第一阶段是1992年前。第二阶段是我来到深圳以后,这一阶段诗我创作的成熟期,我从安徽来到广东,从经济相对不发达的地区来到中国市场经济的最前沿。数年的积累和思考,使我的创作发生了一个非常大的变化,即,开始探讨当代人的精神追求,研究商品经济下人的行为异化。我关注着商品经济对人的价值观、道德观的冲击。从人的精神需求与物质欲望的冲突来研究当代人的精神寄托。我用报告文学的形式,来探讨这一重大精神课题"①。受经济环境巨变的影响,杨黎光在文本中讨论关于人的财富的问题,他说过:"我力求以自己独特的视角、细微的观察、富有哲理的思考和论述,提出一个当代最宽最广也最实际的问题:什么是人的最大财富。"在他的报告文学作品中,他写受贿者,写行贿者,也写张子强这样的世纪大盗(《惊天铁案》)。在张子强的文本中,我们能读到杨黎光一直在思考张子强对财富的渴求,对于金钱的欲壑难填,尽管已经得到了一辈子都用不完的钱,他仍然不收手反而一步步走向疯狂,通过这样的叙述非常清晰地向读者描述出一个只拥有金钱却没有安全感的罪犯。什么是人的财富,当读者读完这些报告文学后,自然会对这个问题有更深一层的思考,对于个人而言财富不仅仅是金钱,对于地区来说财富也不仅仅是经济,人最大的财富来自精神的富足,情感的丰满,生命的安全,生活的温暖,这就是报告文学作家的创作所带来的思考与回应。

第二节 眼观世界的报告文学创作

作为一名广东作家,杨黎光一直立足广东、面向全国。几乎没有缺席广东的重大事件的书写,同时也一直在丰富着广东的报告文学创作。当改革开放的成绩稳定,当"非典"疫情散去,他又把目光投向了历史,创作了从广东香山出发,走向全国;从孙中山故土出发,重温中国复兴路的文本。他知识储备丰富,作品旁征博引,历史故事与当下事件互相照映,形成文本的层次与厚度。

"无论是作为一名热切关注民族命运的现实主义作家,还是经常近距离观察社会生活的新闻工作者,当代中国人所共同经历的这场改革和近代中国蹒跚前行的脚印,都是我思索和写作的焦点。"他用《中山路》这个文本"从历史的角度去追寻民族

---

① 杨黎光:《日记上的时代印痕》,北京:中国文联出版社2004年版,第9页。

的命运,探讨中国的发展之路"①。孙中山的老家在广东香山,在建国六十年之际书写与孙中山有关的历史别有意义,但近代史纷繁复杂,这些年也不乏佳作,如何能跳脱出已有的文本窠臼是难题。杨黎光抓住了从广东出发的关键,从历史的角度去追寻民族命运、探讨中国发展之路,这个路就是"中山路"。因此,"中山路"本身就构成了一种近代史的叙述方式,杨黎光在关于中山路的书写中,超越遍布全国的地理概念的城市里的中山路,也不仅仅是停留在人们对孙中山这位革命先驱的纪念与缅怀,而是将中山路作为解码中国现代化、城市化进程中的落脚点,通过"中山路"的书写贯穿整个中国的民族复兴之路,以及背后的政治、经济现象,"中山路"成为一个文化符号,从这条路出发,杨黎光写下的是中国的救亡之路,也是复兴之路、强国之路。香山,武昌,南京,北京,上海,广州,青岛,台湾……整部报告文学的书写既能符合历史发展的时间脉络,又有条不紊地在不同城市徐徐展开,香山是"走出孤独的寻路人";武昌"是中国徘徊在十字路口";上海,是"对希望之路的再思索";广州,是"艰难的光荣之旅";北京,是"一个人的终点,一个民族的起点"。这些概括使每一个城市在近现代革命上的意义都得到高光展现,时间、空间在相互配合地形成了中国革命史的坐标,读者顺着这部报告文学就能重走中国这些城市的中山路,同时也就重走了整个中华民族的救亡路、复兴路与强国路。应该说这样的历史书写为当代报告文学的书写扩容,也为关于历史的书写提供更宽广的视角与格局。所有历史的书写都是为了回应当下,所有当下的书写又是为了展望未来,杨黎光在对人性的持久关注之后,书写的历史题材报告文学展现了另一种深度与厚度。

写城,写出了时空的厚重;写人,杨黎光则能写出时代的分量,这一点在他的人物传记作品《脚印:人民英雄麦贤得》这部作品里最为清晰。麦贤得这个名字在今天已经有点陌生了,可是他在"八六"海战中的事迹曾经让全中国感动。作为青年轮机兵,他竟然在头颅中弹的情况下坚持修复受损舰艇,保证了快艇的战斗任务。如果只是讲述这段英雄事迹,那么当年的报纸已经数不胜数。今日杨黎光再写,却是要写战斗受伤后的麦贤得,他如何与创伤病痛抗争,医护人员如何尽心尽力地救治照顾他;他又如何在组织、家人的关怀下重回健康人的生活状态;他的妻儿、家庭又如何与一个有癫痫症、脾气暴躁的人长期相处;在漫长的55年岁月里,当英雄的光环退去,当运动波及影响到他,当生活中普通的日子像流水般慢慢流逝,麦贤得一深一浅的脚印是如何走来的。这些才是杨黎光在这本《脚印》中书写的故事。所以这是一个反高潮的纪实作品,因为他的高潮就在故事的开篇,而故事的主体其实是作为一个普通人的麦贤得。

---

① 杨黎光:《中山路:追寻近代中国的现代化脚印》,广州:广东人民出版社2009年版,第2页。

杨黎光的书写总是非常特别,人民英雄该如何写?这部长篇纪实文学读到最后你才会发现,虽然从普通人视角切入,他想写的却一直是那个在守护"人民英雄"称号的麦贤得。文本中数次提到当人们赞扬麦贤得是英雄的时候,因脑部中弹语言能力严重丧失的麦贤得就会不断地强调"不够!不够!",甚至会为此着急,那么他是不在乎这个英雄称号吗?也不是,杨黎光写到在运动中他受到波及被说是"假英雄"的时候,无比郁闷、低落,无法理解。"当别人夸奖他是英雄时,他说,不够,不够。但有人说他是假英雄时,他不服,他愤懑,他怒火冲天地叫道,打国民党没错。其实,他心里是非常珍惜英雄这个称号的,实际上他是为这个英雄称号而活着。"这是杨黎光对麦贤得的一种深刻理解,麦贤得是单纯的,是简单的,他战斗负伤时还只是个19岁的孩子,他是非分明,要的不是英雄背后的名利,而是一份"尊重"。所以杨黎光的书写其实是在不断地思考在战斗负伤之后,在55年的平凡人生中,作为一个"英雄"的麦贤得到底是个怎样的人,最后杨黎光认为他是一个纯粹的人。在杨黎光的文本中,麦贤得的语言很少,哪怕是写实地采访,麦贤得也只有几个字"你好,你好","为祖国,为人民"。也许这些就足以说明麦贤得的纯粹,一方面他与人为善,认为是好的就要做,认为是恶的就要斗争;一方面他接受党的教育,是非分明,活得纯粹,"永做小小螺丝钉"。文本最后杨黎光写到麦贤得招待他时一丝不苟地泡一套潮汕工夫茶,突然又扣回故事开头麦贤得在机舱里从数千颗螺丝中找到松动的那一颗并完成修理,杨黎光写道:"这不是巧合,而是来自他平时的一丝不苟",这样超越半个世纪的回顾仿佛一个闭环,我们在普通潮汕男人麦贤得身上再一次看到了英雄的身影。

如果说杨黎光在《脚印》这本书中把最深的思考给了麦贤得,那么他最深的感情一定是给了麦贤得的夫人李玉枝。李玉枝是站在麦贤得身后的女人,这不是一句虚写,这在杨黎光的文本中化为真实,他写到第一次见到麦贤得就意外于他的高大,而李玉枝就站在他的身后甚至完全看不见,读者迅速就跟随杨黎光进入了李玉枝的生活中,一个如此弱小的女子如何在几十年的时光里照顾这个重伤有癫痫后遗症的病人,照顾儿女,努力工作,赡养老人,帮助弟妹,是怎样的力量支撑她走过这么多年。文本中李玉枝无数次在麦贤得癫痫发作或者脾气暴躁之后,还要收拾一片狼藉的家,照顾体力透支的麦贤得,自己则暗自吞下眼泪,甚至被麦贤得在初冬把自己和儿子关在门外枯坐一宿……如果说麦贤得的脚印是一深一浅,那么李玉枝则是每一步都在汗水与泪水中走来,甚至可以说如果没有李玉芝,也许就没有麦贤得的脚印。其实关于麦贤得与李玉枝55年的生活是残酷的,但这就是生活,而杨黎光要做的正是直面这种残酷的生活,直面这种艰难的岁月,正像他安慰李玉枝所说的:"这就是我为什么要写这本书的初衷。真实是残酷的,但真实才能留给历史。"杨黎光娴熟的长篇小说以及长篇纪实文学创作经验,在书写麦贤德一书中再次得到印证。他笔下报告文学创作总有独特深入的视角,这源自于他总能尽可能地"感同身受"自己的书写对象,比如写麦贤得却用了大量笔墨书写麦贤得身后默默奉献几十年的李玉枝;他的文笔细腻纯熟,读他的纪实文学有一种艺术赏析的美感;他以记者的社会责任感面对社会变迁、人性考验,麦贤得的故事是从"人民英雄"的光辉开始,却迅速地跌入创伤病痛的折磨、社会运动的波及,以及平凡生活的无奈,这样难以处理的题材杨黎光却写得起伏动人。他不仅用纪实文学书写了一个人民英雄的脚印,也用可贵的创作拓宽了纪实文学的容量与胆识。

第三节 思辨优美的报告文学创作

杨黎光是从小说转向写报告文学的,多部作品被改编为电视连续剧,也可见他的创作故事性极强,当然同时也不失深刻的思考。在杨黎光的创作中,小说与报告文学这两种文体是互相滋养的,比如《走出迷津》《欲壑·天网》等小说中也展示了他对复杂人性的思考,而这些同时是他在报告文学创作中要探究的终极问题。

其长篇报告文学《惊天铁案——张子强犯罪集团伏法纪实》《瘟疫,人类的影子——"非典"溯源》《中山路——追寻近代中国现代化脚印》都展示了长篇创作中文字的驾驭能力。这种长篇小说功底显示在报告文学作品中就是大开大合,长于多线索并进,善于多故事交织,共同构成丰富复杂的社会图景。比如作品《惊天铁案》。20世纪90年代,张子强案件与叶继欢案件交织在一起举世震惊,张子强绑架香港多位顶级富豪,勒索港币16亿,走私炸药800多公斤,光天化日杀人灭口;叶继欢武装抢劫香港五家金铺,在街头与香港警察交火,横跨粤港两地犯下这些惊天大案,最终被广东警方全部逮捕归案,虽然案犯们相继落网伏法,关于他们的神秘传说却层出不穷,对抗谣言最好的方式就是写出真相,于是诞生了长篇报告文学《惊天铁案》,可以说这是一部以正视听的创作,杨黎光为了准确深刻地表现侦破过程,对办案单位进行了两个多月深入细致的采访,从总指挥到一线的办案人员、看守人员,检察院的公诉人员,法院的审判人员,又来往香港、澳门实地探访,掌握大量一手资料,不仅还原案件过程,更剖析了张子强的一生,也在叙述中讨论了彼时粤港两地的发展与关系,对于社会环境、案件背景、犯罪过程都有涉及,可以说是杨黎光长篇小说创作能力在报告文学领域的一次高峰展示。全书线索繁多、故事复杂,但在作品讲述中有条不紊、高潮迭起、惊心动魄;同时还在建构作品整体性的同时,对犯罪分子的心理进行深刻挖掘与理性分析,可以说拿出了关于张子强犯罪集团覆灭全过程最全面、最真实、最生动的文本,随着时间的推移,许多历史会慢慢模糊,但留下的报告文学仍然以细节动人的文字警醒着后人。

除了整体文本的驾驭震撼读者,报告文学中的细节描写则能打动人心。《瘟疫,人类的影子——"非典"溯源》文本中对抗击"非典"的英雄邓练贤的一段描述非常感人。要进入隔离区的时候,邓练贤还轻松地和大家开着玩笑;随着病情严重,他状态日差,杨黎光写下了邓练贤妻子回忆的他喝汤手发抖的细节,用纸笔艰难写下"我肚子好饿"的字句,拉着妻子的手不愿意松开的时刻,以及临终时从眼角流下的晶莹的眼泪。杨黎光还在叙述中简要叙述邓练贤的出身与成长,特殊年代少年丧父,从"赤脚医生""工农兵学员"一步步艰苦努力走来的传染病教授倒在了抗击"非典"的第一线。这些细节带着文学的七彩光芒,为报告文学中关于烈士的书写,补上了既真实又动人的光环。

写本土,目及天下;写当代,心怀历史;写事件,思辨深刻;写人物,共情温暖。杨黎光的书写在这样的背景下不断扩容报告文学创作。在《瘟疫》一书写"非典"时期的"隔离""检疫"措施一节时,他首先指出:"凡一种新型烈性传染病的出现和传播,必然会造成一定的社会恐慌甚至动荡,因此,所有抗击烈性传染病的斗争,都需要政府强有力的领导和卫生防疫部门的得力措施。"接着杨黎光用宋神宗熙宁八年,苏东坡在杭州成功抗疫救灾的历史,也举出了1994年印度肺鼠疫大流行的当代事件;同时追溯了人类历史上1465年第一次在意大利开始了对船只的检疫隔离,以及美国政府阻隔霍乱的成功经验等。随后顺着时间线梳理了广州政府开始"非典"防治工作的紧急反应。这样的书写就把反映当下的纪实书写的时空瞬间打开,是对作者平时积累的考验,也是创作思维灵活的展现。总体而言,杨黎光的报告文学创作为当代报告文学书写做出了许多有效的尝试,也以多部优秀的文本回应了这个时代的需求。

第十七章　诗　歌

20世纪90年代以来的广东仿佛一块厚积薄发的文化沃土,吸引了无数南下的诗人,也催发了本土诗人的批量成长,还发生了一系列震动诗坛的重要诗歌事件。至新世纪,广东当为诗人数量最为庞大的区域,并拥有一批重要诗人,如王小妮、杨克、卢卫平、郑小琼、黄礼孩、东荡子、世宾、黄金明、杨子、凌越、马莉、杜绿绿、冯娜、马拉、舒丹丹、华海、陈陟云、老刀、方舟、梦亦非、宋晓贤、吴作歆、浪子、陈陟云、陈会玲、郭金牛、游子衿、唐德亮、林馥娜、谭畅、阮雪芳、许立志、谢小灵、丫丫、史炎、雪克、阵风、梁彬、蔡小敏、林丹华、辛夷等等。这些诗人有南下的异乡人,也有生于斯长于斯的本土诗人,他们交相融汇,共同构成了广东诗歌天空的瑰丽风景线。

2003年,时任《诗刊》副主编的诗人李小雨来到广东,在给诗人郑玲颁发该刊2002年度"优秀作品奖"致辞时说:"广东是一个诗歌大省,我们很看重广东的诗歌创作。"在2007年第二届广东诗歌节上,吴思敬等评论家进一步强调:"广东诗歌的影响力越来越大,说是诗歌大省名副其实"。在《中西诗歌》2004年第2期"广东青年诗人诗歌专号"中,有114位诗人被纳入。在2007年第二届广东诗歌节上,时任《星星》诗刊执行主编的诗人梁平描述了这一现象:"广东的诗人,如果要列一个名单,一百人还打不住。在我这四五年的阅读中,起码有八九十位诗人表现出了诗歌的力量。这种气场,促成了广东诗歌健康发展。"

第一节　诗群与诗刊

20世纪90年代伊始,作为改革开放前沿地的广东特别是珠三角是中国最先启动的经济地域群,消费经济与工业文化的发展以加速度的方式拉开了与内陆城市的距离,构成了中国具有范式意义的社会场域,出现了当代诗歌史上重要的诗歌现象,充满活力的诗歌场下,各种诗歌民刊、诗歌选本以及诗歌奖等作为重要的文化志,也充实着广东诗歌史的自我生成,并让曾为中心的北方诗坛刮目相看。

中国当代诗歌史上,迭起涌现的诗歌民间刊物是最具活力与创造性的角色,它们最先感知并传达了诗歌的嬗变,展现了朝向未来的先锋性,如《今天》便是新时期诗歌的策源地,20世纪90年代的广东也诞生了诸多具有影响力的诗歌民刊,如广州的《面影》《返回》《错位》《诗文本》《羿》《诗歌年鉴》《诗歌与人》《中西诗歌》《完整性写作》,深圳的《飞地》《大象》,东莞的《打工诗歌》,潮汕的《九月》,梅州的《射门》《故乡》,韶关的《五月》,湛江的《红土》,茂名的《女子诗报》,阳江的《南鲨》,等等,这些民刊聚集了大量诗人。

1986年,《面影》作为广东诗歌民刊的先行者创刊于广州,诗人江城长期担任主编,杨克、陈朝华、祥子、黄礼孩等参与组稿,作者群体则来自各行各业。《面影》打破了小圈子文化,广纳诗稿,刊发了全国众多优秀诗人的作品,包括黄灿然、翟永明、马莉、马永波、伊沙、海上、孙文波等,它将"朦胧诗"以及第三代的诗歌潮流引入广东诗坛,并推出了大批重要的青年诗人,发育为广东诗歌的一个强大的孵化器。《面影》的结束则似乎是新时期诗人生活压力的一种象征,是毫无征兆且充满遗憾的。《面影》的命运昭示了中国民间诗刊进入20世纪90年代后的普遍生存困境。

1999年,诗人黄礼孩凭一己之力创办了有"中国第一民刊"之誉的《诗歌与人》,以持续的激情关注并介入当代诗坛。在第一期推出《中国70年代出生的诗人诗展》,其影响力辐射至全国诗坛,70年代诗人群体由此登上诗歌的舞台。随之,《诗歌与人》先后编辑出版了《中国大陆中间代诗人诗选》《中国女性诗歌大扫描》《完整性写作》《"完整性写作"的诗学原理》《俄罗斯当代女诗人诗选》等,先后推出"中间代""完整性写作""少数民族诗歌""5·12汶川地震诗歌""海洋诗歌"等诗歌专题,被诸多学者视为活的当代诗歌史与精神史。除了群体性诗人群的推介,黄礼孩也着力于对个体诗人的文本推介,《诗歌与人》出版的诗人专号包括《俞心樵诗选》《古马:种玉为月》《张曙光诗选》《蓝蓝诗选》《追蝴蝶:朵渔诗选》《不落下一粒尘埃(东荡子诗文选)》《彭燕郊诗文选》《安德拉德诗选》《英娜·丽斯年斯卡娅诗选》等。《诗歌与人》在诗歌遴选上兼容并蓄,收录各种风格的诗人和作品,有意摒除流派性,扩大其视野与普遍性,力图更为完整地呈现时代的诗歌面貌。2005年,"诗歌与人·诗人奖"设立,2014年更名为"诗歌与人·国际诗歌奖"。"诗歌与人·诗人奖"先后颁给了葡萄牙诗人安德拉德,中国诗人彭燕郊、张曙光、蓝蓝,俄罗斯诗人英娜·丽斯年斯卡娅,瑞典诗人特朗斯特罗姆等,奖项的专业眼光与国际精神影响广泛,辐射国内外。

由符马活与黄礼孩合作的《诗文本》,在诗歌界影响也很大。后来,因种种原因《诗文本》停刊了。《诗歌与人》和《诗文本》,可以说是当时广东在全国最具影响的民间诗歌刊物,对当代诗歌的发展起了一定的推动作用,2002年,这两家民刊获得河北《诗选刊》"最受欢迎和关注的民间诗刊奖"。

1988年即创刊的《女子诗报》随着主编晓音迁居广东,亦成为广东一份重要的诗歌刊物。由于种种原因,《女子诗报》于1994年后停刊多年,但从2002年起它又以"女子诗报"网站的形式出现,出版《女子诗报年鉴》两卷(2002年卷和2003年卷),成为中国最具活力的女性诗歌平台。

1998年,杨克主编,于坚、韩东、温远辉、谢有顺、李青果参与编辑的首部中国年度诗歌选本《中国新诗年鉴》出版,以"艺术上我们秉承:真正的永恒的民间立场"为宗旨,编辑方针上除了"让不同艺术风格和观念的人实施其艺术抱负,保证了不同向度艺术追求的相互制衡"外,还有一个重要特点是突破了一般诗歌年选的编选规则,编选范围不限于公开发表的诗作,大量选用民刊和网络上的作品,立足当时的诗歌现场,关注持续性创作的潜力诗人,发掘了大量诗歌新人,展示了20世纪90年代汉语诗歌创作的实绩,其中就包括了一大批广东青年诗人如宋晓贤、黄礼孩、黄金明、安石榴、老刀、世宾、吕约、王顺健、刘虹、卢卫平等。《中国新诗年鉴》出版,每期对中国新诗进行年度总结,推陈出新,被公认为中国诗歌的权威年度选本。

1999年开始创办的《新诗人》可谓一份旨在发掘新人的民刊,据负责人凌越介绍,当时创办这份杂志是为了在年轻人里面找到志同道合的诗人,由于许多刊物态度模糊、妥协,没有鲜明特点,好和坏的区别不大,所以希望借此能够清理日渐混乱的诗歌生态,坚持诗歌自身的审美法则,发掘有潜力的年轻诗人。广州值得一提的民刊还有凡斯办的《原创性写作》,它是最彰显主编个人趣味因而也最锋芒毕露的刊物。

广东的中山、韶关、湛江的地方性诗社与诗刊也坚持迄今。1985年,中山诗社成立。中山诗社在其鼎盛时期,有旧体诗和新诗诗人近200人,其中"中山诗社新诗组"有老中青诗人近40人,曾出版《中山新诗选》(二辑),无疑曾很大程度地振兴了中山新诗的创作。另外,一些热爱新诗的青年诗人成立了"三只眼"5人诗歌部落。2007年,中山市诗歌学会的挂牌成立,从某种意义上说,她是"中山诗群"出现的开端,并创办了《香山诗刊》,李焕容、王晓波先后担任主席。①

韶关的五月诗社成立至今已30周年,办有诗歌刊物《五月诗笺》,社员发展到800多人,出版诗集200多部,成为全省乃至全国的一面诗歌旗帜。无论市场经济大潮如何冲击,文学怎样起起落落,诗歌一度走入低谷,但韶关这座城市始终坚守诗歌,坚持创作,每月都开展诗歌活动。

20世纪80年代末,湛江的一批年轻诗友,在湛江籍老诗人洪三泰和广东老诗人韦丘等的关怀扶持下,成立起一个"红土诗社"的诗歌组织,同时,诗社还创办一份《红土诗报》,在诗歌辉煌的20世纪八九十年代,《红土诗报》这份民间诗歌报纸,不但红遍广东,在全国都有一定的影响。花城出版社还在1990年出版了红土诗人的诗

---

① 采编自王晓波:《中山诗歌,一座城市的光亮》,《中山日报》2021年8月2日。

合集《红蓝处女地》。上海《文学报》几乎以整版篇幅报道湛江诗人的诗歌创作盛况。①

除此之外，创刊于20世纪80年代佛山的《芳洲》《佛山诗坛》生命力仍然旺盛。1989年，《射门诗报》创刊，并在经费困难的情况下持续运作至今。1998年，梅州诗人游子衿怀揣对现代诗的热情创办了民刊《故乡》。90年代至新世纪，更多的诗歌民刊涌现于广东地区，如粥样创办的《九行以内》，刘大程等人创办的《行吟诗人》，任意好创办的《赶路诗刊》，老刀主编的《21世纪》，朱子庆主编的《触诗刊》，陈剑文主编的《情诗季刊》，黄金明、吴作歆、陈才文编的《羿》，肖铁创办的《先行者》，林金旋主编的《尖诗歌》，何真宗主编的《打工作家》，陈计会主编的《蓝鲨》，黄昏主编的《九月诗刊》，杜青主编的《蓝风》，苏一刀主编的《露天吧》等。

当然，《华夏诗报》也是不能不提的一份元老级刊物，它于1985年创刊，主编是现年93岁的老诗人、诗评家野蔓，评论家熊国华参与编辑，曾经为诗歌的传播作出重要贡献。另外，广东地域的出版社、报纸杂志等也是推动广东诗歌发展的重要力量，1995年8月，由广东省作家协会诗歌创作委员会编辑的《广东青年诗选》，由花城出版社出版，共收录162位40岁以下诗人的诗作310多首。《花城》杂志、《作品》杂志每期都有诗歌专版，《南方都市报》和《羊城晚报》等有不定期推出的诗歌版面。

这一时期，全省各地的诗人也用组织诗社、办网站的方式掀起了诗歌热潮，带动更多的人进入诗歌现场，茂名的"南国"诗社、梅州的"射门"诗社、深圳的"宝安"诗社、东莞的"海平面"诗社等等，都兴盛一时。由莱尔主持、工作室设于深圳的"诗生活"网站，是这一时期全国为数不多的且有极大影响力的诗歌网站。

20世纪90年代的广东诗歌潮进入21世纪之后更为澎湃，诗歌活动以及诗歌创作进入了一个全面绽放的时期，以民刊为集结的诗歌活动与诗歌流派层出不穷，诗歌活动举办方有以官方作协报刊、民间组织等为主体的各种形式，与会人员以诗歌的名义聚集而身份各异，很多地方诗群也在蓬勃发展，如珠西诗群、湛江诗群、阳江诗群、中山诗群、揭阳诗群等，均以勃发的态势而引人瞩目。值得铭记的有如下重要的诗歌活动：

1. 2000年，跨世纪的第一天，青年诗人世宾倡议实施了"诗歌污染城市"的诗歌行为艺术，旨在引发人们对诗歌的关注与参与，活动在多个城市进行，全球1000多家媒体转载。

2. 2002年，诗人陈朝华、拉家渡等发起了首届"珠江国际诗歌节"；2003年，诗人陈朝华、批评家谢有顺等发起、创办了"一出生便风华正茂"的首届"华语文学传媒大

---

① 材料缩编自邓亚明：《诗歌与一座城市》，《湛江日报》2013年1月1日。

奖",通过报媒加"文学周"和诗歌朗诵会这种深入千家万户的渠道,把文学和诗意传播到更加广阔的天地。

3. 身处作协又同时与民间诗人保持密切联系的评论家谢望新,诗人温远辉、郭玉山等敏感地捕捉到了正在涌动的诗歌力量,并开始了诗歌节的发端策划。2004年举办"广东省诗歌创作现状与发展研讨会";2005年首届广东诗歌节的筹划和实施,为广东诗歌拉开了帷幕。从2005年首届广东诗歌节举办到2010年,广东作家协会分别联合东莞、珠海、深圳三市的文联作协,先后举办了三届大型广东诗歌节,除了外请的嘉宾,参会诗人基本囊括了全省各地的优秀诗人。广东诗歌节是广东迄今为止规模最大、影响最深的诗歌活动。诗人叶延滨说:"这种连续、接力性的诗歌活动在全国范围来说是非常活跃的,体现了广东省作为一个文化大省、文化强省在诗歌方面对诗人的关注,这种关注会使诗歌在更加开放、更加包容的情况下更加充分地发展。"同时,在众多民刊、网站负责人的努力下,广东的诗歌在开放、包容和多元的氛围下拓展并引领着时代的风尚。诗歌节的举办,对于展示各承办城市的经济、文化发展成就和广东诗歌的创作、研究成果,推动广东诗歌艺术繁荣发展,丰富群众文化生活,促进社会和谐发展,具有重要的积极作用。广东作家协会意在通过诗歌节更进一步地把全省的诗人组织起来,以优秀的理论和诗人为领头,把广东的优秀诗歌、诗人推向全国。

4. 2005年"第一届珠江(广州)国际诗会暨学术研讨会"在广州召开。此次国际诗会由中山大学外国语学院、广州大学外国语学院、广东商学院(现为广东财经大学)外国语学院、广东外语外贸大学英文学院共同举办,外语教学与研究出版社协办。来自国内外的诗人、诗歌研究者与翻译者共计70余人参加了此次盛会。诗会的听众则达到近千人次。后续的第二届诗会和小型研讨会,都以学术讨论为主,并出版了论文集,为中西文化交流和诗歌因碰撞而产生新质创造条件。

5. 2007年,正值中国新诗诞生90周年,由晶报社创立的"诗歌人间"提出"让诗回到我们身边"的活动主旨。历届的"诗歌人间"邀请全国著名诗人走进海关、税务、企业等各行业,令诗歌越来越深入深圳市民生活,更多市民将读诗、写诗、品诗作为一种爱好。通过诗歌,人们在社会生活的急剧变化中追求内心的宁静、诗意的生活。

6. 2010年4月,由南方日报社、广东省作家协会和中国移动广东公司联合主办的"诗润南国·2010广东首届小学生诗歌节"在广州启动。这是国内首次举行省级的小学生诗歌比赛,充分体现了广东人敢为天下先、锐意创新的魄力。这种"以诗为教"的教育思想,对弘扬民族文化,涵养民族精神,培育健全和谐的理想人格,提升少年儿童美学修养和想象力、创造力,起到重要作用。

第二节　流行音乐歌词创作

广东的音乐尤其是流行音乐,一直引领着全国流行音乐的潮流。可以说,改革开放40年,也是广东流行音乐发展的40年。这40年来,广东为中国流行音乐提供了许多新的思维和新的实践,是其他省市所无法比拟的。在整个中国流行音乐发展过程中,广东流行音乐扮演着一个发动机和桥头堡的角色。许多新鲜的音乐念头,许多传唱大江南北的歌曲(如《涛声依旧》等),都是在广东流行乐坛产生的,这些新鲜的念头和歌曲影响着中国流行音乐的进程,引导着中国流行音乐的发展,有着重要的文化价值和历史意义。

流行音乐的歌词虽是音乐的重要构成部分,但由于广东流行音乐歌词的特殊性,即广东的音乐人特别注重从文学艺术中吸收营养,因此,他们的歌词总是带着很强的文学性,陈小奇与李海鹰的歌词创作就是如此。

从1983年开始歌曲创作,陈小奇创作了近2000首歌词。代表作品有:《涛声依旧》《大哥你好吗》《九九女儿红》《我不想说》《高原红》《为我们今天喝彩》《烟花三月》等。其中《涛声依旧》自问世以来迅速风靡海内外,并久唱不衰,成为中国流行歌曲的经典作品;《跨越巅峰》和《又见彩虹》则分别被评选为首届世界女子足球锦标赛会歌和第九届全国运动会会歌;《矫健大中华》被评为第八届全国少数民族运动会会歌。其作品以典雅、空灵、含蓄并具有深厚文化底蕴的南派艺术风格独步中国乐坛。

直接从古典诗词中生发引用而来的创作,是陈小奇"中国风"歌曲创作中的一个特色。《涛声依旧》来自唐朝诗人张继的《枫桥夜泊》;《大浪淘沙》来自李白的《早发白帝城》;《朝云暮雨》来自宋玉的《高唐赋》;《烟花三月》来自李白的《黄鹤楼送孟浩然之广陵》;等等。与其他"古风"歌曲创作者最大的不同是:陈小奇化用原诗词的个别语词,但整体的意境、起承转合、遣词造句已经和原诗词有极大的不同,形成了陈氏独特的韵味与意旨。从语言学的意义上说,能指(古典诗词)转向了所指(当代情感),几乎是完美的转向。我们以《涛声依旧》和《巴山夜雨》为例:前者是当"涛声依旧"在回荡、渔火依旧在温暖我们时,我们这些现代人漂泊的灵魂,是否会随着"流连的钟声"继续飘荡无依无靠?还是可以登上一艘心灵的"客船"寻觅到自己的精神家园?另外一首不算太流行的歌曲《巴山夜雨》也来自古诗的意境,这首歌词完美地溢出了原诗词的意境,注入了更多自己的感受和体验:"伤心是一壶酒,迷惘是一盘棋""推不开的西窗,涨不满的秋池"这些堪称妙手偶得的现代诗意象与倾诉方式,真是"剪不断的柔情万缕",让整首歌曲盈满思念的情感渴望倾泻而出,真可谓一首婉转曲折、大气磅礴、浑然一体的元气饱满的佳作。

意象的高度概括力。歌词与诗不同的地方,是选取的意象必须是对生命与世界的概括性的选取,选取是否得当,将决定这首歌曲是否成功。陈小奇因为写现代抒情诗的训练,艺术触觉异常敏锐,往往能在纷纭芜杂的意象中直取最重要最美的意象,写出人人心中有人人笔下无的意象。比如《高原红》这首歌,就是最典型的代表:作者通过"高原红"这个意象,展示生命的轨迹和人生的画卷,写出了初恋的真挚与"雪崩"激情,写出高原人的刚毅与温柔、坚强与热烈的爱情故事,"高原红/美丽的高原红/煮了又煮的酥油茶/还是当年那样浓;高原红/梦里的高原红/酿了又酿的青稞酒/让我醉在不眠中"。藏歌的元素,都有了,但是都集中在"高原红"这个主意象下面,充满一种圣洁的美,高贵的美,怎么不让人心醉神迷?在为彝族的"山鹰组合"创作《七月火把节》这首歌词的时候,其实我们并没有真正体验过火把节的盛大美景,但是陈小奇非常准确地抓取了"七月"和"火把节"这两个意象,把它们有机联合起来,用"火"把"双眼""心灵""青春""梦想"都点燃;再加上"骏马""姑娘""鼓乐""美酒",这些意象语词在作者手里柔软起来,折叠起来,组成了美妙的节奏和音韵,烘托出一种热烈火爆、温暖激情的场面。

李海鹰也是中国改革开放后最早进行流行音乐创作与制作的优秀音乐人。代表作有《我不想说》《弯弯的月亮》《走四方》《七子之歌》《过河》等数百首,并为近百部电影电视剧创作音乐。

《弯弯的月亮》是一幅典型的感人至深的南国水乡风情画。歌曲使用的素材是广东省珠江三角洲水乡中山市的"咸水歌"音调,歌曲配器上的新颖别致,充分显示了李海鹰作为专业音乐人的良好专业修养和成熟而高超的配器技巧。无论是歌曲开头清爽的流水声还是结尾的响板处理,所渲染的音乐氛围都是南国乡村特有的那种现代文明与古老风情相融合又相冲突时,所产生的忧郁惆怅之中又有新生命萌动的美感氛围,创造了一种月影与柳丝共舞,歌声与桨声交相飘荡的忧郁乡愁情怀。在当时的音乐制作环境下,这首歌曲的配器被专业人士激赏,几乎是作为教材被很多学生学习编曲技术"扒带子"用的。

歌词在运用顶真手法选取了"弯弯的""月亮、小桥、小河、小船",以及摇船的"阿娇"等南国水乡特有的景物意象和人物情景,使人在欣赏时产生强烈的情感共鸣!童声伴唱的加入,更使该曲意趣横生,意境高远深广,艺术氛围渲染得更有人情人性的美感。

全曲结束的那句"我的心充满惆怅,不为那弯弯的月亮,只为今天的村庄,还唱着古老的歌谣!",更有画龙点睛的艺术效果,这是全歌的精魂所在,歌曲的内涵与气度充分体现在这一句"今天"与"昨天"的戏剧化冲突之中,让我们体会到一种希望的力量和理想主义的光芒。

郑南、瞿琮、张全复等的歌词,也透出浓浓的文学味。特别是20世纪90年代之后,伴随改革开放的深入,珠三角地区成为外省青年来打工寻梦的地方。他们远离故土、漂泊他乡,广东流行歌坛出现了一大批回荡着乡愁的歌曲,很快这种带着流浪、思乡以及寻找家园的歌曲在全国范围引起回响。李广平的《你在他乡还好吗》席卷全国,写出了出门闯荡的无奈,也写出了离别与痛苦。李春波的《小芳》《一封家书》随后红遍中国。李春波的歌曲以世俗化的口语、讲故事的方式书写年轻人的生活体验,与当代文坛的告别崇高思潮完美契合,他的城市民谣用口白式唱腔唱着叙事诗一般的歌词,成为中国当代青年的一种质朴、清新的审美代表,也成为一代人的青春记忆。

第三节 "知识分子写作"与"民间写作"的论争

20世纪90年代发生的"知识分子写作"与"民间写作"的诗学论争,是当代文学史上重要的诗歌事件,它使得不同诗学取径的诗歌群体得以彰显,激活并释放了内涵丰富的诗学动能,也对新世纪诗歌的形态起到了深远的推动作用。从事件的发生节点来看,由广东诗人杨克、温远辉以及评论家谢有顺、李青果等参与编辑的《中国新诗年鉴》则是世纪末这场持续时间最长、波及全国、影响深远的有关"知识分子"和"民间诗人"的大论战的导火线。

这场发生于新诗潮内部的论争,其直接原因,或许如姜涛所言,有来自诗歌秩序的重新建构与对诗歌象征资本和话语权力的争夺①。当诗歌发展到一定阶段,不同谱系的诗歌史叙述开始进行自我建构,而难免会有所偏颇与侧重。1998年3月,北京作协召开了"后新诗潮研讨会",这个研讨会仅仅探讨了作为新诗潮的知识分子写作,却忽视"他们""非非"等民间写作。1998年2月,由程光炜编选的《岁月的遗照》作为"九十年代文学书系"之诗歌卷在北京社会科学文献出版社出版。程光炜共选取了200余首诗,有明确的价值判断和倾向性。在此书的导言《不知所终的旅行》中,程光炜推崇欧阳江河、张曙光、王家新、西川、翟永明、臧棣、张枣、肖开愚、黄灿然、孙文波等诗人及诗作,强调诗学的伟大抱负为秩序和责任,希望诗歌指涉当代思想文化史,导言结合选集内容,成为"知识分子写作"的最佳注释,其编选排除了以于坚、韩东、伊沙为代表的大量民间诗人,而"他们"以及大量民间写作则沦为可有可无的

---

① 姜涛:《可疑的反思及反思话语的可能性》,载《中国诗歌九十年代备忘录》,北京:人民文学出版社2000年版,第137页。

点缀。

1999年2月,由杨克主编的《1998中国新诗年鉴》在广州花城出版社出版,其编选内容与序言部分,均以挑战的姿态指向《岁月的遗照》与"知识分子写作"。《年鉴》在封面上即标明:"艺术上我们秉承:真正的永恒的民间立场"。内容编选上推崇于坚、韩东、伊沙、鲁羊、侯马等"民间诗人",如伊沙的诗选了八首,而王家新只节选了一首,诗歌遴选有着明显倾向性。于坚所作的长序《穿越汉语的诗歌之光》更以战檄的方式展现其高调捍卫"民间立场"的态度,对《岁月的遗照》及"知识分子写作"群体进行了严厉的批判。在《诗歌之光》中,于坚强调民间诗歌的创造性与独立性,全力推出"他们""非非"等第三代诗歌,强调民间诗歌的天才性、汉语性,指责"知识分子写作"对知识与西方语言的依赖。他在文中写道,"在第三代诗人那里,由日常语言证实的个人生命的经验,体验,写作中的天才和原创力总是第一位的,而在'后朦胧'那里,则是首先是知识分子,其次才是诗人",从而愤慨地指责"九十年代知识分子写作是对诗歌精神的彻底背叛,其要害在于使汉语诗歌成为西方语言资源、知识体系的附庸,在这里,诗歌的独立品质和创作活力被视为非诗"。① 与序言呼应,《年鉴》的诗歌理论卷(第七卷)中收纳了沈奇的《秋后算账》、谢有顺的《诗歌与什么相关》、于坚的《硬与软:关于当代诗歌的两类语言向度》等文章,对《岁月的遗照》及"知识分子写作"群体进行了严厉的批判,并重申民间立场。

与《年鉴》相应和,同年4月2日,由谢有顺撰写的《内在的诗歌真相》一文在《南方周末》发表,该文在充分肯定《1998中国新诗年鉴》以及"民间立场"的前提下,质疑《岁月的遗照》以及所谓的"知识分子写作",指出"公众之所以背叛诗歌,一方面,是因为许多诗人把诗歌变成了知识和玄学,变成了字词的迷津,无法卒读;另一方面,是因为诗歌被其内部腐朽的秩序所窒息",而《中国新诗年鉴》"完成了一次对诗歌现状的清场"。②

面对"民间写作"的批判,被纳为"知识分子写作"一脉的众多诗人以及评论家也纷纷现身进行反击。《年鉴》甫一出版,便被西渡斥为"书商立场"。与此同时,唐晓渡的《致谢有顺君的公开信》、西川的《思考比谩骂更重要》、臧棣的《诗歌:作为一种特殊的知识》、王家新的《知识分子写作:或曰献给无限的少数人》等一系列文章针对"民间"一派展开辩论。臧棣在《诗歌:作为一种特殊的知识》中针对谢有顺的文字逐条反驳,并指出,以民间作为一种批评尺度或者术语太含混太不稳定,认为"在范式的意义上,诗歌仍然是一种知识,它涉及的是人的想象和感觉的语言化。……努力将

---

① 《穿越汉语之光(代序)》,载《1998中国新诗年鉴》,广州:花城出版社1999年版,第7页。
② 谢有顺:《内在的诗歌真相》,《南方周末》1999年4月2日。

诗歌重新发展成一种独立于科学、历史、经济、政治、哲学的知识形态"①。从而强调诗歌是一种特殊的知识。王家新则在《知识分子写作:或曰献给无限的少数人》一文中声明"知识分子写作"是被对方强加的符号,"90年代如此复杂多样的个人化写作能够进行如此简单、泾渭分明的归类吗? 在诗歌写作上谁能'代表'谁呢?"②随之,王家新就对方有关西方资源挪用问题,讽刺于坚一面坚持所谓的纯汉语写作,一面大量征用西方文学资源,由此强调诗人应该具有知识分子的独立精神与广阔的文化视野。

1999年4月16日至18日召开的"盘峰诗会",则是"知识分子写作"与"民间写作"论战达到白热化的标志。由北京市作家协会、中国社会科学院文学研究所当代室、《北京文学》杂志社和《诗探索》编辑部联合举办的"世纪之交:中国诗歌创作态势与理论建设研讨会"在北京市平谷县盘峰宾馆召开(即"盘峰诗会"),来自全国各地的近40位诗人、诗歌批评家就一系列诗学问题展开了热烈的对话,与会者有谢冕、吴思敬、任洪渊、唐晓渡、陈仲义、程光炜、陈超、林莽、刘福春、张清华、刘士杰、沈奇、王家新、西川、孙文波、臧棣、西渡、杨克、于坚、伊沙、徐江、小海、侯马、车前子、章德宁、柴福善、李静、张颐雯、杨少波、彭利、王庆泉、李青、兴安等人。会上,与会成员围绕已然成为焦点的"知识分子写作"和"民间写作"等诗学问题发生了激烈的争论。据一些学者梳理,"盘峰诗会"论战焦点主要包含四个方面内容:其一,是诗人与读者的关系。面对诗歌的边缘化处境,"民间写作"者认为让诗歌与读者再次产生关联,并获得读者的认可方为诗歌的通途;而"知识分子立场"则认为诗歌本来就与读者和大众关系不大,坚守精英立场。其二,为诗歌资源问题。双方对此各执一词,"民间写作"倡导与日常生活与现实语境发生密切关联的口语写作;"知识分子写作"者们更多采取的是对攻击的否认和对自身的辩护,证明诗歌借鉴西方资源的合理性和必然性。其三,关于诗歌的语言、风格及特征的争论。其四,关于诗坛权威问题。"民间写作"者们一致认为诗坛存在某种权威,他(他们)正在操控"90年代诗歌"。"知识分子写作"者的发言同样以为自己辩护为主,针对会前以及会上的指责,认为诗坛权威并不存在,是对方有意的虚构和阴谋之词。③ 双方的唇枪舌剑进一步将纸上笔战激烈化与公开化,从而被一些传媒称为"盘峰论剑"。

此后,1999年11月12日至14日,"99中国龙脉诗会"在北京市小汤山龙脉宾馆举行。在这次会议上,诗人与批评家开始理性反思"知识分子写作"与"民间写作"

---

① 臧棣:《诗歌:作为一种特殊的知识》,《北京文学》1999年第8期。
② 王家新:《知识分子写作:或曰献给无限的少数人》,《大家》1999年第4期。
③ 何方丽、张立群:《"盘峰论争"始末》,《中国当代文学研究》2020年第6期。

的论战,力图从积极层面推动当代诗歌的深化发展。

20世纪90年代末这场"知识分子写作"与"民间写作"的诗学论争,可谓是诗歌界不同理念、审美立场与写作态度之矛盾的集中爆发,它引发了震动全国的长时段的诗歌论争,其中固然不乏话语权力、流派歧视乃至个人意气的原因,但在持续的争论、反思、辩论中,新世纪的诗歌得以走向更为开阔、丰富的地带。而对于广东文学来说,这是一场发源于广东、而后波及全国的诗歌论争,其间有不少广东诗人和评论家参与,这就不免带有从"边缘"挑战"中心"的意味。

第四节　杨克的诗歌

杨克(1957—　),广西南丹县人。中国"第三代"实力派诗人和"民间立场"写作代表诗人。在人民文学出版社和台湾华品文创有限公司等出版《杨克的诗》《有关与无关》《我说出了风的形状》等11部中文诗集、4部散文随笔集和1本文集。日本思潮社、美国俄克拉何马大学出版社、西班牙萨拉戈萨大学出版社等出版了他多种外语诗集。其诗文收入《中国新文学大系》《中国新诗百年大典》等400种选本。《杨克的诗》入选百年"广州文库"。主编《中国新诗年鉴》(1998—2017每个年度)、《〈他们〉10年诗歌选》、《给孩子的100首新诗》等。获英国"剑桥徐志摩诗歌奖"等多个国内外诗歌奖。

杨克在20世纪80年代初"朦胧诗"方兴未艾之际,登上诗坛,亲历了"朦胧诗"运动、"第三代"诗歌浪潮、80年代末90年代初诗歌的低迷时期,乃至"中间代""70后""80后""90后"诗人的崛起等等,个人却一直保持着旺盛的创作力和致力于诗歌推广与发展工作的高度热情,比如他"秉持真正的民间立场",编辑出版《中国新诗年鉴》,并坚持至今,对当代汉语诗歌产生了较大的影响。

杨克早期的作品,如写于1982年的《我从现实和历史穿过——伊岭岩游感》,把石洞中的黑暗比喻为"一段段浓缩的历史","积聚着比黑夜还要深的/不平,愤懑和渴盼",走出洞口,"我们又听见了风声虫鸣和人的呼喊/看见了白的云朵绿的草叶和红的花瓣",诗人情不自禁地赞叹:"多美呀,这才是生活呢"。杨克这一代经历了"文革"的诗人,对黑暗有一种特别的敏感,因而他们必然地要在诗中颂歌光明。1984的组诗《走向花山》(四首)可以看作诗人早期的代表作。诗人在类似"题记"的一段文字中介绍说:"花山,在广西宁明县内,濒临明江。绝壁之上,用朱红颜料画着一千四五百个粗犷朴拙的人、兽形象……公认为壮族文化之源。"诗人在每首诗的前面描摹了这些图案的一部分,使之成为诗歌的有机组成,从而增强了诗歌的文化质感。20

世纪 80 年代中期,杨克有《图腾》《大迁移》《截流:1986》《红河之死:纪实作品第一号》等作品。从这些作品,我们看到杨克具有南方诗人的灵活性和多变性,不断地进行艺术的调整与创新,《大迁移》《截流:1986》直接取材于在红河上建设梯级电站的历史事件,回应着改革之初时代的"喧哗与骚动"。《红河之死》则记录了电站建设中发生的塌方惨剧,在无意之中,使人们在思想中对高歌猛进的 GDP 追求产生了一个深刻的问号。毕竟,人道主义关怀应该是任何一个时代首要的诗歌主题。

20 世纪 90 年代初,杨克从山明水秀的广西来到消费经济发达的南方大都市——广州,既是生存方式的转变,也是其诗歌创生的一个重要契机。

自广西至广州,地理空间的转换转喻了社会空间的更迭,杨克脱离了传统的社会网络,进入一个新的意义生存空间,过去坚固的一切被推至空幻的远处,光怪陆离的消费社会成为诗人亟待处理的现实处境:

> 竹、温泉、家园,原有的人文背景变换了,原有的诗的语汇链条也随之断裂。我面对的是杂乱无章的城市符码:玻璃、警察、电话、指数,它们直接,准确,赤裸裸而没有丝毫隐喻。就像今天的月亮,只是一颗荒寂的星球。表达的焦虑让我受到挑战,我朦朦胧胧地意识到,我的诗将触及一些新的精神话题;从此我还将尽可能地运用当代鲜活的语汇写作,赋予那些伴随现代文明而诞生的事物以新的意蕴。①

这段独白不但触及了杨克心理机制的转折,也预告了他书写方式的嬗变。来广州前,杨克已在诗坛崭露头角,其诗歌书写惯于牧歌式抒情,并于彼时文化寻根的浩大合唱中标识了自身独特的音调。可以说,杨克在固有的抒情方向上已走得颇为顺畅,拥有了不少诗人梦寐以求的可供依赖的惯性路径,而 20 世纪 90 年代的广州生活,斩断了他固有的抒情链条,展现了一个传统诗意荒芜的生活场域。他不仅遭遇了心理的顿挫,也要面对"表达的焦虑"。然而,有意味的是,这一心灵与写作的断裂与重启并没有引发杨克长久的不适,反而成为他势在必然的新选择,由此有了上述那一自觉而理性的宣示。杨克意识到如果不愿意虚伪地面对现实,那么,他必须进入这一"杂乱无章"的城市场域,将历史变动的经验纳入自己写作中,"赋予那些伴随现代文明而诞生的事物以新的意蕴。"新的生活形式自然赋予新的诗歌能量,秉持这一理念,杨克于 90 年代初迅速更新了固有的书写方式,写下了一批具有创新意义的当代都市诗作,如《在商品中散步》《天河城广场》《经过》等,它们从商品经济的泥淖间徐徐展开诗意之瓣,成为一道绚丽新奇的诗歌景观。

---

① 杨克:《对城市符码的解读与命名——关于〈电话及其它〉》,载《杨克卷》,南宁:漓江出版社 2004 年版,第 98 页。

就历史书写谱系而言,杨克的都市诗歌可谓是20世纪30年代"现代派"诗歌观念的悠远呼应,而"现代派"的震惊感与疏离意识,在杨克诗中却难觅踪迹。虽然其夫子自道曾提及过"焦虑",但很快,杨克自觉发展出了这么一种思考能力,即在商业化与技术化的都市文明中,诗歌如何成为可能,诗人如何直面。比较而言,"现代派"刚挣脱于乡土社会,他们面对都市这么一个巨大的异质的他者,止步于震惊、不适于陌生、沉迷于刺激性的感官印象;相形之下,杨克与都市的关系是内嵌式的,都市不再是陌生的他者,而是当代人无法逃逸的存在之所,嵌入其中的诗人需要的是"无愧"与"不逃避",要以投入的方式来揭示时代的噬心主题。

今天的诗人要无愧于后代,必须通过一代人的共同努力,让当下诸多缺乏情感色彩的词汇——商品、交易、石油、钢铁、警察、政治、税单、指令、软件等等,最终体现出新时代里的文化内涵……纯正的诗歌是真诚关注生存现实的诗歌,它不逃避社会和商品的双重暴力,戳穿让诗回到诗本身的虚构和幻觉,因为生存之外无诗。①

杨克的思考有着从原有的诗意范畴与文化系统全面挣脱的果敢,他呼唤从非田园诗的消费时代创造诗意、从惯性诗意的荒芜处开垦诗歌、从经验表象打捞文化意蕴,这份坚强的书写意志自然让人想起波德莱尔式的现代英雄主义,诗人纵身跃入都市的存在之渊,全面敞开诗歌的感觉结构,从时代的泥泞深处展开歌喉。杨克的"生存之外无诗"的体认及其诗歌实践让他淘尽了"现代派"诗人现代性受难的历史冗余,得以更自觉、自在的姿态步入作为存在语境的消费时代。

20世纪90年代初的杨克凭借其敏感与洞见,重新赓续了中断半个世纪的都市书写谱系,重续的同时,亦有力改造了前人"无法投入"的窘迫,并为自己找到了一种切入时代的适当姿态:"散步"。《在商品中散步》可谓作者如何形塑时代文本的一个总体隐喻,也是在这首诗里,"散步"作为当代的一个重要的抒情姿态被加以确立。

"散步"这个词带着一股闲适而松弛的气息,作为一种行动姿态,它自然淘洗了外来者的陌生感与疏离情绪,以亲切的方式介入商品世界,"在商品中散步 嘈嘈盈耳/生命本身也是一种消费"。诗人作为观看主体,没有自外于作为对象的商品之外,反而将生命与商品以同构的方式置于"消费"这一视域之内,自我与他者曲径通幽、达成了和谐的一致,主体由此发生了微醺的快感体验,"我心境光明 浑身散发吉祥/感官在享受中舒张/以纯银的触觉抚摸城市的高度",诗人恍然沉浸于商品所触发的诗情画意间,物我相融的欢愉不经意接通了传统诗论的"物感"说。《诗品序》云,林泉草木、风花雪月因摇荡人心而引发审美主体的情感涟漪,由此感物吟志、触物起情,传统抒情诗得以定形显身。有意味的是,杨克这首诗表达了与传统感物诗类

---

① 杨克、温远辉:《在一千种鸣声中梳理诗的羽毛》,《山花》1996年第9期。

似的感觉结构与情感模式,但所感之物却从自然的林泉置换为消费时代的商品,物感的内部意涵被予以现代性的重新改造,在承续与置换间,消费时代的诗意形态被重新发明。

散步者以泛化的感官知觉与情感体验放射式吐纳都市的同时,作为行动的主体,亦具有内在的包裹性,这一存在形态如费瑟斯通笔下的漫游者"漫游于陈列的商品之间,只是观看但并不抢劫,只是偶尔挪动一下步子却又不阻碍川流不息的人群,控制着激情和疲倦地凝视、观察他人而不被发现,容忍身体的相互接近或接触而并不感到恐惧。此外,它还需要具有在激情参与和距离审美之间保持平衡的能力"[①]。与之类似,商品间的散步作为一种自足性的行走在面向现实敞开的同时,仍保留了主体强大的自控力,与外在世界始终保持适当的距离,它俨然表征了杨克对于这个消费时代的基本态度:加入其中而又维护精神独立性。

杨克固然以先锋的敏感率先见证了乍来的商品经济与都市文化,但并没有陷入"乱花渐欲迷人眼"的激情泥淖,有限度的切入与自足性的保持使得杨克于消费的迷狂氛围中保有了难得的警觉与清醒,"工业玫瑰 我深深热爱,却不迷惑","不迷惑"的理智意味着诗人清明理性的始终在场。在大幅度地容纳、清点都市符码的同时,杨克的理性触须伸向了消费时代淤积的底部,他以下定义的方式对各类消费符号进行解码,意图暴露其历史"本质",譬如"传奇故事的女主角 她备受名声伤害/现代文明的一件超级大摆设"(《戴安娜》)、"今天石油的运动就是人的运动/石油写下的历史比墨更黑"(《石油》)、"再大的城市 都不是灵魂的/庇护所,飞翔的金属,不是鹰"(《真实的风景》)。诸如此类定义型的语句有着对消费符码的虚幻性加以揭示的努力,它们试图在失序的现实内部寻求可追溯的历史线索,格言化诗句的缔造不经意泄露了杨克意图对一个时代进行定义的野心。

杨克的"不迷惑"常以反讽的形态出现,抒情与反讽的并置,变形了传统抒情诗的单音节形态,化合出一种更为混杂、内部相互辩驳的抒情声音。《在商品中散步》的最后一节,杨克挪用了基督教的宗教语汇进行了高强度的抒情。

> 现代伊甸园 拜物的/神殿 我愿望的安慰之所/聆听福音 感谢生活的赐予/我的道路是必由的道路/我由此返回物质 回到人类的根/从另一个意义上重新进入人生/怀着虔诚和敬畏 祈祷/为新世纪加冕/黄金的雨水中 灵魂再度受洗

上述具有圣歌气息的诗句作为全诗的收束从"物感"的微醺中乍然起身,发出高亢的

---

① [英]迈克·费瑟斯通:《消费文化与后现代主义》,上海:译林出版社2000年版,第36页。

祈祷诗般的抒情音调,商品与技术构筑了新的神殿,它所带来的福音让诗人陷入宗教性迷醉之中,势能升腾的诗歌表层俨然是一曲商品的礼赞。然而,作为修饰语的"现代"的强调,以及"拜物"一词的引入,则制造了反对这高势能抒情的障碍,指向了悖论式的空洞内部,如弗里德里希所言:"自波德莱尔以来,抒情诗就转向了技术文明的现代性。这一转向始终具有的独特之处在于,它既可以是肯定性的,也可以是否定性的。"①正是在否定性的障碍之词的指引下,诗中"虔诚""敬畏""受洗"等神圣的大词虽然构建了肯定性的强度抒情模型,但并没有带动诗歌朝向圣诗的飞腾,它们的光辉绚烂的词语能指反而暴露了其所指的空虚。作为实体的商品物质成为被蚀空的黑洞,其势能是反向下坠的,因而,诗歌肯定性抒情躯壳与否定性的内部之间发生了悖论式的倒置与错位,针对商品拜物教的讥讽音色从过度抒情的声调背后响起,形成了既加冕又脱冕、既拥护又祛魅、既肯定又否定的反讽性的抒情形态。

杨克丰富而庞杂的诗作在试图吸收这个时代可能性的同时,又适时对之予以反省与自嘲。可以肯定,他的"散步"姿态在激情加入,并与审美距离之间优雅地保持住了费瑟斯通所言的"平衡能力"。不过,对诗人杨克而言,最为难能可贵的地方,还在于他迄今依然处于生长状态的诗歌生命,他的理想主义也仍然在继续升华。比如新世纪以来,他又再次写出了《人民》《我在一颗石榴里看见了我祖国》这样的杰作,相较于他自己之前的所有作品,可以说更上层楼。这两首诗分别代表了作者对社会底层更忧愤、更真切的关怀和对祖国更深广、更彻底的爱,眼光分别向下和向上,却体现了诗人的理想主义情怀愈益贴近生命,也愈加脚踏实地,因而富有更强大的精神力量。

第五节　20世纪90年代的诗歌现象与重点诗人

一、20世纪90年代的广东诗歌现象与艺术探索

20世纪90年代是广东诗歌走向现代性转换的过渡时期,一方面,在80年代重返文坛的一批老诗人仍然处于广东诗坛的主流位置,如韦丘、韩笑、洪三泰等,他们大多仍承续传统的现实主义与浪漫主义的诗歌创作手法,在诗歌观念方面具有一定的保

---

① [德]胡戈·弗里德里希:《现代诗歌的结构:19世纪中期至20世纪中期的抒情诗》,上海:译林出版社2010年版,第152页。

守性；另一方面，则有一批拥有现代理念的诗人从外地迁入广州，如杨克、陈朝华、凌越、郑玲等。与此同时，一批年轻诗人崭露头角，他们或者在新时代的感召下自觉变法、转换创作理念，或者以先锋的精神依借办民刊、结诗社的形式，形成富于探索性的诗歌群：因广州大学生诗歌大赛而成名的周伟驰、世宾、黄金明、陈会玲、陈珂等；广州以江城为核心的《面影》诗歌群、祥子主持的《返回》诗歌群；汕头的冰俊、凡斯、林济昌；江门的吴迪安；茂名的赵红尘、浪子等，他们在相对保守的、以传统现实主义与浪漫主义为主流的写作气候下开始了现代主义的诗学冒险，并以先锋的姿态、现代性诗学的追求逐渐改变广东的诗歌格局。在这一诗歌发生自我嬗变的场域中，具有一定位置并具开放精神的中年诗人，如郭玉山、温远辉等发挥作协力量，通过刊物发表、文学奖的设立等培养扶持了大批年轻诗人。

其中，《面影》诗歌群是广东现代诗崛起的重要力量。曾于20世纪90年代身处广东诗歌现场的世宾认为："虽然第三代诗歌运动是由刚从吉林大学来到深圳的徐敬亚所发起，那时他和王小妮、丁当、吕品贵、海上等人已经来到了深圳，但一时还没在广东本土的诗坛激起波浪。……广东由革命现实主义主导的写作局面并没有因它而改变，而是由来自广东本土的民间刊物《面影》，而让具有现代性的精神渗透到广东诗歌的内在结构——这一原因所判断的。但我们不能否认，他们的存在日后依然成为广东诗歌最具有潜移默化影响力的重要力量。"[1]《面影》诗歌群以及周边的重要诗人有江城、杨克、陈朝华、世宾、黄礼孩、凌越、陈珂、东荡子、浪子、祥子、陈会玲等。

20世纪90年代的广东诗人对现代诗书写了有了不同向度的自觉追求，特别是大胆借鉴西方现代诗技巧，对诗歌创作手法进行全面革新。如郭玉山自90年代以来，不断调整诗歌的创作形态，走出了80年代传统抒情诗的书写轨道，大量征用隐喻、叙事、多义等各种手法改造诗作，使得其诗作更具包容性与丰富性，呈现了焕然一新的美学气象。另外，如黄金明、凌越、黄礼孩、世宾等也不断突破前人的诗歌创作手法，从现代诗中更为勇猛地吸取能量，如凌越已经能够熟练地使用反讽、象征、戏剧化等多种现代诗歌技巧来书写现代人的躁动与痛苦，呈现了冷抒情的特征。杨克则在诗中扩充对异质经验、非诗因素的容纳，形成了一种更为开放的诗歌形态。

二、世纪之交的重要诗歌现象

20世纪90年代末至21世纪初，有若干重要的诗歌现象崛起于广东，其一是打工

---

[1] 世宾：《广东诗歌创作状况：重建一个人性的世界》，《中国社会科学报》2020年7月30日。

诗歌现象;其二是生态诗歌现象。

1. 打工诗歌

广东崛起的打工诗歌是当代诗歌史上的重要现象。20世纪90年代的广东因全球资本、技术的涌入而一度成为世界制造业的重要基地,大量劳动力麇集于深圳、东莞、佛山一带,"打工"作为一个进行时态的历史语码,潜隐了时代的情感波澜与精神秘密,由此崛起的打工诗歌成为规模化的写作,在全国引起广泛关注,成为广东在文学界崛起的独特声音,亦凝聚为当代文学史上一种重要的诗歌类型。

1994年,佛山《外来工》杂志创刊,标志着打工诗歌开始崭露头角。2001年,罗德远、许强、徐非、任明友等一起创办《打工诗人》杂志,标志着打工诗歌的自觉。打工诗歌的书写者多来自一线打工者,他们的创作有着原生态的情感呐喊的力量与时代见证的意义。典型如郑小琼、许立志、谢湘南、卢卫平、方舟、罗德远的诗作。郑小琼的《打工,一个沧桑的词》《生活》等代表作以一唱三叹的悲情感叹着打工人的沧桑生涯,她"在机台,图纸,订单"的负重下不懈怠地书写,于"铁""水泥"等冰冷之物上提炼诗意,从时代边缘的幽暗处生成了一个混沌而生命力充沛的诗意空间,以粗粝的、挟带了速度与力量的语言呈现了打工者的生活图景与精神状况。打工诗歌呈现了在场的书写,为我们建构了宏大叙述之外的社会精神史,成为时代的一份有力证词。

打工诗歌见证时代、批判现实,车间、流水线、螺丝钉、工装、机器、铁等意象成群结队地占领诗歌,构成了蔚为壮观的现代诗歌现象。2007年5月,由珠海出版社推出的《中国打工诗歌精选》可谓一份标志性的打工诗歌文本,它收录了1985—2005年全国100位打工人的诗作,全面展示了打工诗歌的实绩。

2. 生态诗歌

在生态诗人华海的倡导和引领下,广东形成了一个颇具影响力的清远生态诗群。这个诗群有一个鲜明的特点,即创作实践和理论探索双向展开,在推进创作的同时开展生态诗歌的理论研究和文本批评,逐步推动生态诗学的建构。

2003年,华海在《清远日报》开设"生态诗歌赏读专栏",精选出100多首生态诗歌,每首撰写一篇评论文章,在国内率先提出生态诗歌的概念并大力倡导生态诗歌写作。2005年,华海出版了《华海生态诗抄》,这是国内第一部个人生态诗集。2008年,在清远举办了国际生态诗歌暨华海生态诗歌国际学术研讨会。近几年,清远生态诗歌迎来了高光时刻。2021年,《庚子生态诗歌选本》出版,选本中收录了清远一些具有代表性的诗人的生态诗歌,以及全国各地诗人们的生态诗歌。目前清远已经有越来越多的诗人参与到生态诗歌创作的行列,包括唐德亮、李衔夏、马忠、苏启飞、唐小桃、韩学早、林萧、申雨霏等。他们创作的势头很猛,有很好的创作潜力。清远现在的生态诗歌已经以团队的形式呈现出来,出现了一批具有代表性和地域性的作品。

与此同时,清远生态诗歌群在理论方面的探索也取得了丰硕成果,并通过每年举办生态诗歌节、生态诗歌笔会,以及其他各种生态活动,集中进行理论探索,聚焦生态诗学的建构,先后出版了《当代生态诗歌》《生态诗境》《敞开绿色之门》《虚构之岛》等专著。目前清远的生态诗歌理论已经往生态诗学体系建构方面发展,有了一些深度的思考。18世纪以来,从神权笼罩下脱身而出的近代人陶醉于"人为万物的尺度"的幻觉之中,随着信息化、高科技时代的到来,技术崇拜进一步加速了人与自然的分离,因此,生态诗歌要从人和自然的生命共同体出发,观照人和自然,创造具有启示性的诗意世界。

2022年,清远被命名为"中国生态诗歌之城"。2022年7月29日,中国诗歌学会作出《关于命名广东省清远市"中国生态诗歌之城"的决定》,认为清远市是我国第一个开创性地擘画并长期致力构建"生态诗歌"的地方文化形象和文化内涵的城市。清远生态诗歌,不仅是清远鲜明的文化符号,而且已成为我国地方文化繁荣和发展的"清远现象"。

三、20世纪90年代的重点诗人

王小妮(1955—),长春市人。是"朦胧诗"后期、继舒婷之后出现的又一个重要的女性诗人,50后诗人中杰出的代表。自20世纪80年代即迁徙至深圳的王小妮,宛然孑然而立的孤鹤,奇异地包裹了自身,她不仅远离深圳热火朝天的经济旋涡,而且远离喧闹跌宕的诗歌现场,她遁身于深圳高楼大厦之间,自觉坚持边缘化书写,保持对纯净精神世界的固执追求。她认为:"只有边缘,才是稀有的、独立的、没有被另外的东西干扰影响。"[1]王小妮仿佛独自在时代的隧道内部挖掘精神石脉的矿工,其写于深圳的一系列诗歌构建了独特的个人经验体系,轻盈的文字羽翼上承载了沉重的历史寓言,平实的日常表层总黡现陡峭的奇思。

从"朦胧诗"时期开始,在迄今40年的时间内,王小妮一直保持旺盛的创作力、创作数量和质量稳定地保持在同时代诗人的最高位置。

数十年来,王小妮一直默默地生活,从不参与任何人世的纷争和诗界的扰攘。她安静地活着,安静地写诗,用诗歌建立她与世界的关系。研读其诗歌,可发现,她十分

---

[1] 王小妮:《今天的诗意——在渤海大学"诗人讲坛"上的讲演》,《当代作家评论》2008年第5期。

喜欢用"看"字,"我看见……"及其同义异形的变体,是一个随处可见的基本句式,比如在《我看见大风雪》《会见一个没有了眼睛的歌手》《月光白得很》等著名作品中都是如此。王小妮是睿智而冷静的世界观看者和表现者,一个存在于此时此地此诗中的"此在"的生命,看"见"世间一切,也看"见"了"存在"本身。王小妮诗歌的最大特点是以一种从容和淡定的生命态度直面现实,她对自然和社会同时保有高度的敏感性和认识的深度,既对普通的生活怀有宽广的胸怀和极大的热情,又对社会现实中的一切黑暗和缺陷洞若观火、冷眼睨视,并犀利地加以批判性呈现。

在20世纪90年代,当代诸多女性诗人还徜徉于躲进高楼成一统的自我晕眩式的光环之中时,王小妮已经穿越了自我的迷思抵达日常生活的内部。她习惯从日常的褶皱、生活的细节处发现诗意,表达即时即地的感悟、哲思、情绪。在书写上,趋于非诗化的写作倾向,将抒情性的语言加以淘洗,追求口语的直接、自然与透明,她的《白纸的内部》《一块布的背叛》《等巴士的人们》等诗作表达了对日常生活的关怀与诗思,用一柄利刃划开生活的表层,以获取更具普遍性的象征意味。

郑玲(1931—2013),原籍重庆江津县。郑玲曾任株洲市作家协会主席,20世纪90年代定居于广州。著有诗集《小人鱼之歌》《风暴蝴蝶》《郑玲诗选》等。诗歌《洞庭之恋》获湖南省第一届文艺创作奖、《诗歌月刊》主办的"2010—2011年度诗人奖"。

诗人郑玲一生饱经沧桑,却始终保有理想主义精神,面对黑暗的命运坚持点亮生命之光,"幸存者是被留下来作证的/证实任何灾难/都不能把人/赶尽杀绝"(《幸存者》)。这几句诗有着箴言的力量,宛如一道闪电划破阴沉的天宇,奠定了诗人的精神基地,即始终要以内在的真诚与不屈的精神来冲破灾难加诸的禁锢,自由的诗魂绝不妥协于外在的苦难。郑玲的诗是从泥淖中绽放的花朵,她的《风暴蝴蝶》俨然是诗人人格与诗风的象征:"……小小的蝴蝶穿越了风暴/却超越了风暴的猛烈/一飘来就变成一袭清风/愉快地吹入他人的命运/在那些零落的和憔悴的之间/反复地出现久久的萦绕/以一种醉心融骨的热情/不断地寻找秘密的花序/拿自己的翅儿折成信封/向四处投递阳光的消息/悄悄地催促着花树:/再开一次,再开一次吧/最后的一次 远比第一次更为美丽"。面临暴烈的命运,小小蝴蝶以融骨的热情寻找秘密的花序,这是诗人精神的象征化呈现,也是知识分子良知的具象化书写,风暴蝴蝶的书写中融入了生命体验与抽象哲思,难得的是,诗人有纤敏的艺术感悟,通过细节的精敏传达,蝴蝶具有了血肉丰盈的人性力量。这首诗哲思与诗歌技艺的锤炼上都炉火纯青。

郑玲虽然饱受磨难,但幸运的是她身边始终有坚贞的爱人相伴,因此,经历了巨大人生挫折之后,于新的时间链条上回望过去,历史善恶的轮廓在良心的天平上有了清晰的形状,真挚的感情足以扭转一切失败。《爱情从诞生到死亡》:"爱情从诞生到死亡/不过两次钟声之间那样短暂/我们相互给予的/是半个世纪的短暂相守/我们挣扎在巨大的阴影下/通过一连串的失败感到胜利……"郑玲的这首诗以富于哲思的书写从风暴的挣扎中走向了更为深邃、阔大的爱的境界。

洪三泰(1945—),广东省遂溪县人。出版有诗集《天涯花》、《孔雀泉》、《野性的太阳》、《悬念》、《洪三泰短诗选》(中英文)、《洪三泰世纪诗选》、《红珊瑚》(合作)、《第一面军旗》九部,加上小说、散文、报告文学共50多部。诗集《孔雀泉》荣获第二届广东省鲁迅文学艺术奖、新人新作奖等等。

20世纪八九十年代,洪三泰写作基地在广州、深圳两地,全心投入改革开放热潮。在肇庆市高要县任县委常委之职两年。身处改革开放的潮头,除写作出版改革开放长篇小说《风流时代三部曲》外,全力以诗歌书写开放改革。他的诗受我国著名诗人艾青的影响,具有独特的意象和主题,其中心意象是太阳、土地和祖国,主题则是爱国主义精神和家国情怀;艺术上,他的诗重视立意高境界、气韵激越、雄浑,节奏轻快、急速。如写深圳的长诗《蹦出贝壳的珍珠》;写广州的长诗《南风》《南方》;写广州最古老的又是改革开放最早最繁华的高第街的诗《中国高第街》;写海南的诗《可爱的海南岛》(20首,分两期刊于《诗刊》)。这些诗是中国改革开放的先声,在当时产生了较大的影响。

进入新世纪,洪三泰诗歌创作更加关注国家的命运和发展战略,增强了家国情怀。突出的有两个重要主题:一是2008年,我国四川汶川特大地震给中国人民带来巨大的灾难。洪三泰用一个月时间,写出了4500行的长诗《神州魂》,被誉为抗震救灾文学的丰碑,获得中华优秀出版物奖(抗震救灾特别奖);长诗《中国高第街》获中国改革开放四十周年优秀作品奖。二是当习近平总书记于2013年9月提出"一带一路"倡议时,洪三泰立即利用曾经详细研究并多次考察过海上丝绸之路的丰富资料,写出5000行长诗《大海洋》,并联合三个弟弟诗人、四兄弟齐写并由花城出版社出版的《丝路筑梦诗丛》长诗共18000行,其中包括洪三泰著《大海洋》,洪三川著《丝路叠影》,洪三河著《半岛丝情》,洪江著《丝路梦回》。四兄弟的四部长诗获庆祝改革开放四十周年主题征集活动诗集银奖。

家国意识与现实情怀,是洪三泰文学思想的主导。我国传统文化在价值论上的一个特点,就是强调家国情怀,忧患意识,同时追求"知"与"行"的统一,并把"知行合一"作为道德实践的目标,正所谓道德文章,"士先器识而后文章"。洪三泰的诗歌创作,正是秉承了我国这一优良的文学传统。他是一个追踪时代脚步,紧扣时代脉搏的诗人。他的《大海洋》,包括其他几位弟弟的几部长诗,都是在"一带一路"倡议感召下的"应时之作";或者说,是"一带一路"精神的形象化和艺术化。洪三泰的《大海洋》等创作,表明了他是一个"知行合一"的实践型诗人。他的写作,不仅仅是为了回报社会,回报国家和人民,而且还表明:作为一个思想型的诗人,他的诗有着强烈的社会关切,他追求人类的共同发展,追求世界的和平,以及社会的公平正义,这些因素构成了他写作的核心主题。因此,他的诗歌创作隐含着某种政治哲学的启示。

郭玉山(1949—),海南省文昌县人。著有诗文集《南方甜甜的爱》《绿岸》《真诚拥抱》《黎明之根》《在刀刃和花朵上梦游》《至高迎护》等。曾获第三届广东省新人新作奖、第七届广东省鲁迅文学艺术奖诗歌奖等多项文学奖。

郭玉山的诗歌创作,有个陡峭的起点。20世纪80年代,改革开放之初,诗人应邀参观合资厂,厂方工程师递交名片,诗人为这新鲜事物诗思泉涌,于是创作了《祖国,我没有弄脏我的名片》:"中国,打开了保险柜般的门/我将与世界递换名片/它不是一片浮云/在日照中将虚荣猎取/它是一方砖石/托负重望,镌刻友谊/是一首关于灵魂的诗/一个形象:中国的儿子……"诗人运用传统的革命现实主义与浪漫主义抒情模式和表现手法,通过小小名片,写出清新的时代气息和社会变迁以及人的精神境界。这首诗刊登于《诗刊》头条,对一个新人,当然是个巨大的鼓舞。然而郭玉山清醒认识到,作为共和国的同龄人,他接受诗歌的启蒙和训练,基本上是"为政治服务"那一套。这一代人的写作,大多继承革命现实主义传统,又局囿于那种僵化的模式。他1986年出版的诗集《南方,甜甜的爱》,虽然也有不少好评,但基本上沿袭这样的路数。他清醒自己的局限,自我要求努力提高艺术自省力和艺术自信心。他以艺术自省力和艺术自信心为诗歌创作路上跋涉的双轮,默默探索,为挣脱旧模式痛苦徘徊。

1995年出版的诗集《黎明之根》,可以说是由传统现实主义向现代主义过渡的尝试。杨干华认为:"它直逼生活,却神思万里,它毫无晦涩,却意蕴深深。闪光的,有细节;辽阔的,是背景。奇崛的想象,峥嵘的个性,语言的乐段,舞蹈的精神……"构成了郭玉山诗歌艺术的特色。如在代表性诗作《癌人》《世纪末大酒店》中,纷繁变幻的意象以超现实的方式排列组合,构成有着强烈冲击力的视觉画面与复杂的意涵表述:"骑马的人/骑着草原/铁蹄的闪电,铁蹄的风暴/沙漠的烽焰从根部泛起 砍伐的人/砍伤大地/斧斫的闪光呛入绿色的肺叶/蛇形或龙形闪电撕破天空/浊流聚啸/或蝗虫蔽日"(《癌人》)。在《癌人》这部长诗中,诗人不断切换意象镜头,自由调度想象,让充满惊奇而密集的意象在作者的强力意志下组合,从自然、社会、时代、灵魂不同层面对其中存在的现代性症候(癌)进行层层剖析,诗作在深度与广度上都比前期诗作有了质的提升。这一类诗作,打破了固化思维,在某种意义上也可以说是"在刀刃和花朵上梦游"。

唐德亮(1958—),广东连山上草人。20世纪80年代初开始发表诗作,已在国内外200多家报刊发表诗作近2000首,出版诗集8部、长诗1部,内蒙古师大中国少数民族作家中心编选的《唐德亮研究专集》于2008年由作家出版社出版。90年代初出版的诗集《南方的橄榄树》获第八届广东省新人新作奖。新世纪创作了《苍野》,以及长诗《惊蛰雷》等诗歌。其中,《苍野》获第七届广东省鲁迅文艺奖。

唐德亮是地方感、地域感很强的诗人。他被称为"岭南乡土民族诗人的一个代表"。从其《南方的橄榄树》《生命的颜色》《苍野》《深处》《地心》等诗集,可看出他的追求与特色。他目光瞄准现实,灵动地捕捉诗的灵感,坚持从生活深处挖掘诗意。产生了较大影响的短诗《挖》,显示了他对生活与创作的美学态度:"挖脚下的日子","挖出歌声,忧郁的,欢乐的","挖出一个苏醒的春天"。他以大量的诗作书写粤西北的风土人情,显出浓郁的地域特色与民族特色。《耍歌堂》《牛角号》《瑶族长鼓舞》《太阳部落》;组诗《粤北石灰岩印象》《粤北民俗写意》《回乡一夜》及长诗《写给瑶山》等,以其丰富的表现力、细腻、真实地表现了粤西北人民的风情风物风貌、生活现状与沧桑巨变,充满泥土气息,是瑶族的生存史和心灵史。"一只鹰/高过它自己的翅膀/排挞而上,在峰云相触的地方/停住脚步//几朵云雾袅娜裙裾/让太阳染一身斑斓/层层叠叠 像一个老人脸上/抚不平的皱纹/藏着一个个神秘的传说""有歌从天边飘来/打湿我的额头/整座油岭 都在动与不动/飞与不飞之间/出没自己的心事"(《油岭瑶排》)。"破旧的柴门/走出鲜艳的日子/古老的酒歌/飘出隔世的醇香/雉翎,是我摇曳的心旗/项圈,是你多彩的华年/篝火烧退浓重的夜色/长鼓,敲醒眼睛/敲亮沉睡的星辰"(《南岗排》)。既形象传神地写出了这两座瑶排斑斓多彩的特征,又巧妙地将瑶族风情融入其中。长诗《写给瑶山》境界深邃迷人,是一部瑶族创世千年的绮丽史诗,是民族文化血脉的奔涌与图腾。

唐德亮是有很强悲悯情怀的乡土诗人。《阿根伯失去了根》《撂荒的农田》《市井扫描》《千里背尸》《街巷》《市井扫描》《留守妇女》等诗作,对底层群体给予深切的人文关怀,富有感染力。唐德亮关注生态,创作发表了《蚕食》《再生障碍贫血》《无牛村》《森林氧吧》《酸雨》等一大批生态诗,辩证地反思工业文明的得失,体现了其先进的科学生态观与生态观诗创作审美指向。长诗《地心》对地球、人类生存、自然生态的追问,显出其宽广、深刻而独特的哲学思考与诗性表达,蕴含着多层次的容量。唐德亮的诗,善于在描述中抒情,捕捉营造独特而鲜明的意象,借用现代诗歌的技巧,朴实又机智的语言,巧妙的构思,达到了生活现实与艺术境界的统一。

长诗《惊蛰雷》是唐德亮的一部力作。2013年出版后引起较好反响,被评论家称为一部"精神史诗"。这部4600多行的长诗,思想精神内涵广博深邃,反映了中国2000多年、世界近200年的思想、政治、文化的历史,充满忧患意识,格调沉雄悲壮,想象飞腾,境界宏阔深远,有强烈的穿透力与艺术震撼力。激情、形象与理性的巧妙融合，是这部长诗成功的主要原因。

桂汉标（1949—　），广东韶关人，祖籍福建晋江。已出版《缤纷的情韵》《人生是一种缘》《云锦天心》等诗集；评论集《诗是一种宗教》《文学是情学》；散文集《心旅梦寻》等20部作品。代表作《我开采太阳》1983年获全国首届煤炭文艺作品奖。《邮票》获1986年广东省新人新作奖。先后主编出版"红三角文学丛书"等各类文学著作170多部。1982年牵头创建五月诗社，长期致力于培养文学新人，其中有五位中国作协会员和30多位省作协会员。他编选的诗社第一本合集《五月多梦的季节》是广东省庆祝建国四十周年文艺评选唯一获奖诗集；2011年获首届广东大沙田诗歌奖的唯一"民间团体奖"。桂汉标1995年开始兼任铭源基金驻韶办常务副主任，承担霍英东基金会和香港铭源基金在红三角山区捐建48项希望工程和"文学扶贫"工作。曾被中宣部、团中央、国家有关部委授予"全国保护未成年人优秀公民"称号，并于2001年荣获第二届"霍英东奖金"。

桂汉标是粤北诗坛的耕耘者与播种者。诗评家杨光治生前在《广东新诗百年述略》一文中指出："广东时间最久、影响最大的新诗社团"——韶关五月诗社，"桂汉标为领军人物"。已故评论家温远辉也曾评介：桂汉标是粤北新诗成就傲人的辛勤耕耘者，也是那一方水土新诗成果丰硕的播种者。他是20世纪80年代至今，粤北诗歌发展的核心人物。他的人品，他对诗歌的理解和追求，他的创作技巧和风格，影响了粤北一批又一批的青年诗人。

桂汉标诗歌创作的艺术风格是现实主义和浪漫主义相结合，抒情浓郁、情感丰富，表现技巧多样，富于气势，顿挫抑扬，音乐感强烈，有苍劲雄浑之美。发表于《诗刊》1982年11月号的《我开掘太阳》，虽是同题材诗，但诗人有自己的立意、构思和表现手法。因而这首诗读起来有一种惊异感和陌生感，把读者带进一个鲜活而又古朴的诗的世界，给人一种以启示力量和心灵的悸动。此诗既通俗易懂而又深刻新奇，这和诗人善于借鉴现代派的技巧，如新颖的想象、跳跃的形式、奇警的语言，以及从真、情、深、新、理处，再追求奇、隐、谲、曲、特、暗示、影射等有关。桂汉标还有不少这类诗，也具有《我开掘太阳》的特点。他善于从现实生活中寻找表现题材，并从中提炼诗意，凝结成诗句，铺排渲染，予人以强烈印象。

20世纪80年代至今半个世纪，工人出身的桂汉标一直把工业诗作为重点创作方向并取得突出成绩。许多作品如《我开采太阳》《工装上的党徽》等作品，在不同场合被不同的朗诵艺术专业和业余人士激情演绎，产生了积极广泛影响。2019年8月海内外140多名诗人和艺术家汇集粤北，举行了"桂汉标家国情怀作品专题朗诵会"，被香港诗人招小波等誉为"桂汉标现象"。

第十八章 散　文

巴赫金认为,文学史关心的是根源性的文学环境中文学作品的具体生命,以及无处不在的根源性的社会经济背景中的意识形态环境。就广东散文创作来说,进入20世纪90年代以后,一方面是市场经济的强力推行使处于改革前沿的岭南地区的经济获得了飞速发展;一方面是传媒的发达拓展了大众的公共空间,在很大程度上改变了人的观念。正是这种"社会经济背景"和"意识形态环境"的"根源性"变化,使得世纪之交的广东散文与80年代的广东散文既相同又"同中有异",或叫"和而不同"。

所谓相同或相近,是指20世纪90年代以后大多广东散文在审美情调、文化传承、描绘风土人情等方面,还是继承了以往岭南散文的优良传统。所谓"同中有异",主要指这一时期的散文再也不是一味地去迎合主流话语,而是呈现出多元共生的格局。举例说,这一时期除了大家熟悉的抒情写景一路的散文外,还有章明、老烈等的杂文,以及筱敏优雅而高贵的思想随笔,马莉带有先锋性质的散文实验,而这在80年代的岭南散文中是极少见到的。特别值得一提的是,90年代曾一度引起广泛注意的散文新品种"小女人散文",也是先产生于广州,而后再蔓延到全国,其代表作家是张梅、黄茵等。此外,像"新媒体散文""打工散文",也都是产生于岭南这片土地上的散文新品种。因为发达的市场经济,开放宽松的政治环境,务实平易的市民社会形态,尤其是岭南文化特有的那种平民性、兼容性、探索性和创造性,都是最适宜于新的散文品种生长的土壤。

在题材得以拓展,散文品种多元共生的同时,散文的文体、表现手法也相应地获得革新。过去,广东散文一般都遵从抒情、叙事、议论的传统套路,正统性、规定性和恒定性的艺术准则在一定程度上束缚了广东散文作家的手脚。而在世纪之交,正统保守的散文观念遭到了挑战。而表现在创作实践中,便是散文更贴近生活的原生态,散文的叙述由单一变为多元,意象的组合更加繁密,语言中的独白、感觉、隐喻、象征、片段也相应增加,甚至出现了纯粹"个人化"的写作。这些都表明:20世纪90年代以后的广东散文,正处于多元蜕变之中。

第一节 "小女人散文"现象

作为一种散文现象,"小女人散文"兴起于20世纪90年代初,伴随着报纸扩版、副刊增多、随笔小品的风行,到90年代中期达到鼎盛。"小女人散文"作者主要来自广州、上海等大都市的青年女性。代表作家有广州的黄茵、黄爱东西、张梅、宋晓琪,以及素素、石娃、南妮、周剑倩等。她们在广州的《南方都市报》《羊城晚报》《新快报》,上海的《新民晚报》,以及一些散文刊物开辟专栏,发表大量短平快文章,而后将其结集出版,于是"小女人散文"一时蔚为风气。1995年,上海人民出版社以"都市女性随笔"为名,推出两辑"小女人散文"丛书。花城出版社也于同年出版了马莉的《夕阳下的小女人》。这类书籍在市场上取得了良好反响,影响也进一步扩大。不仅如此,《广州文艺》还专门在1996年第3期开辟"小女人散文"特辑,一些高等学府如北大也召开了"小女人散文"作品研讨会,并将其中部分学术论文集中发表在1996年第5期《艺术广角》的"文学的软化现象研究"专题中。出版社和批评界的一系列造势,无疑对"小女人散文"的进一步传播起到了推波助澜的作用。一边是"小女人散文"一版再版、洛阳纸贵;一边是纯文学作品普遍失去轰动效应、销售低迷,两相对比,形成当时文坛一道耐人寻味的风景。

"小女人散文"之"小",并非指作者的年龄小,而主要是说她们文章内容的小和视角的小。她们不对历史、哲学、民族、人生作广阔而纵深的探讨,而着眼于自己的家庭、婚姻、情感,以自己的经历、小故事为中心,或品评衣饰、宠物、美食、建筑、时装、书籍等之类的事情;或津津乐道于女人的打扮、生活、恋爱、性感受,并由这些琐细的事件引发一些真实的生活慨叹。在这方面,黄爱东西的写作最具代表性。她出版了十多本散文集,几乎都是个人点滴生活的实录,并与广州这座城市密切相关。《桃花开》追忆过往的那些风花雪月,其间有对娱乐、对美、对吃、对电影,甚至小物件的理解与品评,率真而温暖的文字里,都是作者对过去的思念,对生活的热爱和思考,很有生活情趣。

人性化写作带出的温馨风景,是"小女人散文"的另一特点。五光十色的城市似乎总和女性有着无法割舍的关系,城市给女性提供了眼花缭乱的时装、五花八门的化妆品、轻松自在的娱乐方式,无时无刻不在丰富着女性的生活。而女性也在某种意义上点缀了城市,给钢筋混凝土浇筑而成的城市注入了一道婀娜多姿的风景,让城市变得鲜活无比。可以说,城市和现代女性是相依共存的。这一点,张梅的散文给了我们最深入的展现。

一些评论者曾批判"小女人写作"的倾向,认为她们的文章过于世俗化,没有艺术品质;也有一些学者认为她们写得不够严肃,尽是些小肚鸡肠、自说自话,完全不理会国家大事。但从读者方面看,这类散文却拥有巨大的市场吸引力,因为读者就喜欢看这些非常感性、琐碎,但又是贴近他们的生活、贴近他们内心的文字。这种"小康型散文"恰恰是对传统的"载道"与"抒情"散文的补充,也是对以往散文那种老迈的、过分四平八稳的风格的一种纠偏。

客观地回顾这场爆发于20世纪90年代中期的女性散文热潮,必须承认"小女人散文"作为文学批评的概念来使用是不够适宜的。认真分析其文本便会发现,被视作"小女人散文"代表人物的女作者,基本上属于20世纪90年代中国大都市中自食其力的知识女性群体。她们在作品中传达出来的思想观念、情感心态与审美趣味,绝不是传统意义上的"小女人"所能包含得了的。因此,以传统文化意味浓厚的"小女人"称谓来命名具有独立人格、独立精神追求的现代知识女性形象,的确有失偏颇。这一点从"小女人散文"从兴起到退潮,一路所遭受到的吹捧、喝彩、批评乃至讥讽、贬斥,都能够感受到。因此,重新审视20世纪90年代"小女人散文"这一散文现象,考察广州的黄茵、黄爱东西、宋晓琪的写作,既是对"小女人散文"的重新认识,也是对某些文学现象的再度清理。

黄爱东西(1966—),生于上海,原籍广东大埔。著有《花妖》《相忘于江湖》《老广州·屐声帆影》《广州女人》《夏夜花事·双城记之广州》等散文集。

20世纪90年代中期以后,"小女人散文"红遍大江南北,当时也曾经备受批评,事后人们才反应过来,这正是都市文化发展的世俗化结果。如果不从文学的角度来评价黄爱东西的散文,而是用黄爱东西的散文的受欢迎程度来评价广州这座城市,你会发现有这种文学以及这种文学的读者恰恰是对一个时代最好的注脚,一个城市有这种文学,比一个城市有多大的广场多高的楼房更能说明她的经济发展程度以及都市文学、世俗文化、人心安宁的程度,而这正是黄爱东西散文的价值。

作为"小女人散文"的标准作品,黄爱东西的散文也一律题材小、视角小、理想小,甚至篇幅也小。"小"背后实则为三种特色所支撑:副刊特色、时代特色以及地域特色。

广州是典型的经济安稳、物质丰饶的宜居城市,这里的人生活目标简单直接:赚钱叹(享受)世界。这是地域特色,就像广州出租车司机与北京出租车司机的区别。黄爱东西说:"很多广州人觉得惹起意识形态方面的争论是不必要的,诸多的论点和论据只会愈描愈黑,他宁可简洁地说,只是为了钱。"然后一语中地指出其中奥妙:"他本能地拒绝再和你解释这件事情更深一层的理由和目的。不知道这是一种从什么时候开始流传下来的一种生活智慧,这种处理的办法往往让事情变得简单——在面对一个财迷的时候,你的防范之心总会比面对一个政治家要少得多。"①从晚清开埠,到当代特区,这片南国土地的大胆、务实、机警与本色在黄爱东西的笔下四两拨千斤地呈现出来。

黄爱东西长期为报纸写专栏。她这样自我调侃:"有朋友们玩笑,咱看着你专栏长大的。窘,答曰,咱写着专栏长大的。"②她的专栏文字见诸《南方周末》《新民晚报》等多家报刊。20世纪90年代以后,社会文化在思想解放的浪潮下挣脱枷锁,人们急切地解决了物质生活燃眉之急后,最需要的就是精神文化,当时没有电脑没有平板没有手机,于是全国报纸的副刊一度成为最重要的休闲娱乐,副刊文学随之诞生。由于上述时代特色、地域特色,广州的副刊文字出现了张梅、黄爱东西等一批"小女人散文"的代表作家。她们的散文篇幅短小局限于专栏字数,语句简短适应于快节奏短时间的阅读习惯,几分性情,几分审美,几分俏皮,几分真诚,如广州女子端出来的一碟清蒸鱼,原汁原味,菜虽家常却鲜得让人垂涎。《誓言》也有许多有趣味、有情致、有生活的文字。譬如她写女人的懒:"像一只蜷在漂亮沙发上的宠物猫,洗完澡后漫不经心地打着呵欠。"她写男人:"多情的男人一定也是薄情的男人。"说得多狠,但又是如此地准确真切。她写爱情:"爱情是怎样逝去,又怎样步上群山,怎样在繁星之间藏起了脸。"黄爱东西以她一贯的轻快、幽默与机智的笔墨为我们勾勒了一群鲜活的广州女性,她们的行为与广州勃勃生机的社会生活相映成趣,透过她们,以及那些有趣味、有情致、有生活气息的文字,你可以把握广州的生活脉搏,感受到广州的呼吸。

黄爱东西笔下的这类"小女人散文",按文学的高标来要求,可能不够开阔深刻,甚至还有媚俗的成分,但我们不应求全责备。因为一个社会的文学艺术是金字塔式的。也许黄爱东西从来就只希望她的文字在金字塔的中部,闪耀温暖而非耀眼的光芒,这些文字是每一个平凡人"生命里的非至爱和路人甲"③。黄爱东西的"小女人散文"不求不朽,但求生动有趣,随和可爱,正所谓"凡人生活即完美"。

黄茵(1956—),祖籍广东梅县。其外祖父为《虾球传》的作者黄谷柳先生。著有《闲着也是闲着》《咸淡人生》《回家——一个人图说的历史》《一路向西》等散文集,并编写了反映其外祖父军旅生涯的作品《黄谷柳朝鲜战地写真》。

黄茵的都市女性小品文大多是采取"闲谈"的方式进行。她的作品如同一条清

---

① 黄爱东西:《四季如夏》,南京:江苏文艺出版社2013年版,第55页。
② 黄爱东西:《有一个人·自序》,南京:江苏文艺出版社2013年版,第3页。
③ 黄爱东西:《有一个人·自序》,南京:江苏文艺出版社2013年版,第3页。

澈见底的潺潺小溪,可以很清楚地看到生活中细小而优美的东西,一缕天边的红霞,满屋子的花香,一夜无边的寂寞,等等,都是她的谈资,娓娓道来,亲切而不琐碎。黄茵努力带给我们的是叙述者与读者之间的平等,话题的随意,以及气氛的轻松自由。比如,寂寞原本是可怕的,但黄茵却认为它使人如此好玩,寂寞变成了一种勃发的生命力,在黄茵的笔下一点一点迸发出来,串成了一种独特的生命体验。真实的生命体验是黄茵散文的基础,这种真实正是生长于都市的知识女性面对自我面对世界的思考,对于什么是城市什么是生活什么是幸福等等问题,黄茵都带着她的思考写进散文里,仿佛一幅绵长细致的画卷,呈现出来的是广州这座岭南古城的精神内核,更是简单生活的精神内核。

岭南地区的"吃"文化源远流长,黄茵的散文中也不时闪动着"吃"的可爱之处。黄茵甚至说她有一个梦想,那便是"做闲人,住大宅子,食客三千"。食客三千毕竟无法实现,但"因为吃饭,把口袋里的钱全吃光,也是有的"(《食客三千》)。黄茵厨艺好,喜欢请客吃饭,甚至由此而吃出自豪感来,想想,这是一种多么享受的生活。"吃"是很平常的一件事,决定了作者不能用华丽铺张的语言来叙述,而只能选择平实朴素的语言。但在这种平常的实实在在的叙述中,又渗透了作者的细腻感觉和生命体验,时时迸射出智慧的火花。如"真正的旅行不能缺少意外、冒险、辛苦、挨饿,这样才能让你发现一家散发着饭香的小店","有时候,吃也是一种境界","在哪里吃,怎么吃,吃什么都可以成为讲究,成为回忆"(《馋嘴人在天涯》)。黄茵正是因为自己对"吃"有贴心贴肺的认识而赋予了这些平常的句子以独特的魅力,使平淡的文章大放异彩。说到底,吃的精神就是人的精神,黄茵立足于日常生活去体悟人生,显示了她的文章多角度切入生活的特性,也显示了她语言的弹性和张力。

黄茵的散文大多篇幅短小,往往是对某种人生感悟或某个生命时态的片段式描写,这种看似随意、松散的结构却正体现了黄茵不着痕迹的语言张力。她的语言平淡柔和,像冬日的暖阳舒缓你的全身,但又会在某些时候,像是不经意般地触动到你内心的最深处,让你感叹于她语言的魔力。《月光玫瑰》的文字是优美的,那些阳台上的花儿,"玫瑰开得碗口般大,姹紫嫣红鹅黄缀在枝头,娉娉婷婷的,风过香气袭人,仿佛能解人语,给我平淡的生命添了一些想象和亲切"。玫瑰和人在不经意间有了联系,更成为作者不可或缺的一部分。然而,当作者在马路上目睹了一个自顾自弹琴的男人后,突然有所感悟,"想起月光下的那些玫瑰,花落花开,全然是它们自己的热闹,真正与人无干的,神却保佑了它们的美丽"。深爱着玫瑰的人,却面对着玫瑰泪如泉涌。读至此,有谁不为其间充溢的感伤和浪漫动容?毫不起眼的细节经由这感慨而具有了生命体验的意味。

宋晓琪(1952—),湖南醴陵人。出版个人专著14本,其中诗集一本,长篇报告文学五本,散文集为《下辈子我还当女人》《美丽到永远》《好好读男人》《想过情人节》《寻找自己的天空》《别太把男人当回事》《忍看相思满树花》《胸有底蕴气自足》等;与人合出专栏随笔集《相约每周》,散文集《夕阳下的小女人》,报告文学《漠阳江畔鱼水情》《视界人生》等多本。

宋晓琪从20世纪80年代中期开始大量发表文学作品,最多的时候,她在报刊上开了四个专栏。作为"小女人散文"的代表作家之一,早期她的作品题材大多集中于女性题材。她不空发议论,总是从生活的最细微处、最现实处提取和发现创作内容,娓娓道来,写出新意,蕴含哲理,如春雨润物,沁人心脾。体现出明显的女性意识、女性角色和女性精神。她有许多说男道女的散文,《下辈子我还当女人》《美丽到永远》《女人的声音》《不妨"老来俏"》《率性男人》《别太把男人当回事》等标题,便传达出浓烈的女性意识和坚定的女性立场。她不仅会讲女性故事,还善于将关于性别、人生、情感、生命、生活的种种感悟传达给读者,引起不少共鸣。散文大家岑桑认为,宋晓琪有"一副真诚而亲切的笔墨";再大再沉重的问题,在她的笔下往往成了一个似乎轻松的话题,让别人痛苦难熬的人生铁笼在她那儿好像变成了薄薄的窗纸,她用纤细的手一捅即破,这使得她的文章有一种不急不躁的风范和雍容的品位。

宋晓琪的空灵和她的智慧相映成趣。她的文字讲究情调与情趣,能够一落笔就进入幽默氛围,并运用虚实结合、改变句法词法常规和巧妙的比喻、对比、绘声绘色的描画等多种手法,不断制造幽默效果,使文章波澜起伏,一波一波把情调推向极致。著名评论家程文超撰文"南国有风铃",称宋晓琪的"性情与她的空灵、她的幽默、她的智慧一起成就了散文,成就了那一只南国的风铃"。

"小女人散文"后来受到诸多褒贬,总体贬少褒多,绽开于文学园地百花之中。宋晓琪似乎不以为意,看完一笑,洋洋洒洒继续写下去。

21世纪初,有了丰富人生历练的宋晓琪,题材和文风发生了新的变化。原来流畅、平实、有几分禅意、幽默的文字,越发简约、老到,不动声色地好玩儿,而唯一不变的是:真诚。她写作的题材也拓展开来,原来写女性为主,此时进入了更广泛的空间。她写汶川地震期间的"一个人的哀悼""像他那样敬礼",切切深情;写命运多舛、至死不知道夫君真实身份的"我的大舅妈",哀婉动人;她经过坎坷而"感谢挫折";她记住了春节前那些年轻同事在她脸颊留下的"无价之吻"……

近十年来,宋晓琪除了写散文,还在原先写过多个短篇报告文学的基础上,完成了五本长篇报告文学。其中《文史学者王贵忱》,记载了一位八旬老人从孤儿成长为古版本学家、"广东文化名片"的历程,史料翔实,语言生动;《大医骆抗先》则将我国乙肝防治泰斗、"时代楷模"骆抗先写得十分真实感人,读来欲罢不能。钟南山院士、侯凡凡院士和时任广东卫健委主任分别作序,是向骆抗先致敬,也是对该书的肯定。

20世纪90年代广东的"小女人散文"代表作家,还有张梅、石娃、周剑倩等等。在20世纪90年代中期,正是"粤文化"流行的时期,广东文化从各方面都向内地辐射。在这个过程中,"小女人散文"的出现有其合理性,也表明在当代散文的版图中,广东的本土文学并没有缺位。的确,"小女人散文"无法具有传统文学作品那样的艺术深度。但"小女人散文"作为一种个性的表达,一种对生活、对艺术、对爱情、对欲望、对个体生命、对心灵和自我的抚摸与幻想,它给人们带来了新的阅读享受,在洋溢着浓郁又细腻、温润又迷人的女性气质的文字之间,展示改革开放取得的成就、社会文明的进步,以及市场经济如火如荼时期都市女性的精神面貌,让人们感受并分享现实生活的温暖,是广东文学值得称赏的景观之一,也是都市文化最为诗意的部分。

第二节 大放异彩的杂文

岭南地处中国的南疆边陲,北隔五岭,南临大海。得天独厚的地理位置造就了岭南文化的独特风貌。由于自古远离中原政治中心,岭南受中原正统文化和儒家文化的影响相对较少,所以岭南文化的非正统性、非规范性、反传统性和远儒文化性才得以大放异彩;又由于岭南地区较早受到海外,尤其是近代西方先进文化的影响,多元性经济及商业贸易发达,所以岭南文化中平民性和市民意识才会更显浓厚。

杂文属于散文的一种,但杂文区别于一般散文的特点是在于它能为百姓代言、为群众呐喊、针砭时弊、讽刺不正之风,为创建民主、文明、科学、自由、平等的社会作出积极的努力。而岭南的独特地缘优势恰恰就能为杂文这种"针砭常取类型,议论不留面子"(鲁迅语)的文体的蓬勃发展提供一个更自由、更宽松的环境。因此,广东的杂文受到岭南文化中平民性和反传统性等特点的影响,更关注社会民生百态,更追求表达的自由。

过去广东的杂文创作备受"左"倾路线的摧残,杂文创作不太发达,杂文作家不能言、不敢言,杂文作品多为附和"主旋律"之作,只有个别如秦牧的佳作;进入20世纪90年代后,杂文的创作才开始繁荣,新老散文家、学者都畅所欲言为岭南杂文的兴盛添薪加火。而老烈、章明、吴有恒则是杂文写作的佼佼者。其中,鄢烈山的《一个人的经典》获第三届(2001—2003)鲁迅文学奖。

老烈(1921—),原名苏烈。辽宁绥中人。著有《学步集》《边鼓集》《瓜豆篇》

《货郎集》《流水章》《老烈杂文》《路边吟》等,作品选编入《当代杂文选粹·老烈之卷》《老烈作品选粹》等。

老烈充分地发挥了杂文"投枪、匕首"的作用,一针见血地指出社会存在的问题以及他的认识和评判。其批判的内容主要集中在两个方面:一是对"文化大革命"历史遗留问题的指证;二是针对时下种种社会现实进行深刻的反思和批判。诸如,社会发展与人的精神需求之间的矛盾,"皮毛关系学""社会关系学""后门关系学"等"关系学"问题。揭露那些"干尽了帮吃帮喝帮闲帮忙帮凶的坏事"却在事发后"一身干净,连点烟味酒气也没有"的小丑们(《揭小丑》);批判那些"把自己的革命初衷,阶级的解放大业,忘得一干二净,蝇营狗苟,追逐私利"的同志(《思前想后》)。老烈看到了当下科技发展与人的精神需求之间的矛盾所在,以敏锐犀利的眼光在细小的事物中窥见其背后所隐藏的驳杂真理。从人们经常脱口而出的"反正都是'阿爷'的"的话里看到了一些人利用职务之便挪用公家财产设备的腐败现象(《"阿爷"是谁》);从电影里"桌子底下踢脚尖"的画面中揭示了现实里阳奉阴违、掩饰遮盖、"见不得人"的"关系学"(《桌子底下踢脚尖》);从初次见面的问候语中引申出在门户开放的中国社会里存在的对舶来品"奉若神明,五体投地,卑躬屈节,胁肩谄笑"的现象,敲响了捍卫"社会主义中国人民的尊严"的警钟①(《您贵姓》)。

除了尖锐凌厉的时评文章,老烈亦有充满闲情逸趣、云山风度的文艺小品。在这类作品里,他则带着豁达情怀去品味生活,其文具有丰富的人文色彩。《货郎集》中有五篇记载汉唐古都西安之行的文章:《秦王扫六合,虎视何雄哉》中兵马俑庞大威武的阵势让作者联想到了秦始皇开疆拓土、一统天下的历史壮举;《大风起兮云飞扬》里,半坡遗址形形色色的帝王陪葬品和墓碑石雕展现了秦汉两朝的时代差异和古代君臣的等级差别,秦的"拟真"和汉的"意象"都蕴含了"炎黄子孙那雄浑、壮阔、博大、深厚而又生猛、跃动、坚毅、机敏的民族精神"②;《秦中自古帝王州》描写了西安城头的建筑风貌,比起今天的西安古都,作者觉得唐长安才是更加的气派,更能凸显"中华民族历史上光辉灿烂的一章"③;《忆昔开元全盛日》又叙述了参观古墓、石雕、壁画、碑林所见的景致,古代精湛的书画艺术让作者大长见识,惊叹不已;最后的《宛转蛾眉马前死》一文是作者游历了华清宫、沉香亭、马嵬坡等几处古迹之后对安史之乱这一历史事件的回顾和思考。如果说这是五篇精彩的游记,似乎还不足以说明老烈这些文章的妙处。它们俨然构成了一部简短又气势恢宏的汉唐历史。老烈的文字有着强烈的引导力,让读者跟随着他的步伐游历古迹,也跟随他的思路回溯

---

① 老烈:《老烈杂文》,广州:花城出版社1993年版,第149页。
② 老烈:《货郎集》,广州:广东旅游出版社1986年版,第35—36页。
③ 老烈:《货郎集》,广州:广东旅游出版社1986年版,第38页。

历史。

老烈的杂文以"风趣与力度共存,文采与诗情并茂"的特色展现了一代知识分子强烈的"承担"精神。他也曾下定决心一辈子不再拿笔,但是打倒"四人帮"之后,按捺不住自己满腔的热情又提笔创作。有人把老烈比作"刺猬",而老烈本人却很乐意接受这样一个"美名",他觉得自己浑身是刺,"虽然正人君子们讨厌,可也是一味少不了的药材"①(《为什么——〈瓜豆篇〉后记》)。一个有责任感的作家会用手中的笔来为这个社会的弊病寻找良方。这种精神从中国现代杂文的开山祖师——鲁迅先生而来,且一直贯穿于当代杂文的创作中,老烈这些"真性情"的杂文也是传承了鲁迅的杂文精神,说真话、诉真情、明真理。

章明(1925—),原名章益民。江西南昌人。著有杂文集《剑花小集》《当代杂文选粹·章明之卷》《章明作品选萃》《章明杂文随笔选》《上帝与傻子》《官多之患》《中国人有钱》等;短篇小说集《隔海的想念》《此恨绵绵》,长篇小说《海上特遣队》;报告文学《女神箭手》;歌剧集《枣园红灯》;诗集《钓鲨的人们》《椰树翩翩》等。部分作品选入《中国新文艺大系》诗歌卷、杂文卷、曲艺卷。曾获1989年新时期全国优秀散文、杂文集奖,1996年广东省鲁迅文学艺术奖。

章明以杂文为主业,但饶有意味的,使他暴得大名的,是一篇无心插柳柳成荫之作。1980年8月,他在《诗刊》发表了一篇《令人气闷的"朦胧"》的小文。他认为自改革开放、国门打开之后,一些年轻诗人受国外社会思潮和诗歌影响,写出了一批怪异晦涩,让人看不懂,读之"令人气闷"的"朦胧诗"。文章甫一发表,便引发了激烈的争论,当时比较有名的诗人、诗评家几乎都被卷入,"朦胧诗"这一带有戏谑色彩的名称也由此传开。当然,章明并不以此为意,因他看重的,不是有关"朦胧诗"的争论,而是杂文的写作。

与广东其他杂文家一样,章明的杂文十分关切民生疾苦,并着力于展现社会百态。在《"梦断葡京"几时休》《官多之患》等文中,他抨击某些贪官贪污腐败,吸食民脂民膏,虚耗国家资财。在《新春谈"吃"》里,他讽刺某些官员公款吃喝消费的现象,堪称妙笔。而《"中国人有钱"》抨击的则是某些公款旅游者。总之,抨击不正之风,揭露贪污腐败者,关心民生疾苦,展示社会百态,是章明杂文一以贯之的主题与写作取向。章明喜欢以俏皮幽默的语言调侃讽刺当下时弊,偶尔用点曲笔,反话正说,使读者在嬉笑之余,细细思考作品背后的深长意味,体味作者的良苦用心。社会的许多荒谬和尴尬之处只可意会,难以言传,但只要读者读完章明的作品,对一切事情必能

---

① 老烈:《瓜豆篇》,广州:花城出版社1986年版,第314页。

了然于胸,发出会心的一笑。

章明有着深厚的古文造诣,文采风流,意趣盎然。他喜欢引经据典,借古讽今,以古鉴今,有时甚至使用古代文言诗词进行创作,这可能与他自幼爱好文学,幼年读过私塾,念过古书的经历有关。如《"开会乐"三章》,作者借"同乡某公"离休后仍然怀念开会的古怪心态讽刺官场弊端和国人"官本位"意识之浓重。全文用文言诗词写作,妙趣无穷。第一段:"开会乐兮乐无穷!……不做工而胜似做工,不劳动而酷似劳动,不办公而俨然办公!……若夫决议如何贯彻,问题怎么解决,一概不管,四大皆空,空,空,空!"讽刺某些政府部门文山会海堆叠,却又没有实际效用。第二段:"开会乐兮乐陶陶!邀游四海兮任逍遥。……主人好客,山珍海错犹曰节俭;嘉宾豪饮,一举十觞人赞风骚。……谁曾念金樽美酒千人血,玉盘珍馐万民膏……复有馈赠,欣然笑纳,土产特产,大包小包。全家分享,妻笑儿跳,琳琅满目,不费分毫。此中之乐趣,又岂汝布衣之士所得而闻乎?"讽刺某些官员借开会之名云游四海,公款吃喝,收受礼品,却不曾想过其中的"千人血""万民膏"。第三段分析文山会海不能绝迹的原因。第四段作者尖锐而幽默地指出,某公的病根不在"无会可开",而在于"主席台上交椅易主,能不令人痛心疾首惘然若失乎?"。作者一句点破,一切皆因"官本位"意识作怪。

章明受鲁迅影响甚深,他笑言自己热衷于写杂文的原因是觉得杂文是"最能畅所欲言,最便于表达自己思想感情的文艺形式"。章明虽至暮年,但仍壮心不已,怀着强烈的历史使命感和社会责任感创作杂文,他认为:"下笔为文,目的在于祛邪扶正,革故鼎新,端正党风和社会风气,扫除历史尘垢,振奋民族精神",所以杂文作者需要抱着满腔热忱,善意地真实地揭露时弊,讽刺不正之风,只有这样"才能引起疗救的注意"(鲁迅语),有益于世道人心。

吴有恒(1913—1994),广东恩平人。著有杂文集《榕荫杂记》;长篇小说《北山记》《滨海传》;话剧《山乡恩仇记》;粤剧《山乡风云》等。

吴有恒的杂文从内容上大致可以分为历史评述、社会热点分析、岭南生活三个部分。其中最具有文化深广度的是历史类杂文。此类杂文选材独特、视野宽广。有的源自民间传说,如《严嵩乞米》中写到建文帝和严嵩逢生活窘境时,百姓对他们的态度大相径庭,前者每日米瓮多出一升米,后者各家关闭矮门扇无视奉旨乞讨,说明百姓是非恩怨分明。还有《朱元璋手书》这样引自《田兴传》这种小说、野史的故事。作者对历史的浓厚兴趣和广泛涉猎可见一斑。古往今来,评述历史的文章多用于借古喻今。对国计民生强烈关注的吴有恒非常擅长利用这种题材的便利。《秦始皇败在不爱惜民力》中讲秦皇不知与民休养生息,穷兵黩武、大兴土木、浪费民力,导致生产凋敝、民穷财尽、民怨沸腾,造成了亡国的形势。"观今宜鉴古,还是鉴一鉴好",作者毫不掩饰他的目的,坦率、赤诚。

20世纪80年代中国改革开放的初期,在改革开放风口浪尖的广州,探讨经济出路是热点问题。作为《羊城晚报》总编,他的杂文《多乎哉?不多也》《承包国营厂》《不要怕发展个体工商户》等对经济改革多有涉猎。其语言通俗易懂,善于利用事例和数据说明符合经济规律的发展方向。再如《骗子与傻子》《惊人消息》这类新闻事件的评述,作者疾呼"多读书,多看报,多学点文化,多长点知识""切不可将执法之权交给不正之人",有一种敢于说真话的魄力。他在写《榕荫续记》中说:"我不是怕事之人,现在也没有文字狱。"言辞犀利、坚持真理,在这个层面,吴有恒是一个出色的、有极高职业道德操守的媒体人。

相比于历史评述和社会分析类的文章的严肃思考、与时俱进,岭南生活这部分作品具有明显的个人色彩,文韵浓郁,语调舒缓。《木棉的季节》是该类型的代表作。开篇一句"又到木棉开花的季节了",一个"又"字让熟悉的岭南生活扑面而来,沉积着过往无数次的花开时节,节奏缓慢。接着说木棉是寒往暑来的标志,"巨大的花,簇开在巨大的树上,红艳夺目,遮着半边天",重复用"巨大"两个字似个人独语,看似无意却有意地突出木棉特点而不累赘。朴实的语言带领全文走入漫谈式笔调。他联想到清代张维屏咏木棉的《满江红》,却不简单只说木棉的英雄气。文中谈及前人咏木棉的诗词多爽朗,它不似杜鹃忧郁,冬天落叶而不哀飒,似莲花般"可远观而不可亵玩"。这样多层次地赋予木棉精神含义使得木棉的形象立体厚重。最难得的是这种质朴的语言让这些赋予浑然天成,不似一些咏物类小品文的牵强附会,刻意雕琢。文章最后引用岭南诗人屈大均的诗文,赞叹木棉花开"诚天下之丽景也!",为木棉盛开而心感喜悦。这种结尾让读者沉浸在木棉丽景之中,心生向往,余音绕梁,回味无穷。

第三节 杨羽仪与筱敏

杨羽仪(1939—2007),香港元朗八乡人。世纪之交广东重要的散文家。著有散文集17部。其中《水乡茶居》《怪客》获第二、第三届广东省鲁迅文学艺术奖;散文集《水乡茶居》同时获中国作协主办的新时期全国散文(集)优秀作品奖,散文集《又去漂泊》获广东省秦牧散文奖。

杨羽仪于1985年出版的散文集《水乡茶居》和《香港众生相》,收录的部分作品,较1981年出版的散文集《古海里的北斗星》与1983年出版的散文集《南风里的微笑》,风格渐有转变。杨羽仪的散文创作,可以1985年为界,划分为前后期:前期师承杨朔、秦牧,作品题材主要着眼于岭南,以描写岭南的乡土、民风、人情,歌颂新时期人民群众的幸福生活为主,文风甜美。后期一方面有意识地引导人们对生活、对历史、对社会、对人生的反思,注重思想与现实的结合,深入社会人生,对水乡及其村民,对城市及其众生,对大漠及其少数民族,对海外及其游子怪客,摘除单一色调的、放大镜式的观照,摆脱集体先验和时代权威的操纵,充分认识、思考人生,渐解人生的多色调,通过自身"悟道""殉道"的精神,直面人生,竭力抒发实感真情;另一方面结合西域大漠的游历,探讨中华民族历史文化,感情悲悯而超脱,后期创作无论是内容题材,还是风格语言,与前期创作明显不同,实现创作内容及思想的升华。可以说,杨羽仪的散文创作,是20世纪80年代南粤散文潜在变革特质的一个典型。

  杨羽仪带着诗人的秉性,诗人的柔情,追求和创造着生活和人心的美。创作之初,杨羽仪主要受杨朔的影响,追求散文诗美的意境,精致的结构,清丽含蓄的语言。那种对美的执着追求,其实在他最初的散文中就有所预示。《山寨的琴声》虽然现在看来未免显得幼稚,带着那个时代虚饰的痕迹,但它不也同时透露出杨羽仪追求美的苦心吗?那美丽的山寨风光,美丽的神话传说,今天读来仍令人向往。粉碎"四人帮"后,杨羽仪对于美的追求更加自觉、更加多样和全面了。他礼赞华羽彩翎、提携着百鸟在明媚的春光里腾飞的凤凰(《凤凰》);他用秀美的诗一般的笔调,表达了对春天、对大自然的热爱之情,呼唤着象征科学、象征祖国新生的知春鸟的到来(《知春鸟》);他把老一辈革命者当作巍巍梅岭上凌霜傲雪屹立的红梅来歌颂,用"漫天的香雪,山间的银泉"来展示他们丰润洁白的神采和坚硬的铁骨(《巍巍梅岭香雪飘》)。

  然而,在杨羽仪散文中,更多的是对于岭南乡土风情和山水阳光的描绘。巍巍梅岭洒下漫漫香雪。秀丽的珠江从山间峡谷里流下,静静地滋润着岭南这片"清绝之地,秀丽之乡"。放眼是秀密的丛林、清澈的溪流、青翠的田野、交错的水网。还有年年如斯的羊城"花潮",散落于城乡村镇的茶楼酒馆、榕荫葵棚……这就是岭南。岭南的乡土、岭南的文化孕育了他创作的胚芽,从流雾缕缕的粤北山区到珠江三角洲的水乡,从广东特有的工艺品到珠海特区的新气象,新生活里任何美的事物,他都抱着极大的兴味去捕捉。他说:"我们必须选择具有美的内涵的趣事来写,因为,艺术是对人的生活审美的结晶,美是艺术的灵魂,离开了美,就没有艺术可言了。只有在发掘新的生活内涵时,情趣才具有美的价值。"[①]基于这样的美学追求,杨羽仪的创作实践就努力体现生活甜美。《蜜月》可谓甜美风格代表作。偏重描述人们美好幸福新生活的写作定位,使作者竭力铺张、夸饰,与杨朔《荔枝蜜》相似,杨羽仪也选"蜜"为

[①] 杨羽仪:《行客随想录》,《散文选刊》1985年第3期。

素材,暗示新生活的甜蜜。作品把一对养蜂夫妇长期跋涉深山,颇像吉卜赛人的流浪生活,描述得犹如"天天在度蜜月",天天辛勤劳作之余,还相互逗玩取乐,结婚几年了却依然保持新婚的甜蜜,犹如丰子恺的生活散文,叙述他自己亲身经历的生活和日常接触的人事,表现出浓厚的生活情趣。此外,在甜腻一类作品中,诸如"好事多磨"(《织满诗情的白茧》)、"回故园"(《知春鸟》)等主题促成的喜庆事儿,"用名歌唱家清歌叫卖"(《沸腾的墟日》)、"文人大话反受讥"(《清晨的脚步声》)等主题引发的开怀声,由此表现人物热情甜美性格,或展示新生活新鲜谐趣的景象。除此之外,作者还有意让人物的名字参与"酿蜜"的工作,如《水乡二题》中的"喜姐""甜妹""阿乐"等。杨羽仪就是这样,善于从生活的点点滴滴发现美、创造美。

《水乡茶居》通过"叹茶"习俗,揭示了珠江三角洲地区居民的生活哲学。"叹"可谓岭南水乡的文化符号,它与北京的胡同、上海的弄堂、安塞的腰鼓、成都的火锅等地方文化符号相仿,它不只是表现水乡人在品茶中的悠然状态,更主要是折射出水乡人品茶之余的生活品质、文化特质:其一是水乡人固有的人文气质——悠闲、随和。"在广东水乡,茶居是一大特色。每个村庄,百步之内,必有一茶居。"茶居中的"一盅两件",消闲的瓜子、糯米鸡与香茗的袅袅轻雾,熏陶出细腻的民风乡情,"一杯茶就是一首诗",处处是有情趣的生活起居。确如作者所说:"颇如艺术的魅力,竟使人渐醉……"看似慢条斯理打发时间,有旧中国的绅士风韵,实际上正是当地人张弛有度,讲求实效之后也讲究迂缓,注重颐养身心的生活觉悟。杨羽仪深悟这层意味却没有直接阐明,文字处处透出素淡清丽——"月已阑珊,上下莹澈,茶居灯火的微芒,小河月影的皱皱,水气的飘拂,夜潮的拍岸,一座座小小茶居在醉意中。"一幅"水乡茶居图"在字里行间浮现了。其二是"常"中有"变","变"映照"常"的哲理深思。他接纳麦当劳的快餐文化,更珍惜水乡茶客"叹茶碰心"的境界。"一桩桩雄心勃勃的事儿,就在'叹茶'中经过'斟盘'而'拍板'了。这样'草草杯盘共一欢',便是水乡生活中的诗。"正是广东人以茶会友,喝茶谈生意的习俗。另外借水乡建筑的变化、名称的变化、茶居的变化、品种的变化反衬不变的环境。这种既乐于接受新事物,又不妄自菲薄的平和心态,反映广东人宽容、务实的生活观念,也是广东人的"变与常"的生活哲理。

杨羽仪还注重感应当下社会的热点,敏锐发掘时代特征。《快餐厅里的哲学》以"我"的视角来观察一位青年,抒写时代的烙印,描写了三次相遇,随着情节的层层展开,一个带着改革开放朝气的形象跃然纸上。三个层次记叙分明,先写西装青年一边看图纸,一边风卷残云般进餐;续写这位青年任职的东方公司的传闻;最后写这位年轻人对人生的理解,总括出"人生价值在于冒险"的新观点。在这段描述中,我们看到了标志着改革开放初期的文化符号:"西装"、"图纸"、"公司"、"人生在于冒险"的人生观,一切都是那么新鲜、富于挑战,真的是充分展示了"特区"之特,人物栩栩如生,如在目前。文章的深意不仅在描写层面,作者还善于哲理反思,从"快"与"慢"的对比中,发现了中华民族崛起的希望。正如他自己所说:"散文的魅力也许不仅限于知识性、趣味性与诗情美的结合,而更在于能与时代的读者真正的发生共鸣,让散文能跟上当代人审美心理的需要,挖掘、表现当代人的生态和心态,反映他们全新的生活。"《风雨看龙舟》这篇散文以赛龙舟为线索,通过归国回乡的一位老华侨的眼睛展示了改革开放带来的新气象,锣鼓喧天、百舸争流,龙舟健儿奋勇争先,一派龙腾虎跃的新气象,在热烈中隐喻了正在振兴中的祖国乡村的新面貌。《大海与老人》一篇中讴歌了一位老英雄眼光敏锐、积极进取的精神,通过他搞网箱养殖指出改革的宏伟前景,也在其抗拒阻力的描写中指出了改革的艰难和不屈不挠的勇气与精神,是当代人开拓拼搏精神的生动写照。

20世纪80年代中期以后的杨羽仪,在对80年代初创作的延续性中,分明已经裂变出一些新的因素。这时期的创作已经不再保持那种舒缓的调子和甜美的风格,而是与心灵的"悟道"同步,作品在题材与表达的思想情感上,明显出现问题意识,也就是对社会人生的悟道。《猕猴桃在香港》《庙祝偶见》等作品,已将笔触延伸到社会问题,这些作品一方面富于问题意识和批判精神,敢于展现开放改革过程中的种种弊端,以及平民百姓各自的人生经历和生存困境;一方面又透露出内在的乐观豁达,充满信心。正是这种敢于正视现实人生,既写光明又写困难与矛盾弊端,以及敢于袒露个性与自我的写作取向,赋予了杨羽仪散文写作的自我性与真实性的可贵品格。

筱敏(1955—),广州人。著有散文集《喑哑群山》《理想的荒凉》《女神之名》《风中行走》《阳光碎片》《成年礼》《记忆的形式》《捕蝶者》;诗集《米色花》《瓶中船》;长篇小说《幸存者手记》等。

筱敏是一个耽于精神性的写作者。她原是一个写抒情诗的诗人,后来改写散文。她早期的散文作品,较多关注女性的命运,对女性的生存困境有着细腻的描写和深切的关怀,其美学风格呈现出宁静、朴素、纯粹的特征。20世纪90年代之后到21世纪之初,她的写作风格开始发生了变化。她发表了一系列以知识分子为题材的散文,向读者展示了一个宏阔的精神空间和历史空间。那里有关于法国大革命的遥想,有对俄罗斯精神的礼赞,也有对的德国法西斯暗影的省察,此外还有对知识分子的批判。筱敏坚守人文主义者的立场,思考自由、平等、信仰、公民的权利、人的尊严的内涵,向往想象中极美丽纯净的"乌托邦"。显然,筱敏散文所涉及的命题以及她所思考的深度,都给她的散文带来了精神性的特征。不过就筱敏的创作来说,更吸引读者的是那些精致、饱满和结实的诗性表达。在《书的灰烬》中,她用诗歌的笔调这样描述那些历史上的思想者:

思想者在纸上留下思想的踪迹,如同蓟草在大地上留下生长的踪迹,这是生命自身的真实。因其无关尊严荣辱,无关乎利害,所以不可能扼止。

站在大地上,吸纳土壤的气味,浸浴日月的馈赠,伸展自己思想的枝条,自由地伸展。这是人的权利,这是个体生命的尊严。

在《无家的宿命》中,她从人的视角出发,以一颗敏感、孤独和反抗的心灵来感受和重塑法兰西的女英雄贞德。她以充满悲悯、痛苦和炽热的笔调写道:

人只不过是一棵芦苇,我承认女性更是一棵最脆弱的芦苇。心灵正因为感受着脆弱并且直视着脆弱,方才在足以毁灭人的境遇中,了解了人的尊贵。

苦难有罂粟的气味,浓烈、焦灼,如一种卑琐的坠落,整个世界都蜷缩着睡去。在沉睡中坠落是并不引起恐惧的。那个梦一样独自在林子里寻觅的女孩子,以如此脆弱的方式抵抗着沉睡。即便没有露珠落下,一滴也没有,她脆弱的抵抗本身,也足以证明一种清彻的存在了。在林子里她没有遇见任何人,尽管她那么想那么想遇见另一个人。

脆弱与反抗,是筱敏反复吟唱的一个人道主义主题。反抗是宿命性的,也是孤独无助的。筱敏笔下的女性反抗者一般都处于弱势的地位,然而她们偏偏要对抗现存的秩序,对抗专制与奴役。这样,当她们不得不承担起苦难与责任,不得不轰轰烈烈地去赴死时,她们的美才显得特别冷峻残酷,也特别绚丽夺目。显然,筱敏在这里所表达的诗性,既有着古典的庄严与崇高,又有着现代的苦难意识和悲剧感。当然,这种为了人的尊严,为了理想和信念而选择了苦难,选择了反抗的英雄主义行为,在系列散文"俄罗斯诗篇"中有着更为集中和完美的诗性表达。比如,在《山峦》中,筱敏一方面礼赞像"山峦"一般俄罗斯女性;一方面禁不住发出感叹:"如果没有经历过苦难,触摸过岩壁的锋利和土地的粗粝,我们凭什么确知自己的存在呢?如果没有一座灵魂可以攀登的峰峦,如果没有挣扎和重负,只听凭一生混同于众多的轻尘,随水而逝,随风而舞,我们凭什么识别自己的名字呢?"在《救援之手》里,高尔基、帕斯捷尔纳克、阿赫玛托娃等俄罗斯作家在碰到风暴灾难时互伸援手的事例,引起了筱敏心灵的颤动:"每一块土地都生长杂草,每一场风暴都制造流沙……但是,一些土地是只配杂草和流沙的。偶有一两株乔木灌木,也很快就矮化或枯死。而另一些土地,却总有高大的树木站立起来,于是当风暴来袭,这里除了杂草流沙琐琐碎碎战战兢兢的声音外,还有大树的声音……"

这是什么样的一种声音?这首先是一种思想者的声音。然而除了思想者留在纸上的踪迹,筱敏的"俄罗斯诗篇"包括她的其他同类散文,抓住我们情绪的便是她那种优雅漂亮的诗性表达。这种诗性的表达包含着几方面的审美信息:

其一是诗性语言。筱敏的语言既具散文语言的清晰准确,又兼具诗语言的优美凝练。她的行文富于激情,但她又恰到好处地滤去了那些过分情绪化和含混不清的成分;她的文字以其朴素、简洁的力度撞击着读者的审美触角,但她又较好地避免了极端和尖锐。不仅如此,筱敏的语言还有一种内在的诗歌的旋律,正是这旋律使她散文中的词与词、句子与句子、段落与段落之间乃至整篇作品的结构流转起伏,使之成为富于灵性和生机的美的篇章。总而言之,筱敏的散文语言是一种高密度的结实饱满的语言。它不同于诗,却有着诗的语言的质地和色泽。这样的语言,在女性写作者中还不多见。这一切都表明:筱敏的语言已经完全摆脱了冷冰冰的人工语言和计算机语言,而是海德格尔所一再提倡的"诗化语言"。而这种语言风格的形成又有赖于思与诗,正是思与诗共同把个性的存在带入语言,使语言成为存在的家园,而作为读者的我们,就生活在语言中,生活在亮光处。

其二,是诗性情思。我在前面分析了筱敏的散文语言,其实,当我们说筱敏的语言是与思和诗、与存在联系在一起的时候,事实上也就意味着语言是一种哲学,一种生存状态和人生态度。优秀的作家,从来都是将哲学的思辨、诗歌的感悟、个体的生存状况与对人类整体的思考化为感知中的诗性语言。这样,语言才有可能达到词与物的融合,思想与表达的一致,真正做到"存在不仅通过诗进入语言,也在思中形成语言"①。这是一方面;另一方面,筱敏散文中的诗性,除了语言的魅力外,诗的情思也是不容忽视的一个因素。诗的情思可以有多种多样。但在筱敏的散文里,诗性情思就是一种浪漫主义的激情。正是这种纯真的写作姿态和梦幻般的理想激情,使她执着于天鹅湖的白色的纯美,同时展示了一个个不曾在世俗化中沉沦或平庸化的心灵;同样正是处于这种理想和梦想,它为现实中的"理想荒凉"感到悲哀。尽管她深知理想国的破灭是必然的,梦醒时分,夜的荒芜愈加深远,但她仍然坚信:"一个人是由现实和梦境共同创造的……崇高的理想和圣洁的心灵似乎总是以破碎告终,然而碎片却始终闪光,终究成为人类历史的珠子"(《理想的荒凉》)。这是一种古典主义的情怀,也是一种人格气质和精神求索,是源于内心的对于崇高事物和人类的爱。由于筱敏善于把这种浪漫、理想和诗化的语言结合起来,于是她的散文也就获得了某种神圣的高贵性。

其三,诗性意象。筱敏的散文,总能一下子抓住事物的最本质特征,抓住人与事物的内在相似性,而后以独特的意象加以诗性的呈现。比如在"俄罗斯诗篇"中,我们读到了星空、山峦、火焰、碎银、白桦等意象,这一系列的意象均是个人性而非公共性的意象,它们是创作主体思维流程的显现,也是作家想象力的凝聚,同时具有直觉

---

① 刘小枫:《诗化哲学》,济南:山东文艺出版社1986年版,第234页。

思维和生命体验的特征。由于这个缘故,因而这些意象和那些追随十二月党人到西伯利亚受冻受苦的年轻妻子和情人们,便同"所有的诗篇,都是心灵的碎银",同在荒原和寒冷中"尊严的"站立着的女诗人形成了一种精神空间和生命流程的同构。即是说,筱敏是以诗意的笔调写出了一个个诗意的灵魂,以想象和体验赋予意象以灵性,并借助意象之舟将读者引进一个既悲怆崇高,又浪漫得至纯至美的诗的情景。

不过,应该看到,即便是沉醉于诗的本体和诗的世界营造的时候,筱敏始终没有忘记自己经营的是散文的园地。文体意识的自觉或者说对散文的感受和表达,使诗的因素始终被限制在适度的范围内,并未因追求诗性而出现喧宾夺主的情况。也就是说,尽管筱敏本质上是诗人,但她的作品从选择题材、立意构思、结构形式到注重细节描写,到叙事的客观性,等等,都是属于散文的。她的散文感情跳跃却是合乎逻辑地循序渐进;她的不少散文充满缤纷的意象,但这些意象却比诗歌的意象要清晰鲜明。由此可见,文学创作中各种体裁虽可以"破体",但各体之间又有基本的规定和运作范式。如果不考虑到文学体裁之间的差别,天马行空、任性胡为,以颠覆文体的基本规范为写作的目的或以此作为天才的标志,就有可能写出一些非驴非马的东西。由于筱敏有着清醒的文体意识,加之有着良好的艺术感觉和人文主义情怀,这样,她的散文创作自然也就既超越文体规范又符合文体规范。

第四节 主要散文家的创作

黄国钦(1954—),广东潮州人。著有散文集《心路屐痕》《兰舍笔记》《花草含情》《梦年纪事》《游踪四海》等。曾获首届秦牧散文奖、首届九江龙散文奖、徐霞客游记文学奖等奖项。

黄国钦是土生土长的潮汕作家,潮州是他的根,他的散文绝大部分都是写潮州。《烟雨潮州》《千古风流潮州城》《韩江,默默流淌的母亲河》《韩水长流》等等,这一个个标题便已透露出了黄国钦对潮汕故土的深情与熟稔。潮州之于黄国钦,是生命的最初摇篮,是养育他成长、成人的故土。他写潮州,自然包含着对童年和成长地的追忆与眷念。但他很少直接写自己的成长经历,更多的是述说童年时对潮州的历史与文化的无知以及不知不觉中潮州对他的耳濡目染。

黄国钦的散文并不沉溺于"小摆设"的精巧。黄国钦不是那种偏好于一隅、沾沾自喜于一方乡土的小文人,他根立潮州,而视野却尽量向更广阔的天地探视,去感受大千世界与世相百态。他说:"生活与追求,是我创作的源泉和动力。"他的散文几乎都是取材于自己的生活经历和感受,但不是琐琐碎碎的家长里短,而是力图透过平常的人事去表达他的人生态度和情怀,去参悟历史、生命的真谛。比如简简单单的摩天轮,他也能深思出一段生命的感悟:"它慢慢地把你载到空中,又慢慢地把你放回地上,咀嚼这一个升起、回落的过程,难道不能够获得一种生命轮回的启示。"更借题发挥,彰显一个文人的坚守:"摩天轮是一种孤傲,一种清高,一种不随波逐流和一种与世不同","我很喜欢城市角落里的这架摩天轮,它很适合灯红酒绿、纸醉金迷中一个文人落寂的心境。"(《坐摩天轮》)再如《花草含情》中,花草本无情,在作者的笔下却"深情款款"地反衬出了人的遭际和人性的善恶美丑。《遥远又亲切的城市——广州大印象》则透露出了强烈的人文意识,一般人看取广州,都只是它繁华喧闹、现代先进的一面,而黄国钦却更被那深藏都市里的清雅古寺、那些淡泊超然的僧人居士所震撼。这既是犀利眼光的独特发现,也是一种人生态度的投射。进而言之,他写广州,绝不仅仅是要写他与这座城的个人情缘,更是要透视一座现代化城市的内里去追寻现代人的精神空间。这些文章,无不显示了一个以"生活与追求"为创作动力的作家,是多么执着地在自己的散文中追求着更理想的生活、更富人性的生存方式。

黄国钦是广东有影响的优秀散文家,其散文创作曾得到散文大家秦牧、碧野的好评。作者早期的作品文笔优美,意象清新,音乐性强。比如像《烟雨潮州》,晚近的作品人文意识强烈,艺术性哲理性交融。《向南的河流》《九江焚稿》《大路歌》《往事越千年》更把这种艺术风格推向极致。

潮州是国家历史文化名城,潮州文化独树一帜。黄国钦致力在潮州这方土地上打一口深井,致力于捧出甘甜清醇的井水,来滋润在日常生活中、在旷野旅途中疲惫奔走的人们的心田。

张宇航(1954—),笔名田桑。广东广州人。1988年起在省级以上报刊发表散文、报告文学等作品共60多万字。著有散文集《羊背子》《守护善良》《乡情小札》《心中有路——向着墨脱》《生命泉》《托起明天》《走一趟唐古拉》《六十岁,走阿里》《风从高原走过》《他乡也是故乡》《狮泉河无碑铭》等11部,以及报告文学集《岁月留痕》等。

张宇航的散文,主要以关注民生、守护善良为主题,根据作者亲身经历,描述广东热心人资助山区、民族地区贫困学生读书的过程和成果;关心驻守青藏高原的军人和少数民族同胞的生活,融入对人生的思考,弘扬社会正气,激励向上向善。如《心中有路——向着墨脱》,用60篇散文,记叙作者2006年带领爱心团队走进全国唯一不通公路的西藏林芝墨脱县为军民义诊的生死经历,结集成书。读者表示就像自己也走了一趟墨脱,被当地军民的故事感动。又如《守护善良》,记录作者一家人和广东热心人无私资助内蒙古、西藏、新疆等地及广东山区贫困孩子上学的故事,情感真挚、细节动人,以一个散文家的行动去表达作品主题,功夫在辞藻之外,对读者心灵产生的震撼是实实在在的,因而是实践者的散文。

张宇航将自己的爱延伸到了草原,却不忘自己的故乡广东。祖籍在石井的他时常回忆着那富庶的南国小镇,朦胧间还想起"光着脚丫走过的田基,没有通公路那河边榕荫下的渡口",同时,他又将足迹踏遍了广东的许多地方,并将粤北称为自己的第二故乡,因为那是他曾经生活和工作过的地方,那里简陋的土屋、善良的百姓、淳朴的民风都是他梦绕魂萦的。同时,作者也喜欢将历史和现实交织起来,将故乡的景观同历史人物相融会,使作品充溢着一种激情。《梅关古道,曲江风度》中,作者"徜徉在梅关古道,寻觅着名相张九龄的足迹"。1200年前,"横亘于粤赣边界的大庾岭,只有梅岭上的一条崎岖小道,维系着岭南和赣州的交通",而只有"在外做官十载回到岭南家中的张九龄,才以重修梅关古道为己任","相其山谷之宜,革其坂险之宜",使得"岭南、广州与中原乃至长安畅通无阻"。历史上,由于岭南是一个蛮荒之地,历代朝廷贬谪到岭南的"罪官"较多,《八个月与一千年》中南谪潮州的唐代文人韩愈,《寇公祠前说寇准》中远贬雷州的名相寇准,这些官员们不仅对岭南的经济文化发展作出了贡献,还具有崇高的气节。作者在故土的景色前树起了一面历史的镜子,让人们看到了创造历史的人民的伟大,同时作者又在这现实和历史的对比中突显他深沉而丰厚的感情基调,将这奔涌着的对故土的热爱和对高尚风度的呼唤输送到了我们的心海。

张宇航的爱是博大和宽容的,这不仅来自于作者的善良,也来自于作者的民族观念。作为南方人的张宇航也许与生俱有着岭南人开放兼容的思想。他的民族观是宽广的,他爱的不仅是自己的故土,他爱的是整个民族;他想要帮助的不仅是广东山区的人们,他希望帮助到的是所有贫困的孩子,他期待的是"汇集更多广东热心人温暖而关注的目光,凝聚成一道蒙汉民族团结的血脉,像琴声,像河水,在草原绵绵不绝……"。就像张宇航在《守护善良》的自序中写道的:"只有付出善良,才能播种善良;只有守护善良,才能收获善良。"而他正是这份善良的坚实守护者。

高凯明(1951—),又名高开明,笔名高行。祖籍山东。著有散文集《铁玫瑰》《静流则深》《简朴生活》《高凯明散文》《朔风昨夜过茶林》等。曾获广东第二届秦牧散文奖,第八届广东省新人新作奖等,有的作品被收入中学教科书。

相对于某些洋洋洒洒、辞采华茂地描写历史灿烂星河绚丽画卷的思想散文,相对于动辄数万字的新散文,高凯明的散文似乎显得有点"小家子气",篇幅小,所叙事件小。他的很多散文,或者讲述母亲平凡的一生,或者描述童年小伙伴严肃而又可笑的"械斗",或者追忆大师的厚实的脚步,甚至连阳台上的废纸篓也能成为文章的主角,但这种"小",给人的是一杯热奶茶的温暖与感动,使读者在不知不觉中沉醉其中。因此,文章虽"小",却"小而丰润"。其神采是丰盈的,尤其情感是饱满丰富的,它支撑起了文章大与厚。高凯明的散文于平实中饱含情感的贯串,仿佛一朵怒放的鲜花,轻轻一掐便能滴出水来;又如同一支醮满染料的画笔,轻笔一挥就能挥出美丽画卷。《93盏油灯》祭奠逝世的母亲,作者以油灯比喻母亲平静的一生,回忆了母亲在世时对自己温暖的关怀,然而在为母亲守灵的日子里,他却一直没怎么流泪,并非不爱自己的母亲,而是因为:"委屈的泪水是在母亲面前流的啊,母亲不在了,你的泪水流给谁看呢?"文章最后重点描述了母亲很多年前的一个夜晚做胡萝卜灯的情景,她被93盏油灯包围着,宛若众星捧月。此时有一种格外动人心弦的力量,母亲的高贵与真诚的形象跃然纸上,同时也寄托了"我"对母亲深远的怀念。

高凯明也喜欢写别人,战友、大师、革命者纷纷登场,演绎着属于他们的传奇。但他并非简单叙事,而是带着自我的领悟与感受,向最智慧的鞠躬,向最美丽的点头,向最善良的微笑。在《看望红嫂》中,他用泰戈尔《飞鸟集》中的几句诗形容红嫂与革命的关系,红嫂用乳汁解救受伤小战士的故事已家喻户晓,如今,小战士用"大白兔"奶糖让她体味幸福,而"我"作为旁观者感受到年迈的红嫂对革命的爱心与对故土的眷念也感慨万千;尤其可贵的是,作者能摒弃世俗观念,以一种全新的眼光来看待已盖棺论定的人物,《美丽与忠诚》中他将名妓苏小小提升到与千古英雄岳飞同一高度,"怒发冲冠,凭阑处、潇潇雨歇。抬望眼、仰天长啸,壮怀激烈"的激越豪迈变成了"妾乘油壁车,郎骑青骢马。何处结同心,西泠松柏下"的浅浅低吟,然而这两种声音却有一种奇异的和谐,因为小小和岳飞有着共同的追求,即把自己短暂的美丽和不变的忠诚化为永恒。在这样一个崇拜英雄的时代,作者却希望人们像喜欢岳飞那样去喜欢小小,表明了他对和平与美的不懈追求。

高凯明的质朴中,还带有精致与诗意。他擅长于用白描手法,往往寥寥数笔便能勾勒一个丰满的人物形象,使其栩栩如生,款款走来。如《昨日风和雨》中,写老吴请刘干事吃荔枝,"用那么袖珍的手绢提了那么几个精致的荔枝",且说吃一颗没关系,把"一颗"二字说得特别清楚,老吴的小气便很经典传神地突显出来了,让人又好气又好笑。《飘动的花窗帘》以飘动的小蘑菇比喻在足尖飞旋的小毯子,显得生动传神。《欣赏晴雯》里勾勒了这样一幅古代仕女图:"一株开败了花的芙蓉枝繁叶茂。芙蓉下,一位绝色的女子双手叉腰,正面对着一片变黄的芙蓉叶出神。"画里画外的晴雯达到了统一。

莲子(1956—),原名徐春莲。广东潮汕人。曾任《家庭》期刊集团党委书记,《家庭》杂志社社长、总编辑。20世纪70年代末开始散文创作。出版散文集《不尽的爱河》《只因那醉人的一瞬》《女人书简》《寻找精神家园》《幸福家庭的和弦与变奏》《用心触摸世界》《幸福是如此简单》《隔洋对话,母女两地书》《精神的驿站》《台湾笔记》《中国最后的自梳女》等22部。

杂志社记者和总编辑的职业生涯,使莲子其对社会各色人等有广泛接触,对社会脉搏有直觉把握,视野开阔,题材丰富多彩。她的散文以丰富的社会内容见长。无论写人记事,均感情真挚,以情动人,蕴藉深厚,充满张力,是莲子散文一大特色。她的散文,是对20世纪80年代末90年代初南国改革开放大潮现实与人生的广角透视,也是对跨世纪婚恋观的新审视。其中,既有对人的精神命运的关注,也有对污浊和丑恶的披露,以及人文的坚守与拯救的情怀。

莲子善于营造一种高品位的女性散文,不见脂粉气,没有媚态与腻味,常在文章中采撷当代社会中的一鳞半爪,点染成篇,事情虽小,内蕴和启迪却很大。常常探索人生底蕴,追寻人生终极价值,思考女性意识。因此,莲子的散文还显示了一种鲜明的哲理性,富于情感的笔端常常会作些形而上的哲学思考,警语式的句子鞭辟入里,令人醒豁,可读性强,既有婉约风骨,又有思辨色彩,形成莲子散文又一特色。莲子散文属于一种成熟散文,给人以凝练、厚重之感;但即便写沉重的过去,展现生命的负重,她的笔调又是明快、向上的,富于历史感和时代感,跳跃着健康而轻快的旋律,而其散文语言又是精练、温婉、隽永的。这是莲子散文另一特色。比如,《女人书简》是一本关于女性话题的散文集,也是一本有着丰富且厚重的历史内涵的散文集。岑桑在《难以名状的生活美》一文中这样评价:"莲子,是一位具有社会学者的理性触角的作家,读者可以从她作品的文学氛围中感觉到寓于其中的许多社会学思考。"《用心触摸世界——莲子异域视野》是一本记录异域文化印记的散文。饶芃子以《远方的彩虹》为题评论:"读莲子的《用心触摸世界》书稿,耳目一新的是,她是一个善于发现和欣赏'此时此刻'的美的作家,她有一颗敏感和善良的心,能通过文字,把自己眼前看到的各种各样的'美',及时地向人们去诉说,不断地给人们传递她内心的欢乐和愉悦。这本书确实为读者提供一种个人审美和如何去触摸美的心灵参照。"

莲子的散文,或犀利敏锐地直面社会,或在温婉抒情的笔调中道出人生真谛,或在类似小女人的叨叨絮语中点出生命感悟。她的散文,由小我出发,观照大我,既交织着自己独特的人生体验,又赋予个人体验普遍的生命意义。20世纪90年代是散文繁荣的时代,岭南这片性灵土地上的散文作家们正是借着散文这一灵活流畅的文学体裁各抒心之所感,目之所见。以散文为心,散文必定还其一个性灵的家园。莲子亦如此。

梁凤莲(1963—),出生于广州。著有散文集《雨丝丝》《偿愿》《走进亘古的梦乡》《放飞的灵魂》《远去的诺言》《情语广州》《风荷人语》;传记文学《墨彩人生——赵少昂传》,以及长篇小说《巷娈》《西关小姐》;学术研究专著《岭南文学的文化见证》《岭南文化艺术的审美视野》;评论集《感悟一季》《面对的姿态》等。

梁凤莲对于自己出生于20世纪60年代是怀有一份特殊的感情的,她认为60后是一个在裂变板块的边缘中孕生的群落,这一代人喜欢思考,喜欢在思考里完成一种责任担当,并且这一代人也善于把现在社会眼花缭乱的变化变成一种个人的思考。在当下这种心浮气躁的年代,这样的思考显得尤为难得。梁凤莲的散文中,对于历史、文化、自然、生命等问题都有所思考,尽管理解不同,内容深浅不同,但思考本身就是有意义的。仔细倾听梁凤莲的生命之思,我们可以体会到一种生命情感的重量。

梁凤莲散文中对历史的叙述,通常是以个人的生命感悟来刻写的,在对历史的叙述中介入自己的情感而使凝固的历史呈现出人性的色彩,她的言说对象也因此而显得有血有肉。在梁凤莲的散文中,对历史的言说实际上就是对自我灵魂的叩问过程,不论是书写历史场景还是追思历史意义,她都倾注了个人对历史和对生活的感受,因此,她看重的是对历史的精神层次上的理解,以自我的经验展开而达到对历史本质真实的理解。和她严谨的学术风格不同的是,梁凤莲的每一篇散文都源自她对生活的真实感受,是点点滴滴的生活体验累积起来的思想河流,其中流动着现代女性对城市思考的思想浪花。对于人和城市之间的思考,是女性文学创作的一个重要的母题。生活在广州这样的一个现代化大都市,人们相互拥挤在逼仄的钢筋水泥的建筑物中,似乎早已远离了自己的精神家园。可是,梁凤莲却能够在这样的语境中追寻精神自由,在世俗的喧嚣中倾听灵魂的呐喊,这就是一个知识分子的信念和信仰。

梁凤莲的散文结构在很大程度上继承了古典诗词重意境、重感觉的文化传统,而她又把个人情绪、体验渗透进文章中,使她的散文成为一种情境化的结构,由一个又一个的意境构筑起来。我们看《并不遥远的距离:从这里到那里》,整个作品叙述在鲁迅文学院的学习,实际上是由一些片段共同构成的一个情境:静寂的小院落,台灯下的音乐,花朵的寓意,北京的风,紫禁城上的天空……这些景色不仅仅是自然的景色,更重要的是它们是作者情绪化的产物,是作者着意传达的那种心绪,这种情境便是对鲁院的怀念和思恋。《执手相对:广州》中有一章专门写雨的,从这么细小的事物中更可见梁凤莲营造意境的功力。梁凤莲在此章中一连写了好几种雨,而每一种雨都代表了一种心情。梁凤莲借助"雨"这个意境,传达出她的一种瞬间感悟:"雨的氛围与由此带出的雨景、雨意,是最为上乘的,这种眷恋竟是一直相伴,由此,我是相信永远的,世事万物,和你有缘的,能相伴相守的,不就是永恒吗。"这种感悟正是女性重顿悟的思维特征的体现,也是中国传统文学的体现。

第十九章　影视文学

20世纪70年代开始,广州人就开始收看香港电视台,虽然使用的是房顶上的"鱼骨天线""锅盖天线",但香港电视对广东的影响早已开始。1983年,国内正式引进港台电视剧,1986年香港无线台的《流氓大亨》的收视率高达76%。但是从20世纪80年代末到90年代初,广州电视剧以南方改革开放特有的风采开创了南方影视的新时代,从《公关小姐》《外来妹》开始,全国观众的目光开始被南方影视吸引,《情满珠江》《英雄无悔》《和平年代》等作品连续迎来收视高峰,并在全国获奖,不仅成为广东影视界的骄傲,也通过这些影视剧把南方改革开放的风采展现给全国观众。

第一节　《情满珠江》与《英雄无悔》

《情满珠江》由珠江电影制片公司电视部、中央电视台影视部、广东电视台联合录制。王进总导演,李舒、袁世纪导演,廖致楷、李彦雄、戴沛霖编剧,左翎、巍子、陈锐等领衔主演,是具有史诗意味的大制作,全景式地描绘广东改革开放波澜壮阔的画卷。电视剧通过一群知青下乡、返城、创业的奋斗史展现改革开放中广东风雨兼程的发展历程,串联起农村、乡镇、城市的几十年风雨变化。这部电视剧在全国深受好评,荣获第三届精神文明建设"五个一工程"优秀电视剧奖,第十四届中国电视剧飞天奖长篇连续剧一等奖、优秀导演奖、优秀女主角奖、优秀女配角奖,第十二届中国电视金鹰奖优秀长篇连续剧奖。几位知青20世纪70年代艰苦下乡,80年代返城困境,改革开放后创业风雨,以南方某电风扇厂从乡镇小厂到国际集团为蓝本,再现了长达30年的历史。

20世纪70年代,广州青年梁淑贞、林必成、张越美和谭蓉下乡当知青,在乡村梁淑贞无辜受辱,谭蓉为回城甘心卖身,张越美冒险逃港投奔在港父母,而林必成在粉碎"四人帮"后终于回城。80年代,张越美与父亲回内地投资,在她曾经下乡的地方兴建电风扇厂,在这里重遇谭蓉、林必成。全哥和麦坚自己发展乡镇企业,聘请自学成才的梁淑贞作为工程师。此后,林必成与梁淑贞婚姻破裂,与张越美结成夫妻,谭蓉为独占财产开始明争暗夺。梁淑贞不断学习努力成为企业女强人,张家也遭遇危机,最终在张越良的帮助下走向光明。

《情满珠江》是配合中央"五个一工程"实施的作品,广东省有关领导指示要组织力量创作一部再现广东改革开放历程以及珠三角城乡生活深刻变化的电视连续剧,作为广东省"五个一工程"的重点项目之一,并且要求一定要着重反映普通人的悲欢感受和生活变迁。该剧主创人员在广东顺德地区进行"撒网圈地"式的采风,积累了大量的生活素材,真正做到了"源于生活、高于生活",在大量的生活素材的基础上提炼压缩,所以整部电视剧既真实又感人,广东观众感觉真正讲了自己的故事,内地观众则看到了一个真实的奋斗的广东。《情满珠江》不仅全景式地展现广东30年改革开放历程,还在许多细节有所突破,开篇讲述了知青集体逃港,也有女知青为返城出卖肉体的悲哀,民营企业创办中的各种灰色事件,以及家庭情感外遇困扰等在当年都是非常先锋的话题。电视剧全国热播后,"下海""跳槽"等词汇全国流行,人们也真正了解了广东经济发展背后的困惑、苦难、挣扎与种种非凡的努力、奋斗以及不屈不挠,这不仅仅是展现广东经济飞速发展的成果,更多的是展现了整个广东的文化、思想以及整体风貌,这是一部有容量、有格局的高质量电视剧,堪称广东20世纪90年代电视剧的代表作。

《情满珠江》在广东电视剧发展中有非常难得的经验,首先在于这部电视剧把时代主旋律呈现得非常完整,但同时又有非常符合通俗电视剧的各种特征,保证了这部电视剧既有高收视率也有好口碑及高思想内涵。作为一部通俗电视剧,有着史诗一般的品格,反映了时代精神,还塑造了典型人物,《情满珠江》很好地交出了一份以电视剧展现广东改革开放几十年历程的答卷。在《情满珠江》里,林必成、梁淑贞、张越美、谭蓉、麦坚、全哥等一个个形象都是有血有肉、活生生的人物,他们身上有着南方人的所有品质,朴素、坚忍、敏感,在时代浪潮中奋勇向前,他们都是非常有代表性的人物,成为20世纪90年代电视剧人物谱系中重要的形象。剧中的三位女性形象:淑贞、谭蓉、张越美分别代表了现代女性的不同选择,其中淑贞这一形象特别正面地展现了现代价值观念与优秀传统的并存。整部电视剧通过四个青年人错综复杂的爱情故事表现了整个珠三角地区城市、乡镇、农村的改革变迁,他们虽然都是知青回城,面对改革大潮各试身手,但有成功也有失败,有利欲熏心也有大公无私,观众看到了恩怨情义,也看到了人们在改革开放经济发展历程中,心灵、精神、思想面对的裂变、冲击与改变,电视剧正面弘扬了中华民族在伦理道德方面的传统美德,保护着人们在改革开放的冲击中可以走得更稳走得更远。

《英雄无悔》由贺梦凡、邓原执导,濮存昕、袁立、李婷、张力维等参加演出。该剧获中宣部"五个一工程"优秀电视剧奖、第十六届全国电视剧飞天奖长篇连续剧一等奖、第十六届全国电视剧飞天奖优秀编剧奖。这是一部全景式再现改革开放中人民警察为商海浪潮保驾护航的优秀电视连续剧,剧情惊心动魄,英雄铁骨铮铮,情感细腻动人。全剧以警校高才生高天毕业分配后进入南滨市公安局工作展开线索,高天因经济案件中的不公平的处分黯然离开了警队,又在恩师勇斗黑恶势力壮烈牺牲后毅然重返警队。他在生活中与女朋友因不理解而分手;在工作中与红颜知己渐行渐远;与好朋友因原则问题反目成仇,又被贩毒集团视为眼中钉,他要依靠上级领导、团结身边同事、联合香港警方,共同打击黑恶势力。电视剧通过高天的经历形象生动地再现了广东省改革开放十几年来在各个领域,包括观念形态所发生的深刻变化,这一角色非常优秀,表面上因"只讲原则"而显得"无情"的高天在故事里一点点展现出一个有大爱大情怀的英雄形象。高天与几位女性之间的情感纠葛,与朋友之间的友情冲突,对警察事业的忠诚不渝,等等,在20世纪90年代的文化大背景下,回答了关于英雄主义、理想主义的质疑,以一个平凡又伟大的英雄形象回应了时代的需要。

《英雄无悔》是弘扬改革英雄主义正气的优秀电视连续剧,剧情惊心动魄、案件错综复杂,人物来往于广州、特区、香港三地,多条故事线各自独立又互相关联埋下伏笔,香港远东集团家族矛盾、当地黑社会集团组织复杂关系、南美贩毒集团的黑恶等等,作为一部主旋律电视剧,巧妙地将深受观众喜爱的警匪斗争、豪门恩怨、商战硝烟融入其中。同时这部电视剧依然保留着浓浓的南国风情,许多观众正是通过这部电视剧了解到原来广州人过年要买金橘这样的风俗。电视剧里还有一些非常时髦的元素,比如电视台给高天打电话的情节,非常小资浪漫的咖啡厅,插曲还用了一些当时的美国流行音乐,营造出非常时尚的广东风情,也为电视剧所展现的人民警察为改革开放保驾护航的主题很好地诠释了背景。

如果说《英雄无悔》打开了刑侦反腐电视剧的大门,由李舒、张前执导,张丰毅、尤勇等主演的电视剧《和平年代》可以称得上最早的容量极大的军旅题材电视剧。同样在改革开放背景下,这部电视剧切入的是军队与地方的关系,正面描写改革开放中的部队建设。《和平年代》由广州军区政治部、中央电视台、广东电视台联合录制,李舒、张前导演;张波、赵琪、何继青、文新国编剧。该剧获第十七届中国电视剧飞天奖长篇连续剧一等奖,第十五届中国电视金鹰奖最佳唱片连续剧奖、最佳导演奖、最佳男主角奖、最佳男配角奖、最佳女配角奖、最佳录音奖、最佳音乐奖等奖项。《和平年代》的背景是1978年,十一届三中全会之后党的工作重心转移,着力表现军队由战争准备走向和平时期的转型历程。电视剧围绕一支特种作战部队组建、成长、壮大,最后在1997年成为进驻香港的部队为故事的主要线索。这是一群带着战争记忆与战火硝烟的军人,他们从战场来到特区,面对改革开放国家对于军队的全新要求,以及新型的军民联系,情节还涉及边境轮训、百万大裁军、走精兵之路、特区发展、准备进驻香港这些全国瞩目的重大事件,既正面展现人民军队的风采,也让普通观众了解到人民军队在祖国建设的现代化进程中所付出的沉重又必需的代价。整部电视剧背景壮阔,框架恢宏,但是故事流畅、人物生动,不仅展现了整个军旅事业的转型,也非常深刻细腻地呈现了军人的内心世界。

《和平年代》为中国电视剧奉献了一群有血有肉的艺术形象:秦子雄、闻浩夫、章大军、闻勇、闻璐、慕容青、慕容秋、李湘西、彭小征,他们每一个都个性鲜明,展现了时代、背景与人物的完美结合。剧中主要人物秦子雄,是和平年代中国当代军人的代表人物,身上有作为军人的天生的硬汉气质,也有一个普通人的困惑迷茫;有真正的理想主义的追求,也有在这个过程中的困难牺牲,他身上有幸福感、道德感以及军人荣誉感的交织,也有最朴素的军人品性。在没有硝烟的年代里,刻画一个英雄不是战场上的视死如归,不是在战场上赢得军功,而是如何守卫和平,从某种意义上说,秦子雄的价值追求就是这部电视剧最重要的内在线索,围绕这个追求,也推动了秦子雄与闻璐的感情线索。改革开放的年代里,处处充满诱惑的社会中,可以有许多选择,但是秦子雄把军营把崇高把军人的职业荣誉放在第一位,这就造成他感情上与闻璐的分手,但也塑造了真正的英雄。剧中秦子雄记住母亲的话:"一个人的一生也许只能做一件有意义的事",所以他有自己的选择与坚守,在他看来,"有从未演过主角的演员,有从未登过领奖台的运动员,还有我想到妈妈,她永远是不为人知的教师,没有鲜花没有掌声,他们的生活没价值? 不,他们在创造一种价值,一种精神! 男人的精神,军人的精神!"这正诠释了和平年代的中国军人的精神。剧中除了有秦子雄这样的军人英雄,其他的一系列人物也都塑造得非常成功,杜鹃女就是其中另一个典型。这是一位从农村来到城市的女性,在商战与股市中迷失自我,在她身上人们看到一个朴素的农村妇女如何变成金钱的奴隶,最终把剧中好人、自己的丈夫慕容青逼死,酿成悲剧。有坚守也会有溃败,有英雄也会有逃兵,这才是《和平年代》打动人的地方,在改革开放的背景下书写了优秀的军旅题材故事。

第二节 电视剧的"辉煌年代"

20世纪90年代是广东电视剧蓬勃发展、硕果累累的年代。在1994年至1997年连续四年的时间里获得中国电视剧飞天奖。其中《情满珠江》获1994年第十四届中国电视剧飞天奖长篇连续剧一等奖;《农民的儿子》获1995年第十五届中国电视剧飞天奖长篇电视连续剧二等奖;《英雄无悔》获1996年第十六届中国电视剧飞天奖长篇电视剧一等奖;《和平年代》获1997年第十七届中国电视剧飞天奖长篇电视连续剧一等奖。这"四连飞"的盛况成为中国电视剧行业里20世纪90年代的标杆。在没有太多的娱乐方式，人们习惯一家人围坐在客厅里追电视连续剧的年代里，这些电视剧就带着广东改革开放的春风吹向全国。

《情满珠江》以一群知青展现30年珠江三角洲变迁史；《和平年代》以一群军人展现特区建设；《英雄无悔》用刑侦反腐为精神文明建设服务；《农民的儿子》歌颂新中国农业发展。这些电视剧在题材上四面开花，在拍摄上也做到多元创新；不仅带来了令人印象深刻的人物形象，也展现了新中国发展的动人历程；这里面小至个人生命体验的细微洞察，大至家国发展的情怀共鸣，种种成绩不仅是当年广东影视业的骄傲，也是20世纪90年代全国电视剧方面的丰硕成果。

从人物形象来看，几部电视剧里的人物都令人印象深刻。《农民的儿子》的原型是河南省新乡县刘庄村党支部书记史来贺；《情满珠江》里的林必成、梁淑贞、张越美、谭蓉等人的身上也浓缩着千万下乡知青的命运。同时，濮存昕在《英雄无悔》里饰演的人民警察高天、张丰毅在《和平年代》里饰演的军人秦子雄更是全国人民熟悉的两位硬汉。

从反映家国变化来看，四部电视剧都是改革画卷的组成部分，都在改革开放这个主题下给出了非常出色的答卷。《情满珠江》围绕着"情"，展现爱情、友情、亲情、乡情、爱国情的冲突与矛盾，普通人在时代浪潮中身不由己，个人奋斗与时代变迁、个体命运与社会变革紧密结合，其中，"改革"是所有变革的第一驱动力，正是因为有了改革，才有了故事里所有值得书写的人物，也使得许多平凡的观众通过观剧体会到：自己普通的一生原来也汇入了改革开放的伟大浪潮里。《英雄无悔》表面上以刑侦线索吸引观众，实际则是讲述改革开放中人民警察为商海浪潮保驾护航的故事，是新中国成立以来公安题材影视作品中规模最大、篇幅最长、涉及背景最广、斗争层次最高的电视剧。改革开放所带来的经济发展有目共睹，但同时泥沙俱下，问题层出。该剧正是以经济战线的斗争正本清源，将改革中遇到的问题是非黑白一一厘清，剧组创作过程中先后到9个城市的公安局体验生活，调研创作，最终《英雄无悔》呈现出来的新时代硬汉精神打动了全国人民，濮存昕饰演的高天成为一代偶像。《和平年代》涉及的背景包括边境轮训、百万大裁军、特种部队建设、进驻香港等等，相较于其他电视剧，该剧内容对于普通观众距离稍远，但又因特殊的保密性成为人们非常好奇的内容，以军人在改革时期的悲喜命运心路历程来结构整部电视剧，风格大气硬朗，展现了新时期共和国军人的风貌，至今仍是难以超越的军旅佳作。《农民的儿子》虽然表现的是河南省新乡县的故事，农业发展是国之根本，是国家发展的重中之重，这样的题材要拍得感人而不苦情、朴实而真诚，从本质上仍需改革开放指导思想的保证，事实证明该剧将依靠共产党领导走向康庄大道这一主题展现得真实动人。当时的艺术创作敢于涉足"禁区",比如《情满珠江》里涉及的"逃港"事件,女知青为返乡不惜出卖肉体,新思想冲击中家庭关系变化家庭破裂等问题;《英雄无悔》中涉及公安内部腐败等问题;《和平年代》中的百万大裁军等等在当年都是相对有敏感因素或禁忌色彩的话题,这些都在创作中得到支持,如果不是改革开放带来艺术创作的思想解放,难以想象这些话题在当时如此顺利地进入了电视剧创作,这也正可以证明那时候的电视剧绝不仅仅是娱乐,而是真正地在面对生活、表现生活、思考生活、探讨生活。

总体而言,这些剧作之所以在当年能连获成功,正是因为把握了人民生活发生深刻变化的根本动因,这些剧作里的人物与故事也不仅仅是限于广东或者珠三角,而是成了一代国人对改革开放的记忆与缩影。几部电视剧都做到了视野开阔、格调高昂,集思想性、艺术性、观赏性与通俗性于一体,不管是情节、人物、故事都塑造成功,毫无疑问创造了广东电视剧的"辉煌年代"。

第三节 南国影视创作特点

20世纪90年代至世纪之交是整个中国社会的转型期,广电部于1993年、1994年、1995年连续发布关于深化改革的文件①,推动中国电影业真正意义上的改革,这一时期的南国影视创作自然也呈现出鲜明的转型期特点。改革开放带来了社会生活、文化市场的变化,消费市场、审美观念随之变化,大众化成为这一时期影视业的整体特点。总体而言,这一时期,影视业发展走向产业化道路,从策划、投资到制作、宣发,以及消费反馈,影视实际上是一个需要整体行业支持的工业产品,文化市场的繁荣也需要影视业的支持,这一时期国企进入艰难转型,民企则快速崛起,很快迎来南国影视的高潮;拍摄方面延续前一阶段开启的多元题材继续创作,佳作频出;有了整体实力的发展,南国影视迎来丰收,除了电视剧的"四连飞",电影方面也屡获国际大奖,珠影品牌走向世界。

一、国企转型、民企崛起

在改革大潮中,新生力量往往成长最快,传统力量则需要面对艰难转型,这也正是影视行业改革中民企与国企的状态。老牌国企如珠江电影制片厂在顺应时代步伐

---

① 1993年《关于深化电影行业机制改革的若干意见》(广发影字〔1993〕3号);1994年《进一步深化行业机制改革的通知》(广发影字〔1994〕348号);1995年《关于改革故事影片设置管理工作的规定》(广发影字〔1995〕001号)。

时要下更大的决心,迈出更大的步子,珠影厂1985年改建成珠江电影制片有限公司,但老企业在市场经济中仍出现了"水土不服",最明显的就是影片的年出品量下降,到1999年只出品6部,2000年只出品了1部。

与国企发展变缓形成对比的则是民营企业的崛起,出现了一批在全国都颇具影响力的广东民营影视企业。广东强视影业传媒有限公司1993年成立。20世纪90年代以独资、合资的形式摄制发行了《小李飞刀》《忠勇小状元》《中华英豪》《桃花扇传奇》等多部电视剧。1994年成立的广州巨星影业公司在20世纪90年代创作的电视剧《广州教父》《东方母亲》《反贪风暴》《鸦片战争演义》都有不俗成绩,尤其是《康熙微服私访记》及续集多年都是中国影视界收视神话。深圳市万科影视有限公司1990年成立后拍摄的多部影视剧荣获国内外大奖。1991年投资拍摄的《过年》获第十五届大众电影百花奖最佳故事片奖、第四届东京国际电影节评委会特别奖;1993年投资拍摄的电影《找乐》荣获西班牙圣·塞巴斯蒂安国际电影节尤斯卡传媒一等奖、法国南特电影节最佳亚洲电影奖、柏林国际电影节评委会特别奖等奖项。此外还有广东皮卡王影业公司投资拍摄的《火蝴蝶》《人间灶王》《包公出巡》《新霍元甲》《精武英雄》《陈真》。民营企业的发展打造了品牌,拥有了知名度,社会效益与经济效益双丰收,但值得注意的是这些作品极少有广东元素、岭南风情,甚至编导及主创人员也极少"广东队伍",以至于虽然作品很成功,却无法真正"属于"广东,更难以"代表"广东,这是经济探索的成功,却未必是文化发展的成功,广东影视业仍需继续调整。

二、佳作频出,屡获大奖

20世纪90年代延续着上一时期改革开放的热情,也收获着开放所带来的成就,这一时期,胡炳榴、王进、孙周导演的电影屡屡荣获大奖,广东电影不仅全国闻名,也走向世界。

胡炳榴导演在20世纪80年代后期到90年代,同时拍摄乡村电影与都市电影两个题材,前者以《乡情》(与王进联合导演)、《乡音》、《乡民》三部曲为代表作,后者以《商界》《安居》为代表作,在社会迅速发展的时代里,导演将镜头对准中国农业文明以及工业文明转变中的一系列问题,传统文化与现代文明碰撞,理性思考与感性沉淀都在镜头中呈现出来。其中《乡情》获1981年文化部优秀影片奖,第五届大众电影百花奖最佳故事片奖;《乡音》获第四届中国电影金鸡奖最佳故事片奖;《安居》获第三届上海国际电影节评委特别奖、第四届中国电影华表奖优秀故事片奖、优秀导演奖,第十八届电影金鸡奖最佳故事片奖、最佳导演奖。

这一时期的乡村影像呈现出导演对田园牧歌的眷恋,往往有着很深的人文情怀。

在《乡音》这部电影中,胡炳榴讲述渡船工人余木生和妻子陶春的生活故事,散文化的叙事方式,情感细腻,氤氲在淡淡哀愁中,影片结尾,木生手推独轮车的吱呀作响与远处火车的轰鸣形成了对比,也是影像语言的隐喻:乡村的美好与落后、城市的文明与速度,有留恋也有向往。

《乡情》由王进与胡炳榴联合执导,王一民编剧。讲述20世纪50年代前期发生在乡村的一段美好故事,背景是朝气蓬勃的时代,环境是优美和谐的乡村空间,人物是善良纯朴的农村妇女。讲述革命战争年代农民妇女田秋月抚养了匡华与廖一萍的儿子,取名田桂,田桂与田秋月收养的另一个女孩翠翠青梅竹马一起长大。孩子长大后在城里身居要职的匡华夫妇重新找到自己的儿子,虽然接受了翠翠却并不接受田秋月。为了不让孩子为难,秋月虽然发现廖一萍就是自己当年舍身救出的姐妹也没有挑明,而是默默离开。影片中乡村与城市两个空间形成并置,田桂既是放牛娃也是高干子弟,使这种空间对立、文明冲突在他身上自然呈现,而城市里的钢筋水泥、高耸钟楼以及强势的廖母与乡村里的田园风光、摇桨泛舟还有深沉宽厚的田母则各自统一又对立,影片最后,用田秋月深沉的画外音配上广阔蓝天,母爱、乡情、母性、人性都得到升华,感人至深。

20世纪90年代是广东影视发展的黄金时代,珠影的王进导演与孙周导演分属中国"第四代导演"和"第五代导演",且都是转行成为导演。王进由演员转导演,孙周由摄影转导演,他们拍摄的影片屡获国际大奖,让珠影品牌走向了世界。

除前文已述的《乡情》,王进导演极有代表性的作品是《寡妇村》《出嫁女》《女人花》,被称为"女人三部曲"。这几部作品的背景是当时由"寻根文学"发展来的"新民俗电影",《黄土地》《红高粱》《盗马贼》《黑骏马》等为中国电影带来挖掘民俗、文化探索的方向,暴露旧社会的糟粕,张扬对人性的讴歌。《寡妇村》聚焦东南沿海小渔村的故事,在这个落后的小渔村,妻子只有清明、中秋和除夕才能到夫家,成亲不满三年也不能同床,但三年后若不生孩子又会被耻笑,无稽的乡俗传统生出无数人间惨剧,生活在这里的婷姐、多妹和阿来就是在这样的婚俗中与自己的丈夫之间发生各种悲剧,电影最后又赶上了被撤退的国民党军队拉壮丁,一双双青年男女死的死、走的走,徒留大海边悲伤的身影与盼望。电影里,三两成群的女性因为被人耻笑,牵着手唱着歌跳海的镜头让多少人难过心疼;多妹与四德的悲剧更让人唏嘘,成婚三年,明明有情却对面不相识,不知道自己的牵手人就是自己牵挂的买牛郎。《出嫁女》编导将影像力量更集中于夫权社会中的女性悲剧,南方偏僻乡村的五个活泼女孩子在自己的母亲、姐姐、奶奶身上看多了女性的悲剧,自己也无法拒绝地将要陷入悲剧中,最终五个女孩子在绝望中一起悬梁自尽。电影中,女人一辈子不能上席,奶奶七十大寿也得不到一点尊重,嫂子会被哥哥随便毒打,姐姐为了生孩子难产时痛苦地死在牛背上,人们只关心孩子出生丝毫不管产妇死活……最可怕的是这种种在围观人群看来都是正常的,可是五个女孩子也无力逃离悲剧命运,最终选择自杀表达自己的反抗,电影最后,五个女孩子一起悬梁自尽,老房子的房梁承受不了这重量,最终轰然倒塌,留给观众的是长长的反思与无尽的悲哀。《女人花》由著名女演员普超英领衔主演,取材于苏芳佳的小说《姐妹风尘记》,讲述自梳女的悲剧。这几部电影都是女性视角,又都是乡村山水背景,电影色彩鲜明,空间构图巧妙,"大美"与"大哀"形成鲜明对比,悲剧性风格凸显,导演的人文情怀很深,是这一时期电影中探索民族风格、思考民族文化、展现民族精神的探索代表作。

20世纪90年代孙周导演拍摄的《给咖啡的加点糖》《心香》都是南国都市电影的代表作。《给咖啡加点糖》虽然是孙周的电影处女作,但出手不凡,叙事流畅风格清新,最难得的是展示出导演对现代都市的天然自洽,开启了都市电影的拍摄浪潮,获得中国电影金鸡奖最佳摄影提名。1992年孙周导演拍摄的电影《心香》,以怀旧温馨略带忧愁的"中国风"备受赞誉,获第十二届中国电影金鸡奖最佳导演奖、最佳摄影奖、最佳录音奖,第十二届夏威夷国际电影节评委会特别奖,第九届法国蒙彼利埃电影节金熊猫奖;被评为1992年度十佳影片之一。

《心香》巧妙地以小朋友京京的视角讲述在南方小镇发生的故事。西关大屋、趟栊门、龙舟、大榕树,在在都是岭南风情。京京因父母离异被母亲送到在南方居住的外公家里,外公原本是很有名气的京剧演员,老伴去世后离开舞台。女儿因婚姻问题离家北上与老人很少联系。此番祖孙俩突兀地面对面长时间相处闹出不少矛盾。但随着时间推移,血浓于水感情加深,互相理解,影片以祖孙情感融洽的主线同时容纳了关于京剧文化的传承。京京外公与同在南方业余剧社的好友莲姑常来常往互相照顾,突然莲姑离家40年的丈夫从台湾来信说要回来,谁知又在返回大陆临上飞机时倒地去世,莲姑承受不住打击病倒去世。为了给莲姑"超度",外公将自己保存的唯一一把京胡抵卖,此时京京已经理解了外公,他到江边卖唱,一曲高腔震惊行人,也激醒外公拿出京胡为他伴奏,祖孙俩完成了让人感动的合作。最后祖孙两依依惜别的情节尤其动人,外公唱:"我好恨啊,恨只恨我不晓云成风行。"京京在码头呼应"云——来——呀",这种传承已经超越了祖孙亲情,在厚重的传统文化的支撑下,成为孙周对现代人精神困境以及心灵归宿的一个思考与回应。

无论是《给咖啡加点糖》里主人公骑着摩托车串街走巷,还是《心香》里祖孙俩在南方小镇的行走,孙周的镜头既有现代都市的现代感,也拍出了南方城市的当地风情,同时通过生活在这里的人的故事拍出了深深的人情味。《心香》里,大榕树下的光阴流转,老宅子里的京胡咿呀,戏文与生活之间的蒙太奇,电影里有新与旧、老与少,也有生与死、动与静。孩子眼里的一切是奇妙的,也是纯真的,在改革开放带来了巨大冲击的时间里,《心香》如此特殊又如此动人、如此优雅又如此美好,给予在经济浪潮中无所适从的人们一个返璞归真的答案。

此后,孙周又拍摄了《漂亮妈妈》(2000年)。这部电影在新世纪伊始上映,似乎也预示着孙周的电影新世纪,此后他连续拍摄了《周渔的火车》《我愿意》等电影,更为自觉主动地用镜头呈现女性表达,形成了非常鲜明的现代性。《漂亮妈妈》讲述一个单亲妈妈孙丽英独自抚养失聪儿子的故事。这样的故事情节简单但容易流于滥情庸俗,可是通过导演的组织,电影故事精巧、镜头考究,巩俐的表演精湛,最终呈现出一部真实、温情的电影。影片以现实主义的关怀作为背景,对下岗工人以及底层生活投以同情但尊重的关注,将一个坚韧勇敢无私的母亲刻画得真实动人。影片在当年情人节上映,打动无数观众,同时获得了多项国内外奖项:第十二届中国电影金鸡奖;第二十三届大众电影百花奖最佳女主角奖;第十届上海影评人奖最佳女演员、十佳电影;第八届中国表演学会金凤凰表演奖;第二十四届蒙特利尔国际电影节最佳女主角奖、艺术成就大奖;第二十届美国夏威夷国际电影节奈特帕克优秀电影奖。

第四节 文化产业的发展与影视新气象

在新世纪转型期,广东影视业面临很大的问题。从市场来看,产业发展中,自2002年开始,每年票房统计广东都是稳居全国票房榜首,影院和银幕数也在各省市中位居前列,但同时广东影视业如曾经辉煌的珠影却走向没落,未能转型成功,"上星"的广东卫视也从未跻身全国卫视榜第一梯队,都是广东影视业的遗憾。

影视产业化发展的另一面则是民营企业的发展与成功。广东影视业中民营资本的注入自20世纪90年代开始,进入新世纪广东民营影视进入鼎盛时期。据统计至2005年,广东省正式注册成立民营影视节目制作机构343家,仅2005年就制作生产电视剧26部632集,占全国总产量的30%,广东民营影视产业起步早、发展快,赶上了改革开放的春风,在新世纪成为全国影视产业不可忽视的重要力量。其中一些企业延续在20世纪90年代开创的好局面,继续创造辉煌。深圳万科影视有限公司2000年出品的电视剧《钢铁是怎样炼成的》获得第十八届中国电视金鹰奖和第二十届中国电视剧飞天奖特别奖;2002年出品的《空镜子》获第二十届中国电视金鹰奖、第二十二届中国电视剧飞天奖长篇电视连续剧二等奖。广东强视影业传媒有限公司2003年出品的《金粉世家》在中央电视台第八频道、第一频道相继热播,又在全国各地电视台轮番播映,被视为新世纪民国爱情剧的典范。深圳市康达富文化传播有限公司投拍的《亲情树》《香樟树》《相思树》等均有不俗成绩,荣获中国电视剧飞天奖、中国电视金鹰奖、"五个一工程"奖等奖项。尽管广东的影视文化产业持续发展再创新高，但是在20世纪90年代就已显示出的"本土化薄弱"的问题并未得到很好的解决，甚至2009年火遍全国的《潜伏》其实也是南方出品，但并无广东特色。这一时期值得讨论的广东本土文化影视最有代表性的剧作是《外地媳妇本地郎》《七十二家房客》，可惜的是影响力仍没有覆盖全国。

电影方面新世纪初期是中国大片崛起的年代，以张艺谋的《英雄》为代表，主旋律精品力作与商业化大片成为这一时期国产电影应对市场变化的反映。广东影视业也顺应时代浪潮，一方面追求主旋律精品，一方面打造商业大片，拍出了《邓小平》《秋喜》《因为有爱》《赛龙夺锦》《荔枝红了》等优秀的主旋律作品。

丁荫楠导演是"第四代导演"中坚持主旋律电影拍摄的中坚力量，其作品《孙中山》《周恩来》都是优秀的伟人传记电影，2003年由他执导，珠江电影制片公司、电影频道节目制作中心联合出品电影《邓小平》。该片获得第九届中国电影华表奖优秀故事片二等奖、优秀男演员奖，第二十三届中国电影金鸡奖故事片特别奖，第二十六届大众电影百花奖最佳故事片奖、最佳男演员奖。丁荫楠拍伟人传记从不追求死板作传，而是通过镜头语言、影像叙事传递人物的内心。作为在中国现代史进程中的伟人，孙中山、周恩来，尤其是邓小平，真实影像资料并不少，因此对于观众而言这是"熟悉的陌生人"，重要的不是形态上的还原，而是精神气质的捕捉，更重要的则是对伟人内心世界的理解与传递。正是因为有这样的出发点，丁荫楠的作品有"诗电影"的特征。《邓小平》这一影片从诗化以及反映人物内心来看是对丁荫楠伟人传记电影的一脉相承，但同时这部影片又以更为明快的节奏，更具活力的镜头展现了民族事业的继承、民族精神的传递。从《孙中山》到《邓小平》，几部电影各有特色又形成体系，丁荫楠的这一系列作品是主旋律传记电影的成功探索。

《邓小平》围绕伟人展开叙事，其背景是中国改革开放、社会主义建设。同样是改革开放背景，这一时期广东影视业在农村题材方面围绕展示社会主义新农村建设也有优秀作品诞生。王亨里导演的《赛龙夺锦》，周勇、杜云萍导演的《荔枝红了》，白羽导演的《油画村的故事》都在主旋律题材中拍出了浓郁的岭南味道与鲜活的时代感。《赛龙夺锦》以广东音乐为背景，展现改革开放广东新农村建设；《油画村的故事》表现大芬油画村的奋斗与发展，其中也展现了农民与艺术家、知识分子与市场经济的矛盾、融合、创新与发展。《荔枝红了》虽然是一部农村题材电影，却不仅叫好还卖座，是2002年主旋律电影中观众人数最多、放映场次最多的影片之一，并且荣获第八届中国电影华表奖优秀故事片奖、第八届中国农业影视"神农奖"特别奖等奖项，累计票房4000万元，作为一部农村题材的主旋律电影，这样的票房确实不易。

作为中华人民共和国成立60周年献礼片的《秋喜》有着相当鲜明的广东特色。

这部由孙周执导,珠江电影制片有限公司、南方广播影视传媒集团等联合出品的谍战电影将故事时间设定为1949年广州解放前夕,表现在最后的胜利到来之前发生在广州的一系列地下战斗。影片着力呈现地下工作的困难与黎明前的黑暗,也描画了潜伏的地下党员与特务头子身上复杂的人性,大历史的浪潮,普通人的悲喜,放在极具广州地域风情的环境中,加上丰富寓意的象征性符号与镜头,都是主旋律电影中相当别出心裁的风格,可惜当年在票房上较为惨淡。这部电影在日后被人们不断提起,经过时间的沉淀,电影中细腻的导演风格与极具探索性的拍摄被人们慢慢认可。

在这一时期广东电影的主旋律作品中,何群执导的《因为有爱》同样有鲜明的审美特色。何群是"第五代导演"的代表人物,在中国电影史上还有另一个更为重要的身份:作为著名的美术指导,《一个和八个》《黄土地》《书剑恩仇录》等电影的美术设计都出自何群,他自己执导的《凤凰琴》更是感人至深的好电影。1989年,何群调到珠江电影制片厂,从事导演、美术指导等工作,2001年推出《因为有爱》。这是一部由中共深圳市委宣传部、深圳电影制片厂联合摄制的"献给2001国际志愿者年"的主旋律电影,荣获中宣部"五个一工程"奖。何群导演的电影一直有很鲜明的个人审美风格,强调镜头语言的多元使用,影片追求散淡唯美的情调。《因为有爱》讲述的青年志愿者故事没有设置强烈的情感冲突与情节起伏,而是用散文化的叙事手法,将看似无关的四组人物故事通过电影蒙太奇手法传递出整体的精神风貌,将志愿者的爱心通过电影多层次多角度的呈现方式彰显出来,电影的内容与形式达到了高度统一,似一股清流打动观影者,使人难忘。

第二十章　儿童文学

20世纪90年代,市场经济迅速发展,作为改革开放先走一步的广东,其所受的冲击更比内地强劲,这也为儿童文学创作繁荣提供了先机,使广东儿童文学得到蓬勃生长。这一时期,儿童文学作家们耐得住外面世界的喧哗,异常冷静而沉着地在儿童文学本土默默耕耘,在思想领域和艺术天地不断拓展,在内容上更注重追求作品的艺术质量,作品内容力求表现出改革开放特色和时代生活气息,给少年儿童以优质的精神食粮。在创作手法上推陈出新,求新求变,不断继承、借鉴与创新,不断超越自我,成绩斐然。散文、小说、寓言、童话等的创作均达到了全国水准。

世纪之交的广东儿童文学创作的一个显著特点,是它突破了20世纪80年代末至90年代上半期偏重于关注现实,题材范围呈现出开阔的视野和现代的思考。而老中青三代作家不同的文学选择,与对当代少年儿童的人格培养和精神成长的关怀这一总体时代主题相协调。这里创作的开放性视野使作家笔下的关怀主题呈现出多样的内涵,其中关注当代少年儿童的生命成长最为突出,使广东儿童文学呈现方兴未艾之势,令世人刮目相看。这一现象不是一种孤立的现象。90年代广东儿童文学承接了80年代儿童文学的发展态势,又出现了许多新的特点。如果说80年代处在一个文化拨乱反正的过渡时代,那么90年代才逐渐显现出新的文化活力和特点,这可以从儿童文学作家这个时期的创作看出端倪。

第一节　转型期的广东儿童文学

在世纪之交,广东儿童文学进入了一个发展的转变时期。"90年代的儿童文坛似乎是80年代的一个逆反,笼罩着一片低回氛围。从1989年开始,中国儿童文学逐渐从80年代相对比较亢奋的心态中冷静下来,一方面弥漫在80年代童话界的那种喧闹热烈的气氛已经明显清淡了许多,另一方面充溢在80年代少年小说中的那些奋激的、浓烈的、一呼百应的东西也明显地减少了。"[①]

[①]　汤锐:《90年代的中国儿童文学》,《百科知识》1997年第11期。

面对20世纪90年代的文化情势,广东几代儿童文学作家仍然顽强地坚守在儿童文学的艺术疆土上。这一时期广东儿童文学领域新人辈出,活跃在儿童文学界的全省儿童文学作家超过百人,创作空前繁荣,汇集成一个老、中、青年作家组成的蔚为壮观的作家群。我们仍然能够在90年代的耕耘者中看到老一辈和年龄较长的一代作家们的身影:黄庆云、郁茹、岑桑、何芷、陶萍、陈海仪、紫风、郑江萍、廖振、林文烈、王曼、赖天受等。我们还能看到一批崛起于80年代(或稍早些)的青年作家在90年代的强大的艺术存在,并且同样可以为此开列一份很长的名单:谭元亨、关夕芝、班马、陈庆祥、饶远、李国伟、王俊康、曾小春、郁秀等。儿童文学出现了前所未有的氛围,是促进儿童文学发展的重要因素。

20世纪90年代的广东儿童文学创作,从表面上看,在艺术思想的活跃和创造激情的抒发方面似乎不如80年代。但是,认真比较起来,就创作灵感之独特、艺术思想之沉稳、美学表达之精熟等层面而言,90年代取得了广东儿童文学发展史上十分重要而独特的成就。从80年代末90年代初崭露头角的一批年轻的儿童文学作家的作品来看,他们在这一点上最具有典型性,他们不像80年代的儿童文学作家使命感特别强,总要冲破什么,要拯救什么……90年代的广东儿童文学作家大多显得更具平常心,更注意倾听来自创作主体内部的心声,而且从艺术技巧角度来看,他们的起点较高、更趋成熟,例如曾小春的《小街》等,都从不同的题材角度传达一段铭心刻骨的童年人生,其淡泊的叙述方式中流露出的沧桑感令人难忘。

商业话语的广泛流行和渗透使20世纪90年代儿童文学的社会化生产遇到了前所未有的困难局面。在这种情况下,广东出版界对儿童文学的支持是强大有力和义无反顾的。由这一时期广东儿童文学丛书、套书的出版可见一斑。李国伟的中篇"自我历险小说"5册,陈子典等根据历史资料编写的"中华民族传统美德故事丛书"9册,广州师范学院儿童文学研究所组织编写的"中华少年英才丛书"20多册,谭元亨创作和主编的"海外中国孩子丛书"3套,饶远创作的中篇系列童话《马乔乔奇历记》,韩可与、王俊康主编的《广东改革开放的故事》若干册,等等,不仅内容丰富厚实,而且制作精美,深受小读者的欢迎。

总之,20世纪70年代末以来的20年,是中国历史转折时期。这给文学提供了一个前所未有的宽松环境,也给文学创造了一个极好的发展机遇,儿童文学也不例外。经过近20年的转型发展,已经比较清晰地看出广东在儿童文学创作思想、儿童文学创作方法、儿童文学研究三个方面在这一时期的走向。

一、创作思想:从单一化走向多样化

表现儿童世界与儿童文化自身的课题,已成为20世纪90年代中国儿童文学最为生动的创作景观与美学目的。受此影响,广东儿童文学创作也开始出现了一些新动向,其中之一就是少年小说的回归校园。回顾一下80年代的儿童文坛,我们会发现一个有趣的现象,那时的青年作家们是在尽量避开校园生活题材,因为他们刚一出道就面对着上一个十年乃至上两个、三个十年中那些过于理想化、模式化、虚假变形的校园生活作品。而且那时所有描写到校园生活的作品,差不多都是一个陈旧的套子。因为这一代作家大多数都是经风雨见世面的过来人,所以他们是要逃离如此这般虚假的"校园生活题材",而到广阔天地中去寻找和表现真实。代表性的作品有:陈庆祥的长篇小说《我们正年轻》、谭元亨的长篇小说《拜拜,十五岁》、班马的中篇小说《六年级大逃亡》、严爱慈的长篇小说《桃李年华》、郁秀的《花季·雨季》等,塑造了一批鲜活的、富有时代特色的少年儿童形象,展现了当代少年儿童生机勃勃、开拓创新的精神风貌。另外,为了及时反映现实生活和新人新事,儿童报告文学在这一时期也得到了前所未有的发展。蔡玉明的《创造一个新自己》、魏生革的《父亲,我是你的脊梁》、刘小玲的《火舞凤凰》、韩可与的《希望在昌岗》等儿童报告文学作品,从不同的角度勾勒了改革开放与经济建设中涌现出来的典型人物,展示了许多敢想敢干、勇于开拓的人物的精神风貌,也提出了一些令人深思的问题。这种作品,不论在数量还是质量上,都是前所未有的。

二、创作方法:从单一的传统模式走向多元共生

儿童的世界是一片神奇的王国,儿童的天地是一处迷人的乐园。儿童生活的丰富性、成长的变动性和心灵的奇幻性决定了儿童文学的特点。与成人文学相比,无论是题材来源,还是内容的广阔性、主题的开掘上,都应更显得五彩缤纷。20世纪90年代以来,深化改革,扩大开放,经济体制的转轨,政府职能的转变,社会文化的转型,教育观念的转化,这一切在导致社会生活多样化的同时,也给儿童文学提供了一片更广阔的天地。总的来说,这一时期的广东儿童文学呈现出多元化的写作倾向,创作视角的突破,精品意识逐步形成。一方面,各种体裁的儿童文学作品都得到均衡的发展。且不说儿童小说、儿童诗歌、儿童散文、儿童故事、童话寓言,连过去较为薄弱的儿童戏剧和儿童影视,这一时期也蓬勃发展起来。1991年7月,广东儿童剧团正式重组成立。担任正副团长的唐琼希、李伟,既当领导,又当编剧,又当演员。他们首先

推出了儿童剧《夜明珠》,进京参加展演,一举获得成功。随后又编演了《狼孩》《闯入天才球星》等,演出了100多场,掀起了广东省儿童剧的编写与演出高潮。深圳作家张英伟,取材特区,编写了校园剧《承包》《签名》等。这些剧本紧扣现实,具有巨大的震撼力量。还有陈中秋的《五羊之歌》、刘强的《夜莺》等,都是儿童剧的优秀之作。儿童影视方面,有刘斯奋、方耀强总策划的50集系列动画片《新三字经》,根据郁秀原作《花季·雨季》改编的儿童电影等。另一方面,这一时期广东儿童文学作家的笔触也逐渐向外延伸。谭元亨为此倾注了自己的心血,如他的《"太空人"女儿手记》《追寻菲力克斯》与《黄孩子、红孩子、黑孩子和白孩子》,可以说,它们以全球为大视角,去审视人类中非人性的丑恶,以及在中西文化碰撞中各自正负面的交锋,展示出世界及中国新一代儿童可贵的品质。有许多报告文学,如陈小蔚的《香港成功人物》《船王包玉钢》等,都涉足曾在英国人统治下的港人生活,使广东儿童文学显得多姿多彩。

三、理论研究:从单一的认识论视角出发 走向多维联系的有机整体观

广东儿童文学理论建设起步较晚,发展较慢。1980年以前的评论,主要是针对某些儿童文学现象和儿童文学作家作品而展开的,真正的儿童文学研究,尤其是儿童文学理论研究甚少。进入1980年以后,随着改革开放与经济建设的发展,儿童文学事业受到更多的关注,儿童文学理论建设才蓬勃发展起来。儿童文学理论建设,跟在师范院校从事儿童文学教学与研究的教师的努力是分不开的。在这方面,华南师范大学早期的欧外鸥,后来的缪美贤、刘玉美,广州师范学院的陈子典、顾兴义、谭元亨、杨锋、陈晖,深圳教育学院的陈道林,湛江师范学院的陈建鸥,韶关教育学院的陈文高,广州师范学校的唐秀清,广州幼儿师范学校的刘国材、杨穗明,广东女子学校(后改为广东女子职业技术学院)的黄伊薇,等等,都在儿童文学教学的过程中,在视野拓展的基础上,引申出多维的研究方法。有的从美学的角度切入,如陈子典的《儿童文学阅读引论》(新世纪出版社);有的就文学阐释学与本体论进行解构,如班马的《中国儿童文学理论批评与构想》(湖北少年儿童出版社);有的从接受美学探讨,如陈子典、谭元亨的《台湾儿童文学诗歌论》(华中师范大学出版社);有的从文化发生学作宏观的审视,如谭元亨的《中国儿童文学:天赋身份的背离》(北方文艺出版社)等。此外还有,陈道林的《儿童文学》,沈妙光的《梦幻岛》,饶远的《让热血点亮未来》,以及陈子典主编《走向世界——华文儿童文学审视与展望》《儿童文学教与学》《为儿童文学鼓与呼》,王俊康主编《金鼻·寓言·童话》《饶远绿色童话评论集》等,

运用阅读现象学、本体论、新批评派等的方法,或从宏观方面着眼,或从微观切入,从事儿童文学研究,林林总总,洋洋大观,令人大开眼界。

第二节 关夕芝与郁秀

关夕芝和郁秀的少年小说的共通之处在于,均以丰富的内容情节,贴近当年的少年生活;生动的人物形象,展现当代少年的精神面貌;丰富的内涵,给人以智慧的启迪;以及学生自己的语言风格而不乏幽默的特点,从而明显区别于其他少儿小说。

关夕芝(1950—),女,广东顺德人。1965年高中毕业后,到广东封开县插队当农民。两年后,调到贺江电站当电工。1972年开始业余创作。1973年调到封开县文化馆创作组,学习戏剧创作。1979年调到作家协会广东分会文学院,1981年参与创办《少年文艺报》,任该报副主编,从此与儿童文学结下不解之缘。曾任作家协会广东分会理事。后来移居香港。1973年,发表反映小学田径生活的小说《长跑线上》。1983年,《布娃娃,又一个布娃娃》获当年的广东省新人新作奖等奖。同年,她根据自己当年当运动员和教练的生活,写了《五虎将和他们的教练》。这篇短篇小说获1983年的《儿童文学》杂志优秀奖、广东省儿童文学评奖一等奖,后又在1988年全国首届儿童文学评奖中获优秀作品奖。1985年,她把这篇小说改编成电影剧本《五虎将》,由中国儿童电影制片厂摄制。这部电影在1987年联合国教科文组织举办的德黑兰第17届教科文电影节上,获得了"金像奖"。《家庭教师日记》获1986—1988年度广东儿童文学优秀作品奖。《甜咖啡,苦咖啡》获1987年《广州文艺》"朝花奖"。1986年,出版儿童小说集《风筝高高地飞》。

生活是创作的源泉,关夕芝小说的重头戏是以体校生活为题材,短篇小说《五虎将和他们的教练》是她的代表作。讲述了这样一个故事:海宁区业余体校的乒乓球队换了一位女教练,她对工作极不负责,训练时也常常溜出去与男朋友约会。球队的成绩明显下降,致使"五虎将"在这次比赛中榜上无名。"五虎将"强烈要求换教练。领导派来了一位杨教练,没想到还是女的。孩子们商量要变着法子把她轰走。杨教练却不怪他们,她一方面主动和他们签订协约,保证不在训练时间干私事,一方面抓住时机,用自己高超的球艺征服孩子们。这篇作品中教练和"五虎将"的形象,鲜明地表现了我国运动员坚强自立、积极进取、乐观自信、勇于战胜困难的高贵品质。其艺术特色主要体现在如下几方面:

一是率真的儿童情趣。《五虎将和他们的教练》这篇儿童小说之所以能在同类题材的儿童小说中别具一格,对少年儿童读者有一种特殊的艺术魅力,其中的奥妙就在于它有一种属于作者自己的、属于那个特定时代特定环境的、浓郁而美妙的儿童情趣。"儿童情趣是少年儿童的想象、思想、情感等心理状态及与之相应的行为、语言在文学作品中的艺术反映。"①儿童情趣是情和趣的有机统一体。它不仅是一种"天真、无邪、稚气、活泼、可爱"②的形态,它"应包括儿童感情的基本特质,儿童的性情和志趣及意趣、表达感情的独特方式等等"③。而生活中的儿童情趣一旦反映到文学作品中来,"已经加进了作者的思想、感情和认识,是以儿童的情趣为基础创造出来的艺术真实。"④于是,不单存在于作品中的儿童形象身上,而且渗透和融进艺术的各个方面,体现于作品的整体之中。请看《五虎将和他们的教练》:"我们海宁区业余体校乒乓球队的五员大将,今年都是十三岁,全属猪。你说窝气不窝气,在今年全省重点业余体校乒乓球赛上,我们这个队竟得了个倒数第二!要是说我们都是些'大笨猪',倒也罢了,可我们都是远近闻名的'五虎将'啊!"⑤开篇这段介绍,简洁生动,非常口语化,不仅符合少年特征和个性特点,幽默诙谐,平添情趣;而且提出问题,设下悬念,让小读者去思考一个接一个的问题,寻求答案,有很强的故事性,具有令小读者欲罢不能的艺术魅力。作者有一颗纯真的童心和爱心,有着丰富的生活积累,熟悉少年儿童的生活习惯、性格、心理与兴趣爱好。这一切为她的创作奠定了坚实的基础,使她从生活出发,沙里淘金,提炼主题,构思作品。

二是生动的人物形象。儿童少年,是社会生活的一种极敏锐的感应器,每一个特定时期的社会发展变化,都会从儿童少年的生活面貌和精神状态中灵敏地反映出来,因此,每一个不同的年代,都必然有其儿童少年的不同精神面貌。《五虎将和他们的教练》具有鲜明的时代特色、鲜活的少年形象和纯粹的儿童文学特点。这篇小说人物形象的塑造是最能打动读者的。在小说中,"人物形象是小说的主心骨,衡量小说成功与否的关键就看其人物是否逼真,形象是否饱满"⑥。只有成功刻画人物形象并挖掘其审美特质才能凸显小说的艺术价值。作品中的"五虎将"的少年形象立体、多元,平凡而富有个性,与以往儿童文学作品中模式化的"高、大、全"的人物形象相区别,高扬了"以人为本"的价值理念。一个个鲜活的形象,凸显了少年儿童的主体性,表现了一种健康的、优美的、而不悖乎人性的精神,使小读者乐于接受,并为之感动。

---

① 杨建生:《儿童文学要写出儿童情趣》,《常州教育学院学报》1997年第3期。
② 杨建生:《儿童文学要写出儿童情趣》,《常州教育学院学报》1997年第3期。
③ 杨建生:《儿童文学要写出儿童情趣》,《常州教育学院学报》1997年第3期。
④ 杨建生:《儿童文学要写出儿童情趣》,《常州教育学院学报》1997年第3期。
⑤ 中国作家协会广东分会儿童文学委员会:《广东儿童文学获奖作品选》,广州:新世纪出版社,1985年版,第28页。
⑥ 秦文君:《女生贾梅全传》,上海:上海少年儿童出版社1999年版,第122页。

在作品中,人物性格的刻画是通过人物在特定的环境中具有典型意义、富有儿童情趣的言谈、举动、内心活动和情感流露等方面表现出来的。一些富有特征的肖像描写、环境烘托等也都有助于人物性格的塑造。如"鬼马华"和"懒筋"初见杨指导的举动描写,动感强,鲜明地表现人物的惊愕、失望、沮丧的思想感情。许教练、杨教练的肖像描写采用了对比的方法,使人物更加鲜明突出。对新教练欲扬先抑,帮助小读者由表入里深刻认识主角。

　　三是温暖的人性之美。一切文学都应该是美的,没有美就没有文学。它要以美的光辉照射大众,以美的姿态净化人心。优秀的儿童文学不仅有优美的形式和高度的艺术技巧,而且描绘出的社会生活的面貌生动形象真实,使儿童受到强烈的艺术感染,产生感情上的共鸣,获得精神上的愉悦和满足,同时也以此影响儿童的思想情感。《五虎将和他们的教练》的另一特色是作者注重对人性美的弘扬,在关注"爱"和"成长"的同时,以一种寓教于乐的审美方式,便于小读者接受,并从中获得教益。作品中有这样一个情节,杨教练的男朋友"跺地王"是省里最有名的一位乒乓球运动员,他想劝说杨教练回省队遭到拒绝,二人为此闹得不欢而散。这一切都被细心的"五虎将"看在眼里,记在心里,为了让"跺地王"向杨教练认错,"鬼马华"想出了一个办法:先把"跺地王"的球拍偷来,又假装捡到归还,趁机提出"交换"条件——要"跺地王"来见杨指导。结果很快"破案",引出了一个让人哭笑不得又感动得想哭的场面——双方互相道歉。小说用儿童视角和大量的人物动作、心理活动、对话等细节描写,滤掉了生活中的丑陋与邪恶,而将人性的美好温情展现在读者面前。小说中所透露出来的人性中的真、善、美更让我们为之动容。比如杨教练"从小就梦想着,当世界冠军",但她得了地中海贫血症,只有把希望寄托在"五虎将"身上。"五虎将"了解杨教练对他们的期望,所以对杨教练从冷淡到热爱,从轻视到崇敬;对练球从儿戏到认真,从认真到刻苦,体现了新一代奋发向上、勇于拼搏的精神。这篇儿童小说带给我们的一种美育,即学会善解人意,学会温暖人心。

　　总体来看,关夕芝的儿童小说,把趣味性、教育性有机地结合起来,通过儿童所熟悉的题材,刻画了许多栩栩如生的小将,他们有理想,不怕困难,勇于拼搏,充分反映了新时代少年的精神风貌,在广东的儿童文学创作中,拓展了条宽阔的道路。

　　进入20世纪90年代,关夕芝移居香港,但她依然坚持为少男少女们写作。只不过较之以前以体校生活题材为主的小说创作有了明显不同,这一时期关夕芝更加关注生活在香港的青少年成长的内外环境。先后创作了《香港传递》《〈YES!〉之谜》《邀请信带出的问号》《玩新生》《奇特的"书"》等一批纪实少儿文学作品,并以专栏形式陆续在《少男少女》杂志刊发,将香港孩子的真实内心世界与生存方式展示给读者。

在《〈YES!〉之谜》中,关夕芝从"偶像亲自出马""主持人无处不在""流行通胜""无厘头文化?YES!"四个方面,揭示了以青少年为主要读者对象的《YES》杂志创刊以来,受到广大青少年读者的青睐、引起香港社会注目的主要原因——"它能把握住青少年的心态,贴近地反映青少年的生活"。在《奇特的"书"》中,介绍了在香港电子出版科技展览会上的新事物——激光影碟CD,"这是一个奇特的'书'展。'书展'上,看不到一本书,却仿佛来到了电器商店,柜台上,摆满了电视机、录像机、电脑……一位顾客走进来,对工作人员说:'我想看看大英百科全书。'……这位工作人员只用两只手指轻轻一捻,就把全套大英百科全书送到顾客面前了。原来,这整整一套大英百科全书,仅仅是两只厚一毫米,直径十二厘米的激光影碟CD,和街上卖的激光唱片一样大!"这些作品,以生动有趣的小故事形式,富有生活化和口语化的语言,为内地小读者打开一扇了解香港文化和香港青少年的窗口。

正如关夕芝自己所说:"来到香港,走进一个陌生的世界。这个色彩斑斓的大都市的少男少女,又是怎样生活的呢?我愿当个'邮递员',陆续把我知的一鳞半爪,传递给国内的少男少女。"对香港青少年的关注与叙事,不仅是关夕芝文风转变的新作,而且也是有较高文学性与审美性的作品。

郁秀(1974—),女,福建人,10岁来到深圳。1993年高中毕业后就读深圳大学,1995年赴美念商学,1999年从加州州立大学毕业。16岁创作的长篇小说《花季·雨季》1996年由海天出版社出版,风靡全国,成为青春文学标志性作品,一代人集体的青春记忆,多年常居畅销书靠前。美国《时代》周刊称她是"中国青春文学的开创者"。《花季·雨季》先后获得中宣部"五个一工程"奖、国家图书奖提名奖、全国优秀儿童文学奖、宋庆龄儿童文学奖等多个奖项,并被改编为同名电影、电视剧、广播剧、连环画等。2000年出版长篇小说《太阳鸟》,2004年出版长篇小说《美国旅店》,2006年出版长篇小说《不会游泳的鱼》,2015年出版长篇小说《少女玫瑰》。

《花季·雨季》是花季中的少女郁秀,用她那稚嫩的笔描绘了人的花季。这部女中学生写的反映特区校园生活的长篇小说,从中学生的视角,以中学生这个社会群体为主线,展示了深圳经济特区社会生活的各个层面,探讨了特区教育制度、家庭伦理等一系列社会问题,描绘了特区中学生斑斓多彩的生活画面。小说还成功地塑造了一群栩栩如生的特区中学生形象,揭示了当代中学生健康向上的精神风貌和丰富复杂的内心世界。它的出现带动了一批儿童文学作品的问世,如《朦胧十六岁》、《寂寞十七岁》(花城出版社1997年版)、《灿烂季节》(花城出版社1998年版)。还有仿照《花季·雨季》而作的校园系列如《同桌的女孩》、《借读生》(明天出版社1998年版)等等,构成了儿童文学创作的一个特殊景观,被有关专家称为"花季·雨季现象"。

一部中学生的处女作为何会有如此神奇、迷人的魅力呢？

首先，真实地反映了时代脉搏，抒发少年情怀。一方面，进入少年阶段，男女生之间的关系有了新特点，如何恰如其分地表现少男少女这种朦胧的心理而不至于太过外露或刻意渲染、夸大呢？《花季·雨季》为我们作了范例。作者以深情的笔墨，描写了她亲身经历的刚刚发生的或正在发生的实实在在的真实生活，以一种清新、纯正的视角，纯真的心态写少男少女的感受和纯情。从而使本书有着鲜明和强烈的时代特色，有着浓郁的深厚的生活气息。能给人一种清纯和正气的感觉，读后深受鼓舞，能引导青少年朋友积极向上，从而在时代大潮涌动下能够健康成长。另一方面，小说更大的魅力还在于作者以其敏锐的洞察力将少年们对身边事物不经意的一闪而过的思想火花及时捕捉并表现出来，透过深圳特区中学生这一特殊的群体折射出了一代人的思想状况。小说中时时隐现的心理描写适度、恰切地展示了处于社会转型期的少年摆脱童年幼稚转向青年成熟的过渡时期的心路历程。既突出了少年的心理特点，又符合当代少年的心理特征，引起了小读者的共鸣。深圳是我国的经济特区，又是中西文化的交汇处，处于这一环境中的少男少女除了具有中学生共有的焦虑、犹疑、彷徨、迷惑和矛盾心理之外，还因频繁的社会冲击而有着更为复杂的感受、更为成熟的思想以及更快接受和适应新事物的能力。作品鲜明地表现出一群在改革开放前沿的青少年所特有的个性特征。

其次，成功地塑造了纯真的中学生人物群像。作者没有像其他小说那样，去集中塑造某一人物，而是从她纯真的心灵出发看待事物，着意于谱写中学生的群体。她笔下的中学生一个个热情、天真、栩栩如生。那志高才大、一心奔清华的陈明，深沉稳重、书画皆优的谢欣然，多愁善感、想当作家的林晓旭，能歌善舞、想当演员的刘夏，胸怀宽广、助人为乐的萧遥，爽朗热情、敢于直言的王笑天，事事热心而又有些自卑的柳清等，作者都对这些人物倾注了深情，即使对那个吊儿郎当无心读书一心想赚钱的余华，作者也看到了他心灵的闪光、善良的本性。作者在这些不同人物的身上，从各个侧面展示了他们的心灵世界，揭示出当代中学生的进取心理、竞争心理、自立心理、交友心理、挫折心理等善变多变的内心世界。如对萧遥的出国问题就写得十分出色。萧遥这个品学兼优的好学生，父母都在国外工作，他在深圳是跟着祖父母生活。有次他父母来信谈他出国的事，他把自己的抉择和班主任江老师谈了——不想凭借父母而要凭自己的本事出去。在当时国内到处出现的"出国热"中，萧遥的思想，不正是他强烈的自立精神和进取心的表现吗？小说没有回避学生生活的矛盾和烦恼，比如早恋问题也涉及了。作者以一种平常心态坦然相对，把它转化为一种美好的心灵体验。像林晓旭暗恋班主任、谢欣然暗恋萧遥、萧遥又曾暗恋肖竹，可是他们都是把爱珍藏心底，悄然而生爱慕之心，而没有明显的行动，并以此引出一种精神的力量，以鞭策自己更加完善。这样写来,自然、合理。作为女中学生的作者,同步描绘身边同龄人,其所思所感所喜所忧,均感同身受,反映出真诚、明朗和进取,使这些人物一个个意气风发地成长在这块神奇的土地上。

小说的第三个特点是写得清新、朴实。对于一个涉世不深的学生作者而言,如果称赞她的小说具有高超的艺术难免有些言过其实,然而小说在内容情节、人物形象、思想内涵、结构形式等方面显示出某种不同于成人作家作品的特点,它没有采用过去那种传统的情节式的手法,也没有展示矛盾冲突的戏剧性结构方式,而是采取一种散文笔法,把很多横断面累积起来,来表现青少年的心理和与社会的沟通,它的每章节有相对的独立性,小标题"又搞突然袭击""男孩对女孩是个谜""不知死多少脑细胞""离厂一步三回头""女中学生的演员梦"等等,朴素、明快,完全是中学生的语言。通过一系列生动真实的情节和细节,展示了五彩缤纷的特区青少年校园内外的生活场景和画面,全面地反映了少男少女的心声和精神生活。这种结构也符合青少年的阅读心理,显得自然、流畅。我们不难从主人公谢欣然身上,看到作者自己的身影,甚至可以说,在不少章节中,作者是借这位主角进行自述,抒发与倾吐,这就使全书带有浓烈的主观色彩与抒情色彩,好比一位知心的学友在与你亲切地倾谈,一下子,作者与读者之间的心灵距离便拉近了。也许,正是这种心灵的倾诉,使这部书能这么一下子赢得了全国中学生的热爱。中学生需要的,是无遮无碍的、了无羁绊的倾诉——正是这种倾诉,构成了中学生"我手写我心"这类文学最显著的特色,它本身也是一种艺术,超于技巧之上的艺术。读后给人一种轻松、明朗、向上之感,对生活有了更充分的认识,更加坚定自己勇往直前的目标。

第三节　主要儿童文学作家

广东儿童文学之所以空前繁荣,有一种情况值得特别提及,那就广东儿童文学创作队伍广泛的群众性。当今中国文坛,业余一族占半壁江山,而广东儿童文学创作的业余一族比半壁还多。他们的创作带来了生活的原生质,使读者感到分外亲切,增强了作品的可读性、可信性、愉悦性和实用性,给儿童文学带来了勃勃生机。而且这支队伍人数众多,作品量大,不少获得国家奖的创作出自他们之手。他们和专业作家一起,形成了一支浩浩荡荡的儿童文学创作大军。

李国伟(1955—　),广东广州人。中共党员。1972年高中毕业到工厂,1976年底参军,并参加了1979年南疆自卫还击战,立三等功。1981年复员,1982年调广东作协。历任《少年文艺报》《少男少女》部主任、副总编辑、总编辑,编审,省作协校园文学创作委员会主任。1975发表第一篇小说《加速》。1986年,在中国少年儿童出版社出版第一部中自我历险小说《少年警队》,成为中国写自我历险小说的第一人。出版长篇小说《秘密山洞》、自助探险小说《幽灵船上的狗吠》、系列童话故事《发高烧的外星人》、报告文学集《他们这样设计人生》、自传体散文集《战场上,我对妈妈撒了谎》、连环画《小国王呼呼》丛书、绘本童话《酸辣融雪汤》等30多部,发表作品500多万字。自助探险小说《遭遇野人》《最后的黑足雪貂》《窗台上的红玫瑰》分别获2008年度、2009年度冰心儿童图书奖。绘本童话《钥匙失踪的秘密》获2014年度冰心儿童图书奖。《撒玛女巫的魔咒》《窗台上的红玫瑰》分别获第八、第九届广东省鲁迅文学艺术奖。曾获全国青年报刊十佳记者、全国优秀儿童工作者、广东省劳动模范称号。

李国伟的自我历险小说的特点是以第二人称"你"做主人公。阅读自助探险小说时,读者"你"便已成为书中的主人公了。"你"直接参与到小说的情节中。小说的情节发展,必须由"你"来推动,新鲜、有趣、具有吸引力。它紧紧抓住了少年儿童好奇、渴望历险、追求不平凡事物的心理特征,适应了他们的审美需求。在他的作品中,善于构建一个光怪陆离的世界,营造一种紧张神秘的气氛。作者还善于在故事发展的关键时刻,不失时机又不露痕迹地提出令人困惑的矛盾、谜团、难题。让小读者根据自己的知识、经验、性格、习惯来做出分析、判断和抉择。李国伟的自我历险小说的另一个特点是力求从容不迫地用简洁、朴素的笔触勾勒出不同人物的个性。主人公尽管有不同的选择,故事尽管有不同的结局,但作者的倾向性是很鲜明的。他通过笔下人物的行动,颂扬了机智、勇敢、坚毅、沉着、独立思考、敢于冒险等可贵品质,批评了自私、怯懦、粗心、不动脑筋等性格弱点,同时也鞭挞了坏人歹徒的贪婪、狠毒、狡猾、虚伪。小读者可以从作品的字里行间强烈地感受到作者的爱与憎,从中得到启迪和教益,学会辨别是与非、善与恶、美与丑。

王俊康(1944—),回族。江苏吴县人。中共党员。1964年毕业于广州第一师范。历任小学教师、青少年宫教师及创作员,广东省作协《少年文艺报》《少男少女》杂志副主编,儿童文学创作委员会主任及人事室主任、党委书记,广东省作协党组副书记、第五届主席团成员。1975年开始发表作品。1994年加入中国作家协会。文学创作一级。他从朗诵诗创作走上文坛,是朗诵诗体的倡导者,并"将这一文学样式推至一个高峰"[1]。出版有诗集《校园朗诵诗》《又是三月春风来》,校园朗诵诗集

---

[1] 西篱:《南粤儿童文学事业的领军人物》,《文艺报》2008年3月27日。

《向雷锋叔叔学习》，报告文学集《承诺》，综合类专著《王俊康文集》《王俊康研究专集》，有声读物集《我们是春天的使者》等。主编（编著）20多种儿童文学读物，包括主持策划首部广东儿童文学史《当代儿童文学概论》（陈子典主编）。他五次获广东省级优秀儿童文学奖，多次获得全国、省市征文奖，中国新闻出版总署第六届国家图书奖特别奖，作品《小酒窝》荣获中宣部等五单位颁发的全国优秀童谣一等奖。他除了利用业余时间创作和撰写了多种儿童文学作品外，还投入大量精力从事儿童文学组织领导工作，为广东儿童文学事业作出了贡献。

在创作上，王俊康是个多面手，特别是儿童文学创作文体众多，有诗歌、小说、故事、散文、随笔、序言、文学评论、报告文学以及儿童歌剧等。但最能体现他的个性、最能代表他的艺术成就、影响也最更为广泛的，应是他的校园朗诵诗（又称儿童朗诵诗）。他的校园朗诵诗，在广东和全国许多地方的中、小学校园里，为成千上万的青少年学生经常朗诵着，不仅深受儿童们的喜爱，也受到老师、家长和广大成年读者的普遍欢迎。他的诗上口、入耳、合情、生趣。他的诗富有节奏感又具有音乐美。他的诗是诗和音乐的结合。他的诗具有丰富的想象力。诵读他的诗歌，能使孩子浮想联翩，使他们的幻想长出翅膀，使孩子骑在幻想的背上做梦，在广阔的天空和大地神游。他的诗又是开发孩子智力的诗，诵读他的诗歌，能得到一把智慧的钥匙，从而去叩开知识的大门。他的诗又是启迪思考的诗，诵读他的诗歌，能启迪孩子去思考人生、社会和人类的未来。

邝金鼻（1939—2010），广东珠海人。中共党员。高中只读了半年。1960年参加工作。历任中、小学教师，斗门县文艺宣传队创作员，县文化馆文学辅导干部、副馆长，县文化局副主任科员兼县文联副主席，珠海市作协副主席。1958年开始发表作品。1994年加入中国作家协会。著有童话集《白藤仙子》等。寓言集《长颈鹿和上帝》获广东省第五届儿童文学著作系列二等奖，寓言集《阿凡提寓言》《动物王国里的寓言》分获中国寓言文学研究会第一、二届金骆驼奖三等奖、二等奖，《邝金鼻儿童文学集·寓言童话卷》获第六届广东省优秀儿童文学荣誉奖、第三届金骆驼奖二等奖、第七届广东省鲁迅文学艺术奖，寓言集《智慧的镜子》获第四届金骆驼奖二等奖。

邝金鼻植根于珠江口广袤水乡，努力创新，通过250多个故事，再造了一个走进改革开放年代的现代阿凡提。他笔下的阿凡提形象表现出在强悍面前的外柔内刚和在弱者面前的外刚内柔，这样的新时代阿凡提负载了作家对民族文化与哲理思维的理解。他擅长把动物与植物交织一起，编织出有趣的故事与矛盾，以绚丽多彩的自然景观吸引读者。他的儿童故事《蘑菇该奖给谁》入选2001年版小学语文课本。邝金鼻一生创作了脍炙人口的《长颈鹿和上帝》《白藤仙子》《鹈鹕和苍鹭》等13部寓言童话作品以及文学作品评论集《金鼻童缘》,其中不少作品翻译成英、法、德文,流传海外。一直坚持从旧有题材中发掘出新的故事情节,赋予其新的思想内涵,且体现出鲜明的哲理与时代感,这是邝金鼻对当代寓言童话写作的一个独特贡献。

饶远(1939—),始兴县高营村人。原名饶纪省,曾用笔名艾叶、舒琴。1975年开始文学创作;1984年8月调韶关市文联,先后任《南叶》文学杂志、主编、社长;1985年任韶关市儿童文学创作研究会会长;1990年任中国儿童文学研究会理事;1991年加入中国作家协会;1994年任广东省作家协会儿童文学创作委员会委员。发表作品200多万字,出版专著26种,主编、编著图书20多种。代表作有:童话《青春的花蕾》、散文诗《雾的眼睛》、童话集《蓝天小卫士》、长篇童话《鸟仙子的绿岛》等。在当代,他是最早创作生态环保童话的作家。

以《马乔乔奇历记》为代表的系列生态童话,成为贴上饶远个人标签的一大创作特色。这些短篇中,饶远将自己在人生体验中所获得的某种理性感悟熔铸于某一与这种理性感悟相谐的物的特性中,让物性使理性具象化、生动化,而理性则赋予物性不同寻常、刻上了作家独特的思考的烙印的强烈的象征意义。因此,这类童话往往笔调较为凝重,情感浓烈却不外露,透出一种参悟人生宇宙的苍凉感。新的思想观念,在一个个奇异、独特、美妙、清朗的童话境界中展示出来、体现出来。如:在《恐龙的呐喊》中,生命意识被提升到一个高度,生命意识和当代意识在作品中浑然一体;在《巨人的彩色童话》中,自然氛围的美与巨树品行的美所构筑的童话意境的美,具有了一种超越题材的象征意蕴;等等。饶远的生态环保童话,既借鉴了民族民间童话的表现手法,也汲取了西方大自然文学的艺术精粹,学东习西,广采博取。而他的创作又始终立足当下,贴近当下生活的现实,贴近当下儿童的心灵,也就始终是纯粹的中国气派,是纯真的原创品格。"在中国童话发展中,饶远生态环保童话创作的意义无可替代。"[①]

曾应枫(1951—),女,广东顺德人。1968年到海南岛当过六年知青,1986年毕业于广州市广播电视大学中文科。历任广州市民间文艺家协会主席,广东省民间文艺家协会副主席,广州市文学创作研究所专业作家。1973年开始发表作品。1990年加入中国作家协会。文学创作一级。长篇小说《广州故事》和《省港人家》获中国城市报刊连载作品二等奖并改编为电影和电视剧,儿童游记《小霞客华南游》获第六届广东省优秀儿童文学奖、第十二届中国图书奖、第十一届冰心儿童图书奖、全国优秀

[①] 张锦贻:《饶远的环保童话创作》,《文艺报》2014年4月18日。

少儿读物二等奖,儿童文学《点击花城》《丝路在线行动》获第五届广东省精神文明建设"五个一工程"奖,《俗话广州》获首届中国民间文艺山花奖、学术著作奖优秀奖,30次获得全国、广东省的各类文学奖。

  曾应枫笔下的儿童文学,包含着浓郁的岭南文化风情。她对广州这个沿海大商埠的发展与变迁有一种敏锐与关怀,她的作品叙述的游历起点多是广州,这源于她对广州这座有着2000多年历史的繁华商埠的眷恋与深情。她笔下的小主人公多是灵活多变、敢为人先的少年。如《小霞客华南游》中的徐小松、电脑迷阿伟,在游历广东、广西和海南这三个沿海省份的过程中,遭遇了各种不同的情况,表现出一种探索、勇敢的精神。他们不管是游古迹、森林还是游大海,敢想敢为的个性都表现得那么鲜明。曾应枫对游记文体进行探索和创新,既写出了少年儿童在游历中的成长,又充满童趣,曲折动人,难能可贵。

  此外,还有赵小敏(1953—)、刘小玲(1955—)两位颇具有代表性的女作家,她们有不少共同点:都在《少男少女》杂志社任职,都以创作少儿报告文学见长,作品丰富。赵小敏曾担任中学语文教师10年,后在《少男少女》杂志社任职,1984年开始发表作品。著有儿童文学作品500多万字,著书26本。其中8本著作获冰心儿童图书奖,一部作品获冰心新作奖,多部作品分别获全国第五届少儿图书奖、广东省鲁迅文学艺术奖。她注重文章结构的完整和精巧,善于运用多种艺术手法组织安排材料,使文章成为骨架合理、线索清晰、首尾圆合的有机整体。且语言绘声绘色,富有立体感。《我们相对微笑》最能凸显她的写作特点。刘小玲从1973年开始发表作品。曾任《少男少女》杂志编辑部主任。主要从事儿童文学创作,著有报告文学集、长篇小说多部。在6届广东省优秀儿童文学评奖中有5届获奖,并多次获"全国青年报刊好作品奖"。《跨世纪的一代·自强卷》获1994年度国家"五个一工程"奖,长篇小说《蓝色隧道》获2003年冰心儿童图书奖。刘小玲的创作,取材于中学生七彩的生活,而且有着鲜明的地域性,主要表现奋发自强的广东少男少女和充满活力与希望的香港青少年。她的作品富有个性和时代气息,透露着她清醒的良知、深邃的悟性和热切的希望,成为少年人精神上的良师益友,少年儿童成长的人生道路上的向导。

第二十一章 打工文学的兴盛与沉寂

世纪之交,打工文学研究逐渐突破地域局限,进入全国视野。2000年5月,花城出版社推出杨宏海编著的《打工世界:青春的涌动·打工者的文学》,全书56万字,精选18篇小说,19篇报告文学、散文、诗歌以及11篇相关评论,全面展示打工文学的前期成果。2000年8月,深圳特区文化研究中心、广东省文艺评论家协会、宝安区文化局等单位联合主办"大写的20年·打工文学研讨会",刘斯奋、王京生、黄树森、胡经之、何西来、阎纲、陈辽、刘峻骧等50多位政府领导、媒体专家以及院校学者出席会议,这是由政府主导的首次全国性打工文学研讨会,意在提高打工文学的影响力。会议期间,《羊城晚报》发表杨宏海与黄树森的对话《关于打工文学》。同年10月,深圳市特区文化研究中心主办的《深圳文化研究》推出打工文学专辑。打工文学的高频亮相,引来各领域专家学者的关注,相关评论和研究逐年增加,更激发了打工文学新的创作热潮,此后十年,打工文学蓬勃发展,成为新世纪广东文坛最具话题性及包容性的独特现象。

第一节 作为一种独特的文学现象

"打工"一词属于粤语方言,狭义的打工文学主要指底层打工者创作的以打工生活为题材的文学作品,其创作集中在南中国沿海开放城市。广义的打工文学则不限制作者身份和所处地域,而以作品内容是否属于打工题材为评判标准。通过追溯、爬梳广东打工文学的早期历史,可以鲜明地呈现这一文学现象的独特之处。

一、打工文学的发展成因

打工文学的兴起,客观上是经济发展的产物。改革开放以来,深圳、东莞、佛山等地制造业、工商业发展迅猛,吸引许多内地青年来粤发展,尤其是1989年的百万民工南下潮,让深圳成为外来工聚集最早、最多的城市。这些人普遍来自农村、乡镇和边远贫困落后的地区,他们创造物质财富的同时也带来一些新的社会问题,很多人一方面从事枯燥艰辛的体力劳动,一方面经受背井离乡、空虚孤独的心灵煎熬,他们的精神需求如何满足？打工文学应运而生,受惠于新中国的义务教育制度,大多数打工者具有文学阅读能力,有些人更具有较好的书写能力,于是自发地提笔写作,倾诉内心、疏解心情。"一早起床,两腿起飞,三洋打工,四海为家,五点下班,六步晕眩,七滴眼泪,八把鼻涕,九坐下去,十会死亡",这首20世纪80年代初写在蛇口四海区三洋厂厕所里的打油诗,是当时打工者生存状态的真实写照,被视为打工文学的雏形。1991年,来自广东梅县的打工妹安子的打工纪实小说《青春驿站——深圳打工妹写真》先后在《深圳特区报》、上海《文汇报》连载,激发千百万打工者的追梦之心,引起轰动效应。

打工文学萌发之初,杨宏海等评论者即予以关注,热心扶持,促其成长。1985年,杨宏海从内地高校调到深圳市文化局从事文化调研工作,当他读到《特区文学》1984年第3期发表的林坚的短篇小说《深夜,海边有一个人》时,敏锐地感觉到其内容的独特性,将其视为打工文学的开山之作。1988年,宝安区文化局创办《大鹏湾》杂志,发表了张伟明的小说《下一站》《我们INT》,杨宏海读后将《下一站》推荐给《特区文学》,同时,他还专门撰稿《宝安杂志〈大鹏湾〉很有特色》,重点介绍那些与打工文化相关的文学形态。1990年,《花城》第1期发表林坚的中篇小说《别人的城市》,《广州文艺》第2期发表张伟明的短篇小说《对了,我们是打工仔》,林坚、张伟明等人的作品开始被人关注,成为第一代打工文学代表。20世纪90年代,杨宏海持续关注打工文学并通过媒体加以宣传。他在广东本土发行的《当代文坛报》1991年第2期发表文章《打工世界与打工文学》,正式提出打工文学这一命名。安子的《青春驿站》亦被重点关注。1992年,杨宏海与宋城等人策划出版"打工文学系列丛书"(共八册),这是打工文学作品首次正式结集出版。1993年,杨宏海创建"特区文化研究中心"并主持工作,研究中心通过发表评论文章、编撰相关出版物、参加电台节目、组织学术研讨会等多种形式扶持打工文学,黄伟宗、林雨纯、李小甘、钟晓毅、谭运长等人亦参与评论并支持打工文学,打工文学逐步被推向公众视野。

打工文学的发展,亦是报刊媒体市场化推动的结果。《大鹏湾》《江门文艺》《佛山文艺》因发表打工文学而成为知名刊物,《南山文化长廊》《打工报》《打工族》《特区文学》《广州文艺》和《打工文学》(周刊)等刊物也是打工文学的阵地,每个刊物的定位不同,对于打工文学的态度也有所不同,有的是出于政治原因,有的视其为新的文学样式,但是更多的是出于经济利益。以《佛山文艺》为例,它是经济重镇佛山市唯一具有公开刊号的文学期刊,20世纪八九十年代,《佛山文艺》遵循大众传播媒介原则,确立"以读者为中心,以市场为导向"的办刊理念,以"贴近现实生活,关怀普通人生,抒写人间真情"为办刊宗旨,大胆采用美女做封面,根据新市民、打工仔、家庭、乡土、武侠等题材分类进行板块编辑,打造集大众性、消费性、审美性、权威性于一体的现代刊物,既满足了广大市民阶层的审美需求,也受到打工者的追捧,其月销量最高达120万册,盈利数百万元,成为全国知名的打工文学产业品牌。1995年《佛山文艺》从体制内脱离出来,成立有独立法人的"佛山文艺杂志社",进入高速发展期。杂志的发展离不开打工者的支持,据说当年周崇贤的《打工妹咏叹调》在《佛山文艺》发表后,顺德、江门等地工人争相传阅,《佛山文艺》一度洛阳纸贵,甚至有工人整套收集《佛山文艺》,然后坐火车将其托运回老家。可以说,正是因为广大打工者的消费需求促进了《佛山文艺》的文学生产,继而凝聚一批打工作家,共同造就打工文学的繁荣。新世纪的最初十年,网络时代起步,《佛山文艺》面临转型,打工文学的影响力也突破地方报刊和打工群体,有机会见诸主流报刊或者发表于网络,部分作家被主流媒体关注并获得主流文学奖项,读者群亦被主流媒体、网络媒体分流。

打工文学的独特之处,在于它的兴起与发展,是多方力量共同作用的结果——政府部门的扶持,市场的文化生产机制,文学题材拓展,理论增殖的需要,媒体报道和民间社会组织的资助与推动,等等。其中关键的推动力来自政府,打工文学作为深圳市政府文化部门多年培育的文化品牌,亦是其意识形态工作的成功范例,主观上有利于加强对广大外来务工人员的管理,客观上促成了打工文学的繁荣,也为新时期广东文学的发展开辟了新的方向。

二、打工文学的发展阶段

打工文学主要包括小说、诗歌、散文、纪实或报告文学等体裁,其中小说与诗歌成就最高。参考杨宏海先生的观点,将打工文学分为三个阶段:第一个阶段从1984年至20世纪90年代中期,这一时期打工文学有较强的实录色彩,多为打工仔的自发创作,体裁以纪实文学、中短篇小说、诗歌为主,艺术手法较为单一。代表作品有林坚的《深夜,海边有一个人》《别人的城市》、张伟明的《我们INT》《对了,我是打工仔》《下一站》、安子的《青春驿站——深圳打工妹写真》、周崇贤的《打工妹咏叹调》《那窗那雪那女孩》、黎志扬的《打工妹在"夜巴黎"》《无法潇洒》,安子、周崇贤、张伟明、林坚、黎志扬被并称为打工文学的"五个火枪手",红极一时。林坚的《别人的城市》、安子的《青春驿站——深圳打工妹写真》、张伟明的小说集《我是打工仔》、周崇贤的中篇小说《那窗那雪那女孩》等作也因此获广东省新人新作奖。此外,还有黄秀萍、梦溺等。虽然创作人数众多,但多数打工文学艺术上不够成熟,如思想偏颇、浅薄,文笔稚嫩、缺少章法,语言直白、美感不足,等等。

第二阶段从 1995 年至 21 世纪初期,早期打工作家的创作趋向成熟,小说创作艺术水平明显提升,更多作品得到主流媒体认可,大量打工文学系列作或个人作品集出版。1999 年,中国文联出版公司推出周崇贤小说作品专辑"打工系列"一套 8 册,该文集是中国第一套打工作家个人文集。20 世纪 90 年代中后期,打工诗歌成为打工文学的亮点,文笔鲜活、感情真挚,富有感染力。这一时期涌现大量打工诗人及民间诗歌团体,代表诗人有谢湘南、安石榴、柳冬妩等。柳冬妩发表于 1995 年第 5 期《诗刊》的组诗《我在广东打工》,让打工诗歌再次引人关注。谢湘南 1997 年参加诗刊社主办的"青春诗会",从此进入诗坛视野,评论家杨匡满为其诗集《零点的搬运工》作序,称其意味着真正意义上的打工文学的确立和成熟。

新世纪初期,打工文学进入第三阶段。伴随着产业结构变化,广东地区迎来新一代打工群体,其文化程度更高,文学悟性及文字表达能力更强。打工作家的创作动机愈发清晰明确,他们力图展现更加广阔深厚的社会生活景观,艺术手法更加成熟多样,思想境界趋向复杂深刻。王十月、郑小琼等人作品开始在《人民文学》《中国作家》《小说选刊》与《星星》诗刊等国内知名刊物发表,成为打工文学新的领军人物。这一时期长篇小说数量明显增加且艺术水平较高,吴君的长篇小说《我们不是一个人类》、王十月的长篇小说《烦躁不安》获广东省新人新作奖,安石榴的《我的深圳地理》、王十月的《31 区》《无碑》等长篇小说亦引起关注。公开出版的诗集也明显增多,如刘大程的《南方行吟》、何真宗的《纪念碑》、郑小琼的《郑小琼诗选》《纯种植物》以及许强、罗德远、陈忠村等人编选的《中国打工诗歌精选》。散文方面亦有塞壬等代表作家。新一代打工作家开始角逐主流文学奖项并具有全国性影响,王十月的《国家订单》获鲁迅文学奖,郑小琼的散文《铁·塑料厂》获得人民文学奖"新浪潮"散文奖,等等。第三阶段的打工文学艺术水平明显提升,创作者自觉向传统的精英化写作靠拢,增强打工文学的纯文学性,减少消费性、媚俗性元素。

与此同时,政府文化部门的扶持力度进一步加大,一方面解决打工作家的生活难题,如解决户口问题、调入文化部门工作、出版书籍等,另一方面为打工作家创造与同行、前辈交流的机会以及进一步深造的机会,如召开作品研讨会,推荐作家到广东文学讲习所、鲁迅文学院、北京大学进修,到国外考察,邀请国内知名学者、作家来深圳为打工文学作家们讲课,等等。这一时期,来自高校及主流媒体的评论家开始对打工文学进行多角度评价,2005 年 12 月,由深圳市文联、深圳"读书月"组委会办公室等单位策划主办的首届"全国打工文学论坛"在深圳宝安区隆重举行,邓友梅、雷达、何西来、黄树森、李敬泽、谢有顺、陈小奇、张陵等著名作家、评论家出席,同时王十月、郑小琼、周崇贤、黎志扬、安子、何真宗、柳冬妩、谢湘南、刘大程、戴斌、程鹏等打工文学的作家代表也应邀到会。《人民日报》《文艺报》《中国青年报》《南方日报》《羊城晚报》《南方都市报》《南方工报》《深圳特区报》《深圳商报》等媒体也纷纷为打工文学宣传评论。此后,"全国打工文学论坛"每年举办一届,成为深圳"读书月"的品牌项目。

三、打工文学的发展趋势

2005年1月,由共青团中央、中华全国青年联合会等单位共同举办的全国首届面对进城务工人员征文的"鲲鹏文学奖"在广州增城开奖,打工文学有了全国性奖项。2007年,东莞举办首届荷花文学奖,郑小琼、柳冬妩、塞壬等打工作家上榜。2008年1月,由中国作协创研部、《人民文学》杂志社、深圳市文联等单位主办的"2008打工文学·北京论坛"在中国现代文学馆举行,打工文学进入中国文学的最高殿堂,成为打工文学史上标志性事件。中宣部、中国作家协会领导杨新贵、陈建功、张胜友,以及著名评论家雷达、李敬泽、胡平、孟繁华、贺绍俊、蒋巍等专家出席。杨宏海带队,王十月、戴斌、曾楚桥等12位打工文学作家一同赴京,与到会专家进行对话与讨论。打工文学创作及研究在新千年的第一个十年达到顶峰,然而新的挑战随之而来。

从新世纪的第二个十年开始,打工文学面临分化。2011年,随着电子阅读、新媒体的加速发展,迫于市场压力,《佛山文艺》由半月刊改回月刊,苦苦支撑数年,最后关门大吉。2012年12月,《江门文艺》出版最后一期,宣布2013年停刊。大量打工文学期刊或者停刊,或者减少发行量,或者改变期刊定位,打工文学赖以生存的纸媒发生重大变化,反过来也影响着打工文学的创作方式及发表方式,打工文学的创作者数量明显减少,网络媒介和主流报刊成为打工文学新阵地。与此同时,打工文学与网络文学、底层写作、女性文学、城市文学等其他文学类型出现不同程度的合流或经验共享。

2011年10月30日,在广州成立了全国首个省级青年工人作家协会——广东省青年产业工人作家协会,具有37年历史的《黄金时代》杂志改版为广东省青年产业工人作家协会会刊,成为全国首个面向广大青年产业工人的综合类文化杂志。协会的成立意味着打工文学从民间走向官方。王十月、郑小琼进入《作品》杂志社任职,周崇贤、谢湘南、柳冬妩等优秀的打工作家也都相继进入体制内,打工文学的民间力量日趋薄弱。打工文学的创作主体从"在生存中写作"蜕变为"在写作中生存",尽管其创作内容仍为打工题材,但是写作者早已远离打工现场,他们的创作逐渐趋同于主流文学的审美趣味和意识形态。部分创作超越个人的喜怒哀乐,从生存层面进入人性层面,将所感升华为更具普遍性的人类情感,不断深化对打工者精神层面的书写,在更高的审美层次上与精英文学合流。

随着打工文学进入主流文学视域,参与打工文学创作的作者身份也开始复杂化。一代代的打工者投入打工文学创作,但是多数最终迫于生计放弃创作,真正能坚持到最后的打工作家少之又少,像张伟明等早期的代表性作家,也走向自主创业之路而非继续文学创作。由于社会各界关于打工文学的模糊认知,不少有一定写作水平的打工作家,对于"打工作家"这一头衔持排斥态度,这一身份认同危机导致一些知名作家不再继续耕耘打工题材,转向其他类型创作。来自官方的扶持力度减弱,社会体制的固化也限制了阶层跨越的梦想,加之传统文学创作受网络新媒体的冲击,新一代打工作家青黄不接,优秀作家更是凤毛麟角,被称为第三代打工作家代表的陈再见,其年龄与第二代作家郑小琼相仿,代际划分仍需讨论。新世纪虽有专业作家自觉投入打工题材文学创作,如盛慧的《白茫》《闯广东》,但是由于缺乏真正的底层生存经验,对复杂生活和人性层面存在简单化、刻板化理解,人物形象塑造有图解意识形态之嫌,这些势必削弱打工文学的审美价值及艺术感染力。许多学者发文感叹:打工文学日渐式微。[1] 虽然仍有打工文学作品发表,但是其社会影响力急剧下降,读者减少,文学界的关注与评论不多。

打工文学自兴起之初就未曾被当作单纯的文学现象来解读,评论者常常论及打工者的社会关怀问题,打工文学也常被当作社会学或人类学档案来解读。打工文学在其发展过程中,不断地受到来自政府、社团、媒体、学院、商业的引导与规范。打工文学不是单纯的个人创作,而是一种社会性的文化生产,夹杂着市场、权力、舆论、文学传统等各种因素,这些因素造就了打工文学曾经的辉煌,也预示了打工文学今日的没落。然而,这并不意味着打工文学从此将销声匿迹,相反,也许正是外在力量的消散,真正的打工文学才得以浮出水面,而前期打工文学积累的创作经验,也让打工文学的发展不再是一穷二白。正如李云雷所言:"如果'打工文学'能真正代表打工者的利益,能摆脱地方文联重视所带来的不利因素,能发展出一种自身的美学,那么必将会有一个美好的未来,而这也必将给中国文学带来整体上的一个转变。反之,如果'打工文学'不能代表打工者的利益,匍匐在既有的社会规范与美学规范之下,那么在不久的将来就会成为明日黄花。"[2]新时期以来文学理论倡导文学的审美性,而打工文学的意识形态意味、文学性的不足以及缺少历史统一性,使其难以在中国当代文学史中获得审美定位。但是未来打工文学的发展将更遵循文学发展的一般规律,而打工文学要想在现实秩序或文学秩序中获得历史地位,需坚持个人独特的审美经验

---

[1] 见张军《深圳打工文学日渐式微》、贺仲明《重识打工文学的意义并论其未来发展——兼论城市书写新的可能性》等论文。
[2] 李云雷:《新世纪"底层文学"与中国故事》,广州:中山大学出版社2014年版,第187页。

以及对底层失语者的关怀,实现审美超越。

第二节 理论主张及争论

评论者对于打工文学内涵的界定,至今仍未有令人满意的答案,一些在这个词下被指认的作家,也未必赞同其归属地位,不管是作家身份还是题材属性,打工文学的边界常常游移不定,只能姑且用之。由于打工文学批评最初带有明显的指认性,参与评论的研究者极少从纯学术角度考量打工文学,而打工作家也多数不具备理论总结的能力,关于打工文学的理论主张更多来自批评者的寻找、认识、想象和规划,打工文学创作与批评从属于一个更广大的社会意识过程。

早期打工文学艺术水平较低,评论界褒贬不一。为了突出打工文学的研究意义,杨宏海最初对打工文学进行定位的时候,较少评论其文学特性、艺术手法等,更多从文化角度肯定其价值。在《打工世界:青春的涌动·打工者的文学》一书中,杨宏海指出打工文学是工业化与市场经济的产物,肯定了打工文学所提供的鲜活文学经验,他从城市想象、身份认同、性与政治等角度肯定了打工文学的文化价值,"打工文学的价值在于,它不仅为市场经济挤迫之下的广大打工族提供了舒缓紧张压力的精神食粮,也为我们理解当代中国巨大而沉重的社会转型提供了丰富的第一手材料。"[1]黄树森、申霞艳等人的观点与杨宏海类似:"以一种文化视角来观照,'打工文学'这种新兴的文学现象真实地记录了打工一族在现实生活中的血泪与悲欢,憧憬和希望,以及他们在乡村和城市的缝隙间穿梭游走、找不到归宿的孤独和苦闷。从更大的视野中看,'打工文学'在某种程度上也折射了当代中国在社会、文化转型期中所产生的一些精神现象和心灵矛盾,展示了中国城市发展的足迹,也是研究二十世纪下半叶的中国文化的一个鲜活的底本"[2]。这种定位代表了大多数学者的观点。

打工文学对于当下底层生活的反映以及对农村城市化进程中的社会嬗变与发展走向的描述,丰富和深化了我们对当代中国的认识。陈建功、李鲁平等评论家将打工文学与知青文学相对比,认为两者对社会的影响有相似之处。打工文学作为当代精神生活史的一个重要部分,也是中国城市化进程的重要部分。全国首届"鲲鹏文学奖"也旨在以艺术为媒,展示打工文学作品,向世人树起打工文化的大旗,让人们从中了解进城务工青年群体的生存状态、情感世界、理想追求,感受他们顽强的生命力、

---

[1] 杨宏海主编:《打工世界:青春的涌动·打工者的文学》,广州:花城出版社2000年版,第19页。
[2] 杨宏海主编:《打工世界:青春的涌动·打工者的文学》,广州:花城出版社2000年版,第11页。

无限的创造力和自强不息的奋斗精神,这一文学奖项的设置具有明显的意识形态导向。

柳冬妩一直跟踪打工文学的发生、发展与分化,并试图从理论上对打工文学进行归纳。面对评论界对于打工诗歌的漠视,打工诗人出身的柳冬妩怀抱诚恳的同理心,以再现论为依据重提诗歌的宏观价值,他反对当代诗歌理论过于强调诗歌的形式,认为"打工诗人"的价值在于恢复了写作与历史语境之间的张力,恢复了文本与来历性经验的直接关系,通过对谢湘南、卢卫平、张守刚、曾文广、许强等打工诗人诗作的分析,肯定其表现农民身份问题、农民与土地的关系、打工者生存状态以及城乡二元对立等问题的独特经验。"他们厕身于文本与历史之间,置身于心灵的紧张或一种测震术式的写作,反映出为世界的混乱、变迁、嘈杂所打开的、一种最为敏感的、最深处的心灵震动。当他们真正地用他们的信仰、心灵甚至忍辱负重肩负起写作的旗帜时,也许他们的声音在世俗的狂风中细若游丝,但却让我们觉得弥足珍贵。"①他的理论专著《从乡村到城市的精神胎记——中国"打工诗歌"研究》确定了"打工诗歌"的价值坐标并对其发展做出前瞻性预见,从而确立了评价"打工诗歌"的一些标准与规范。

柳冬妩74万字的《打工文学的整体观察》(2012年)从理论上对打工文学进行了整体描述与总结。通过长达数年的追踪观察和扎实的文本细读,柳冬妩归纳出不同类型打工文学的文化身份、审美特征、价值取向、群体优势、发展脉络等等。他挖掘出大量打工文学代表作,并对那些艺术水准较高的作品进行颇有深度的文本分析,对于那些无名写作,也给予恰当的鼓励。他的理论方法包括政治理论、哲学思辨、历史研究、心理分析、社会学资料、人类学考察等等,充分说明了打工文学不只是单纯的审美活动,而且包含着复杂的社会文化意蕴。柳冬妩的另一个贡献在于,他将中国的打工文学与世界文学视野中的打工叙述相类比,运用西方文论资源拓展中国打工文学的内涵,使打工文学具有国际对话的可能性。他从英国马克思主义学者雷蒙德·威廉斯的文化研究中获得启发,指出打工文学与产生英国工业小说的文化语境有相通之处。他运用伊格尔顿的美学意识形态理论阐释打工文学,认为"打工诗歌"关于打工者身体的书写与中产阶级的身体美学形成巨大反差。虽然柳冬妩的知识体系存在非系统化缺陷,导致个别评价学理性不足,或有意拔高打工文学的成就,但《打工文学的整体观察》仍不失为一部帮助读者全面认识打工文学,有一定原创性的理论著作。

打工文学何去何从,依然是当代广东学者不可回避的理论问题。深圳评论家于爱成认为新世纪打工文学面临四大话语困境:其一,消费主义的侵蚀;其二,以"成

---

① 柳冬妩:《从乡村到城市的精神胎记——关于打工文学的白皮书》,《文艺争鸣》2005年第3期。

功"为标榜的当代主导意识形态对打工文学的渗透,改变了打工文学的批判特质和话语独立性;其三,被错误的阶级论或虚假的公平正义误导,以怨恨情绪的发泄替代文学表达;其四,文学血统论使打工文学受到遮蔽、被污名化,导致打工作家改弦易辙。对此,于爱成提出"后打工文学"概念:"'后打工文学'在打工文学的基础上融合后现代的文艺思想而形成的一种新的写实主义。"①随着新生代打工阶层的成长,面对后工业社会、信息时代、后现代文化背景下的打工文学新变,他主张着力发挥文学以想象力超越现实困境的特性,发挥文学自由表达的特性,全面提高打工文学的文学性。暨南大学贺仲明教授面对当前打工文学陷入停滞的困境,指出打工文学仍有现实存在的意义,他期望打工文学能够超越过去,提升创作质量,实现自我突破,为解决新文学大众化困境作出努力,同时进一步拓展中国城市文学的书写空间。

第三节 打工文学的独特主题与意象

虽然打工文学的审美规范仍不成熟,也没有文学运动、文学潮流所必需的理论口号与统一追求,但是透过一代代打工作家的同题材创作,仍可发现一些规律性的主题与意象。

一、打工文学的独特主题

打工文学的生存主题。打工文学具有鲜活的时代气息、真挚的生活体验和细腻的情感倾诉,它深刻反映了打工者的生存状态和内心世界,揭示了社会底层严酷的生存真相。打工诗人徐非、任明友、罗德远、许强、张守刚、柳冬妩、曾文广、许岚、张守刚、家禾、李明亮、黄吉文、何真宗、郑小琼、梁彦选等人从四川、湖北、湖南等地来到珠三角城市打工,压抑、辛酸、屈辱、迷茫以及不安全感促使他们拿起笔来写诗,这些诗歌真实地记载了他们的谋生生涯与颠沛命运。梁彦选曾经当过煤矿工人,写过关于矿难的诗歌,他的《挖煤工》写道:"在那里/昏暗的灯光照不破四周的黑暗/飞扬的煤尘直往鼻孔里钻/弯着腰就能碰着头顶的天/断柱的响声把心提到了嗓子眼儿/脚下的积水像无底的深渊/荡漾着恐惧和不安/闷热脱去了全身的衣服/黑黝黝的身子像海豚在汗水里游/耳朵里塞满了工头的骂声/矿工的心头呵/像转着的大磨盘。"这首诗用一种实录的笔法,将矿工的工作环境描绘出来,朴实的比喻营造出一种沉重的氛

---

① 于爱成:《深圳:以小说之名》,深圳:海天出版社2015年版,第68页。

围。同样,黄吉文也在《打磨工》中记录了自己的打工心情:"这是一个小小的五金厂/一群戴着口罩系着围裙的民间乐手/与旋转的车间/轰鸣的机器/合演一场工业的颤音/青筋突兀的手臂/握紧苍白的金属/这些冷漠的铁与铜 锌与铝/携带着致命的毒素与阴影/与飞翔的砂轮 擦出火花/一次次划下滴血的伤痕/这些形状各异的苦难/被打磨成镜子和化石/而镜中 多少脸孔已被岁月染黑//一片咳嗽跌落的声音/比噪音重/比尘埃轻/叫嚣的烟尘/顺着一脉呼吸遁入肺叶/沉淀成我们多年后的病痛//能喊亮秋风的打磨工/能掏出火焰的打磨工/在人生的转弯处/却不能镀亮内心的黑暗/泪水流给生活的湿度/让隐蔽的往事生锈/而难产的幸福/迟迟不来……"该诗在《辽宁青年》发表后,反响巨大,诗中的打磨工可以说是一个现代打工者的缩影,他们创造了辉煌的工业文明,自己却被病痛与贫穷缠绕。许强1994年初到深圳由于找不到工作,过了将近三个月的流浪生活,他的诗歌《流浪是一块永不愈合的伤疤》真实地记录了流浪的辛酸与无奈:"我像游魂一样整天四处漂荡/走在深圳的土地上/我感到四肢无力/我看见对面一只无家可归的狗正嗅着/命运的骨头/我拖着疲惫的影子/测量流浪的旅途究竟有多远//在子夜里没有流过泪的人/不是真正的打工者。"生活的不幸磨炼了诗人的坚强意志,形成一种悲天悯人的时代使命感与责任感,借助诗歌,诗人在绝境中获得一种灯塔般的力量。

  很多打工文学以近乎实录的笔法描写打工者的生存境遇。周述恒的长篇小说《中国式民工》从作者个人打工体验出发,全方位地描写了打工者的原生态生活以及他们所遇到的各种困难。这种由打工者自己写打工群体的小说创作,有着许多个人化的人生选择、伦理观念及生活逻辑,小说有许多不符合"文学常规"的做法,如关于民工现状、工伤、城管、留守儿童等问题的调查、统计与社会新闻,这些议论与社会学资料打断了故事的叙述,影响了阅读进程,但是让读者对于相关的社会背景有了更深的了解。尽管小说的人物形象略显单薄、故事安排有些随意,却仍然让许多打工者产生共鸣,也让更多人认识并了解打工者的感受。萧相风的《词典:南方工业生活》没有采用小说的形式,而是以"词条"的形式记录真实的生活,类似于社会调查或报告文学,简单的词语凝结着打工生活的辛酸、苦涩、欢笑与泪水,展现了作者打工生活的真实体验与情感,这部非虚构性作品细致地描写了打工者生活的各个方面,为我们了解这一群体的生活及内心世界打开了一扇门。

  打工文学中的死亡主题。罗德远的《刘晃棋,我苦难的打工兄弟》及江非的《时间简史》等诗歌,都表达了诗人对打工者短暂的生命以及非正常死亡的深深的悲悯与忧伤。"他十九岁死于一场疾病/十八岁外出打工/十七岁骑着自行车进过一趟城/十六岁打谷场上看过一次,发生在深圳的电影/十五岁面包吃到了 是在一场梦中/十四岁到十岁/十岁至两岁,他倒退着忧伤地走着/由少年变成了儿童/到一岁那年,当他在我们镇的上河埠村出生/他父亲就活了过来/活在人民公社的食堂里/走路的样子就像一个烧开水的临时工。"（江非《时间简史》）这首诗用倒叙的手法，简练地描写了一个19岁青年的一生，看似轻描淡写，却让人深思生命的卑微，表达了作者的悲悯之情。

打工文学关于城市想象的主题。一种是以城乡对立的心态观照城市，对城市持批判态度。另一种则以现代意识肯定城市生活的魅力，或者以"微笑看世界"的视角，通过理想化笔触，展现打工者的拼搏面貌。面对打工生活的苦难与不公，来自农村的打工者们难免沮丧、抱怨，以农业文明道德批判工业文明的异化，如张伟明的《我们INT》《对了，我是打工仔》等小说的主题：身处城市的异化感和幻灭感。郑小琼的诗歌不断地控诉着流水线的枯燥与乏味以及它对青春的禁锢与消磨。打工作家笔下细腻的生命体验和感悟，为我们反思现代工业制度提供了丰富的个人例证。另一类作品，则以"微笑看世界"的视角描写打工生活，通过塑造积极向上的打工者形象为现代打工者增加生活信念，通过文学作品为打工者立言立碑，确立打工群体的社会价值及历史意义。如安子的《青春驿站——深圳打工妹写真》就以一种积极的姿态描写一群乐观向上、自我奋斗的打工妹，展现其在都市中实现自我价值的喜悦，传递人人都可以做太阳的信念，反响热烈。又如周崇贤的《打工妹咏叹调》，虽然从纯文学角度来看，文笔稚嫩，艺术水准不够，但是贵在情感饱满，小说塑造的蓝妹妹等人所代表的一种不屈的打工精神，曾引起打工者的共鸣，他记录了一代产业工人的情感，也是不可或缺的人类精神财富。

打工文学中关于身体与性的主题。张守刚的《排队》《洗手票》《饭勺》《油条》《制衣厂》、林雪的《蹲着》、王夫刚的《蹲在广州东站痛哭的返乡民工》、刘大程的《总想睡个踏实觉》、谢湘南的《深圳早晨》《五一节在深圳生病》《客居田心村》等诗歌中，呈现了被遗忘、被规避的身体，它们将真实的底层身体复原到我们的记忆。在打工文学中，我们看到，身体是主体痛感的承受者，是疾病的隐喻，是社会事件的烙印，是性的真实镜像。张伟明的《我们INT》，"我"在梦中对香港总管小姐的占有，实际上是通过性幻想来改写现实中的压迫关系，想象性地挽回打工者的尊严。打工散文中同样可以看到大量作家关于身体感觉的书写，敏感、执着甚至于痴迷。郑小琼的散文《铁》是表现身体切肤之痛的优秀作品。塞壬的《声器》真挚、痛切地书写着底层女性被漠视的性经验，使身体的审美向度得到多方位的拓展。此外，打工诗歌和打工散文中大量关于疾病的书写，一方面缓解了诗人内心的压力，另一方面也深化当代散文关于疾病的主题。

打工文学中的身份认同主题。身份认同的焦虑是打工文学中一个极其显眼的问题，它也是城市"新移民"的生存体验。"一方面打工者要通过城市想象来建构一个都市人的身份，但另一方面都市却以其巨大的压迫形成反向的塑造，将打工者边缘化。二者之间的紧张关系造成了复杂的身份认同上的危机。"①黄秀萍的小说《这里没有港湾》,反映打工者的自我想象与实际遭遇之间出现裂缝。梦溺的《敬你一杯苦酒》里三个女子的自我迷失就是一种典型的身份认同危机。唐以洪《大地上的素描》组诗中的《蚯蚓》用蚯蚓来比喻打工者的人生体验,即一种在故乡与异乡之间生命体验的断裂与痛楚。吴开展的《在远方》(组诗)中的《请求》及柳冬妩的《盲流》等诗歌都有着这种移民体验的表达。吴君的小说大多数都在写深圳打工妹打工仔试图融入这座城市却又不可得的困惑与烦恼。与此同时,随着打工文学的发展,打工作家逐渐意识到打工群体的历史意义,并且试图通过文学来自我言说及自我确认。许强的《为几千万打工者立碑》:"该我们出场了/一个时代已经翻开了崭新的一页/我的兄弟姐妹们已沉默得太久/内心的鼓声震天动地/让我们自己　给自己灯光/让我们自己　给自己舞台/筑一座精神的炬台吧/让一种光芒照耀或缝补/我们内心的千疮百孔/不管你是在汗流浃背的车间或是无处栖身的街头/有一种声音在为你们鼓掌/有无数真挚的文字在为你们撞响生命的洪钟"。徐非的《为打工者塑像》:"以珠江为背景/给打工者们塑像/塑那些赤脚跋涉的人/塑那些历经风浪的人/塑那些勇敢拼搏的人/塑那些抛洒血汗的人/请给他们塑上头顶烈日的黑发/请给他们塑上珠黑睛亮的眸子/请给他们塑上挥汗如雨的胳膊/请给他们塑上坚强刚毅的表情"。2001年夏天,许强、罗德远、任明友、徐非四位打工诗人自费创办了全国第一份打工诗歌报《打工诗人》,他们办报的初衷是:团结打工诗人,发出自己的声音,为打工者立言立碑。罗德远的《我们是打工者》写道:"我们是铁骨铮铮的漂泊者/高举流浪的旗帜勇往直前/我们拒绝诱惑拥有思念/我们曾经沉沦我们又奋起/我们落寞我们曾悲壮的呼喊/我们遭受歧视但我们决不抛弃自己/青春的流水线上/我们用笔用沉甸甸的责任/构筑不朽的打工精神/通向我们幸福理想的家园"。该诗以一种浪漫主义情怀和高昂的革命斗志,一种富有责任感与坚强意志的打工精神,体现诗人追求幸福家园的决心。这些诗歌表明了打工作家从身份焦虑转向身份确认的强烈意愿。

二、打工文学的常见意象

意象是中国古典诗学的重要概念,它是由作家的主观情志与客观对象相结合而创造出来的具有双重意义的艺术形象。意象的主要载体是自然界中的事物或景物,如黄鹂、鸿雁、月亮、荷花等动植物,中外古典诗歌已形成较为稳定的意象传统。打工文学从中外诗学汲取养料,一方面沿用古典文学意象继续书写当代人的普遍情感,另

---

① 杨宏海:《文化视野中的广东打工文学》,《粤海风》2000年第6期。

一方面也创造大量新的意象以丰富诗歌的内涵。

打工文学的动物意象。动物意象本是古典诗歌的常见意象,但在打工诗歌中动物意象往往呈现出不同于传统的批判意味。诗人卢卫平的《老鼠家史》以老鼠来隐喻打工者的命运,其诙谐语调背后隐藏着诗人对打工者现实生存环境的悲悯之心,催人警醒。张守刚的《老鼠》以老鼠入诗,并将老鼠的负面形象转换为弱势群体的种种屈从与自我丧失的病态症候。刘洪希的《一只青蛙在城市里跳跃》堪称打工诗歌的精品,诗中动物意象形象贴切,体现出打工者命运的无助与生命的不可知性。游离的《我确信我生活在蚂蚁窝上》、柳冬妩的《命运是条被炒的鱼》、卢卫平的《动物园》、郁金的《蚊子,请别叮我的脸》《城里的麻雀》、罗德远的《蚯蚓兄弟》、刘大程的《夜鸟》,打工诗人以一种批判性思维观照自身赖以生存的群体,发现那些卑微、弱小的动物形象与打工者生存处境的相似之处,他们对动物的书写通篇看不到与"打工"相关的字眼,却形象地反映了打工者的生活状态,动物意象的塑造成为打工诗人建构打工文学思想价值体系与语言隐喻系统的独特方式。

打工文学的空间意象。打工作家绝大部分来自乡村,当他们来到城市打工,又往往进入另一个乡村——城中村,城中村作为打工者的栖息地,成为承载其独特心灵体验的真实场所,也是打工诗人不断书写的空间意象。郑小琼创作了"黄麻岭"系列组诗,通过对黄麻岭的书写,呈现打工者的精神状态,形成某种精神场域的谱系,黄麻岭这一意象激发起读者无穷的想象。张守刚创作了100多首关于"坦州"的诗歌,再现和观照了变革时期城中村的生命景象和发展轨迹。类似黄麻岭、坦州这样的现代化村镇,成为打工诗人笔下常见的空间意象,他们作为诗人寄寓其城乡观念的载体,其审美风格与古典诗学大不相同,更接近于现代性的审美趣味。

打工文学的其他意象。郑小琼诗歌中常常出现铁的意象,铁是工厂里常见的原料,它可以被视为工业化生存的象征,流水线程序的隐喻,肉体的异化力量,等等,铁的意象既是"工业时代美学"的代表,也可以用于表现打工者内心的孤独和激荡。

第四节　王十月与郑小琼

一、王十月

王十月(1972—　),原名王世孝。生于湖北省石首市。20世纪90年代在武汉、佛山、东莞、深圳、广州等地打工,从事过流水线普工、调色工、编辑、广告设计等多种职业。2000年发表小说处女作《我是一只小小鸟》，2004年改用笔名王十月，开始职业写作，曾任《大鹏湾》杂志编辑。2007年加入中国作家协会，2008年就读于鲁迅文学院第八届高研班，同年调任《作品》杂志编辑，现为社长、总编。曾获第五届鲁迅文学奖。出版小说集《国家订单》《开冲床的人》《成长的仪式》以及长篇小说《无碑》《烦躁不安》《31区》等。

一、王十月的两个文学世界

王十月的文学创作主要分为两大类：一类是打工题材小说，如《开冲床的人》《出租屋里的磨刀声》《战栗》《烦躁不安》《烂尾楼》《厂牌》《刺个纹身才安全》《民工李小末的梦想生活》《国家订单》《无碑》等。另一类是乡村主题叙事，如《成长的仪式》《白斑马》《寻根团》以及"烟村系列"小说等。

王十月的打工小说从不同角度反映了改革开放以来农民工的生活遭遇及情感困惑，其创作实绩获得主流文学认同。《出租屋里的磨刀声》中的打工仔以磨刀的方式发泄心中的郁闷与怨恨及对社会的强烈抗议，小说不仅叙述了打工者窘迫的生存状态，更揭示出打工者的内心世界。磨刀是一种象征性的反抗行为，隐喻一个弱势群体的底层位置与失语状态。《开冲床的人》中的聋人李想用打工所挣的钱植入人工耳蜗，有了听力，当他再次坐到冲床前，却因不适应冲床的噪声，操作失误而被机器砸断右手。小说篇幅不长，却写尽了打工者难言的辛酸与悖论，具有强烈的反讽性。《民工李小末的梦想生活》中李小末变成"鸟人"象征着打工者的自我想象与异化。《示众》的主人公老冯在城市做了几十年的建筑工，回乡前想去看曾参与建设的小区却遭到打击：小区保安蛮横地拒绝他的探望请求，小区内的女人对他充满敌意，保安将其视为窃贼并挂牌示众，小区居民毫无恻隐之心，路人对他任意咒骂，老冯的精神世界被彻底击垮。小说写尽世俗的人情冷暖、世态炎凉，也对打工者自身的人格缺陷进行了深刻的揭露。

王十月的乡土小说既写其儿时记忆中的乡村及个人成长经历，也写被商品经济异化的现代乡村。前者从儿童视角探寻成长中的快乐、困惑、迷惘、忧伤等。如《成长的仪式》，十岁的少年红狗作为家中唯一的男人，独自一人穿过黑林子去上学，途经坟墓时克服恐惧与惊慌，完成一个男子汉的成长仪式。《少年行》以王红兵、西狗、四毛、刘小手、赵大伟等一群生于20世纪70年代的乡村青年的成长为主线，生动描写了农村青年在改革开放前后试图融入城市生活的失落、痛苦、迷茫、梦想与欢乐，这部小说与《喇叭裤飘荡在1983年》构成长篇小说《大哥》中大哥进城务工前早期乡村生活的主要故事情节，这类乡土小说可以被看作是王十月打工小说的前传。"烟村故事"系列小说则较为复杂，小说吸收本土富有神秘气息的荆楚文化，采用魔幻主义手法,讲述了中国乡土在现代化进程下物质和精神层面的变迁。他既继承和发展了中国传统乡土叙事,又充分利用现代主义表现手法,对工业污染的自然和被物欲操纵所异化的人性予以透彻批判,由此构成了一种张力。烟村是王十月的精神故乡,也是其打工小说的道德立场所在,"烟村系列"小说情节与打工主题常有呼应。在他笔下,乡村生活与打工生活形成鲜明对比,这恰恰反映了现代工业制度对于农村以及青年农民的情感冲击,从而让读者更易于把握其小说人物命运的情感深度。正如评论家所言:"'烟村'已成为他文学谱系中的精神符码,成为他小说创作中的某种贡献性象征。"[①]

二、王十月小说的艺术特色

王十月有自觉的文体意识,其小说擅于运用传统古典小说叙述技巧、现当代文学经典作家写作技巧以及西方现代主义小说叙事方法等各种文学资源,从而提升其打工小说的文学性及审美性。王十月打工小说具有传统话本小说语言特征,采用一种以口语化语言为主、将文言文与白话文杂糅的小说语言形式,如《子建还乡》的开头:"公元二千零五年冬天,在南方谋生的设计师子建回到阔别多年的故乡。此番回家,并非衣锦荣归,只因一桩意外。"采用文言句式,简练利落,类似的表达在王十月小说中时常出现,显然是作者有意模仿中国古典小说语言。

王十月非常擅长学习中国现当代文学经典作家作品的写作技巧,从而使其小说具有艺术审美性及深刻的思想性。他曾坦言自己喜爱汪曾祺的文字,其小说《绿衣》中的景物描写与汪曾祺的《大淖记事》颇为神似,《落英》里的人物对话也明显模仿《受戒》。"烟村系列"故事出现大量的农村俗语及歇后语,语言富含乡土气息,带有鲜明的地方特色。此外,当代先锋小说对王十月的创作亦有一定影响,《少年行》《成长的仪式》等小说,与余华、苏童的小说精神相通。《31区》《活物》《白斑马》《民工李小末的梦想生活》等小说,大量借用西方现代主义小说的荒诞、反讽、象征、意识流等艺术手法。象征是王十月小说中运用得最成功的一种现代艺术手法,《无碑》中乔乔的过敏症,象征着一代人对环境的不适应;《出租屋里的磨刀声》的磨刀是一种象征性的反抗行为,其核心隐喻是一个弱势群体的底层位置与失语状态;李小末变成"鸟人"象征着打工者的自我想象与异化;《国家订单》的国旗象征着一种国际资本主义;《白斑马》中的白斑马象征打工者的梦想与追求。小说在描写人物心理及人物对话时,常常采用自由直接引语,这促使读者打破真实性与虚构性的界限深入故事场景,从而更深刻地理解故事的真意。此外,魔幻现实主义手法在王十月小说中也有所应

---

① 胡磊:《打工文学的叙事向度》,《当代文坛》2009年第9期。

用,如《骑猫的女人》《魇鼠》等,《百年孤独》式句法出现在小说《无碑》《国家订单》中。王十月打工小说创作格调高雅,艺术表达精粹,写作具有精英化倾向。

三、《国家订单》与《无碑》

中篇小说《国家订单》发表于《人民文学》2008年第4期,2010年10月获得第五届鲁迅文学奖(2007—2009)中篇小说奖,这标志着主流文学对王十月打工小说的认同。鲁迅文学奖评委会对《国家订单》是这样评价的:"作为一位从工人中走出来的作家,王十月对于全球化背景下中国企业中不同身份人们的复杂境遇有着深切的体会和理解。他的《国家订单》,在危机与生存的紧张叙述中烛照人心,求证个体的权利、梦想与社会的和谐、发展,体现了公正、准确地把握时代生活的能力。"①小工厂老板在濒临破产的关键时刻,突然接到一个在5天之内生产出20万面美国国旗的订单。为了抓住这个翻身的机会,小老板用提高工资、晋升职位、改善伙食、承诺休假、拉拢人心等方法激励工人们彻夜加班,终于在交货的最后期限完成任务。然而,工人张怀恩却因过度劳累死在车间,小老板因此被告索赔80万元,被逼无奈的小老板爬上了高压线。小说以一种"全球化"视野,对中国打工者的处境进行了总体性把握,揭露出压在他们身上的双重压迫,打工出身的小老板的命运也预示了打工者前景渺茫。《国家订单》的语言简洁凝练,叙事结构紧凑,情节丰富,故事性强,它明显超越早期的打工文学,艺术上达到较高水平。小说采用的是一种全知视角,对小老板、李想、张怀恩等人物的内心世界都进行了细腻充分的描述,小老板的温情脉脉、李想的矛盾纠结、张怀恩的单纯善良,代表着处于不同阶段的打工者的精神面貌。

2009年创作的37万字长篇小说《无碑》可看作是王十月打工小说的总结之作,该作荣获第九届广东省鲁迅文学艺术奖。《无碑》通过描写老乌的打工经历重现了瑶台这座现代城中村的进化历程,老乌对个人信仰的坚守与对理想的追求,对老板、同事、朋友的一片赤诚之心,对遗弃儿乔乔的爱护和对工友阿霞深沉的爱,无不透露出一种人性的魅力,它是王十月对现代农民工的认知与期望,也是他对打工群体历史地位的重新确认。小说的表现手法借鉴了中国传统小说及西方现代主义小说的艺术技巧,体现了王十月对小说叙事技巧的自觉追求与较高的艺术水准。《无碑》不仅有对个人命运的关心,更有对瑶台、打工者群体以及一代人归宿的关心,这是一部标榜正义、善良、宽容、爱与梦想的现实主义大作,是王十月用文学为打工者树立的纪念碑,其标题"无碑"实为反其意而行。正如小说中刘泽对老乌所言:"历史记得的是英雄与伟人,你们这个群体,是没有碑的,我这也算是用自己的方式,为打工这个群体立一座碑。"

---

① 《鲁奖评委会授奖词》,《北京文学·中篇小说月报》2010年第12期。

二、郑小琼

郑小琼(1980—　　),四川南充人。2001年南下广东,辗转多地打工,在东莞五金厂当流水线工人期间开始诗歌创作,以"打工诗人"身份进入诗坛,此后坚持探索不同主题类型诗歌创作,成为中国当代著名诗人,散文写作亦有一定影响。2008年调任《作品》杂志社,现任副总编辑。曾获2006中国年度先锋诗歌奖、人民文学新浪潮散文奖、庄重文文学奖等等。出版《黄麻岭》《郑小琼诗选》《玫瑰庄园》《散落在机台上的诗》《女工记》《纯种植物》《夜晚的深度》等10多部诗歌和散文集。其诗歌已被译为英、法、德、俄、日、韩等15种语言,受到海外读者关注。

一、郑小琼诗歌主题

郑小琼诗歌创作源于其打工生活,早期诗歌主题多为怀念故乡风物、描写打工者生活和心态等,发表于当地报刊。自2003年起,郑小琼开始在《创业者》《散文诗》《诗歌月刊》《绿风》《诗刊》等全国性报刊大量发表诗歌,受到诗坛关注。2005年,郑小琼受邀参加中国最有名的诗歌刊物《诗刊》组织的第21届"青春诗会",2006年出版个人首部诗集《黄麻岭》。2007年,组诗《黄麻岭》获东莞年度诗歌奖,同年,散文《铁·塑料厂》获得人民文学新浪潮散文奖。自此,郑小琼突破"打工作家"身份限制,探索自由知识分子的写作立场和表达方式,跻身纯文学创作领域。

郑小琼诗歌主要分为三类:其一是描写乡村生活的诗,如《东山村》《黄斛村》等。其二是打工题材的诗,如诗集《黄麻岭》《女工记》等,表现底层人群的困境与悲喜。黄麻岭是郑小琼诗文的一个重要场所,组诗《黄麻岭:生存的火焰》描写艰辛、贫困、孤独、枯燥的打工生活,表达了打工者的忧伤、疼痛、无奈与隐忍。其三是现代风格的诗,如《纯种植物》《进化论》《七国记》《玫瑰庄园》等。其中"打工诗歌"是郑小琼诗歌创作影响最大、成就最高的作品。她的诗作关于现代工业生活以及现代工人状态的描写犹如一面时代的镜子,折射出当代中国底层群体的精神面貌与生存状态,具有现场感与时代性,成为农业中国向工业中国痛苦转型的诗性证词。面对全球化工业发展的各种丑恶和病态,诗人以悲悯情怀与正义之心予以无情批判和深刻反思,她借现代诗歌的语言形式实现了诗性的超越,其诗歌不再是一般苦难描写,而是带有全球性、审美现代性的文化症候。郑小琼的诗如实描绘了自身在诗歌现场的真实体验,其诗亦有许多普适性的情感表达,例如诗中关于青春的迷茫与思考,对爱情的想象与反思,对于人格的呼吁与追问,激发无数读者的共鸣。

二、郑小琼诗歌艺术特色

郑小琼早期诗歌多属于自发创作，怀乡主题居多，也有打工生活底层体验，情感直白、真切、质朴且富有感染力。后来她受到海上、发星、周伦佑、金斯伯格等先锋诗人影响，诗歌观念发生改变，追求现代主义艺术技巧，如隐喻和意象，意蕴丰富，文风也趋向坚硬、凌厉。

"铁"是郑小琼诗歌常见意象。"我在五金厂，像一块孤零零的铁。"(《生活》)"我转身听见的声音，像一块块被切割的铁……我看自己正像这些铸铁一样/一小点，一小点的，被打磨，被裁剪，慢慢地/变成一块无法言语的零件，工具，器械/变成这无声的、沉默的、暗哑的生活！"(《声音》)"小小的铁，柔软的铁，风声吹着/雨水打着，铁露出一块生锈的胆怯与羞怯/去年的时光落着……像针孔里滴漏的时光/有多少铁还在夜间，露天仓库，机台上……它/们/将要去哪里，又将去哪里？"(《铁》)"我们的倾诉，内心，爱情都流泪/都有着铁一样的沉默与孤苦，或者疼痛。"(《他们》)作为工业原材料的"铁"成为诗人自我表达的出口，它也是打工群体的隐喻、一个工业时代的象征，其基本喻义在于：无论多么坚硬的个体，面对组织系统都是无力而屈服的，每个人都被时代最强的一股力量裹挟着前进。与"铁"相关的意象还有"锈""钉"，其喻义也是多重的。"锈"喻示身体的病残，也隐喻了人的精神世界被腐蚀。"钉"有时候代表一种暴力，有时候也代表一种能够确认并展示真相的穿透性力量。身体意象亦很常见，如受工伤的劳动身体，患职业病的身体，焦虑的身体，等等，都是时代象征。这些意象不再是古典式的温暖与愉悦，而是现代式的冷酷与无奈。

郑小琼用长诗对抗大众文化与网络文化对诗歌的消解，其《人行天桥》《挣扎》等作具有明显的文体创新价值。受金斯伯格诗作《嚎叫》的启发，郑小琼打破诗歌分行分节的常规，随情感的冲撞流离，以一种非诗非文的形式自由抒情，形成一种激烈的、混杂的、多声部的互文性文本，揭示了转型期中国社会的复杂面貌。诗中充满控诉、呼号、锐痛、不平和愤怒等情绪，也体现了传统乡村文化与都市文化、本土文化与外来文化、民间文化与官方文化以及中外文化等多元话语冲突。长诗《魏国记》《完整的黑暗》亦是真实、悲愤而又充满讥嘲的多声部作品，其技艺愈加成熟。她还自觉继承中国古典诗歌技巧及精神，如《玫瑰庄园》《魏国记》等作有意识采用五言、七言等形式规范，改造"蝴蝶"等中国古典意象。《女工记》是向杜甫"三吏""三别"致敬的诗集，《玫瑰庄园》也受了杜甫漂泊西南时期诗歌的影响。她的诗敢于直面现实，撕裂痛点，具有强烈的抗议精神和批判色彩，而强烈的社会责任感正是郑小琼坚持"打工诗歌"创作的内趋力。

三、郑小琼的《女工记》

自 2004 年起,郑小琼开始有意识地考察珠三角女工生活史,她以诗的形式记录女工在工厂流水线或城市边缘的艰苦生活与奋斗经历。《女工记》全书共 100 首诗,首篇《女工:被固定在卡座上的青春》与尾篇《女工:忍耐的中国乡村心》是诗集的引言与结语。主体部分包括 98 首诗与 14 篇手记,其中 89 首诗歌以女工姓名为题,9 首诗歌写无名女工,14 篇手记分别讲述了诗中所写女工的真实故事以及作者的写作心得。《女工记》描写了各类女工,如童工、大龄女工、老龄女工、弃儿、离异女工、妓女、小贩、三轮车主、讨薪人、寻亲者、打工起家的女老板等,尤其关注女工的爱情与婚姻、堕胎与生育、子女教育、工伤或职业病、非正常死亡、失踪等。叙事诗居多,采用两种典型的叙事方式:一种是侧重于场面描写,即描述某一个特定事件的特定场景,如《刘芳》《凡慈香》等诗;另一种则以编年体形式为人物立传,按照时间顺序或者年龄变化来讲述一个女工出外打工的经历,数字成为诗歌的显著标记,例如《杨红》《周红》《兰爱群》《李燕》等诗。

郑小琼认为农民工个体尤其是女工个体的生存状态在大众媒体笔下是局部的、片面的,甚至被遮蔽的,因此她要以诗歌的形式将女工群体还原成一个个鲜活的女性个体,改变媒体、政府以及社会对于女工的类型化表述,关注并重视处于社会底层及边缘的女性个体。《女工记》所写绝大部分是郑小琼熟识的人,因此她无法以一个局外人身份进行一种道德化或脸谱化的叙述与评价,而是与笔下人物感同身受,倾吐内心的忧伤与愤怒。那些即使是流水账式的诗句,也因涌动的情感而获得一种诗性的魅力。对无名生活的指认,对工业制度的反思,以及对一种隐性现代逻辑与生活强权的抗辩,是隐藏在这些诗作背后的思想逻辑。《女工记》一方面用诗的形式记录女工的物质生活状态;另一方面又呈现出女工复杂的心理和精神状态。

郑小琼是新世纪以来最有影响力的 80 后诗人,谢有顺说:"她突出的才华,旺盛的写作激情,强悍有力的语言感觉,连同她对当代生活的深度介入和犀利描述,在新一代作家的写作中具有指标性的意义。"[①]郑小琼的"打工诗歌"不仅记录了中国南方工业化进程中底层劳动者的生活境遇与精神状态,将真切的个人体验嵌入人类命运、社会发展、国家兴亡等宏大命题,赋予诗歌历史意味。而且,她对诗歌形式的探索也符合诗歌发展的一般规律,即顺应诗歌创作的物质基础和精神内核,从而真正意义上体现了中国当代诗歌的现代性。

---

① 谢有顺:《分享生活的苦——郑小琼的写作及其"铁"的分析》,《南方文坛》2007 年第 4 期。

第三编　新时代的广东文学

概　　述

　　新时代的广东文学,从 2012 年至 2022 年。2012 年召开的党的十八大,标志着中国特色社会主义进入了新时代,从此,中国的改革开放迎来了再出发的契机,广东文学也迎来了全面的发展。

　　新时代以来,随着改革开放的深化,广东经济迈向全球化,文化交流、文学生产、体制改革亦获得充分发展,优越的经济条件与开放的人才政策吸引全国各地风格多样的写作者,南方的、北方的,传统的、先锋的,历史的、现实的,汇聚一炉,带来了新的文化大融合的图景,充分体现了岭南文化的开放性与包容性。打工文学无疑是广东地区尤其是东莞和深圳最具影响力的文化品牌,它激活了民间创作的热情,并持续为广东文坛注入新鲜活力。在新时代不能忽视的一个文学现象,是"新移民"创作群体已逐渐壮大为广东当代小说创作的主力军,他们在乡土文学、都市文学以及地域文化书写等领域都有不俗表现。网络文学的兴盛亦是不可忽视的广东新兴文学力量,网络文学开拓的叙事空间及其文学观念的更新,为当代中国文学的发展提供了全新的艺术经验。

　　从文学理论批评和文学整理及积累等方面看,继"粤派批评"口号的提出以及围绕这一概念的讨论引起了全国的关注,甚至成为一个现象级的文化现象之后,"粤港澳大湾区文学"作为一个崭新的文学观念又在广东横空出世,并逐渐演变为地域文学的一张亮丽文化名片,成为一种多方参与的"文学行动"与文学实验。可以预期,立足于面向世界,面向现代,面向未来,同时又植根于岭南文化传统和现实土壤的"粤港澳大湾区文学",必将在未来的中国文学,乃至世界文学版图中占有一席之地。为了寻找规律,总结经验,夯实基础,进入 2020 年后,省作协又组织省内专家编撰年度《广东文学蓝皮书》,及时反映广东以及"粤港澳大湾区文学"的创作实绩。而《广东省作家协会志》的编撰,则主要是从抢救资料,从文学积累方面着眼。值得一提的是,为使创作与理论双翼齐飞,近年广东省作协还创办了文学理论刊物《粤港澳大湾区文学评论》,有效地促进广东文学的发展。

　　从各种文体的创作情况看,进入新世纪以后,广东的小说创作更是同频时代,主旋律突出,现实感增强,艺术上形式多样,百花齐放。其中,"南方新都市书写"的广州、深圳元素更突出,并呈现出向普通市民心灵挖掘的趋向。蔡东获第十届鲁迅文学奖的《月光下》,以及同期发表的其他小说,散发出诗性气质和优美风度。而"新移民"代表作家邓一光、杨争光、陈继明等的作品,则以独特的题材、鲜明的个性而受到广泛的关注。值得一提的是,广东小说创作的"后浪"正在涌动,随着蔡东、王威廉、蒲荔子、陈崇正、陈再见、郭爽等名字不断出现于国内各大刊物并获奖,我们有理由对广东小说创作的未来充满期待。

在新时代,广东诗人有着较自觉的写作主张与诗学观念,从而形成了有着不同诗学追求与诗学实践的流派。至于各种重要的诗歌活动,更是新时代广东诗歌的一大特色。此外,兴起于上世纪八九十年代的各地诗社、诗刊,以及旧体诗创作及普及,在新时代仍如火如荼地在开展。其中广东岭南诗社、广东中华诗词学会、广州诗社等诗词社团均是蜚声省内外的重要诗歌组织。目前,全省有近百个诗社,已拥有社员上万名。

报告文学和纪实文学,在新时代一跃成为广东文学的重要文体。继世纪之交陆键东的《陈寅恪的最后20年》,张培忠的《文妖与先知——张竞生传》,杨黎光的《没有家园的灵魂》《生死一线》《瘟疫,人类的影子——"非典"溯源》(三部报告文学,分别获得第一、二、三届鲁迅文学奖)之后,在新时代抗击新冠的战役中,广东报告文学充分发挥了"介入""在场""及时报告"的作用,展现出报告文学独特的文体优势与思想深度。尤其令人振奋的是,在全国上下脱贫攻坚,追梦小康的宏大国家叙事中,广东的报告文学积极主动汇入这一主旋律中。其标志是适时推出由张培忠任总撰稿人、广东12位作家参与撰写的四卷本、百万字的报告文学《奋斗与辉煌——广东小康叙事》。评论界高度评价该书。认为该书首次全景式、史志式记录小康工程,是中国梦的华彩乐章,奋斗者的嘹亮颂歌,小康建设的民族传奇,书写时代的宏大史诗!

散文继新时期、世纪之交的代表作家岑桑、杨羽仪、范若丁、苏晨之后,新时代又涌现出一批中青年优秀散文家。特别值得一提的是,新时代以来,随着改革开放的深入,公共空间的拓展,市民社会的成熟,文化的包容与多元性成为共识,广东的散文也呈现出杂花树生、多姿多彩的繁荣景象。除了世纪之交的"小女人散文",以及后来的"新媒体散文"之外,新时代广东的"学者散文"也呈现出别样的风致,它以其独异的精神魅力和艺术风采吸引着广大读者的目光。对于广东散文领地里出现的这道亮丽的风景线,过去人们不太注意,更少有专门的研究。其实,广东的"学者散文"早已是一种客观的存在,它不仅丰富了广东的散文,而且为广东散文注入了一些新的精神元素。

新时代广东儿童文学也有长足的发展,其代表性作家有陈诗哥、曾小春、胡永红、吴岩等,他们分别获得全国优秀儿童文学奖、中宣部"五个一工程"奖、中华优秀出版物提名奖、全国优秀科普奖、全球华语科幻星云奖等多种奖项。可见,伴随着国外儿童文学作品和理论的引入、国内学者理论研究的精进、儿童教育观念的改变等等,广东儿童文学获得了前所未有的发展空间和阅读支持,呈现出生气勃发的新态势。

新时代广东的网络文学,一直都是中国网络文学的重镇之一。这主要得益于广东作协的高度重视,为了让网络作家的创作能够保持思想上的健康成长以及写作质量上的不断提升,广东省作协将网络作家的培训与扶持工作,列入年度计划并作为一项重要工作来抓。自2010年以来,已举办多届网络作家培训班、创作分享会、座谈会,并创办《网络文学评论》杂志。而在2020年的疫情之中,不单把线下培训、座谈会办好,而且结合实际工作,与时俱进,展开网络培训,也得到了广大网络作家的好评与支持。当前,中国网络文学发展20年来历经了自我迭代与完善,不但已成了"世界四大文化奇观"之一,更是作为文化产业链的上游,成了整个文创领域的核心驱动力,并且在接下来的元宇宙中,广东的网络文学也必将在其中起到不可替代的作用。

第二十二章 "粤港澳大湾区文学"新版图的构建

第一节 "粤港澳大湾区"概念的提出

"粤港澳大湾区"(Guangdong-Hong Kong-Macao Greater Bay Area)指的是由广州、深圳、珠海、佛山、惠州、东莞、中山、江门、肇庆九市和香港、澳门两个特别行政区形成的城市群。粤港澳大湾区地理条件优越,"三面环山,三江汇聚",具有漫长的海岸线、良好的港口群、广阔的海域面,地缘优势和人口优势明显。"粤港澳大湾区"是习近平总书记亲自谋划部署的国家战略,旨在推动我国广东、香港、澳门深度合作,打造一个可与纽约、东京、旧金山等大湾区相媲美的世界一流湾区城市群,在中国经济迈向高质量发展和全方位开放中发挥引领作用。"粤港澳大湾区"概念的提出经历了漫长的过程,从学术界的倡导、讨论到地方政策的考量,再到国家战略层面的提出,历时20余年。

"粤港澳大湾区"概念在国家顶层设计文件中出现,最早可追溯至2015年3月28日国家发改委、外交部、商务部经国务院授权发布的《推动共建丝绸之路经济带和21世纪海上丝绸之路的愿景与行动》,文件明确提出"深化与港澳台合作,打造粤港澳大湾区",推进"一带一路"建设。这是"粤港澳大湾区"概念首次正式写入国家文件。2016年3月,《中华人民共和国国民经济和社会发展第十三个五年规划纲要》(国家"十三五"规划)发布,明确提出"支持港澳在泛珠三角区域合作中发挥重要作用,推动粤港澳大湾区和跨省区重大合作平台建设"。同月,国务院印发《关于深化泛珠三角区域合作的指导意见》,明确要求广州、深圳"携手港澳,共同打造粤港澳大湾区,建设世界级城市群";提出以粤港澳大湾区为"龙头",明确了粤港澳大湾区在区域合作深化过程中的地位和方向。

2017年3月5日,李克强总理在全国两会《政府工作报告》中又一次提及粤港澳大湾区的建设情况,提出"要推动内地与港澳深化合作,研究制定粤港澳大湾区城市群发展规划,发挥港澳独特优势,提升在国家经济发展和对外开放中的地位与功能"。这是国务院《政府工作报告》中首次出现"粤港澳大湾区"的表述。

2017年7月1日,香港回归20周年纪念日,在习近平主席的见证下,香港特别行政区行政长官林郑月娥、澳门特别行政区行政长官崔世安、国家发展和改革委员会主任何立峰、广东省省长马兴瑞在香港共同签署了《深化粤港澳合作 推进大湾区建设框架协议》。这是到目前为止关于粤港澳大湾区层级最高的一个协议,共提出7个合作重点领域。

2017年10月18日,习近平总书记在中国共产党第十九次全国代表大会上作报告(党的十九大报告),再次重申"要支持香港、澳门融入国家发展大局,以粤港澳大湾区建设、粤港澳合作、泛珠三角区域合作等为重点,全面推进内地同香港、澳门互利合作,制定完善便利香港、澳门居民在内地发展的政策措施"。至此,"粤港澳大湾区"被纳入国家发展的顶层设计中,粤港澳大湾区建设从区域合作战略上升为国家发展战略,"粤港澳大湾区"的概念突破区域局限,传遍大江南北、各行各业。

2019年2月,《粤港澳大湾区发展规划纲要》正式发布,作为指导粤港澳大湾区当前和今后一个时期合作发展的纲领性文件,规划近期至2022年,远期展望到2035年,标志着粤港澳大湾区建设迈上新台阶。"一个国家、两种制度、三个关税区、三种货币"之下的湾区建设,创世界未有之先例。"粤港澳大湾区"这个概念的地位和价值也正在被发掘和评估。

推进粤港澳大湾区建设,是以习近平同志为核心的党中央作出的重大决策,是习近平总书记亲自谋划、亲自部署、亲自推动的国家战略,是新时代推动形成全面开放新格局的新举措,也是推动"一国两制"事业发展的新实践。推进建设粤港澳大湾区,有利于深化内地和港澳交流合作,对港澳参与国家发展战略,提升竞争力,保持长期繁荣稳定具有重要意义。可以预见,粤港澳大湾区这个中国开放程度最高、经济活力最强劲的区域之一,正乘风破浪、勇立潮头,铺展出一幅高质量发展的时代新画卷。

第二节　粤港澳大湾区文学峰会与论坛

2017年,"粤港澳大湾区"被写入党的十九大报告和《政府工作报告》,粤港澳大湾区建设被提升到国家发展战略层面。随即,大湾区建设的各项准备工作紧锣密鼓地展开。《粤港澳大湾区发展规划纲要》的发布,表明湾区建设已从谋划向落地阶段顺利推进。《规划纲要》提出了粤港澳"共建人文湾区"的目标任务,并从塑造湾区人文精神、共同推动文化繁荣发展、加强粤港澳青少年交流、推动中外文化交流互鉴等方面提出了举措要点，为大湾区的文化建设提供了总纲和指引。在此大好时机下，粤港澳文艺工作者共同提出了"粤港澳大湾区文学"概念，旨在抓住粤港澳大湾区建设发展的历史机遇，共同塑造和丰富大湾区人文精神内涵，以实现"共建人文湾区"的目标。近年来，粤港澳三地文艺工作者对推动大湾区文学发展、打造人文湾区做了很多积极探索，粤港澳大湾区文学发展峰会与论坛的召开，更使构建"粤港澳大湾区文学"的倡议深入人心。

一

为加强粤港澳三地文学界的联系，团结和凝聚大湾区文学力量，从机制上推动粤港澳大湾区文学的发展，2019年7月6日至9日，由广东省委宣传部指导、广东省作家协会主办的"粤港澳大湾区文学周"在广州等地举行。文学周以"大湾区大融合，新时代新经典"为主题，是首届粤港澳大湾区文化艺术节系列活动之一，旨在通过发挥粤港澳语言相通、文脉相亲的优势，进一步推动粤港澳文学界融合发展，形成团结和谐、合作共赢的大湾区文学生态，推出一批反映时代要求、弘扬中国精神、体现粤港澳气派的扛鼎之作。

文学周包括了几项活动：由广东作协牵头成立粤港澳大湾区文学联盟；举办粤港澳大湾区文学峰会；邀请全国著名作家专家进校园、图书馆、企业讲座讲学；组织粤港澳三地作家庆祝建国70周年采风活动。这四项活动构成了文学周的主要内容。广东作协是文学周的主办方，文学联盟的牵头者，在征求三地作家意见的基础上，起草了联盟相关文件，包括协议、框架及规划等等。省作协还邀请了粤港澳三地及全国各地的一流专家学者与会，包括港澳地区代表作家21人，外地专家9人，本地作家、专家40多人。

7月6日上午，粤港澳大湾区文学联盟签约仪式在广州白云国际会议中心举行，中国作协书记处书记邱华栋，广东省作家协会党组书记、专职副主席张培忠，香港作家联会会长潘耀明，澳门笔会理事长杨梅笑，广州、深圳、佛山、东莞、珠海、江门、惠州、中山、肇庆等9市作协负责人，全国文学名家，广东作家代表及媒体代表共100多人出席仪式。时任省委常委、宣传部部长傅华到会致辞。张培忠、潘耀明、杨梅笑代表三地文学组织共同签署《粤港澳大湾区文学联盟战略合作协议》，"粤港澳大湾区文学联盟"正式宣告成立！

蒋述卓在致辞中说，回望历史，互联互通是粤港澳大湾区文学合作的天然属性。在广泛的文化交流和合作中实现文化融合和创新，必将进一步增强粤港澳文学的凝聚力、影响力和辐射力。粤港澳大湾区的文学合作必将馥馥吐芳，前景广阔。展望未来,共融共享是粤港澳大湾区文学发展的必然趋势。粤港澳大湾区文学发展与新时代同步,必定会在不断的探索和突破中创造富于湾区特色的文学瑰宝,擦亮湾区的文化形象,走出一条超越常规的路径,建立一套较为先进的良性运转的文学合作发展机制,形成适应经济环境的健康文学氛围,营造团结、和谐的文学生态,缔造城市文学发展史的"湾区方案"。

潘耀明在致辞中说,粤港澳大湾区的文化整合也可以说是岭南文化的一次大整合,这次文学社团代表汇聚一堂,共商大湾区的文学发展大计,制定合作机制,开展出版、译介、培训和定期举办研讨会、文学交流等各个领域全方位的合作。相信随着大湾区文学联盟的成立,整合大湾区文学优势,把香港的文学更好地融进粤港澳大湾区的建设,并进行互补整合发展,将会大有作为。

汤梅笑在致辞中说,粤港澳大湾区是国家重大发展战略,不仅促进三地的经济互利合作,还要推动人文交流,达到相通、相知,共融、共进。我们乐于看到为保障大湾区文学联盟的畅顺运作,协议提出了"鼓励不同流派、不同风格、不同观念之间的切磋借鉴,激励个性化创作和原创性探索"。港澳文学将会在大湾区文学中表现个性,在拓宽的文学空间里出现新的景象。

广东省作家协会党组书记、专职副主席张培忠宣读了《粤港澳大湾区文学联盟倡议书》。倡议书提出了三点内容:一是共同传承中华文脉。通过主题采风、互访交流、社区活动等多种形式,积极探索作家深入生活、扎根人民、文学惠民的有效途径,正本清源,守正创新,形成以中华文化为核心、岭南文化为纽带、开放文化为特色、融合多元文化的文化体系。二是共同讲好湾区故事。充分发挥粤港澳语言相通、文脉相亲的优势,牢固树立精品意识,呕心沥血创作出一批反映时代要求、弘扬中国精神、体现湾区之美的扛鼎之作、传世之作,以湾区巨变彰显中国魅力,以湾区故事折射中国故事。三是共同推动融合发展。对标最高最好最优,从全国大格局、全球大视野中谋划粤港澳大湾区文学工作,在更高起点、更高层次、更高目标上打造高水平开放合作平台,实现共同发展。

粤港澳大湾区文学联盟是一个松散型、开放式、协作性、创新性的文学组织,将实施"粤港澳大湾区文学名家造就工程""粤港澳大湾区文学精品工程""粤港澳大湾区文学互动工程""粤港澳大湾区文学传播工程"等计划,在扶持湾区题材创作、开展三地文学互访活动、开展人才培训、加强青少年文学交流、推动国际华文文学合作交流、扩大大湾区文学国际传播等方面展开合作。张培忠书记在接受专访时指出:当前,省委、省政府和省委宣传部对广东文学事业高度重视。省委领导提出了"文学艺术要有高原,更要有高峰"的指示要求,亲自谋划和推动广东文学事业,广东文学事业呈现出十分难得的宝贵机会。广东文学具有量大、面广、后劲足的特点,接下来广东作协将坚持以人民为中心、以创新为动力、以融合为导向、以发展为目标,采取一系列措施,发挥长处,弥补不足,引领广东文学走上"异军突起"之路。

二

"粤港澳大湾区文学联盟"成立当天还召开了粤港澳大湾区文学发展峰会。中国作协书记处书记邱华栋到会致贺并作主旨讲话。他指出:面对建设粤港澳大湾区的重大历史机遇,粤港澳大湾区文学界应该如何更好地发挥自身作用?

第一是需要主动找准定位。

其一,对内要构筑湾区精神、凝魂聚气。举精神旗帜,立精神支柱,建精神家园,是当代文学必然的、崇高的使命。粤港澳大湾区一切有理想、有抱负的作家应积极感国运之变化、立时代之潮头、发时代之先声,守正笃实,讴歌真善美,传承和弘扬中华优秀传统文化,创作生产更多有筋骨、有道德、有温度的精品佳作,引领社会风尚,引导人们树立和坚持正确的历史观、民族观、国家观、文化观,不断增强做中国人的骨气和底气,增强人民群众对伟大祖国的认同、对中华民族的认同、对中华文化的认同,构筑湾区精神、湾区力量,凝聚起缔造湾区发展新传奇的磅礴力量。

其二,对外要讲好湾区故事、塑造湾区形象。文学是世界语言,要找准世界发展的利益交汇点,找准中外价值观的契合点,找准湾区人民与世界人民的情感共鸣点,把湾区实践、湾区创造转化为精彩的湾区故事、丰满的艺术形象。要注重将民族性与时代性相融合,催生更多既散发出本民族文明传统的魅力,又展现出面向世界的广阔胸怀的文学作品,让湾区人民勤劳勇敢的传统美德和奋发向上的时代风貌闪耀世界,提升世界对湾区的认知度和美誉度,构建良好的湾区形象,增强湾区软实力。

第二是要厘清大湾区文学建设的优势。

岭南文学作为中国文学之一脉,源远流长。港澳文学与祖国内地文学始终有着血肉联系。粤港澳是东方最早带有全球性创作特质的区域,值得研究。粤港澳大湾区语言习俗相通、文化同源、同气连枝、同声同气,长期以来形成了具有包容开放、多元共生的文化性格和开放进取的人文精神,为文学发展奠定了独特的文化优势:地域相近、血脉相连;语言相通、文脉相亲;"一国两制"、文化多元。

第三是对粤港澳大湾区文学建设的美好期待。

继往开来,凭借得天独厚的地理优势,坚定文化自信,通过粤港澳文学界融合创新,建立先进的文学合作机制,缔造世界级城市群文学发展的"湾区典范"。

一是创新发展的典范。要传承和弘扬中华优秀传统文化,坚守中华文化立场、传承中华文化基因,展现中华审美风范,实现中华文化的创造性转化和创新性发展。要积极探索文学工作新的管理机制、运行机制和方式方法,推进文学内容形式、题材、手段方法的创新,创新文学人才的培养、使用和发展机制,培育一支文学的生力军,实现粤港澳大湾区文学异军突起,以创新促进粤港澳大湾区文学繁荣发展。

二是超常发展的典范。契合粤港澳大湾区的发展,我们要遵循文学规律,坚持百花齐放、百家争鸣,解放思想、与时俱进,着力提高作品质量,大力推进文学观念、内容、风格、流派的积极创新,大力推进文学体裁、题材、形式、手段的充分发展,要不断提升作品的精神高度、文化内涵、艺术价值,创作更多有筋骨、有道德、有温度、艺术震撼力强的传世之作,探索超越常规的发展路径,筑就粤港澳大湾区的文学高峰。

三是对外交流的典范。依托粤港澳大湾区文学联盟,探索建立与港澳台及东南亚国家(地区)文学机构的常态化交流合作机制,加强作家互访,组织作品研讨,推动文学事业共同繁荣进步。策划文学主题、课题,定期开展笔会、采风、学术研究、座谈对话等活动。积极参与世界华文文学信息流通和华文作家交流,巩固和扩大与海外华文作家的合作,致力于建设国际华文文学中心、国际文学创作与交流中心,努力把大湾区打造成为中国文学对外交流的桥头堡。

随后,周蜜蜜、吴志良、彭学明、李朝全、陈晓明、梁鸿鹰、丁帆、王干、贺绍俊、张燕玲、欧阳友权、徐则臣、杨庆祥等粤港澳三地及全国各地的专家学者围绕"大湾区大融合,新时代新经典"这一主题,探讨如何把粤港澳大湾区建设成为国际文学版图中璀璨夺目的区域板块、缔造世界级城市群文学发展的"湾区典范",如何建设联系广泛、充满活力、合作共赢、成果丰硕的文学合作联盟,如何加强文学创作宏观指导,提高粤港澳大湾区重大主题、重大题材文学创作生产的组织化程度和专业化水平,如何梳理挖掘粤港澳大湾区文学传统与资源,实现守正创新等问题。

香港作家联会副会长周蜜蜜表示,粤港澳大湾区文学周活动具有特别的意义,是一个十分难得的机会,希望大湾区各地更有计划、有规模、有深度地进行岭南文化、文学艺术各种不同形式的考察以及交流,推出各种不同主题的文学艺术作品,繁荣岭南文化创作事业。更希望日后能让文学史的叙述、文学的阅读和文学批评跨越行政区划,容纳新角度和新活力,逐渐形成崭新的文化空间,增进作家作品跨区域交流和互动。

澳门基金会主席吴志良也对"粤港澳大湾区文学联盟"的成立充满信心。他表示,粤港澳文学不仅可以在交流合作中快速发展,促进粤港澳民心相通和大湾区文化共同体的形成,还可以成为中国文学走向世界的先锋队,以湾区巨变彰显中国魅力,以湾区故事折射中国故事,为扩大中华文化的国际影响力贡献力量。

中国作协创研部副主任李朝全认为,湾区有丰富的创作题材、深厚的创作传统、多元的作家队伍、良好的文学生态,要提高组织化水平,打造出代表时代高度的精品力作。

《文艺报》总编辑梁鸿鹰指出,大湾区文学的未来构想和实现路径值得认真思考。要抓住大湾区建设的机遇,探索大湾区丰厚的历史资源,挖掘中外文化交流资源,强化大湾区文学共建的内涵和标志性意义。

《人民文学》副主编徐则臣表示:粤港澳大湾区的文学是向前的文学,我们有理由相信大湾区文学可以从单一的中国经验与写作的框架里跳出来,书写出更具全球视野的世界文学。

北京大学陈晓明教授认为,大湾区文学的提出是很有创造力、有当代性的一个概念。在打文学旗号的同时,集中于大湾区的优势,集中于推动城市文学的聚集和发展最为有效。大湾区天然地与城市文学有一种关系,在这个互动的背景来理解大湾区文化和文学创新的可能性,可以从它和未来城市发展相关的意义上来构想新型文学的未来形态。

南京大学丁帆教授强调,世界先进文学应该在这里抛锚停泊,中国的创新文学应该从这里启航,走向世界。要将大湾区文学的内涵不断增值和叠加,才能使粤港澳大湾区真正变成世界瞩目的物质文明和精神文明的幸福港湾!

沈阳师范大学贺绍俊教授认为,成立"粤港澳大湾区文学联盟"就是要再造一座"港珠澳大桥",是"一个大胆的文学想象"。

《小说选刊》常务副主编王干认为,大湾区文学是对新时代文学探索的开始,它可能成为新时代文学最好的试验田,成为新时代文学的高地。

三

对"大湾区文学"未来的发展和创新的可能性,广东的专家学者们也纷纷建言献策,表达了热切的关注。

广东省文艺评论家协会主席、中山大学教授林岗指出:湾区的精髓是互联互通。互联互通创造了跨越单个城市的认同,创造了更高水平上的城市群的"共识"和观念。有了这种跨城市的大湾区观念和价值观,文化活动的构思、安排、组织和推动等各项工作才能真正活跃地展开。大湾区复杂的殖民历史、政治制度和人口迁移造成了互联互通的格外困难,但也是一个创造未来的巨大优势。如果能找到一条路子,把粤港澳城市群的长处结合起来,粤港澳大湾区的文化会创造出一个光明的前景。

华南师范大学陈剑晖教授为大湾区文学寻找到了四大"压舱石":岭南传统文化的"经学"注释与六祖惠能的佛学禅宗、岭南传统的哲学、1840年以后的近现代文化、20世纪五六十年代广东的文学经验。在这一精神谱系和传统文脉的支撑下,构建一个既能与经济建设相匹配,又能促进"自我和谐"与"社会和谐"的文化的、审美的、富于人文精神的"文学共同体";努力发展成为新时代新文学的一个高地,并促使边缘文学逐渐成为文学中心。在这两个方面,"粤港澳大湾区文学"都是大有可为、肩负重任的。

暨南大学中文系教授贺仲明谈及"什么是理想的大湾区文学"时指出:要实现"整体形态的形成""多样性中的共同个性""互补与互融",并促成大湾区文学的繁荣,需要改变目前三方各自为政、标准各异的现状,举办共同的文学活动,促进文学期刊和文学出版界的丰富交流。

韩山师范学院文学院副教授陈培浩认为,大湾区是一个跨行政区域的生产性概念,大湾区文学将为当代文学提供独特的"新城市文学"经验、"新工人文学"经验、中国与世界文学经验的融合样本,也提出了文学如何在全球化时代担负起民族国家这一共同体的建设任务。

粤港澳三地无论是文化、历史和未来发展的容量和质量,都各具特色。岭南文学源远流长、名家辈出,港澳文学汇通中西、雅俗并包。正如中国作协书记处书记邱华栋所言:"文艺是时代变迁与社会变革的先导。粤港澳三地文学界应把握历史机遇,葆有文学初心,直面当代中国最重大、最深刻的社会变革,汇聚三地的创新智慧,从大湾区建设的伟大创造中发现创作的主题、捕捉创新的灵感,以全球化视野来构想大湾区文学与文化的未来发展。"随着粤港澳大湾区建设写入《政府工作报告》,"粤港澳大湾区文学"作为一个崭新的文学观念横空出世,并逐渐演变为地域文学的一张亮丽文化名片,成为一种"文学行动"。可以预期,"粤港澳大湾区文学"将在未来的中国文学,乃至世界文学版图中占有一席之地。

第三节 "粤港澳大湾区文学"的理论内涵

"粤港澳大湾区文学"概念甫一出场就备受瞩目,引发了大江南北作家、评论家、理论家的关注和争议,在政府、学界、媒体多方的积极造势和强力建构下成功"破圈"。当下的"大湾区文学"还处在一个酝酿、草创和探索阶段,作为一个全新理念,如何从学术上定义或者从理论上建构,将是一个长期探索的问题。有关其内涵和外延的学理探讨,包含了历史溯源、现实关怀、未来导向三个层面的相关内容,既关涉到"大湾区文学"的创作方向、理论部署和实践诉求,也是"人文湾区"文化建设中极具凝聚力的精神导向和价值追求。

"粤港澳大湾区文学"横空出世,不是空穴来风,也不是空中楼阁。"粤港澳大湾区"虽然是个新的概念,但其所指却具有悠久的历史和独特的文化特征。粤港澳同属岭南文化圈,同根同源,同声同气,有着天然的文化认同感。紧密相连的地缘优势和厚重强大的文化基因使粤港澳拥有共同的文化传统与历史记忆,又在各自不一样的政治文化空间中吸纳外来文化元素,分别形成各具主体性的文化风格,并彼此参照和影响。当文学遇到大湾区,"粤港澳大湾区文学"何以可能?首先应重视粤港澳大湾区的历史源流和文化传统。对粤港澳大湾区的文化底蕴和人文渊薮的追溯、识别和梳理、传承,是粤港澳大湾区文学研究的基石和出发点。

粤港澳大湾区涉及两种制度和三个地域,文化各具特色,虽然社会制度、经济法则、生活方式各不相同,但其原生文化都流淌着岭南地域文化的血脉,而岭南文化毫无疑问是华夏文化、中华文化在岭南地区的一种地域性呈现。大湾区 11 座城市是相互毗邻的世界级城市群,它们在历史、文脉、语言、习俗上都有着清晰的共通性,维系其脉络依靠的是共同的中华文化基因。习近平总书记在纪念孔子诞辰 2565 周年国际学术研讨会上强调,中国优秀传统思想文化体现着中华民族世世代代在生产生活中形成和传承的世界观、人生观、价值观、审美观等,其中最核心的内容已经成为中华民族最基本的文化基因,是中华民族和中国人民在修齐治平、尊时守位、知常达变、开物成务、建功立业过程中逐渐形成的有别于其他民族的独特标识。"粤港澳大湾区文学"的建构,应当重视中华文化基因的凝聚作用——"共有的中华文化基因不仅为湾区人民增强认同感提供精神动力,也为大湾区文学共同体建构的必然性找到了内在依据。为粤港澳大湾区文学共同体的建构奠定了十分深厚的文化和情感基础。"[①]

作为"人文湾区"的实施路径之一,大湾区文学的目的性指归,是建构"粤港澳大湾区文化共同体"。《粤港澳大湾区文学合作发展倡议书》特别提出要"培育清新刚健、多元蓬勃的大湾区文学生态,形成粤港澳大湾区文学共同体,使之成为华语文学走向世界、走向未来的重要枢纽"。从文化共同体建设角度而言,"大湾区"概念,不仅是整合"九市两地"的经济资源实现地域结合的区块发展,也不仅是"一国两制"政治意义上实现中华民族的地域整合,更是在文化上以中华民族内部富于活力和弹性的差异性地域文化为基础,缔结更强大有力的"中国想象"文化共同体,其重要性和历史意义非同一般。

粤港澳大湾区有共同的文化渊源和历史底蕴,其同源性和相似性是大湾区文化共同体得以成立的历史基础,但是该地区的文化也同时存在异质性和互补性。没有差异,就没有"9+2"城市群的重组,就没有大湾区的存在。大湾区建立在更多元化、

---

① 赵稀方:《识别与传承:粤港澳大湾区文学共同体建构中的中华文化基因》,《文艺报》2020 年 12 月 18 日。

富有差异因而也更具活力的文化版图之上,是一种包容了差异性和共通性的复合体,是一个由多种异质元素构成的全新的文化空间。

湾区是近代世界史的产物,以开放性、创新性和国际化为其最重要特征,昔日的"珠三角"是以陆地为主体的地理空间范围,今日的"大湾区"则是面向大海、从海洋再度出发的文化空间概念。"粤港澳大湾区这一地理概念及发展战略的提出,是面向海洋寻求更多发展机遇,有连带性、协同性与交互性的划时代意义。"在文学交流和传播上,则"呈现出由内地向粤港澳、粤港澳之间、由粤港澳向海外等多源多流现象",构筑起"流动的岭南"①这一湾区文学特色。海洋文化的长期滋养和临海而居的生活方式使粤港澳三地的城市化进程迥异于内陆地区,当后者在乡土文化逐渐解体的过程中逐步、缓慢地汇入到城市化发展的进程中,逐渐培养出朦胧的都市意识时,大湾区已成为城市经验最丰富的地区,都市体验作为一种普遍的生命体验,为湾区文学新的审美范式和艺术风格的生成提供了心灵的土壤。在湾区城市群及滨海都市场景中衍生的粤港澳文学,将科幻、未来等元素融入城市书写之中,探讨新媒体、新技术、文化创意产业带来的新生活、新思维、新感觉,聚焦同质化都市对人的精神的侵蚀及其引起的灵魂的裂变,由此将为中国当代文学开拓出新的想象空间和话语空间,写出湾区人文精神的独特性和可能性。

"粤港澳大湾区文学"的前身,是"岭南文学""珠江文学""省港澳文学"等。作为一个新概念,它和这一系列耳熟能详的过往称谓有何本质区别?它和人们心目中根深蒂固的北方文学、江南文学是否属于同一范畴的命名?它是粤港澳三地文学的总和吗?它要为读者提供什么文学经验和审美样式?这些,是建构"粤港澳大湾区文学"理论内涵不可回避的问题。作为一个全新的概念,"粤港澳大湾区文学"不是任何命名的翻版,而是"新时代、新历史背景下带有新内涵、新目标的新概念"②。

这个"新",首先是观念认知的"新",是对其基本定位和整体判断的"新"。

"粤港澳大湾区文学"与自然形成的"区域文学"有所不同,不能套用传统的"文学地理学"知识进行分析和阐释。面对这样一个包含了多层肌理和多重"共生"关系的大体量概念,需要视野、观念和艺术的更新,应该在"人文湾区"建设的时代背景和大框架中来理解"大湾区文学"的内涵。

"文化湾区"的建设是一个复杂的系统工程,有许多路径选择,"文学"提供了一个基于个体经验和内心追求的切入口,提供了一条面向更细微和复杂的生活状态的感性通道,更容易引起共鸣和共情。被誉为"再造一座文学上的'港珠澳大桥'"③的

---

① 张衡:《海洋文化与粤港澳大湾区文学》,《中国社会科学报》2020年11月9日。
② 唐诗人:《"粤港澳大湾区文学"的理论内涵及其未来面向》,《粤海风》2021年第2期。
③ 陈桥生、吴小攀:《再造一座文学上的"港珠澳大桥"》,《羊城晚报》2019年7月14日。

"大湾区文学"实践,显示了文学在"粤港澳大湾区"这个宏观筹划中自觉积极的参与性,以及湾区更为深远与广泛的文化诉求与审美考量。这是一种崭新的时代观念,也是时代赋予的新的文化内涵,它"从更开阔的视野来看是一个与在新时代语境中怎样理解世界,如何确立自我的宏大命题相关联的话语建设"①。在这个全新的话语场中,湾区的文学实践既充满挑战又意味深长。

其次,"粤港澳大湾区文学"还蕴含着对一种"新"的评判标准的追求。

长久以来,岭南文化在中华文化中的地位颇为尴尬和无奈。以五岭之南为中心的岭南地区在"天朝大国"的版图上,始终是一个极不起眼的"瘴疠之乡",是封建王朝鞭长莫及的"化外之地"。改革开放以来,岭南的经济建设引来普遍的喝彩,文化建设却招致诸多尖锐的责难。这种责难最初还停留在有没有好书、有没有好戏、有多少文化设施等硬件的层面,进而直指广东的文化品格,抨击"广东的文学缺乏厚重感""广东影视是港台的附庸",甚至提出了"南方文化沙漠论"。广东人也很执着于岭南文化被认可的程度,甚至发展为一种不自觉的内在价值取向,阻碍了精神上的自我建构和文化观念上的阐释。这种傲慢和偏见一方面源于传统的文化史观带来的文化优劣评判标准,另一方面也源于广东人思想的误区。

要在同根同源又异质共生的区域中缔结一个文化共同体,不仅要重视对文化基因的识别和传承,更应在盘点"存量"的基础上拓展"增量","不仅着眼于区域历史文化,更关注技术迭代和时代新变赋予'大湾区'的新质,以对文明转型的预判,把握'大湾区'将为中国当代文学创造的前所未有的'可能性'"②。

这就意味着,作为一个有待建构的抽象概念,"粤港澳大湾区文学"是一个有前瞻性的、未来主义的概念(谢有顺),是生产性的概念(陈培浩)、召唤性的概念(王威廉)。它不仅是一个概念,也是一种研究视角和方法的更新。在"地理—经济—文化"三位一体的特殊空间里产生的"大湾区文学",也许能为中国当代文学开拓出独特的经验领域和审美价值领域,在生产机制、传播方式、接受效果等方面提供一些新鲜的启示。因此,如何在尊重历史、切入当下的基础上,打开"大湾区文学"的未来维度,是值得所有作者和研究人员关注的问题。

面对千差万别的文学事实,如何获取"大湾区文学"相对统一的内在规定性?如何寻找并建构"大湾区文学"的内涵和意义边界?如何形塑"大湾区文学"的空间观念,孕育文化想象?这些问题,将伴随着"粤港澳大湾区文学"永不止步的探索和实践。在反本质主义、去中心化的网络时代和后现代主义浪潮中,"大湾区文学"要大

---

① 刘大先:《理论的准备——粤港澳大湾区文学的想象与实践》,《粤海风》2021年第2期。
② 陈培浩:《寻找作为增量的"大湾区文学"》,《花城》2019年粤港澳大湾区文学特刊。

力提倡跨文化对话,强调基于主体性和差异性的多元文化共存。在互鉴、互动、互补的基础上,吸收其他各门类艺术的特点来丰富自己的创作,以新的文学观念和文化创意精神,创造一种大湾区的文学新样式。

第二十三章 小　说

　　改革开放以来，广东凭借其经济优势及创新性政策，持续吸引大量内地人才来粤发展，形成数量庞大的"新移民"群体。"新移民"是相对于新时期以前的"老移民"而言的。如众所知，广东现当代文学史上的移民作家历来不少，欧阳山的祖籍在湖北，章以武是浙江宁海人，张欣、彭名燕、金岱、曹征路、熊育群、南翔、肖建国、卢卫平、吴君等人是20世纪八九十年代的移民作家；魏微、陈继明、鲍十、邓一光、杨争光、蔡东、毕亮、盛慧等为新世纪移民作家。此外，还有王十月、郑小琼、周崇贤、塞壬等打工文学作家群。由于地域文化之间的差异，具有异质特征的文化环境给"新移民"作家创作提供了丰沛的精神资源以及灵活多元的审美契机，他们以一种新奇的眼光与复杂的心态，体验、梳理和思考自己所处的新的生存境域，继而获得一种新的文学经验。在新时代广东文学的版图中，"新移民"作家占据重要的位置，他们的创作题材多样、风格各异，很难以某种单一的理论框架进行概括，但是他们原有的文化印记与兼容并包的岭南文化传统并行不悖，共同成就新时代广东文学的文化大融合图景。本章重点介绍魏微、陈继明、南翔、鲍十等"新移民"作家，他们是广东文化部门引进的知名作家，入粤之前已形成较为成熟的创作风格，新时代以来的广东生活经验进一步开阔了他们的创作视野，使其在对照视域下开启新的文学天地。

　　新时代广东文学对人民的关注更为真切、深入，发端于世纪之交的底层文学创作进一步深化，50后作家如南翔、鲍十等人继续关注小人物、边缘人物、农村人口的生存状态并给予人文关怀，年轻作家如蔡东、王威廉、郭爽等人对都市普通人生存境遇的观照与理解，陈再见、陈崇正、王哲珠等人对新世纪农村的书写与关注，都表现出"向下看"的写作姿态，充分体现了新时代广东文学的人民性。

　　新时代广东文学的另一个重要成就在于地域文化书写的繁荣。文化是民族的血脉，是人民的精神家园。党的十八大报告提出，全面建成小康社会，实现中华民族伟大复兴，必须推动社会主义文化大发展大繁荣，树立高度的文化自觉和文化自信，扎实推进社会主义文化强国建设。广东作家积极响应党的方针政策，几代作家持续发力，全面书写岭南文化，尤其在挖掘潮汕文化精神方面，取得丰硕成果。新时代以来，郭小东发表《铜钵盂：侨批局演义》系列长篇家族小说，陈崇正、陈再见、王哲珠等人从不同角度深入书写潮汕农村及地域文化,专业作家陈继明在潮汕地区挂职锻炼并发表长篇小说《平安批》。随着广东经济迈向全球化,越来越多的本土作家作品传播至海外市场,陈国凯、熊育群、鲍十、邓一光、杨争光、魏微、盛可以、郑小琼、王十月、吴君等人均有作品被译介到海外,广东文学及中华文化的国际影响力不断增强。

第一节 魏微与陈继明

魏微(1970—),江苏沭阳人。1994年在淮安市文联主办的《崛起》杂志第4期发表小说处女作《小城故事》,紧接着又发表《清平乱世》《恍惚牌坊》。1996年,魏微作为文学新秀入读南京大学中文系作家班,随后发表《一个年龄的性意识》《乔治和一本书》《在明孝陵乘凉》《情感一种》等作,其小说逐渐进入全国视野。2000年后,魏微的创作进入喷薄期,发表《校长、汗毛和蚂蚁》《姐姐和弟弟》《乡村、穷亲戚和爱情》等优秀中短篇小说,出版长篇小说《一个人的微湖闸》《流年》《拐弯的夏天》,其作品几度登上中国小说排行榜。2003年,魏微凭借长篇小说《拐弯的夏天》被提名为第二届华语文学传媒大奖·年度小说家。2005年,《大老郑的女人》获第三届鲁迅文学奖,同年魏微调入广东省作家协会,此后发表小说《姊妹》《家道》《李生记》《沿河村纪事》《姐姐》《胡文青传》以及散文集《坐公交车的人》等等。2000年至今已出版小说集20余部,并获华语文学传媒大奖·年度小说家、第九届广东省鲁迅文学艺术奖、冯牧文学奖、广东省文学艺术"德艺双馨"称号。

魏微的小说具有较明确的创作动机。在1995年创作的《乔治和一本书》中,主人公乔治凭借朗读昆德拉的英文版小说片段来追求女生,战无不胜,可是当他丢了书而无法朗读时,他在女人面前也失去了自信。这段颇有深意的故事情节可谓是世纪末文坛的隐喻,即20世纪80年代以来西方理论话语层出不穷,文学创作已被各种主义裹挟而失去感知生活的能力。当时先锋文学的影响力逐渐减弱,女性主义写作正风起潮涌,在此语境下,魏微创作《一个年龄的性意识》,她在小说中借"我"与小容的聊天评论陈染、林白的女性小说,并对先锋小说进行反思。"她通过对'我们'怎么写性这一文学写作'前史'的反省,脱离和克服了以性为'支柱'、'甚至不能不写'的被强制状态,到达一个起点;这个起点不是接下去'我们'怎样写性的起点,而是'我们'怎样表达'我们'、'我们'怎样从事文学写作的起点。"①《一个年龄的性意识》表面上看是呼应女性主义的性叙事,实际上是魏微从前辈性叙事中寻找新的突破口,它是魏

---

① 张新颖:《知道我是谁——漫谈魏微的小说》,《当代作家评论》2003年第1期。

微创作的重要节点。

魏微早期小说主要围绕三个元素选材立意,即"少女性意识,成长中的朦胧自觉,命运的神秘"①。《在明孝陵乘凉》写少女小芙与哥哥及其女友同游明孝陵,由于神秘气息的刺激以及天气的影响,加之他者的压抑与启蒙,小芙意欲释放身体里的另一个自我。《十月五日之风雨大作》描写蛰居孤岛的侦缉队员禁不住对囚犯所讲述的上海的向望而逃跑,最后被击毙,小说中生命意识的觉醒与命运的神秘感相互交织。《情感一种》描写大学生与有夫之妇的特殊关系,挖掘知识女性隐蔽的性心理及其情感态度。魏微早期小说感情真挚、描写细致、构思用心,其选材、主题受到女性主义文学影响,其叙述方法、腔调乃至用字习惯则带有先锋小说的印记,虽然写作技巧处于模仿探索阶段,但其描摹人性精准而体贴。

2000年之后,魏微的小说创作进入新的阶段,从《姐姐和弟弟》开始,她相继创作出《储小宝的婚姻》《乡村、穷亲戚和爱情》《石头的暑假》《大老郑的女人》《回家》《异乡》《一个人的微湖闸》等回乡者小说,这些作品主要取材于作家幼年时期的小城生活,通过第一人称叙事视角,展示日常生活的诗意与温情,其叙事温婉节制、内含深情、构思精巧。魏微的小说较少采用宏大叙事,亦不追求历史感,但是小说叙事者给人的感觉却是老到成熟的,例如2001年出版的长篇小说《一个人的微湖闸》(后出单行本《流年》),带有自传色彩,虽然故事时间包含"文革"时期,但是她有意回避政治语境,也未明写那个时代的残酷事实,她描写那些沉淀于时间深处的日常生活,反复回味揣度。郜元宝评价:"魏微可以说是中国新一代青年作家的一个典型:他们终于告别了因为逃逸政治意识形态宏大叙事而痴迷于形式探索与陌生化叙事的'先锋派',回到亲人中间,回到中国生活的固有的形式与内容。"②魏微有意摒弃各种来自西方的话语牵制,自觉回归中国文学自身的语言传统,她反复阅读《红楼梦》《围城》以及张爱玲小说等经典文学,以日常生活叙事体现人物的诗性、丰富性及复杂性,形成个人化写作风格。

2003年发表的《大老郑的女人》和《化妆》是魏微来广东之前的小说代表作。《大老郑的女人》描写改革开放初期小城风气之变,大老郑长得温柔敦厚、为人老实持重,人勤快、话不多,做事有分寸,没有生意人的习气。然而这样一个看似传统的男人却与一个身份暧昧的女人姘居,直到女人的乡下丈夫找上门来才真相大白。魏微敏锐地觉察到时代变迁中道德观念的嬗变,但是她并没有站在道德主义的立场对人物进行褒贬,而是着重描写日常生活中的人情与诗意,彰显小说的审美性与文学性。

---

① 郜元宝:《回乡者·亲情·暧昧年代——魏微小说读后》,《当代文坛》2007年第5期。
② 郜元宝:《回乡者·亲情·暧昧年代——魏微小说读后》,《当代文坛》2007年第5期。

《化妆》可以看作是《情感一种》的续篇,讲述已经事业有成的嘉丽化装为穷女人见旧情人的故事,小说没有刻意彰显女性主义立场,性描写亦非常节制,但在试探人心上做足功夫,将双方的心理博弈描写得极为深刻。《化妆》获第二届中国小说学会奖、第十届庄重文文学奖。魏微小说所持非欲望式个人化表达方式及其对日常生活的精微叙事,使其从70后作家中脱颖而出。

2005年后魏微移居广州,由于生活环境和人际关系发生巨大改变,作家的人生阅历更加丰富,其创作视野再次被拓展。《姊妹》同样是女性题材,然而几乎不再强调性叙事逻辑,小说中两个三娘半辈子争斗,三爷反而成为可有可无的道具,甚至在他死后两个女人之间产生一种糅合了同情、怜悯与体贴等复杂情感的姐妹情谊。魏微描述日常生活中女性微妙的情感逻辑及女性之间的关系,但是她并不局限于女性主义的自我安慰,而是指向超越性别关系与时代限制的复杂人性。《姐姐》以一种饱含深情的叙事口吻,透过感知、凝视讲述姐姐和弟弟的关系,相比于早年的《姐姐与弟弟》,更加突显了"深情"这一美学风格。①《家道》也是颇受好评的小说,她写官场失利后家属的命运,展示或描摹家道沉浮中的世态炎凉,其叙述充满人生体悟与喟叹,深刻体现魏微小说对人性的开掘深度。

魏微移居广州之后,创作有所减少,但是她发表的新作很少自我重复,并且对前期创作有所突破。《沿河村纪事》也是一篇反映改革主题的佳作,小说通过讲述沿河村各派政治势力的博弈及农村经济的变化展现了中国农村的现代化历程,传达了作者关于农村政治民主及经济发展等问题的思考,也揭露了阻碍改革发展的诸多现实问题,如群众的盲动、基层的乱象、知识分子的隔膜、物质欲望的膨胀等。小说的故事背景不再局限于魏微的故乡,题材也超越男女两性关系并融入更多社会性内容,纪实性叙事笔法使小说更接地气。另一篇《胡文青传》则勇于直面"文革"问题,叙事角度新颖并且发人深思,小说人物对自我价值的思考及其所经受的政治、宗教等各种意识形态的裹挟,情形复杂且内涵深刻,由此可见魏微小说选材视野及思想深度仍在不断提升,她的文学创作之路从容不迫,汲取来自生活本身的持久力量。

2022年底,魏微出版长篇小说《烟霞里》,该作采用编年体形式组织全书章节,将一个女人的成长经历与中国40年的社会变迁交织叙述,借家庭的兴衰反观国家的变化。魏微秉持非虚构性理念,力图呈现乡土中国走向城市化道路的一系列历史情景,如恢复高考、改革开放、南下打工、市场经济、国企改革等等,其创作调动了多种写作资源,她将自叙传、纪传体、编年史、地方志、混合视角、田野调查、散文笔法等熔为一

---

① 胡传吉:《"尽美矣,又尽善也"新解——论魏微小说的美学风格与诗学理想》,《文艺争鸣》2022年第1期。

炉,创造出一种崭新的小说文本,体现了作家礼赞现实、致敬传统的初心与使命。全书构思巧妙,文字精练、细腻,意境深远,可谓是魏微入粤近20年的集大成之作。

陈继明(1963—   ),甘肃省甘谷县人。2007年调往广东珠海。1982年开始发表作品,早期代表作品有《在毛乌素沙漠南缘》《骨头》《节日》《寂静与芬芳》等。著有中短篇小说集《寂静与芬芳》《比飞翔更轻》;长篇随笔《陈庄的火与土》;长篇小说《途中的爱情》《一人一个天堂》《七步镇》《平安批》等。其中,《北京和尚》获广东省鲁迅文学艺术奖;《灰汉》获"十月文学奖";《七步镇》获第十七届华语文学传媒"年度小说家"奖;《平安批》获中宣部第十六届精神文明建设"五个一工程"奖。

陈继明的小说题材多样,既写农村,也写都市,写农民、商人,也写和尚、教授、心理医生,其小说内在意蕴很难通过故事的时空定位来判断,需综合考量其情节设计、人物思考、呈现形式等,但是其创作始终保持对人类世界的高度敏感,关注人的现实生存状态及精神苦痛,执着探索人性本质、生存意义、矛盾内心等,其小说意蕴往往呈现某种哲学意味。《每一个下午》《教育诗》《灰汉》《北京和尚》《七步镇》等小说代表了他在探索精神世界方面的重要收获,晚晚、连臣、金开心、银锁、可乘、东声、居亦等不同年龄、身份、职业的人物形象,给读者留下深刻印象。郭海军将陈继明的小说意蕴概括如下:"陈继明在刻意'虚构'、苦心经营的文本世界里,借助于自己对人性人情的洞察和艺术上的精准表达,在寻找、探求人于生存过程中的精神位置和行为归宿——精神健康和行为自由。"[①]

陈继明对人性的解读在《节日》《青铜》《寂静的芬芳》《月光下的几十个白瓶子》《患幽闭症的女人》等早期小说已有明显呈现,《节日》描写被称作"节日"的农村老人的葬礼,大家都在例行公事,只有死者的老闺蜜暗自神伤。《患幽闭症的女人》深入细微地刻画出女主人公敏感怪异的内心世界。新世纪以来陈继明以海棠村系列故事继续挖掘农民精神世界。《每一个下午》写官员连臣不惜成本为母亲大量输入氧气以维持其生命,却不借钱给村民晚晚给孩子治病,孩子丧命,晚晚精神失常,她在梦中用力摘下连母鼻子上的塑料软管,而现实中她的公公四十一心怀不满混入连家拔掉连母的氧气致其死亡。小说表现了农民对权力和财富的象征性符号的反抗以及对世俗伦理的挑战,深刻揭露人性的自私、狭隘、残忍。《灰汉》写一个有点傻的乡村少年无奈成为代人杀生的"灰汉",当银锁杀掉三头瘦弱牲畜,其内心无疑是惊心动魄、撕心裂肺的,但他不过是一个被剥夺人格尊严、屈辱卑贱的灵魂,作为生命个体,银锁的人生是一场无路可走的悲剧。陈继明抛开文人乡土叙事的怀旧情怀,深入农村社

---

① 郭海军:《沉静而忧伤的诗性歌吟——陈继明近年中篇小说创作漫评》,《山花》2012年第24期。

会体察人性,其叙述残酷而深刻。陈继明的城市系列小说同样以挖掘人物内心世界为主旨。《堕落诗》通过描写一个女房地产商的发家历史揭露官场腐败、商界黑幕、官商勾结以及全民道德水平下降的现实社会,揭露政治、经济、文化等诸因素对人的精神性异化。此外,《八人良夜》也是一部反映欲望时代人性困境与救赎之作。

《北京和尚》是一部体现陈继明小说意蕴的典型作品。"小菩萨"可乘出家不是因为物质原因或现实困难,而是为了图个清静、精神的自由,他享受在道场与俗家居士聚在一起参禅礼佛,坚持做一个"没用的和尚",他说:"连和尚都做不到以苦为师以贫为乐,这个世界还有救吗?"这正是信仰的价值所在。小说开场描写可乘因为误导了发廊女红芳保留腹中私生子而饱受内心煎熬,他不顾世人眼光坚持寻找发廊女想纠正自己的言辞,可惜未果,这件事也影响可乘的佛心。后来红芳到寺庙弃子、寻子,可乘都尽力促其圆满,甚至当红芳提出让可乘假扮孩子生父随她回老家,他竟也还俗随行。小说以极其简练、传神的笔墨刻画出可乘的微妙情绪以及他平和真诚的处事方式,既有顺其自然的人性,也有执着坚守的道义。为了帮助红芳弃旧图新,还俗后的可乘与红芳结婚,婚后为了谋生也免不了从俗,但是他一直保持素斋和诵经的习惯,在红尘中仍坚持出家人的戒律,坚守内心的信仰。小说最后描写张磊(可乘的俗名)发现红芳姐弟杀生求财,便自断手指赎罪,如此决绝,让人唏嘘。而红芳奶奶赠送的麻脸观音,成为可乘精神信仰的最后寄托。可以说,正是通过和尚和妓女这样特殊的身份及人物所面临的极端情境,精神信仰的意义与价值才愈发显得可贵。虽然可乘艰难地承受着自省的痛苦,但是唯有精神健康才能让内心保持真正的平和。

《七步镇》是体现了陈继明作品精神维度和写作风格的最佳代表作,书中写小说家东声多年承受"回忆症"的痛苦,他去澳门讲学,与女博士居亦一见钟情,又在心理医生的催眠下,看到自己的前世。肉体的放松以及内心的释放让东声暂时摆脱"回忆症"的困扰,也因为与居亦的忘年恋而重新感受到爱的力量及生活的动力。为了进一步了解自己的前世,东声来到七步镇,拜访当事人,打听早已尘封的历史事件,也因此重温了七步镇的历史以及那些被历史遗忘的生灵。陈继明借助寻找前世的情节设计,将精神孱弱的现代知识分子东声与历史上铮铮铁骨的血性汉子李则广、金三爷并置,呼唤原始生命力量。小说诸多情节来自作家的真实经历,但是它绝对不是一部自传体小说,而是作家精心营造的叙事效果,他将小说创作理论、精神分析、哲学追问以及新历史主义叙事等多种理论观念糅合到一起,以便最大限度地探究人类精神世界。《七步镇》的叙事形式与语体特征亦极有特色。沉静悲悯、节奏适中的叙事姿态,人物行为、语言、心理点到为止,绝不赘述,形成一种沉稳、不动声色、冷静克制的文风,其中不乏海明威、川端康成等文学大师的影响。

陈继明苦心经营叙事艺术,以求精准表达人性人情,他常以"疾病"隐喻历史沉疴、时代痼疾。其小说人物经常患有身体疾病或精神疾病,如《七步镇》中的现代知识分子东声因患有难以治愈的精神痼疾"回忆症"走向救赎之路;《圣地》中的女孩周羽因家庭、教育等多重原因造成自闭和精神分裂,也导致人际交往失败,最终走向自杀;《忧伤》中患肌无力病症的杨勇与天才郑安安形成对照;《堕落诗》中巴兰兰因患癌症而做出特殊决定。这些病症既是推动故事情节的基本元素,也是揭示小说主题的重要线索。通过精微描述人物肉体的病变或精神的隐疾,为读者呈现出一幅幅复杂的心灵图景,并由此产生丰厚的意蕴和难以言说的意味。此外,"疾病"的出现,也使陈继明小说呈现出沉静、忧伤、温婉、悲凉的文学气质。

陈继明2021年出版的长篇小说《平安批》继续保持其冷静、克制的现代小说叙事风格,并在挖掘广东本土文化方面有突破性进展。平安批是侨批的一种,它是早期潮汕、闽南华侨在南洋上岸后寄回家的第一封信(同时附带银圆)。小说以平安批为线索,讲述潮汕商人郑梦梅在20世纪上半叶在暹罗从事侨批事业,历经艰难、拼搏奋斗,同时心系家园、支持家乡建设,为祖国争取民族独立的故事,体现了潮汕侨胞的家国情怀与民族大义,以及中华民族勤劳处世、讲信誉、守承诺等传统美德。据作家自述,该创作糅合了家族故事、口外故事、东干故事和侨批故事等多地故事原型,文中书信亦采用文言文、潮汕方言、普通话及书信体语言等多语言糅合形式。《平安批》虽取材于地方文化,但作家秉持弘扬中华优秀传统文化、讲好中国故事的创作理念,跳出潮汕看潮汕,在新时代语境下重新讲述乡土观念、民间信仰、革命精神、家国情怀等传统命题,对侨批文化进行新的价值评估,使其延续中国古典精神伦理,并对接当代主流意识形态观念。小说采用多声部结构,正面叙述来往侨批、主要人物的生活境遇,侧面则附带谈各种过番华侨及其家人的生存形态,其内部意义空间被有效扩展,呈现丰富多义的主题。同时,小说还设计了乔治、董姑娘等外国人叙事视角,展现世界格局,并通过乔治与梦梅等人论时世、叹人生、谈文化,穿插诸多言谈、论辩甚至演说,既推进情节发展,又借此将作家关于潮汕文化的研究心得融入叙事,提升其文化底蕴。小说熔理性思考与文学书写于一炉,为地域文化的书写树立了一个典范。

陈继明的小说可谓是艺术性与可读性的完美统一,它具有现实主义小说的外表,恰如其分的故事情境,符合人物身份的语言动作,鲜明的人物性格,清晰的故事逻辑,环环相扣、缜密合理的情节设计,舒缓、沉稳的叙事节奏,逐层揭示人物内心直至完满表达情感态度和情感倾向。但是,他的创作方法不是传统的由反映论观念主导的现实主义,而是现实主义与现代主义的综合体,他充分吸收现代理论观念和技术手段,追求具有哲学意蕴的精神指向,其小说已超越传统的现实主义创作。

第二节　葛亮与蔡东

葛亮(1978—),原籍南京。2000年从南京大学中文系毕业后赴港读研,获文学博士学位,现为香港浸会大学教师。系广东作家协会会员、广州市作家协会副主席。曾入选《南方人物周刊》"年度中国人物"、2017海峡两岸年度作家,2018年11月入驻"粤港澳大湾区文学工作坊",获颁广州市人才"绿卡"。葛亮在台湾、香港及内地已出版作品集《谜鸦》《相忘江湖的鱼》《七声》《离岛》《戏年》《浣熊》《问米》《纸上》《小山河》《绘色》等,作品被译为英、法、俄、日、韩等多国文字流传海外。其代表作有短篇小说《谜鸦》《阿霞》《浣熊》,中篇小说《书匠》《飞发》《瓦猫》,长篇小说《朱雀》《北鸢》《燕食记》等等,其中《朱雀》《北鸢》分别获选2009年度和2016年度的"亚洲周刊华文十大小说",中篇小说《飞发》获第八届鲁迅文学奖。近年葛亮备受关注,成为70后作家中的翘楚。

葛亮的创作始于香港读研期间,个人生活空间的变换,以及城市文化形态、历史意蕴的差别,激发其回望故乡并书写南京。他在香港出版的第一部小说集《相忘江湖的鱼》,即写故乡人事,颇受好评。小说集《七声》(作家出版社2011年版)收录的《琴瑟》《洪才》《泥人尹》《于叔叔传》《阿霞》等小说,以一种类自传的笔法,借"毛毛"之口,讲述南京不同年代不同阶层的生活状态,语言干净洗练,文风飒爽清奇,彰显作家的聪慧与情怀,也初步形成一种具有非虚构性的独特叙事风格。《阿霞》颇受赞誉,体现了葛亮观察、描写人物的独特视角与感觉,他对一般政治和道德立场的超越亦给人以内心的震撼。长篇处女作《朱雀》以一个苏格兰华裔青年的视角描述南京故事,这种躬身反照的立场亦成为葛亮创作的基石,促使他关注不同文化形态对人的影响和冲击。北京师范大学张莉教授认为葛亮的小说所具有的流转性、世界性、都市感,使其与"粤港澳大湾区文学"有一种天然的契合性。[①]

在港生活20余年,葛亮亦创作了大量香港题材小说,坚持寻找表达香港的恰当方式,逐渐确立不同于香港本土作家及其他南来作家且有辨识度的写作风格。早期作品如《谜鸦》《无岸之河》《私人岛屿》等,走先锋文学路线,热衷于探索新的文学形式。后来又关注民间市井及底层社会生活,表现或强或弱生活之中的人之常情及其本能的执着。小说集《阿德与史蒂夫》(长江文艺出版社2018年版),收录了《阿德与史蒂夫》《浣熊》《街童》《猴子》《龙舟》《告解书》《德律风》等11部短篇小说,描写香

---

① 参见《葛亮文学作品研讨会纪要》,《南方文坛》2019年第3期。

港本土民间社会现实及各阶层生活状态。《阿德与史蒂夫》中的阿德是一个"港漂"黑户,身世坎坷,靠打黑工求生存,即使被抢劫受伤,也不敢去医院救治,最后因参加纵火案被判监禁。《街童》《浣熊》《退潮》等小说则描写人性自身的欲望冲动,揭示都市隐秘。上述作品笔调冷静、压抑,不刻意迎合主流价值观,而是通过客观性文字表达、详细的心理刻画和独具匠心的结构形式,最大限度地呈现都市的残酷。在写作小说《浣熊》时,葛亮开始关注传统的节庆和风物,近年出版《书匠》《飞发》等作,进一步挖掘香港文化的内在意蕴及其历史轨迹,弘扬优秀传统文化,深化小说的美学品格。

葛亮独特的家族背景和文化修养,以及个人特殊的求学经历所造就的多元化视野,使其小说叙事具有不同寻常的可资书写的历史感。受史学家卡洛·金兹伯格影响,葛亮关注自下而上的"小历史",即历史中的人以及根植于日常生活的个体生命经验,他较少正面记录大历史的恢宏与严肃,而在普通人情中展开想象,追求一种影影绰绰的历史效果。对民国历史的文化观照是葛亮小说的独特标志。《北鸢》颇有代表性,小说以作家祖父及外祖父为原型,作家打破虚构与非虚构创作的界限,通过对人物个体生命历史的讲述展开历史叙事。陈思和教授称赞《北鸢》是一部向《红楼梦》致敬的当代小说,肯定其对民国的文化呈现。"葛亮以家族记忆为理由,淡化了一部政治深化的民国史,有意凸显民国的文化性格,成就了这部当下表现民国文化想象的代表作。"[1]张莉教授也指出《北鸢》开创了新的"想象文化中国的方法"[2]。《北鸢》以工笔技法翔实描绘民国日常生活场景,延续中国古典小说意境,凌逾教授评价其开拓了新古韵小说,即吸取古典的神韵与国学的精华,弘扬传统文化的精髓,为中国文学走向世界做了绝佳的示范。[3]

新时代以来,葛亮书写地方文化与传统文化的传承关系颇为用力。小说集《瓦猫》收录《书匠》《飞发》《瓦猫》三部中篇小说,其叙事空间涉及香港、南京、昆明等地,叙事时间则从当下回溯半个世纪以前的风云。小说所涉及的传统行业的发展变迁、从业者的个人命运、历史的渐次推进都是真实而又立体的命题。葛亮常常设置两种或多种不同本源的文化在大时代中碰撞、角力与融合,人物的命运也在迁徙与流离中随时代动荡起承转合,最终实现文化观念的大融合。《书匠》中的老董与简虽然秉承中西两种不同的修复技术,但是他们都奉行"整旧如旧"和"不遇良工,宁存故物"的原则。《飞发》中粤派理发与海派理发的派系纷争,普通话、粤语、上海话等多种语言交叠,恰是香港驳杂文化形态和人文环境的写照,两派飞发文化最后以翟康然为枢

---

[1] 陈思和:《此情可待成追忆》,《北鸢·序》,北京:人民文学出版社 2016 年版。
[2] 张莉:《〈北鸢〉与想象文化中国的方法》,《文艺争鸣》2017 年第 3 期。
[3] 以上观点参见《葛亮文学作品研讨会纪要》,《南方文坛》2019 年第 3 期。

纽互相渗透、混合,成为新一代香港本土文化的代表,生动体现了粤港澳大湾区开放多元的文化视野。《飞发》的文体形式颇多创新,作者对飞发传统进行田野调查及考据式爬梳,并将其列入小说章节,形成一种非虚构与虚构并置的双重叙事结构。小说文笔细腻,叙写考究,看似日常生活化的内容里,包含着经得起考证的历史风貌,作家悉心描写香港城市图景和理发行业的大小物事,亦体现出葛亮小说创作的学术功底。

葛亮非常重视"格物"之举,写作之前通过田野调查、考据、训诂等方法收集大量文献史料及掌故,其小说力求反映原汁原味的时代风貌,极具在场感。《朱雀》《北鸢》可谓是民国南京风物风情考。《北鸢》写小巷吃食、民俗风情,有根有据,细腻精准。其中一处写"祭孔大典",虽然只是小小一段,作者详细考证后才动笔。葛亮的小说亦非常重视"物"的勾连功能,常以"物"推动情节、连缀篇章,见证岁月变迁,承载传统绵延。如"北鸢"既是亲情、爱情及人物命运的隐喻,具有重要的叙事功能,同时也具有抒情功能,奠定全文悲情、悲悯的格调。在小说集《瓦猫》自序中,葛亮引用汤姆·史文森《知识与手工艺品:人与物》中的一句话来表达自己关于"物"的看法:"传承谱系中,对于'叙述'意义的彰显,将使'物'成为整个文化传统的代言者"①。物可以作为文化想象的载体而存在,当物与人发生关联后即获得某种超越使用价值的情感负荷的复杂意义,既而获得传承记忆的功能。葛亮将历史还原为人的日常生活与细节,展现了新一代青年作家表达历史的逻辑。

葛亮新近出版的长篇小说《燕食记》是一部集大成之作,入选"新时代文学攀登计划"等多个创作项目,颇引人关注。该书立足于粤港澳大湾区人文地理空间,以荣贻生、陈五举师徒二人学艺的传奇经历及薪火相传的执着信念为故事线索,将粤港地区百年社会变迁、文化流转、革命大义、传统伦理与岭南美食、山川草木、百姓日常等熔为一炉,打造一部表现岭南文化的新经典之作。葛亮以大湾区作家的特殊身份和独特视角,怀抱现代情怀与历史的对话,其叙事中呈现的砥砺、迷惘、共情与和解,恰是海纳百川、自由开放的岭南文化的生动注解。小说采用非虚构与虚构并置的结构,其取材堪称岭南风物的"百科全书"、人间世态的"清明上河图"。《燕食记》具备多种言说空间及价值元素,它是百年中国文学的重要收获,是对传统中国文化的立体呈现,也是构建中国文学叙事体系的崭新典范。②

总体而言,葛亮小说具有高辨识度,其叙事空间多为香港、南京、广州等地,叙述结构多为虚构与非虚构并置,历史与现实双线交织,且带有一定程度的传奇色彩。他擅用散点透视、留白、意象、隐喻等古典艺术技巧。其叙事语言传承诗骚传统,优美、

---

① 葛亮:《自序 物是》,载《瓦猫》,北京:人民文学出版社2021年版。
② 参见张培忠:《在葛亮长篇小说〈燕食记〉大湾区首发式暨分享会上的致辞》,广东作协微信公众号,2022-08-26。

典雅、克制、清淡。情绪表达内敛幽深,少有南方的热烈、躁郁。葛亮小说所具有的中国文化品格必将其推向世界文学之林,其创作前景未来可期。

蔡东(1980—),山东人。2003年开始小说创作,已出版小说集《木兰辞》《我想要的一天》《月圆之夜》《星辰书》《来访者》《月光下》,以及文学评论随笔集《深圳文学:生长与展望》等。其短篇小说《月光下》获第八届鲁迅文学奖。

蔡东自2012年在《人民文学》第6期发表短篇小说《往生》之后声名鹊起,成为评论家热捧的新生代作家。《往生》荣获《人民文学》首届"柔石小说奖",授奖理由是:"以细腻的观察、悲悯的情怀、令人动容的文笔,描绘出晚年面对疾病和死亡这两大日常性威胁时,人类的无奈、困窘和挣扎,以及互助中建立的善意、体恤与牺牲。"蔡东关注普通人的生存境遇,执着探索人性最深处的细微情绪,她偏爱命运、死亡、悲苦等主题,注重营造小说艺术特有的氛围与质感,文笔冷静、克制。《往生》《无岸》《福地》《她》《伶仃》《净尘山》《我想要的一天》《明霍费尔从五楼纵身一跃》《天元》等中短篇小说彰显出蔡东超越其性别和年龄的写作能力,她对日常生活的深刻体悟,对生老病死的悲苦认知,代表了80后作家所抵达的写作深度,同时也开启了城市文学写作新面貌。

清凉店、留州、深圳是蔡东小说的主要叙事空间,她所构建的"留州—深圳"双城故事,打破城乡对立叙事原则,既不简单批判都市文明缅怀乡村,也没有反过来憎恨乡土讴歌城市,她更多的是从好和坏的双重角度理解城市,将城市看作一个多样统一的实体。留州和深圳具有同质性,也有差异性,两者相互对照而不是对立。蔡东较少通过具象化地标式的风景或风俗描写来书写城市,而是通过描述个体的日常生活来呈现都市面貌。她擅于描写现代人物质富足之余的精神困苦,表现平静生活表象下心灵的躁动、迷惘与挣扎,以及城乡、家庭、职场等矛盾背后隐藏的都市逻辑。对于日常生活,尤其是家庭生活,蔡东有沉浸其中的安稳闲适,也有沉陷其中的隐忧恐惧,其小说主题反映了作家内心的自我完善。从某种意义而言,蔡东的创作代表了城市文学新的方向。

短篇小说《月光下》代表了蔡东书写城市的独特成就,该作2022年荣获第八届鲁迅文学奖。《月光下》讲述刘亚与小姨李晓茹在异乡相逢的故事,小说采用双线并置的结构将过去的乡村生活与当下的现实处境相互对照,透过这对女性关系观察、记录、揭示当代城市人所普遍经历的情感困境,并通过重新回归充满人情味的日常生活对这一困境提出个人化的解决路径。《月光下》是典型的经典小说的写法,现实与回忆交织的双重叙事扩大了小说的艺术容量,艺术氛围的营造亦非常出彩。刘亚少年时期与小姨在杏烟河嬉游,那种自在、恬淡、优雅的感觉随处透露出沈从文、废名、汪曾祺文字的气息。尤其是月光意象的运用,承接中国古典诗歌的意境,却少有凄凉、孤苦之意,作为她和小姨的友谊和人情味的见证,月光成为唤起人的共情心的枢纽,甚至具有隐在的力量。每个人都曾有过纯真美好的岁月,并且也向往美好生活。"世界隐没于黑暗时,它就会显现出来,在天空一角沉默地缺损和圆满,寂然中,移动潮水,譬喻悲观,让人在不经意看见它的一瞬间,出一会儿神,有所思,有所想。"①小说并没有把小姨过去的坎坷与挫折处理为悲剧题材去引人同情或批判,而是唤起人的共情性。小说对刘亚与小姨产生隔膜与生分的描绘充分体现了蔡东描摹微妙情绪的高超能力。成年的刘亚体验到普通生活的各种滋味,恰恰是这样的处境,促使她理解复杂的人世,最终消解和小姨的隔阂。《月光下》将叙事背景置于大都市深圳,自然而然地抒写南方城市风貌,不冷不热的季节,被设计的空间,站立着的深圳,寥寥数语,却也尽显城市精髓,蔡东描写城市与乡村两种不同的景观和风景,但是并未对它们进行二元对立式的价值判断。乡村生活的美好并不反衬城市生活的不堪,尽管刘亚不过是城市的普通人,正处在跟发胖、网瘾、职业低谷、焦虑型购物搏斗的人生阶段,身边是满地的幽灵,熙攘又冷清,"单位大楼,综合体,地铁车厢,各个空间漂浮着的,是谁都不在乎谁,互相不感兴趣的眼神,空气里满满的是自恋和防御。"②但小姨晓茹的人生在城市反而获得新生,在深圳这座充满朝气和活力的城市,她先后做过保洁、育婴和产后康复等工作,不断学习新的技能,有着不老的心劲,并感染了刘亚,当刘亚与小姨相处,甚至感受到城市的诗意,如桂花飘香、洒水车喷出的彩虹。蔡东笔下的城市书写不再站在反现代性或反城市化的立场处理人物的乡村与城市经验,这一点,显然不同于20世纪八九十年代的深圳文学,也意味着城市文学新的突破。

  蔡东笔下有两类人物形象较为突出,一类是知识分子,如《毕业生》中的郁金、谭苑山,《木兰辞》中的陈江流,《净尘山》中的张亭轩,《照夜白》中的谢梦锦,等等。蔡东不仅探讨知识分子在现代社会的困境,也寻求传统文化进入现代都市文明的可能性。另一类是女性,蔡东塑造了一批独立、隐忍、善良、向上,充满生活热情的现代女性,其年龄身份各异,包括普通市民、知识分子和城市中产阶层,如《往生》中的康莲,《无岸》中的柳萍,《断指》中的余建英,《木兰辞》中的李燕和邵琴,《天元》中的陈飞白,等等。与之对照的是一批在世俗竞争中失败却又游离于日常生活之外的男性形象,如《净尘山》中一生背时的张亭轩,《无岸》中的童家羽,《木兰辞》中"在家修行的居士"陈江流。蔡东赞美女性,但不以男女对抗的思维模式批判男性,而是反思现代社会关于男女成功学的逻辑,她的小说带来一股女性文学的清风。

---

① 蔡东:《月光下》,北京:作家出版社2022年版,第9页。
② 蔡东:《月光下》,北京:作家出版社2022年版,第9页。

蔡东的创作立足一线都市,直面当代社会的现实困境和时代沉疴,执着于城市日常生活书写,如求职升职、升学留学、人际关系、官场套路等等,她的小说精准描述出城市普通人的生活困扰和琐碎日常,穷尽笔墨捕捉各种微妙情绪,尤其是那些缺少竞争力的人生困顿。蔡东感慨日常生活的琐碎、清苦,却又将日常生活视为希望所在。《净尘山》中母亲劳玉一生被家务所困,心中幻想一座净尘山。当女儿张倩女带男朋友回家,她一连三问,句句关乎生活,这些被女儿视为不合常规、近乎刁难的提问,恰恰是一个真正沉入生活的人对生活的深刻体悟,一切脱离生活本身的诗情画意终将成为镜花水月。《来访者》中庄老师对江恺心理疾病的疗愈,最终也在日常生活的滋养中获得成效。在《净尘山》《来访者》《天元》《木兰辞》等小说中,蔡东对都市常见的竞争式人生模式有所质疑与反思。

总体而言,蔡东的小说自觉吸纳经典文学的艺术精华,形成纯粹而又独具个性的艺术质地。不同于80后作家青春写作中惯常的浪漫、感伤、夸张、自我,蔡东作品呈现出写实、冷静、克制、理性等文风特点。她对人物心理的反复推敲、细致入微的写实笔力,令人叹为观止。她的叙事态度清醒却不清冷,写法大方大正且三观正确,其小说主题既有对人物现实困境的揭示,也有对生命绝境形而上的思考与叩问,承接经典作家传统,依然重视文学塑造灵魂的功能。

第三节 其他"新移民"代表作家

南翔(1955—),1998年南翔调入深圳大学中文系,创作思想更加明确。20世纪90年代创作长篇小说《南方的爱》。2001年前后创作《硕士点》《博士点》《本科生》《专科生》《成人班》等大学系列中篇小说,其中发表于《中国作家》头条的《博士点》被多家报刊转载并获中国作家大红鹰文学奖,这些小说后结集为《大学轶事》。此外他又创作了中篇小说《博士后》,足见其小说创作的问题意识。

南翔属于高产作家,其创作涉足散文、小说、报告文学、非虚构写作、文学评论等多种文体,且数量颇丰。新时代以来,南翔主攻短篇小说,成果斐然,《绿皮车》《老桂家的鱼》《特工》《檀香插》分别登上2012年、2013年、2015年和2017年"中国小说排行榜"。概括而言,其小说创作主要从三个维度切入:一类是底层或情感的维度。这类作品数量最多,最为知名的是《绿皮车》《老桂家的鱼》。第二类是历史或"文革"的维度,代表作有《前尘》《特工》等,中短篇小说集《前尘:民国遗事》《抄家》收录了此类小说。第三类是生态的维度,代表作有《哭泣的白鹳》《珊瑚裸尾鼠》《果蝠》《伯爵猫》《沉默的袁江》等。

《绿皮车》《老桂家的鱼》属于学者视角的底层叙事,是南翔小说的精品。《绿皮车》讲述最后一次当值绿皮车的茶炉工日常工作中的所见所闻所感,既写底层百姓的相互关爱与丝丝温情,也对现代化高速发展的意义进行了追问。《老桂家的鱼》描述疍民生存状态,如狭窄的空间、虚弱的身体、紧张的关系、生存的压力等等。南翔以一种悲悯之心观照那些被遗忘的角落,提醒人们不要为了发展现代化而忽略人文关怀。贺绍俊如此评价:"南翔的舒缓叙述传达出一种'慢'的姿态,他的小说基本上都是揭露当今时代的人文缺失,但他并不是从意识形态的角度来处理问题,而是在质疑这个时代的快速度。"①

南翔身兼学者与作家双重身份,有评论家称其为学院派小说代表,体现出明显的知识分子审美趣味。其一,其小说具有现代的思想意识,且饱含人文关怀。其生态小说系列揭示自然生态平衡与人类生活的隐秘联系,体现现代人文知识分子的良知与担当。其历史系列小说超越生活本身,对人性和历史进行深度思考。其二,文体意识明确,语言洗练典雅。短篇小说是最考验作家艺术功力的文体,南翔从中外文学经典中汲取养分,坚持打磨文雅的书面语小说。纯净的白描,恰到好处的留白,言约义丰、张弛有度,精致、讲究。其三,叙事手法老到,构思独特精巧,擅讲故事,善于反思。南翔小说中常见多视角叙事、自由间接引语、隐喻性手法、寓言化写作、象征化叙事等现代艺术手法。白烨评价他:"以形式的短而厚,负载内蕴的悲而愤,且常多隐喻与象征,让人读来如芒刺在背,这正是南翔小说的内力与魅力所在,也是南翔文学写作的意义与价值所在。"②《前尘:民国遗事》也常被同行称颂,包括洗练生动的文字、奇趣张扬的人性以及惆怅的挽歌情调。南翔小说兼具先锋小说的内质和写实主义的文风,彰显学院派小说的理性之美。

鲍十(1959—),原名鲍煜学。黑龙江省肇东农村人。代表作品有《拜庄》《纪念》《痴迷》《好运之年》《我的父亲母亲》《樱桃》《葵花开放的声音》《子洲的故事》《艇仔粥》《冼阿芳的事》《扮演者手记》《芳草地去来》《生活书:东北平原写生集》等。其中《子洲的故事》获第七届广东省鲁迅文学艺术奖。

鲍十成长于东北农村,对家乡怀有深厚感情,他的早期创作主要为东北乡土叙事,偶尔也写城乡青年知识分子。中篇小说《纪念》是鲍十的成名作,讲述老骆校长为村里筹钱修建新校舍、因去霞镇买木材后淋雨而病逝的故事,小说语言朴实自然、节奏舒缓轻盈,带着一股黑土地泥土芳香的质朴之风,读来韵味深长。1998年小说

---

① 贺绍俊:《有容量的都市叙述——读南翔〈老桂家的鱼〉》,《名作欣赏》2014年第1期。
② 白烨:《流淌着人文气韵的写作——读小说集〈绿皮车〉》,《光明日报》2014年3月31日。

发表后被张艺谋导演慧眼识珠,在他的具体指导下,鲍十五次进京,六易其稿,用了七个月的时间,根据《纪念》中老骆夫妇年轻时的恋爱经历完成电影剧本《我的父亲母亲》。这部由张艺谋导演、章子怡主演的电影荣获金鸡奖、百花奖、华表奖、柏林国际电影节银熊奖等多项大奖。之后,鲍十又创作电影剧本《樱桃》,反响也不错。

鲍十笔下有一块富有黑土文化景观的文学天地——霞镇故事,霞镇是鲍十寄托思乡情怀的载体,也是他感悟改革开放的窗口。《好运之年》在鲍十小说中并不突出,但是这部小说正面表现改革开放,堪称一部进城农民的拼搏史。鲍十以霞镇的发展看中国、看变革,写农民的城市生活体验。另外,鲍十的小说也描写了城市小知识分子的人生际遇、情感经历及精神世界,表现其在改革开放时期的迷惘、挣扎、认知及觉悟,如小说集《扮演者手记》中收录的《我的脸谱》《芳草地去来》《虚构游乐场》《扮演者手记》等作品。鲍十的创作贴近时代,风格质朴平实却又耐人寻味,具有潜在的思想力量,这些前期写作也为他转向广东叙事打下坚实基础。

对东北出生地的深刻记忆和作为"异乡人"对广州及岭南文化的新发现,是鲍十移居广州之后创作的源泉。《生活书:东北平原写生集》收录了鲍十发表于1999年至2013年的23个中短篇小说,它们多以东北特有的屯名做标题,如《大姑屯》《翻身屯》《蓝旗屯》等。相比于鲍十此前的东北叙事,《生活书:东北平原写生集》较少个人的体验,更多从历史与文化角度观照乡村,鲍十以一个南方作家的身份回望故土,展现东北乡村的历史政治、人的命运、民风民俗等,文字朴素自然,情感真挚炽热。评论家称之为"传说化小说":"《东北平原写生集》这样的小说以民间化的、传说的方式叙述了一些现代中国角落里的往事,当然,这种进入历史的方式同时也在进入现实,生成了一些特殊的传说化历史感受和叙事感受,它们触动了人们在现代中国历史路口对当代生存的另样感受,也促成了对族群文明意识的某些思考。"①《生活书:东北平原写生集》以传说化叙事捡拾20世纪90年代以来被人们所遗忘的一些历史记忆,逐次相生、纵横相连而形成一个独有的东北平原世界,其重述民间记忆意味着反抗正在发生的历史遗忘,实际上也是对时尚中国和消费生活生存观念的某种反拨,鲍十小说创作的精神品格由此可见一斑。

作为新移民作家,自2003年起,鲍十走街串巷、翻阅史志,自觉讲述广东故事,其作品亦慢慢融入岭南文化元素。《广州小说三题》包含《黎芝的故事》《在小西园饮早茶》《卖艇仔粥的男人》三个故事,小说开头作者花费笔墨描述与故事相关的地方风俗,如《黎芝的故事》开篇介绍广州"西关小姐"和"西关大屋"的掌故;《在小西园饮早茶》开篇介绍广州人饮茶和吃早点的风俗;《艇仔粥》开篇介绍广州的饮食文化,以

---

① 徐肖楠:《从传说到沉思:重述传说的叙事期望与历史意味》,《南方文坛》2014年第4期。

及艇仔粥的做法、得名及卖法,直到第三节主要人物麦叔才出场。这些小说直接描写广州地方特色及民俗风情,体现了作家打造广味小说的主观意愿,其语言洗练生动,但表现岭南文化的方式较为直白。相比而言,他所描写的以广州为背景的底层生活,尤其是处于社会边缘的人群,形象鲜明且内涵更为深刻。《冼阿芳的事》是最有代表性一篇,小说舍弃复杂的叙事技巧,以一种平铺直叙、极其写实的形式讲述了一个城郊女人在社会转型期的生活境遇。小说通过大量的细节描写表现了冼阿芳所承受的生活压力和身心艰苦,勾画出城中村"上梅村"的转型历程,通过小街小巷普通人的生活折射出城市发展背后的隐痛,向我们展现了现代繁华都市的另类真实。

鲍十近年发表《岛叙事》和《天空下的岛》等海岛题材新作,颇受关注。他以南方海岛这一独特地理风貌作为叙事空间,讲述现代变革中的人情冷暖、男女爱恋、生命浮沉、家族兴衰,展现独特的岭南宗族文化或古老神秘的东方文化。《岛叙事》以珠海一座方圆不到两平方公里的虚构的海岛——"荷叶岛"为背景,书写几代岛民一个世纪以来的命运变迁,批判现代社会利益至上、信仰缺失的价值观念,反思人与人、人与文化、人与自然的关系。小说开头、结尾相互照应的海浪,以及文中呈现的海岛风光、重点描述的祠堂文化,不仅是具有地域特色的文化书写,而且具有深刻的隐喻意义,这一审美旨趣与吕雷等本土作家笔下的海洋形象形成差异,极大地丰富了当代广东文学的海洋文化书写。对于鲍十而言,书写海岛不仅是叙事题材的变换,也是作家认识自我、表达自我的内心需要,正是这一创作动机的驱动,他几次深入田野调查,为写作做了大量的资料准备和采访工作。借助东北平原的乡村及岭南地区的海岛这样的边缘空间,鲍十找到理解中国改革及现代化进程的入口,绘制出城市化进程中独具一格的乡村图景。

盛可以(1973—),湖南益阳人。盛可以早年发表过散文,2002年后转向小说创作,在《收获》《天涯》《芙蓉》等一流文学期刊频频亮相,并获得"首届华语文学传媒大奖最具潜力新人奖"。迄今为止已发表《北妹》《水乳》《道德颂》《野蛮生长》《息壤》《女佣手记》等十余部长篇小说,以及《可以书》《福地》《缺乏经验的世界》《留一个房间给你用》《私人岛屿》等多部中短篇小说集。部分作品被译成英、德、日、韩、荷兰等文字在海外出版发行。近年沉迷于绘画,出版水墨画与随笔文字的合集《春天怎么还不来》《怀乡书》等。

盛可以小说深谙都市生活理念,推崇欲望表达,具有强烈的女性主义意识。《北妹》是她的长篇小说处女作,它超越了底层文学与打工文学的诉苦主题,将叙述重心转移到女主人公钱小红非同寻常的性爱经历上,从而展现了城市底层在城市化进程中的另类经验。钱小红被姐夫搞坏名声后外出打工,因乳房丰满而常被骚扰,但是她个性泼辣，头脑灵活，总能化解危机。在性问题上，钱小红特立独行、颇具男性气概，她与人发生性关系，不为钱、不畏权，甚至不为爱，而是单纯地为了身体的欲望。小说将发廊洗头妹、工厂打工妹、宾馆服务员、歌厅"三陪"女等其他底层女性与钱小红的性观念进行对照，构成一种隐在的叙事逻辑，即性观念的新旧决定女性的成败。情爱叙事在盛可以小说中占有较大分量，其笔下女性大多有旺盛的情欲和前卫的性别意识，如《取暖运动》中的巫小倩、《水乳》里的左依娜、《道德颂》中的旨邑、《干掉中午的声音》中的租客女孩、《无爱一身轻》中的朱妙等等，其小说常有"尊女抑男"情节，女人说话行事男性化，性能力亦强于男人。盛可以的小说常以另类性观念挑战既定秩序，突破先前女作家在女性形象设置及女性身体叙事上的写作常规。近几年，她的长篇小说《野蛮生长》和《息壤》也颇受关注，前者以李顺秋、肖水芹、李春天两代人的经历反映当代中国底层百姓的生存悲哀，后者以生育问题为切入点，采用家族小说模式讲述初氏家族四代女性的生存境遇，两部小说延续了其早期作品《北妹》所开辟的文学话题，体现了盛可以小说一贯的选材特点及立意方向，不过在人性挖掘的深度上有所进益。

盛可以的文风或犀利猛烈，或客观冷峻。评论家常常使用"凶猛""残酷""异端""冒犯""骨感""尖锐"等较另类的关键词来评论她的小说，以凸显其极端个性化的艺术特色。与20世纪70年代出生的其他女作家不同，盛可以的小说很难让人产生美感，它尖锐无望，伤痛有余而温婉不足。"她的小说成功地穿越了其他青年女作家所推崇的优雅、纤柔和温情，而在更为隐秘的层面上凸现了我们这个物欲时代极为艰难的生存景象。"①由于其小说常常持有先锋观念，因此也较多借鉴先锋派的叙事手段或语言风格，如《北妹》的结尾描写钱小红被巨大的乳房压垮，颇有现代主义意味。《白草地》大量运用象征、隐喻、反讽、变形等艺术手法，展现了现代生活压力下的畸形人格及男女关系。

盛可以的小说颇受年轻读者青睐，也获得多项文学大奖并传播到海外市场，但是其小说的立意及文风在评论界有过争议。谭五昌曾批评盛可以小说人物形象塑造与题材选择单调重复，语言暴力粗俗，甚至让人惊栗，对人性的定位有理解上的褊狭。申霞艳也指出盛可以将女性主义简单化、非历史化的问题，同时对其小说中的性观念提出商榷意见，她认为盛可以透过情欲窥探世道人心的做法是聪明的，但是将性与历史、权力以及爱剥离，将会消解性书写的反抗意义。②

---

① 洪治纲：《文坛关注 盛可以专辑》，《当代文坛》2007年第2期。
② 参见谭五昌的《审美的偏移——盛可以小说之我见》(《当代文坛》2007年第2期)、申霞艳的《诱惑的天赋——盛可以论》(《文艺争鸣》2018年第6期)。

盛慧(1978—),江苏宜兴人。著有长篇小说《风叩门环》《白茫》《闯广东》;中短篇小说集《水缸里的月亮》;散文集《外婆家》《湾区的乡愁》等。

盛慧早期的小说创作偏向先锋。他的先锋小说主要集中在中短篇小说上。从创作长篇小说《白茫》开始,盛慧的小说创作逐步由偏爱先锋转向偏爱写实。新时代以来,他的小说创作已远离小说的形式实验和叙述游戏,开始关注人物命运,注重人物形象的塑造,以较为平实的语言对人类的生存、灵魂进行感悟性描写,关注现实表现和人性挖掘的深度。

由先锋转入对生活的现实主义描写于盛慧是一次重要蜕变。《闯广东》正是盛慧小说艺术蜕变的代表性作品。这是一部与《平凡的世界》的主题有几分相似的长篇小说,它试图通过主人公谢闯从小山村云窝到广东的奋斗史,以一个底层青年人生逆袭的故事来展开改革开放时代的宏大叙事。在小说中,盛慧试图通过谢闯所历经的种种磨难的描写来达到对民族心灵的雕刻。从写实的角度看,这部小说糅入许多真实生活中的人物和故事,也融入了作者闯广东的经历和体验,因此人物形象与故事情节饱满生动。另一方面,作者对世态人心的洞察也使小说的心理刻画颇具深度。而多年的先锋小说创作和诗歌写作训练,使《闯广东》的语言很有质感,比喻新颖,叙述语言精致而有韵味。

盛慧是一个地方文化特色明显的作家。他的长篇小说《白茫》、小说集《水缸中的月亮》中的多数短篇,以及《闯广东》的前半部分,都以故乡苏南小镇为背景,描写作者故乡的寻常百姓、小镇风情以及苏南乡下人特有的文化心理。他的小说乡情浓郁,地域色彩突出,从某种意义上说,这些小说是作者关于故乡风物、人物的记忆与想象。2004年迁居佛山后,盛慧成为"新移民"作家中的一员。在此后很长一段时间里,虽然身处佛山,但广府文化较少融入他的创作,其主要作品所叙说的依然是他乡的故事。作为作家,盛慧对此是有深刻认知的。他期待能讲好"佛山故事",成为名副其实的佛山作家。为此,多年来,他不惜时间交本地朋友,探访地方文化胜迹、遗迹,了解地方人物、风物,对广府文化表现出强烈的兴趣,《岭南天地的前世今生》等散文记录着盛慧亲近广府文化的努力。在《闯广东》《南风天》等作品中,也有比较多的关于佛山人日常生活场景和地名地标的描写,这些描写使盛慧的小说增添了本土文化的元素。总体看,盛慧有很高的创作起点,良好的小说理论素养,讲故事的天赋,以及对叙事语言的娴熟运用,对世道人心的深刻洞察,这些都是他创作出优秀小说不可或缺的基础。基于盛慧过去的创作实绩和写作天赋,我们有理由对他未来的小说和散文创作充满期待。

陈玺(1966—),陕西省乾县人。著有社会题材的长篇小说《暮阳解套》,乡土题材的长篇小说《一抹沧桑》,儿童题材的长篇小说《塬上童年》,科幻题材的长篇小说《捣开上帝的魔盒》,以及反映广东改革开放题材的长篇小说《珠江潮》。中短篇小说创作有《菜籽案》《从炭火到灰烬》《塬上》《戏中人》《雪域情殇》,短篇小说有《发烧》等。此外还有剧本和散文创作《桃花沟轶事》《大榕树下》《问苍茫大地》《西去的容颜》等。

　　陈玺有系统的经济、法律和管理的知识积淀,从渭北塬上,到武汉求学,他的职业生涯在岭南。陈玺讲道,我们这代人是中华民族生命排序中幸运的一代,赶上、见证和参与了民族振兴的历程。陈玺文学创作起步晚,他是在人到中年后,在时代巨变的大潮中,通过文学的形式表达自己的生命感悟。其小说主要回望自己的故乡及童年生活,近乎实录地还原了渭北塬上农民生存图像,将数千年的农耕生活浓缩成篇,表现农民自古以来与土地的紧密关系。在南粤文化对照下,陈玺满怀深情地描述了乡土生活记忆,包括生产劳动、婚嫁喜宴、丧葬陋俗等等,他对故乡的风俗文化、饮食习惯、方言土语等熟稔在心,细节描写到位,人物形象众多。虽然说他书写领域还是乡土的、成长的和社会的,但他书写视角浸泡时代激情,在这些传统写作已经板结的背景下,他的创作无疑是有意义的。

　　陈玺小说创作的画面感饱满,细节丰沛,彰显了他思考的缜密和观察的细致。小说情节推进中点缀的感悟,折射着时代变迁光影,浓缩着他对生命样态的追问。《珠江潮》是一部取材于东莞改革开放的力作。小说以佘家几代人的命运为切入点,真实反映了开放历程中小镇变迁,为中国改革开放的伟大事业勾画了一幅缤纷的彩图。

第四节　崛起的"新生代"

　　青年文学人才的培养是新时代广东文学的重要收获。王威廉、郭爽、陈崇正、陈再见、王哲珠、马拉等在小说创作方面成果不断。冯娜、黎衡等在诗歌创作方面不懈探索。陈培浩、李德南、唐诗人等在文学评论方面发出广东声音。当代广东青年作家思想解放、意识超前,秉承广东文学兼收并蓄、敢为人先的进取精神,以更大的开放性、更强的兼容性适应现代化进程的文化形态,积极传递高尚的情感境界、健康的人生追求、美好的艺术情趣,着力塑造"文学粤军"独树一帜的艺术品格,展现出务实、开放、兼容、进取的新时代广东作家新风貌。青年作家普遍受过高等教育,具有很好的文学素养及高度自觉的创作意识,他们深切感受现实生活的深刻变化和飞速发展,着力表现新时代、新变化、新人物,积极探索新的叙事角度,挖掘新问题,实践新的文学生产方式、传播方式,不断扩大文学作品的影响力和辐射力。他们的创作题材广泛、手法多元,作品主题鲜明、立意高远,虽来自不同地域,却共同致力于打造"文学广东"的岭南特色、岭南风格、岭南气派。文学新生代作家的成长成熟,为广东文学创作的繁荣发展提供了坚实的人才支撑。

王威廉(1982—),陕西西安人。著有长篇小说《获救者》、小说集《非法入住》《内脸》《听盐生长的声音》《生活课》《倒立生活》《野未来》等。曾获首届"紫金·人民文学之星"文学奖、广东省鲁迅文艺奖、第三届中华文学基金会茅盾文学新人奖等。

王威廉被评论者视为"现代性的省思者",新世纪的"先锋派"。他对20世纪西方哲学思想、现代主义文学传统及80年代中国先锋小说的创造性继承,开辟了现代派小说的新气象。王威廉的小说以现代性哲思与文体创新见长,其小说主题主要包括:对现代性的反思,如《没有指纹的人》《铁皮小屋》等;观照现代人被异化的处境,展现他们在绝境中的困惑与抗争,如《非法入住》《无法无天》《合法生活》《倒立生活》《看着我》《内脸》《第二人》等;对劳动的异化的思考,如《辞职》《听盐生长的声音》;对时代经验的考察以及对现代人的生存价值的质疑与反思,如《北京一夜》《父亲的报复》等。

王威廉是一个高学历的小说家,其知识储备相当广泛,且具有理论研究视野,小说创作善于在思想上用力。他以书写青年人的精神困惑为起点,反思自身及种种社会法则。其笔下青年重视人的尊严与价值,但是卑微的现实处境不断冲击其价值理念,导致其行为异化,如成名作《非法入住》以第二人称讲述了一个既荒诞又现实的故事:隔壁邻居千方百计占用"你"的不足九平方米的居住空间,"你"无力改变,晚上伺机占有鹅男人的老婆,以此作为复仇的手段和精神的慰藉,渐渐性情变得暴戾、玩世不恭,最后竟也强行入住陌生女人家中。《非法入住》《合法生活》《无法无天》合称"法三部曲",表现了知识青年自我坚守的痛苦与艰难,以及初涉职场的工作遭遇和精神困惑。王威廉在小说中常对当代人的城市生活体验进行一种哲思式的伦理辨析和意义考证。《辞职》中女孩"鹳"关于工作与劳动的区分及其对父亲的讲述,正是作家深度思考的成果,长篇小说处女作《获救者》也表达了作者关于人类政治与文化生活的思考。

王威廉执着于追求小说故事性并进行有意味的形式探索。《非法入住》《内脸》等作采用第二人称叙事,增强读者的代入感。《无法无天》《第二人》《获救者》等作借鉴通俗小说写法以增强小说的可读性。《听盐生长的声音》《书鱼》《父亲的报复》《北京一夜》等作重新启用"讲述体"这一叙事形态,以加强小说叙事交流能力及其艺术感染力。隐喻性也是其小说的常用手法,《内脸》以疾病隐喻现代人的精神缺陷,虞芩的"表情丧失症"实为社交恐惧症,"你"的过敏症亦为人格分裂的表征。小说以一种荒诞的手法呈现脸的生命性、社会性和哲学性特征,"脸"及其"表情"不仅是人的生物性存在,更承载着社会文化的投射。又如《我的世界连通器》中书和墙上的洞,《看着我》中的诗歌以及故事本身,都可以视为一种隐喻。此外,还有其他种种尝试,如《第二人》中使用元小说和悬念技巧。王威廉擅于"以实写虚",他的小说通常具备人物、情节、故事环境等基本小说要素,细节描写亦很翔实,具有现实主义小说的皮囊,但其本质却是现代主义的荒诞,背后的故事逻辑在于演绎现代人异化的内心欲望及相互倾轧的人际关系。最近几年,王威廉开始涉足科幻题材,其创作越来越引人注目。

蒲荔子(1981—),湖南隆回人。笔名李傻傻。出版《红 X》《被当作鬼的人》《李傻傻三年》等著作。

蒲荔子的创作是从网络起步的,李傻傻是他常用的网络 ID,凭借《被当作鬼的人》《一九九三年的马蹄》《雪地的兔子》等作品享誉网络文坛。2004 年,在一场关于谁是 80 后文学代表的大争论中,李傻傻与张佳玮、胡坚、小饭、蒋峰被批评家陈思和、作家马原倾力推荐并称作"80 后实力派五虎将",出版《重金属:80 后实力派五虎将精品集》,收录李傻傻的《一个拍巴掌的男孩》《河滩上的尸体》《十三短章》《蛇皮女人》《雪地上的兔子》五部短篇作品。同年广州《花城》杂志第 4 期首发李傻傻的长篇小说《红 X》,这是 80 后作家第一次在核心文学期刊上发表长篇小说,具有标志性意义。随后花城出版社又推出 21 万字的纸版《红 X》,起印数 20 万册,李傻傻成为中国最年轻的畅销书作家。李傻傻和其他 80 后作家的崛起是 2004 年最引人瞩目的文学现象。其作品以专题形式发表于新浪、网易、天涯三大网站以及《芙蓉》《散文天地》《作品》等传统文学刊物。2005 年,《红 X》获"第三届华语文学传媒大奖"提名奖,李傻傻荣登全球权威杂志《时代》周刊(全球版)。

李傻傻创作风格的形成与网络媒体密切相关。网络是青年人宣泄、倾诉、表达欲望的最佳平台和自由成长的空间,为适应网络阅读,他将日常口语文学化,化平庸为才情,赋予无生命的事物以声音、色彩乃至生命与活力,语言朴实却不乏幽默感,时而调侃讽刺,文本思维则存在跳跃化、结构块状化、宣泄化等特征。长篇小说《红 X》讲述农村少年沈生铁在西安近郊一所子弟学校的堕落生活及其另类情感遭遇,细致描写了人物成长中的独特心理及其原生家庭的影响,反映了世纪末中国底层的社会百态及种种矛盾。小说吸取余华等先锋作家的文学手法,其语言、结构具有鲜明的个人特色,引起社会各界的关注。

评论家张柠称李傻傻的作品都是一种介于小说与散文之间的无法准确分类的文

体,其叙事结构类似于都市街道张贴的"牛皮癣",亦即整体性的破碎,这是乡村文明向城市文明转型的必然结果,也是中国作家面对真正的都市经验的一个难题。"一种是鬼魅的、噩梦般的乡村经验,还有一种是充满城市下水道和农贸市场烂菜叶子气息的都市经验,这两种经验借助于一种奇异的叙事风格的相互转换,构成了李傻傻创作风格的基本色调。"①蒲荔子(李傻傻)是当年集体成名的80后作家中唯一出身农村的,他对乡村文明有着爱恨交加的复杂情感和潜意识记忆,其作品既不明确地倾诉农村苦难,也没有加入田园颂歌的行列,向往都市文明同时也具有承受失败体验的勇气和现代素质,他以一种现实与想象交织的乡村书写方式,反映了新一代农村青年的生活和思想。李傻傻的文字充满弹性且有暗示意味,其创作反映了乡土文学发展所面临的矛盾与挑战,也是当代文化转型的症候式呈现。蒲荔子最近几年应该是重新回归文坛了,他和葛亮一起入驻"粤港澳大湾区文学工作坊",目前正在创作长篇小说《虚荣广场》,但是是否出版情况不详。

陈崇正(1983—),广东潮州人。笔名且东、傻正。著有小说集《半步村叙事》《我的恐惧是一只黑鸟》《黑镜分身术》《折叠术》《遇见陆小雪》,散文集《人世间的水》等。

陈崇正是广东本土青年作家,大学期间获得新概念作文比赛二等奖,最初热衷于诗歌创作,后转入小说领域,亦写散文,经过多年摸索逐渐形成其写作风格,即采用一种糅合潮汕巫鬼之风与乡村现实生活的魔幻现实主义手法,寓言式地呈现个体生存困境及现代地域文化变异。小说集《半步村叙事》是陈崇正多年打磨、精心构建且有鲜明地域特征的文学空间,它以半步村、碧河镇、十二指街等不断复现的地理空间,以及麻阿婆、傻正等贯穿其中的人物形象,绘制出一幅兼具历史记忆和现实境遇的亦真亦幻的现代潮汕乡土画卷。小说集《我的恐惧是一只黑鸟》进一步扩展这一文学空间,聚焦现实社会带给普通人的恐惧,表达一种独特的文学感觉。《黑镜分身术》《折叠术》等作则借助分身、折叠等魔幻想象,表现被技术革新所改写的乡村伦理秩序、乡土宗族及人际关系的变异、人们内心的爱与痛等等。2020年刊发于《江南》杂志的长篇小说《美人城》则重新凝聚其早期中短篇小说的叙事元素及叙事模式,在"人工智能"启示下将乡土叙事与科幻文学融合,创造出一种带有寓言色彩的文学表达方式。

魔幻现实主义是陈崇正小说最独特的美学特征,他运用幻想、变形、怪诞等表现手法,糅合武侠元素、民间巫术、现代科技,将城市与乡村、现实与未来、地上与地下、

---

① 张柠:《乡村与都市的双重梦魇——谈李傻傻的创作》,《南方文坛》2007年第4期。

灵魂与肉体、神界与城市等不同元素交织叙述,其风格诡谲,意象迷离,具有隐秘的现代性,在年轻一代作家中独树一帜。除了学习加西亚·马尔克斯,陈崇正的小说也是对莫言、贾平凹、阎连科、苏童、余华等作家在乡土文学叙事策略上的继承,但其小说大量移植并密集分布充满乌托邦色彩的技术,与传统乡土文学有所区别。

陈崇正的小说常常呈现出一种"芜杂"的文本形式,他将各种叙事手法汇聚一处,却不明确彰显其意图,造成主题的多义性。小说人物重复出现,却多是同名异人,缺少整体规划。其部分小说情节过于复杂、叙事凌乱,给读者造成阅读障碍。如《黑镜分身术》中人物轮番登场,场景快速转换,导致小说一直处在不断推进的状态中。通过创作长篇小说《美人城》,陈崇正有意修正前期小说叙事的不足,重新注重人物形象塑造,其小说创作因此展现新的前景。

王哲珠(1981—),广东揭阳人。2005年开始小说创作,2009年首次在省级文学刊物《作品》发表小说。已出版长篇小说《老寨》《长河》《琉璃夏》《我的月亮》《姐姐的流年》以及中篇小说集《琴声落地》《什么都没有发生》等。2016年,其长篇小说《长河》获得广东省有为奖——第二届"大沥杯"小说奖。

王哲珠小说创作取材广泛,风格多样,她在乡土文学、城市文学、科幻文学等题材领域都有所表现,其中乡土文学最能体现其创作特色,代表作有长篇小说《老寨》《长河》等。王哲珠笔下的老寨多是一个被否定的乡村类型,闭塞、守旧、荒凉、破败……小说也因此呈现出一种苍凉与无奈的气息。《长河》中的金溪寨亦是一个封闭的村寨,作者以满怀悲悯的笔触记录了金溪寨冯家三代人在历史浪潮中的起伏与兴衰,尤其是改革开放以来乡村改造所造成的各种破坏:族谱无法延续,血脉传承的传统被破坏,人心与灵魂的安宁被破坏,村寨宁静稳定的生活被破坏,单纯又充满情义的关系网被破坏,洁净优美的自然环境被破坏,等等。其文风特点可概述为:厚实的乡土生活底蕴,细腻质朴、紧贴生活的熟练描述,传统诗意的纯文学笔调,凄凉感伤的叙事风格。

王哲珠自称熟读《红楼梦》,《红楼梦》也培育了她的文学感觉。当王哲珠以一种的艺术形式述说现代化进程中的古老村庄,她自然而然地采用了一种凄凉、伤怀的叙事基调,这种基调在她的其他小说中也时常出现,如《月光光》伤怀一种人性的黯淡,《琴声落地》中老独的扬琴让人莫名地感觉琴音带着灰色的凉意,《五伯》中无用武之地的传统手艺,《少年之死》《画家之死》《死亡记号》中的死亡主题,等等。近年王哲珠出版中篇小说集《什么都没发生》,其创作更加沉稳,来自个体经验末梢的诚恳书写,让笔下每一个人物变得丰饶,平凡中显露光辉,无论成败悲喜,都有一种蓬勃的生命力,一种不屈的精神意志。此外长篇小说《我的月亮》通过青年女歌手高灵音去山村支教的故事探讨生死、爱以及人性深处的精神追寻。这些创作预示着王哲珠新的文学抱负。

陈再见(1982—),广东陆丰人。出版有长篇小说《六歌》《出花园记》《骨盐》,小说集《一只鸟仔独支脚》《喜欢抹脸的人》《你不知道路往哪边拐》《青面鱼》等。

陈再见被评论界视为继王十月、郑小琼后第三代打工文学的主要代表作家。他的小说承继打工文学体验式创作传统,真实记录了打工者的生活苦难及精神困惑,如《七脚蜘蛛》《双眼微眸》《微尘》等小说,带着作者自身生活体验,着力书写底层在主流视野之外的生活状态及心理感觉,以及他们对生命价值的思考,情感抒发真切自然,且带有一种纯粹的悲悯之心。陈再见自发地从伦理角度思考底层问题,但是避免非黑即白的伦理评价,体现了底层问题的复杂性及作者的思考深度。《妹妹》是最能体现其小说伦理深度的作品,《一只鸟仔独支脚》《状元命》《荔枝熟了》等作谈及生命关怀与伦理诉求。其小说中的底层写作者形象明显带有作家本人的印记,如《双眼微眸》写业余创作的打工青年在老家人眼中是可被倚仗的成功人士,在城市里却过着捉襟见肘的生活,尽显人物的尴尬、失意和无奈。《微尘》《记日记的男人》《瓜果》《母辈》《天桥》等作亦有类似人物,他们怀抱艺术梦想,却面临被排挤、被漠视、被弃置的生活处境,形成自卑又自负的矛盾性格,只能试图以诗意保全自我,避免心灵的荒漠化。陈再见的成长经历、生活境遇、写作心态、精神气质不同于其他80后作家,其创作也明显区别于青春文学、穿越小说、玄幻小说等都市时尚文学,具有独特的审美旨向与文学史意义。

不同于早期打工文学,陈再见小说选材不再局限于工厂生活,而是关注农民工生活的多个侧面,如农民工代际关系、底层儿童的生存困境、新生代农民工的心灵困境等,《张小年的江湖》《母亲》《藏刀人》《瓜果》《变鬼记》《记日记的男人》《微尘》等作品的叙事背景更加广泛,故事层次感更强,艺术内涵也更加丰富。《张小年的江湖》是陈再见的成名作,小说写生活于棚寮区的城市打工者子弟张小年因偷盗被抓,最后他却对警察、记者、邻居编造谎言说自己是被黑社会控制了。评论界对这部小说进行了多元化解读,挖掘出陈再见小说的丰富内涵,包括:儿童视角叙述,农民工子女的生存境遇,农民工代际间的价值观断裂,儿童成长蜕变中男子汉心理的建立,对社会道德诚信体系的讽刺,等等。这些元素在陈再见的其他小说中亦多有体现。儿童视角是陈再见湖村系列小说的常用手法,他描写孩童时代的隐秘情愫和心事,成长的欢愉与悲伤,乡村冰冷恒常的秩序,命运坎坷的外来女性,如《云南,云南》写被拐女孩云南的惨剧,故事跌宕起伏且内蕴丰厚悠长。

陈再见没有受过系统的文学教育,成为专业作家之后广泛阅读,写读书札记,关注不同艺术门类,形成自己独特的文学感悟力。他的写实能力颇高,写作方法不拘于一家,尝试写过不同题材,最后仍深耕乡土,探索自己的文学世界。他在叙事上避免线性传统,擅长横截、斜切、互文、反复、象征、设置悬念、情节的逆转等小说技法,可读性强。但是其作品也存在语言和旨意的单调、细节的重复使用、非文学性表述等问题。陈再见需要对记忆、经验、阅读、技术再度深化整合,从岭南文化中汲取更多的养分,开辟更有深度的小说疆土。

郭爽(1984—),贵州人。2017年中篇小说《拱猪》获第七届华文世界电影小说奖首奖,2018年获第二届山花双年奖·新人奖。出版有小说《正午时踏进光焰》《我愿意学习发抖》《月球》《挪威械》等。

郭爽的写作视野相当广泛,她曾在广州《新快报》"春色"、香港《信报》"广州观察"开设专栏写作,书写当代广州经验与人事,后结集出版,书名为《亲爱的米亚:在广州遇到的79个故事》,该作初显郭爽的写作智慧与语言能力,简洁犀利的语言风格、富有洞察力的叙事视角以及干脆利落的叙事风格。2015年,郭爽获得德国罗伯特·博世基金会"无界行者"创作奖学金,她三次赴德田野调查,以童话为线索书写德国当代生活,作品结集为《我愿意学习发抖》,这次经历重新确定了郭爽的写作标准,即关注普通人的生命隐秘,写人如何去面对伤痛、幻灭、成长、离别。她后来创作的《金球》《英格丽德遇见安娜希特的一天》《钥匙》《家园》《钟塔》等作品亦是关于童话、原生家庭以及中西文明交融等主题。

从事媒体工作为郭爽成为小说家提供了诸多积累,也培养了她独特的选题视角。郭爽的小说创作始终关注普通人生存境遇,尤其是那些即将逝去的人和事,成为她最想用文字表现的对象。她的第一部小说集《正午时踏进光焰》收录了《把戏》《鲍时进》《拱猪》《九重葛》《饲猫》《清洁》《蹦床》等小说,描写了时代变革中小人物的生存状况、精神危机与情感诉求,那些被时代抛弃、与生活拉扯的父辈生活,那些生活在农村、小城镇被困的女性,还有那些迷茫、挣扎、妥协的青年,他们站在时代荣光的阴影处,等待被照亮。郭爽秉持现实主义写作姿态,通过"两代人"对照式的双线叙事结构,力求写出时代的典型。她的名篇《拱猪》加入很多现代元素,借年轻人追星隐喻当代社会。相比那些少年成名的80后作家,郭爽的小说创作起步较晚,但是她的媒体经验、知识储备将她很快引入这一领域的内围,她重视讲故事的技巧,如叙事的结构安排,小说内涵的层次感,叙事视角的灵活变化,有趣、简洁、有同理心的语言形式,等等,她的写作最初没有太多文体限制,但她有意识地进行技术性训练,观察、调研、写大纲、写作、修改乃至重写等,不断凝练自己的创作理念,是一个具有高度自觉性的创作者。郭爽的技术能力以及她所关注的底层写作资源,将开启一个广袤的文学世界。

马拉(1978—),本名李智勇。湖北鄂州人。主要作品有长篇小说《余零图残卷》《思南》《金芝》《东柯三录》《未完成的肖像》、中短篇小说集《生与十二月》《葬礼上的陌生人》《广州美人》、诗集《安静的先生》等等。

2016年,马拉凭长篇小说《未完成的肖像》获第四届人民文学新人奖,又获第十届广东省鲁迅文艺奖。这部小说通过书写艺术家群落的生活,揭示了现代主义艺术生成机制及其虚假、激进、媚俗的真相,消费主义对先锋艺术的冲击,以及艺术家虚无、意义缺失等精神困境。小说以人物回忆性口吻展开叙述,以画家王树的艺术之路和情感历程为主线,通过他和老那不同的艺术选择与生活道路的对照,以及他们与不同女性的性爱经历及身体救赎,书写艺术圈的复杂现实:庸俗化的炒作增值及初心的沦丧和坚持。王树靠妻子方静的炒作和诡计一跃成为知名画家,但他成名之后一直对此保持警惕,他对方静的爱意也因此淡化,小说以"未完成的肖像"代表一种始终自省和自我更新的态度。老那成名靠他自己一手策划的行为艺术《祭奠孔子》,他没有足够的机缘和艺术创造力,又无法抵御借助媚俗、炒作而成名的诱惑,最终老那借行为艺术《鲜花献给爱情》割腕自杀,成为激进艺术的牺牲品。小说采用多种现代主义艺术元素,如视角转换、嵌套故事、互文性叙述等等,如此煞费苦心在后先锋时代延续先锋路径,体现了70后作家对寻根文学、先锋文学的反思,其对当代艺术法则的批判,彰显出作者处浊世而自净其意的精神立场。

马拉的小说,偏好现代主义叙事形式,如大量独白式叙述语言,零度叙事基调,既直面现代人的精神困境,又在世俗社会中寻找诗意,追求精神上的满足。近年出版的《广州美人》收录了《雁鸣关》《亡灵之叹》《拍电影》《唐·吉诃德号》《虚花》《身体咒》《魔鬼书法家》《鲸鱼记》《钱小红》《广州美人》等11个短篇小说,书写了理想主义者的现实生活,但是这些对生活对理想对人性与审美的终极追求,最终却不得不走向自我否定或虚无,马拉的小说时刻指向先锋主义的当代处境。

韦灵(1979—),笔名旧海棠。安徽临泉县人。在《收获》《十月》《人民文学》等刊发表一批短、中、长篇小说。出版小说集《遇见穆先生》《返回至相寺》;诗集《平原上的细雨》等。中篇《橙红银白》发表于《收获》,《小说月报》转载,入选《小说月报》年度精品集、"收获文学榜"作品集。短篇《天黑以后》发表于《十月》,《中华文摘》《长江文艺选刊》转载,入选人民文学出版社短篇小说年选。中篇《十光城》发表于《收获》,入选安徽文艺出版社年度中篇小说精品选。2016年,中篇《橙红银白》获"收获文学排行榜"年度中篇排行榜;2018年,中篇《小许和赖文》获《文学港》年度中篇小说奖。作品多次入选探照灯书评人虚构类好书榜、女性文学好书榜虚构类秋季榜等文学榜。获广东省青年文学奖、广东省有为文学奖短篇小说奖。

《遇见穆先生》收录七部中短篇小说。七个故事,或讲述一对邂逅在古村的中年男女,他们结伴寻访岭南故居老宅,时空忽似倒置,千回百转终于相见;或讲述在沿海城市跌宕谋生的打工男女,曾目睹恋人惶惶受难最后消失人海,青年便用十年奋斗来找寻失去的恋人和旧日时光……作家专注于描写生活在城市中的各类人群,虽然笔下的人物大多遭遇过磨难,但她有意淡化戏剧性冲突,温和的时光与人性在其中流转,其小说表现出70后小说家对生活细节本身的关注。

旧海棠的首部自传体长篇小说《消失的名字》首发于《收获》长篇小说2020夏卷,后由上海文艺出版社出版。这是一部以第一人称"我"展开叙述的小说,主要讲述了三段与"姓名"有关的故事:"我"的父亲是一个养子,他想认祖归宗,于是把做人养子的姓名改成了自己本来的名字;"我"辍学打工,因为年少尚无身份证,只能使用了别人的身份混入工厂;还有"我"的姐姐,她从小拉扯弟妹,进城打拼后好不容易看到了盼头,却在怀孕时查出了白血病。尽管一家人努力筹集医疗费,但姐姐没熬到移植就病逝了,她的名字也从家庭户口本上消除了。整部作品的叙述时间跨度40年,从一家人的进城及返乡,见证了人的存在与消失、时代的陷落和升腾。

旧海棠的小说有两个方面给人留下深刻印象:一是生活本身;二是女性成长。她的小说虽有一种迷茫又柔软的感觉和气质,但同时又很坚硬,很有力量。读她的小说,总感到有一股很强的现实感扑面而来,这种现实感不是很悲惨的故事,而是充满了大量的细节,这些细节都十分贴近人物和主题,而且是从她的大量生活经验中才提炼出来,所以才如此真实。

第五节　广东小小说的兴起与发展

小小说古已有之,并在信息时代得到快速发展。它的篇幅一般在1500字左右,是既有小说文体的审美要素,又有自身特殊艺术规律一种小说体裁。它的文学叙事的审美要素在中国古代的神话传说、先秦寓言和诸子散文里略见一二。成熟形态的古代小小说在魏晋时代刘义庆的《世说新语》、干宝的《搜神记》里初见端倪;明清时代的《聊斋志异》是中国古代小小说的一座艺术高峰。

广东的当代小小说与全国的小小说的发展一脉相承。新世纪以来,广东小小说和全国同时期的小小说创作一样,在经历了一个马鞍形的"四起三落"的发展态势后,进入到一个蓬勃繁荣的历史新时代。早在1958年,各省的出版社就结集出版了当代小小说"第四起"阶段的优秀作品。广东人民出版社出版的《三报丰收：小小说集》(王细极等著)、《留不住的岳母》(王宝树等著)，把当时人民群众投身于社会主义建设热潮的新生活，做了珍贵的文学记录。①

一、广东小小说的发展脉络

广东小小说在经历了20世纪80年代计划经济阶段的"复苏期"后，在新世纪前后10年的商品经济阶段呈现"繁荣期"；党的十八大以来的新时代是广东小小说的"攀登期"。

1978—1991年是当代广东小小说的"复苏期"。

伴随着改革开放新时代的文艺春潮，广东的文学期刊纷纷复刊，小小说作为能快速反映时代变化的"轻骑兵"，像雨后春笋般，带着新生活的露珠破土而出。一批20世纪40、50年代出生并在各个报刊媒体工作的青年作家及干部作家，如莫树材、何百源、韩英、李济超、林荣芝、陈耀宗、陈桂峰、郑培亮、关宏、立陶亮、张一颖、石磊和卢子生等人都比较早地开启了新时代小小说的创作之旅。1982年，李济超在《羊城晚报》发表《电热器的风波》；1984年，林荣芝在《青年作家》发表《加工》；1985年，陈耀宗在《广东农民报》发表《乐极生悲》……这一批广东改革开放之初反映新时期物质生产和精神生活新变化的最早的小小说，给当时的广东小说文坛带来了一股新鲜气息。此阶段的广东小小说创作尚处在初步恢复期，这一批40后、50后的青年作家可称得上是改革开放初期广东小小说的拓荒牛。②

此期的广东小小说和其他兄弟省相比，有一个鲜明突出的特点，那就是广东的小小说理论和小小说创作相伴而行、齐头并进。一批在广东高校任教的教师，把小小说在中国20世纪80年代的蓬勃兴起作为研究对象，并与大学写作课程结合，发表了系列的研究文章和理论专著。1988年，广东民族学院的吕奎文、郑贱德编著了广东第一本小小说理论著作《小小说创作技巧》(广东高等教育出版社1988年版)；湛江师范学院的刘海涛在中国人民大学出版社出版《微型小说的理论与技巧》(1990年8月)；华南师范大学的诸孝正在陕西人民教育出版社出版《怎样写微型小说》(1991年6月)。这批广东改革开放初期从高校的写作教学中催生出来的小小说理论著作，主要内容是探讨和总结小小说的创作方法和技巧，与在广东各地冒头的小小说创作实践结合还不够紧密。但它们对广东改革开放初期的小小说文体观念的形成，让小

---

① 刘海涛：《历史与理论：20世纪的微型小说创作》，北京：中国社会科学出版社2002年版，第20—23页。
② 雪弟：《论广东小小说》，北京：中国言实出版社2015年版，第3页。

小说从长中短篇小说中分离出来的文体意识已逐渐明朗清晰。

1991—2011年是新世纪广东小小说的"繁荣期"。

进入20世纪90年代后,广东的小小说创作和小小说理论的发展同时进入了"快车道"。在世纪之交的前后20年里,全国的小小说创作有了一个千载难逢的黄金时期,一个文学期刊的数据印证了全国小小说黄金时代的来临。在那20年里,全国拥有的小小说刊物有10家之多,有上千家的报纸副刊给小小说辟有发表园地;《小小说选刊》《微型小说选刊》的月发行总量超过百万份,占据全国所有文学期刊月发行数的"半壁江山"。① 这20年来,广东的"小小说专业户"已达百人以上,写中短篇小说和散文诗歌并兼写小小说的作者也有千人以上。以《羊城晚报》"花地"副刊为代表的各地报刊的小小说栏目,成了广东乃至全国的最重要的小小说发表园地;一些地市级的"小小说学会"和"小小说创作基地"开始挂牌:1995年佛山微篇小说学会成立(2010年改名为佛山小小说学会);2007年,惠州市小小说学会成立;2009年广东小小说联谊会和广州市小小说学会相继成立;由《小说选刊》《小小说选刊》共同授予的"中国小小说创作基地"落户惠州。这些地方小小说组织举办小小说大赛,编选当地的小小说集子,筹办当地的小小说作家研讨会,有效地推进了广东各地的小小说创作。

此期间的广东小小说"专业户",以较好的创作状态,拿出了较高水平的小小说作品,在《小小说选刊》和"小小说作家网"设置的各种小小说创作荣誉称号里创下了出色的业绩。申平当选"小小说八大家"(2001年);牧毫、韩英当选为"小小说十大高手"(2002年);李利君入选"小小说十侠论剑"……申平的《头羊》获《小小说选刊》举办的第九届(2001—2002年度)全国小小说优秀作品奖;《记忆力》获首届(2007—2008年度)蒲松龄文学奖;《市长扶贫》获第四届(2005年度)全国微型小说评选一等奖。李利君的《热闹》获第九届(2001—2002年度)全国小小说佳作奖;朱耀华的《诱杀》、吕啸天的《一根鱼刺》同获《小小说选刊》第10届(2003—2004年度)全国小小说佳作奖;肖建国的《那场大雪》获《百花园》2006年度小小说原创作品奖和第五届(2006年度)全国微型小说(小小说)评选二等奖。在世纪之交的前后20年里,广东作家在全国各大优秀作品评选和各类全国性的小小说赛事中,都有不俗的成绩。

这一阶段广东的小小说理论在数量和质量上也有长足的进步。姚朝文的《华文微篇小说原理与创作》2002年在中国文联出版社出版;李利君的《小小说的90年代后》2004年在作家出版社出版;刘海涛的《微型小说学研究》(三卷本)2002年在中国

---

① 杨晓敏:《小小说是平民艺术》,郑州:河南文艺出版社2009年版。

社会科学出版社出版。广东此期的小小说理论著作,一是在大量的作品阅读的基础上开始构建系统的小小说创作辅导体系;二是能够具体扣住广东及全国的小小说作家的创作实践进行分析和归纳,理论联系实际的系统性和实践性,使得广东此期的小小说理论,引起全国同行的瞩目。

2012—2022年是新世纪广东小小说的"攀登期"。

在新世纪的第二个10年(2011—2022),广东小小说创作进入了群峰竞秀、百舸争流的"文学长跑"和"竞争冲刺"阶段。2016年,广东小小说学会成立,引发了深圳、东莞、潮州、梅州等各地市的地方小小说学会纷纷组建;较多的小小说作家担任各地市的作家协会负责人,对基层文学爱好者的小小说创作能做有序的组织培训,国家全民阅读战略落实到了"地面",广大基层的文学作者的文化素质和创作能力得到了培育和释放。虽然上一个阶段的有些主要作家开始退出小小说作家队伍的行列,或主要改换为其他文体的创作,但此期新一代迅速成长和成熟的广东小小说作家却有了几何级的增长;外省进入广东的"移民作家"也在这块热土"井喷"式地发挥着自己的文学才能。他们开始跻身于国内一流的小小说作家行列,创作的优秀作品可以问鼎国内小小说的各种奖项。申平、夏阳、肖建国、雪弟、刘海涛等获得了中国民间小小说的最高奖"小小说金麻雀奖"。

何百源的《寻找仇家》获第11届(2012年度)全国微型小说(小小说)评选一等奖;肖建国的《爷父子》、韦名的《藏石记》同获《小小说选刊》第14届(2011—2012年度)全国小小说优秀作品奖;海华的《榕树下的酒店》获《小小说选刊》第15届(2013—2014年度)全国小小说佳作奖,《隐形手套》获2014年"廉洁广东行·微小说"征文大赛一等奖。此外,广东小小说的一大批新人脱颖而出:王溱、夏阳、大海、彤子、周齐林、阿社、王豪鸣、陈凤群、陈树茂、陈树龙、陈华清、闫玲月、苏三皮、金帆、陆章建、李罗斌、徐建英、诸葛斌、张利……以他们的新锐作品逐渐引起广东文坛的注意。2009年7月,在广州召开的"广东省首届小小说作家联谊会",第一次把当时最活跃的广东新老小小说作家组织在一起进行交流,激发了一批新老作家,如莫树材、孙树源、葛成石、朱红娜、陈柳金、纪日坚、胡玲、张俏明、刘庆华、徐威和郑燕涛等的创作激情,营造了一种既有老树曝芽,也有新花绽放的文学生态,给广东的小小说带来了绚丽斑斓的艺术生机。

此期的小小小说理论的发展,也有新的业绩和突破。刘海涛2016年在广东人民出版社出版《模型与方法:小小说教程》;姚朝文在2018年出版《微篇小说与中外世界》;雪弟更是出版了《当代文学格局中的小小说》《中国小小说地图·江西卷》《中国小小说地图·广东圈》《深莞惠小小说作家研究》等4部理论新著;雪弟在惠州学院组建了全国小小说研究中心,开设小小说研究课程,组织广东的小小说评论队伍,对广东的小小说作家展开深入细致的研究和评论,使广东的小小说理论真正与小小说创作实践结合起来。广东的小小说理论不再限于高头讲章,而是能落地促进广东小小说向着文学高峰挺进。"惠州小小说大课堂"被中国作家协会立项为"全国文学志愿服务示范性重点扶持项目";广东小小说学会组织了两批重点小小说作家作品的研讨活动,对36位小小说骨干作家做有深度的评论和推介,产生了较广泛的文学影响。在汕尾市作家协会的换届选举中,小小说作家李济超出任主席;梅州市作协成立了小小说创作委员会;河源市东源县小小说创作基地隆重挂牌;广东小小说学会与惠州、东莞、深圳、潮州等小小说地方学会和香港、澳门的文学机构合作,编撰出版《粤港澳大湾区小小说精选》,跨出了粤港澳大湾区文学合作的第一步。一个粤港澳大湾区小小说创作的大板块、大格局正在形成。

二、广东小小说的艺术特点

  2019年11月,广东作协召开的"广东小小说创作推进会",探讨新世纪广东小小说繁荣发展的生态原因。中国作协李晓东在会上说:"广东小小说创作,队伍宏大,创作丰富,质量跃升","是广东文学版图的重要组成部分,显示出集群发展、整体突进的特点,以作家群的态势,出现于中国文坛,也成为岭南文化建设的宝贵资源。"省作协党组书记、专职副主席张培忠说:"全省小小说作家自觉地把现实和时代作为自己观照的焦点,小小说创作已经成为我省文学创作的新亮点,被称为'广东小小说现象'。"[①]

  这次推进会对"新世纪广东小小说现象"的形成达成了四点共识:一是组织健全,倡导者引领得法。会长申平不仅自己带头潜心创作,更是组织和激发广东作家几百人的热心参与,联络和争取到了社会资金和高校学术资源,创办了辅导创作的"线下+线上的小小说课堂",老中青三代作家的创作激情被点燃。二是利用新媒体新出版的特点,开拓了小小说创作传播的多条路径。举办征文赛事,编选年刊年选,与《南方日报》《羊城晚报》副刊密切联系,与《作家文摘》《作品》以及中国文联出版社等省内外知名刊物和出版社合作,开辟众多的小小说发表园地,出版小小说文集文丛;创建广东小小说的微信公众号,开设"小小说粤军:每周一星"专栏……这些新时代的文学传播方式,使广东小小说作品的发表与传播有了多条通畅的渠道,佳作的诞生有了良好的生态与培育环境。三是帮扶机制完善,政府和企业支持到位。省作协领导高度重视广东的小小说创作,在省作协机关安排"小小说学会"的办公机构和场

[①] 资料来源:广州《广东文坛报》2019年11月30日;中国作家网2022年8月11日文学评论专栏推文。

所。惠州市和东莞桥头镇被中国小说学会命名为"中国小小说之乡";企业家李扬辉、贺妙忠解囊相助,设置"广东小小说双年奖""扬辉小小说奖",政府和企业的多方支持与资助,为新世纪广东小小说的健康发展注入正能量推力。四是创作与评论双轮驱动。已有岭南师范学院、惠州学院、佛山科技学院、广东财经大学等高校的学者深度介入广东小小说的创作研究,他们开设评为国家一流课程、并在"学习强国"上线的小小说课程,撰写系列的广东小小说作家评论;带领大学本科学生用课程论文、毕业论文撰写广东作家作品评论;联合中国微型小说学会组织全国大学生小小说创作大赛,小小说成了广东参与"全民阅读"、提高文化素质的国家战略的重要文体。[①]

新世纪的广东小小说显现了下列四个鲜明的特点:

其一,发挥小小说"文艺轻骑兵"的特有功能,从广东改革开放的前沿阵地"零距离"取材,创建体现新时代精神的文学创意。

新世纪的广东小小说,充分利用了广东承担在改革开放"排头兵"的地理优势,敏锐地选取现实题材,直面社会转型中人们遇到的各种现实问题和内心矛盾,充分发挥着比一般长中短篇小说更快捷、更集中地反映现实、反映时代、反映人性的文体优势。这个特点在干部作家韩英身上表现得最突出。韩英20年来创作的1600多篇小小说题材直接源于他40年来的从政生涯。他刻画了秦副书记(《走宴》)、林厚实(《新主任到来之前》)等一批清官形象,他们用机智的方式对官场的"吃喝风""送礼风"作了抨击;刻画了万局长(《万局长下乡》)、齐达官(《齐达官》)等一批贪官形象,几个精彩的细节就把贪官们那种对钱财和权力的贪婪作了入木三分的传神刻画。他还通过各种题材,采用不同的手法一再呼唤"绿色的世界","环保"成为他创作的一个基本母题。韩英的小小说典型地体现着广东小小说那种直接反映改革开放现实生活的强大文体功能。

刘浪的《上不了桌面的桌面事》是中国小说学会评选"2020年好小说"的上榜作品,作品讲述一个下级官员因"畏官心理"而错失了职场进步的遗憾,概括了一些不正常的干群关系中的隔膜和疏离。许锋的《主人公》《教授甲》《造书》等寓言式杂文小小说,根据现实生活中的某些不正常现象,提炼某种杂文创意,再根据这种概括性、深广度很强的杂文创意,创造性地将一些动物形象、动物故事做寓言载体,实现杂文式新小小说文本的立意创建和故事讲述。

其二,在文体形态上努力创新,创造破体和跨体的新形态小小说的文类与文本。

新世纪的广东小小说努力在故事性和新闻性上强化文学性,将"外视角"叙事的故事型小小说,创造性地转型为"内视角"叙事的新文本,将创作关注的外宇宙转向

---

① 广东作家协会编:《广东文学蓝皮书(2020)》,广州:广东人民出版社2021年版,第31页。

内宇宙,深入到人性的深层,让小小说文体形态更为多样和新颖。徐东的《不开心先生》是一篇"破体小小说",一个故事叙述者"我"分裂成两个"我"后的超现实的对话,深刻地揭示出人生中理想与现实、理性与感性的深刻矛盾;概括了人类的内心深处里对灵魂的渴望和拷问。王溱的《摇摇床》是一篇意识流小小说,通过叙述"他"的心理意识和心理幻想来折射"他"与现实世界正发生着的强烈冲突。张俏明的《玲珑醉》《漪翠台》《琵琶怨》是诗化型历史小小说。每篇作品都有一个在现实生活中的出土文物来做展开构思的核心细节。谢松良的《纯真年代》《豆蔻年华》等是散文式小小说,不刻意追求故事型小小说的意外结局、设悬释悬、斜升反转等常用的技法,形成了一种散文化的内视角叙事的鲜明个性和文体风格。吕啸天的《武则天的游戏》《生死交锋》等历史小小说显现了作家清醒的文体意识和创作理念,他擅长于用小小说独特的构思和故事讲述法,塑造汉将霍去病等一批鲜活的历史人物典型,采用精致化的小小说情节模型,创造出一批精彩的历史小小说。

其三,采用各种文学方法,着力塑造小小说中的时代新人。

一批在改革开放、社会转型的现实生活中的外来工和留守者在广东小小说中获得了鲜活的生命。谢松良的东莞工业题材小小说,生动地描写农村外来工来到东莞这个"中国制造基地"时个性和命运的变化。《"杂工"喜子》讲述外来工们所受到的文化教育及能力素养与中国经济发展环境之间的不协调,写出了外来工们在这块热土上如何成长、如何处理职业与爱情,走上一条与改革转型同频共振的人生道路。赖海石的以《番薯的番薯》为代表"乡村系列小小说",鲜活地塑造了一批农村新青年,真实地反映改革开放以来中国农村的社会转型和心灵意识的巨大变化。胡玲的《杯中舞》非常朴实客观地讲述一个两代文化艺人"后浪拍前浪,前浪让后浪"的现实故事。广东小小说人物的个性与类型较为多样;人物命运概括的时代与人性的内涵较为丰富和深刻。

在小小说人物的塑造方法上同样也有许多新技法。刘帆的《孝》,使用小小说特有的"侧写+留白"的写人方法完成典型人物的创造。李利君的《被遗忘原理》《撞翻爱情的鲜花》,在横切的单一故事场面里,连缀30年的历史变迁,在人物命运的描叙中融入小小说的诗情与哲理。大海的《一个人的村庄》写了当今的"新山乡巨变",作品没有展开村民们激烈的"外出与回归"的矛盾冲突,而是用一种诗化的文学语言写出了老祖母对家乡土地的深情,通过深层的看不见的"精神变化"来写出山乡巨变,从内心意识深处来描写人和自然的冲突与和谐,这是大海诗化小小说的出彩之处。

其四,已经出版的50多部小小说的个人专集能充分展现广东小小说作家的各自鲜明的创作个性和艺术风格。

一批进入创作成熟期的作家开始重视"系列小小说"的结集出版,用"小小说专集"来展现自己鲜明突出的创作特色:黄雅青的《99号大院》(花城出版社2021年版)用55篇系列小小说,聚焦广州这个国际大都市里的一个生活小区,汇集了各种普通人的酸甜苦辣的百味人生。陈华清的《带你去看海》(天津人民出版社),透视人性的多样性,感悟生命的尊严,敬畏大自然的壮美。陈树龙、陈树茂的《北门街94号》(团结出版社),用散文的语言、小说的构思,以家乡的父老乡亲为题材创作出纪实性的"家系列小小说"。谢林涛的《江小雪系列四题》由4个500字一则的小小说组合而成。每一则都是一个独立的有"开端、发展、转折、高潮"等完整的小故事,当4则小小说连接起来,就合成了一个有短篇小说容量的故事。系列小小说专集的大批量出版,预示着广东新世纪的小小说创作开始正视小小说的艺术短板,用"集团冲锋"的态势向着文学的高峰攀登。

三、广东小小说的代表性作家

申平(1955—　),国家一级作家,广东小小说学会会长。出版有中短篇小说集和小小说集22部,作品入选各种选刊、选本,连续2次上榜中国小说学会评选的"中国好小说",作品被译成英、日、西班牙文,改编成微电影,进入大中专教材。申平的"动物小小说"创作以其独特的文体意识、较持久的艺术追求、数量较多的优秀作品,形成他区别于其他小小说作家鲜明的艺术个性和创作风格。

申平常常通过动物与人物或冲突或和谐的关系描写来形成"动物小小说"题材的奇特性。《恩仇记》(三题)写百虎围村时虎王对武刚子的报复,写那只曾被武刚子抚养过的虎崽"花花"在人虎最后的终极对峙中终于放过武刚子,这里面的传奇故事动人心扉,将虎与人之间恨与爱、复仇与宽恕的微妙关系写得惊心动魄。

申平的"动物小小说"在人与动物关系的描写中有两种母题:第一类是侧重于动物与人的和谐描写,将人与动物的深情渲染得淋漓尽致。《草龙》《战马火龙驹》等一批写马与主人的那种生死相交、肝胆相照的默契、通灵的关系和故事,足以让人间许多人与人的深情厚谊的情感故事黯然失色。申平"动物小小说"中这一类的人与动物共存共亡的相和谐的故事,实际上是人类爱到深处的纯情故事的写照和升华。第二类主要描述人与动物的矛盾和冲突。《头羊》中那只公羊;《白狼》中的那只老狼,它们对人类某些人的祸害刻骨铭心,那种复仇的方式和故事的结局,将动物对人的反抗、报复写到了极致,这些读后让人惊醒、反思的动物报复行为,有力地概括了人类相互祸害的残酷事实。申平这两类人与动物关系类型的描写,是将人与动物或和谐共处或残酷冲突的传奇故事来类比、隐喻、象征人类社会中人与人的既复杂又微妙的关系。因为有了这样高远的、涉及并涵盖人类本性的立意,使得申平"动物小小说"在故事题材的奇特性上体现出了深刻的人文隐喻和生活哲理。他在花城出版社出版的《马语者》(2021年),从1000多篇动物小小说中精选36篇,鲜明地展现了申平动物小小说的独特文体特征,展现了作家对人与动物、人与自然和谐关系的新认知、新体验和新创意,垒建起了广东新世纪小小说创作的一座艺术高峰。

徐东(1975—),供职于深圳《宝安日报》的媒体人,国家一级作家,深圳市小小说学会会长。出版的长篇小说《旧爱与回忆》获第10届广东省鲁迅文学艺术奖;短篇小说《欧珠的远方》获新浪最佳短篇小说奖;小小说《不开心先生》上榜中国小说学会"2021年度好小说",出版有《大地上通过的火车》和《万物有核》等作品集8部。

徐东的作品属于一种破体的"新式小小说":它没有了传统的小小说情节和人物,呈现的是一种"心灵对话和灵魂拷问"式的小小说文本。故事主人公"我"常常要和一个倾听者、一个描述对象,展开心灵对话。《变化》是"我"与同事"他"就工作和生存展开了一个10年前和10年后的对话。10年的沧桑,使"我"与"他"谈论工作的性质和住房环境的对话内容,发生了巨变。《同事》里的"我"与李更对谈的是:10年前创作、爱情都不成功,10年后李更"圆滑"地适应了环境,李更成功了,而"我"依然原地踏步。《有些话只能与猫说一说》,"我"交谈对话的对象是一只黑猫;《我永远在你的生命里》与"我"交流对话者竟是"梦中的我"……与"我"交流对谈的对象无论是现实的人还是超现实的人,"我"与他们的倾诉交谈,均是普通人在生活和工作、在现实和理想、在情感和理智中所遇到各种矛盾纠结,这种矛盾和纠结已经从具体的人和事中抽象出来,变成了人类情感生活有概括性的"深刻悖论"。徐东的这一类"拷问生命和灵魂"的小小说文本,有具体的事件和人物,有情感变化和突变结局,还使用了和一般的小小说作家很不相同的带上了诗意和哲理的心理式叙述语言。这样的叙述语言使人类追求理想的探索到达了一种生命哲学的高度。

朱红娜(1963—),供职于《梅州日报》的媒体人,中国作协会员,梅州市梅江区作协主席。2012年才开始小小说创作,已有200多篇作品刊发于《羊城晚报》《小说选刊》。连续两次获得广东优秀小小说"双年奖"一等奖,出版有小小说集《没胆人》《归去来兮》。作为在新闻媒体工作的作家,朱红娜的小小说有很强的新闻性,她很善于将现实生活中的新闻故事用文学叙事的方法加以表达,很擅长于从人类发展的历史高度和人性内涵的深度去审视和改造新闻故事。

她的《手语部落》写人类学研究专家约翰逊去调查一个不使用语言而仅靠手语交流的原始部落,突然发现:这个原始部落的人其实是有听力和言语能力的,只是部落的族长要严守千百年来祖上的"不准学语言"的规矩。约翰逊冒着极大的风险一次次地克服困难,教15岁的有语言天赋的埃特学语言,然后通过他再去教其他的族人以及族长的家人。最后族长无法阻挡人心所向,只好哀叹:"祖宗的规矩,要毁在我手里了。"朱红娜把一则新闻改成了一个现代寓言,它的寓意实际上是隐含着现代文明的发展趋势,是任何力量都阻挡不了的。用这个故事来隐喻当今世界的百年变局,创建人类命运共同体的现代文明的发展趋势,也是任何落后的、开历史倒车的旧文明、旧传统改变不了的。

王溱(1981—),一个任职于广州文学艺术创作研究院的80后专业作家。创作发表的小小说已有60多篇被《小说选刊》《微型小说选刊》《小小说选刊》转载,有100多篇作品进入小小说的各种年选或文选。出版过长篇小说《第一缕光》、短篇小说集《触摸尘埃》、小小说集《超乎想象》、文艺理论专著《网络时代的粤剧传播》。她用一种先锋、前卫的创作姿态,在大众化的小小说文本上,追求和实现了一种"小小说的文学叙事"。

她的"小小说文学叙事"有如下特点:一是聚焦于小小说特有的故事内核中的物品细节,用一种情感浓郁的诗化语言作超现实的变形叙事,以《童年》《水的模样》较有代表性;二是她巧妙地在小小说的突变情节里制造一种艺术空白,挟带着某种生活哲理来展开客观叙事,以《离开水的鱼》《世界末日的前夕》较有代表性;三是她很善于用一些成熟老练、内涵丰富的文学语言来讲述小小说故事。

《童年》的表层故事是写一个子女用特殊的方式帮助处在生命倒计时的父亲,不留遗憾地走完生命的最后一程。这个特殊的方式是爷孙和"我"三代人追寻储满童年记忆的玩具。牵系着父亲童年情感的是绿色金龟子,甜丝丝的茅根笛,捕知了的竹弓,还有一个四四方方的绿漆木匣,里面装着"我"的小人书、木头枪、橡皮管水炮、菱角壳哨子……"我"帮父亲"找回"和重现他的童年生活,就开始想念自己的童年了,可绿漆匣子里的玩具被妻子换为了儿子的游戏机、变形金刚、遥控汽车和拼图。三代人的童年玩具,变幻为这篇作品的故事内核,包含着丰富多层的情感信息,烙上了鲜明的时代色彩:60年前父亲的童年玩具是那个小农经济和田园牧歌时代的产物;而父亲替"我"收藏的小人书、木头枪等是改革开放前夕乡村的生活物品;到了儿子这一代的童年玩具则是游戏机等电子产品了。王溱对三代儿童玩具的变迁叙事仅仅是个表层的故事内核和核心细节,深层内容却是一种体现作家才华、蘸满人物情感的文学叙事。王溱是用一个独特的物品细节,让父亲重获了童年时光和生命中温馨的父女深情,用特定的"小小说物品细节"引人感动和共鸣成为王溱小小说文学叙事的基本特征。

肖建国(1970—),惠州惠城区作协主席。从事文学创作和小小说创作20多年,有长篇小说《东江三魂》在《羊城晚报》连载,出版过短篇小说集《男人都是胆小鬼》《惠州奇人》;小小说集《那年大雪》《我们与恶的距离》。肖建国的小小说有很强的故事性和可读性。构思精巧,叙事充满情趣。无论是直接截取现实生活的题材,还是没有年代的历史故事,他常常采用一种"双重隐喻"的叙事方式来展开故事,这种"双重隐喻"有两个特点:

第一,留白延伸式叙述。有时他表面上是有情趣、有节奏地讲某个人的独特言行或某件事的专门知识,而到了故事的结局却省略不讲了,让读者对这个故事的因果结局去发挥想象,补充出一个完整的小小说故事。第二,跨界隐喻式叙述。有时他表面上讲这一回事,实际上又隐喻了不同类别的另一件事,读者可以从这跨界隐喻中,领悟出一种深刻的文学创意。这种表面和内里的双重叙事法,或省略结局,或跨界象征,他的故事讲述充满了别样的韵味和情趣。

《两只蝴蝶》写一对已离婚的男女在分别10多年后的一次重聚。故事叙述人一边叙述两人见面后的各种对话和神态,一边插入两人过去相识相恋,最后分手的往事。表层讲述的故事都是两人回忆往事,突出了两人的不同个性和情感矛盾。但是,在故事的最后结尾,"男人"送"女人"出宿舍时,"女人"帮"男人"重系了一个蝴蝶结状的鞋带。这个系鞋带的动作细节,隐喻着下来将会发生的破镜重圆的可能。这就是表层故事用一个动作细节,含蓄地为读者提供了一条想象的通道。《钓鱼》里的"男人"和"女人"则是另一种家庭关系和爱情人生的走向。"男人"大学毕业后到一家行政单位做办事员,10年过去了仍没有进步;"女人"则从各个方面鼓励"男人"积极上进。"男人"听从"女人"的建议,尽可能地去接近领导;领导喜欢钓鱼,"男人"就买来高级鱼竿去陪领导钓鱼;"女人"发现,"男人"陪领导钓鱼没有收获的原因是鱼饵不行;于是"女人"拿出了自己的看家本领,一方面帮"男人"做成了有诱惑力的鱼饵,另一方面又亲自到"男人"的领导面前去充当"鱼饵"。半个月后"男人"得到了提升。作品表层故事是说"女人做鱼饵",深层故事是"女人当鱼饵",表层和深层的叙事是"跨界"的两个故事,这不同类的跨界故事构成了作品的相互隐喻,塑造这种可悲可怜可叹的"女人"形象,概括了生活中另类的爱情。

夏阳(1974—),东莞城市学院教授,一级作家,广东小小说学会副会长,首届中国微型小说理论奖获得者。出版有《丧家犬的乡愁》《南京的太阳》《丰城纪事》《小小说写作艺术》等创作和理论著作12部。他的小小说集《马不停蹄的忧伤》(吉林人民出版社)里有4组特征鲜明的"系列小小说":

第一组以《捡糖纸》《集火花》《偷邮票》为代表:相同的叙事人物,不同的时空事件,但有相同的情节模型和写作技巧。第二组以《漂白》《流红》《杀青》为代表:不同的作品人物,不同的时空事件,通过不同的叙述方式来表达相同的哲理立意。这个立意可表达为:现代女性在婚前和婚后、在工作前和工作后的共同的宿命。第三组以《保安李小菊》《保姆秀嫂》《奥迪TT》为代表:相同的作品人物,相同的时空事件,但在不同叙述角度下有一个相同的个性化的哲理立意。这三篇写的是一个人物,用了不同的叙述事件和叙述视角,揭示了一个成功的明星女性的真实的生活本相。第四组以《寻找花木兰》《十年》为代表:不同的作品人物,不同的情节事件,但有相同的情节模型和写作技巧。《寻找花木兰》写"我"很敬佩、爱慕花木兰,但最后的花木兰却让"我"难过,无法敬佩和爱慕了。《十年》的故事是10年前"我"作为一个"算命先生"开导了一个想自杀的女青年;10年后这个成长为著名主持人的女青年却要反过来开导陷入生活绝境的"我"这个"算命先生"。这种相同的情节模型和写作技巧证明着"系列小小说"独特的文体审美趣味。

  上述这些广东新世纪的小小说代表作家,他们或者是中国作协会员,国家一级作家;或者是中国民间"小小说金麻雀奖"的获得者;或者是广东地方作协的主要负责人。他们一方面以突出的创作业绩彰显着广东新世纪小小说的创作高度;另一方面又以出色的文学组织才能,从不同的角度推动着广东小小说在繁荣蓬勃的征途中去勇攀文学高峰。

第二十四章　邓一光

第一节　生平与创作

邓一光(1956—)，祖籍湖北麻城。自幼随当兵的父母辗转各地，因此邓一光是一个没有故乡情结的人。军人对孩子的管教总是格外严厉，父母担心课外书给他灌输非主流的思想，幼年的他便躲在被窝里偷偷看父母禁止他阅读的小说。1974年，高中毕业的邓一光离开重庆，到开县插队务农，借着微亮的煤油灯阅览农民和会计家的旧书、线装书。图书为他在贫穷动荡的年代构建了另一个富饶的世界。

1980年起，邓一光开始进行诗歌、小说创作，陆续出版了《我是太阳》《想起草原》《一朵花能不能不开放》《我是我的神》等10部长篇小说，以及《狼行成双》《深圳蓝》等中短篇小说集。对现代历史的得心应手让他的军旅小说别具一格，《父亲是个兵》获得鲁迅文学奖，他成为当代中国硬汉文学的代言人。可贵的是，邓一光的创作从未止步不前或定型僵滞。他不仅在写作领域积极拓疆扩土，而且在生活中勇敢走出舒适区。

2009年，邓一光带领一家老小南下迁居深圳。在这座最为典型的移民城市，作家积极寻求现代城市的特质，依凭写作建立起了个人化的地域情感。深圳缺乏北上广那样丰厚的历史文化脉络，本土的现代性书写也缺乏经验总结，因此邓一光是从这座城市的自然结构入手的，他在访谈中说道："我把深圳当成一座森林，我不可能走遍这座森林，甚至连了解它都是困难的。好在我是这样一个生命，具有想象能力，以及讲故事的欲望，也许我会用我的写作完成一次对'我的深圳'的建构。"[1]游牧民族的血脉让他常常对森林或草原充满向往，对自然有本能的亲近感，所以他的深圳书写便自然而然从南国的"红树林"中发生。2011年元旦凌晨，他从彩田公园桑树、棕榈、苏木等植物的威迫中脱身，回到家中写下了《我在红树林想到的事情》。创作的灵感

---

[1] 魏沛娜：《邓一光：写作是建构"我的城市"》，《深圳商报》2016年6月12日。

和欲望如洪水冲闸,在三个半月之内,他一口气写下12篇关于深圳的短篇小说,从此踏上深圳叙述之旅。① 截至2022年,邓一光共出版了六部深圳中短篇小说集②,共50多篇小说。邓一光认定小说构建的是仅属于他一个人的深圳:"我对深圳生活的个人体验,它们会带有我对这座城市的渐趋认知,这些认知会随着我在这座城市的浸入和写作的落地生根发生变化,可以看作我个人的城市认知史。"③这依靠个人认知史建构的深圳书写,超越了城市文学书写范式。邓一光与南方常绿的植被、四季都开的鲜花、不期而至的台风、海洋的腥味为友。当然,他更关心的是生活在这个空间中的2000万人,他们的生活状态和自我认同差别极大,深圳的超速发展与日新月异,迥异于那些从乡土中漫长脱胎而成的大都市。这座城市呈现的是永不停息的流动,以及多种矛盾构成的旋涡,邓一光就在这种困惑与纷争中探询新的城市美学。

2019年,邓一光出版了以战俘为主角的长篇《人,或所有的士兵》,由现实深入历史。这部长达77万字的小说聚焦1938年到1946年的香港及岭南一带,从一个中日混血战俘的经历讲起,展开对战争与和平、国家与个体、世界与人类的思考,在非黑即白的价值评判外构建复杂暧昧的人性。小说展现真实沉重的历史,在绝境中追寻微光,于2022年获得了吴承恩长篇小说奖等诸多奖项,将中国的抗日书写推到一个与全球接轨的新水准。

邓一光热心关注深圳文学的发展,推出"深圳人系列小说",主编"深圳短小说8大家"文丛、"深圳新城市文学理论"文丛;主持策划"深圳新锐文学(12+1)"文库,并在深圳成立"邓一光文学艺术工作室",带领一帮年轻的深圳一线作家撰写电视剧和电影剧本。温暖的滨海城市以其开放、包容为邓一光带来了新的体验和认知,邓一光的书写积极拓展深圳文学的边界,"新移民"为城市增添新活力。

第二节　作为摹写对象的深圳书写

邓一光是开放的、自觉的写作者,来深圳前就在文学界、影视界具有广泛影响力。硬朗与浪漫交织为他奠定了特定的辨识度,诗歌和女性题材则让他感受柔韧与隐幽。这两副面孔就是邓一光写作的辩证法,诗意在写实的缝隙中荡漾,这对苍茫的草原和

---

① 资料参考邓一光的《消失给你看,或死给你看》,本文为《深圳在北纬22°27′—22°52′》后记,深圳:海天出版社2012年版。
② 《深圳在北纬22°27′—22°52′》《你可以让百合生长》《深圳蓝》《在龙华跳舞的两个原则》,北京:人民文学出版社2021年版。
③ 钟华生:《邓一光谈他的深圳文学理想》,《深圳商报》2011年3月15日。

拥挤的都市同样适用,毕竟,无论何种题材,小说最终要处理的是如何想象人的灵魂。回顾邓一光的创作历程,深圳书写可以说是作家的"中年变法",邓一光与深圳互为闯入者:深圳闯入作家的天命岁月,邓一光携带着丰盈的写作经验闯入青春的深圳。从此他开始与这座城市深度纠缠,近60篇小说呈现他与深圳不写不相识的过程。

现代城市就像蒙面少女拥有多副面纱。40多年来,深圳像吸铁石般吸引着过千万的去年前来寻梦、创业、淘金,也像筛子一样将弱者淘汰出局。邓一光搁下自己最擅长操持的武器,合上历史的黄钟大吕,直面置身其中的这座谜一样的城市,徘徊于都市的密林小径,创业青年、问题少女、花草虫鱼、婚姻难题、事业瓶颈、窘迫、抑郁……这些迎面而来的生活经验。书写五光十色、无奇不有的都市考验一个作家的临场应变能力,而揣摩青年一代的心,以他们的立场来进行第一人称叙事,这对知天命年纪的作者也是颇有难度的。在《你可以让百合生长》中,他大量使用了"亲""腐女""蕾丝边"之类的网络词汇,他由这种时尚的网络语言建立自己的时代触觉;在《深圳蓝》中,他让男、女主角将情感寄托在虚拟的网络世界中。与网络保持深度接触不仅是一种姿态,更是一种观念。邓一光一边写小说,一边写剧本,这都反映了作家更为开放的观念,他并不歧视剧本、网络,而是尽可能地拓展自身经验的边界,利用新技术丰富自己的人生和写作。更贴切地说,作者是保持青春的心理年龄,与身边的城市恋爱。

没有哪个作家像邓一光这样将身处的城市如此隆重地赫然置于标题:《深圳蓝》《深圳细节》《深圳在北纬22°27′—22°52′》,深圳二字犹如魔法让他心心念念。他还将红树林、市民中心、欢乐海岸、万象城等标志性地名一一嵌进标题中,将这座城市变成自己的骨肉:

和内地书写者不同,深圳的书写者至少要多做一件事,回答自己与生活着的这座城市之间的关系,以及自己在这座城市里究竟能写什么和怎么写这样一些令人苦恼的问题……他们更多的是在生存原则和移民符号的命名下,而非写作的意义上,把自己与这座城市联系起来了……你在深圳几乎找不到一个从容不迫的书写者,这其中也包括少数几个城市公共资源的占有者,你甚至找不到一个有理论准备和书写谋略的城市书写的这种潜伏者。

邓一光并未止步于一个"深圳"的文字"制造"者,他像波德莱尔漫游巴黎一样观察深圳,像桑塔格倡导的那样通过暗示和联想来书写深圳这个现代城市的精神。他为修车工人、流水线工人、保洁工人画像,也为问题少女、瑜伽教练、音乐老师、高级技术人才等人物的心灵存照。每个人都是城市的他者,怀揣梦想而来,生活的喘息不能湮灭内心的烈火,每个深圳人都在与生活进行持续的对抗和艰难的和解。现实生活的临摹实写和精神层面的抽象化相辅相成,营造出城市的立体空间。

在《我在红树林想到的事情》中,邓一光试图思考"红树林"属于谁。这篇小说奠定了作家的写作路径:具象与抽象、物质生活与精神家园、人与大自然的藕断丝连。买不起房的"我"与一个拥有房子然而钥匙生锈的土著男人有一场梦幻般的偶遇,不管是作为"新移民"的"我"寻找房子,还是作为原住民的他寻找母亲和母亲的男人们,都隐含着个人在陌生的城市中寻觅精神家园的企图。然而,城市却以毁坏红树林的方式不管不顾地扩张,恰如文中所述:"城市的夙愿就是发达。城市才不管别的,不管谁能不能进入,谁能不能回来……"①英国靠圈地运动率先翻开资本主义的扉页,历史是不依道德意志发展的。深圳的精神家园建设问题不仅是中国问题,也是工业化、城市化、全球化带来的世界难题。

短篇《宝贝,我们去北大》比单纯讲述底层苦难有更大的抱负,小说中不同阶层的欲望互相冲突:富人日益膨胀的欲望与打工者基本的生存欲望的冲突如此昭然。王川夫妇是深圳这个效率至上的城市里无数打工者中的一对:王川是修理工,妻子刚摆脱流水线。叙述视点不断在王川的工作和个人生活中转换,工作时他跟各种名车——上层社会的"宝贝"打交道;而回到家里,他发现自己的宝贝妻子咳嗽得厉害,权衡多次之后决定带她去"北大"(不是大学而是深圳最好的医院)看生殖科。这对夫妻已经到了生育倒计时的年龄,他们把青春和憧憬全献给了这座崭新的城市——这是为光鲜的城市付出人生和激情的基层打工生活的真相。

《离市民中心两百米》处理了不同层次、不同身份的人对新兴城市的情感认同:年轻一代热衷于将自己与城市融合起来,而那个在市民中心打扫了3年零7个月的保洁工人从未走进过市民大厅,这极大地刺激了执意要在城市中心安居的女主人公安洁。市民中心是权力、城市、现代的象征,老人虽然为城市扫走了如山的垃圾,使城市变得清洁、整齐,却无法对这座自己扫净的城市产生认同。结尾年老的保洁工说道:"我只知道,我不是深圳人,从来不是,一直不是。"②这与男女主人公曾经在他国的广场走过时涌出的情感一样。现代生活的疏离经验是保护自我的外壳,使我们产生生活在别处的诗意与淡然,所谓"万人如海一身藏"。

《你可以让百合生长》中的问题少女兰小柯不过是位14岁的中学生,却要面对分裂的家庭。我们的注意力被媒体聚焦的独生子一代的娇宠、自私、自我和留守儿童的孤独问题所吸引,殊不知被父母带到城市的第二代移民承受着更加巨大的生存压力。兰小柯靠着社会的救济生活,用一切肮脏的话语包裹自己脆弱的部分,被生活逼迫着分泌出强大的理性力量支持着自己成长,支撑起这个摇摇晃晃的家庭。音乐的

---

① 邓一光:《我在红树林想到的事情》,《作家》2011年第1期。
② 邓一光:《离市民中心两百米》,《长城》2012年第3期。

引路人左渐将的出现,让兰小宝和兰小柯得到了救赎,他们进了学校的合唱团,并获得了世界大奖。病魔吞噬着左渐将的生命,他却将力量传递给了兰小柯。疗愈故事本身并不新颖,但时代背景为之注入了新意并拥有了写实的基础。

《深圳在北纬22°27′—22°52′》可以视为深圳叙事的标志性成果,中篇讲述一对中产阶级夫妻的生活:丈夫是监理工程师,妻子是瑜伽教练。小说抛弃线性叙事让梦境与现实,夫妻性别互照。如果说监理工程师的压力是由于责任太大、工作时间过长而产生的;那么瑜伽教练,一个每天以修身、修心为职业,给客户上心灵呼吸课的教练何以同样产生巨大的焦虑?从瑜伽职业化、普及化的状况可以窥见,城市不仅盛产可见的垃圾,而且生产无形的情绪垃圾。身心分裂、心不在焉乃现代人最常见的疾病,唯有梦中自我方可显形。监理工程师变成了一匹在草原上飞速奔驰的"照夜白",而瑜伽教练则在梦中变成一只飞舞的蝴蝶,二者皆为自由的隐喻。对于邓一光这样一个将草原融于血液的作家来说,梦想必定跟草原、骏马、蝴蝶等自然意象联系在一起。奔跑和飞翔是生命不能抗拒的诱惑,尤其是对身陷追求速度与效率的大都市的人们。

第三节　作为反思对象的城市叙事

社会学家孙立平曾经以"断裂""失衡"来描述20世纪90年代以来中国的社会结构,广场、地标与城中村的赫然对立一定程度印证了他的判断。乡村与都市的二元对立让我们对打工者的想象逐渐固化:工厂、流水线、加班、拖欠工资、日复一日、缺乏认同……底层文学这个"伪命题"作为一种模式镶嵌进我们的脑海,黯淡无华。深圳包容,敢于提出"来了就是深圳人",虽然还只是理想。"围城"环绕着希望和机会,流动的、斑斓的城市生活尤其是给人自由感,给文学新的舞台和讲述空间。邓一光从中窥见现代的光芒。

《深圳蓝》从台风"贝碧嘉"开始,命运的台风也无情地刮进男主角戴有高的人生:婚姻失败之后前妻李爱带着新男友住着他的房子,却对他毫无眷恋;事业遭遇瓶颈,戴有高靠在游戏《模拟人生》中打发时光,但游戏并未给他带来虚拟的满足。比他问题更多的少女吕东东生硬地闯入他的生活,她就住在他宿舍楼上,某日竟往公共QQ群里发惊悚图片。戴有高和吕东东都有那么一点点"不正常",这种不正常就像一场未及预报的台风,时常会在这座海滨城市一扫而过。小说并没有出示廉价的温情,而是将我们带进风暴中心,让我们自己体验悬而未决的生活常态。邓一光曾经谈道:"好的小说,一定能经得住三个方面的追问:是否具有发人深思和有别于社会主流历史观的个人生命经验;对现实尽可能超越的程度;丰富而独特的想象力。我认为,社会的伦理性要求始终在混淆着小说的可能性诉求,这是所有小说家面对的困惑。没有任何作品不带有作家的主体经验和认知,这些主体经验和认知中,质疑精神、批判意识和对生命存在的终极关怀构成了小说核心的、同时也是最根本的意义。"[1]

如果说乡土文学与熟人社会的温情、忠孝仁义等传统价值息息相关的话,城市文学应该与文明、民主、秩序、富足等现代价值紧密相连,我们需要新的叙述方式来让城市文学具有乡土文学所不曾拥有的叙述向度和现代气质。在邓一光的叙述世界中,男性并不必然具有性别优越感,也不理所当然地拥有女性身体乃至生命的支配权;离婚不会让女性的价值打折,熟女自有其不可替代的个性和魅力。《深圳蓝》中的李爱勇敢地与有房产、高薪的戴有高离婚,戴有高仍愿意将房子留给前妻住以便再续前缘;在《宝贝,我们去北大》《在龙华跳舞的两个原则》等作品中,男主人公虽然处境不如人意,但都非常疼爱女性,对女主人充满柔情:为太太倒水、洗工装、做饭、到阳台抽烟……这些微不足道却熠熠发光的细节重新唤起我们对爱情的信赖,也唤起我们对城市文明的信赖。

邓一光的小说贯注着他对城市的思考,他在《要橘子还是梅林》中写道:"城市的确有一种强大的功能,它被建立起来,建设一座庞大的机器,它需要大量的原材料,就是人。城市吞噬掉成千上万的人,吸取他们的青春活力、智慧才华、贪婪欲望、个人梦想,这是了不起的营养,城市就是这么长大的。"从红树林到香蜜湖,一片树林、一片湖都可能成为青春地标,邓一光试图从叙事空间和人的变化中捕捉深圳精神的变与常:作为一个飞速崛起、扩张、升级、迭代的移民城市,它自身的起跑速度和加速度都有别于其他地方。仅仅40年,深圳的常住人口由30多万增长到超过2000万,而且产业更新目不暇接,以高科技领跑,这就是全球瞩目的"深圳速度"。瞄准速度感,抓住流动性,也就抵达了现代城市的核心。

《香蜜湖漏了》是一个具有强烈回顾、反思气质的作品。叙事从台风中展开,讲述"我"与香港的"蓝八"这对中年情侣的约会,故事眼看着要朝浪漫一路发展,却像台风突然转向,在沉思、沉吟处登陆。当年合租屋子的"十三使徒"来自不同的家乡,带着不同的学历,多数分到了城市化的一杯羹,享受了改革开放的红利,从奋斗者变为成功者。深圳也承载他们的似水年华,"等我们都站在那个被叫作前程的地方,热情已樯倾楫摧,内心满是沧桑",本来"能佐证每年十几个台风源源不断到来的理由的"香蜜湖变得越来越小、越来越不像湖。小说以流行歌曲《光辉岁月》的旋律串起对青春的缅怀与追忆。深圳这片土地上到底凝聚了多少人的"光辉岁月"?本土包租人阿荼努力维护"祖先的热土"却意外丧生车祸,前女友秋千儿如今嫁了英国人,

---

[1] 钟华生:《邓一光谈他的深圳文学理想》,《深圳商报》2011年3月15日。

"过上了幸福的生活",但每年定时都会来这片土地与亡故的他坐一会儿。香蜜湖成为深圳城市精神源泉的隐喻,"我有个奇怪的念头,我认为香蜜湖在漏。它的某处地方与地心连接着,地心里藏着一个偷窃土地血液的大家伙,湖水被不断吸食到它肚子里,这就是香蜜湖越来越小的原因。"①香蜜湖是深圳人青春的元气、梦想、动力和行动的源头。工业园区是现代都市至为典型的配置,南来寻梦的人们来来去去,他们在此付出青春、勇气和梦想。人与城市到底是何种关系?有些人分享了城市发展的红利成为财务自由者;有些人凭借智慧和开创精神创业成为成功人士,无论结果如何,他们无不对青春逝去怅然若失,对奋斗百感交集,对香蜜湖一往情深。

雷蒙·威廉斯以文化研究的视角梳理自工业革命以来英国的乡村和城市关系的演变史,他既对乡村田园牧歌进行祛魅,也对城市进步主义进行批判,让我们知晓城、乡貌似二元对立的概念实际上"是密不可分的,它们同时存在于资本主义经济内部充斥着种种危机的总体发展过程中。"②城市是工业革命改变世界历史的结果,效率追求使现代城市的每个角落都充满机器的轰鸣,噪声见证了混乱和速率的辩证,机器不断地取代人的位置,将人往更深奥更逼仄的空间里赶。从宁静的乡村到喧哗的都市,大规模的位移是我国自改革开放以来最深刻的社会景观,也是这段时期文学叙事所要面对和处理的核心问题。城市的整洁和秩序掩盖了被繁忙遗忘的历史基础,水泥地面阻挡了我们与泥水的亲密接触,朝九晚五的律令取代了花开花落和日月交替,每天的时钟规划了我们具象的生活方式,履历表简化了丰富的人生和自我。邓一光对深圳的摹写与反思是对这种被压缩的人生的细致回放,让人生不同的片段散发出自我独具的气息。

第四节 寻找现代都市之根

持续十几年的深圳书写于邓一光并非同义反复,而是螺旋式上升,不断拓展叙事的广度与深度;同时下沉至幽暗的根部。从"红树林"开始他就用一只眼打量这座新兴移民城市的过往,以多维度的视角对这片土地进行观照。他借人物之口感叹要找一个土著极为困难,也创作过一些以客家人为原型的小说。但这些都不够,他要将笔伸进尘埃深处,深挖这座城市的根。2019 年,长达 77 万字的厚重之作《人,或所有的士兵》出版,引起文坛广泛的反响,可以视为邓一光的标志性成果,是战争题材的"例

---

① 邓一光:《香蜜湖漏了》,《花城》2018 年第 4 期。
② 雷蒙·威廉斯、罗宾·盖布尔:《希望的源泉:文化、民主、社会主义》,译林出版社 2014 年版,第 245 页。

外"。多年的夙愿凝结成的长篇巧妙地回到作家熟稔的军事题材,以崭新的方式对生活世界的追溯寻根,深化了对战争与和平、文明与掠夺、人与国族等宏大命题的整体思考,同时呈现现代性叙事语境中的"弱德之美"。文本在叙事形式、叙事空间和人物设置方面做出了有力的探索,开放的叙事姿态带来视野的开放、音部的开放以及价值的开放,极大地提高了中国战争小说的叙事水准。

邓一光断言:"任何美化都是背叛,所有生存皆为侥幸。"基于此,他选择以战俘作为小说的主角,战俘是战争的出局者、无用者、卑微者。主角中尉军需官郁漱石的身份十分独特:父亲是国民政府国防委员会高级参议,上将军衔,信奉战死沙场的单一价值;生母是几乎不在场的日本女子,构成郁漱石的隐痛;养母尹云英是传统中国女性,子女接连奔赴沙场给她带来难以愈合的创伤。郁漱石得到养母的偏爱,受到良好的私塾教育,沉迷于文艺,但大家庭人员混杂,异母的二姐污蔑他生母为"脏女人",女佣调戏他。养母帮助他赴日留学,他对日本的审美情有独钟,会心于和歌的"优雅纤细""余情幽玄"以及《万叶集》"质朴真挚"的风格,渴望成为博学者、思考者。他的父亲战功显赫,两个哥哥和两个姐姐或战死沙场或勇立功勋。"他们是国家的栋梁,我不是,我的一腔热血只对我自己有用。"[①]郁漱石与家庭环境格格不入,深深地厌倦尘世的一切。养母理解这个专注于内心生活的孩子,在中日关系极度恶化时建议下他离开日本去美国工作,抗日战争开始后他在父亲的命令下回国被动卷入战争,最后不幸被日军俘虏,在位于桑岛丛林的战俘营中度过三年零八个月的囚禁生活,最终绝望自尽。郁漱石所认同的纤细、幽玄及例外之美却经久流传。

《人,或所有的士兵》以国民政府军事法庭的庭审为叙事纵轴,由战俘法庭陈述和庭外调查、供述、举证及旁述为横轴,共同铺陈出郁漱石的生命史以及"二战"中太平洋保卫战的剪影,战争及人们对其的成见均被重新审视。第一页自辩开始,郁漱石就质疑中日战争的开端时间,这掷地有声的质询颠覆我们的固有观念,自动弹出的观念是经不起推敲的,观念亦会随时代更替、史料披露而变化。随着全球化的深入和高科技的支撑,全球史观更多地关注人类文明的碰撞、互动与融合而不是国族文化的冲突、分裂和对抗,虽然,后者的纷争是一直存在而且正在扩大的。

发黄的新安县地图将我们带回历史现场,这就是大湾区的前身,是海上丝绸之路必经的港口所在。作为叙事空间的香港兼具历史与现实的双重复杂性,与主角身份的复杂异曲同工。流动性与现代文明相互伴随,每个人、每块土地都在经受现代洗礼。"二战"时期的香港汇集了英国、日本、美国、印度、越南、菲律宾、苏联等诸多势力。在全球史观的烛照下,真实的历史事件、政府要员、作家与虚构的人物、细节和独

---

① 邓一光:《人,或所有的士兵》,成都:四川人民出版社2019年版,第23页。

特的地方织就饱满的历史感。小说末尾罗列的参考资料显示了邓一光扎实的素材积累。列举的书目并非全部,他为详尽占有素材曾多次出入香港,并得到英国国家档案馆和日本等世界各国的众多档案、文件、视频、影像资料,这为作家想象历史、建构真实提供了第一手资料。非虚构材料导入叙事进程,细至每一天的天气、菜谱、子弹的轨迹和渴望会见萧红最终只能凭吊等内心隐秘的思绪,让作家对人类欲望、命运、战争、民族国家的理性思考有着厚实的史实支持。多视角、多音部的讲述与多重互补互证有力地恢复了主角的生命历程和立体的心灵世界。郁漱石是一位有清洁人格、超迈美学追求的俘虏,他长时间生活在死亡与饥饿的威胁中、恐惧与屈辱的高压下,但是环境并未让原本恭让、软弱的他屈服。在战俘营,善感的郁漱石尽一切可能帮助狱友获得药物,利用自己的外语优势与不同国度的战俘打交道,他能够与日本长官饭岛讨论超现实主义绘画,能够与妓女谈论喜怒哀乐,也帮助控制俘虏营的管理者从老家那边弄到紧缺物资。对初恋情人的执着和对从未谋面的生母的牵挂成为他活下去的全部动力。最后他留给生母的信中提及的遗物是"飞舞姿势的蝶蛾"标本和植物的种子,以及一些不曾使用的名字。这几样毫不相干的事物勾勒出一颗向往自由的灵魂,蝴蝶在文学历史上有极为丰富的意蕴,也是邓一光十分钟情的意象。作者借此伸张了一种超越国族利益的和平愿景,捍卫梦境,捍卫每个个体的心灵价值。

相比于革命历史小说,20世纪80年代现代化叙事整体上倾向发掘英雄身上普通人的色彩,在对宏大叙事的反叛中,莫言歌颂人压抑不住的生命力,敞亮在官方之外广阔的民间;余华发现农业文明培育出汉民族的植物性与承受力,"好死不如赖着活"。邓一光不愿意将生活降低为苟活,他关心人的活法而不是物化,致力于呈现人性的价值和意义,无论身处何种境遇,人还有心中那一点念想与梦。《父亲是个兵》等作品歌颂战士的阳光、侠义与血性,又将战地上叱咤风云的将领还原为普通的"士兵"书写他们的爱恨情仇,他们的理想、血性、家国情怀与个人的贪婪、私怨、情仇均是人性的呈现。邓一光书写每个人对自我的捍卫与守护,在内心的方寸之间存有一份独特的光辉。如在《风很大》中他写道:"她希望有力而深刻地生活,在日后宣称自己真实地生活过,但不曾做到……"在许多作品中,人物都执着于梦,梦乃是被现实压抑的生命力和创造力。

《人,或所有的士兵》的主角郁漱石身份殊异,父亲为国民党军官,母亲和恋人均为日本人,敏感、脆弱和特殊的人生际遇让郁漱石更自然地亲近与他同时代的女作家萧红和张爱玲,她们均从民族国家的整体语境中逸出,将笔锋对准个人记忆和创痛。流离失所的萧红在炮火声中的香港浅水湾病故,却用病弱之躯为我们留下纯真美好的回忆空间——儿时跟随祖父劳作的后花园,她以与男性作家截然不同的方式书写故园;张爱玲在《烬余录》中透露:"香港之战予我的印象几乎完全限于一些不相干的事。我没有写历史的志愿,也没有资格评论史家应持何种态度,可是私下里总希望他们多说点不相干的话。""不相干"可以看成理解张爱玲的关键词,《色戒》以进步女学生王佳芝投身革命为题材,刺杀只差临门一脚,张爱玲却让她为爱情而死,这是对革命加恋爱叙事模式的反转。

音乐旋律成为邓一光调动听觉、构筑空灵之境的重要手法。音乐能超越语言的局限,如彭斯的《友谊地久天长》能够风靡全球,被不同语言的族群欣赏、传播。《人,或所有的士兵》字里行间流淌着德沃夏克关于离别的音乐,美国奥特威以英文填写《梦见家河母亲》,犬童球溪以日语填写《旅愁》(这也是恋人加代子喜欢吟唱的歌),李叔同用中文写出《送别》,这些歌曲的全球化说明人类对离情有共鸣,美可以跨越语言、民族、国别的界限。而丑恶的战争正是引发生离死别的罪魁祸首。作者深知历史的钟摆总是在战争与和平中摇晃,"正如热爱和平是人类最基本的传统一样,热爱战争同样是人类难以割舍的另一个传统,人们不是什么时候才能学会互相妥协、容忍宽大,而是注定了要为此付出一代又一代的努力,或者终究没有这种可能。"①事实上,绝大部分战争都披着和平的外衣进行。战争与和平都来自根深蒂固的本能,如伯恩斯坦对恶的研究:"我们永远也不要低估我们基本冲动和本能的力量和能量,也不要低估精神矛盾的深度。我们永远不要自欺欺人地认为我们的本能性破坏能力可以被完全驯服或控制住。我们永远也不要忘了,所有不可预期的偶然状况都可能释放'野蛮的'攻击性和毁灭性能量。"②"我们无法预料恶在将来会以何种新形式或变体出现。"③鲁迅早就发现历史的字里行间是"吃人"二字。面对"二战"复杂的国际局势,面对国民党、共产党和日本三种错综复杂的主要力量,郁漱石"对一切都很茫然",渴望治愈环境却被环境压垮。郁漱石丰富的心灵与钟情于诗的日瓦戈医生精神相通,成为文学史上独特的人物形象。

每片繁华的土地都曾是沙场、废墟,埋有遗骸,历劫难后新生。面对从未彻底消停的战争,文艺何为?《人,或者所有的士兵》深入历史的腹地,从现代性的纷争、矛盾与合力中寻求大湾区的根基。写作并不是为现代城市光鲜外套大唱赞歌。文学不能抵御历史的寒冷和时代的困境,但文学能让蝶蛾生出翅膀,让种子再度发芽。邓一光以赤子之心写下他对深圳的爱,对现代城市的探询、理解、反思与希望。

---

① 邓一光:《人,或所有的士兵》,成都:四川人民出版社2019年版,第731页。
② [美]理查德·J.伯恩斯坦:《根本恶》,王钦、朱康译,上海:译林出版社2015年版,第195页。
③ [美]理查德·J.伯恩斯坦:《根本恶》,王钦、朱康译,上海:译林出版社2015年版,第274页。

第二十五章 报告文学

　　进入新时代，广东报告文学继续发扬紧跟时代脉搏、紧贴时代发展的主题，新世纪多元化的趋势在报告文学领域里持续发展，同时伴随信息爆炸、传播载体的不断变化，报告文学与传播媒体的互相匹配及创新优化也在不断推进。新世纪之后发生了南方雪灾、"非典"，2020年又发生了新冠等几次重大灾害，广东作家张培忠、熊育群、许锋、徐南铁、周西篱等都投入到灾难书写中，不仅表现出对历史大事件的集中关注与高度责任感，同时也在创作中深刻反思，使作品走向人文关怀的深处。同时，广东报告文学在人物传记书写中也拿出不少全国瞩目的好作品，如陆键东的《陈寅恪的最后20年》、张培忠的《文妖与先知——张竞生传》、陈启文的《田间逐梦——共和国功勋袁隆平》《血脉——东深供水工程建设实录》等。这一阶段的广东报告文学多元发展，在改革开放30年、40年的时代主题下涌现了许多重量级的报告文学，尤其是2020年2月出版的《奋斗与辉煌——广东小康叙事》，不仅是对广东改革开放40年的奋斗历程的回顾，更是对整个国家这40年发展的辉煌历程的叙述；而陈启文的《血脉——东深供水工程建设实录》，则是中国第一部全景式展现东深供水工程建设的长篇报告文学，是倾情抒写新时代的"国之大者"。此外，广东报告文学队伍中亦有特别关注科技成果的作者，比如出版了长篇报告文学《为苍生而战：李朝龙医学传奇》的西篱，在《十月》杂志与中国科协合作开辟的"中国科技工作者纪事"专栏连续发表《精神之灯照彻世界》《弦与光》《一生的战争》《黄金的季节》《子不语》等作品，曾连续两届获中国传记文学优秀作品奖。传记文学写得比较好的，还有胡子明著、花城出版社出版的《欧阳山全传》。该书作者曾任欧阳山秘书和创作助手达8年之久，掌握了大量第一手资料，经其努力撰写的《欧阳山全传》，既真实又生动，称得上是一部内容厚重，在史料上有新的发现，在传主的思想和精神上有所开拓，并将历史烟云与时代波澜深度交融，因而是一部展示欧阳山的生平及文学创作最全面、最权威的传记，是一部兼具文学价值和史学价值的名人传记。可见，在新时代，广东报告文学展现出了时代感、使命感、大格局、高站位；宏观视野、细微落笔等鲜明特色。尽管新的时代里碎片化阅读成为主要模式，长篇报告文学却反而更受期待，以其既全景式又快节奏的特点满足读者的需求。纪实文学的基础是新闻与文学的结合，但深入到内涵则要求是能震撼心灵、燃烧情感、愉悦审美的作品。从某种意义上说,纪实文学一直是一个开放性的新文体,它永远在人们的认识与实践中不断调整,臻于完美,在当下这个时代则更要求它的融合与创新。新时代十年,广东报告文学界的杨黎光、张培忠、陈启文、李兰妮、黄灯、丁燕、曾平标、刘迪生、喻季欣成为全国报告文学队伍里不容忽视的粤派力量。

第一节 抗疫叙事:"非典"与新冠

新世纪以来,广东面对许多挑战,其中2003年的"非典"疫情与2020年的新冠疫情最为严重,在两次抗击疫情的实际战役以及报告文学的书写记录中,广东都拿出了相当亮眼的成绩。一方面广东力量全面报道抗疫事迹;另一方面深入科学、自然、历史等层面与病毒"对话",与瘟疫"接触",展现出报告文学独特的思想深度。

一、面对灾难的在场叙事

两次抗疫叙事充分说明了在重大的公共事务面前,广东作家没有缺席,报告文学没有缺席。抗击新冠疫情伊始,2020年2月10日,广东省作协就发出了《关于全省文学界组织"以笔为援,抗击疫情"主题报告文学创作》的通知,要求由各地级以上市作协、省作协各分会、各行业作协动员、组织会员作家,利用工作便利,就地取材,采写主题作品,并且由省作协文学院指导相关采写创作。此后,张培忠、许锋创作的《千里驰援》发表在《人民日报》;熊育群、西篱、宋晓琪、张红霞、唐德亮、李迅、曙光等人的抗疫作品相继发表与出版。回首2003年在抗击"非典"的过程中,省政府、省作协也组织大批作家深入一线进行采访写作,集体写作。如由多名作家共同创作的报告文学集《守护生命:来自岭南抗击非典第一线的报告》;伊始、郭小东共同创作的《白色方队》;徐南铁的《"非典"的典型报告》以翔实的采访调查,全景式地再现了"非典"在广东从出现到暴发直至影响全国的历程,以及政府、媒体及公众面对这起突发公众事件的反应与积极响应。在政府的号召下,包括《欧阳海之歌》的作者、74岁的著名老作家金敬迈,两次全国优秀短篇小说获得者吕雷,第一、第二届鲁迅文学奖(报告文学)获得者杨黎光等都加入了抗击"非典"的采写,正是全省报告文学创作的努力,才使得每一次抗击疫情的事迹都被深情书写。

二、成功塑造典型形象

在成功的纪实文学中,比如现当代报告文学《包身工》《谁是最可爱的人》《县委书记的榜样——焦裕禄》等经典作品中都有成功的典型人物,这些人物的审美价值、人文意义已经告诉我们纪实文学不是不可以表现典型,相反,在特殊题材创作尤其是人物纪实文学中,如何完成纪实性典型塑造,是纪实文学的重要使命。人物书写的角度、细节的选择、环境的匹配都能使纪实人物形象更加鲜明,立体可感,也更能打动读者。俄国批评家别林斯基曾说:"创作的新颖性——或者,毋宁说创造力本身的最显著标志之一,即在于典型性。假如可以这样说,典型性就是作家的徽章,在真正有才能的作家的笔下,每个人物都是典型。"①抗疫战斗中,所有的医护人员都被厚厚的防护服遮挡了面容与身躯,那是保护他们隔离病毒的屏障,那也是他们抗疫期间身为白衣天使的白色盔甲。报告文学作家通过文字为医护人员们脱下沉重的盔甲,摘掉窒息的口罩,精准、细致地为读者呈现了感人形象。金敬迈笔下的《好人邓练贤》感人至深,主人公邓练贤奋战在抗击"非典"第一线最终牺牲在岗位上,吕雷的《巍峨的脊梁——钟南山启示录》记录了在"非典"中钟南山院士临危受命,救治病人,探寻病因,寻找救治措施的过程,详细描写了钟南山院士抗击"非典"的坚定决心与卓绝努力。

三、彰显鲜明的广东特色

从"非典"时期的《护士长日记》到新冠抗疫的《千里驰援》等作品,在纪实文学的高光书写中,全国读者也在特殊的环境里更深刻更全面地认识到了广东力量。如张培忠、许锋的《千里驰援》就是最早发表在《人民日报》"大地"副刊"抗疫一线的故事"纪实文学专栏的作品。熊育群的《苍生之上:钟南山》,写出了中国人面对疫情的科学力量、人格力量以及精神力量。整部作品情节紧凑、细节动人,但又保持住了纪实文学的写实、客观、全面的报告本色。西篱的《庚子年广东战"疫"》《后方亦是战场》也是抗疫纪实文学中难得的"科学抗疫"的组成部分,其中《庚子年广东战"疫"》全面书写广东疾控如何面对抗疫挑战;《后方亦是战场》写杨杏芬教授带队的南方医科大学师生的抗疫事迹。

---

① 《论俄国中篇小说和果戈里君的短篇小说》,载《别林斯基论文学》,上海:新文艺出版社1958年版,第120页。

长篇报告文学《护士长日记》是记录反映"非典"的众多报告文学作品中极为特殊的存在,其作者张积慧非专业作家而是一位护士长,作品源自她工作中的亲身经历。张积慧2003年2月担任该院"非典"病区护士长。在"非典"期间以自己的切身工作体验创作了长篇报告文学《护士长日记》。作为一名亲身参与"非典"救治的医护人员,张积慧的作品经历真实、情感真挚、语言质朴,通过她这样一位一线战斗者的笔,广州市第一人民医院在抗击"非典"的战斗中团结协作、勇于奉献的集体面貌呈现在读者面前。在这部作品的扉页中,作者引用了一段希波克拉底誓言:"无论何时何处,无论男女老幼,无论高贵与卑微,我之唯一目的,为病家谋幸福。"[1]这是医护人员的誓言,在这部作品中则具体可感地由每一位医生、每一位护士践行,他们坚守岗位、救死扶伤,貌似平凡的故事里蕴藏着不平凡的精神。

张积慧以日记体、第一人称视角书写,记录自己在一线抗击疫情时看到的人与事、经历与感受,这部作品最打动人的品质就是真实、就是还原。"我简直不敢想象从昨天下午到今天仅用了七个多小时的时间,这些体重只有四五十公斤的姑娘,哪来那么大力气,把将近二十倍于自己体重的各种物品从不同的仓库,搬回到现在的五楼,各组成员把领回的物品归类,并整齐有序地摆放好。"描写生活文字朴实,语言没有过多修饰,但年轻护士超负荷的辛苦就在眼前。该作品最初刊登在2003年4月15日《人民日报》第五版,一经登载便感动了成千上万的读者。最终出版时附上了大量照片、评论,图文并茂,使读者通过阅读作品仿佛置身病区,这就是真实的力量。同时,这部作品的成功也昭示出在一个人民群众普遍文化水平提升的时代里,报告文学的创作也许会更加多元,特殊的作品场域中在场性、真实性压倒了专业性,当然也对报告文学的书写提出了更多拷问。

2020年3月2日,《人民日报》"大地"副刊开设"抗疫一线的故事"纪实文学专栏,组织约请知名作家倾情采写创作,记录中国人民同舟共济、共克时艰的动人事迹和顽强精神。开栏第一期,率先推出的就是张培忠、许锋的纪实文学作品《千里驰援》,讲述广东援鄂医疗队的事迹。全文分成七个部分。是速写,也是特写,有群像也有个体。第一部分用白描的手法写了钟南山奔赴武汉,确定疫情的危急与险恶;第二部分用新闻笔法写除夕之夜奔赴武汉的广东医疗队133人,每个医务工作者都是咬紧牙关克服困难踏上征程;第三部分写在广东医疗队接管汉口医院之后迅速有效地完成了隔离病区、接管病人,其中特写了换氧气瓶的细节;第四部分写中山大学附属第一医院援助武汉医疗队以重症床旁超声技术抢救突发气胸重症患者的成功案例,分秒必争的抢救过程如同惊心动魄的电影,最后写了医生一口气喝下500毫升果

---

[1] 张积慧:《护士长日记》,广州:广东教育出版社2003年版,第35页。

粒橙,这是穿着防护服高强度工作透支身体之后的安慰;第五部分通过扎针的小细节写医患之间的互相体谅与信任;第六部分写持续奔赴前线的专家、中医;最后一个部分写了武汉2月14日的大雪,留下一个充满期待的结局。作为"文学轻骑兵",纪实文学必须满足时效性的要求。这篇《千里驰援》在3月初见报,可见完成资料收集、人物采访、构思创作的迅速。同时,纪实文学又要有区别于新闻报道的文学性,《千里驰援》的细节描写非常到位,使得一篇副刊长度的纪实文学很有说服力,全文虽然分七个部分,却清晰而不破碎,每个部分既自有面貌又相互连缀成一个整体。此外,这篇纪实文学在客观描述的基础上仍有深沉的人道主义情感,"岂曰无衣,与子同袍"的感情处处可见,在描写广东医疗队奉献精神的同事,也呈现了广东作家的大爱精神。可以说,张培忠、许锋的《千里驰援》是非常标准的既有时效性又有艺术表现力的纪实文学作品,为整个广东文学界抗疫纪实文学的书写开了个好头,也和广东援鄂医疗队一样,在抗疫战斗中站到了最前线。除了《千里驰援》,张培忠在2020年5月份发表的《洛城战"疫"》从另一个特殊的角度展示了全球华人抗击疫情、万众一心的感人精神。文中洛城是指洛杉矶,文章分六个部分讲述在洛杉矶的华中科技大学校友为国内捐助抗疫物资的感人事迹。彼时国内疫情突然暴发,身处国外的华人群体即刻组织起来捐款、采购、运输,每一个细节张培忠都挑选了最具代表性的情境与人物,将"祖国是全球华人的坚强后盾",全球华人与祖国同心协力抗击疫情的过程写得紧张、动人,传递出深厚的情谊。不管是写国内的《千里驰援》,还是写国外的《洛城战"疫"》,都是用同一支笔,但从不同的角度出发展示中国人抗击疫情的决心与力量,国内或海外、武汉或各地,在张培忠的笔下,人们看到一个全球华人同舟共济、共克时艰的感人画面,这画面是真实的当下,也是真实的历史,被书写被铭记。

第二节　奋斗与辉煌:建设小康社会与脱贫攻坚

新世纪以来,中国在改革开放的路上不断收获成绩,数十年改革开放的辉煌更是持续鼓舞着人们继续向前。书写小康建设的辉煌成绩、改革开放的风雨前程,是人们铭记历史的方式,也是认识自我的过程,实现全国脱贫,脱贫攻坚则是这伟大的时代精神的最佳诠释。纪实文学的诞生从本质上说,是因为人们有了更明确的主体性,有了对自身的主体认识的要求。茅盾当年就谈过报告文学诞生的"机缘":"每一时代产生了它的特性的文学。'报告'是我们这匆忙而多变化的时代所产生的特性的文学样式。读者大众急不可耐地要求知道生活在昨天所起的变化,作家迫切地要将社会上最新发生的现象(而这是差不多天天有的)解剖给读者大众看,刊物要有敏锐的时代感——这都是'报告'所由产生而且风靡的根因。"①广东是改革开放的前沿阵地,多年来,关于改革开放的书写佳作纷呈:杨黎光的《中山路——追寻近代中国现代化的脚印》,张培忠总撰稿的《奋斗与辉煌——广东小康叙事》,陈启文的《为什么是深圳》,丁燕的《岭南万户皆春色》,徐南铁、陈桥生的《南方,南方》,林雄的《追龙记——广东追赶亚洲四小龙之路》,叶曙明的《最是梦萦家园:霍英东与改革开放》,陈彤彤的《大梦先觉》,张胜友的《珠江,东方的觉醒》《东莞:城市传奇》,黄浩的《路是这样走出来的——岭南改革开放风雨》,傅加华《深圳记忆》。此外还有李春雷的《木棉花开》,涂俏《袁庚传:改革现场》等都是其中的佳作。"习近平总书记指出,奋斗是幸福的,奋斗也是艰辛的,长期的,曲折的,没有艰辛就不是真正的奋斗。而奋斗精神之所以可贵,就在于越是面对困难和矛盾,越能激发出非凡的力量。这样的力量需要被记录、需要被书写,需要被礼赞。"②这正是纪实文学作者肩负的神圣职责。纪实文学只是载体,实际呈现的是作者对社会生活的观察、认识与思考,而这些都应该是以文学方式呈现出来的理性思考的结果,这样的纪实文学才能对社会产生积极的意义。

由张培忠总撰稿,喻季欣、黎衡、姚中才、王十月、何龙、刘鉴、陈启文、盛慧、李焱鑫、曾平标、王威廉、陈风等12位广东作家参与撰写,花城出版社推出的四卷本、百万字的《奋斗与辉煌——广东小康叙事》,是国内第一部全景式、史志式记录小康工程的气势恢宏的纪实文学,是广东现实主义题材创作的重要收获。

这部作品以"全面建成小康社会"为主线,分为四卷。第一卷"百端待举"(1978—1991);第二卷"风生水起"(1992—2001);第三卷"攻坚克难"(2002—2011);第四卷"逐梦飞扬"(2012—2020)。全书内容围绕政治、经济、文化、社会、生态五大方面,各有侧重又互相呼应,点面结合,重点突出。全书结构均衡,体例统一,将物质文明与精神文明的全面建设、民众生活的方方面面,衣食住行吃喝拉撒全面涵盖,也正是因为处处彰显人文关怀,全面文明,才能证明是真正的"小康"。广东曾经被称为"文化沙漠",被视为只有暴发户,没有文化,可实际上在全面建设小康社会的过程中,有了经济保障,文化小康也同步推进。这部作品特别注重从讲述老百姓故事的角度来书写"文化小康",也在"艺海拾贝""美在花城""奋进新时代"等章中,集中记录40年来广东在流行音乐、影视、报纸杂志、时尚审美,以及读书驿站、图书馆建设、文博会、南国书香节等方面的成就。除了"首届羊城青春美大赛",坚持至今的每年一度南国书香节,以及《午夜谈心》电台节目关于婚姻、爱情与性的故事,借此告诉

---

① 茅盾:《关于"报告文学"》,《中流》1936年第11期。
② 《人民日报70年报告文学选·前言》,北京:人民日报出版社2018年版。

外界:广东作为改革开放的先行地,作为全面建成小康社会的实践者,它不仅仅是中国经济的领跑者,它也是人们思想观念转变、提升文化品位和精神维度的引领者。这部书尤为可贵的是鲜明具体地提出了"广东精神",将其定位为"敢为人先""开放兼容,务实进取""不安于现状,不愿意小富即安,而是敢于冒险,勇于不断开拓""用创新赢得未来,用创新引领小康"。

《奋斗与辉煌——广东小康叙事》之所以值得称道,还在于它没有一味唱赞歌,而是以冷静、客观的态度,理性看待广东奔小康途中的一切问题。作品伊始,选择从大逃港开始写就是一个大胆的选择。作品还用一章专门写腐败,用一章写改革过程中的"资本凶猛",还写了劳资纠纷、工厂倒闭、工人罢工等等"负面"事件。不仅歌颂成绩,还能直面现实,用发展的、辩证的眼光,真实地记录广东奔小康途中的各种矛盾,这是《奋斗与辉煌——广东小康叙事》最为可贵之处。作为时代的文体,优秀的纪实文学作品一方面必须具有丰富鲜活的时代生活、引人奋进的主题和令人心动的旋律;另一方面它又必须是真实的、客观的、科学的。唯此它才有可能成为"信史"。从这样的高度来要求,《奋斗与辉煌——广东小康叙事》是完全达标的。

除了这些具体的小康建设的书写,这部作品还自觉超越一般的纪实尝试从更高的层面完成社会学意义上的纪实,从概念上厘清"小康",使得广东省的小康叙事超越了广东,呈现的是国家层面对这段辉煌历史的回溯:在党的十二大,首次把"人民的物质文化生活可以达到小康水平"纳入报告内容。党的十七大进一步明确提出"总体小康"的目标。2012年11月,在党的十八届一中全会后的中外记者见面会上,习近平总书记一连用了10个"更",不但描绘了中国小康的蓝图,而且指明了小康的进阶之路。至此,从"建设小康"到"总体小康",再到"全面建成小康社会"。从工业现代化、农业现代化、国防现代化、科学技术现代化的四个现代化到具体的小康梦想。"'小康'既是社会的初级生活状态,也是大同高阶社会的愿景;既是物质上的小康,也是政治的、经济的、科技的、文化和精神上的小康。小康与大同,共同筑构了中国梦和人类之梦。"正如陈剑晖评论这部作品时写道的:"《奋斗与辉煌——广东小康叙事》是盛世中国在珠江畔敲响的黄钟大吕,是广东文学在新时代诞生的一部现实主义题材的扛鼎之作,也是广东作家自觉传播先进文化,自觉为改革开放大业著书立传奉献的一份文学厚礼。广东全面建成小康社会,在全国具有示范意义,其地位、作用和价值是不可取代的。从这一意义上说,广东小康建成史既是广东的,更是中国的,世界的。"[①]

[①] 陈剑晖:《追梦小康与广东精神的壮丽华章》,《中国当代文学研究》2020年第2期。

第三节　张培忠与陈启文

张培忠(1965—　)，广东饶平人。文学学士,高级管理人员,工商管理硕士。广东省作家协会党组书记、专职副主席,兼任中国作家协会全委会委员、中国报告文学学会副会长。长期在广东省教育厅、中共广东省委组织部工作。业余坚持文学创作,从1987年起开始发表文学作品。迄今已发表小说、报告文学及文学评论近200万字。主要作品有长篇纪实文学《文妖与先知——张竞生传》《海权战略——郑芝龙、郑成功海商集团纪事》;报告文学集《人比月光美》《永远在路上——一个农民的一生》;文学评论集《批评的实验》(合作)等。并担任四卷本、100万字的大型报告文学《奋斗与辉煌——广东小康叙事》总撰稿;主编并出版十卷本《张竞生集》。其中,《文妖与先知——张竞生传》于2008年在北京三联书店出版后,在读书界和文学界引起热烈反响,获第八届广东省鲁迅文学艺术奖,被改编为30集电视连续剧《铁血兄弟》在央视八套播出。《海权战略——郑芝龙、郑成功海商集团纪事》获广东省第九届精神文明建设"五个一工程"优秀作品奖。

发表于1992年的《师魂——特级教师丁有宽的道路》,开启了张培忠报告文学的创作之路。作品以整版篇幅刊登在1992年6月20日的《南方日报》上,后收入由广东省作家协会编、2018年出版的《辉煌40年:广东省改革开放报告文学集》。《师魂》以特级教师丁有宽为书写对象。他是一位乡村教师,却心怀祖国教育大业。他独创"读写结合五步系列训练"教学新体系,出版《小学语文读写结合法》一书,被授予"国家级有突出贡献专家"称号。《师魂》虽属初试锋芒之作,却显示了张培忠在报告文学方面的创作才华。这就是贴着人物,抓住人物的个性特征,通过人物的语言、动作、心理活动和生活细节,多层次展现传主的性格及丰富的内心世界。比如丁有宽从北京载誉归来,省领导问他有什么要求,他竟然说"我要当主任,我要当科长"。这就活脱脱勾勒出丁有宽既坦率真实,又勇挑重担,希望有更大作为的性格特征。而作品结尾的"翠亨村之夜",则从多个角度写出了丁有宽在荣誉面前的心理活动。由于写出了人物独特的语言、性格特征和心理活动,这样《师魂》便显得有血有肉、具体真实。

出版于1995年的《人比月光美》,是改革开放以来第一部全方位透视广东普通教育事业发展方方面面的报告文学集。张培忠曾经在《广东教育》杂志工作多年。由于工作的需要,他接触过大量的教育工作者,深深为他们的奉献精神和高贵灵魂所感动。于是,他创作出了一系列报告文学作品,从各个侧面讴歌这些平凡而高贵的教育工作者。其中,有负责教育管理的国家公职人员,有作为典范的特级教师,也有原本默默无闻的基层乡村教师。尽管工作有别,级别不同,他们都承担着传道授业解惑的任务,有的更是将自己的一生都奉献给学生。张培忠无意夸大这些教师的功勋,他们有的其实连典型都称不上,其所处环境的教育资源和对象也各不相同,但作者从独特的视角,发掘出每一位主人公身上可贵的素质,这就是倾情投入、无怨无悔,像小草献身大地那样献身祖国的教育事业。可贵的是,张培忠在看到成绩,在讴歌教育工作者的同时,也写了他们生存的困境,以及当下教育界面临的一些问题,并将其真实地记录下来。如此,《人比月光美》便不仅仅是一部献给广东教育工作者的颂歌,而且是一部观察敏锐细致,思考独到的中国与广东的教育忧思录。

40万字的长篇人物传记《文妖与先知——张竞生传》,既是张培忠纪实文学创作的新起点,也是他在这方面的新突破。这部优秀作品的出版,是我国传记文学的重要收获。《文妖与先知——张竞生传》以被视为"文妖"与"异类"的张竞生为传主,他曾经是留学法兰西的哲学博士,北大教授,我国第一位翻译卢梭《忏悔录》的译者,却因征集出版《性史》一书,又是我国发起"爱情大讨论"第一人,于是,在国人眼中,张竞生成了"性学博士""异类",甚至是一个"神经病""大淫虫""民国文妖"等等。《文妖与先知——张竞生传》不仅真实展现了张竞生茕茕孑立、命运蹇促、大起大落的一生,而且还将笔触伸向历史的暗角,从更深层次揭橥出张竞生命运悲剧的根源。作者紧紧抓住"特立独行,敢作敢为"和"至情至性"的浪漫情怀这一个性特征,从外貌、性格、思想观念到灵魂,对张竞生进行了全方位、多侧面的立体描绘。不仅如此,《文妖与先知》在塑造人物时,没有将人物简单化、脸谱化,而是尽可能写出人物的优点和缺点,即写出人物性格的复杂性和多面性。特别描述他与同时代的许多大人物和"幸运女神"屡屡擦肩而过时,既有惋惜,有伤怀,有不平,也有对时代与社会,对历史文化和现代的教育、学术体制的拷问。这样,透过张竞生这个"失败者",这个"生错了时代,选错了职业因而注定命运多舛的浪漫派文人",作者张培忠为我们"提供了一个独特的观察角度,帮助我们串起了一部'不一样'的中国现代史"。

长篇纪实文学《海权战略——郑芝龙、郑成功海商集团纪事》于2013年6月在北京三联书店出版后,当月就登上"新浪历史好书榜",并先后入选中国新闻出版报"2013年度有影响图书"和"中国纪实文学年度佳作",并被中国报告文学学会评选为2013年中国报告文学十部优秀作品之一。此外,新华社、人民日报海外版、光明日报等几十家报刊和网站对该书作了评介。2014年4月12日,由中国作家协会创研部和广东省作家协会联合在北京召开《海权战略》研讨会,与会的评论家认为,《海权战略》既是一部历史感与现实性兼而备之的力作,也是一部具有文学疆域开拓意义的书。该书可称为一部中国微缩版的海权文化"教科书"。

《海权1662：郑成功收复台湾》是在《海权战略——郑芝龙、郑成功海商集团纪事》的基础上增加补充后出版的又一部报告文学。作品从明末的政治和海上贸易环境开始谈起，对郑芝龙、郑成功父子建立郑氏海商集团、与大清的纠葛，以及郑成功当年收复台湾和治理台湾等过程娓娓道来。正如中国原海军司令员、上将石云生在序言所言，张培忠既非专业的经济学家和军事理论家，但是却在这部作品中很好地运用了多方面的知识和视角，对距离现在近400年的历史做出不乏专业视角的回顾。这部作品的价值，首先在于它的现实意义。21世纪是多维度、全方位竞争最激烈的世纪，中国南海更是多国角力最集中的海域。在强敌环伺、海氛日炽的情势下，《海权1662：郑成功收复台湾》的出版，可谓恰逢其时，发人警醒。张培忠身兼多职，作为公职人员，他具有敏锐的政治触角和强烈的社会责任感与使命感；作为作家，他能够从文学视角来驾驭与审视历史，并给予历史以审美的浸润。即是说，在作品中，张培忠一方面尽量搜集、挖掘与发现史料，并对这些史料精心地处理与整合；一方面又不是简单地堆积史料或作琐碎繁杂的考证，而是关注史料背后的人与历史的逻辑，以及大历史背景下的人文情怀与现实启示，力求将历史的公正性、客观性与真实性绾合为一。比如郑成功在收复台湾过程中遇到的种种困难与凶险，他思想波动、情绪流露，以及心理活动在作品中都有着细致的刻画。在作者笔下，郑成功不只是刻板的历史人物形象，而是一位有血有肉的爱国者，比如到台湾后他体恤民情，深入考察，与热情欢迎他的番民友好相处。总之，历史的发展逻辑与人格的结合，使得这部作品不同于一般的历史著作，其知识性和文学性，理性与感性都达到了一种合理的平衡。而除了对历史发展和人物事迹的叙述，作者在最后一章还作了总结，主要是郑氏的海权经验与教训的宏观大局以及细节成败中，获得得失之中的战略启示，并辩证地分析中国海权的历史、现在与未来，从而使作品具有深刻的现实意义。

张培忠是一个有情怀，有责任感和使命感的作家。他一方面沉浸于历史之中，对历史题材写作情有独钟；一方面他又心系民族复兴伟业，热切关注现实，坚守人民立场，热忱描绘新时代新征程中的人与事，体现出"眼纳千江水，胸起百万兵"的大历史观与大时代观。由他任总撰稿、广东12位作家参与撰写、花城出版社隆重推出的四卷本、百万字的《奋斗与辉煌——广东小康叙事》，就是这方面的代表作。这是国内第一部全景式、史志式记录小康工程的壮丽华章，也是广东现实主义题材创作的小康"创业史"。作品主题重大，场面开阔，结构宏大，叙事多变，人物众多，史志结合，堪称盛世中国在珠江畔敲响的黄钟大吕，是广东文学在新时代诞生的一部气象恢宏的人民史诗，也是广东作家自觉传播先进文化，自觉为改革开放大业著书立传奉献的一份文学厚礼。广东全面建成小康社会，在全国具有示范意义，其地位、作用和价值是不可取代的。从这一意义上说，广东小康建成史既是广东的，更是中国的，世界的。

这样重大的题材,确实需要一部大作品来反映,来浓墨重彩地呈现和聚焦。《奋斗与辉煌——广东小康叙事》正是在这样的时代大潮中应运而生的优秀作品。张培忠和他的创作团队以高度的责任感和使命感,以深厚的家国情怀展示广东奔小康的全部历程,讲述中国最好的故事,并呈现出史诗性历史写作的文学追求。

张培忠的报告文学包括纪实文学具有鲜明的特色,其一是题材方面大胆探索,勇于开拓。《文妖与先知》是国内第一部正面写张竞生,为张竞生树碑立传的纪实文学,其价值与意义自不待言。《海权战略》《奋斗与辉煌——广东小康叙事》也具有原创性、开拓性、探索性的特点。其二,"国家叙事"与问题意识相统一。张培忠的报告文学一方面体现出宏大的"国家叙事"指向;一方面又承续了20世纪80年代的报告文学那种既充满思辨色彩,又有很强的问题意识的写作传统,他没有一味唱赞歌,而是以冷静、客观的态度,理性看待历史与现实生活中的种种盲点和阵痛,这样他的作品也就显得真实可信。其三,宏大结构与微观叙事交织互补。张培忠的报告文学特别是由他任总撰稿的《奋斗与辉煌——广东小康叙事》,不仅结构宏大,而且对局部细节的安排也十分用心。与宏大结构相对应,在叙事上,主要采用微观叙事的方式,即以小切口展现大主题,以微观叙事反映大时代。此外,在史志式报告文学写作方面,这部作品也有所拓展。其四,塑造了一系列新人形象。无论是20世纪80年代末《火热的童心》中像刺仔花一样无私地装点过这个世界的"孩子王"詹继佑,还是20世纪90年代初《师魂》中"打不死的小学教师"丁有宽,以及《文妖与先知——张竞生传》中"虽千万人,吾往矣"的特立独行的张竞生;《永远在路上——一个农民的一生》中隐忍坚韧的父亲;《海权1662:郑成功收复台湾》中"杀父报国"、驱逐荷兰人的郑成功,每一个人物都是个性鲜明、独一无二的"这一个"。总之,张培忠的报告文学创作,特别是关于岭南历史人物的写作,即便放到全国报告文学的坐标上来考察,都是一个独特的存在,其作品的题材、写作指向与精神维度,都具有不可替代的价值。

陈启文(1962—),湖南临湘人。中国报告文学学会副会长。1983年开始创作,主要代表作有长篇小说《河床》,中篇小说《城市猫眼》《颠覆》《仿佛有风》《太平土》《白得耀眼的时间》《逆着时光的乡井》《石牌村女人》等;散文随笔精选集《季节深处》;报告文学《南方冰雪报告》《共和国粮食报告》《命脉:中国水利调查》《大河上下:黄河的命运》《为什么是深圳》《如戏人生:洪晟传》《三江水塔》《田间逐梦:共和国功勋袁隆平》《血脉——东深供水工程建设实录》等。进入新世纪20年来,陈启文在报告文学的书写方面成绩卓著,优秀作品频出,已成为广东在全国报告文学领域里的代表性人物之一。

一、陈启文报告文学的宏大格局

《共和国粮食报告》是庆祝中华人民共和国成立60周年的重点图书之一。粮食看似简单，陈启文却以粮食为核心话题，建构了一个展现新中国60年发展的多维度空间；围绕粮食这一话题同时还呈现了土地、农村、人口、打工、户籍、城乡矛盾等多重问题；粮食是中国大地上的大问题，毛泽东、刘少奇、周恩来、彭德怀等老一辈领导人都为粮食问题关心操劳；张树藩、金秀兰、严俊昌、李国庆、袁隆平、谢安华和刘文炳等农民、干部、科学家为解决粮食问题艰辛奋斗。陈启文善于以一个集中的书写对象展现宏大格局，在人物传记方面，《田间逐梦——共和国功勋袁隆平》也具备这样的品质。陈启文这样评价袁隆平："他不是'菩萨'，不是'神农'，却是一位足以用伟大来形容的农民。"陈启文用自己的笔让人们全面地看到作为一个科学家的袁隆平。写他为了水稻育种，和团队在海南岛坚守，蚊子、蟑螂、老鼠、皮肤病、烈日，艰苦的条件是农业事业必须面对的基本问题；到了每年四月又要赶回湖南。种子都是抱在怀里，穿的衣服多少不是由人的需求决定，而是由种子需要的温度来决定。1970年遇到山洪暴发，袁隆平与尹华奇放弃公共交通，求老艄公驾一艘小船风浪中渡江，这样的艰辛与惊险也许都是普通读者不曾料到的。袁隆平所从事的事业决定了他不是待在环境优越的实验室里，而是必须行走在田埂上。所以文本中才有了这位年近九旬的老人和乡亲们到田里看看，走得稳稳当当的细节。"忽然，他身子猛地往前倾了一下，几个跟在后边的助手吓了一跳，赶紧上前搀扶，袁老却稳稳扎扎地蹲在地上，像个老农一样，先抠起一把泥土，在手里搓着、揉着，又放在鼻子下深深地嗅着，一脸迷恋的深情。"这个细节写活了一位与稻田打了六七十年交道的老人，他走在田埂上如履平地，他面对土地充满迷恋。

陈启文报告文学的宏大格局还体现在他总能通过当下的问题追溯到背后的历史，他敢于在书写中踏进自己不熟悉的领域，用科学的眼光、科学的语言来探讨书写对象与内容。写袁隆平与杂交水稻，他从中国农业发展、水稻种植一直写到水稻育种、海水稻培育，每一个内容背后都有大量的知识储备来支撑他的书写，通过《田间逐梦》这本书，读者可以了解的绝不仅仅是袁隆平一生的水稻种植成就，而是整个中国，乃至世界范围内种植水稻的历史与经验。写超级稻的育种攻关，他用大量的篇幅解释袁隆平的口诀"高冠层、矮穗层、中大穗、重心低、库大而均、高度抗倒"分别代表什么意思，因为只有把这些内容都说清楚了，读者才能知道育种的艰难，袁隆平他们的实验之不易，当然也是科学之严谨。陈启文不仅写袁隆平，也通过袁隆平的眼与心辐射所有农民，甚至辐射整个中国的农业史。书写袁隆平自然要写到这个生命的终结,但袁隆平个体生命的终结却不是文本的终结,更不是精神的终结。这或许才是共和国功勋的真正意义所在。陈启文书写的袁隆平,正是这忠诚、执着、朴实的代表,对所有的普通读者既是阅读一个伟大生命的故事,也是触动自我的过程,这才是纪实文本的价值与意义。

二、陈启文报告文学的新闻使命

2003年陈启文创作的《南方冰雪报告》展现出他追求新闻真相的使命感。书中他用40个小故事构成了南方冰雪灾害中的众生画,这里有导游、国家领导人、副镇长、公务员、司机、工人和军人等,不同年龄、身份、性别的他们面对同一场灾害既有相同的伤与痛,也有不一样的付出与努力,但最终都从不同的方面构成了关于这场事件的重要记录。陈启文的新闻使命感促使他不仅书写真相,还要追问反思。所以在改革开放献礼作品如浪潮一般涌现时,他却写了一部带着问号的作品:海天出版社推出的长篇纪实文学《为什么是深圳》。这本书用一个看上去很小但是在历史上非常重要的问题引入:"当年的深圳真的只是小渔村?"陈启文用深圳一步步走来历历在目的艰辛回答问题,使读者共同见证了为什么是深圳成了特区,又为什么是深圳成了改革开放最成功的城市。该书主要描写任正非和华为,马化腾和腾讯,汪滔和大疆,陈宁和云天励飞。这些虽然只是深圳特区建立40年来创业和创新的缩影,但不可否认的是,他们身上的共性就呈现了深圳的特性,他们身上的特质又彰显了深圳的包容。改革开放的环境、市场经济的土壤才诞生了这样的企业家阶层,而这个阶层提供的就业、税收和社会服务支撑起了中国经济持续不断的活力。同时,他们的成功是中国梦可以实现的明证,他们的奋斗也成为无数年轻人来到深圳、为了梦想拼搏的范本。陈启文用饱含深情的笔墨写下了深圳人敢闯敢试、敢为人先的先锋精神;用干净利落的话语描述了深圳人追求速度和效率,尊重人才、重视创新的成功之路;用一个个鲜活的例子让读者看到深圳海纳百川的胸襟,看到深圳的人文精神、法治精神闪烁的城市之光。这部纪实文学真正的价值在于告诉人们"为什么是深圳"。只有这历史性的追问能得到全面、准确、客观的回答,人们才能真正认识深圳的成功,这是历史意义;同时只有厘清深圳的成功密码,才能为其他城市的发展提供经验借鉴,这是现实意义;而对深圳发展历程的书写更是在深化改革、推动开放方面有着理论意义。

三、陈启文报告文学的人文情怀

历史人物传记《如戏人生:洪昇传》2020年由作家出版社出版,全书清晰简约又流畅深入地叙述了洪昇曲折的人生经历，作者在恪守真实性的前提下，不忘作为文学原创读本的追求，尽可能克服难题刻画出洪晟这一独特的人物形象。陈启文写洪昇传，他的戏眼落在《长生殿》。但是要写清楚这部戏剧的诞生就必须把洪昇的人生经历说清楚。在缺少资料的情况，陈启文经历摸索，沿着稀少的资料尽量还原其人生轨迹、交友游离、诗文著述、卖文为生、艰辛生存，一世无奈忧伤，最终都化入了《长生殿》的创作中。陈启文在书写洪昇的过程中也是思考文人知识分子人格特征的过程。他说："一个是活在别人眼里的洪昇，一个是真实的活在自己世界里的洪昇，这两个洪昇叠加在一起，才能还原洪昇完整的形象。"在书写中陈启文以最大的理解与靠近洪昇，这样才能使读者也贴近洪昇，由此读者不仅读懂洪昇，还读懂李白，还读懂历史长河里许多命运相似的知识分子。他们的人生悲剧有一大半被性格书写，再加上时代的推手，便难逃命运了。

陈启文的人文关怀还非常集中地体现在他的生态报告文学书写方面，2012年出版《命脉：中国水利调查》（湘潭大学出版社），2020年青海人民出版社出版《中华水塔》。从命脉到水塔，陈启文一直都行走在中国的川江大河，他扎扎实实地走过长江黄河，走到每一条河流的发源地，顺流而下或逆流而行，从水的故事里看中华民族的命运。"中华水塔"是指长江、黄河、澜沧江的三江源头，即青海三江源自然保护区。陈启文的这部纪实文学既是对三江源"中华水塔"的追溯，也是对三江源生态状态的追问，应该说是当今生态文明纪实文学的重要作品，因为他直接面对中华民族长江、黄河的发源地，有水才有生命，这部作品就是直接面对生命的源头。高原、荒漠、无人区，这样的写作对象会让很多人望而却步，或者选择纯粹案头工作，资料加想象就直接下笔。陈启文却选择了最难的那一种方式，他说自己犹如一个"江湖浪人"走遍中国七大水系，穿越三江源"中华水塔"。"长江""黄河""三江源"不仅仅是地理位置上的地标，也是文化意义上的母亲之河。陈启文用这部《中华水塔》带普通读者走进三江源，走近"中华水塔"，同时也走过历史，走过几千年时间的文明发展，从文成公主的历史，到格萨尔王的史诗，这是关于三江源的纪实文学，这也是中华民族这片辽阔土壤上的契机，这样的纪实文学是对大自然与民族的致敬与负责。面对被破坏的环境，面对因为保护方式不当而被二次伤害的大自然，他痛心疾首地大呼："而我这个旁观者，只能唯愿人类不要一错再错了，宁可愧对现实，也不能愧对未来啊！"陈启文的脚步走在当下，思考则面向未来。"把自然还给自然"是他书写的终极目的。《中华水塔》的主题不仅与中国历史、中国文化、中国环境有关，也与全球生态文明息息相关。文本从地理学、历史学、人类学等多重方面切入，在客观书写的基础上有深度介入的主体沉思，是难得的厚重之作。

陈启文的报告文学是文学追求与人文追求的高度统一，在重大题材中，他体现作为人文知识分子的责任感;在细微考察中,他时时注意共情与人文关怀,因此陈启文的报告文学总有很强的可读性。细节创作优美且生动;宏大视角开阔有胸襟,为报告文学的写作提供了具体的审美实绩。

第四节 主要报告文学家的创作

李兰妮(1956—),著有中短篇小说集《池塘边的绿房子》;散文集《一份缘》《人在深圳》《雨中凤凰》;长篇散文图片集《澳门岁月》(获1999年中宣部"五个一工程"评委提名奖);长篇小说《傍海人家》《澳门的故事》;长篇纪实文学《旷野无人——一个抑郁症患者的精神档案》,2009年入选中国新闻出版总署"经典中国国际出版工程"文学名著系列。

书写可以疗愈作者,阅读可以疗愈读者。在李兰妮的报告文学之路上,一直在验证这句话。在《野地灵光》的作品研讨会上,评论者一致指出作品的宝贵之处首先就是作者的勇气,李兰妮克服病耻感,2008年就曾出版《旷野无人——一个抑郁症患者的精神档案》,2021年又拿出了《野地灵光》,李兰妮以及她的作品是真正的"疗救之书"。在《我因思爱成疾》一书中李兰妮真实记录自己和她的宠物狗医生周乐乐之间的故事,他们都为跨越障碍不断付出,经历误会、敌意、挣扎、伤痛之后又重新学习关于爱的功课,并收获关于生命的体悟。在《旷野无人》中,她向读者真实地展现一个躁郁症患者的治疗过程,探讨疾病的生理、心理、家庭、社会、文化等多方面的问题,自鲁迅以文字疗救民族开始,以文字书写疾病并不是中国文学的新课题,但书写自己的疾病与伤痛却需要莫大的勇气,要袒露自己的伤痛病体,要铺展个体的精神轨迹。同时,这样的书写展现出超乎寻常的人文关怀,将精神性的医学问题放在社会、文化的层面讨论,使文学的光亮照到社会中常被忽视的群体,照到躲在黑暗里的群体,这是"写给那些病人、穷人和孤独的人"的书①。自《旷野无人》(2008年)到2020年的十几年间,抑郁症患者不断增多,且呈现低龄化特征。这种伴随着工业化和科技时代而来的现代病不仅仅指向病人个体,更指向整个现代社会,但李兰妮是第一个不断在抑郁症领域深耕,并且以纪实方式处理精神病院以及精神病人这个群体的作家。作为书写者,李兰妮在自己入住北京大学第六医院和广州惠安医院两个精神病院接受住院治疗期间,通过细致观察,接触大量精神疾病患者和专科医院医护人员;另一方面阅读了大量中外精神病学史料,因此书中不仅诚实书写自己的疗愈过程,展现当下从

---

① 胡野秋:《作者曰:深圳晚8点文学对话录》,深圳:海天出版社2009年版,第173页。

个体到群体的精神疾病治疗,更梳理了中国建立精神病院的百年历史,在书里的每一章末尾普及中国精神病治疗的相关知识,此外书中还特意致敬精神病治疗的医生群体,特别是惠爱医院当年创始人嘉约翰,他就是孙中山的医学老师,同时身兼博济医院院长。这些历史内容与当下相呼应,呈现的是李兰妮对生命的一种沉潜与悲悯,是有痛感的书写,读者的阅读则是新鲜中带着疼痛感,被疾病的黑暗与残酷,生命的顽强与坚持深深打动。是患者也是书写者,是自救也是救人,是个体也是群体,是个人也是社会。不管是关于生理、病理、心理的书写,还是对中国精神疾病治疗史的回顾,这其中的曲折与甘苦都在极为强烈的人文关怀之下。李兰妮这样有分量的疾病书写,使人想起史铁生的《我与地坛》,想起契诃夫的《第六病室》,想起苏珊·桑塔格的《疾病的隐喻》,这不仅仅是疾病的书写,这也是深具文学价值与社会价值的生命书写。

叶曙明(1957—),广州人。创作以历史、散文、小说为主。出版过"近代史三部曲"——《大变局:1911》《重返五四现场:1919,一个国家的青春记忆》《中国1927·谁主沉浮》和《大国的迷失》、《百年激荡:20世纪广东实录》(三卷)、《广州辛亥年》、《广州旧事》、《万花之城:广州的2000年与30年》等十几部著作。《其实你不懂广东人》《草莽中国》出版,首次从地域文化、平民视角审视中国近代史和中国城市的演变,引起读书界的巨大反响,曾经风靡一时。

2007年初,叶曙明的《大国的迷失》一书出版,又一次受到读书界的好评。2009年五四运动90周年之际,《重返五四现场:1919,一个国家的青春记忆》出版,凤凰卫视、广西电视台、新京报、南方都市报、广州日报、南方日报、中华读书报等上百家媒体竞相报道。叶曙明还是最早研究并替陈炯明翻案的学者之一,有《共和将军》等著作。

叶曙明是广东文化的代言人。近年来,他连续推出了非虚构作品《广州传》《深圳传》和《中山传》。《广州传》一改官方修史的窠臼和史观,从平民视角入手,书写了广州2000多年(前214—1949)的市民生活、城坊地理、灾难兵祸、迭代治理、文化宗教、港口渔猎、休闲娱乐等,全书30万字。作品语言精练,散点式的信息密布,故事叠加,互为牵引,整部作品繁花叠缀,摇曳多姿,既有看点,也有历史厚度。因此文本和平民化气质的读者有很大的接近性,可读性强,在文体和写作方法上具有创新价值。

《中山传》一如既往坚持平民史观,强化为城市立传实为城市平民立传的写作宗旨,在书写城市精神、城市经济、城市文化之外,将笔墨重点放在城市平民生活状态的书写上,尤其是在平民族系的挖掘和整理搜集方面下了一番很大的功夫。作者在研究大量家谱族谱的基础上,结合志书,梳理了很多家族的流变史,可信可读。

该书的另一大亮点是作者以大量的笔墨书写了不胜枚举的贫民生活状态,晒盐的、造纸的、打鱼的、种花的、种田的、经商的、贸易的等,无不透露出这部城市传记的平民化色彩。这是继《广州传》之后,叶曙明以更细腻而深情的笔触,探视了中山千年的肌里,以平民视角扫描了中山百姓的生存脉络,以中山为背景映照了中山周遭的千年变局。

叶曙明几部城市传的价值,在于对城市传记这种文体进行了颇具创意的探索。或者说,叶曙明为城市传记开启了一种新的写作范式。

黄灯(1974—),湖南汨罗人。主要从事中国现当代文学研究。著有非虚构作品《大地上的亲人》《我的二本学生》,曾获"琦君散文奖""第二届华语青年作家奖·非虚构奖"。

2016年1月,黄灯发表《一个农村儿媳眼中的乡村图景》一文,以一个博士儿媳妇的角度,关注农村的留守儿童、养老、医疗等基层问题,引发了春节返乡问题的讨论,并被中央电视台拍摄了纪录片《家在丰三村》。此后,黄灯陆续对自己的亲人做了一些访谈,并将13年来从未中断的乡村书写重新结构,于2017年出版了《大地上的亲人》一书。黄灯在书中展现的三个村庄——丰三村、凤形村、隘口村,横跨湖南、湖北两省,尽管彼此看似毫无关联、相距遥远,但生活于此的亲人因为拥有共同的"农民身份",他们面对的挑战和危机几乎如出一辙。在30年来的社会转型过程中,现代性裹挟城市的面具,彻底渗透到村庄、渗透到生活于此地人群。黄灯借由亲人的遭遇,试图展现出身为农民的亲人和命运抗争的复杂图景,追问中国村庄的来路与去向,也借此袒露内心的不解与困惑。在黄灯笔下,乡村不再是寄寓乡愁的载体,而是一个知识分子倾其智识、关怀于其中的"问题的场域"——凸显真相、直面问题、寻找可能。黄灯对自己亲人真实、详尽、深入的记录和剖析,为国人思考乡村问题、中国社会问题,提供了宝贵的样本。

《我的二本学生》,是继《大地上的亲人》的另一部长篇纪实作品。作者的目光从农村转向城市——那些主要来自农村的二本学生,他们的学习,他们的奋斗与困惑,以及他们的前途与命运。作者在序中说,这是一本教学札记。的确,在写作时,黄灯被无数的想法和无数年轻人的形象、命运变迁所包裹。她想表达一种建立在经验之上的复杂图景和一种基于直觉的观察。因此,从某种程度上来说,二本学生的经历,折射出中国最为多数普通年轻人的生存境况。二本学生作为全中国最普通的年轻人,他们是和脚下大地黏附最紧的生命,是最能倾听到祖国大地呼吸的年轻群体。他们的信念、理想、精神状态,他们的生存、命运、前景,社会给他们提供的机遇和条件,以及他们实现人生愿望的可能性,是中国最基本的底色,也是决定中国命运的关键。

《我的二本学生》尽管在文学性方面有所欠缺,可以说是一本不完善的书,但它是一本诚实、节制,严格遵循非虚构写作伦理和写作要求的书。正是因为它的诚实品格,才接通了很多人的共鸣情绪。

曾平标(1963—　　),广西百色人。著有小说《虚张》《紫色泉的隐私》;散文《绿网》《绿叶对根的情意》;报告文学《热恋红土地》《大风起兮云飞扬》《中国桥:港珠澳大桥圆梦之路》《向死而生》等。其中《中国桥:港珠澳大桥圆梦之路》获第十五届"五个一工程"图书特别奖,入选"2018年度中国好书"。

曾平标在长篇纪实文学方面善于抓住"新闻眼"与"热题材";书写中又善于因材创作,把不同的选材放在不同的艺术创作风格中,发挥文化的最大能效。其作品《中国桥:港珠澳大桥圆梦之路》描述港珠澳大桥从20世纪80年代初发轫到2018年建成的圆梦之路,作品对大桥的缘起、立项、论证、环评、施工全过程进行了全方位记录,港珠澳大桥涉及一个经济特区、两个特别行政区的地理位置决定了其性质的特殊性。曾平标历时五年,通过对构想者、管理者、建设者等130多位关键人物进行采访,把港珠澳大桥的圆梦之路书写成集新闻性、史料性、翔实性与文学性于一体的优秀报告文学作品。对这样国家工程的书写,曾平标在其中倾注了饱满的家国情怀,港珠澳大桥在他笔下不仅是真实的跨越港珠澳的大桥,也成了中国人心中的一座情感桥梁。

与廖琪合著的《扶贫状元陈开枝》讲述"全国扶贫状元"陈开枝24年矢志不渝帮扶广西百色的感人历程。全书以陈开枝115次赴百色扶贫为主线,通过深切感人的情节和细节挖掘,全方位呈现陈开枝牢记共产党员的初心使命,帮扶百色革命老区移民搬迁、产业发展、兴教办学等精彩故事,刻画了一个"永不言倦"的"中国大好人"典型形象,展示了他"生命不息,扶贫不止"的高尚情操和精神境界。在这本人物传记中曾平标选择围绕着陈开枝心系百色、全力扶贫的工作来展开,将陈开枝个人的贫苦出身、不忘初心融入当下;更重要的是写出陈开枝不是简单地将扶贫作为一项"本职工作",而是将扶贫视为自己的终身事业:"作为共产党员的人生,扶贫助学,我永远不会打句号,句号就是生命终止、离开的那一天,之前永远都只打逗号!"陈开枝这著名的"符号论"并非只是一句感人的话语,而是成为统领全书的精神,使读者通过文本,自然而然地在心里立起了一个"扶贫状元"陈开枝的典型形象。罗马不是一日建成的,全国脱贫也不是最后一年轻松实现的,在此之前有多少"陈开枝"奔赴在全国扶贫助学事业的第一线,他们用整个生命一砖一瓦地建起来脱贫事业的万里长城。陈开枝的典型形象是属于他个人的,同时又是属于全国扶贫工作者的,这才是《扶贫状元陈开枝》这本书的重要意义。

在2022年出版的《向死而生》这部还原战争的报告文学作品中,曾平标则选择了民族情怀的浇筑。这部作品以红军长征中生死存亡的湘江战役为背景,穿越80年历史时空,曾平标重走兴安、全州、灌阳三地,采访红军后人、当地百姓、相关专家、志愿者、工作人员。书写中既有追溯红军战士革命战场坚定信仰英雄事迹的宏观,也有传承红色基因共产党人赓续精神血脉的细微叙述。《向死而生》的特殊之处在于时空交错的书写方法,一方面是湘江战役的民族信仰,另一方面又是乡村振兴脱贫攻坚的时代篇章。

丁燕(1971—),新疆人。出版有《工厂女孩》《工厂男孩》《木兰》《双重生活》《沙孜湖》《和生命约会40周》《第一个365天》《午夜葡萄园》等诗集、散文集和非虚构作品集。作品曾获《亚洲周刊》十大华文非虚构奖、新浪年度"中国十大好书"、广东省鲁迅文学艺术奖等。

在丁燕已出版的《工厂女孩》《工厂男孩》《工厂爱情》《双重生活》《沙孜湖》《西北偏北,岭南以南》《岭南万户皆春色》等十余部非虚构作品中,从描写珠三角工厂打工年轻人的"工厂三部曲"到特写扶贫的岭南书写,丁燕的纪实作品有很强的个人风格。在她早期的"工厂三部曲"中,非常鲜明地以个体投入的书写方式追求真实感,追求对社会现实的客观反映以及主体感受,比如她书写在东莞工厂的身体体验的细节就让人印象深刻,她写自己的痛经体验:"我已血流如注,腰腹肿痛,脚底像踩着冰块,浑身发凉……肚子空荡,饥饿像老虎的利爪,在腹中猛烈地抓、撕、扯,令五内翻滚。"这些文字以冲击性的力量将她的纪实文学推到读者眼前。另一方面,这两年写扶贫文字又展现了另一种细腻,她的《岭南万户皆春色》将目光投到广东的贫困乡镇,精准对位广东省连樟村、斜周村、海丰县等多个贫困地区,第一章《连樟村词典》、第二章《斜周村的日日夜夜》、第三章《海丰红色村庄的扶贫行动》,乍看各说各话,其实是从"关键词""时间""空间"等不同方面切入,文字朴实但情感浪漫的文学性书写呈现广东省的扶贫事业。整部作品采用第二人称叙事:"他带你去看……""你感到……""你听到……""你听到……""她告诉你……"这个"你"是谁?是丁燕也是读者,是今天、以后每一位翻开这本书的人,都感同身受地和丁燕一起亲临现场,于是故事里的他或她直接和读者产生了某种关联,仿佛听到他的声音,看到她的笑容,这种叙述建立的是一种"人类共同体"的体验。除了朴实的语言,情感浪漫的扶贫叙事是丁燕文本中的另一特色,充满文学性、艺术性的文字,饱含着浪漫的深情。

朴实的语言、浪漫的感情成就了好看的文本,但扶贫事业的书写还应该有历史的厚重。关于扶贫事业的书写,作者目光决不能只落在眼前,因为扶贫事业是有着深远的历史性意义的。在脱贫致富的当下,回望1929年,彭湃因叛徒出卖在上海被捕就义。丁燕引用周恩来的悼词:"他曾经领导海陆丰几万农民,开始中国农民反抗地主剥削的革命斗争,他这样英勇的革命斗争的历史,早已深入全国广大劳苦群众的心中,而成为广大群众最爱护的领袖。谁不知广东有彭湃?谁不知道彭湃是中国农民运动的领袖,土地革命的忠实领导者。"脱贫致富不是一朝一夕的眼前任务,而是中华民族长久以来的期盼,是对历史上所有热爱自己的祖国、以民族自豪的人们的最重要的回应,是对全世界的庄严回答,所以扶贫文本看上去是一村一人的故事,实际上却是今天与历史的对话,是当下与未来的回应。丁燕文本的特殊之处在于她的目光一直关注在弱势群体身上,不管是写东莞打工人,还是写精准扶贫,都能在她的字里行间看到一种大爱精神。

刘迪生(1974—),江西信丰县人。笔名笛子、阵雨。作品有长篇纪实文学《点亮生命:志愿者赵广军感动中国》《钢铁生命:国家一等荣誉军人张祖坤的非凡人生》《南国高原:徐克成和他的医学世界》《北回归线彩虹》;长篇小说《断肠花》《光裕词》(合著)、《温泉出谷》;诗集《南方的四重奏》等。曾荣获全国"百种优秀青春读物"奖、"全国书刊优秀畅销品种"奖、广东省文艺精品奖、广东省"五个一工程"奖、广东省青年文艺奖、广州文艺奖。

刘迪生的报告文学有很强的时代性,他对于笔下人物或者事件展现出来的时代精神总能有很准确的把握。比如他最重要的三部作品《点亮生命:志愿者赵广军感动中国》《南国高原:徐克成和他的医学世界》《钢铁生命:国家一等荣誉军人张祖坤的非凡人生》(与曾权合著)都是纪实文学与人物传记的结合,通过三位典型人物的典型事迹不仅展现书写对象,同时呈现时代精神与民族精神的榜样力量。都是人物传记作品,刘迪生的报告文学总能有让人难忘的人物形象。志愿者赵广军、军人张祖坤、医生徐克成这些人物形象的塑造都非常成功。三部作品都以全知全能的叙事视角讲述主人公,力求全方位、多角度地展现主人公,并且通过不同的叙事者不断完善、补充主人公的不同侧面,将人物塑造得有血有肉、立体丰富。在成功塑造人物形象的基础上,刘迪生进一步完成了对典型精神的呈现。志愿者、军人、医生都是需要奉献精神的群体,作品中他们都有着将自己全身心奉献给社会的高尚心灵。刘迪生细致描绘他们在困境中的坚持与追求,虽然自身都有各种困境——赵广军、徐克成、张祖坤都不同程度地遭受疾病、残疾的困扰,可是他们都把人生的追求投向更高的层次。正如刘迪生引用马斯洛的理论所讨论的,他们都能做到克服自身困难,放弃低层次的追求,用大爱来实现个体的价值。这样的典型精神使得文本不仅仅有记录的意义,更有了榜样的力量,让人们在感动的同时去反思自己的选择,去关注内心的需求。刘迪生的报告文学尤其是这三部作品有很强的代表性,语言朴实真诚,叙述巧妙但不繁复,选取时代中的代表性人物、事件以小见大突出报告文学的作用,报告文学的典型性、时代性与文学性做到了高度统一。

喻季欣(1958—),出版有长篇报告文学《海防风采》《文明大跨越》《跨越时空》《神圣红绿灯》《九十弦歌——将军与士兵的爱情故事》《心桥永恒——中国港珠澳大桥启示录》《跨山越海——新中国70年桥梁成就纪实》等,《逐梦世界:广交会传奇》荣获2014年广东省第九届"五个一工程"奖;《好男儿,抗洪去》获解放军总政治部优秀报告文学奖、广州军区首届"战士文艺奖"。

喻季欣的报告文学创作注重选材,有强烈的时代感和地方色彩。2016年出版的《雪域苍穹》,是反映广东对口援藏的首部报告文学。《逐梦世界——广交会传奇》是首部反映广东广交会的报告文学作品。《心桥永恒——中国港珠澳大桥启示录》虽是写桥,实际上却是书写对"一国两制"的理解,以及对大湾区人文精神的独特思考。《跨山越海:新中国70年桥梁成就纪实》则是反映新中国70年桥梁建设成就的报告文学。喻季欣以很强的新闻职业追求完成这些报告文学创作,写援藏,他自己11次进藏,对广东第七批援藏队进行全覆盖的采访。1957年,由周恩来总理倡议创立,首届中国出口商品展览会在广州举办,简称"广交会"。这就是《逐梦世界——广交会传奇》的起点,多年来广交会一直是中国对外贸易的"晴雨表",是国内历史最久、层级最高、规模最大的综合性国际贸易展会。从1978年到2017年,中国货物进出口从11.4亿美元逆差变成4225.4亿美元顺差。跨越60余载,广交会打破封锁,见证中国逐渐成为贸易大国。写广交会,喻季欣用4年时间采访百余位受访者。每一次他都力求全景式记录,全面展现要书写的对象。新中国成立70年来,我国建成大型公路桥梁超过80万座,大型铁路桥梁超过20万座,这在世界各国是独一无二的。无疑,新中国70年桥梁建设成就是一个富有历史与时代内涵的重大创作题材,是独具魅力的"实干兴邦"中国故事,是充满审美意味的文学画卷。在喻季欣的诸多作品中,《跨山越海:新中国70年桥梁成就纪实》无疑是非常有代表性的。这部作品既有新中国70年桥梁建设的专业发展,也有技术进步、环境变迁、时代发展的共同成果,更是"实干兴邦"的中国故事的书写。

第二十六章　诗　歌

新时代之"新"不仅是时间进化链条上的动态指认,也是连接历史并作用于未来的构形方式,所谓"苟日新,日日新,又日新"(《礼记·大学》),动态的革新发展内部亦包含了自我省思,它表征了时代在持续自我进化的同时又在冷静地自我净化。对于朝现代性方向加速度狂奔的社会总体物而言,翩然降临的新时代亦赋予了我们一个清醒的回顾视角。譬如,如何在快马加鞭的现代性进程内部有效承续传统文化,如何在世界性的合唱中加入中华民族清晰的声音。新世纪的广东诗人如繁星满天,而且逐渐出现一批在全国有影响力的诗人。与此同时,广东各地的诗歌活动繁多,各类诗歌写作群如生态诗歌、女性写作群、口语诗歌群等都纷纷崛起,他们立体地构成了新时代广东诗歌风貌。

第一节　诗歌活动与古体诗词创作

一、诗歌活动

广东20世纪90年代的诗歌潮进入21世纪之后更为澎湃,诗歌活动以及诗歌创作进入了一个全面绽放的时期,以民刊为集结的诗歌活动与诗歌流派层出不穷,诗歌活动举办方有以官方作协报刊、民间组织等为主体的各种形式,与会人员以诗歌的名义聚集而身份各异,很多地方诗群也在蓬勃发展,如珠西诗群、湛江诗群、阳江诗群、中山诗群、揭阳诗群等,均以勃发的态势而引人注目。进入新时代,广东诗坛主要有如下几次诗歌事件:

其一,2012年,由诗人、剧作家从容发起的"第一朗读者"在深圳首创,该沙龙融原创演诗、原创唱诗、原创写诗为一体,向社会大众尽情地展示"诗悦读、诗剧场、诗现场、诗聚焦"等精彩环节。在提升城市精神品位和实现市民文化方面作出了表率,成为一个国内最具探索精神和先锋特色的跨界诗歌品牌。

其二，2013年，为纪念诗人东荡子，吴真珍女士出资设立"东荡子诗歌奖"，委托东荡子诗歌促进会负责运作，旨在奖掖在当代汉语诗歌写作及批评领域作出重要贡献的诗人和批评家。该奖设"诗人奖"一名、"评论家奖"一名，迄今已举办四届，分别授予宋琳、桑克、王寅、罗羽四人"诗人奖"；耿占春、西渡、钟鸣、朱大可、敬文东五人"评论家奖"。2016年增设"广东高校奖"，旨在扶掖广东年轻诗人的诗歌写作，褒奖已写出一定质量的诗歌作品的在广东高校就读的在校学生，迄今已举办两届，发掘了11名广东高校年轻诗人。

其三，从2010年开始，被称为"中国第一民刊"的《诗歌与人》联合广州艺术博物院、广州石磨坊联合举办了本城诗歌史上的第一场女性诗歌朗诵会。来自广州、深圳、佛山、东莞、汕尾和梅州等地的40多位女诗人朗诵了自己美丽的诗篇。她们以自己的方式为春天歌唱，亦是对三八国际劳动妇女节100周年的致意。雕塑家许鸿飞的"女性雕塑展"同时在现场展出，以多彩的艺术形式带给市民以美的享受。

随后，这个属于女诗人的盛会由女诗人谭畅接手续办，并于2015年以"花神诗歌节"为名，采取了诗人见面会、诗歌论坛与跨界互动相结合的多种形式，集结了一批女诗人与诗歌爱好者，实行了文本与生活的互相渗透，形成诗意生活与女性力量的建构与展现。"花神诗歌节"至2018年已成功举办了九届，引起社会对女诗人群落的关注。

其四，2017—2018年，广东省作家协会、《作品》杂志社与各地市企业联合举办了"我们的声音之诗歌进工厂诗歌朗诵会"系列活动，"诗歌进工厂"系列活动旨在向中国制造业工人表达敬意，尊重工人的劳动价值。

其五，2012年5月，《飞地》创办。诗人张尔希望能够通过办诗刊，对当代新诗的整体面貌进行阶段性判断和梳理，创立新诗评价标准，将属于汉语的当代诗歌呈现给读者、诗人、评判家和未来。2014年6月，《飞地》团队应第37届英法双语诗歌节的邀请，组织多位中国青年诗人前往法国进行为期十余天的访问交流，在法期间，《飞地》及飞地书局独立出版的作品在巴黎诗歌市场展出。此举被称为中国诗歌独立出版物"走出去"的案例。《飞地》丛刊主办者还积极策划一系列诗歌和艺术活动，譬如讲座、沙龙、"新诗实验课"等。

二、古体诗词的创作与普及教育

中国古典诗词历史源远流长，有着悠久的审美范式与独特的艺术魅力，经五四新文化运动，仍燃火不息，为国人所保存并发扬光大。因此，古体诗词与现代诗一起双轨并驱，是中国现代文学史上一道亮丽的风景线。改革开放40年来，中国经济高速发展,中国特色社会主义建设成就巨大,传统文化尤其是中国古体诗词也得到社会各界的充分重视。在继承和发扬传统文化这方面,广东同样不甘人后。早在上世纪80年代,广东古体诗词的创作与普及教育便蓬勃发展,进入世纪之交和新时代,广东古体诗词创作群体迅速扩大,广东各地诗词组织如雨后春笋纷纷涌现。如广东岭南诗社、广东中华诗词学会、广州诗社等诗词社团均是蜚声省内外的重要诗歌组织,目前,全省有近百个诗社,已拥有社员上万名。

广东的古体诗词的发展离不开一批重要的诗社,这些诗社不仅传承了古典诗词文脉,而且承担了古体诗词的普及教育功能。其中,广东岭南诗社为最重要的诗社之一。广东岭南诗社由广东省老领导刘田夫、杨应彬、欧初、许士杰、黄施民等数十名离退休老同志于1987年创办,主管单位是省文联。卢瑞华、黄华华、李坚真、周玉书、刘鹤翘、邓正明、马万祺、关山月等先后任诗社名誉社长。纵观广东岭南诗社,始终坚持"三品"(诗品、人品、社品)建设。诗社章程完备,机构健全,设有三部一室,一报一刊,培训班和书画院,出版了180多部诗词作品和教材;全省分社38个,社员2500多名,18个校园辅导站,其中中山市同方学校辅导站被省委宣传部、省教育厅评为诗词教育示范单位。组织诗社参与了省委机关举办的"中国梦·我的梦"诗词竞赛,广州市举办的民俗文化节,白云山郑仙诞文化节,文化公园广府文化周,纪念西樵山理学传播500年诗词大赛等,在省内外产生了巨大影响。岭南诗社还组织编印了岭南诗社《诗词学习教材》,为全省社员和中小学提供了诗词学习课本,并多次组织研讨会,出版理论文集与诗歌集,其中《粤海风华——当代岭南诗词选》汇集了全省各地知名诗人的作品,具有较强的时代性、思想性、艺术性和代表性。新组建的岭南诗社微刊网站,每周发表四期作品,成为岭南诗社新亮点。广泛的社会声誉与丰富的文学实践活动使岭南诗社在岭南地区享有"诗歌摇篮"的美誉。

广东各地诗词组织也不甘落后,它们通过诗词进校园、培训讲座、创作基地、采风联谊、办刊出书等形式多样的活动,形成了生动活泼的诗歌创作局面。丰富而活跃的广东古体诗词活动为传承和弘扬中华优秀文化,为实现中华民族伟大复兴传播正能量的主旋律作出了积极贡献。

第二节　陈永正与李汝伦

陈永正(1941—),广州人。字止水,号沚斋。曾任中山大学中国古文献研究所研究员、中文系博士生导师,中山大学—香港中文大学华南文献研究中心主任,中山大学岭南文献研究室主任,中国书法家协会第四、五届副主席,广东省书法家协会名誉主席,中华诗教学会会长。在古文献学、诗词学、诗词创作和书法创作等领域都是享誉海内外的一流名家。"海岳风华诗群"是近半个多世纪以来旧体诗词的艺术高标,其中代表人物多与陈永正年相若,皆推尊陈为翘楚。其诗词集有《沚斋诗词钞》,新体诗集《诗情如水》、《沚斋词》(线装本)、《沚斋丛稿》、《沚斋余稿》等。

陈永正曾师从朱庸斋,是分春馆门下最杰出者,颇得前辈推重。《岭南五家诗词钞》收张建白、莫仲予、刘逸生、徐续、陈永正诗词,有四老举新秀之意。《沚斋诗词钞》[①]共539首,取法甚高,崇尚真性情,大才学,深意蕴,远寄托,雅文辞,奇笔法。朱庸斋尝以"重、拙、大、深"教导之,指点其学梦窗、清真、稼轩、碧山、水云。傅静庵《跋沚斋诗词钞》云:"五古之佳者,体兼韩、孟、擅比兴,窈曲而深……七言歌行,纵横跌宕,雅近坡翁……词笔远挹欧、晏之清华婉曲,近承朱彊村、陈述叔之高夐峭拔,声气与前贤相通,而皆由己出。"施蛰存说:"沚斋长于五言,宛然姚武功。佳句甚多。吾喜其'山色远摇梦,水花时度香'、'吞吐鱼龙意,浮沉天地情'、'无用书还读,难言句自工',皆言近旨远之作。"程千帆称沚斋五律尤胜,"盖瓣香大历诸公而小变之也"[②]。孔凡章称沚斋诗词"风韵飘潇,才情掩映……绝代风华,遗世独立"。莫仲予称其"典雅宏赡,磊砢豪宕多奇语"。黄海章称其"风格超拔,寄兴深微"。[③]

《沚斋诗词钞》中多联章体,如《零卉集》百首七绝联章,《清平乐》16首,《浣溪沙》16首,《鹊踏枝》14首,《蝶恋花》3首,《鹧鸪天》4首。这些联章诗、词多为其初恋而作。其新、旧各体诗词中有数百篇写自家恋爱相思之情事。遍观古今诗词,如此铺张恋情者无多。熊东遨评其恋情词云:"一往情深,义无反顾。痴得可爱,痴得可敬,更痴得可歌可泣。"[④]

沚斋诗词中友情之作约三分之一。涉及南粤近世名贤容希白、王季思、陈寂、佟绍弼、傅静庵、刘逸生、朱庸斋等,京华及各地名宿孔凡章、马里千、吴孟复等,同辈刘佳有、刘峻、区潜云、王钧明、吕君忾、周锡复、梁鉴江、李筱孙、刘斯奋、古健青、蔡国颂、潘元福、容新霞等。此亦沚斋诗、书、学、艺之文化生成环境。

沚斋前期诗词深情,深忧,有一种飘忽又深隐的忧虑不安。如1971年农场所作《短辕》诗:

> 短辕长辙走年华,眼底何容著一沙。肯向丹墀瞻马首,闲移白菜种生涯。
> 名倡各理当门曲,高调都随去路斜。四野昏昏吾自在,平林未怪噪千鸦。

---

① 陈永正:《沚斋诗词钞》,广州:花城出版社1993年版。
② 以上诸名家评语均见《沚斋诗词钞》。
③ 香港《文汇报》1997年6月12日《诗词漫步》专栏。
④ 熊东遨:《我选百家诗词温评》,珠海:广东银河出版社2002年版。

于琐事中寓大悲凉,惜生命之蹉跎,叹世事之无聊,无可奈何中自矜清高。

后期风貌有变。他自言"中年渐已无悲乐","入世渐深诗渐浅"。情怀趋于淡泊,山水之兴渐浓而男女之情退隐,诗境亦趋明朗开阔:"巍巍乎高山,千年兮万代。不知宇宙情,须臾变沧海"。59岁自寿诗:

> 世上无端出此人,忽惊石火梦中身。五洲群愿千年寿,大字星如万点尘。
> 修短在天原有意,枯荣于我究何因?明朝恐被黄花笑,甲子书来又一春。

60岁作《春暮登摩星岭》有"独倚天南第一峰"句,颇类陈寅恪"四海无人对夕阳"之孤独自负意味。

沚斋诗词颇多妙思。21岁作《临江仙·朱师嘱咏柳》云:

> 多情怕蘸江潭影,年年空逐波尘。夕阳楼阁易黄昏,孤城笛怨,吹彻岭南云。

喜用散句、拗句,颇类杜甫、黄庭坚、陈师道、近代"同光体",如:"非万不得已,人谁生此心。""盈天地岂无知己,交二三犹可读书。""或为马为牛,或为兰为芷。"

善用隐喻,如"一梦违心红作雨……春滩十里化为霜",隐喻灾难时代;"饥雀惊罗"隐喻人人自危;"栀子"意象多次出现,初恋引发的幽情暗恨长寓其间。

沚斋曾作新体诗,初学普希金、海涅,后学惠特曼、泰戈尔等①,从中悟出最根本的诗性——对现实的深忧,对生命的关爱、对自由的向往。他的新诗是那个时代罕见的爱情诗,是当代最早的"朦胧诗"。新诗集《诗情如水》共77首②,作于他23—35岁,正是阶级斗争频繁严酷的时代,因而风格深藏内隐,涵大义于微言,有"朦胧诗"的特质。

区鉷认为沚斋新诗"意象母题是死亡和丑恶","透出一种现代主义气息"。③ 黄坤尧说他"深受李金发的象征世界所影响,他要在新诗中苦心经营出一个废墟般的墓地,结果把自己也埋在里面"④。

永正身材清瘦,谈吐简淡,但他的爱情诗却非常丰满、绮丽、缠绵,富于风怀雅致和青春激情,深蕴着人在灰暗中对光明的企盼:

> 我的爱失落在大海中,你编了个细密的网……打捞我青春的芬芳。
> 暗雨扑灭了我心上的灯,你披着黑暗来了,你裹着风雨来了。你问我借个

---

① 据永正自作《沚斋诗词简谱》(未刊稿)。
② 广州出版社1993年12月出版。下引永正新体诗皆据此本,引文后随注页次。永正自述其15岁学作新、旧各体诗、词,但《诗情如水》未收22岁以前之作。
③ 《诗情如水·代序》。
④ 香港《文汇报·诗词漫步》1997年6月18日。

火,你带走我的灯——我爱这没有火焰的光华,把火的未来给你,把灰的过去忘记。……你说你快要离开,你说你永不回来。我问你借个火,你点亮我的灯。

在许多诗篇中,"爱情"这个符号表示的并不只是爱情,更隐喻一些惊心动魄的反差,比如希望与失望、美与丑、喜欢与厌恶、生存与死亡,等等。

他的新诗中有很多波德莱尔式晦涩的情绪和灰暗的意象,看似变态却刻骨真实。比如涂着血的影子,饱喝御沟污水的龙,污秽河岸扭曲的长蛇,禁锢了的舌头,狰狞的海,沙哑的残霞,赤色的狂热,等等。

1975年4月,他完成了自己新诗最长的篇章——418行的组诗《一天》。依然是对爱情、希望、死亡的拷问与剖析。渐近中年的永正,激情未减而力度愈增,忧虑未疲而思致更深。他相信"人类还能够抬起头来","塑造不染颜色的美"。

永正诗喜用蓝色,代表智慧和高贵。他说"我的心脏是深蓝色的",有"奇妙的颤动,宣示人最高贵的品质,比海洋更为渊深而空阔"。1976年6月,他集旧句合成《中年》一诗,"自此韬笔不作"。若干年后重启诗笔,就只作旧体了。

李汝伦(1930—2010),字怀仙,号种瓜得豆庐主人、得其所斋斋长。生于吉林省扶余县,卒于广州市。一生漂泊,几经灾乱,以诗词写"牢骚百斗"与"意惹情牵"。曾任中华诗词学会副会长、广东中华诗词学会常务副会长。1981年创办《当代诗词》,自言"是为诗词辟一保护区也"。著有诗词集《性灵草》《紫玉箫集》《紫玉箫二集》,兼有自传、杂文、评论集若干,其中不乏忧生忧世、关心民瘼、讽刺时政之论。钱锺书赞其"锋芒四射,光焰万丈,有'笔尖儿横扫千人军'之概"。

李汝伦诗词是见证时代嬗变、铭刻时世忧患的诗史,非"名利客所能会也"。他自少年即酷爱传统诗词,"甘之胜如小儿之嗜糖果"。在艰辛冷落的生涯中,他诗词创作如刺破黑暗的一点幽光。诸体皆擅,七绝尤多,如《日寇投降》(三首):

满天凉露压降旗,武运凋残日下西。会看大和魂葬处,豺鸣哭化暮鸦啼。

箪壶合泪万家情,日日围听故国声。月到街心传语遍,秋风已动武侯旌。

大豆高粱十四年,八千里地一愁颜。田园寥落从头理,流浪歌悲驾鹤还。

写民众得知胜利消息后的欢欣,欢欣背后又极其沉痛,十四年间"八千里地一愁颜"。诗后附记:"有人对同一消息亦日临数次,看了还看,眼中含泪。"诗人从松花江畔辗转飘蓬至南国花城,常常"北望乡关,山川阻绝",故在诗中引譬连类,将自身比作华表之鹤,悲慨苍凉。

李诗抒写重大历史事件时,往往能捕捉象外之象、弦外之音,透过一个历史剖面,反映时代的波谲云诡。如《批斗会后》(三首):

> 强弓天网正高张，满目牵黄复擎苍。猎物不肥还太少，空劳鞍马下围场。
> 已料头颅上祭坛，归来长路渡波澜。稚儿略识亲心苦，扑到怀中送块甜。
> 珠江桥下自由城，几度徜徉洗辱行。纵是澄波招手唤，摧心难断女儿声。

附记云："余曾多次欲抱幼女到海珠桥上一纵"，可见彼时之批斗运动对人的悲剧性撕毁。批斗原因也常如捕风捉影，如诗人在《遭围攻》中所言："九族株连标点亦，满篇谁个不刁民"，最终只得"命乖文化革中残"（《文人下海有感十四首》之五）。组诗第一首之"满目牵黄"暗指"左牵黄"，诗人自身及其同类则成了围场内的猎物。因此难免陷入绝望自毁的心绪之中，"已料头颅上祭坛"，女儿"扑到怀中送块甜"则成为唯一的慰藉。诗人几度想自沉珠江，仿佛珠江也在向他招手，然而终究是"摧心难断女儿声"，这也正是诗人在《放麻风病区》中所写的"置之死地每偏生"。诗人在"文革"中留下很多力透纸背的诗句，无不见证着一个时代的天地不仁，也凝聚着一代知识分子的曲折心路。

李汝伦的旧体诗词有"新"的一面，如霍松林《紫玉箫二集序》所言："以当代意识来认识当代生活，在艺术表现和语言呈现上也力图作当代性的创新。"诗人力图将传统写作之渊雅精粹，以及当代人特有的微妙心绪与时代氛围作古今叠合。其诗既能在乍读之下撄人心志，又能在含咀之余启人深思。如《放麻风病区》：

> 即日检收行李行，女儿泪眼送车声。云横雪拥蓝关路，露重风多玄鬓情。
> 失却佳人难再得，置之死地每偏生。麻风杆菌不麻我，料是嫌沾座右名。

此诗首联看似明白如话，实则千锤百炼，正是"诗从肺腑出，出辄愁肺腑"。麻风病区之行凶险异常，却又是政治命令而不得不为，诗人以"检收行李"句淡淡说出，既可见临行之仓促，又为"置之死地每偏生"埋下伏笔。"送车声"句体贴入微，承续《诗经·燕燕》"瞻望弗及，伫立以泣"之意。颈联化用韩愈《左迁至蓝关示侄孙湘》和骆宾王《在狱咏蝉》诗意，从沉重的氛围中宕开一笔，可谓思接千载、古今攸同。"置之死地"句以辛辣的笔触和不屈的意志，为读者展现血淋淋的现实，与传统诗词倡导的中正平和迥异。

李汝伦既是诗人，也是杂文家，诗词写作往往蕴含其对社会的深刻思索与讽刺，运笔方式也不拘一格，时时给人惊奇之感。如《塘边小立》：

> 已是蒿莱弃置身，临渊小立羡游鳞。山村树静篱笆破，时有忙忙结网人。

从"临渊羡鱼不如退而结网"的古训入手，描绘山村生活的一个剪影，留下许多想象的空间：结网人为何而忙？篱笆因何而破？羡鱼人如何自处？

善于炼字，常有巧思妙语，如《秋场即兴》："月儿肥挂树，影子瘦粘墙。"《所思》：

"信它天地相亲时,是眼睁睁受骗时。"

善于融入俚语、俗语,如《答某生问诗三首》:"俗字有诗翻作雅,空堆雅语算诗么?"

李汝伦是20世纪后期旧体诗词复兴的领袖式诗家。

第三节 主要古体诗人的创作

邱世友(1925—),广东连州人。著有《水明楼诗词》等。邱世友的词近20年间经常入选各种词集,说明其价值渐为词家注重。他的《水明楼诗词》有词58首,大抵出入于姜白石、吴梦窗之间,既空灵疏宕又密丽秾挚,有浑化骚雅之境;同时兼采苏轼、辛弃疾、史达祖、龚自珍等诸家之长而自成格调。其悼亡词尤臻高境。

邱世友师从詹安泰先生学词,其《洞仙歌》云:"无庵吾甚爱,七宝楼高,清丽摹来奈煊赫。"此即近师无庵,远取梦窗之意。如其用梦窗《霜花腴》词调所作,借鉴吴词,翻出新意。二词皆意象密丽而意境幽远,文辞雅致而情韵深厚。结构上时空交错,"转折层深",将真实和幻想、历史与现实交织,意脉空灵严整。又如《三姝媚》《霜叶飞》《瑞鹤仙》《三部乐》《高阳台》《水龙吟》等词,其空灵幽远的格调、密丽的意象、典雅的修辞,乃至词语和句法,皆效吴词而自成意境,可谓善于学入学出。

邱词学姜、吴,既得其神韵又自成境界,此亦缘于才情学识。邱先生是渊雅的学者,也是风怀馥郁的诗人,其词书卷气浓郁,既见学识又富诗性。他的词多缘于内心而不是外物,缘于人情世态而不是自然风光,他习惯于沉潜在历史与现实、社会与人生的扭结处,他的诗性关怀不在草木而在人文,不在风景而在心情。

水明楼悼亡词八首,哀思深切,最见性情,最具神韵,最能体现其词的艺术水平和风格,可入词史之上乘。如哀悼黄海章、詹安泰、卢叔度诸教授之作,皆哀感顽艳,意韵深厚,文辞优雅,具有传世之艺术价值和人文价值。

黄天骥(1935—),广州市人。著有《冷暖集》《深浅集》《俯仰集》《方圆集》《西厢记创作论》《冷暖室论曲》《诗词创作发凡》《黄天骥诗词曲十讲》《周易辨原》《纳兰性德和他的词》《岭南感旧》《岭南新语》等。

在古体诗词创作中,黄天骥很喜欢歌行体。他认为,歌行体既有格律要求,又有较多自由发挥的空间。这是他的《蝶恋花·羊城十二月咏》:

一月五羊花吐蕊,暗逐轻寒,点逗风光美。岭外红梅含半醉,横斜疏影迎霜倚。淑气初回烟带腻,收拾残冬,卷起重重被。放眼明朝春雨翠,殷勤裁剪桃和李。

> 二月倾城看花市,你买绯红,我买青蓝紫。灯下买花香满臂,眉头眼角盈春意。正爱花容娇若此,更爱花枝,都似凌云骥。"卖懒"儿童知奋起,一声爆竹齐"恭喜"。

其一叙、一写、一议,其结构间的法度与变化,其语势与转韵,都令人耳目一新。如第二节"二月倾城看花市,你买绯红,我买青蓝紫。灯下买花香满臂,眉头眼角盈春意。正爱花容娇若此,更爱花枝,都似凌云骥……",记录一代人在20世纪80年代初的心境,花市场景让人熟悉和亲切。其"眉头眼角盈春意"一句,不仅是写实,更象征着改革开放初期广东人民发自内心的喜悦心情。

杨应彬(1921—2015),广东大埔人。著有《小先生的游记》《八年抗战史料图解》《岭南春》《碎砖集》《金华集》《杨应彬文集》《杨应彬作品选萃》等著作,出版的诗集包括《东湖诗草》《东山浅唱》《东廊吟鞭》《杨应彬诗词》等。

杨应彬曾任《岭南诗社》第一届、二届、三届、四届、五届、六届名誉社长,广东中华诗词学会会长,对广东古典诗词的发展,作出了重要的贡献。他善于用中华文化之古老形式,赋予时代新意。《杨应彬诗词》收集了他的1000多篇诗词佳作。这些诗词充盈着中华民族的豪气、中国人民的浩气、革命者的正气。如习仲勋2002年4月逝世后,杨应彬于6月作《怀念仲勋同志》七律一首,怀念这位老领导:

> 北海鲲鹏南海来,风雷搏击上云陔。
> 樊笼打碎心生翼,边境翻成聚宝台。
> 农业承包跨大步,工商改革到前排。
> 江山代有雄才出,执掌征帆破浪开。

杨应彬的诗词以情感人,如赞颂祖国山河的:

> 踏风披雨上南昆,不见南昆但见云。
> 瀑激岩前千壑动,涛喧谷底万山闻。
> 山中竹影纱中看,山代桃花今古存。
> 漫道风光洵是画,英雄再创新乾坤。

此诗以饱满的激情力赞南昆山之美,形象、生动、传神,诗中有画、有音乐、有创新思维,诗中两联精美极了。最后激情扬起,形成高潮——表达了时代精神。像这样洋溢诗情画意的诗词,在杨老诗集中比比皆是,难以尽举。

张汉青(1931—),广东揭西人。1992年起担任第三届岭南诗社社长,直至2015年在诗社第九次社员代表大会上辞去社长职务,担任名誉社长。

张汉青在任职岭南诗社社长以来,创作了大量诗词作品。他虽然工作繁忙,但"磨诗"不辍,并不断为弘扬中华诗词鼓与呼。他的不少作品见于《岭南诗歌》和《南方日报》副刊,影响很好。以他写港珠澳大桥的诗为例,2018年新落成的这座大桥,吸引了全国和全球人的眼球,张汉青激情澎湃,诗兴大发,写了一首《港珠澳大桥礼赞》。大桥连接祖国香港、珠海、澳门三地,凝聚着三地建桥者为民造福的心血。联想起文天祥老丞相当年"零丁洋里叹零丁"的感叹,更增添了他慷慨放歌的激情和活力:"长桥飞架日升东,浩瀚沧溟见巨龙。争看碧空中国结,齐呼隧道显神工。放歌万顷清波绿,呵护白豚逐浪冲。丞相九天挥手笑,伶仃洋上百花荣。"这首七律,见景生情,形象生动,意境优美,抒发了优雅之情,写出了开放改革景物之美,确是精品佳作。

赖海晏(1935—),广东惠东人。著有《花鸟诗缘》《青春梦痕》《浪花集》《翠痕集》等。赖海晏主张古体诗要弘扬主旋律,提倡多样化、诗词写作必须有正确的导向,但又要有个性的抒发与表达,要有时代精神,又要有多种多样的表达,提倡写爱国主义的篇章,又可以写友情爱情,颂歌美好山川,抒发人文情怀,鞭挞假丑恶、颂扬真善美……此外,古典诗词的写作,一定要有真情实感,有感而发,注意形象表达,要有意境、语言精粹,注意含蓄是一种美。如《英雄树赞》:

南国红棉蕴意深,诗人骚客费沉吟。
高高老干如钢骨,朵朵鲜花似赤心。
正笔凌霄根扎土,明霞映日叶披金。
前贤堪比英雄树,壮魄丰标耀古今。

赖海晏除了自己创作古典诗歌外,还撰写诗评在报上发表。早在2002年,赖海晏就写了《一颗真诚的诗心——诗人张汉青的创作经历》一文发表在《华夏诗报》,还撰写文章赞扬老革命杨应彬同志的诗词,在《羊城晚报》刊登。这些诗评,是他对领导干部努力学习古典诗词的精神的敬意表达,借此提倡古典诗词的创作与发展。

张海鸥(1954—),河北人。著有《北宋诗学》《两宋雅韵》《唐诗宋词经典导读》《水云轩集》等著作十余种;编有《余事集——中华当代教授诗选》《今风雅——大学生诗词创作大赛获奖作品集(2006—2014)》《今风雅——2014年广东省诗词研究与传承研究生暑期学校讲演录》等。

张海鸥从事读书、教书、研究到创作,一直秉着对诗词本真的热爱和追求,可谓诗词界的一股清流。他身体力行,追摹唐宋,有大量诗词作品为学界瞩目。比如《蝶恋花·凤凰花(三首)》,咏吟火一般的凤凰花映红了半边天,其叶如凤凰之羽,花若丹凤之冠,盛开在翠绿的树冠之上。不仅如此,凤凰花花开五瓣,花开时火红一片;花谢瓣落,树下宛如铺上一层红毯,令人动容,是历来诗人易兴之物。张海鸥的这组词,为和学者、诗人彭玉平《蝶恋花·凤凰花(三首)》之作。起句沿用了"五月凤凰花似酒",为全词确定了词风一脉的基调,使作品有了一致的神韵,而且有了起承转合、层层深入的次第。通读全词,感物惜时,共珍友情之意萦怀。后又有陈永正及中山大学爱好诗词的师生们以凤凰花为题次第唱和,风骚迭起,在康乐园里,传为佳话。

张海鸥主持的诗词学校是中山大学中文系古代文学课程改革的内容之一。2005年9月,他与吴承学、彭玉平提出了"中华诗教当代传承与创新"的发展方向和课题,并赋予传统"诗教"以现代内涵:教诗以育诗才,育人以立诗心;体察宇宙之浩大,升华个体之卑微;光大人心之高贵,化解俗世之鄙陋。中山大学诗校活动,不仅是诗词知识的饕餮盛宴,更是师生、诗友之间分享诗词创作与鉴赏心得的平台,使中山大学诗词学校在诗词界有了"诗词黄埔"的美称。

彭玉平(1964—　),江苏溧阳人。著有诗词集《六石斋杂曲子》,另有《王国维词学与学缘研究》《况周颐与晚清民国词学》《唐宋词举要》《人间词话疏证》《诗文评的体性》等著作。1995年末任教中山大学。他初习填词,以小令中调居多;后作诗歌,以七言绝句为主。其《六石斋杂曲子》收录词一卷,诗四卷,凡400余首,另附录《六石斋论话》《六石斋古文》二种。他填词注重情韵,曾填《蝶恋花》云:"五月凤凰花似酒。醉在枝头,一任东风诱。才道柳绵轻拂袖。朱颜一霎凭栏后。谁会疏狂风雨骤。元宋余音,细数方通透。料是年年铺锦绣。春心检点君知否。"情景交融,别有韵味,陈永正、张海鸥等岭南词人和词100余首,堪称一时之风雅。

他的诗歌以组诗为多,如《论词绝句三十首》《饮酒二十首》《二十四诗品》《秋兴八首》《论王国维学缘绝句三十首》《诗咏羊城》《诗咏中大》等。他的这一类诗歌情理并重,亲切自然,饶有兴趣。如其论《云谣集杂曲子》云:"丝绸塞上路迢迢,寂寞驼铃伴洞箫。幸有道人存小曲,轻裁心思到云谣。"《秋兴八首》之八云:"中年不复看吴钩,终日恹恹懒下楼。闲坐烹茶书满屋,便矜六石小诸侯。"《二十四诗品·诗集》云:"案头书卷任横陈,诗是亲人我作宾。收拾碎篇都一集,要将魂魄送昏晨。"《王国维与伯希和》诗云:"京城初识伯希和,劫掠敦煌感慨多。手札偶通闲论学,伤心地里泪滂沱。"凡此皆诗中有情有理有韵,得自然之致。他的不少诗歌从前人诗中起兴,而别开新境。如《壬寅十一月廿三日午后为广东护理学会演讲有病呻吟与文学经典因题醉翁采桑子群芳过后西湖好后四首》,即在欧阳修之外,转出新境。诗云:"诗人染恙转称雄,有病呻吟数醉翁。任是西湖花烂漫,也须谢后与君同。""诗人最爱是西湖,似恐花开欲我扶。李白坐愁群卉歇,醉翁但望众芳芜。醉翁懒看满池荷,渴痼中瘠莫奈何。注若漏卮如未已,小溲四望只呵呵。""山花一任自销魂,老病经春总闭门。待得群芳凋谢后,再缘湖畔过晨昏。"颇有到古人未到之处。其《癸卯立春日石马桃花雅集四首》之四云:"大张帷幕竟芬芳,独自盘桓兴亦狂。若得一方幽静地,清风与我共云床。"又其《癸卯立春日访石马桃花公园》二首之一云:"长闻石马是花家,今逐闲情访绮霞。讵料经宵风雨骤,惟余三五伴枝丫。"触景生情,令人低回。他生于江南诗词之乡,自幼浸润在如诗如画的江南山水之中,长而偏嗜诗词,朝暮吟咏不辍,沉浸在诗词的世界中。他在诗词研究之外,不废吟咏,以自然亲切为宗,力去艰涩之弊,虽为学人之诗词,亦不失诗人之风致。

朱复融(1967—),江苏淮安人。著有《花城寄》《给天堂一个高度》《红楼梦诗词解析》《婉约词评析》等10多部。

朱复融少喜韵文,默识心诵;兼学杂章,潜积学养。诗涉新旧两体,尤擅长古、近体绝句。进入网络微信时代,他开创诗词公众号,几年间,已创作了近2000首诗词。他认为,坚持写古体诗最大的难度在于其讲究韵律和意境,而韵律是有标准的,不像新诗那么自由。另外,关于现代人写古体诗一直存在争议,认为古人已经把诗词写到了极致,现在的人怎么可能超越古人?他坦承,在表达上,自然不能跟古人一样。即使是一样的景物,也要与前人不同,这才叫新意,诗无新意,便为俗词。比如庐山确实是"远近高低各不同",但是古人写过,就不能再这么写。我们可以从另一个视角与境界去表达,比如,他去庐山也写了两首绝句,一首叫《登庐山》:"影移足下石生风,不解缘由行画中。前岭妒遮后岭秀,朝云暗送暮云红。"一首《庐山行吟》:"行在山中望侧横,风流树冠立精神。从溪当识庐云秀,不计它峰足下争。"其中"前岭妒遮后岭秀,朝云暗送暮云红"和"从溪当识庐云秀,不计它峰足下争",就表达了前人没有开拓的意境与新的襟怀。

20世纪80年代以来,广东主要古体诗人还有刘斯奋、熊东遨、周燕婷、徐晋如、赵松元、赵维江、杨光治等。

第四节　崛起的女性主义诗歌

纵览当代诗歌地图,不难发现,北京、四川以及其他诗歌大省擅长祭出诗歌大旗,热衷于实行眼花缭乱的诗歌实验,他们渴望登高一呼,应者云集,要在当代诗坛确立自我身份。比较而言,广东的诗人们无疑如散兵游勇,大多踽踽独行,碎片般漂游于诗歌之海,他们可能会因为诗歌的某个原因而乍然漂聚一起,饮酒谈诗,然后相忘于江湖,总之,他们各据自身的天赋与爱好写作,极少开宗立派的欲望;他们率真、自由,拥有没有被诗歌小团体所规训的个体美学特质,如漫天繁星、遍地嘉木,倔强地闪烁着自身的光华。其中,除了上面介绍的主旋律诗歌、知识分子诗歌、民间写作、新生代写作之外,崛起的女性主义诗歌尤为值得注意。

广东自20世纪90年代以来也出现了一批有着强劲创作能量的女性诗人,如王小妮、马莉、郑小琼、冯娜、谢小灵、舒丹丹、阮雪芳、林馥娜、杜绿绿、陈会玲、谭畅、月芽儿、布非步、旻旻、嘉励、画眉等,她们的诗或敏感细腻,或善于缔造奇异的想象空间,或勇于面对沉重的现实世界,女性诗人的标签已不足以覆盖她们的书写,更难得的是,她们大多从闭抑的个体转向,直面历史与现实,有效勾连了自我与世界的现实关系,可以说,她们在创造自身的同时,也超越了被固化的女性诗歌的藩篱。其中,除了郑小琼、马莉、冯娜几位代表性女性诗人外,以下这些女性诗人也值得关注:

谢小灵,出版有《一点盐 小灵说》《芒果心》《微风的牧场》《河流在大海中重逢》《穿一双木屐走进寂荡的人生》等五部诗集。曾获得首届广东省诗歌奖(桂城杯)、《诗潮》2016年度优秀奖、第二届杨万里诗歌奖全国大赛优秀奖。谢小灵的诗流丽、干净、轻灵,有着敏感的诗性触觉与天然的诗性思维,这份天赋让她笔下的词语流水般自然成章,客观事物、感性本能、生命意识浑然结合为一体,形成了一种澄澈、灵性而又意蕴悠远的抒情诗体。

杜绿绿,2004年开始写诗。主要诗集有《冒险岛》《我们来谈谈合适的火苗》《城邦之谜》等。曾获"珠江国际诗歌节青年诗人奖""十月诗歌奖""现代汉语双年十佳"等奖项。杜绿绿的诗凌厉而明澈,常有出位之思,似乎脱离了现实逻辑,但又形成了富于创造性的诗的自洽世界,所有的事情、人物、动物、植物、语词秩序都如其所是,展现诗人的丰盈的想象力,而其神秘、怪异的审美经验与陌生化的语言则为诗歌书写提供了新的能量。

谭畅,写诗、作词、编剧。出版有诗集《风从哪里来》《大女人·散板》《文字上的女人》等,2010年起推出《大女人》组诗,提出"柔软出诗人"。谭畅以学者和诗人的双重身份活跃于诗坛,她倡导和实践一种"大女人主义"诗歌创作,从理论和实践两方面推动了女性主义诗歌的发展,她的创作表现出女性诗人少有的理性自觉倾向,跳出了惯常的女性自恋自怨的情绪樊篱,以分析者的姿态剖析女性,期待重建一种理想的女性主体形象。"我也不说小女人,虽然'小'居下而尽得渔翁之利/年龄小(或假装年龄小)也是女人一生的迷狂。"谭畅诗歌风格鲜明,如张清华所言:"她的诗歌给人最强烈的一个印象就是机智了,思维、修辞、词语的机智,有时极短小,却如快刀闪过,一击致命。"①

林馥娜,曾获首届国际潮人文学奖、《人民文学》全国征文奖、广东省有为文学奖、广东省大沙田诗歌奖等,出版有《我带着辽阔的悲喜》《旷野淘馥·诗歌卷》等诗集。林馥娜的诗磊落、自然,面对经验世界,坚持追踪其精神脉象,保持了对形而上世界与生活本质的深刻渴望;诗人不惧于朝向深渊的俯就,承认并接纳人世间的黑暗与不堪,也绝不沉沦于这暗地,要以个体的德性来温暖这个四处透风的人世间,因而,她的诗歌在坚硬的河床上流淌着辽阔的悲喜。

舒丹丹,诗人、诗歌译者,著有诗集《蜻蜓来访》《镜中》等,译诗集《别处的意义——欧美当代诗人十二家》《雷蒙德·卡佛诗全集》《高窗——菲利普·拉金诗集》等,曾获中国诗歌发现奖、广东省有为文学奖等。舒丹丹的诗沉静、内敛,富于书卷气,诗人神游于他者与自我之间,于恍然间闪现隐匿的精神亮光,她笔下的事物在展示自身秘密的同时也给予诗人以启示,更难得的是,舒丹丹在凝视并触碰事物秘密的同时不断返回内心,与抒情自我展开了理性的盘诘,丰沛的诗意内部自动生长出哲思的骨骼。

陈会玲,曾获得1998年广东省高校诗歌创作大赛一等奖,发表多篇诗作,著有诗集《太阳一样冷漠》。她宛然一株静默却生命力充沛的植物,无待地写作,适当地分泌诗歌的汁液,她的诗作数量不多,却均具有相当的水准。她的诗中总浮现一个敏感、不安的抒情个体,时时折返于回忆与当下之间,追溯、寻觅,却又保持了清醒的节制,如《回忆一个下午》通过时空蒙太奇打捞消逝的经验;陈会玲的诗还常常闪烁着奇警的语句,善于诗句间的转折勾连,如《到花田去》等诗展现了诗人纯熟的诗歌技艺。

阮雪芳,韩山诗群代表诗人之一。代表诗集有《钟摆与门》《在记忆的树冠上》《水的肖像》等,她尝试介入生存,对智能时代的日常生活、历史时空、自然万物进行

---

① 张清华:《大女人与软现实——关于谭畅诗集〈大女人〉的读记》,《南方文坛》2019年第6期。

描摹。短诗如《逼近》《第三种生存》具有张力与锐度，《热爱》《鹦鹉之歌》体现疫情背景下对生命价值的重新思考；长诗如《画眉与沉香》《女人与圣徒》追求个性载力和思想向度，写出女性在传统文化影子下的自我蜕变和成长。她的整体诗歌创作，既有对当代生活多元性的细致观察，也有对精神幽深的持续探索。

新世纪广东值得论述的女诗人还有很多，这里无法一一罗列。她们风格鲜明的诗歌书写共同构筑了广东炫目的诗歌版图，成为崛起的女性诗歌群体，呼唤着更多评论者的关注与研究。

第五节　主要现代诗人的创作

新世纪以来，广东诗歌可谓繁星漫天，涌现了一批颇具实力的诗人，除了前面专门探讨的杨克、王小妮、郑玲之外，丘树宏、卢卫平、黄礼孩、东荡子、冯娜、世宾、黄金明等诗人的创作也值得注意。

丘树宏（1957—　），广东连平人。广东省政府文史馆馆员，广东省作家协会副主席，曾任中山市政协主席。发表和出版文学艺术、人文社科作品近300万字，已出版个人诗集《长歌正酬》等9部，人文社科著作《思维洼地：一位文人官员的心路历程》等8部。2003年，凭一首抗击"非典"诗歌《以生命的名义》由中央电视台和中国作家协会以同名大型节目推出后而走进中国诗坛。曾获广东省"五个一工程"奖和鲁迅文学艺术奖。2017年在全国百年新诗评奖活动中被评为"最具实力诗人"。近几年来致力于长诗、史诗和大型舞台节目文学台本创作，主要作品有《共和国之恋》《珠海，珠海》《海上丝路》《海上丝路·香云纱》《Macau·澳门》《珠江》《九连山下》《英雄珠江》《中华魂》《南越王赵佗》《洗夫人》《咸水歌》《中国梦·大交响》《中山是座山》《道·罗浮》《粤港澳放歌》等；主创并兼总编导的大型交响组歌《孙中山》，曾在广州、中山、北京、吉隆坡、香港、台北等地演出。主创的大型交响组歌《孙中山》、大型电视文艺片《英雄珠江》、大型交响史诗《赵佗》在中央电视台或广东广播电视台播出，影响广泛。

丘树宏的诗歌，用饱满的诗情浇灌着良知，以充满家国情怀的诗句扛起诗人应有的社会责任和天下道义。如"非典"时期，他创作了《以生命的名义——献给抗击非典的白衣天使》。此诗虽不长，却属振聋发聩关注生命的大题材之作。读者最直观的印象是诗人对"不惜用自己躯体的倒下，换取千百个生命的站起"的医生护士勇于牺牲自我大义的讴歌，但潜含文字背后的，莫不是一种深沉的担心与忧患。如果仔细琢磨"坎坷的长路九曲""艰难的历程",如果感受"为蹒跚的患者踏平荆棘,让痛苦和瘟疫与人类远离"这温暖的祈祷,是否会让我们的心灵在一个个"为什么"中深切反思?或者,这种潜在的启示将更多地指向对"非典"发生根源的无语批判!由"非典"对内心的撞击发轫,是诗人创作的推力,但整合这种力量之后又由内向外的情感与思考辐射,这才是诗歌价值落地的所在。即便时至今日,假若我们用心感受这朴实简约、风行水上的诗行,想必照样可以感觉到那干净文字里的温度、感受到诗人大美的内核和诗人对生命深度关切的精神宽度。

丘树宏的宏大题材长诗如《共和国之恋》《孙中山》《海上丝路》《珠江》《南越王赵佗》《冼夫人》,以及历时十年而完成的史诗《中国梦·大交响——献给中国改革开放40周年》告诉我们,诗人正用丰盈的人文精神浇铸出一棵棵思想的大树。

《中国梦·大交响》可谓一首关于中国改革开放40年的力作。它以纵向的时间为线索,特意选择了12个节点上的标志性重大政治事件——"真理大讨论""十八个红手印""又一个'遵义会议'""特区之'特'""小平南巡""无形之手""港澳回归""奔小康""中国的脐带断了""和谐之歌""中国梦:初心回归"和"新时代颂歌"有机组成12个章节。宏大的诗歌架构、典型的意象选择,经纬编织为一首厚重的长诗力作。长诗是诗人心灵的呼吸、精神的曲线,也是诗人抒情能力与结构能力的极大挑战;诗人沿着历史的足迹前行,虔诚地匍匐在历史深处,真切地聆听、思索、感受中国改革开放40年的沧桑历程,其中既有对中国改革开放主旋律的忘情鼓呼,对胜利征程的激情赞颂,又于诗行间融入了对历史深沉的忧患思考。

"辛亥百年"之际,丘树宏创作了《孙中山》,该作采用横向切入的组合方式,多角度地塑造了孙中山这一世纪伟人的诗歌形象。在此基础上,作为广东省纪念辛亥革命100周年的重点文化项目,组诗《孙中山》与现代多媒体与交响乐巧妙融合之后,凸显诗歌创作、策划、组织、作曲、演唱、指挥与演员的百分十百本土化特点,先后在广州、中山、北京和马来西亚激情上演。其深厚广博的诗歌意境、史诗般的大气磅礴,以及融岭南音乐与中山民歌、传统音乐与现代音乐为一体的特色,淋漓尽致地彰显出孙中山先生文学形象与音乐形象的艺术魅力。

丘树宏以敏锐的政治敏感和邈远的视野,从南海局势的变化中捕捉到一个事关国家领土主权的关键词"中国海洋"。他创作的长篇史诗《海上丝路》,堪称具有重大历史价值、深厚人文蕴涵、巨大政治意义和迫切现实需求的诗歌精品。拱卫国家海洋战略的大主题、意象联想丰富、手法风格多变的长篇史诗《海上丝路》的视野更辽阔、意境更廓大、结构更科学、文本更唯美、收放更自如、艺术更成熟。透过500余诗行,我们可以抽象出"大丝路、大地域、大历史、大情感"与"大舞台"这五大特色。

卢卫平(1965—),湖北红安人,现居珠海。获第九届广东省鲁迅文学艺术奖等。诗作入选《中国新诗总系》等200多种诗歌选本。出版《异乡的老鼠》《向下生长的枝条》《尘世生活》《各就各位》《浊酒杯》《打开天空的钥匙》《一万或万一》《留言簿》等诗集。诗歌翻译成英语、葡萄牙语、瑞典语、俄语等多国文字。

卢卫平的优秀诗作,主要体现在以下三个类别:一是关注日常之"物"的作品,这是一种广义的咏物诗,深层次来看则属于存在之思/诗;另一类是诗人书写亲情的诗篇,如悼念母亲的悼亡诗;第三类是回忆乡村生活的作品,可称之为土地之诗。第一类中,《椅子》《台灯上的灰尘》《拍死一只苍蝇》《倾听》《楼道的灯坏了》等都堪称优秀之作。第二类有《母亲不知道自己死了》《遗像》《修坟》《活着的意义》《在母亲坟前》《怀念》《母亲活着》等。第三类有《为新居添置一件农具》《重读中学课本〈植物〉》《煤油灯》《土地》《向下生长的枝条》等代表性诗作。比如《倾听》一诗就是一首优秀诗作:

> 这么多的果实/是怎样在大地的黑暗里/找到树根/然后沿着树根/爬上树干/最后灯笼一样挂在枝头/在果园/我听不见果农的欢声笑语/只听到果实从冬天出发/经过春夏赶往秋天/奔跑的脚步声

这首诗通过追问一棵树上的果实的来源,追寻到生命的根源及其历程。通过"倾听",诗人发现了生命的最初来源——"黑暗的大地",并从反方向触摸到东方文化最古老的源头。庄子通过庖丁解牛,发现了生命作为自然物的"前本质"状态,这是通过"解"的途径将生命还原为"物"来实现的;而诗人则相反,通过"倾听"生命的完整性,从而发现了生命孕育的秘密过程,即由"黑暗的大地"中前生命的物质状态,一步步演化为生命的神秘之旅。而这种生命旅行的过程,难道不是对生命存在本身最好的领悟和揭示吗?不同的方向导致了不同的结果,庄子最终失去了生命的热度,将自我彻底物化;而诗人则发现了生命的奇迹及其价值,以至于常常在诗中向最卑微的植物俯首致敬。

再看另一首短诗《楼道的灯坏了》。这首诗同样揭示出无生命之"物"和一切有生命之物必须相互见证,才能显现出其共有的"存在":

> 楼道的灯坏了/我摸黑走到七楼/打开家门/我发现/我的家竟然那么亮堂/多少年视而不见的东西/也在闪闪发光

首先,诗中的"闪闪发光"之物正是日常的"存在之物"(对"存在之物"和"存在"的区分是海德格尔哲学的出发点),桌子、椅子、器皿等。它们在日常的状态下,因为其各自不同的使用价值而被隔绝开来,从而其共同的"存在"被遮蔽,而遮蔽它们的恰恰是外在的光,只有当这些光消失,处于黑暗中的物才显现出来。

其次,物的遮蔽是因为光,物的显现也是因为光,但物自身是没有光的,"闪闪发光"的"光"从何而来？到底是什么在发光？显然,这是另一种光,是存在之光,是存在在强烈地显露自身。但这一切不过是表面的现象,存在之物一直都在,因而存在也一直都在,它们既没有被遮蔽,也没有被显现,被遮蔽的其实是人的眼睛。人一方面与客观外物共为存在之物,它们共同形成存在之物的统一整体,另一方面他又不同于一般存在之物,而是身在此意在彼的"此在",是唯一有自我意识、唯一能观照他物的存在之物。离开人的观照,存在之物永远只是存在之"物",而无法显现其共有的超越一切之上的"存在"。可是,人在日常生活中由于与其他所有存在之物的实用性的依存关系而永恒地"沉沦"于其中,只有在特殊状态下(如"停电"使人暂离日常状态)才能从沉沦中超脱,独异于其他存在之物,回复人自身的"存在"。也就是说,只有实现了自身对俗世生活的超越,人才可以观照万物的"存在",而不是存在着的万物。

卢卫平的土地之诗、母亲之诗、存在之诗,尽管题材不同,内在的灵魂毫无疑问都是贯穿在一起的。在这些诗中,他看到了历史文化的逐渐碎裂,感受到了现代化、城市化所带来的碎片文化和分裂精神。由此,他以自己作为诗人的精神情怀,兼容着一个思想者的哲性光辉,从碎片中重建着其属于自己的整体性诗学。

黄礼孩(1975—　),广东徐闻县人。《中西诗歌》杂志主编。出版有诗集《我对命运所知甚少》、《给飞鸟喂食彩虹》(英文版)、《谁跑得比闪电还快》(波兰文版)等。1999年创办《诗歌与人》,提出"70后""中间代""完整性写作""省际文学"等诗歌及文学概念,被写入中国文学史。2005年设立"诗歌与人·国际诗歌奖",曾获得第八届广东省鲁迅文学艺术奖、广州城市形象国际传播大使等荣誉。

黄礼孩视诗歌为一种绝对性的精神信仰,在有关良知、承担、意义等终极性追问与思考中,呈现了一名诗歌朝圣者的书写伦理。《谁跑得比闪电还快》道出了一种平静又高傲的精神自况:远离时代的侵蚀,通过决绝的生命实践来对抗人类生活的顺流而下。《窗下》一诗则勾勒了一种明亮而轻盈的精神维度,"这里刚下过一场雪/仿佛人间的爱都落到低处……你像一个孩子/一无所知地被人深深爱着",落到低处的雪化为一种"有意味的形式",让滞重的精神诉说在隐喻中变轻、变神秘,从而抵达诗歌丰富的隐秘地带,并从澄静的诗意内部传达了战栗于细腻情绪之上的有关爱与奉献的抽象思考,瑞恰慈强调所有细腻的情绪都需要隐喻的传达,在我看来本质性的精神勾勒更需要这类精微的隐喻传达。

黄礼孩这些有着圣诗气味的诗作,不仅在精神线条上与之有着相似性,而且在诗歌的存在方式上,也有着与之类似的轻盈性,他善于消除语言重量,将内在体悟与外在世界、个体想象与客观事物有效地编织于自由漂泊的语言之中,在能指与所指、本体与喻象之间轻巧滑动。诗人在语言策略上始终坚持轻逸的语言美学,毫不掩饰对"小""细小""微""轻"等轻细词汇的癖好,通过形容词与副词的修饰与限定,诗中的语言仿佛被抽空了重量,变得轻灵而纤细,如"它要通过黑暗的门/取下一棵小树的耳朵"(《安静》)、"低处的小昆虫/在细叶间做梦"(《我们不比他们更懂得去生活》)等诗句,也因为"小""轻""低低"等轻细词语的修饰,诗句成为可以随着气流飘浮的词语羽毛,以一种轻柔的方式展开了诗人那颗飘浮于滞重之上的敏感、温柔的诗心。

黄礼孩不仅精灵般地滑行于轻盈而灵动的语言链条上,而且在择取诗歌意象时,也普遍倾向于细小之物抑或具有轻盈质地的事物。意象是现代诗歌的基本构成之物,它指涉的是诗人感情、智性和客观物体在瞬间的融合,它暗示诗人内心的图景,与语言一样,意象绝不是对他人创作的惯性复制,而是彰显诗人个体独特性的创造物,优美而充满个性的意象会如透明的宝石折射诗人幽微的心志。黄礼孩的诗歌意象轻灵、优美并富含包孕性,他酷爱以苔藓、蛛丝、小昆虫、树叶等微小之物入诗,这与诸多诗人习惯选择的高山、大河、太阳等宏大意象背道而驰,在黄礼孩看来,这些细小事物因被遗忘而显得更加纯粹,因形式微小,更能凸显"一花一世界"的丰富含义。

冯娜(1985—),云南省丽江市人。自1999年获得"云南省新世纪征文大赛"金奖以来,冯娜20余年笔耕不辍,至今已出版《无数灯火选中的夜》《寻鹤》《唯有梅花似故人——宋词植物记》《颜如舜华——诗经植物记》《树在什么时候需要眼睛》及 *Chinese Fable*(英文诗集)等个人专著10余部。部分诗歌作品被翻译成英语、日语、蒙古语、俄语、韩语等文字译介海外。2020年8月,冯娜凭借诗集《无数灯火选中的夜》获得第十二届中国少数民族文学骏马奖,成为广东省文学史上首位获得骏马奖的作家。

冯娜的《云上的夜晚》等诗集保留了她早期诗作轻灵、唯美的青春抒情之音,从《寻鹤》开始,她进行了自觉的诗歌变法,一种比较节制、澄澈、充满张力的抒情诗初露雏形,行至《无数灯火选中的夜》《树为什么需要眼睛》等诗集,冯娜已然寻到了属于她的独特嗓音,拥有了可被辨识的抒情面孔。

冯娜的诗歌有着天马行空的想象力,其笔下总快速切换着纷至沓来的意象,众多独异的意象踏空而来,在主体强悍的力量下被过滤、提纯、排列,化为奇异的意义峰峦,如她的代表作《诗歌献给谁人》,这首诗流转着快速变幻的意象,奔腾着飞扬的想象力,扫雪的人、病榻前的母亲、登山者、流浪汉、伐木人、迟疑的杀手,这些被提纯的意象之间充满了突然的断裂与惊奇。

冯娜还习惯通过悖论的语言来曲折表意。诗中有大量否定词的使用,如"不"

"没有"等在制造断裂的同时,也创造了诗歌曲折幽深的景深,否定之肯定让诗句获得了悖论的力量,《出生地》一诗便构建了一个悖论的情境:我们不过问死神家里的事/也不过问星子落进深坳的事/他们教会我一些技艺/是为了让我终生不去使用它们/我离开他们/是为了不让他们先离开我/他们还说,人应像火焰一样去爱/是为了灰烬不必复燃诗人信誓旦旦,"我们不过问",然而,死神家里事、星子落进深坳的事,它们作为被否定的他者却由此获得了更顽强鲜明的主体性,诗句由此成为一种悖论的意义传递,它灵巧地于闪避中呈现自身;诗作的尾部更是从自身产生的悖论性张力中汲取力量:教会与不去使用,离开与被离开,火焰一样去爱是为了灰烬不必复燃,它们构成了一个布鲁斯特所言的"倒置的真理",并拥有了箴言的质感

随着诗歌技艺的不断淬炼,冯娜还打破了惯性的抒情手法,借助智性来平衡倾斜的情感书写,"我重建着被自己损毁的宫殿,浇灌/用手缝漏下的合流,我的诗曾把水装在罐中/为了把它们捧在手上/我接受了损毁"(《秩序》),这节诗可视为冯娜诗歌变法的自我隐喻,即诗人通过自我损毁来重建抒情的秩序,事实上,她以节制而富于风度的抒情诗最终获得了其独特性。

东荡子(1964—2013),原名吴波。湖南沅江人。1987年开始写诗,先后出版《不爱之间》《九地集》《王冠》《阿斯加》《不落下一粒尘埃》《东荡子诗选》《东荡子的诗》《杜若之歌》等多部诗集。曾获第九届广东省鲁迅文学艺术奖等奖。

东荡子气韵盎然却又简洁直接的抒情诗可谓开辟了一类独特的抒情方式,它指示了一种缘于本体自发性又有着高度自觉的书写方向。东荡子诗歌的存在形态具有针的清冷与坚硬,与观看者始终警惕地保持了相当的距离,他的诗作多为精练的短诗形体,语句简练、修辞匮乏、情感隐伏,一如毫无枝蔓、绝对荒凉的针体,仅裸露了富于质感的真身,其被众人所传诵的诗作《黑色》《伐木者》等均只有短短几行简单的句子和必要的词汇,似乎诗人一直以减损、退却的方式使用词语,一些不必要的修辞、带有情感色彩的附属语都被刻意摒除了。节制、简洁的书写与他制造的巨大的想象空地之间形成了一种复杂的张力。东荡子的诗歌在修辞上有着自觉的精简化的冲动,他要打破语言的修饰性,反对频繁使用修辞性意象来连缀诗歌,力求让诗歌以最直接的方式抵达万物、诸相的真如。"其实一首好的诗歌的信息量不需要太大。一句话里面最好就是一个意象或一个信息,多了不好,多了会影响诗歌的发展,会相互遮蔽,而且还会产生一种自我消解的作用。"源于上述警惕,东荡子的诗歌不仅以退却的方式来使用词语,而且多以单纯的意象来缔造澄明、纯粹的诗境,《芦笛》中忧伤的笛音,《王冠》中一声不吭、马不停蹄的蚂蚁,它们作为诗作中单一的意象,有着自身内在的逻辑,并在诗歌的整体结构性运动中形成了强大的、整体的诗意。

东荡子诗歌之美与力离不开银针般坚实、简洁的形态,但让诗歌能持久发光的,则离不开作者直指人心、直取生命秘密的思想直觉。诗人有一双根基清澈的穿透性的精神之眼,能以最直接的方式抵达真理的核心。他观看世相万物,却并不胶着于现实的逻辑联系,更不耽溺于个人情感的呢喃,而是从动荡的表象窥见了阔大的永恒与真实。《一片树叶的离去》寥寥几句,却参破生死"仿佛晴空垂首,一片树叶离去/也会带走一个囚徒",凋零之树叶是诸多抒情诗熟悉并乐于引入的意象,东荡子却摆脱了细节的描写、惯常情绪的抒发,单刀直入,将落叶直接引入至生死的冥想之中。这类一针见血的箴言式的诗句有能力深入复杂的真理根部,并将之以一种近乎透明的姿态将它豁然呈现。

世宾(1969—),原名林世斌。广东潮州人。已出版诗集《文明路一带》《大海的沉默》《迟疑》《伐木者》《交叉路口》等;系"完整性写作"主要倡导者和理论阐述人。

世宾渴望重新恢复诗歌的伦理责任、扩张诗歌的精神能量,呼唤他一再期待的"完整性写作",世宾诸多诗篇中,"诗"化身为"光"的肉身,成为世俗世界高悬天穹的发光体,彰显了诗的神性维度;《在我和诗之间》中诗与光合二为一,诗拥有光的基本质地,成为光的一种,"我知道你的存在:明亮而宽阔/在我和诗之间,隔着千山万水/我听见你在召唤,隔着千山万水/你如此清澈、深沉,像高处的光。"清澈、深沉如光的诗歌从世俗化、技术化的泥淖中卓然上升,被赋予了终极性的意义线条,成为诗人眼中的恍然神祇的"召唤者"。诗歌不仅如光一样在高处闪耀,而且俯身人世,从庸常生活中伸出了它的拯救之手,可见,"光"是世宾"完整性"诗学理想的核心意象,它是一个召唤,也是一种救赎,它让诗人避免陷入动荡的分裂,成为超越了时代碎片的获救者。

在书写风格上,世宾从早期的直接激烈转向一种更具个人风格的远视的诗学追求,他集大成的诗集《交叉路口》带来了值得珍视的诗学生长点。他在诗集中孜孜不倦地追求一种自觉保持距离的远视法,"只有拉远距离,眼睛/才能重新对焦/把枝枝蔓蔓从不成功的凝视/剪除"(《远视》)。他要自觉拉远距离,剪除生活的枝蔓,寻求对本质的准确描述。这类追求远视的对焦方式让诗人保持了冷静的情感距离,剥离了执念与情绪的纠缠,也主动消除了事物身上枝蔓横生的细节,而将之定型为某种本质的构成体,因此,你无法看到他笔下的"墙"抑或"杯子"所拥有的细节,却能发现事物内部的意义旋涡,"墙的建立是对空地的反对/空地自在于自己的空,可以/装下它所赞成的,和反对的/它甚至没有反对的,/它可以 装下它自己"(《墙》)。墙不呈现其物质性表象,只在盘旋的思辨中讲述其内部意义。

诗人的远视法总将庸常事物置于陌生与惊奇之下,事物在寻求本质的目光下缓慢地打开谜语般的自身,意义层层绽放,然而,每一层意义的转折并不遵循物的表面逻辑,而源自诗人主体的哲思,因此,这些溢出日常思维的思考总让诗句发生不断的转折与断裂,诸如此类。"它是基于一个错误的起点/无论向左,还是向右/它的愿望越大,它就越深陷入谬误的阴影"。格言式的沉吟,拉长了诗句的空隙、降低了词语的速度,概念与判断的介入则进一步削减了抒情的音域,生长出一种玄思与冥想的美学风格。

世宾在作诗的同时积极撰写诗歌理论,展开诗歌批评,他对当下诗歌进行质疑的同时,提倡"完整性诗学",认为勇气、良知、爱、疼痛感、存在感、尊严应该是"完整性写作"的关键词,诗歌应对真实生活的痛感敞开,并在诗歌中建立一个更高、更宽阔的世界。他还提倡"境界美学"的写作,认为诗人要挣脱现实主义(或自然主义)美学对人的感受力、体验力的弱化的努力,重新建构我们文化的最高可能,让诗歌从现实主义的美学统治下抽身出来,与强调想象力和创造性的诗写传统结合,在诗歌中创造一个具有现代意义的存在世界。

黄金明(1974—),广东化州人。兼擅小说、散文和诗歌。出版有诗集《时间与河流》等,有作品译成英、俄、日等语种。参加诗刊社第24届青春诗会,获得第九届广东省鲁迅文学艺术奖、首届广东省诗歌奖。

黄金明的诗作,有一种浪漫主义的气质。面对现代性的笼子,诗人坚持荷尔德林式的灵魂自救,渴望一种穿透时代的力量,在一个"贫乏的时代"中寻求价值和意义。他的诗集《时间与河流》类似一部理想主义者的宣言书,它沉重、痛苦,充满了对于历史连续性的渴求,诗人要以一己的现代肉身潜入时间黑洞去肉搏意义的明昧,试图还原我们这个时代的精神状况。他哀叹"消失"与人类无可奈何的宿命,"河岸坍塌了,而时光仍在流淌/河床干涸了,河流的格言变成了沙粒/时间在某一棵树上消失,它的枝条进入了枯萎"(《时间的论据》);"土地如磨盘,一代又一代人的身躯陷入了/黑暗的泥淖之中"(《黎明》)。古老的哀音牵引着诗人抒发人类集体的命运之悲,将缅怀的目光投向了芬芳的大地、静谧的村庄、风中奔跑的少年,它们都在时光流转间一一消逝,诗人对于自然风物、村舍篱落的频频回顾,针对工业污染、现代文明加以坚决的反抗。黄金明还对现代性的进化光谱进行了拆解,在他看来,当下流动的创造性并不提供出路,它只有无穷的涌现,成为无尽欲望的表征,被拥有的同时即化为陈腐,现代的"创新"因"无力控制"而化为雅思贝尔斯笔下的"刺激",只瞬间呈现意义而不拥有终极价值,因此,现代时间并不能为迷途者提供人类命运的出口,"你像一个深渊,一个无底洞,一个有入口/而没有出口的迷宫",从古典总体性崩散下暴露出来的现代时间,由此成为一个没有出口的巨大迷宫。

黄金明前期的抒情诗有着绵密的意象、饱满的激情,诗歌表层语言华美、流丽,柔性而富于弹性,它们如万斛泉源,不择地而出,滔滔汩汩。诗人还并凭借激情创造了一批长诗,如《梦境》《我们的祖先》等长诗气韵绵长、过渡自然,诗人的真气始终贯穿其中,他对于长诗的把控让人想起阿什贝利那气韵盎然的长诗。

中年以后,黄金明有意识地进行了诗歌的抒情变法,增加了叙述、思辨、反讽等手段,试图应对时代及现实越来越丰富、繁复的挑战,出现了复调或混搭风格,遂有了《与怀疑论者谈信仰》《哲人石》及《时间与河流》等小型长诗。《与怀疑论者谈信仰》在充沛的抒情意志下将现代抒情诗的复调性发挥至更为繁复的形态,"我"观看"他"、描述"他",意欲对"他"进行定义,"他那狂乱的单纯及隐蔽的复杂性/都有同样的根源。那些美好而狂暴的记忆/纯属偶然",随即,"他"的自我独白对"我"的叙述展开了不同方向的回应或阻击,"我手持怀疑论的镰刀/割取大地上的金黄麦穗但从不怀疑神/在无法目睹的角落冷漠地注视","我"与"他"次第发音,两者相互纠缠、对质、融合,形成了诗歌内部自我肯定又自我否定的悖论形态。变法之后的黄金明诗歌拥有了更强壮的抒情胃口、更为庞大的异己包容性,它变形了传统抒情诗的单音节形态,化合出一种更为混杂、内部相互辩驳的现代抒情声音。

凌越(1972—),安徽铜陵人。诗人,评论家,译者。著有诗集《尘世之歌》《飘浮的地址》;评论集《寂寞者的观察》《见证者之书》《汗淋淋走过这些词》;主编"俄耳甫斯诗译丛",曾获刘丽安诗歌奖。

凌越深谙现代诗的秘密,有纯正的诗歌品味,并拥有娴熟的诗歌技巧。他早期的诗集《尘世之歌》注重诗歌的戏剧性,多运用不同的独白体制造复杂而精微的声音广场,如其组诗《虚妄的传记》,诗人常常隐身于"面具"之后,大量使用内心独白,独白者身份、性别各异,他们纷繁的声音展示了现代人挣扎、自省、丰富的灵魂图景。

《尘世之歌》是20世纪90年代较早书写都市生活的诗集,并创造了独特的有关城市诗的书写方式。凌越的城市诗,属于稀有的品种:他把城市作为自然,作为自然的有机部分。城市是世界的一部分,生命的一部分,城市的苦难和忧烦也是世界和生命的苦难和忧烦的一部分。在凌越的城市描述中,人作为城市之物的一部分而存在,并在与繁复的都市景象的并置之中获得其自在性,如《雷雨》一节:"杂货店里,避雨的中年人面色焦黄,/又一阵雷声滚过天际,/黑色的渡轮在惊慌中靠岸,/更远处,黯淡的乌云正吞咽着河流。"在客观的描述中,人相对地呈静态,人周围的环境则呈动态,当人置于事物中间,事物的活跃性往往远胜于人,人置身其中,成为环境的一部分,一个单元,卷入事物的不断变化中。凌越的城市诗能够突破有关都市书写的陈腔滥调,将城市作为与大地和自然一样来抒写,这一书写向度可谓具有创新性。

至晚近新出的诗集《漂浮的地址》,凌越承续并发展了其面具化的诗歌手法,进一步超越了个人经验局限,展示了更具普遍性的抽象化能力,诗人总化身为历史或文学中的人物,如福楼拜、李尔王、马雅可夫斯基等,去打开精神维度,书写不同经验世界,《你真是一个怪物》中,凌越借助福楼拜的面具,并从元诗的角度对词与物、诗与现实之间展开了深度思考、复杂的辩驳,"我喜欢无所依傍的文字和人生,/像地球凭空旋转……你知道,激情都是催命鬼,/像搓一根麻绳,将它搓细,/然后分散在每个字句的掂量中。/我的世界在一个句号里终结,/总比在逗号和省略号中苟延更加完美。"诗人以福楼拜的独白浇自我之块垒,以具象的方式表述了他的美学原则。

凌越的诗热情、直率,有着惠特曼式的"大嗓门",同时,他又有能力在激情、直截了当的抒情与理性、节制的手法中寻求到微妙的平衡,让戏剧性与真挚构成互补,戏剧性手法化解了直率可能带来的滥情危机,而真诚的品格则赋予了戏剧性以稳定基础,避免其因为脱离个人经验而带来的不真实感。凌越的诗笔锋饱蘸激情,时而还会采用铺排、澎湃的句式,但从不失控以至流泻,大都写得扎扎实实,激情的文字被套上"辔头"……他的写作包含了一种心智上的明朗、决断。

张况(1971—　),广东五华人。著有大型历史文化长诗《大秦帝国史诗》《大汉帝国史诗(上下卷)》《三国史诗》《大晋帝国史诗(上下卷)》《大隋帝国史诗》《大唐帝国史诗》《走近中国文化》《张况短诗选》《张况的五种抒情》《张况诗选》,诗评集《中国汉诗的温柔部分》《三余拾萤录》《让批评告诉批评》《张况序跋选》,长篇历史小说《赵佗归汉》(五卷本)、《雅士》、《小镇上的鼓手》,中短篇小说集《今又月圆》等文学著作31部,主编诗文选《名家笔下的佛山》、《这里最佛山》(五卷本)、《珠三角诗人诗选》等30部。

张况是当代新古典主义历史文化诗歌写作的重要代表、中国长诗写作倡导者,曾连续主导举办七届"中国长诗奖"、十届"岭南诗会·佛山禅城腊八诗会",其大型历史文化长诗《中华史诗》曾获广东省第三届重点文学创作扶持资金签约。这是一部独标风骨的历史文化长诗,是中华文明纪念碑式的作品,又是一部中华文明的大百科全书式的奇书。诗作《鸿门宴》列入粤教版必修课程2021年高中语文示范教案。其作词原创粤曲《人民就是江山》入选"第十届全国相声小品优秀节目展演""全国优秀曲艺节目展演"等重大演出,其作词原创抗疫粤曲《爱的交响诗》入编中国唱片公司出版的全国抗疫优秀歌曲唱片《红手印》。2010年作词音乐作品《中华颂歌》获首届"中华颂"全国原创歌曲作品暨演唱大赛金奖、《东华里之歌》(作词)编入佛山市地方音乐教材初中二年级(第三册)。

张况还从事长篇小说创作,其长篇历史小说《赵佗归汉》系省作协2016年"深扎"题材,被评为"2022年广佛同城共读一本书"第一名书目。张况长篇历史小说《赵佗归汉》体量巨大、雄心勃勃,个体命运与时代变迁、边疆民族与中原文明、文学虚构与历史真实如何融汇,张况做了很多考证和思索。岭南文化作为中华文明的重要一极,不仅是小说的底色,更成了叙事的主角,而以赵佗归汉为主线的历史讲述,最终是要建构起一个真正的文学岭南。

第二十七章 散　文

在新时代,广东的散文与小说、报告文学与诗歌一样,也迎来了一个繁盛期。民生、亲情、历史、地域、生态等内容得到不同程度的关注,散文的题材得到全面的拓展,老中青三代作家和不同职业身份的作者纷纷涌入散文队伍,为散文创作带来了新的气象。面对复杂的现实经验,作家言"难言之隐",状"熟视之物",努力地拓展精神的疆域和写作的边界,生活被重新擦亮,人与自我、与世界的关系得到了重新凝视。越来越多的作品不满足于现象的描摹、生活的实录或简单的抒情,而经由自身经历和体验的沉淀,对人的精神世界作更深入的勘探,对现实的多样化和人性的复杂作出更多元的理解和阐释。艾云、塞壬、耿立、林渊液、詹谷丰、卢锡铭、杨文丰等散文作家,勤勉而执着地进行文体的开拓和实验,打破了散文惯用的时间链条和空间秩序,借鉴小说的叙事技巧和跨文体实验,使散文的文体创新呈现出活跃、积极的态势。越来越多的创作者有了自觉的文体意识,从散文主体人格的建构和散文本体"边界"的不同层面去深化对散文的理解,关于散文创作的探讨也从观念层面开始进入技法层面,这也预示着广东散文创作在今后的突破。

第一节　题材拓展与思想维度

新时代的广东散文,优秀的散文家和优秀作品大量涌现,表现在题材和思想层面上,有几方面值得关注。

一、见证与铭记

2020年,新冠疫情暴发,不仅对整个社会的国民经济、生产建设产生了巨大的影响,也直接打乱和改变了人们的生活节奏、生存方式,更引发了人们对生活和生存的诘问和反思。这一年度大事要事也以猝不及防的速度成为散文作家不得不面对的"重大现实",人类共同面对的危急情境更深地激活了作家的现实关怀,促使他们努力寻找与历史和时代对话的方式,引发了多元的文学回应。自2月以来,广东省作协在全省开展"以笔为援,抗击疫情"主题文学活动,以"点对点"形式组织重点作家采写抗击疫情题材作品,利用《作品》《广州文艺》等平台刊发优秀作品,联合《花城》《南方》等杂志,推出"抗疫"作品专辑,并在"广东作家网"开设主题作品展,产生了很大反响。在抗击疫情这场没有硝烟的战争中,散文家们以笔为武器,记录、歌颂、思考,细微地传递出中国人民的心理和精神状态,由最初的茫然、紧张、害怕、恐惧、悲观,到果敢、坚定、智慧、团结、乐观,这些创作也慰藉着人们的心灵。作为事件的亲历者和见证者,作家们的关注主要集中在三个方面:赞美逆行者、直录个人生活的变化、反思疫情。这突如其来的新冠疫情让世界停摆,让世界寂静,人们只能宅家静思,进行"集体修行"。喧哗热闹的聚谈、社交、娱乐被寂静的观察、阅读和写作所取代。欧阳在衷的《一个普通中国抗疫志愿者的天》真实地记录了一名基层教育工作者的抗疫经历。燕茈的《闹春》则以自然节制的笔调叙述了一个普通家庭的故事,展现了一家老小在冷空气的来袭和"静音模式"下度过的无奈又心存盼望的特殊"年关"。蒋述卓将自己在疫情防控期间的思考写下来,命名为《静思短章》。特别是詹文格对"疾病"这一现象进行了深入的探讨。他的《身体的风暴·纸上的疾病》追溯疾病作为"永恒的文学资源",给人类留下的永久性创伤,并以古今中外的疾病书写来展现文学和疾病在"生死之途"的对抗。《身体的暗夜》则将这种观照下沉到私人化的生活领域,面对失聪的女儿、失忆的父亲、精神失常的老同学、罹患"天才病"的文学艺术家,"我懂得了疾病是件残忍的事,它以不同的方式上升为一种隐喻,渗入到每一个烟熏火燎的细节。"疾病是从心理的轻微不适,身体微弱疲惫,生活微妙的挫折感,到严重的病症发作。在这一个递进过程中,每个环节并没有一条清晰可见的界线,外部环境和心理因素皆可成为巨大的诱因,这些状况从心理感受到躯体化感受的过渡常常令人猝不及防。这些因疾病而"丢失的身体",划出了生命的暗夜,她们似镜子,监视善恶美丑,照出了人的灵魂,放大了习焉不察的社会问题,值得关注和深思。

二、乡土散文的承袭与突破

新时代以来,也许是疫情的残酷唤起了人们对亲情的重视,写父母、子女、兄弟姐妹、亲朋好友的散文明显增多,像耿立的《这暗伤,无处可达》《遍地都是棉花》,盛慧的《外婆家》,卢锡铭的《枕水听涛》,王国华的《街巷志:深圳已然是故乡》等文,写得情真意切、感人至深,既师承岭南散文传统又有所突破。本来,这种怀人恋旧、抒写乡愁的散文极容易走入刻意渲染、重复雷同的窠臼中,但检阅新时代的广东散文,却于熟悉中发现了一些新的亮点。比如,耿立《这暗伤,无处可达》《遍地都是棉花》,在一众乡土散文中显得格外大气和厚重,摆脱了一般的乡土散文的固定模式和体量的限制,从对故土风物的描摹和对田园沦丧的感喟中挣脱出来,进入到对乡土世界更物质化、具象化的描写中。他笔下的泥土、青草、棉花、羊……不是供奉在文字中诗意吟咏的对象,而是关联着土地与人类的真实存在,它们是粗粝的,坚韧的,带着"毛边"质感的,充斥着鲁西南平原乡间的拥挤、芜杂、人畜共生的气息和味道。在其中,作家找到人与动物习性的接近,发现人与所处世界的共通点。盛慧《外婆家》以轻盈、灵动、氤氲着水汽的诗性文字,带着一抹淡淡的哀愁,准确地传达出生活的质感和美感,仿佛推开了一扇故乡的大门,一个和乐敦厚、充满温情的江南水乡世界向读者款款走来。作家用爱和温情过滤了时光的杂质,倾心于对童真童趣的描摹,对少年时光一心一意的追记与还原,沉淀出美的情愫和温馨的回忆。宜兴小镇丰富多彩的民间生活,俏皮可爱、顽劣天真的孩童,和记忆里外婆的形象交织在一起,为都市千疮百孔的枯燥心灵吹奏了一曲舒缓熨帖的思乡小夜曲。王国华《街巷志:深圳已然是故乡》用脚丈量城市、用笔记录生活的王国华,身份其实已经超越了本地人—外地人这样的二元对立,他既敏锐又深刻地感知到"乡愁像一只鸟,在高楼大厦的缝隙里飘来飘去",又对深圳的原住民多了一份同情的理解:"他在丰富的物质海洋里,找不到自己的故乡,更找不到自己的童年了。"由于拥有这样的双向理解能力和不断转换的内视角,他个人的追问,也是所有离乡背井在城市里讨生活的现代人心底的追问,是千千万万生活在都市的当代人,面对急剧变动的现代社会心底深深的隐忧和疑惑。卢锡铭的乡土散文,师承岭南散文家的传统又有所突破。在他新近出版的散文集《枕水听涛》中,他一方面以深情的笔调,感恩和悲悯之心,记叙着故乡独有的人事;一方面以现代性的眼光和批判精神,思考人与自然的关系,同时批判那些破坏生态环境,践踏大自然的行为。像这样师承岭南散文传统又有所突破的乡土散文,还有林渊液的《好阗》《荦乡愁》,鄞珊的《流水对账》,孙善文的《魔石记》,等等。

三、红色礼赞与现实关怀

新时代广东散文创作的一个新现象,是涌现了一大批弘扬爱国主义精神、深情讴歌红色革命、礼赞共产党人的高风亮节与诗性情怀的作品。广东是中国近现代革命的策源地,南粤大地蕴含着红色故事的"富矿",这为作家提供了丰富的素材和资源。这类作品在追求历史深度的同时,也注意通过细节和场面的刻画来表现人物的生命意识和思想光芒。

詹谷丰的散文集《山河故人——广东左联人物志》是这类作品的代表。该书聚焦冯铿、洪灵菲、丘东平、冯宪章等左联作家的人生故事,辅以翔实的史料记载和后人的评论,来展现左联革命战士的心路历程和精神成长史。这些年轻学子,当年是如何为理想所鼓舞,坚定地走上革命的道路?他们在传统家庭、旧式婚姻和现代爱情之间,遭遇了哪些挫折?他们年轻的心,曾有过哪些挣扎和退缩?又是什么支撑了他们最终的选择?作家在丰富的史料中摸爬梳理,在具体的历史文化语境中,再现了左联青年真实可感的人物形象。

《山河故人》尝试以普通人的血肉之躯,去接近、理解和阐释100年前这批年轻战士的革命追求,文章在历史真实与文学虚构之间从容切换,从人物命运折射出当时历史、社会、经济和文化等各方面的状况,体现了作家的历史素养和文学修养。在这些年轻人的生命旅程中,詹谷丰找到了百年党史、左翼文学和岭南热土的关联,让这些左联人物,不再是教科书里遥远的人物符号,而成为和我们的当下生活有关联的一群人。

行程万里,不忘来路。山河无恙,丰碑有志。值得一提的是,《佛山文艺》还特辟"丰碑志"专栏,邀请部分作家和历史学者重访革命遗址、遗迹,书写纪念碑背后的故事,展现那一段段恢宏辽阔,慷慨悲壮的历史画面,一批批革命英烈坚贞不屈、为国捐躯的感人事迹。林友侨、周铁株、杨柳依、赵芳芳、梁德荣等作家纷纷拿起笔,满怀深情地追忆先烈们的革命情怀,讴歌他们的英雄气概,作品昂扬遒劲,激动人心。

2021年是脱贫攻坚的收官之年。在脱贫攻坚战役中,广东散文作家没有缺席。唐德亮的散文《金利行》,是作家参加广东作家"乡村振兴看里水"采风获一等奖的征文。文章反映了南海里水镇金利村脱贫奔康与乡村振兴进程中,乡村的新气象与村干部、村民的精神面貌。《云上瑶寨》则描述作者三上粤北连山瑶寨茶联村的见闻,反映瑶山46年间的变化尤其是脱贫奔康战役带来的沧桑巨变,洋溢着强烈的时代精神与独特的文化意味,巧妙地熔瑶族风情、神话传说、歌谣与现实生活于一炉,呈现出浓郁的民族特色与生活气息。丁燕采风的足迹遍布梅州、韶关、海陆丰、揭西等地的"红色村"和"贫困村",创作了《从"梅岭三章"到"梅岭新章"》《都是大南山的儿子》《谁种了这些有机稻》等文章,致力于表现"大时代里的普通人"。

四、追寻思想和心灵的光芒

散文看似"零门槛""无界限",其实对作家的主体性有很高的要求。在新时代,越来越多的广东散文家意识到:精神性,或曰思想性,是散文的骨架。林岗和耿立的散文创作具有示范的意义。林岗的《漫识手记》就充满了一个知识者对自我、人生与世界的思考与感悟。在艾云的散文集《那曾见的鲜活眼眉与骨肉》中,她调动自身的情感经验和对人性的理解,带着鲜明的性别意识,设身处地地深入到当事人幽微、复杂的心理,放任想象和虚构的笔致去探究人情人性的秘密,笔墨所到之处,闪现着艾云作为一个散文家的思辨气质与诗意。耿立力图在追寻历史真相和乡村书写中,使散文重获生命,使当代散文更包容,更阔大,更具风骨和元气。林渊液的散文集《出花园之路》,在健康与疾病,生与死,顺从与叛逆,此岸与彼岸,物质与精神,抵触与抗争,放纵与节制等多重关系中,寻觅着"精神之爱""爱情峰值的匹配",思考生命的价值,写作的意义,追寻着女性的自我身份。因此,《出花园之路》可视为作家近年来思想探索的结晶。

  以思索的光芒贯穿写作始终,锲而不舍地追问存在的问题,逼近心灵深处的,还有黄倩娜的散文集《凛冬将至》。作家写她母亲,外婆外公,舅舅,行文亲切朴实,细节鲜活,文字典雅节制。因为不是家族小说,作家无意浓墨重彩写出人物跌宕起伏的人生,更多的是通过精心挑选的细节,来勾画人物的精神剪影。然而,一滴水里照见了大海。从她克制的叙述中我们能读到的是作家内心的隐忍、怆痛和不舍,是一片片斑驳树叶中折射出来的时代波折。她写人,却照出了一个时代的波澜起伏。2021年,塞壬出版了她的第五本散文集《镜中颜尚朱》。"我是如何成了我?多少影子和镜像,照见的是一宗又一宗的往事和一个又一个的面容,我用文字细细触摸过。在满心风雪的中年,我看见一种澄澈的深情久久地沉浸在语言的唱念里。"这本散文集,是塞壬面向心灵、思索出路的一面镜子。杨文丰的生态散文在中国当代生态文学中占据着较为重要的位置。他十几年来创作的系列生态散文"自然笔记"自成一家,风格卓然,被誉为当下最具代表性的生态伦理散文之一。杨文丰把"形神和谐,启智启美"视为散文创作的座右铭,以自己农业气象学的专业背景和中文教授的职业背景,开辟出一条融科学精神、文学美感和哲理内蕴于一体的自然伦理散文创作路径。

  可以说,求真求诚,探询思想,启智启美——正是新时代广东散文家的创作原则和自觉追求。对驳杂现实的主动回应、充满忧患意识和人文关怀的思考、对自然的敬畏和对社会人生的追问勇气,以及对艺术风格的自由追求,已成为广东散文作家强大的内驱力。散文背后的人"立"起来了,散文就"活"起来了,唯其如此,才能有形态多样、气象万千的散文天地。

  散文是与当下生活关系最密切的文体,也是最能与新传媒保持良性互动的文体。当下的散文作品,拥有了前所未有的传播平台,在微信、微博、报纸副刊、文学杂志上,到处可以看到散文的身影,散文的评价标准、阅读习惯、审美方式正在发生明显的改变。这对我们的散文作者提出了更高的要求。我们期待在来年的散文创作中收获更多、更优质的散文佳作,期待广东散文能更立体、更深入地谱写出岭南人的精神气象、生活情态和审美追求,为读者的精神生活提供更丰富的滋养,在"粤港澳大湾区文学"的视野中,充分凸显岭南务实、包容、开放、创新的文化品格。

进入新时代以后,广东的散文创作再上台阶,优秀的散文家和优秀作品大量涌现。其中呈现出别样风致的是岭南"学者散文",它以其独异的精神魅力和艺术风采吸引着广大读者的目光。

第二节　岭南学者散文的多样风致

20世纪90年代以来,当代散文创作以其日渐庞大的创作群体,丰富多样的品类和各式各样的文体形态,以及令人应接不暇的散文现象或流派,呈现出杂树生花、方兴未艾、蔚为壮观之势。在这其中,"学者散文"因其独特的写作姿态和深广的文化背景,因其溯通了中国文章学的传统,引发读者持续不断的关注和阅读的兴趣,并受到散文研究界的普遍推崇。对于当代散文领地里出现的这道亮丽风景,近年来已有不少学者进行过研究。不过,这些研究基本上忽视了广东的"学者散文"。事实上,新世纪特别是新时代以来,广东的"学者散文"已然呈现出喷发之势,不仅写作者众,而且个性不同,风致各异。

岭南"学者散文"的代表人物,老一辈的有黄天骥、黄修己、黄伟宗、饶芃子等;中年一代较突出的有蒋述卓、林岗、吴承学、黄仕忠、江冰、杨文丰、郭小东、金岱等。林岗的《漫识手记》以思考的独特和深刻著称。蒋述卓的《生命是一部书》由"生命情思""怡心情趣""文海情缘"组成,在山川行游、历史考据、文化感悟和友朋交往间,袒露作家的真性情和哲理妙趣,别有一番风味。吴承学的《冰壶秋月》缘事而发,文字平实朴素,虽少见清词丽句,却显朴茂深挚,可谓性情文字。黄仕忠《书的诱惑》等散文集,既记录了他对书的痴迷、读书的心得体会,及其读书的心路历程,又折射出这个时代的学术风貌。江冰的《这座城,把所有人变成广州人》《岭南乡愁》致力于从凡夫俗世的衣食住行、文艺娱乐、民俗风情里,展现羊城万花筒的景观,为岭南文化打造了一张独特的名片。杨文丰的学者生态散文,涉及自然生态、植物气象和科学伦理,有扎实的科学知识、独到的生态观念和理论反思意识,更兼具强烈的时代感和文化批判意识。总之,广东的"学者散文"不仅丰富了广东的散文品类,而且为广东新时代的散文创作注入了一些新的精神元素。

蒋述卓(1955—　),广西灌阳人。暨南大学教授。蒋述卓以文学研究知名于学界,他对散文创作也情有独钟。新近他将多年来创作的散文随笔,取名为《生命是一部书》结集出版。虽然他自谦自己的"散文写作属于刚起步阶段",但读完集子里的长章短制,透过那些文思兼美、酣畅淋漓的文字,我们不但感受到蒋述卓散文的成熟与老到,也见识了他学术之外的另一副笔墨。

作为学者研究之余的副产品,蒋述卓的散文随笔,基本上可以归入"学者散文"一脉。的确,在《生命是一部书》中,我们随处可见知识的"贝壳",感受到学问的底气与文化的蕴含。在《谁晤浯溪,见字如面》里,蒋述卓不但追踪《大唐中兴颂》立碑的来龙去脉,解读元结撰碑文,颜真卿书写碑文时为什么要用"春秋笔法",廓清了历史尘烟之后,又考证颜真卿为什么用楷书大字书写,中锋用笔,却时有篆隶之法参与其中。接下来,再考证碑文由左向右行文的根据,并纠正了历朝历代对于"由左向右行文"的种种误解,可谓拨草寻蛇、刨根溯源,熔考据、义理与文章于一炉。蒋述卓的散文随笔既有舒卷幽旷的遥想,典雅蕴积的文采,又有贴近人生与日常生活的学者情怀。

蒋述卓的散文随笔不但有考据、义理、文章与学者的情怀,还有生命的投入、感情的温润与心灵的渗透。自20世纪90年代以来,"学者散文"大受读者的欢迎。但有的学者散文过于沉迷繁杂琐碎的史料考证爬梳,有的介绍知识时又过于平铺直叙、枯燥刻板,既没有生命的介入,又没有感情的温润和心灵的渗透。蒋述卓的"学者散文"之所以别有一番风味,正在于他的散文具有生命感、真性情和心灵性三要素。他将散文集命名为《生命是一部书》,就表明了他对"生命"的看重。而更为重要的,是蒋述卓将这种生命意识融入到他的所有作品中。《戒台读松》与其说是在读松,不如说是在读生命:"卧龙松"有一种尊者的高标与闲适自如的气度,无畏世人的评头品足、说三道四,松风过处,不留痕迹;"九龙松"真实坦荡地裸露于天地间,千年下来,仍生机勃勃、充满活力;"抱塔松"因生长过程中人为的扭曲,畸形的躯干让人感到可厌、可叹与可怜;而"自在松"实际上是个假冒者。它已没有唐代"自在松"的伟岸、风度和气质,而以"怪"与"俗"的表演而闻名,怎么看也感到不自在。人与自然,主观与客观,理性与感性,在这里已达到了一种"神与物游,神居胸臆"的化境。这个"化境"有两个层次:一是"物我一体"与"物我互化",即物既是主体也是客体。物就是人,而人有时也是物,人与物之间没有明确的界限。二是将生命、情感与心灵渗透到物中,由是没有生命情感的物也获得了生命和情感。读着这篇《戒台读松》,不由想起作为书名的《生命是一部书》这篇散文,在文中作者写道:"大千世界,众生皆有自己的一本生命之书,各具情节,各有风姿,才有这世界的丰富多彩"。不但如此,作者还意识到:"人人都在谱写自己的生命之书,同时又在充当着这本书的阅读者。"由于生命是看与被看、创造与被创造、阅读与被阅读的关系,故而在戒台之松,在浯溪碑刻,在赤水河畔,在草原深处的秋里,在槟城的温风暖雨中,我们都能体会到作者的生命体温,看到伴随着真情和心灵渗透的生命呈现。

林岗(1956—),广东潮安人。中山大学教授。林岗继人物传记《父亲的奥德赛》之后,新近又出版了思想随笔集《漫识手记》。这部思想随笔集的出版,引起了广泛的关注。

林岗在"后记"里谈及写作此书的缘起。20世纪90年代,他在深圳大学任教,常常踽踽独行于文山湖畔,脑子浮起各种闪念,有的不复记忆,有的挥之不去,于是将其记录下来。调到中山大学后又断断续续写了一些,尔后便束之高阁。直到去年暑假,才在友人催促下将这些"片段体"文章收集起来,每篇加上一个题目,于是便有了这本《漫识手记》。读着林岗"后记"中的自述,我们很自然会联想到卢梭的《一个孤独漫步者的遐想》。卢梭的这本散文集是"为自己而作",记录的是一个孤独隐居者与自己的心灵和大自然的对话。林岗的《漫识手记》也是随心由性的个人"独语",我们可以将其视为一个淡泊者个人心迹的真实记录,也可以说它是一个思想者在词语密林中的精神漫游。

《漫识手记》收录的"片段体"文章共282篇,分为"伦理信仰""社会历史""人间岁月"三辑。这个归类只是从大的方面说,并没有严格的界限,不少篇章都是彼此两可。作者说这些文字"有的是读书的感悟,有的是思考的心得,有的是好奇的追问,有的是伤惨的长嚎,有的是不易的定见,有的是歧路的彷徨"(《漫识手记》后记)。《漫识手记》的书名,大概就包含了这样的写作取向:"漫"即散漫随意,这儿坐坐,那儿溜达溜达,当行即行,该止即止,没有固定的路线,也没有预设的目标;"识",是见解、见识、洞察,是作者的理性思考和自省,也是一种对事物极度的感觉,一种自我拆解的诗性智慧;"手记",则是随手记下的一些感受和思考,它提示读者本书是一种极具个人性和私人化的写作。总体看,《漫识手记》虽然写法随意,主题漫杂,不相统一,但涉及的是关乎伦理、信仰、社会、历史、人生的大命题,精神指向集中于对自我与世界的思考与追问。从这一精神维度看,《漫识手记》属于智者的写作,思想的写作。林岗的"学者散文"有两类:一类是康德、黑格尔式的思想写作,它以完整的体系,宏大的结构,严密的逻辑,深邃的思想和晦涩的语言为表征;一类以巴特尔、德里达、佩索阿,还有中国的禅宗,庄子的哲学和散文为代表,这类写作者的话语一般来说是破碎的、简短的,且留有较大的空隙:他们一方面解构事物和概念;另一方面又对人们习以为常的事物和概念重新命名。与黑格尔式的沉重写作不同,这一类写作的思想是轻盈的、诗性的,思想者通常在精神的天空自由地飞翔。显然,林岗的"片段体"思想随笔,更接近巴特尔、德里达这一路的写作。

《漫识手记》不同于我们通常见到的散文集。作为一种最为个人化的写作方式,它具有鲜明的风格特征:一是作者总是从具体细微的景象、事物或特定命题入手,集思考、追问、叙述、记录、描写与议论于一体,使人透过一个个具体的场景和生活细节领悟到生活表象下面深藏的"真的存在"与本质性的力量。二是借助词语抓住思想。林岗认为:"词语如果抓不住思想,思想就会像一缕轻烟,飘散在渺茫无际的精神太虚。"所以,在《漫识手记》282篇"片段体"里,他总能借助精准、简洁、凝练且富于张力的词语,不仅让读者尤其是那些注重内心、内省型的读者去识别、理解、把握他的思想,而且用精致的词语珍珠,将思想串联并固定下来。如此,他的词语不仅有风采,而且其语言的界限意味着在某种程度上达到了世界的界限。三是理性与诗性的融合。《漫识手记》承续了千百年来箴言录的传统,它具有哲学的思辨、批判的精神、怀疑的气质、智者的风度,这些都是偏于理性的;另一方面,由于作者极具眼光和见识,又兼具人文精神和诗性情怀。这样,《漫识手记》又时时透出智慧与诗性相交织的诱人光彩。即是说,它既有"思"的通达与冷静,又有"诗"的优美、灵动与内在旋律的流转,从而达到词与物的交融,思与诗的统一。

散文的本性是自由自在、任心随性且极具个人性,《漫识手记》很好地诠释了这一点。作为一个思想者精神漫游的真实记录,它一方面让我们面对日常生活时拥有一种难得的参照,获得一种生存智慧;一方面又让我们感受到什么才是真正的散文精神。

吴承学(1958—),广东潮安人。中山大学教授。《冰壶秋月》是吴承学于问学之余撰写的第一本随笔合集。作者自况:"这些文字,是数十年间因人、因事、因书而作的,虽无意为文,皆有感而发。鸿爪雪泥,往事如水,纵时过境迁,而中心存之。"(《冰壶秋月》跋)

全书分为三类:一是"忆语"类,是对家庭与家乡、老师和前辈的回忆,以及治学上的感想与寄语。二是"札记"类,为读书心得,编排上综论置于前,个案则以时代为次。三是"序跋"类,以前辈、同行、后辈、本人之著作为先后。作为"日知文丛系列"之一种,《冰壶秋月》这本随笔集,其内容涵盖中国古典文学、中西文化交流、中外历史漫谈、读史札记、中国古代文体形态研究等。吴承学从事中国古代文学研究,有多种学术著作闻名于世,本书是他的第一本"高头讲章"以外的随笔合集。而书名"冰壶秋月",出自苏东坡的诗《赠潘谷》"布衫漆黑手如龟,未害冰壶贮秋月"。本来是书中怀念自己的硕士导师黄海章先生的文章的题目,以赞扬"海老"的品格高尚。此次用来做书名有三层含义,一是向品德高洁、高贵、高雅的老师辈致敬;二是表明"80学人"的自我期待和追求目标;三是对后一代学者的期待和鼓励。

吴承学写随笔往往缘事而发,少见清词丽句,文字平实隽永,却显朴茂深挚,可谓性情文字。如发于《羊城晚报》的《冰壶秋月》,记叙海老耳提面命的古训"无望其速成,无诱于势利"。感情真挚,文笔朴实,将一袭黑衫、一身清气的海老形神毕肖呈现于读者面前,既有痛彻心扉的悲伤,也有发自心底的景仰之情。在《学术的尊严与快乐》一文中,他坦言:"在信仰和理想欠缺的时代,我们不妨把学术当作我们的精神寄托。在我们的观念中也有一片澄净无云之处,那就是学术的天空;在我们的心目中也有神圣之处,那就是学术的殿堂。如果我们带着虔诚之心,像朝圣那样一步步地向神圣的学术殿堂迈进,总有一天我们一定会登堂、我们一定会入室。"有独立思考的真诚之言,自有其价值。吴承学随笔之受到好评,亦基于此——对现实勤于思考,勇于批判,这样的写作才有存在的意义和价值。

《冰壶秋月》既承续了吴承学学术研究的某些共性,也有作为学者散文的鲜明的个性。它不仅让我们看到了岭南精英学者共有的两副笔墨,也让我们感受到学术文章之外的另一种"人生"。

黄仕忠(1960—),浙江诸暨人。中山大学教授。黄仕忠教授是戏曲研究领域的著名专家,其代表作《〈琵琶记〉研究》《中国戏曲史研究》等早已为学界所熟知。相较于此前的学术著作,由广西师范大学出版社出版的散文随笔集《书的诱惑》,更为轻松活泼。全书分为《上学记》《访书记》《品书集》《论学集》《怀人集》《序跋集》六个板块,都围绕书而展开,入乎其内,出乎其外,娓娓道来,可以视作他40余年学术生涯的一个小结,也可以看作一代学人学术历程的缩影。

《上学记》中的几篇文章,文如其题,记述了作者的求学过程、早期的学术经历,不仅呈现出一个真实可爱的学生形象,也能给今天的青年学子带来不少人生的启迪。在《访书记》中,《影书记》《地坛淘书记》《东京淘书记》诸篇又为我们呈现了一个嗜书如命的"书痴"的形象,由此可见其治学精神之一面。作者爱书,本书开篇就说"我想,干脆与书成亲得啦",又说"唯有书籍是不死的精灵,我辈终将随时间而老去",大有嗜书如狂的境界。

如果说《上学记》《访书记》《品书集》都是以书为中心,《论学集》《怀人集》《序跋集》的主题则由书延伸至学术与学人。

《论学集》不仅包含了作者对学术乃至学术环境的认识,特别是与他人论学的书信,言辞真切,令人动容。在《如此严师,还会有吗》一文中,作者从老师和学生两个方面谈起"严师"的问题,认为一切都是时间堆砌出来的。由此书我们还可见作者对学术前辈或同行的感恩、怜惜之情,给人一种情深义重的境界。《怀人集》收录了《梦》《家叔十年祭》《牧惠先生三年祭》《金文京先生小纪》四篇文章。《梦》是对恩师徐朔方先生的回忆:"承乾嘉风范,融西哲精神,唯求百世真谛;考小说源流,辨戏曲谱系,独成一家之言。"记梦以写哀思,款款深情,令人黯然。其他两篇祭文亦体现出"纸短情长"的特点。《金文京先生小纪》回忆了日本汉学家金文京先生的一些趣事,文笔纯然,作者与友人的友谊由此可见一斑。世人都说文人多于情,深于情,长于情,此一部分正是作者内心幽微情感的真实流露。

"鸳鸯绣取凭君看,莫把金针度与人。"黄仕忠此书将自己的学术生活细细叙述,对于后辈学者来说,显然已是"且把金针度与人"了。读黄仕忠之故事,自不必哀伤流泪,而是能给人一种清风拂面的感觉,所谓"书香如茶,人淡如菊"当如是。同时,也包含着一种发人深省的功效。当今学界"唯课题""唯论文"等功利思想比比皆是,现实诱惑太多,能真正静下心来做学问实属不易。由此《书的诱惑》的价值得以突显:其一,这些文字记录了戏曲研究专家黄仕忠对书的痴迷、读书的心得体会,及其读书的心路历程,对后辈学者有所启发。其二,此书记录了这个时代的学术风貌,有利于修正某些浮躁的学术心态。其三,此书文字清雅,内容朴实,有书卷气,于当今之文人学者有借鉴之意义。

杨文丰(1957—),广东梅县人。广东科学技术学院教授。著有散文集《难得休闲》《自然笔记——科学伦理与文化沉思》《蝴蝶为什么这样美》《自然书》《病盆景——自然伦理与文学情怀》等。有10多篇生态散文被选入上海高中《语文》、全国职中《语文》、《大学语文》等大中学教材;10多种并被用于中、高考语文试卷。

杨文丰科学散文题材涉及自然生态、植物气象和科学伦理,融汇科学美、文学美和哲学美的特质,着力生态反思、文化批判,扩展和深化了科学散文的外延和内涵,使科学散文具有了时代感和文化性,可以说他是水到渠成地将科学散文延展为生态散文,在当代散文中独树一帜。

杨文丰的生态散文的科学美源于他对自然生态有独到的科学理性的认识以及对科学知识乃至科学规律的审美性的升华。写蝴蝶:"蝴蝶完整的一生需经由卵、幼虫、蛹和羽化成蝶4个时期——丑美转化的生命行程……秋黄时节,无法再长大的幼虫,用尾部钩住树枝,吐丝将身体包裹住,成为寂静的蛹。……冬眠的蛹就先有了动静,蛹壳有了轻微的裂纹,继而裂开,先伸出的是触角,尔后是碧绿的小眼睛,随即羽化的蝴蝶就从蛹壳里钻出来,再过个把小时,随着瑟缩的纤弱的翅膀变硬,又经由一番热身运动——翅膀张合几个回合后,便双翅一展,飞入苍茫……"(《蝴蝶为什么这样美》)精到而又弹性的文字,不仅道出了蝴蝶出生、成长的科学过程,同时在生命的节律叙写中给人时序递嬗之感,富有科学美的张力。而他生态散文的文学美,在于达意、传情和造境,并多用联想、想象和形象抒写表现。在《"晨昏线"寓言》一文中写晨昏线过处,无非是白绸缎刚刚飘然过去,黑披风就急急拂面而来。沧海桑田,云去云飞。用"白绸缎"和"黑披风"形象表达,氤氲着作家倡行的生态散文"启美"的文学美感。美与善是相依存的,在科学和文学的审美中表现是作家关爱自然并与自然万物荣辱与共的大爱胸襟,"鸟筑巢的行为,虔诚得令人感动、心痛,更是叫人肃然起敬,心怀敬畏。鸟通过筑巢,是在申明自己并非凡鸟,至少也是有某种精神的鸟。"(《鸟巢》)

杨文丰生态散文科学美、文学美、哲理美融汇一体的突出特点汲取了传统经典散文审美范式的支点和特质——真实、真挚和真理。科学美在他的生态散文中是自然科学物:阳光、彩虹、雨雾、蝴蝶、花草……它们真实并且平实,有诗意但并不刻意,感悟和升华哲理但并不高调和高蹈。杨文丰把这些我们习以为常的自然生态物以科学的视角和赤诚的情怀予以观照和体验,创造了一种自然气息的诗意,在自然真实的物象中注入一种跃动蓬勃的生命感。而真实的生态物象与作家赤诚的感情在必然的碰撞和触发中,产生出种种真理般的哲思。所以,杨文丰的个性化的生态散文不仅是真实的物态、物形、物语和真情,并且都寄予了作家人生历练和经验的精神升华——思想和"真理"。

杨文丰的生态散文视野开阔,生态意识鲜明,科学精神严谨,想象丰富,既是自然的、科学的,又洋溢着强烈的文学和审美性,风格卓异,自成一家,被誉为中国当代最具代表性的生态散文家之一。

江冰(1957—),江苏南通人。广东财经大学教授。从20世纪90年代开始创作散文。近年出版的有散文集《这座城,把所有人变成广州人》《老码头,千年流转这座城》《岭南乡愁》等。

江冰散文的题材集中于反映岭南的景物与风土人情。作品既有浓郁的岭南日常烟火气,又蕴涵着本土的文化思考;活色生香的感性与洋溢哲理的理性相得益彰,交相辉映,既富岭南文化内涵,读之又趣味盎然。

江冰散文的艺术个性可贵处在于,扣住了一个时间的节点:文学从纸介媒体向新媒体转变过程的节点,从而逐步形成独特的艺术魅力。其散文具两大特征:

其一,文字具有新媒体的直播性。他的部分作品在微博与微信中呈现,常常能够在短小的篇幅中,将读者拉入一定的情景,客观呈现与主观抒发的关系把握分寸恰到好处,碎片化阅读中保留了人文深度与斯文传统,同时以烟火气与文采绚烂凸显了可读性。

其二,承传了传统散文抒情哲理抒发的优势。作为文化学者的学养在散文中有充分的体现:四个字的韵文节奏、古代诗文的文采斐然,加之学者式的独到发现与评点式表达,保证了作品的耐读、深度与回味。比如写人的《羊城古玩店的阿文》《大舅——我心目中的儒雅文人》,文中人物栩栩如生,细节描写到位,个性呼之欲出。比如写景的《余荫山房》《夏日大海盛景》,情景交融,尤重文化个性开掘,文采绚烂,斐然成章。比如写史的《广东"三个半的文化"的半个》,涉及粤西广大乡土,人物风俗信手拈来,娓娓动听,别开生面。其中对洗太夫人、六祖惠能的历史性分析,透彻到位,颇具功力。

江冰心目中的文化,不是象牙塔里的孤芳自赏,必须具有烟火气。文化的活色生香,让他将文化的学术性与大众传媒通俗性融为一体。除大学教授外,江冰当过报社记者、杂志主编,写起散文来也善于抓住"新闻点",注重时效性,深谙文化成果需要传播,没有传播就没有影响力。由于他做过国家社科基金课题,研究过青年一代社会角色和心理状况,以及与网络新媒体的交互关系,多重因素助推,使他的文章篇幅精悍,文风清新,考据扎实,情感充沛,读来既轻松又丰盈,既有日常烟火气,又具文化底蕴,不缺诗与远方;加之先秦散文唐诗宋词之浸染,文句修辞颇具古风余韵,保证了散文的艺术档次与文化品质。

第三节　黄天骥、黄修己与黄伟宗的学者散文

黄天骥(1935—　),广州市人。中山大学教授,以中国古代戏曲和诗词研究著名于世。学术研究之余,黄天骥创作了大量诗词,同时从20世纪90年代中期开始散文创作。著有《中大往事》《岭南感旧》《岭南新语》《岭南师友》四本散文集。

黄天骥的散文浅近自然却妙趣横生,质朴无华而情真意切,充分体现了一位岭南学者务实、达观、进取的精神。他的散文内容主要集中在以下几类:一是描写岭南的风情风物;二是记录日常生活中的闲情闲趣;三是反映半个多世纪以来岭南的风云变幻;四是追忆中大的岁月,记录师友的情谊。其中,中山大学是整个回忆的重点和精华。许多散文收集在《中大往事》《岭南师友》两本集子中。黄天骥1952年入读中山大学,60年来一直生活在中大,对中大的感情非常深厚。《中大往事》这本散文集,记载了中大校园有名的景物以及中大几十年来走过的风雨。《芳草年年绿》《情满惺亭》《姻缘路》《我们的北校门》等,描写了中山大学具有代表性的景观,勾起了中大师生共同的回忆。《话说"迎新"》《"一边倒"种种》《"课堂讨论"和"拔白旗"》等,则在对一个时代的教育制度的回忆中,穿插对教育的思考。从20世纪50年代初学习苏联"一边倒",到批判教师资产阶级业务思想的"拔白旗"运动,作者对建国后一些教育方法的利弊进行了客观的分析,既不单纯地肯定,也不是全盘批判,而是结合历史和现实,对中国的教育制度进行纵向深入的思考,体现了一位老教育工作者强烈的责任感。

在对中山大学的追忆中,有一组文章特别引人瞩目,那就是纪念中大部分老教师、老科学家的散文。从黄天骥17岁到中山大学求学开始,中大老一辈教师对其治学、为

人处世产生了非常深刻的影响。在《杏花零落香》《余霞尚满天》两篇散文中,黄天骥谈到了两位对其学术影响最深刻的老师:王季思教授和董每戡教授。二位教授引领其进入古代戏曲研究的学术道路。而黄天骥在诗词方面的研究得益于另一位大师詹安泰教授的引导。此外,对黄天骥产生重要影响的还有中大的古文字学家容庚教授、女诗人冼玉清教授、人淡如菊的黄海章教授等。作者对这些前辈的治学极为推崇,对他们的人品更是非常钦佩。例如在《老圃秋容淡——记实话实说的容庚教授》一文中,黄天骥回忆了容庚老师在历次政治运动中敢于讲真话的几件事情,赞赏其胸怀坦荡、刚正不阿的品格。在《一粒莲子,一片冰心》中,黄天骥道出了节俭朴素的冼玉清教授将巨额遗产捐献给国家这段鲜为人知的往事,赞赏她平淡的外表下深藏的一颗炙热的爱国心。在历次政治浩劫中,中大的许多老教师饱受屈辱,身心遭受极大的摧残,但仍以惊人的毅力,在极其艰苦的条件下,写出一部部具有很高学术含量的著作。这些故事,都让我们看到中山大学老一辈学者孜孜不倦的学术精神和重道不豫的气节。

　　黄天骥是一位善于发掘生活情趣的学者,因此他的学者散文贴近生活,充满烟火味和生活情趣。在《说醋》中,他说自己对醋情有独钟,逛市集时会到酱料店享受闻醋味的乐趣:"我会不由自主地被醋味吸引,走到醋坛子前,对着那琥珀般的液体,张开鼻孔,让那股酸中带咸的气息,氤氤氲氲,直贯丹田。"除了陶醉于醋的色与味,他还欣赏醋的一种奇特功能:能使软者变硬,使硬者变软,既能在炒洋白菜时使之脆生可嚼,也能使硬邦邦的猪蹄子骨头变得软酥可咬。在对醋的实际功用描述一番之后,黄天骥还引申到日常生活中的"呷醋":情敌间的呷醋、对手间的呷醋。最后得出结论:被人呷醋,利大于弊,人生在世,如果碌碌无为,又有谁会去呷你的醋呢?所以被呷醋是一个人有本事的表现。这类散文闪烁着学者的智慧,将智性的思考融入生活的闲趣中,从平常的事物看到其不平常的特性,继而联想到一些与之相关的社会现象,做出不同于世俗的结论,在黄天骥的学者散文中还可举出不少例子。从中,我们可以感受到黄天骥是一位乐观豁达、有着积极生活态度的学者。他热爱生活,所以能从普通的生活中找到各种乐趣。比如《泳池记趣》,就体现了他对游泳这项运动的钟爱。在泳池中,很多人觉得十分受罪尴尬,黄天骥却将其看作莫大的乐趣,如呛水、肚皮被人蹬一脚、泳裤带子断开、耳朵进水。这些在他人眼中觉得尴尬或不愉快的事情,到了黄天骥这里都觉得十分"好玩"。如此,一个可爱可亲的老顽童的形象便活脱脱出现在我们眼前。而这,正体现了黄天骥达观的心态,他总是在日常生活中被人忽视的角落找到属于自己的快乐。

　　作为一名学者,黄天骥的散文表现出丰富的知识性和真切的人文关怀。介绍岭南风俗民情的作品体现着作者渊博的学识,纵横古今,旁征博引。这些以知启人的散文对传播岭南文化、弘扬岭南精神有着重要的意义。黄天骥的许多散文渗透着学者的人间情怀,在追忆中反映历史,在洞察中思考人生。尤其是对一些"小人物"的关注,更体现了知识分子深厚凝重的人文关怀。对于黄天骥教授而言,他的主要工作是教学和进行学术研究,散文写作只是业余为之。但从黄教授这些蕴含着浓厚岭南风味的散文中,我们不仅体会到岭南文化务实、创新、包容、严谨的特征,也看到一位岭南学者乐观、真率、谦逊、豁达的积极人生。

黄修己(1935—),福建福州人。中山大学教授,著名文学史家。主要编著有《20世纪中国文学史》《中国现代文学发展史》《中国现代文学简史》《中华百年文学史话》《中国现代文学研究方法论集》《中国新文学史编纂史》《赵树理评传》《赵树理研究》等。

年轻时,黄修己曾做过作家梦。1957年开始在《中国青年报》《文艺学习》等报刊上发表散文。1960年于北京大学毕业后留校任教,成为中国现代文学研究家、中国作家协会会员,1987年转入中山大学。虽然他长期生活在书斋里,但并没有忘却现实关怀。因而在治学之余,有时也发表一些散文、随笔。2006年他挑选了写于世纪之交的50多篇随笔、杂感,编为《我的"三角地"》(广西师大出版社出版,以下简称《三角地》)。该书分为"情系燕园""路转岭南""梦回故里"三辑。

这三辑散文的主要内容是作者在北京、广州和故乡福州三个地方的经历、见闻等。他曾说过,生活经历养成了自己"习惯以批判的眼光来看待生活,也有一种喜欢追求思想深度的习性"(《三角地》第124页)。他的这些散文正是表现了他在长时间里对社会、人生的观察、体验,以及认知、情感的变动。重点在于描写不同时期的校园生活,但非一般的写校园之美、学术之盛,笔墨多放在写人上,描写最多的还是他的师辈。如《精神上越来越亲近了》写杨晦先生严厉批评损害教育事业的错误政策,在受到打击,身处危难时仍坚持真理不屈服。这位参加过五四运动,敢打先锋的人物,一生都保持着为真理而奋不顾身的精神。又如《不识时务亦俊杰》写一副傲骨,在逆境中也要坚持自己观点的吴组缃;《读书、翻书、摸书》写直率地批评教育现状的林庚;《这样的故事还要再讲》中一身正气,公正无私地待人的季镇淮等,都很感人。《没有胜方的辩论》则记录一个集体在特定历史时期中,虽然受压仍不屈的抗争,迸发出可贵的思想火花。有的散文写的可能只是些小事,作者把它们放在20世纪的大背景下,就有其并不寻常的意义。他认为,这个世纪"是我们民族历史上变化最快,变动最剧烈,于民族命运关系最大的时期"(《三角地》第164页)。他以小见大,开掘小事中所蕴含的宝贵的思想意义,反映这动荡的世纪,保存百年来知识分子的精神影像。

正如有的评论家所说:作者"自由随性、率性任心一路写来,所写之事看似碎屑,其实都是经过感情浸润过的'干货',从中可以看到一个有良知的中国知识分子的心灵史和精神漫游的线"①。这精神漫游之线贯穿整部集子,回答了作者在精神上跟谁越来越亲近,表现他怎样在特定时间和环境的影响、培育下,找到并接续上一种精神的源头,种下自己的精神之根,也为自己的生命涂染了底色。

 黄修己的散文讲究语言的朴素、平易、准确、简洁。写人,往往只用一两件事,三言两语便凸显人物的思想性格特征。如《默默的,深镌于心的……》,记述中山大学李伟江教授借调到北京,自己用扁担挑行李到单位报到,让北京的朋友们大吃一惊。但这不是说他只有客观的描述,他的特点是在表面平静的叙述中,包藏自己的主观情感。读者能够感觉到有一个爱憎分明,心中怀着忧患意识的知识分子就站在自己身边。在他的叙述中有一个潜在的记事主人公的影像,所以作品也"留下了作者本人的精神形象"②。

 作者还反对"把情绪化的偏激误为深刻"(《三角地》第166页),即使是一些针砭时弊的,如《在纪念鲁迅的日子里》《软卧车厢今昔谈》等,他鞭挞现实生活中的消极现象,同时也流露些许无奈之情,但文风仍平和,文字也不用金刚怒目式的,不剑拔弩张,有时还略带幽默,如《小小助听器》等篇。读者能够感觉到"他是深刻的,但绝不尖刻、苛刻,对历史充满了理解的宽容与温情的容忍"③。

 《三角地》出版后,黄修己还陆续发表一些散文,延续《三角地》的风格,比较重要的如《"红色文学史"五十年祭》等。

黄伟宗(1935—),广西贺州人。中山大学教授,获第三届广东文艺终身成就奖。主要著作有《创作方法史》《创作方法论》《文艺辩证学》《欧阳山创作论》《当代中国文艺思潮论》等;总主编《珠江—南海文化书系》《珠江文化丛书》《中国珠江文化史》《海上丝路研究书系》等。此外,黄伟宗受聘为广东省人民政府参事期间,写了大量"建言""咨询决策报告"和调研报告,为广东的强省文化建设作出了独特的贡献。

 黄伟宗是"双文一体"文化散文的开拓者。早在1960年初,他即在羊城晚报《花地》副刊发表其散文处女作《渔家姐妹》,后被编入《广东散文特写选》。从此笔耕不辍,作品频出。在2001年出版的首部散文集《浮生文旅》后记中,他说自己是"双文化情写天涯,一心耕耘度浮生"。"双文",既指文学与文化,又指论文和散文。从文学透视文化,以文化观照文学,是他进行学术研究的基本途径;以文化视野与境界写论文和散文,则是他写作的主要坐标。这种治学思想和创作道路,使他的作品具有既

---

① 陈剑晖:《刺痛人心的回忆》,《羊城晚报》2006年7月15日。
② 刘纳:《这一代人的心潮起落》,《北京青年报》2006年12月23日。
③ 张梦阳:《"难得清高"》,《中华读书报》2006年5月31日。

是论文又是散文,或者在论文中有散文、散文中有论文风韵的独特风格,形成并开拓了一种双文一体文化散文的文体文风。其主要特点,集中体现在《黄伟宗珠江文化散文报告集成》中。这套《集成》包含《珠江文珠》《珠江文行》《珠江文事》等三部书。每部分别侧重体现了他开拓这种文化散文所具有的三个类型特点。

一是意境型文化散文。这个类型特点,突出体现在《珠江文珠》中。这本书的"后记"称:"浮生有限写八'记',学海无涯伐九'舟'",前句是概括他写的八种体裁散文,后句是指他以论文做的九门学问。明确表明其双文一体的宗旨与实践。首"记"是"境记篇",顾名思义是指意境型的散文。首篇是作为书名的《珠江文珠》,该文首段即通过中国地图的江河分布形象,突现珠江与黄河、长江分别在中国南、北、中大地上的动脉势态,以"茫茫九派流中国"的形象塑造了珠江及中国江河文化的格局和意境。其他篇什,都各有不同方式体现这个特点。

二是地域型文化散文,《珠江文行》可谓此类型之范例,是他数十年坚持以"走万里路,写千字文,著百种书"志向研究开发珠江文化的结晶之一,包括他亲到西江、北江、东江、南江、韩江与海上丝路等水域之文化纪行,深入珠三角、侨乡和广府、客家、潮汕等地域与民系文化之行踪,对行旅文化、惠能禅学文化、江河与海洋文化领域的探讨进程,既是调研报告,又是文化游记,莫不具有鲜明的地域(含水域、领域)型的双文一体文化散文特点。

三是学术型文化散文,《珠江文事》是这类型的代表作。这书主要是他在主持珠江文明、珠江文派、珠江学派及其体系等文化项目进程中,所举办的历次研讨会主题报告或书系序言,都是具有特强学术性的论文,但却又是富有艺术境界的散文。书序的题目《超脱:一种普遥而极致的境界》,表明他是以此为进行项目研究与论文写作的视野和意境。书中以"八代灯塔"的形象概括珠江文明的历史进程,以"记住乡愁"凝现珠江文派的特质与文脉,以"粤海风"概括粤派批评的风格,以"九次热潮"梳理出百年珠江文艺批评史,以"三段历史波澜"概述了百年珠江文流,以"六重"(重实、重心、重新、重民、重海、重粤)概括历代珠江学派(千年南学)的传统与特征,都是生动形象的例证。

这些类型特点,还更新更深地体现在他近年的新著、也即是他最新的三部专著中。他以超脱境界和对话方式写出《超脱寻味〈红楼梦〉》,既是对学术专著写作模式的突破,又是"红学"中的"另类"之作,亦可谓一组文化散文系列;他的回忆录《黄伟宗:我的文学文化生涯》,从历程到往事的记述,多是以境写事、情景文融的文章;《珠江文化综论》是集15专论为一论的综合论著,是珠江文化学术体系的代表作。他也将几篇代表性文化散文作为"文化形象论"列为其中一个专论,其他专论也大都有双文一体的风采。所以,称其为岭南当代学者散文家,是实至名归的。

第四节 范若丁与熊育群

范若丁(1934—),原名范汉生。河南汝阳人。历任花城出版社社长兼总编辑、《花城》杂志主编等。主要作品有散文集:《并未逝去的岁月》《相思红》《暖雪》《莫斯科郊外》《皂角树》《记忆的尊严》《失梦庄园》《编辑部内外》;长篇小说《旧京,旧京》《在莫斯科》等。其中,散文集《暖雪》获第三届广东省鲁迅文学艺术奖;长篇小说《旧京,旧京》获第八届广东省鲁迅文学艺术奖;散文《我和父亲》《皂角树》分获第一届和第二届秦牧散文奖;短篇小说《炮楼》获特区文学奖;散文《寻梦街》获广州文艺朝花奖。

著名作家杨沫在给范若丁的散文集《相思红》写的序中认为:"范若丁的散文作品中,无论是对个人生涯的回忆,是对民族历史的反思,还是对祖国灵山秀水的咏歌,都含着一种深沉而喷涌的感情,读之给人一种沉痛感或激越感。他写的一切都是他自己的。他写的雪不是一般的雪,是一种透着暖意的雪;他写的花不是一般的花,是一种不承认严冷的花;他写的北大营,不是一般历史教科书所说的北大营;他写的庐山,也不是千百人写过的庐山。……由于范若丁的不平常的家庭出身和曲折的生活道路,他的散文涉及的内容相当广泛。"

散文集《暖雪》共收录范若丁的16篇散文,每篇都各有特色,但内容大都同作者的家事和童年有关,是写作者从记事到求知时期在故乡"大宅"和开封"小院"的所见所闻,大的时代氛围和背景是抗日战争和解放战争时期。因为都是亲身经历的,所以无论是记事或状人,都十分真切。每个故事都带着当年那种沉重岁月的痕迹,似未有太多雕琢。作者用他体验过的人生曲折的笔触,回述一个小孩子眼中的事,是记"实",又并非全"实",字里行间,有一种遥远记忆中的清新和自然。《暖雪》是散文集,散文向来是叙事和抒情的多,少有具体完整的人物刻画。但范若丁的《暖雪》,不但有散文的那种诗的意境,也有小说里所呈现的那种具体的人生。我们追随着他的笔触,在那个深宅大院里,认识了完全丧失了人的尊严的老舅爷(《夜嫁》),永远活在凄迷的"灯影"里的五斗(《灯影》),真挚、粗犷、心中蓄满苦水的陈干娘(《陈干娘》),美丽、刚强、不向世俗低头、最后死在棺屋黑棺里的月香(《月季》),和善、实干、只看井、不看天、不幸被流弹击中的水夫叔(《水夫叔》),还有木匠雕花郭(《棺屋》)、磨工老何家(《老何家》)等。这些人物,一个个都是活脱脱的,每个人物都有自己的故事,每个故事都是一幕真实的流血和不流血的悲剧。这些人物和他们的故事,虽然是从作者童年时代的记忆、感受带来的,但在他笔下那个童年的万花筒世界里,却又和着一个中年人重温旧事时的情感、目光和思考。这就赋予作品一种悲剧的严肃,使其具有或浓或淡的交叉性色泽,能启人诗思和哲理。它表现出来的那种人生意蕴,是过去、现在乃至于未来的。文明与愚昧的碰撞,今天对过去的思念和审视,现实和历史的重叠,这一切,在读者心里唤起的感情是复杂的,酸涩的。

范若丁是位十分勤奋、十分自律且成熟的散文作家,他身居岭南,又深懂中原文化的内涵,所以,在《暖雪》的每篇作品里,都注入了中原的文化意识和文化品格。《夜嫁》写的是豫西人家夜嫁寡妇的情景,没有佩红戴绿、掩面而泣的年青寡妇,在十五朗照的月光下,伴随着悲悲切切的唢呐声,倒骑驴子慢慢向街心走去,还有老舅爷按"规矩"在后面赶着干号,这悠远、凄怆的一幕,是中州的异俗。《打孽》写豫西乡间结孽、打孽,互相斩尽杀绝、挖苗除根的恶习、陋习,是一种愚昧、残酷的复仇意识。《南蛮子》写中州地区那种故步自封、傲视他人的偏狭观念,正是这种夜郎自大的愚昧,才制造出长锁媳妇一类的悲剧。《过阴》和《狐媚子》,是写豫西人的迷信思想和行为,如请法师到阎王爷处为病人求添阳寿,把被视为狐媚子的美丽的姑娘嫁给月亮相公等,都是昔日豫西的风情,是一些我们至今闻所未闻、见所未见的奇风异俗。这里有那个时代中州地区现实的侧影和倒影。作者是淡笔浓情,在恶中写悲,在悲中写恶,写世人的凄怆,写美的毁灭。很明显,作者是以文化批判的眼光来写当时那些生活的,以同情的态度对待那些默默地死、悄悄地去的生命,他站在今天的高处,审视过去,对自己,是一种缅怀和念旧,对他人,是一种人生的认识。这些作品都有自己的亮点和光环,表现出作家独特的生活见解和底蕴。《暖雪》以小说化的笔法,勾勒了豫西山区的异俗奇情,回味了孩提时代的生活和家事;在从容不迫的叙述中,融进了作者积极的人格力量和人道精神,道出了社会的变迁和人间的沧桑,营造了一种充满人生哲理的意境和韵味。其语言之精粹,结构之严谨,深见出作者悟得中国散文传统之髓。

《失梦庄园》是一本以记人为主的散文集,同样可以把它当作小说来读。作者善于选择一个典型的横切面,一刀切下去,人物的性格乍现,情感充沛。他把人物放在特定的时空风口浪尖中去锤打,同时又将主人公放在特定人际关系的矛盾旋涡中去表现,去诉说他们命运多舛的痛苦的人生。作者还精选最能表现人物与时代特征的细节来勾勒人物。例如《夜嫁》中的寡妇改嫁,那不是嫁人,是"合法"的变相的人肉买卖!之所以如此惨烈地呈现在我们面前,是因为卖儿媳妇的就是她的亲人——二流子的公公,有了这个对立面,加上"出嫁"时只能垂头掩面"倒骑"毛驴的细节,才使得今天的我们读来泪透纸巾,为饿殍遍野的旧中国乡村中妇女的苦命感叹不已。这本集子中的主角大多是小人物,只因放在20世纪三四十年代风起云涌的大时代中去描绘他们的不幸悲苦与荒唐,这些小人物就不小了,都成了"大人物"了,从中,我们看到了历史的吊诡与社会的变迁。也因此,这便成为一本裹挟时代风云、具有穿透历史力量的大书。

范若丁的散文一般每篇二三千字,短小而精致,所以它对语言的要求格外的严格。总的来看,范若丁的散文语言精秀隽永,透彻灵悟,凝练干净,节奏铿锵,多彩多姿。他散文中有大量的人物对话,这些人物对话不仅活灵活现,而且性格化,人说人话,鬼说鬼话。例如陈干娘在河边泣声道:"今日来洗衣服,我就是想找一个地方哭一场,我不能在家哭,在你们家哭,你奶奶会不高兴的,我有泪只能往肚里咽,可是泪多了,肚子里装满了就咽不下去呵!"让人听了,如临其境,心中戚然。

散文重韵味,如果只是题材独特而无诗意,就难打动人。这里所说的诗意,包括意蕴、意境、意象。范若丁的散文是有韵味的。他的作品,长短不一,但都饶有诗意,仿佛是在演奏一阕阕悲凉、凄怆的乐章。作者常在叙事过程中写景,在景中抒情,在抒情中探求人生的哲理。《河戏》和《纸上的罗曼斯》,是集子里两篇抒情诗似的散文。《河戏》中"小白鱼"的清丽柔美,她那"咯咯咯咯"的笑声,"我"和"小白鱼"的嬉戏、对话,似梦非梦,像是由片片情思连接而成,许多意象都是幻化出来的,但心灵和感情却是透明和真挚的。《纸上的罗曼斯》从萧伯纳和爱兰·多丽的书面姻缘写起,引出"我"和一个美丽、令人怜爱的小女孩的一段很美的感情,它是"我"阴郁的童年生活中的一个柔和的亮点,这个亮点后来扩大了,但又泯灭了,所以写下的不是快乐,而是哀伤。在这两篇作品中,寄托着作者少年时代的一种朦胧的美好的感情。

范若丁的散文具有独特的艺术魅力。他的语言纯朴简练,情感却真挚动人。在他的散文中"情"的表达与抒写,贯穿了始终。情发于心,感人至深。范若丁主张:"写一篇散文,无论是直抒胸臆,即景生情,托物言志,或发幽阐微,总离不开一个'情'字。""情是范若丁为文的着眼点和归结处"[1],范若丁自觉地实践着他的艺术主张:他用情感的主线串起了故乡的回忆,串起了在广州度过的每一段岁月;他用心地把个人的悲欢与离愁都织进岁月的网,表达了他对故乡的怀念与对广州的眷恋。范若丁用自己的情感,而折射出时代与人民的悲欢,这体现了作为作家的范若丁散文的独特性与个人博大的情怀。

范若丁的散文,很注重细节的描写。细节化也使得范若丁的散文真实、生动,如身临其境,给人以极大的震撼。细节化的写作,也便成为范若丁散文的一大特色。范若丁一直在追求一种跨文体的写作,写作小说化的散文和散文化的小说。如《暖雪》中的大多数篇章的散文都有小说化的倾向,而长篇小说《旧京,旧京》中,又有着散文化的笔调。范若丁集小说和散文之长,情感的真实性与作品的故事性和趣味性融为

---

[1] 黄吉生:《神游于往事的天国——范若丁散文创作论》,《广东民族学院学报》1989年第2期。

一体,感觉新颖而独特。范若丁的散文中也存在一些不足之处,如文体的杂糅容易混淆散文的真实性,有些篇章过于"恋旧"而铺张历史,沉醉于历史等等,但这些都不损范若丁散文的真挚动人和对岭南深厚的情愫。

熊育群(1962—),湖南汨罗人。著有诗集《三只眼睛》;散文集《随花而起》《春天的十二条河流》《怒江 澜沧江——给我一双目光》《罗马的时光游戏》《雪域神灵》《路上的祖先》《奢华的乡土》《田野上的史记——行走岭南》《一寄河山——大地上的迁徙》;长篇散文"西藏三部曲"——《西藏的感动》《走不完的西藏》《灵地西藏》;摄影散文集《探险西藏》;中篇小说《无巢》;长篇小说《连尔居》《己卯年雨雪》等。其中,《路上的祖先》获中国作协第五届鲁迅文学奖。

熊育群是一个楚人,原先学的是建筑学,但他却天生爱做梦爱幻想,加之他对世界抱有浓厚的兴趣,对自然的河流山川有一种抑制不住的冲动,对古朴神秘的乡村怀着一种深深的向往。于是,他先是写诗,而后写散文,写小说,而且一发不可收,其散文常见于《人民文学》《收获》《十月》《花城》等重量级杂志。

熊育群的写作经历了三个阶段。第一阶段偏重对诗情画意的追求,钟情于一种灵动的、湿漉漉的文字之美。第二阶段的散文写作,开启了人文、历史、自然、社会、人生等多视角,相应地,语言也发生了变化,文字更重质感,讲究坚硬有力,讲究及物,相比初期的短文,篇幅也长了数倍。近期进入新的探索阶段,更加看重不以文害意,看重对现实的观察与反思,看重思想的品质,相应地放宽了非文学语言进入的尺度,审美方式也发生了改变,追求以整体的思想的力量造成心灵的冲击。譬如散文《回头是岸》《双族之城》《辛亥年的血》《风过草原》《血之源》《宣礼塔上的呼唤》等,就是这方面的作品。与早期艺术散文相比,已是另一番天地。

熊育群认为散文是建立在个人感觉、感受与感悟上的一种艺术表现,它把作者鲜活的感觉带到了文字的现场,使文字具有了生命的特性与活力,是一个人与世界遭遇所激起的反应,唤醒了脑海中的感知、想象、情感、思考等精神的活动,散文再现并表现这样的精神活动,再现并表现作家眼里的世界,从而给客观的世界打上强烈的精神烙印。

因此,它具有鲜明的个体的特性,它不是知识、历史等资料性的东西,甚至也不完全是经历性的记述(要求散文像小说一样重视叙事是片面的),它的视角是极其个人化的,不是公共的,公共的东西永远都是文学的公敌,它是与心灵有关的,都是触动心灵的东西。一篇好的散文没有个人的灵魂在里面,它就不会是一种创造,甚至是虚伪的。散文是生命的一种延续,其精神是有呼吸的,是不可复制的。

其次,艺术是讲境界的,中国文化所追求的天人合一,让历代文人创造出了许多意境深远的经典作品,让人类的心灵得到极大的安抚与提升,散文的高下也在于其境界的高下。中华文明在对待自然的态度上所取的诗意化追求,让人与自然达成了最富审美性的和谐。这种文化上的追求,让艺术在表现自然世界时自然寻求诗意的表现。它就像宗教,历代散文都在这样的意趣下去进行创造。这是散文的正宗,主旨是讲审美的,是人与世界诗意的相遇。

熊育群的散文大多可称之为"行走散文"。在《春天的十二条河流》的"代后记"中我们获知,熊育群曾经用三个月走过了藏北的羌塘草原、阿里的神山圣水。他还爬过珠峰,穿越过雅鲁藏布大峡谷。他有过五次大难不死的经历,诸如珠峰雪崩、大峡谷山体塌方、藏北无人区的迷路,还有饥饿、翻车等等,这些遭遇可以说都是熊育群"行走"生涯中的必修课。自然,这样的必修课无可避免地会在熊育群的散文中留下烙印。难得的是,虽然历经死神的威胁和大自然的考验,但熊育群并没有像一些"行走作家"那样沉醉于苦难,或在炫耀苦难和怀旧中煽情,以此来陶醉自己,并骗取读者的悲悯。熊育群的可贵之处,在于他总是能以一种简单朴素而又富于湘楚浪漫的书写方式,以一种乐观进取的健全心态,来对待大地上的苦难,并尽量将自然还给自然,将真实还给真实。这样,不论是写楚地水泽的"十二条河流",西藏高地的"灵魂仪式",黔贵边境的茅屋土楼,还是"客都"的"迁徙之谜",南方的村落小镇,我们读到的再也不是一些表层的奇风异俗的展示,不是一些机械僵硬的概念的拼贴附会,也不是无处不在的故弄玄虚的神秘与恐怖。在他的大部分散文中,我们读到的是大地上的一些实实在在的人和事,是大量的平凡质朴的生活细节,是作者与大地的真正交融与私语。于是,在这种交融与私语中,我们随着作者一起走进自然、阅读和感受自然。

显然,这其中有着生命本体的沉潜和认知。散文的生命本体性,是与精神性相对应的一个概念。它指的是散文以一种生命存在的形态,以"融入"与"倾听"的方式潜沉进自然,同时穿越日常生活的表象,呈现出超越性的意义。当然,与精神性包含着更多的理性内容相比,散文的生命本体性更多地倾向于感性和激情。它是散文中最充满活力的源泉,是能使作品升腾、勃发起来,喷薄出无限热力的理想的朝霞。正是因此,在20世纪90年代以来那些优秀的散文家的作品中,我们都能感受到一种强烈的生命意识,比如史铁生、张承志、王充闾、刘亮程的作品就是如此。如今,在熊育群的散文中,我们又再次与这种耀眼的生命激流相遇,而且这种生命激流是无处不在的,你想躲都躲不开。在《春天的十二条河流》这篇颇具湘楚流风余韵的散文中,虽然"我"眼中的巫师和白鹭有着超现实的意味,作者对汨罗江和洞庭湖交界处那片水泽的描写,也有"云影月踪,缥缈灵动之感"(莫言语),但流荡于作品中的这些超验想象和浪漫精神都离不开生命的灌注。如果没有生命的灌注,这些景物人事也就不会如此元气沛然、生机勃发。在《生命打开的窗口》中,对于母亲的突然去世,熊育群体验到的是生命的悠远与飘忽:"生命的感受是这样奇妙,我的眼里不再只有看到的景象,它还包含了过去、现在和未来。我不过是生命打开的一扇窗口。母亲,是你从尘土中开启了我"。在《灵魂高地》中,他笔下的生命内涵又有所不同:"辽阔无边的大地上,死亡消失了,你永远都寻觅不到它的踪影,找到哪怕一座坟茔。而一个灵魂的世界,在你走上高原的那一刻,就一直在向你展开"。而在横断山脉的大峡谷面前,他展示的生命则充满了一种巨大的震撼力(《不能丢失的记忆》),在南中国海的海轮上,他更是真切地感受到了生命的脆弱与渺小(《水平面》)。至于岭南乡村的生命形态则是亲切和质朴的:"那些迂回的省道显示了亲切质朴的模样。特别是山岭相峙或者绿树当冠的道路,行车走过,让人生出迷恋。这些瞬间是珍贵的,它就像匆匆人生,朝如青丝暮成雪,每分每秒都是自己的生命自己的人生历程"(《客都》)。从上述作品不难看出,熊育群的生命意识不仅十分强烈,而且其内涵相当丰饶,其表现形态更是多姿多彩。这当然与熊育群的"行走"经历有关,但更重要的是与他自觉的生命意识和生命认知密切相连。也就是说,熊育群是从整体性、生长性、现时性和无限性来拥抱生命,体验生命。因此,他既看到了生命的奇特和美妙,同时也看到了生命即是自然,即是生活。他的散文正是建立在自我的生命与雄伟辽阔的自然和生活细节的物质外壳之上。

但对于一个优秀的散文家来说,仅仅有生命的认知,生命的激情和梦想还不够,还要有灵魂的投入和心灵的温润,有对于日常生活和事物内部的存在意义的追问精神。唯其如此,散文才有可能"从平常走向深邃,从轻走向重"(谢有顺《散文里得有心灵秘密》)。因为一部中国的散文史早已证明:散文说到底就是人类的灵魂、精神与心灵的自由自在的想象方式。因而一个散文家最紧要的工作,就是通过独特的生活体验和艺术方式,将这种灵魂和心灵的秘密揭示出来。我们看到,熊育群在这一方面也是做得相当出色的。在《春天的十二条河流》"代后记"中,他这样表达对散文的"灵魂"和"心灵"问题的思考:"我始终关注的是自己的灵魂。我把自己当作一个对象,我观察它,剖析它,通过它寻找到一个独特的世界。这时候我自己的世界。既客观又主观,但它是一个人所感知的真实世界。人在行动中,心灵的感受是变幻最大最丰富的"。的确如此,由于经常在国内外旅游,由于涉足各种各样的名山大川,经历过各种各样的生死考验,这样熊育群观察事物的角度、他的灵魂和心灵的投射也就有别于常人。

熊育群的散文,有着较自觉的文体意识;或者说,他的散文语言已多少具有了梁实秋所说的那种"文调"。散文的"文调",一方面与作家的人格、文学修养和审美情趣大有关系,也即梁实秋所说的,"文调就是那个人","有一个人便有一种散文";另一方面,"文调"还与作家的文字感觉,与他抵达事物内蕴的表达方式,以及与他独特的修辞手法、遣词造句的癖好密不可分。我们看到,举凡优秀的散文作家,总是有他独一无二的"文调",比如汪曾祺、史铁生、贾平凹等作家便是以各自的"文调"吸引了大量的读者。尽管熊育群散文的语言,尚未达到上述诸家那种境界,但他的确正在逐渐形成属于自己的"文调"。《春天的十二条河流》可以说最能体现熊育群在文体方面的追求。作品自始至终流淌着一股诡异的湘楚之风,而他的语言更是浪漫狂放,常常在不经意间逸出一些"越轨笔致"。

第五节 主要散文家的创作

新时代是广东散文的繁荣期,这时期不仅散文的界面拓宽了,题材更丰富,个体体验更深入,岭南地方气息更浓郁,而且涌现了许多个性鲜明、特点各异、艺术表现较为成熟的散文家。其中较为突出的有艾云、塞壬、卢锡铭、杨文丰、耿立、詹谷丰、林渊液、马莉、江冰、王国华、盛慧、许石林、高小莉、东方莎莎、鄞珊、李清明、许锋、杜璞君、何霖、许小鸣、夏晓露、蓝予、孙善文、邱少梅、谢莲子、谢娇兰等等。

艾云(1957—),河南开封人。出版散文集《艾云随笔——女人自述》《此岸到彼岸的泅渡》《细节的四季》《退出历史》《理智之年》《欲望之年》《南方与北方》《赴历史之约》《用身体思想》《玫瑰与石头》等。2009年、2010年、2011年连续三年在《钟山》杂志以"事物本身"为题开设专栏。

20世纪90年代广州"小女人散文"盛行,然而艾云的散文却没有"融入"到这个潮流中去,她的散文始终交织着"思"与"诗"两股倾向。一方面她摒弃"小女人散文"的琐碎生活叙事,用自审的态度、清晰的女性意识与哲学思维,进入到形而上的哲思领域;另一方面她用细腻的情感,温润的语言,生动的想象,审美的心境来营造她诗性洋溢的散文世界。艾云的这些努力,丰富了岭南散文的表现形式,也给岭南散文带来思想的深度和诗性的灵动。

思想散文是艾云散文的一个标签。"生与死""在与思""诗与哲""终极与现世"这些命题始终贯穿在艾云的诸多散文之中,艾云用一种思想者的眼光,不懈地探索东西方哲学的差异,城市与乡土的冲击,南方与北方的碰撞,男人与女人的纠葛,写作与俗世的磨合,用以观照现代人的生存现状与精神困境。

艾云的思考是理性而有节制的,她一方面推崇那些朝圣者般富有受难精神和圣洁光辉的思想者,如苏格拉底、海德格尔、克尔恺郭尔、萨特、马尔库塞等等,但是另一方面,她也感觉到了朝圣的虚无。寻找意义的人希望能寻找到人类的终极关怀,让人类逃离痛苦而享受爱,但寻找的人却总与痛苦与死亡为伴——这是东西方哲人往往面对的难题,也是艾云的难题,然而,我们所说的思想者的勇气恰恰是在这明知不可为而为之里面——明知道自己不可能成为真的殉道者,但还是拼命寻找意义,在那些形而上的命题和超验的理解里追求一种信仰和宗教。

艾云没有脱离经验去思考超验。各个时代的思想家像是她散文家族里的家人一样,时不时以十分生动的形象出现在她的笔下,如海德格尔、克尔恺郭尔、卡洛琳娜、斯达尔夫人、波伏娃等。因此,我们在她的虚构和想象里面看到的不是思想者的遥不可及,而更多地接近于许多知识分子内心对自我的寻找:不愿意过平庸的生活,而愿意尝试一种有意义的思考的日子;无法放弃此岸优渥的生活,又对彼岸肃穆庄严的圣殿钟声怀有敬畏仰慕的情怀。这些带着人性光辉的伟人,与在现实中躁动不安的人们打了个照面,唤醒了人们对自由的追寻,激发了人们对理想世界的创造。

写作——是艾云散文的一个中心话题之一。她称写作的人为"语言者",语言在艾云看来,是一种意义,也是一种生存方式,是灵魂,也是信仰。作为写作者的艾云,津津乐道写作带给语言者的欢悦,但也不回避写作带来的痛苦和矛盾,特别对写作中的女人而言,更是难以述说的孤独感受。因此,孤独——是艾云对女性语言者的描述。除此之外,艾云也将写作的痛苦状态呈现出来,即写作与谋生的冲突,实际上也就是精神与物质的冲突——谋生的压力令语言者无法保障构思和打磨语言的时间,特别是琐碎平庸的生计问题,令思想钝化,才思枯竭,文笔受滞……于是也就带来了恐慌和恼怒,这些折磨又使人回到最初的思考中去,人要过的是怎样的生活?

尽管思考是如此艰难,写作是如此艰辛,但是对于艾云而言,思考可以洗涤人的灵魂,写作可以躲开尘世庸俗,它可以使写作者回到个人内心的真实状态,把思想凝聚成富有意义的编码,在文本的欢悦里度过落寞但却丰富的一天,使生命永远地澄清。

艾云在某些场合曾避讳说自己不是女权主义者,她借用了别人的一个词"女性意识清晰"来形容自己。《退出历史》《欲望之年》和《用身体思想》是比较集中艾云女性意识的作品集,"女性意识"并不是其他女性散文里面津津乐道的日常衣食住行,时尚装扮,家庭情感,或是在自己的小天地里享受生活的幸福,也不是暧昧的身体写作、激烈的男女争权或女性的结盟,而是女性用理性和冷静的态度,向内转自审其身,不断接近两性共同追求的终极意义——自由。

在《拒绝呵护》一文中,艾云认为,拥有思想的女性可能进入历史,但她们却与美丽无缘,注定是要孤独一生的;而放弃思想的女人可能拥有男人,受尽呵护,浸淫在小幸福里。在孤独与受呵护这两个选择之间,艾云似乎更倾向于孤独。在另一本集子《用身体思想》里艾云强调,男人从来不是女人的敌人,只有专制、不民主、不自由才是女人的敌人。男人和女人都需要由于彼此的优美和高贵从中感受到两性的意义。更多时候,艾云用尖锐细腻的观点,阐述了她关于女性生命的本体体验,女性内心的恐惧与纠葛,女性命运的思索,女性面临的困境以及拯救之路。她极力肯定了女性身体的欲望和精神的欲望,认为只有在身体的欲望和精神的欲望都满足的情况下,一个女性才能达到最后的天堂。

在另一本书《赴历史之约》,她以西方和俄罗斯历史上的六个杰出女人——卡洛琳娜、斯达尔夫人、阿赫玛托娃、汉娜-阿伦特、波伏娃和薇依——为例,用欣赏的笔调,肯定了情感、智慧、思想对于一个卓尔不凡女性的推动力,让她们同样出色地站在优秀男人的中间,这或许是艾云认为的能够逃离时间深渊,能够走进历史的女性的榜样。

塞壬(1974—),湖北黄石人。原名黄红艳。著有《下落不明的生活》《匿名》《奔跑者》《沉默、坚硬,还有悲伤》等散文集。

作为"打工散文"的代表作家,塞壬的写作总体趋于"实录"。无论是她笔下的故乡人事还是打工生活的过往,与现实逻辑的呈现总是环环相扣。这一现实逻辑包含了两个切面:一面是时代变动下具体人等的命运起伏、悲欢离合,个体生活与命运的典型性;另一面则是作家自身在与时代生活对峙、反抗、妥协中留下的精神刻痕及心路历程。以文字来记录来见证转型期中国的澎湃之势和卷入性力量,记录与见证自我与时代急流的搏击和依存。新世纪以来,塞壬的叙事散文藏匿着勃勃野心,她以亲身的经历、自我的体验,带着生命痛感的、充满坚硬的质感和凌厉气质文字,见证了打工者的生存与精神的情状,以及现实生活和人性的复杂性。

《无尘车间》是塞壬影响较大的作品。塞壬重返流水线车间现场,她装扮成中年失业的妇女模样,通过面试,进入电子厂一线工作现场。这一切,表面上看是她重新出发,找到一个纪实的立足点,通过主动寻找题材的方式,去开掘元气淋漓的生活,让自己的笔触有力地酣畅地游弋于当下散文的现场。而究其实质,《无尘车间》真正彰显出了塞壬的野心,即在"打工生活"多少被概念化的当下,她试图撕开一角幕布,通过工厂群像的素描,给出打工生活的真正的情理逻辑,进而揭示封闭、单调、枯燥的流水线生活何以川流不息的根本原因。在城乡差别依然巨大,东西部经济发展不平衡的当下,在业已高度物质化的现实里,流水线上的工人交出自由,付出体力,忍受责骂,他们的目标就是数量化的金钱。他们中的大多数人会立刻进入角色,在刻薄的位置主打刻薄,在铁板的位置主打铁板,在拼命的位置专心拼命。《追赶出租车的女人》是一篇书写租住生活的篇章。广州石牌村,作为城中村在20世纪90年代闻名天下,无论是传统纸媒和新媒体,石牌都被屡屡提及。随着旧城改造,广州石牌和郑州陈寨等巨型城中村皆跌落到尘埃之中,但是一代人的青春和辛酸并没有被掩埋,影像和文字就是它们再度重现的载体。在这篇纪实性很强的散文中,塞壬有力而准确地道出了租住生活的仓皇和逼仄。作为南下打工的第一站,石牌生活给塞壬留下了刻骨铭心的记忆。《追赶出租车的女人》作为一幅油画,同时作为核心的意象,隐喻了一个情绪共同体的存在。

写作中的塞壬有一种狠劲。即使人到中年,工作和生活也已稳定,往事烟云已过。大体上,中年的"我"与青年的"我"也已与和解。但在题材的勘查和获取方面,塞壬身上的狠劲还是明显的。近些年,她的散文取材,大多取自时代上升背景下的下降之路,流水线上的工人,重度残疾人群,贫困的底层,还有其他被时代打败的人,她皆会深入进去,不是为了颂扬,而是提供另一种证词,一种文学和历史独有的可以提供的证词。在处理上,他人容易折返之处,塞壬会迎头而上,务必要找到内核,寻见事物的本源之处。在《无尘车间》中,是数目化的金钱和物质化社会中物质衡量的关系;在《即使雪落满舱》中,是父亲求生和蜕变的精神之源;在《镜中颜尚朱》中,是主体被明亮打开之后,生存的韧劲和百折不挠;在《缓缓的归途》中,是时间的侵蚀性和摧毁性;在《悲讶》中,是中国底层社会对个性与美长期的敌视和扼杀。因此,写完作品后的塞壬,往往会伴随着虚脱的状态,等同于从身体内部抽掉了一块骨头。这是真正的"以命写作"。正因这种"以命写作"的狠劲,塞壬的散文才具有如此的冲击力,带给我们别样的质感。

卢锡铭(1947—),广东东莞人。1982年开始散文创作,著有散文集《南方绿岸》《潇洒夜语》《带走一盏渔火》《水云问渡》《枕水听涛》等散文集。

卢锡铭的散文如水,有水的味道,水的性格,水的韵律和水的湿润宽厚。卢锡铭出生于珠江三角洲的沙田水乡,可以说从小就与水结缘,与水生共长,相融相通。卢锡铭的散文,首先吸引读者的是与水有关的意象与韵致,小桥、石狮、河涌,在河涌中捕捉鱼虾的小孩,茶楼间或榕荫下人们"听古"和斗嘴;还有小艇、渔火、吊脚与富于水乡的景物,卢锡铭以审美的眼光,用诗性的笔调如数家珍地将这一切展现出来,我们自然会联想起陈残云的长篇小说《香飘四季》,以及秦牧那些描绘岭南风物的散文,因为他们是共通的,他们的气韵相通,审美情趣相近。可以说,卢锡铭的散文是新世纪最具"岭南味道"的散文。他师承了秦牧等老一辈岭南散文家的传统,而又有所突破。

说卢锡铭的散文师承岭南散文家的传统又有突破,是因为他还有另一类散文,写的是沙田水乡下层所特有的生存状态和精神状态,比如《咸水歌里人家》《横水撑渡人》《流动的骑楼》《缠脚秀才娘》《自梳草织女》《三弦弹出盲佬歌》《孤墩守夜人》

等。卢锡铭写故乡的散文,并非一般的乡愁之作,因为他的故乡虎门这个千年古镇有着厚重的历史和辉煌的现实。卢锡铭对此有着自觉而清醒的认识。《枕水听涛》集子中的《浪拍虎门千帆疾》《满城尽是霓裳浪》《龙的嬗变》《宁馨儿的诞生》《热土,谁是赢家》《搏击,虎的风采》《夜探伶仃洋》《胜览太平》等篇,均属这方面的内容。在卢锡铭笔下,虎门既是历史之门、英雄之门、人杰之门、物华之门,也是改革开放之门与嬗变之门。卢锡铭立足于虎门这块神奇的土地,他"思接千载",又"视通万里",既穿越历史的隧道,又超越现实的重负。他纵情于改革开放、春风吹拂的岭南大地,酣畅淋漓地为壮阔的时代、英雄的人民、民族的复兴放歌。因此,卢锡铭这类散文,自有其独特的内涵与品格。他所抒发的,既不是"多情应笑我"之类的个人忧愤或叹惋,亦有别于"江畔何人初见月,江月何年初照人"一类的雅思逸兴。他的散文,是海洋文化与珠江文化相碰撞的产物,是在水声水性水意水韵,在血与火交织的历史烟云中结出的奇葩异果,也是与众不同、万种风情,富于岭南味道的新时代"水乡篇"。

卢锡铭是散文写作的坚守者和有心人。他对散文写作有思想与审美的"高标"要求,特别在"怎么写"这个问题上,他一直在思考和探索,这就是"要写得深厚点,写得真实点,要用岭南散文温润的笔触说好虎门的故事"(《枕水听涛》后记),还要调动各种艺术手段来写人,使人物更加形象生动、具体可感。我们看到,卢锡铭不但有自觉的艺术追求,而且善于通过具体的创作实践来体现这种追求。正因如此,与以往的岭南"水乡篇"相比,卢锡铭的散文除了在主题的挖掘上更为深入,内蕴更为丰厚,感情更为复杂外,他的散文在日常生活细节的提炼方面也颇见功力。如果将卢锡铭的散文放在岭南散文的坐标上来考察,可见出他的散文有"三个新突破":一是突破了传统岭南散文欢乐轻盈的格调,其散文既有田园牧歌,也有沉重的历史叩问,有质疑的精神、思想的重量和批判的锋芒。二是收集于《云水问渡》集中的游记散文,突破了一般山水散文"印象式""导游式"的解读,而是山水与人文互融,历史与现实的叩问交织,这样就把自然景观人化了。而读者读到的山水,便不仅是抒情化的描写,而是在抒情中渗透了文化的沉思,将审美的诗化与审智的深邃熔于一炉。三是突破了一般乡愁的写作,不是限于一隅,也不是一人一事的罗列记叙,而是观古今,明得失,深挖掘,善借镜,从家乡这片土地的人物故事,去叙说历史的印痕与云烟,去展现故乡的沧桑变迁与民族的盛衰兴亡,从而以非历史的方式来筑构散文的丰厚。

耿立(1964—),山东鄄城人。1986年读大学期间,便在天津《散文》杂志发表作品《笛韵》,从此走向创作之路。著有散文集《遮蔽与记忆》《藏在草间》《无法湮灭的悲怆》《青苍》《向泥土敬礼》《消失在乡村》《灵魂背书》《暗夜里的灯盏烛光》等十多本散文集。

耿立散文题材用"青苍"二字可概括。"青"指汗青,是历史事件人物故事,用散文家的良知,还原真实,还原现场,最大限度接近真实,接近真相,去除有意或无意人为的遮蔽,反思这些遮蔽。"苍"是黄土颜色。耿立散文题材的另一重头,他是农人之子,大学之前一直生活在农村,父母兄姐一辈子也没走出沉重的黄土,这为耿立乡土散文的书写提供了养分。

耿立于十多年前来到岭南。他的散文创作开始从乡土抽身,从沉重的历史里转身,走向当下。由是,城市低语的空间和文字成为他散文的另一翼。他散文中的"青苍"底色,又透出岭南海洋的清新气息。

耿立散文追求精神的含量和真实的写作伦理,追求散文有毛边的质感,不雕琢修饰,是一种原生的宽阔自由的书写,一种贴近写作思维行文的率真表达。耿立的散文有很强的叙事性和故事性,但又有追问与思辨。语言既口语又诗性,他的散文始终有个真实的自我。

《赵登禹将军的菊与刀》是耿立历史散文的力作,最能体现其散文风骨。当今阴柔的美文成为主调,阳刚稀缺。耿立的散文调子悲慨激越,细节生动、情感浓烈,写出了那种曾丧失的"国家危亡之际挺身而斗,视国耻为不可容忍,把对民族和家国的挑衅侮辱看作自己私人的不堪与耻辱,然后以一腔沸血浇灌相抵的大豪迈",耿立笔下的赵登禹如此,张自忠如此,秋瑾如此,杨靖宇、赵尚志也如此。这种我们民族的"品性和血性",在耿立散文中复活和呈现。

散文《替一只苍耳活着》,是耿立从乡村走向城市的回望,以一个精神性的乡村植物苍耳来表达,耿立还原自己就是一枚苍耳,弱小但坚强,扎根于城市的水泥地面上,耿立的乡土散文是现代知识分子的乡土,在城市叙事片段中,强调来自乡土的身份。在描写乡间风物与人情故事时,又有城市的背景,这是乡村与城市的碰撞,他是一个苍耳,像一棵真正的,在城市夹缝间生存的野草,不断寻求阳光与养分。

正如贺绍俊先生所说:耿立的散文始终保持着一个真实的自我,他不卑不亢,不骄不躁,他用一双清澈的眼睛看世界,他乐于做一棵有着伟大信仰的苍耳。

詹谷丰(1956—),江西修水人。詹谷丰的文学创作从中、短篇小说起步,2011年正式转向散文。著有散文集《天堂的入口》《莞草,隐者的地图》《书生的骨头》《纸上的文人》《半元社稷半明臣》《山河故人:广东左联人物志》等6部。

《义宁的源头》,是詹谷丰告别小说转向散文的开始。以这篇散文为起点,历史,向詹谷丰敞开了另一扇大门:从民国知识分子的命运到东莞历史和广东左联人物的研究表现,成为此后散文创作的规划方向。历史的丰富,为詹谷丰的散文创作提供了广阔的天地,湮没在历史尘埃中的人物和事件,重新进入他的散文视野之后,以一种新的面貌出现。《半元社稷半明臣》和《山河故人:广东左联人物志》,都是地方性的题材,前者写东莞先贤,后者写广东左联人物。这些发掘历史以人物刻画为手段的散文,都是沉淀在历史深处的历史。由于詹谷丰有着多年的小说训练,所以他写历史人物时,注重对人物性格的刻画和历史细节的描写,以及故事情节和叙事的引人入胜。这样,詹谷丰的历史中的历史也就不枯燥乏味,历史人物不会标签化,而且有较强的可读性。

一个散文作者从故纸堆中打捞历史,发现人物,不是考古学意义上的研究,而是个人对历史的文学性表达,是作者穿越时空之后的灵魂在场。《半元社稷半明臣》和《山河故人:广东左联人物志》,是詹谷丰的文学创作自觉转型散文之后的实践,正在等待出版的长篇历史散文《一座城池的一百张面孔》,则将一座城池的千年发展史和众多人物融为一体,逻辑化地呈现一个地域的文化积淀和精神渊源。一个地方的千年历史和文化传承和历史散文的长度有机地融为一体,才可以消弭字数篇幅带来的恐惧。

散文天地广阔,创作路上,风光无限。历史散文创作,最忌讳照搬史料,沿袭教科书和文献,公共语言,作者的缺席,时代精神淡化和小说式的虚构情节故事,是詹谷丰进入历史散文创作的自我警惕。他坚定地相信,文学永远是人学,散文的背后,永远站着一个人。

许锋(1971—),甘肃兰州人。发表散文100多万字,代表作有散文集《心灵北疆》《小城与大城》《民间的仰望》等。

许锋的散文,"对生活痕迹记忆的片段清晰、真挚、诗意,颇为动人"(雷达语)。他长于描叙,时常见出小说家的功底,又有对世象背后的勘查,有学者深入究探的一面。许锋散文是美文一路,有时也见随笔的萧散,诗与思并美,文与事共舞。在长篇散文《一棵树》(《中华散文》2005年11期,入选《广州文学大观》,张梅主编)中,作者描写童年故土的苍凉,母亲与自然和命运抗争的艰难;又西北而迁徙东北后,那里村庄满眼的绿,清清的水,让作者感受到强烈的反差,心灵遭受冲击。这使得作者迫切地想种植一棵树,为岁月中的母亲,为戈壁滩上的百姓,也为生命中的自己。"树"成为黄土地生命的象征,人与树必须共生共存,"人们把一棵棵孱弱的新疆杨、红柳、毛柳摁进土里,踏实,浇上水。人们劳作的姿势是一种力度,他们穿着厚重的衣服,我却仿佛能看到骨架子、肌肉的颤动与每一个毛孔流淌的热气。这很像母亲。我在这样的场合以及很多劳动的场合,都会想起母亲,甚至像是看见母亲结实的乳房在架子车的强力拖动下颤抖与变形的样子。"文章所呈现的场景和体悟,是属于许锋独特的生命体验,饱含悲悯情怀。《中华散文》主编刘会军初听素不相识的许锋写了《一棵树》,认为类似题材已被写滥了,不看也罢,但看到8000余字的《一棵树》后,决定发当期头题。这是一份全国性重要散文杂志不唯名家而重作品的真实体现。

许锋的散文既宏观又细腻,以不动声色的方式将世道变迁刻画得简洁、周详而到位。如《小城与大城》《佛山的清晨》等,每一篇散文都精心思考,如"小城……像一个个见过些世面、懂得点风情,却又时时朴直的汉子",而身处"大城","心里的孤独就像浑浊的河水一样溢得到处都是"。但在"大城"生活久了,他又有新的感受,"一个清晨,一些景致,一些事物……仿佛被什么紧巴巴地拧在一起"。许锋的散文没有铺张扬厉、剑拔弩张,有的是和风丝雨、娓娓道来,它们也许没有一针见血的深刻,却多了人生的温馨和情趣。这也许是许锋与很多作家阅历之不同的体现。许锋生于西北,长于东北,学于齐鲁,而立之年,举家南迁。这是地域与空间的巨大转变。生于农家,童年随军,长于军营,父亲又是人民军医,这使他在父亲行医过程中,"过早"看到了百姓的生老病死与悲欢离合。成年后,许锋从事过长达10年的新闻记者工作,得以广泛接触社会。又进入高校,从事管理和教学。于作家而言,这是难得的丰富的人生之路。许锋没有浪费这些"资源",他在诸多领域笔耕不辍,出版多部长篇小说,学术著作《陈启沅评传》《南海陈氏机器家族》颇受专家好评和读者喜爱。但散文是他长期深耕的一个领地,尤其入粤以来,他的《澳门的心》《黄杨河的晨》《大湾区四季》等作品频繁获奖,既是对他作品的肯定,也是对他于粤港澳大湾区真情书写的褒扬。

天道酬勤,笔耕不辍。许锋的散文,仅于《人民日报》《光明日报》副刊,已累计发表70余篇,有"豆腐块",也不乏"肋条"和"整扇子排骨"。这在广东乃至全国作家中较为鲜见。许锋以散文短章形式,时常向全国展示广东新时代变化,这些"小事记"与"小纪事",记录生活,记录时代,也终将成为历史的"细枝末叶"。

林渊液(1970—),广东汕头人。1993年开始从事散文创作。出版散文集《有缘来看山》《无遮无拦的美丽》《穿过小黑屋的那条韩江》《出花园之路》等5部。

林渊液的散文创作,以现代性思考见长。不论是对小城镇或城市生活,还是潮汕民俗文化,皆充满思辨色彩。其写作的思想资源,是文化与思想的祛魅与复魅。在从事散文创作的同时,林渊液也善于从实践中总结散文特点,参与散文理论的探讨。她主张散文人格与散文文体必须相互寻找和相互确认,为散文写作者确立身份的合法性;她认为因为散文人设的趋光性,因此精神性应该成为散文的主体性特征。其理论主张与创作实践一脉相承。

林渊液的散文创作,既有问题意识又彰显个人的精神力量,既熟谙散文文体特点,又具备一种破体重建的艺术张力。收入散文集《出花园之路》中的散文《好闹》,

近三万字,以中医生父亲患癌的事件作为主线,探讨的话题是多线交织的。林渊液作为女儿、医生、同事、家属、作家的多重角色轮番上场,借由背后广阔的、根系庞大的现实背景,她深入地思考疾病、生命、伦理以及若干社会问题,并一次次在慌乱中,以超越性精神获得确认——父亲其实抓到了一个好阄。"好阄"因此成为她极具个人标识意义的观念意象,并具有普适意义。正如陈培浩所说:"林渊液一直坚持着一种既接地气,又具问题意识的思想型写作,拥有惊人的经验取景框,杂取旁收却始终不离精神的红线。她的写作在经验的及物性和精神的冥思性之间保持张力。"《好阄》同时也是散文的技法实验性文本,其叙事是层叠的,作者把戏服一件件穿了又一件件脱了,在叠穿的同时,又故意露出戏服的破绽。这戏服之间共有的破绽,恰恰指向更纵深的思索。多重身份既相互扶持,又相互掣肘。这同时也是碎片化时代的隐喻。其中的"单口戏"一节,实验着一种更切实的真实,又与全篇囫囵成文。

散文集《穿过小黑屋的那条韩江》展示的是潮汕平原的系列画卷:韩江与韩愈、乡巫与乡神、民风与民俗、传统工艺嵌瓷和灯笼、女红与抽纱、潮剧……绝大多数的乡土文化不乏赤诚的赞美者,这种歌唱在呈现子民的故乡情结之外并不能敞开乡土内部。林渊液作为潮汕文化的阐释者和反思者并不安于故土歌唱的角色。相反,她孜孜不倦地探索故乡在遭遇现代过程中的复杂精神景观,也在故乡文化与强势主流文化的对抗性中寻求反抗遮蔽的文化主体性。她的写作,因此而在乡土文化散文中独树一帜。

李清明(1965—),湖南湘阴人。先后发表散文100多万字,代表作有散文集《滚石上山》《梦起洞庭》《微雨独行》等。

李清明的散文凝结了多年沧桑中宝贵的世俗经验,揿入了本人刻骨铭心的生命体验,而且展示了一颗对人生有着超迈追求的慧心。他的散文是入世的,但绝非世俗,在他谆谆所言的世俗经验背后闪烁着智慧的光芒。如《改变自己》,文章先讲到一个作家朋友几次失败的婚姻,个中原因是因为婚姻的双方总想力图去改变对方,让对方来适应自己,却忽略改变自己,最终导致婚姻一次次走向失败。这件事促使了李清明对婚姻、处世、从商以及人与社会关系的深入思考,他告诉我们既然改变别人不可能,不如去改变自己,从积极的方向去思考,寻找融入社会的最佳路径,在文末他写道:"你不能延伸生命的长度,但你可以决定生命的宽度;你不能左右天气,但你可以改变心情;你不能选择相貌,但你可以展现笑容。"李清明所呈现的这种智慧,不是书斋里苍白狭隘的思索,也不是聪明的滑头和取巧,这种智慧来自历练后的启示,也来自个体对生活的切实感悟。

"顺其自然""人生如梦",人生,在不少文人笔下总是一个充满了宿命、最终顺化于自然的玄密事物,可李清明却老实地告诉我们人生是需要经营的,"你得考虑谋篇布局,你得知道怎么去突出中心和重点。如果胸无成竹,信马由缰,想到哪写到哪,便注定是一篇没有结构没有层次甚至让人不知所云的文章是一篇平庸之作。"(《经营人生》)文学中诗意化的人生在他笔下变的具体而可控制,他用自己的经历证明,正是在几十年来的不断奋斗和经营中,他才将农村孩子的自卑感一点一点地褪去,从文句不通的后勤兵开始砥砺,到部队的创作专业户,从大都市的军干部到下海经商,李清明成功的每一步都离不开他积极努力地经营人生。

李清明的文风是朴实甚至有点笨拙的,他总是喜欢从一个小故事讲起,再结合一些典故和自己的人生历练,由此来阐发自己作为一个平常人的感悟,他这种自然平常的业余写作状态,也可能会让一些专业散文作家和评论家略感不适,而难以从中寻到深奥的哲理和华美的词句;但他这种老实的文风对普通读者来说,却是言之有物、可读性强,是随时可以拿起来翻阅的精神食粮。从李清明的散文创作,可见他的写作不仅是真实的、低调的,而且心态极其放松。正是这种写作立场与姿态,才使得他的散文褪去专业写作的束缚,而实在地穿透故弄玄虚的浮面,将触角伸向最切实的人生。李清明的文字让我们看到,人,终究是要回归大地的,最素朴的抒情或许才是歌唱我们人生最美好的方式。

王国华(1974—),河北阜城人。著有《街巷志:行走与书写》《街巷志:深圳已然是故乡》《街巷志:深圳体温》《街巷志:一朵云来》等10多本散文集。

王国华大学期间开始散文创作。1999年至2011年偏重于感悟类短文和文史杂文写作,以本名王国华和笔名易水寒在《羊城晚报》《深圳商报》《齐鲁晚报》《华商报》《江淮晨报》等20多家报刊开设过专栏,大量文字被《读者》《青年文摘》《意林》转载。2010年他的《成长》一文被选为高考作文素材(新教改,吉林、宁夏、陕西三省区使用)。此外,他还多次为出版社主编《最适合中学生阅读的散文年选》"美文年选""杂文年选"以及"最美文"丛书。

定居深圳后,王国华渐渐融入新的生活方式,开始专注于以街巷为支点的"城愁"写作。所谓"城愁",是与乡愁对应的一种闲愁。他每个周末都流连于深圳的大街小巷、山川河流、公园社区,对视并描摹。从2018年始,他先后出版了《街巷志:行走与书写》《街巷志:深圳已然是故乡》《街巷志:深圳体温》《街巷志:一朵云来》等,获得第八届冰心散文奖单篇奖、广东省有为文学奖、第五届"九江龙"散文奖金奖等。"街巷志"成了王国华的写作标签。他计划这个系列每年写一本,至少写到十本。

王国华认为深圳缺少"忧伤"和"传说",这些用苦行僧式的脚步写出的文字,不仅仅是描述，更是"赋予"，用自己的文字塑造一种缓慢的忧伤的情绪，赋予这个城市一些传说。这种赋予，不是对既有的否定，相反，是在首先认可这个城市的世俗"成功"之后，有意识进行的文化塑造。

写什么固然重要，王国华还非常重视"怎么写"，他在各种场合强调文笔的重要性，即散文的阅读快感。在他的文本实践中，也一直落实着这种执念。他的《一只鸟对另一只鸟说》《二十四桥》以及"水果"系列短文颇受中学生喜爱，成为深圳很多学校语文老师推荐的课外阅读资料。

高小莉（1962—　），笔名逸野。广东揭西人。20世纪80年代开始散文创作。著有《为今天喝彩》《乡情如酒》《野白菊》《轻轻叩响你的心扉》《快乐行走》《那些沧海桑田的事》《自在花开》等7部散文集。

自然生态与行走随想，是高小莉散文主要题材与写作特色。2002年，她创立了逸野朗诵文体。这种朗诵文体充分考虑到诵读的需要，语言朗朗上口、质朴、唯美、情真意切，有场景化、画面感，主题清晰，情感脉络分明。作品通过网络广泛传播，线上举办过上百场个人作品朗诵专场，其中"逸野朗诵文体创作十周年"纪念晚会全国各地几万名读者参与，登台朗诵者超过百人；线下在东莞、上海举办过大型朗诵会，著名表演艺术家姚锡娟、王虹、方青卓、马黎、蒋瑞征等深情朗诵。

高小莉的散文较少用华丽矫情的形容词，写景状物、说人话事、抒情析理，或淡或浓，娓娓而道，疏放处不落空泛，细腻时无为矫情，轻拢慢捻却又清澄高洁、干净利落，毫不拖沓，可谓淡妆浓抹总相宜。不时更有诗文、史识信手拈来，无掉书袋之伤，有诗化景、文融物、史达情之功，浑然一体，相得益彰。不管是写江南村落的恬淡宁静，还是写大西北的陌生苍凉，高小莉的文章总让人感到温暖，那是一种生命的温暖。是幡动，也是心动。高小莉的笔下，万物有灵，我们所感受到的一花一树，一山一水，都带着极为强烈的生命气息，或童真或深邃，或温馨或热烈，或欣喜或忧伤，它们就如朗费罗所说的"好像会说话，从纸上和画面上和我们倾心交谈"（蒋述卓《快乐行走随缘邂逅——〈快乐行走〉序》）。

评论家郑秉多在《自由的吟唱——高小莉〈自在花开〉简析》中认为，高小莉的散文积极向上，热情乐观，满满的励志和正能量。是心灵的吟咏，是充盈山河大地的"正气歌"。对祖国、对英雄、对家乡亲人、对人间一切美好的事物深沉地爱恋。无论是历经风霜的老者，还是天真无邪的学生，都能从她的文字里得到心灵的慰藉。

东方莎莎（1968—　），重庆人。1984年开始从事散文创作。著有《闻香识花妖》《猫眼看世界》《我孤独地开放》《玫瑰传说》《我自潇洒》等5本散文集。

东方莎莎散文有人物,有亲情,有杂感,游历,等等,但她写人物不像普通的人物记,写亲情也不像一般的抒情文,写杂感不像平常的杂文,写游历不像惯见的游记。这是她散文的主要题材和创作特色。虽然她散文离不开某些共性,但也有不少异质性的东西。尤其是那些以"香"为主题的散文,题材独特,别致典雅。这样的散文,在别处较难见到。

这些散文以"香意情思"为意向,发现并寄情当代中国生命的自我感受与审美品质,而我们这个年代的生活情境,让这样的寄情格外重要。这样的散文以香意美化和诗化了我们的生命,集中表达并诱发了东方莎莎自己的生命感觉和审美情思,也引导激发了每个读这些散文的人的生命感觉和审美情思,在更大程度上完成并普及了我们在这个时代的诗意生活。

虽然每个人都会有生命之思和香草之情,但以香意为情思延伸出对生命和生活的美学化处理,却并非人人能为,甚至并非每个文学家都能为,这就是东方莎莎的文学特色和生命风格所独特拥有的。东方莎莎与其他散文家不同之处,在于她那以"香意"为核心而凝聚的诗意生活感觉,香气凝聚的诗意感觉让人们对生活有所发现,也让人们对生活有更高雅、更精致、更美学化的情思向往。

游历东西方和转换不同生活角色的经历,使东方莎莎思维敏捷、情趣独特,但又保持冷静和坚守,不被四处的生活恶俗所淹没,也不因见多识广而玩世不恭。因此,她的散文毫无轻飘之趣和浮华之感,而是始终保持对生活的独立立场和沉静思考。东方莎莎的"闻香看世界"散文,不仅仅是在闻和看,还是一种生命的思考:如果能撒出一片生命的浪漫幻想,荡漾出美好生活的独特气息,那就意味着嗅出世界的正邪善恶,就是判断生活的高低贵贱、粗精俗雅。

鄞珊(1969—),广东潮州人。著有《尘间·扉》《日光底下》《草根纸上的流年》《闲茶逸致》《雁飞时》5部散文集。先后获"三毛散文奖"、广东省有为文学奖等多个奖项。《尘间·扉》上榜"2021年十大劳动者好书榜·散文榜"。

鄞珊首先是一个乡土散文家。她的《日光底下》《草根纸上的流年》两书,均以古镇庵埠为书写的落笔点,通过文字还原古老潮州府属小镇人们的喜怒哀乐:他们朴素的生存追求,他们对信念的坚守,对传统文化的敬畏,以及人性中闪烁的美好和粗鄙。鄞珊沿着时间逆向挖掘,呈现出乡土散文的立体厚度:几代人的生活变迁,同或异,在时间切片中,互相碰撞出火花。每个时代不同的名词代码,那些记录的流水账,成为历史过往的物事盛开在读者面前。她以绵密的语言和通透的语境,营造具有小说叙事般递进的散文庭院,同时向读者呈现了鲜活的岭南人物风貌。她的创作还有一个特色,即细节的描摹饱满而有质感,以纪录片式的冷静,以慢镜头式的凝滞,使得朦胧的情感具有确定的形态。

其次是以城市生活为题材的散文,也可称为心理题材的非虚构散文。这类散文大多收入《尘间·扉》集中。这一类散文侧重于挖掘后现代工业文明时代现代人的生存困境,展现进入城市的个体自身所带来的异化和精神上的困顿。鄞珊将"我"带入非虚构的文体中,不仅注重心理的探测,而且模糊"我"与叙述者的界限,从而使文本具有某种实验性和不确定性。

鄞珊的城市心理题材散文,展示出线团般的层层心理迷宫,虽然有些缠绕,有的甚至读之使人透不过气,但每篇散文都有一个"症结",都有一根贯穿始终的脉络。在《失忆症》和《寻找麦子》两篇散文中,作者努力追溯自己的精神源头,貌似追寻失去的记忆,但全文读下来,它们具有深藏于文字深处的内核。《失忆症》和《寻找麦子》,具有情节性,却像作者抛出的线团,层层缠绕着。真实的生活,没有铺设任何悬念,细节稳固。但抛在过去式的时间里,记忆的打捞出现偏差,还是道德的基石被蚕食,乃至蚕食脱落?这篇散文像是一次社会实验或自我精神实验,读者进入文章的阅读中,开始面对"我与他者,我与世界"的关系,甚至开始怀疑麦子就是作者本人,麦子与作者有相同的生活轨迹,这些描写中的相同,让读者怀疑作者用这种方式讲述的是自己的一段经历或存在。《失忆症》一文中,写记忆的凌乱不堪,实际上是写"感恩"和"忘恩负义",作者在全文中不作道德的评判,却用文学性的语言,让读者不自觉进入大海深处飘来的阵阵迷雾中,有点透不过气。它的每一个字和每一个标点符号都在努力建造精神的迷宫。当读完最后一个句号,就像跑到终点,深深呼出一口气,再好好回顾、反思,笃定"经历"的真相。

第二十八章　新时代文学理论与"粤派批评"

在近百年来的中国文坛,"京派批评""海派批评"以及20世纪80年代崛起的"闽派批评"已是大家公认的文学现象,但"粤派批评"却极少被人提起。其实,不论从地域精神文化气质,从文脉的历史传承,还是批评的影响力来看,"粤派批评"都有着自己的文化品格、优势和辉煌。只不过,由于历史、现实、文化和地域等诸多原因,"粤派批评"一直被低估、忽视乃至遮蔽。究竟是否存在"粤派批评"?"粤派批评"的整体特征是什么?在当下提出"粤派批评"有何意义?如何推动"粤派批评"的发展与传播?这些问题,成为新世纪以来广东文坛特别是广东文艺评论界关注和讨论的焦点。

第一节　广东文学理论界的一面新旗帜

自2016年2月以来,由《羊城晚报》策划组织的有关"粤派批评"的系列讨论在文化界内外引发了强烈反响,成为近年来少有的发端于媒体副刊的现象级文艺事件。"粤派批评"成为广东文艺评论界的一面新旗帜,已经为当下广东文学批评再次赢得全国性影响吹响了号角。

"粤派批评"一说,缘起《羊城晚报》人文周刊的一篇文章。

2016年2月28日,《羊城晚报》人文周刊的广东文艺评论版刊出学者古远清的特约文章《让"粤派批评"浮出水面》,率先亮出"粤派批评"的旗号,使"粤派批评"概念首度浮现于大众媒体。文章对广东文艺批评的源流进行了一番梳理,指出"粤派批评"是可以和"闽派批评"平起平坐的一个批评群体,让"粤派批评"浮出水面有一定的合理性。"粤派批评"虽然带有南方的地域性,但"粤派批评"并不是同乡会。文章发表后引起了一定的反响。

2016年5月26日至27日,暨南大学中国文艺评论基地、广东省文艺评论家协会、《羊城晚报》等单位联合举办"文学评论与二十世纪中国文学史的生成学术研讨会"。会议将"粤派批评和文学史研究的广东力量"列为大会的讨论主题之一,专家学者们对"粤派批评"的合理性、理论内涵、建构向度、现实意义等问题予以热烈的探讨,使"粤派批评"这一概念在短时间内迅速升温。"粤派批评"一说是否成立?是否构成一个流派?研讨过程中形成了颇具争议的两派意见。

华南师范大学教授陈剑晖作了《"粤派批评"的可能性》的专题发言;居鄂的粤籍评论家、中南财经大学古远清教授则以"学术相声"的形式,提出应当有"粤派批评"。从广东揭阳走出、在北京生活60年的北京大学教授洪子诚先生却认为"粤派批评"概念值得商榷。他表示,"粤派"只是一个出生地的问题,后来大家走的道路也是各种各样,文学观念、观察角度不尽相同。中国社会科学院文学所研究员杨匡汉也认为,所谓"粤派批评"目前还缺乏相应的理论主张。

这次研讨会是"粤派批评"概念在学术界第一次正式的"登场亮相",也是学界首次对这一话题进行的大规模讨论,它所引起的争鸣与回应超过了主办方的预期,也成功地引起了外省媒体的关注。《羊城晚报》借此之机,于2016年6月5日推出整版的"粤派批评"讨论专版,发表了陈剑晖的长文《"粤派批评"一说成立吗?》一文,在梳理"粤派批评"的历史渊源、鲜明特色和身份标识的基础上,强调"粤派批评"的提出有其合理性,至于是否有可能成为"派",还需进一步的论证挖掘和时间的证明。报道还配发了洪子诚、杨匡汉、蒋述卓等著名学者的赞同或反对意见,成功策动对这一话题的大讨论。

该报道见报后,第一时间便得到时任广东省委常委、宣传部部长慎海雄的批示肯定:"此版耐看!这样的交锋、交流、交融极有意义,目的是活跃广东的文学评论。我省的文学评论工作者们敢于在'批''评'上下功夫,敢于用实力打响'粤派批评'。"①这番举措正式吹响"粤派批评"大讨论的集结号,"粤派批评""火"了起来。

2016年6月27日,距《羊城晚报》专版报道刊出不到一个月时间,中国作协机关报《文艺报》的理论与争鸣版以《"粤派批评"批评实践已嵌入历史》为题,用一个整版篇幅的长篇报道,对发端自南方的这场讨论从理论上作出学术回应。"编者按"特别指出:"作为一直在默默无闻地耕耘着的'粤派批评',谁也无法改变它已成为一种文化现象或一道亮丽的文学风景的事实。今后他们将如何继承过去的优良传统,在岭南文化资源与中原视野之间保持张力,创造出新的辉煌,人们将拭目以待。"这篇报道传递了一个可喜的信号,意味着关于"粤派批评"的讨论从广东走向了全国,获得中国文艺界的认可和关注。

南北呼应,"粤派批评"的讨论成功地扩散至全国范围。慎海雄部长再次在《羊城晚报》的情况汇报上批示:"很好!羊晚未来的方向应是具有人文特色的岭南《文

---

① 吴小攀:《羊城晚报"粤派批评"讨论影响大》,《羊城晚报》2016年12月20日。

汇报》。这恐怕是在互联网时代需要转型的一个选项。"省委宣传部还特别为此发布专题新闻阅评。此后,"粤派批评"相关讨论的影响持续扩散,广东各大媒体,省、市各相关文艺部门纷纷召开"粤派批评"研讨会,共议粤派评论的历史与现状,共商广东文学批评的发展大计。在一年多的持续讨论中,从历史层面到现实、理论层面,从文学领域到其他文艺领域,"粤派批评"掀起了更大热潮。

2016年12月1日,"粤派批评·陈桥生工作室成立暨学术研讨会"在广州珠岛宾馆举行。慎海雄部长全程参会并作了指示,鼓励广东文学批评应敢于"开宗立派","理直气壮打出粤派批评旗号"。新成立的"粤派批评·陈桥生工作室",以《羊城晚报》文艺批评团队为班底,旨在带动广东文艺评论界积极发出南方声音,努力打造新时代岭南文艺评论高地,提高广东文艺的凝聚力、创造力和影响力,在全国舆论场中不断更新广东文艺形象,为全国的文艺舆论场贡献独特的广东话题。

同年年底,"粤派评论丛书"出版计划正式启动。"丛书"方案报送广东省委宣传部后,获得"广东省宣传文化发展专项资金"资助,并得到广东省作协的大力支持。"粤派评论丛书"计划出版50本,使之成为一张广东打得响并在全国的文艺版图中占有一席之地的文化名片。

"丛书"第一批18本书出版后,广东省文联、广东省文艺评论家协会与中国文艺批评家协会,于2018年1月13日联合在北京举行"粤派批评与中国当代文艺研讨会"。此时正值党的十九大开局之年到来和纪念改革开放四十周年之际,会议的召开标志着"粤派批评"实践正走向深入,是继"陈桥生工作室"后"粤派批评"的又一里程碑事件。围绕"当代中国文艺格局中的粤派批评""粤派批评的时代担当及其内涵发展""粤派批评的学术维度与文化品格"等主题,来自全国各地的专家学者广泛交流,碰撞出精彩纷呈的真知灼见。大家认为,"粤派批评"本身已经超越了地域的局限,成为中国文艺评论事业的一支生力军。[①] 全面总结研究"粤派批评"历史经验与现实精神,恰当地描述其在当代文艺建设中的地位与作用,具有特别意义。

中国文艺批评家协会主席仲呈祥指出,流派要有旗帜,要旗帜鲜明地打出理论主张;要有围绕着理论主张的一大批作家和批评家的著述和成果;要代代相传,形成一支重要力量,作出突出贡献。若从这三个方面来看,粤派批评有自己的优势和特色。中国文联理论研究室主任庞井君认为,今天我们以学术的视界研究"粤派批评",是文化繁荣、文化发展的表现,要以开放的视野和新的价值框架看待"粤派批评"。会议同期,还举行了"粤派评论丛书"首发赠书仪式。

"粤派批评"在政策扶持支撑、媒体宣传发动、学界研讨争鸣、成果出版发行等多

[①] 《"粤派批评与当代中国文艺"学术研讨会举行》,《文艺报》2018年1月22日。

主体、多层面、多渠道的共同推动下,成为一个"现象级"的文学现象、文化现象,它的影响已远远超越了地域的局限。

"粤派批评"的社会影响之所以超过了发起与参与者的预期,在创作、研究、传媒、管理等领域引发强烈而广泛的反响,形成多点开花的局面,主因是一种文化焦虑感的推动。长期以来,广东经济总量全国领先,媒体又比较发达,但文化和文学话语权相对较为薄弱。为此,广东的文化界一直比较焦虑,一直在寻找加强文学话语权的契机,而"粤派批评"的提出正是这样的契机。正因有了文化的焦虑感,才有希望通过"粤派批评"催生广东文化和文学发展的期待。另一个原因是,"粤派批评"的提出其实是一种文化策略。长期以来,广东的学者和评论家基本上都处于单兵作战的状态。尽管他们在各自的领域也取得了不俗的成绩,但毕竟势单力薄,站位不高,容易为外界忽略。现在,借助"粤派批评"这个平台,既可以更好发挥个体的才智和优势,又可以在"粤派批评"的旗帜下重新整装出发,形成一种氛围和契机,发挥群体的力量,带动更多的人接续岭南的人文传统,推进广东包括粤港澳大湾区的文学评论。此外,还应看到,"粤派批评"更多的是描述一个客观的文学事实,即"粤派批评"作为一个实践在先,命名在后的批评范畴,并非主观臆想、闭门造车的结果。实际上,它是一次迟到的思想碰撞,一次话题集中,各方都有话可说,乐于参与,既可"接着说",也可"反着说"的多元文学建构。可见,"粤派批评"旗号的亮出正当其时。它是广东批评界文化自觉和理论自觉的体现,是近代以来绵延不断的对于建立广东学派的时代与历史的双重呼唤。

第二节　文学地理学与"粤派批评"

"粤派批评"自提出之日起,就面临着作为学术概念接受和推广的质疑。这些声音,有来自北方文坛的质疑,也有来自广东文坛内部的诘问;既对广东文坛造成了一定的压力,更促使广东文艺评论界追溯历史、探寻"粤派批评"的根基和传统。"'文学地理学'是一个值得深度开发的文学研究的重要视野和方法"[1],也是一个正在建设中的、隶属于文学的分支学科[2]。从文学地理学的角度来看,"粤派批评"的提出,有厚实的、充分的历史、现实、文化和地域等方面的基础与依据。

首先,是地理环境上的优势。从地理上看,广东占有沿海之利,在沟通世界方面

---

[1] 杨义:《文学地理学会通》,北京:中国社会科学院出版社2013年版,第55页。
[2] 曾大兴:《文学地理学概论》,北京:商务印书馆2017年版。

具有得天独厚的优势;同时,广东处于边缘,这既是劣势也是优势。

广东属于岭南,亦称岭表、岭外,指中国五岭以南地区。它是中国江南最大的横向构造带山脉,是长江和珠江两大流域的分水岭。岭南地区,不但北毗邻湘、赣边境尽是崇山峻岭,构成与中原分界的天然屏障;境内亦多回环绵亘山脉,构成多山和丘陵台地。岭南地区还南临浩瀚的南海,岛屿众多,海岸线长达3368公里,气候与岭北有颇大差异。总之,岭南地区的自然地理环境,在整个中国大陆内是颇具特色的:一是"山气",即岭南的边缘地势及其带来的远离中心和主流意识形态、非正统的心理意识;二是"海味",即珠江等水域所培育的海洋文化对岭南的深远影响。

早在古代,地处南海之滨的岭南地区,商贸发达;处于岭南中心的广州是中国最古老的海港城市,是古代海上丝绸之路的重镇。黑格尔曾在《历史哲学》里高度评价了海洋对人类文明的贡献,梁启超在《地理与文明之关系》一文中也指出:"海也者,能发人进取之雄心者也",而广东"其与内地交通,尚不如与海外交通之便,故其人对内竞争力甚薄,而对外竞争力差强"。① 广东有丰富的海洋文化积淀,广东人的精神文化与海洋文化有深刻的渊源关系。此外,岭南风光秀丽、四季如春,明丽的景物和宜人的气候温养了这一方人民明朗乐观、细腻淳朴的情操,也滋养了该地域独特的民风、民俗和民情。

法国启蒙思想家孟德斯鸠特别强调地理因素在人类社会发展中的作用,认为地理环境,特别是气候、土壤和居住地域的大小,对于一个民族的性格、风俗、道德、精神面貌、法律性质和政治制度,有着决定性的影响作用。法国著名的文艺理论家丹纳则充满洞见地指出环境对观念的影响,而环境既指地理、气候等自然环境,也包括社会文化观念、思潮制度等社会环境。自然环境和社会环境相互塑造的,会影响到学术环境的生成。进一步说,这种"环境决定论"并不是静态的对应关系,而更为内在的表现为对该地域人们的气质、情趣以及审美观的熏陶作用,这些必然会在作家的创作和评论家的批评中得到体现。

近现代以来,粤派学者在中西文化交汇的背景下,感受并接受多种文明带来的思想启迪。他们视野开阔,思维活跃,不安现状,积极进取,敢为人先,因此能走在时代变革的前列。黄遵宪、康有为、梁启超、孙中山等是这方面的代表人物。他们秉承中国学术的传统,又开了"粤派批评"的先河。改革开放后的粤派批评家,作为改革开放前沿的广东,时刻呼吸着解放思想的新鲜空气,较早摆脱了封闭性的思维习惯,从多维、多向的视角观照文艺问题。这种地缘、文化土壤的内在培植作用,对广东的文学创作产生了恒定性的影响,在"粤派批评"的发展过程中也是显而易见的。

---

① 梁启超:《地理与文明之关系》,载《饮冰室合集》第四册,林志钧编,上海:中华书局1936年版。

其次,是岭南文化传统的影响。广东善于开风气之先,踏实不轻浮,创新不保守。在长期的历史发展中,岭南文化逐渐形成了"开放性""兼容性""创造性""平民性"的基本特征,显示出迥异于北方文化的特质,并在20世纪末成长为一种体现了现代化趋势、符合现代人生活方式的强势文化。

据学者桑兵考证:民国时期,广东人赴京求学者为数不少,北京大学的广东同学会,颇具声色。"综海内二十二省,合文理法工四分科,共五百余人,而广东居全国六分之一,凡八十有六人",不仅一时敢"称全国最",而且被认为"自有大学以来,从四方至,执业肄习其间者,惟广东人最多,亦最勤学"。同时一批有志于学术者仰慕北京人文中心,北上问学,加上在政界、财界颇具影响的叶恭绰以及好诗词鉴赏的粤籍世家谭祖任(谭莹之孙)等人的支持和参与,20世纪二三十年代,相继聚集京师的广东学人形成气候,不仅理工医法商等西式学科人才辈出,中国文史之学亦不乏名家,如新学梁启超,史学陈垣、张荫麟、陈受颐,诗学黄节,古文字学容庚、商承祚,版本目录学伦明,思想史容肇祖,以及崭露头角的后进罗香林等,以致内部再又分别。1933年陈垣致函容肇祖,赞以"粤中后起之秀,以东莞为盛",容复函则说:"新会之学,白沙之于理学,任公之于新学,先生之于朴学,皆足领袖群伦,为时宗仰者。"1933年12月,陈寅恪阅岑仲勉论著后复陈垣函,称"此君想是粤人,中国将来恐只有南学,江淮已无足言,更不论黄河流域矣",将其视为南学将兴的又一例证。① 可见广东学人近代以降在全国学术版图中的地位和影响力。

岭南的学术传统明显有别于北方。如汉代以降以陈钦、陈元为代表的经学注释,便明显不同于北方经学的严密深邃与繁复,呈现出轻灵简易的特点,并因此被称为"简易之学"。六祖惠能则为佛学禅宗注进了日常化、世俗化的内涵。明代大儒陈白沙主张"学贵知疑",强调独立思考,提倡较为自由开放的学风,逐渐形成一个有粤派特点的哲学学派。这种不同于北方的文化传统,势必对"粤派批评"的形成起到潜移默化的作用。虽然20世纪以来,中国社会发生了天翻地覆的变化,学术思想也随着大量"新知"的输入而旧貌换新颜,但固有理路脉络的影响仍很明显。从历史维度而言,晚清以来的粤籍学人,秉承求是、创新的文化传统,以得风气之先的大气魄,在批评实践、诗学构建以及美学发明等方面留下大量可贵的文化遗产,提供了一种对接时代、联通世界的经验参照,事实上为中华审美精神的自主性提供了一份来自广东的证词。

再次,是文论传统的依据。

黄遵宪"诗界革命"与梁启超"小说界革命"的倡导,开创了一个时代的风潮,在

---

① 桑兵:《近代中国学术的地缘与流派》,《历史研究》1999年第3期。

全国产生了广泛的影响;20世纪二三十年代,黄药眠关于"文艺大众化""诗歌民族化"的文章,产生了很大影响;钟敬文则研究民间文学,被视为中国民间文学的创始人;新中国成立后,萧殷和黄秋耘接续了"粤派"的文论传统,坚守文学批评的原则性、实践性和普及性,在全国文坛中发出了自己独特的声音;梁宗岱则以富有诗人气质的翻译和评论,打破中西文化壁垒,建立起现代性与本土经验相融汇的诗歌理论批评体系。新时期以来,"粤派批评"涌现出不少在全国有一定知名度的批评家。如在广东本土,30后有黄修己、饶芃子、黄树森、黄伟宗,40后有谢望新、李钟声,50后有蒋述卓、程文超、林岗、陈剑晖、郭小东、金岱;60后、70后有谢有顺、贺仲明、申霞艳、陈希、郭冰茹、张均、胡传吉、世宾、陈桥生等。如果以籍贯来看,还有洪子诚、陈平原、黄子平、温儒敏、陈思和等文学史学人、批评家。如果批评的视野和范围再开放拓展,加上饶宗颐、王起、黄天骥等老一辈学者的纯学术研究,则"粤派批评"更是蔚为壮观。

应该承认,"粤派批评"的倡导和探索,并不是无源之水、无本之木,也不是空穴来风,而是有其扎实而富有个性的文论传统的,这也是建立"粤派批评"的历史基础。

第三节 "粤派批评"的理论建设与文化品格

作为一种文化现象,"粤派批评"虽具有地方身份标识,却不局限于一地之见。"粤派批评"概念的提出,不但有着较为充分的历史、现实、文化和地域等方面的依据与基础,还有着独特的文化品格和精神气质,这充分体现在以下几个方面。

首先,粤派批评家有自己的批评立场、批评观念,亦有自己的学术立足点和生长点。

从文化品格和精神气质方面看,除发生期的梁启超、黄遵宪外,粤派批评家不像北京、上海的批评家那样关注现代性、全球化、后殖民等宏观问题,也不似"闽派批评"那样积极参与到"朦胧诗""方法论""主体性"等的论争中。他们师承的是梁启超、黄遵宪、黄药眠、钟敬文这些大家的治学批评理路。他们既面向时代和生活,感受文艺风潮的脉动,又高度重视审美中的文化积累和文化传承;既追求批评的理论性、学理性和体系建构,注重文学史的梳理阐释,又强调批评的实证,注重感性与诗性的个性呈现。比如,饶芃子的海外华文文学研究,陈剑晖的散文研究,蒋述卓的城市诗学研究,宋剑华对经典的阐释重构,贺仲明的乡土文学研究与文学经典研究,江冰的80后文学研究等,都各有专攻,各擅胜场,且处于国内领先地位。

特别是中国现当代文学史写作,可以说是"粤派批评"最为亮丽的一道风景线。

在这方面,"粤派批评"几乎占了文学史写作的半壁江山,而且处于前沿位置,有的甚至成为中国现当代文学史写作的高地。他们力求超越传统的文学史观,在课题的开拓、方法的创新、学科的完善和学术史的创建上取得了丝毫不亚于"闽派批评"的骄人成绩。

比如20世纪80年代,钱理群、陈平原、黄子平联合发表的著名论文《论二十世纪中国文学》,提出"打通"现当代文学的大胆构想,其中的陈平原、黄子平均为粤人。洪子诚的《中国当代文学史》以方法先进、富于问题意识、善于整合中西传统资源和吸纳同时代前沿研究成果著称,它与陈思和的《中国当代文学史教程》被学界誉为中国现当代文学史的"南北双璧"。杨义的三卷本《中国现代小说史》是将比较方法运用于文学史写作的有效实践,该著材料扎实,眼光独到,分析文本有血有肉,堪与夏志清的《中国现代小说史》比肩。此外,温儒敏的《中国现代文学批评史》,黄修己主编的《中国现代文学发展史》《中国现代文学研究通史》,张振金的《岭南现代文学史》《中国当代散文史》,陈剑晖与宋剑华共同主编的《20世纪中国文学批评史》,郭小东的《中国知青文学史》,古远清的港台文学理论批评史写作,也都各具特色,体现出独到的史观史识和史德。

其次,注重文学批评的日常化、本土经验和实践性,是"粤派批评"的另一个独特的文化品格。

粤派批评家追求发现创新,但不拒绝深刻厚重;追求实证内敛,而不喜凌空高蹈;追求灵动圆融,而厌恶哗众取宠。这就是前瞻视野与务实批评结合,经济文化与文学批评合流,全球眼光与岭南乡土文化挖掘齐头并进,灵活敏锐与学问学理相得益彰,多元开放与独立的文化人格互为表里。这种将实践美学、生活美学和大众美学融为一体,在精神和感情结构上呈现出根性、脉性、血性与智性互融的批评趋向,既是广东本土批评家的批评践行,也是他们的共性和个性特征,是广东文化研究和文学批评的可贵品格。

比如活跃于20世纪八九十年代的批评家黄树森,其批评便紧密联系现实,及时地回应当前的社会生活。他积极组织讨论"商界现象";提出"珠江大文化圈""经济文化时代""第三条道路"理论;主编"流行蛊"丛书;出版《手记·叩问——经济文化时代猜想之子丑寅卯》;策划出版"叩问岭南"大型理论书链,提出"岭南文化新发展"讨论;主编《广东九章》系列,挖掘并推动"莞香"文化,探索"白先勇范式"……这一系列的"小叩"与"大鸣",立足本土,立足广东的历史文化和现实精神,又不乏高屋建瓴的国际眼光和全球视野。因此,这些"小叩""大鸣"既是对"广东文化沙漠论"的有力回击,又为我们确立广东文化在全国文化中的处境与地位、重建文化自信提供了一个切入点和反思的契机。

再如黄伟宗将批评与"海上丝路"的开发结合在一起,开辟了文学批评的新天地。此外,蒋述卓、刘斯奋、金岱、徐南铁、谭运长等人还提出"第三种批评""岭南宣言"等口号和宣言,这都体现出粤派批评家关注当下,善于捕捉文学研究的前沿问题,并将这些问题放在现实生活中思考的务实品格。

再次,思维活跃、感觉敏锐、视野开阔,善于充分借助媒体的平台和阵地,敢为人先、敢于发声,这构成了"粤派批评"的又一鲜明特征。

众所周知,广东是中国最早形成报业市场的地区之一。在中国近代传媒业兴起的初期,广州就在全国具有举足轻重的地位。在这里诞生了全国第一个红色政权机关报《红旗日报》,中华全国总工会的第一个机关刊物《工人之路》。改革开放以来,广东的报刊迅速发展,很快就形成了与北京、上海三足鼎立的局面;广东媒体牢牢把握时代的变革脉搏,传播优秀作品,为广东的文艺评论提供了一个广阔的平台,成为推动广东文艺发展的重要阵地。21世纪以来,广东文学、艺术、文化领域飞速发展,特别是工商业文化背景下直面生存现场、反映都市生活的创作探索,为当代中国提供了大批优秀的艺术样本,而它们之所以能走到聚光灯下,跟广东学者的敏锐观察和在报刊上及时推介密切相关。

文艺批评主要是对文艺作品和文艺现象进行评析的行为和方式,必须通过媒体发表出来,公之于众,才能产生批评力和影响力。在广东,有与《收获》《十月》《当代》一道并列为中国文学期刊"四大名旦"的《花城》,有和《萌芽》《芳草》和《青春》并称中国文学期刊"四小花旦"的《广州文艺》,还有始终坚持"立足本土,面向全国"的《作品》,以及始终高扬理想与信仰的旗帜、成为透视知识界思想和心态重要窗口的《随笔》。特别值得一提的是,由广东省作家协会创办于1983年的《当代文坛报》,是中国第一家文艺理论月刊,在推介广东作家作品、构建广东文学批评话语上,钩沉索隐、不遗余力,推波助澜、披荆斩棘,可谓风生水起、独树一帜;曾在20世纪90年代发起"商战文学""岭南之谜"及"珠江大文化圈"等专栏的讨论,以开放性的思维、密集型的信息、平民化的面孔,弄潮于中国文坛,屹立于广东文艺界。

广东的报纸副刊也办得有声有色。《羊城晚报》创办时,与新闻版面分量等同的副刊就是它的一大特色;60多年来,《羊城晚报》"花地"副刊以深邃厚重的风格,始终保持对文学、文化的坚守。"粤派批评"从概念到成为一个文学事件,就体现出《羊城晚报》利用媒体平台引领岭南文艺评论的强大影响力。此外,还有《南方日报》《广州日报》《南方都市报》《粤海风》……广东报纸杂志的策划宣传极大地活跃了本地文坛并辐射到全国范围,造成了广泛的影响,特别是在文艺生产市场化、文艺思潮多元化、文艺需求多样化的形势下,催生了大批与当前文艺实践相对接的批评话语和学术成果,以务实开放的精神风貌走出了独特的发展道路,也大大彰显了"粤派批评"开放宽容的精神气度。

总体来看,"粤派批评"独特的文化品格和精神气质表现在:一是精神底色的求变、求新、求真;二是精神气质的自在、自得、自为;三是精神气度的包容、开放、平和。蒋述卓教授用"严谨的态度、得体的尺度、开放的角度、优雅的风度"①来归纳"粤派批评"的气质,指出"粤派批评"已经不属于地域性概念,而成为一种特色鲜明的文化现象,属于开放性概念。我们还可以用八个字来概括"粤派批评"的特色,这就是:创新、实证、内敛、精致。

先说创新。从六祖惠能,到陈白沙心学标榜"贵疑""自得",再到康梁,粤地便一直有创新的传统。这种创新精神在现当代的"粤派批评"中也得到充分的践行和展示,这一点在当下应受到特别的重视。

其次是实证。康有为的老师朱九江,其著述被称为"实学",他倡导经世致用的实证研究,这一批评立场和方法,在后来的许多粤派批评家身上也清晰可见。

还有内敛。这是不容忽视的"粤派批评"的一个精神品质。即是说,"粤派批评"虽注重创新,强调质疑批判精神,但它不事张扬作秀,它的总体基调是低调务实,是内敛型的。正是因此,它往往容易被忽视,被低估,甚至在某些时段被边缘化。

最后是精致。"粤派批评"比较个人化,偏重民间的立场和姿态,也不热衷于宏观问题的发声和庞大理论体系的建构,但粤派批评家的批评实践具有"博"与"精"并举,"广"与"深"兼备,"奇"与"正"互补的特点,这样就形成了"粤派批评"的独特魅力与风致。

第四节 "粤派"代表性批评家

在岭南这块热土上,确实诞生和活跃着一批有志于文学批评并对文学进程产生了影响的学者。从晚清到现在,"粤派批评"不仅有明显的文脉传承,代际层次也十分清晰。特别是新中国成立以来,"粤派批评"文艺评论梯队呈现出比较合理的人才结构,老中青三代结合,涌现出不少在全国有一定知名度的批评家,逐渐壮大并形成推动中国文艺批评事业的新合力,其成果也有目共睹。

"粤派批评"的起源可追溯到晚清,黄遵宪、康有为、梁启超等人,他们丰富的学术活动尽管并非以文艺批评为主业,却在客观上参与了对中国文学与美学现代性的

---

① 蒋述卓:《建构"粤派批评"的学术谱系——"粤派评论丛书"编辑之缘起》,《中国艺术报》2018年4月3日。

开启。比如,被公认为"睁眼看世界"之先行者的黄遵宪,倡导"诗界革命",在"新派诗"的写作经验和批评实践中追求以"旧风格含新意境",其艺术理念在近代诗坛大放异彩。再如,倡导并身体力行"趣味主义"的梁启超,在《论小说与群治之关系》中高举"新小说""新文体"的旗帜,其实强调的是文学革命与政治改良的内在关联。可以说,黄遵宪、梁启超的文学倡导,开创了一个时代的风潮,在全国产生了广泛的影响。

黄药眠、钟敬文、黄秋耘、萧殷等人可视为"粤派批评"第二波的代表。如众所知,在当代批评史上,黄药眠的学术主张具有一定的开拓性,是连接创作与批评、传统与现代的一个文化样本。在 20 世纪三四十年代,黄药眠在《创造周刊》发表大量倡导文艺大众化、诗歌民族化文章,产生了很大影响。以今天的眼光来看,他的《诗歌的民族形式之我见》《战斗者的诗人》等发表于 40 年代的文论依然有其生命力。钟敬文的贡献主要在于研究民间文学,被视为中国民间文学的创始人。

新中国成立后的"十七年","粤派批评"的代表人物是饶宗颐、萧殷、黄秋耘和梁宗岱。

饶宗颐(1917—2018),字固庵、伯濂、伯子。广东潮安人。饶宗颐是享誉海内外的学界泰斗和书画大师。他在传统经史研究、考古、宗教、哲学、文学、艺术、文献等多个学科领域均有重要贡献,在当代国际汉学界享有崇高声望,中国学术界曾先后将其与钱锺书、季羡林并列,称之为"南饶北钱"和"南饶北季"。曾任香港中文大学中文系荣休讲座教授、艺术系伟伦讲座教授以及中国文化研究所顾问,香港大学、北京大学、南京大学等校名誉教授。

饶宗颐早年以治地方史志为主;中年以后兼治四裔交通及出土文献;壮年由中国史扩大到印度、西亚以至人类文明史的研究;晚近则致力于中国精神史的探求,至今已出版论著 50 余部、论文 400 多篇。饶宗颐在当代中国学术史上的地位,可简明概括为如下三点:

一、20 世纪的中国传统人文学术研究,一个大的趋向即如何在乾嘉诸老的基础上再向上一层。向上之路,依学者个人的天资禀赋与治学风格、学术背景的差异而呈现不同面貌。饶宗颐经其特殊的个性聪明才智,正是处于此一学术潮流中的前线人物,其成绩足以与当代名家相比美。

二、由于 1949 年至 1978 年的特殊时代因素所造成的闭关锁国状况,尤其是"文革"十年动乱对于中国文化的践踏,中国人文学术研究缺乏应有的成就与活力。而这一段时期,正是饶氏学问生命的精进期,也正是他成长为中国与海外汉学研究不多的桥梁人物之一的时期。譬如,1956 年,饶宗颐发表《敦煌本老子想尔注校笺》,将伦敦所藏这部反映早期天师道思想的千载秘籍,全文录出,兼作笺证,阐明原始道教思想。其后不久,法国的中国宗教学权威康德谟即以此书教授诸生,以至引发后来欧洲道教研究的长期计划。在21世纪的"东学西渐"史中,饶宗颐是一个重要的开风气的人物。如果说,21世纪的东学西渐必将延续下去的话,饶宗颐的学术位置亦将因此而显出其重要意义。

三、饶宗颐在学术上与艺术上的造诣均达到很高的水准。他集学问与艺术为一身,以其博洽周流、雅人深致的境界,成为当代罕有的国学名人。同时,他的文化世界具有自信、自足、圆融、和谐的特点。整个20世纪,一般知识人都觉得一定要在东方与西方、传统与现代、"新派"与"旧派"之间做选择的时候,他却没有焦虑与困惑。他的世界里,东方与西方没有鸿沟,古代与现代之间没有裂罅。饶宗颐的学问、艺术与文化人格,与香港一地有极为重要的相似性,是特殊的地缘所造就的学术文化史现象。

综上可见,饶宗颐虽没有局限于粤地某个作家作品,或者某种文学现象的研究和评论,但他拓展了"粤派批评"的历史纵深和研究界面,他的气象与人格,他的学术视野,以及宏约精深的学术理路,都对粤派批评有着不容忽视的范式意义。

萧殷(1915—1983),早年创作了不少作品,新中国成立后,他把主要精力放在报刊、文艺教学、文艺理论方面,先后担任《文艺报》主编、《人民文学》主任、中国作家协会理事等职务。1960年从北京调广州任中共中南局文艺处处长,广东省文联副主席,中国作家协会广东省分会副主席、党组副书记,广东省政协委员,中山大学和暨南大学教授等职,为培养青年作家倾注了心血。萧殷博学多才,著作颇丰,先后出版了《月夜》《与习作者谈写作》《给文学爱好者》《谈写作》《鳞爪集》《习艺录》《论生活艺术和真实》《萧殷自选集》《翻身诗话》《创作随谈录》等文艺理论和评论集。1985年获广东省首届文学评论奖,1986获第二届鲁迅文学奖特别奖。

萧殷是从广东走向全国的文学批评家,也是从北京回归到广东的文学批评家。他的文论有着自己鲜明的特点。萧殷敢于针砭文坛时弊,富有正义感和战斗气息。他的文章都是和现实紧密相关,贴近当时的文艺运动、文艺思潮和文艺创作问题,展现出鲜明的时代导向。他针对典型问题、"文艺黑线论"、悲剧问题、真实性问题等发表的文章,始终坚持从生活出发,强调对艺术规律的尊重,足见萧殷的理论功底和勇气。萧殷的文论在形式上不拘一格,有书评、随笔、序跋、书信等,他以这些方式解答文学青年的困惑和迷茫,为青年人带来切实的指导,在扶持年轻力量上投入了大量的热情和精力。在中国当代文学理论批评史上,萧殷也许不是一流的评论家,但却是一流的编辑家。王蒙曾说过:"我的第一个恩师是萧殷,是萧殷发现了我。"他对文坛新秀的提携、指导和扶持,给后来者提供了莫大的精神鼓舞,显示了他对文学由衷的热爱和执着的追求。萧殷无疑是他那一代文学批评家的典型。

黄秋耘(1918—2001),生于香港,原籍广东顺德。建国后历任广州军管会文艺处组长、新华社福建分社代社长、《文艺报》编辑部副主任、广东省新闻出版局副局长、中国作协广东分会副主席等职。黄秋耘的创作涉猎多个领域,以"率真""质朴"的"秋耘风格"为读者所喜爱。他是"岭南散文"的代表人物,除散文外还出版了《苔花集》《古今集》《琐谈与断想》《黄秋耘文学评论选》等。他自成一家的批评文章与其散文的创作互为映照。他在"百花时代"勇猛向上,慷慨悲歌,疾恶如仇,高举着"写真实"与"干预生活"两面旗帜,大声呼吁"不要在人民疾苦面前闭上眼睛"。他的评论文章,不是充满史料和思辨的理论文章,而是重视直觉、感受和顿悟的印象批评,"他的文学评论是发自内心热情的自然流露,他对文学价值的整体感知、印象品评和情感批评,都带有独特的个性特点,呈现出鲜明的感情色彩。"至今仍带给我们许多启发和感动。

梁宗岱(1903—1983),广东新会人,中国现代诗人、翻译家、文学评论家,学贯中西,才华横溢,在中国现代文学与翻译历史上具有独特地位。梁宗岱于20世纪二三十年代游学欧洲,与著名诗人瓦雷里、罗曼·罗兰相识;他是歌德、里尔克、瓦雷里诗作的重要译者,所译莎士比亚十四行诗被余光中誉为"最佳翻译"。梁宗岱不仅将西方经典诗作译介入中国,也将中国诗歌译为外文,带向世界。他通过中西诗学的贯通,建立起了现代性与本土经验相融汇的诗歌理论批评体系。他的《梁宗岱译诗集》《梁宗岱批评文集》,兼具理论的严谨和文采的飞扬,为翻译界和文学评论界留下了许多有价值的话题。

客观地说,上述这些批评家的研究范式和文学观念尽管并不新颖,但其对苦难的同情、对文学批评的执着,以及对良知的坚守,不仅让后来者心存敬意,也在客观上提升了"粤派批评"的伦理品格。

20世纪80年代中后期,饶芃子、黄树森、黄伟宗、谢望新、李钟声等文艺理论批评家大展拳脚,使"粤派批评"的传统得以延续和发扬。他们可称为"粤派批评"的第三代传人。80年代末至90年代,广东涌现出郭小东、陈志红、钟晓毅、张奥列、殷国明、程文超等文艺理论批评家,显示了"粤派批评"的壮大和发展。新世纪以来,具有代表性的文艺理论批评家则有蒋述卓、林岗、谢有顺、陈剑晖、贺仲明等。还有更年轻的80后、90后评论新军在茁壮成长,他们是今后相当一段时间内在批评领域发挥重要作用的生力军和骨干。

饶芃子(1935—　)，广东潮州人。暨南大学中文系教授，博士生导师，历任暨南大学中文系主任、副校长、校学位委员会主席，享受国务院政府特殊津贴。曾任广东省社会科学联合会副主席，广东省作家协会副主席，中国文艺理论学会副会长，中国比较文学学会副会长，中国世界华文文学学会会长。国家社科基金"九五""十五""十一五"中文学科评委，中国作家协会文学理论批评委员会委员。现任中国世界华文文学学会名誉会长，世界华文文学联会副会长。

饶芃子教授勤恳敏锐，视野开阔，不断以跨界的方式拓展自己的学术领域。20世纪80年代初期涉足比较文学领域，引领广东比较文学的发展；1993年领衔建立暨南大学文艺学博士点，在国内首创"比较文艺学"方向；率先将比较文学的方法引入海外华文文学研究，并在比较文学领域积极推动海外华人文学的研究，进一步深化了这两个领域的学术空间；努力推动海外华文文学的学科建设，为该学科的理论建构贡献良多。著有《文学批评与比较文学》《中西比较文艺学》《比较诗学》《世界华文文学的新视野》等16部著作(含合著)，主编《中西戏剧比较教程》《海外华文文学教程》及学术丛书多种。先后获得省部级教研成果奖励13次。2011年被评为首届"广东省优秀社会科学家"，2015年获"中国比较文学终身成就奖"。

作为海外华文文学研究的引领者、推动者，饶芃子教授对海外华文文学研究领域所作的贡献主要可以归结为以下三个方面：从跨文化的角度重新定位海外华文文学，挖掘其独特内涵；率先引进比较的方法，推动海外华文文学研究的纵深发展；努力构建学科体系，倡导诗学研究。她独辟蹊径，视野开阔，所从事的比较文学研究极为突出。

黄树森(1935—　)，湖北省武汉市人。文学评论家、岭南文化研究学者。1959年毕业于中山大学中文系，历任《作品》编辑组长、编委，《现代人报》副编辑，文学理论刊物《当代文坛报》副总主编、主编，《文化生活》周刊总编辑、编审。历任广东省文联主席团成员、荣誉委员，广东省文艺批评家协会主席及名誉主席，广东省人民政府参事，中山大学兼职教授，广东省社会科学院特约研究员，中国文联第六、七届代表。曾荣获广东省鲁迅文学艺术奖、广东省"五个一工程"奖、广东省优秀图书奖、广东文艺终身成就奖等。专著和编著有《题材纵横谈》《手记叩问——经济文化时代猜想之子丑寅卯》《春天纪》《广东九章》《上海九章》《广西九章》《深圳九章》《东莞九章》等，主编"叩问岭南"丛书五种，"流行盅"丛书六种，"地道广东"六种。

黄树森长期从事文化批评和岭南文化研究。在广东新文化(文学)发展实践中，他几乎见证并参与了新时期广东文坛所有的文化活动，武侠小说、香港电视、"恭喜发财"、白先勇小说……上世纪这些响彻广东的文化事件，都与黄树森密切相关。他被誉为是"咬破小孔"的文化奇人，是广东本土文化研究的"掘宝人"，在广东乃至全国文坛提出了多个"第一"与"首倡"，在对香港、台湾地区文学、文化的引进与推广方面，功不可没。黄树森对岭南文化现象的解释有着高度的灵活性、开放性与包容性，体现着他作为知识分子在文化参与方面的自觉，以及作为学者的人文关怀和文化担当。

黄伟宗（1935—　），祖籍广东肇庆，出生于广西贺州。作家、文艺批评家、文化学者，中山大学教授。曾先后担任羊城晚报文艺副刊《花地》编辑、《文艺评论》编辑、《广东文艺》（即《作品》）理论组编辑；历任广东省人民政府特聘参事、广东省珠江文化研究会创会会长、广东省海上丝绸之路研究开发项目组组长、中国作家协会会员等，享受国务院政府特殊津贴。曾荣获广东文艺终身成就奖、广东省优秀社会科学奖、广东省鲁迅文学艺术奖、中山大学优秀教学奖及科研成果奖、广东省参事积极贡献奖和优秀成果奖及优秀议政奖等多类奖项。代表著作有《创作方法史》《创作方法论》《欧阳山创作论》《欧阳山评传》《当代中国文艺思潮论》《文艺辩证学》《珠江文化论》《珠江文踪》《海上丝路文化新里程——珠江文化工作十年巡礼》等20余部。2010年6月，广东教育出版社出版《黄伟宗文存》，全4册共500万字。

黄伟宗是当代最早研究欧阳山的学者之一，成果斐然。《欧阳山创作论》是第一部全面研究欧阳山创作的专著，奠定了黄伟宗在广东文学研究中的权威地位。他还是中国珠江文化理论的首创者和倡导者，当代中国珠江文化工程的实践者，总主编《中国珠江文化史》填补了中国珠江流域文化史的空白。他的学术成果是广东地域文化研究不断活跃、深入的明证，是浩瀚珠江"广纳众流成就自身"的生动写照。

谢望新（1945—　），江苏金坛人。毕业于中山大学中文系。一级作家、文学评论家，中国作家协会会员，广东省文艺评论家协会顾问。曾任《南方日报》记者、编辑，花城出版社社务委员，《花城》杂志副主编，中共广东省委宣传部文艺处处长，广东省广播电影电视厅党组成员、副厅长兼广东电视台台长、党委书记、总编辑，《南方电视学刊》主编，广东省作家协会党组成员、专职副主席，《作品》杂志主编，中国作协文学理论批评委员会委员、中国小说学会副秘书长，广东省新闻学会副会长、电视家协会副主席等。先后出版《落潮之后是涨潮》《历史会记住这些名字》《谢望新文学评论选》（上、下）《谢望新文集》（1—5）等十几本著作，获得首届中国当代文学研究表彰奖，第三届冰心散文奖，第二、第三、第八届广东省鲁迅文学艺术奖，第五届全国广播电视学术论文一等奖，广东省新世纪电视理论贡献奖，入选《中国电视剧60年大系·人物卷》等。是获得精神文明建设"五个一工程"奖、飞天奖、金鹰奖等多项国家大奖的电视连续剧《情满珠江》《英雄无悔》《和平年代》的主要策划人之一。

自20世纪70年代末开始,谢望新从文学评论转到电视文化策划,再转到散文和小说创作,不断挑战自我。80年代,他对岭南作家进行整体性考察,创造性地提出了"走出五岭山脉"的口号;他和李钟声合著的《岭南作家漫评》,是广东省第一本专论岭南作家的评论集,获得中国当代文学学会表彰奖和广东省鲁迅文学艺术奖。谢望新还提倡"广派"文学批评。他的文学批评始终坚持时代取向和历史价值,有鲜明的历史意识和历史精神,注重批评的整体感和历史感,形成了独具个人特色的批评品格。

李钟声(1945—),广东梅县人。中共党员。1984年毕业于暨南大学汉语言文学专业。历任《南方日报》记者、编辑及文艺部副主任、主任,《南方日报》编委、副总编辑,高级编辑。广东省作协副主席,文艺批评家协会副主席,中国报纸副刊研究会副会长,省政府参事。享受国务院政府特殊津贴。1962年开始发表作品,1985年加入中国作协。从1980年起,李钟声便持续关注特区,关注特区文学。他的《论深圳特区五年来的文学创作》,是对深圳创作的一次认真的巡礼,而且是评论界巡礼的第一人。他和谢望新合著的评论集《岭南作家漫评》获中国当代文学会表彰奖、广东省鲁迅文学艺术奖,报告文学《绿意初绽》获1983年广东省新人新作奖,评论文章《评〈特区文学〉创刊一年的中短篇小说选》获广东省第一届评论奖,特写《墨林引路人》获广东省儿童文学奖,其作品还获1992年范长江新闻提名奖。

蒋述卓(1955—) 广西灌阳人。文学博士,暨南大学中文系二级教授,文艺学专业博士生导师,国家重点学科文艺学学科带头人,国家级教学名师,享受国务院政府特殊津贴,广东省优秀社会科学家。现任暨南大学副校长、党委书记,中国作家协会会员,中国中外文艺理论学会副会长,中国文艺理论学会副会长,中国古代文学理论学会副会长,中国比较文学学会理事,广东省作家协会主席,广东文艺批评家协会主席,广东省文化学会副会长,广东省人文社会科学重点研究基地"海外华文文学与华语传媒研究中心"主任。任《文学评论》《中国比较文学》《中国文学研究》《民族艺术》等杂志编委。先后出版《佛经传译与中古文学思潮》《文化诗学:理论与实践》《二十世纪中国古代文论学术研究史》《大众文化研究:从审美批评到价值观视野》《跨学科视域中的比较文学》等论著20余种,荣获中国首届青年优秀社会科学成果奖二等奖、教育部第四届中国高校人文社会科学研究优秀成果奖二等奖、第八届广东省鲁迅文学艺术奖、中国文联第七届文艺评论奖(论文类)特等奖等。

蒋述卓自称"学术杂家"。自20世纪80年代以来,他先后在国内学界最早提出"第三种批评""文化诗学""城市诗学""新人文精神""流行文艺与主流价值观的关系"等重要论题,明确主张"三个结合"(即古今结合、中外结合、文史哲结合)的理论路径,在历史情境与当下文化的两个分析维度中展开理论反思与时空对话,建构了文化诗学的思想体系并致力于推动"粤派批评"的理论建构,呈现出文艺透视现实经验、文化观照理论生产、思想引领价值建构的时代担当与诗学创见。

程文超(1955—2004),湖北武汉人。中山大学教授、博士生导师,曾任中国新文学学会副会长、广东省作协副主席、广东省批评家协会副会长、《学术研究》杂志编委等职,享受国务院政府特殊津贴。我国现当代文学研究领域广具影响的中青年专家之一。曾获中国作协第二届鲁迅文学奖、中宣部"五个一工程"奖、第六届广东省鲁迅文学艺术奖、中国当代文学研究表彰奖等。主要著作有《意义的诱惑》《寻找一种谈论方式》《1903:前夜的涌动》《百年追寻》《反叛之路》《20世纪中国文学中的现代性问题》《欲望的重新叙述——20世纪中国文艺与文学精神》《中国当代小说叙事演变史》等。2009年,中国社会科学出版社出版了8册本《程文超文存》,汇集了程文超先生生前的主要研究和一生心血。

20世纪80年代初期,程文超先生就在"方法论"热中,以一批有影响力的文学批评成果著称于学界。90年代,他又以深厚的理论素养参与了"现代性"话题的讨论,鲜明地提出了现代性与反现代性的辨析。他执着于提炼新的概念和寻找中国本土化话语,先后提出"模糊思维""彼岸后叙事""第三条道路""两种现代性""两个西方"等重要概念,具有很强历史意识和反思精神,既深契人性而又敏锐犀利,展现出独特的批评方法和开阔的学术视野。

程文超先生的学术成就主要集中在以个人创构的现代性阐释体系对20世纪中国文学的历史流变进行整体研究,对20世纪初中国知识阶层的复杂文化心理给予多层次观照,对80年代以来中国文学批评话语的内在转型进行系统考量,对20世纪下半叶中国文学的叙事演变进行细致析辨等诸多方面。尤其是在当代文学批评史和世纪初知识群体文化心理的探察方面,方法独到,成果突出,具有开拓性贡献。

林岗(1957—),广东潮州人。中山大学教授、博士生导师,广东省文艺评论家协会主席,主要著作有《传统与中国人》《罪与文学》《明清之际小说评点学之研究》《口述与案头》《秦征南越论稿》等。

从研究的范畴上看,林岗先生的视野极其开阔。一方面,他执着于近现代文学史的研究,在宏观的理论提炼和微观的作品分析上都用力颇深;另一方面,他又对文学之外的历史学、哲学、社会学、中西文化产生浓厚的兴趣,并作出一定的成就。20世纪80年代,林岗与刘再复在二人合作的专著《传统与中国人》《罪与文学》中完成了两个重要的工作,一是对传统进行批判,二是强调文学的超越视角。他们对20世纪中国的思想文化极其重视,尽管多以文学为讨论对象,其核心命题却是对思想的关注。90年代末,林岗将兴趣转向明清之际的小说评点研究,探讨明末清初小说评点的形态、特点与文章的渊源关系。20世纪末期以来,林岗以思想者的姿态率先对20世纪流行的基本观念进行反省和思考,对20世纪一直为学界争论的汉语"史诗问题"作了深入的探讨。2015年起,他将视野转向岭南历史,对秦征南越这一重大史事进行详细考证,通过结合考古发掘和多年的研究,提出独特的学术见解,对研究岭南历史有重要的学术意义。他不囿于单一的学科范围,不断转换自己的学术兴趣和研究方向,能够轻松地驾驭各种跨界研究,从某种程度上实现"文史哲"兼通。

谢有顺(1972—),福建长汀人。一级作家,中山大学教授,博士生导师。广东省文艺批评家协会副主席、中国小说学会常务理事、中国文艺理论学会理事、中国当代文学研究会理事、中国作家协会会员、广东省作家协会理事、广东省作家协会文学评论委员会副主任、华语文学传媒大奖终审评委兼评委会秘书长、广东省影视创作中心评审委员会委员。曾获第二届"冯牧文学奖·青年批评家奖"、庄重文文学奖、首届"当代中国文学批评家奖"、广东省"新世纪之星"称号、"全球青年领袖"称号。主要学术方向为20世纪中国文学研究,兼及中国当代文学批评和文化研究,在小说叙事伦理、散文精神谱系、当代小说理论研究方面颇有成就。主要著作有《我们内心的冲突》《话语的德性》《先锋就是自由》《散文的常道》等。

谢有顺的批评具有鲜明的特色,产生了不俗的影响力。对底层苦难的体认和社会现实的关注,构成其批评的立场和出发点。他提出"批评也是一种写作",在宏观的理论构建和终极关怀之外,还在具体的文本批评中展现他的艺术敏感力。他敏锐、独特、不同凡响的艺术眼光和捍卫尊严、传递真诚的批评品质,他对写作本质问题的追问、对文学主体性的思考、对文学理论整体性的追求,使他在新生代批评家群体中卓然不群。

陈剑晖(1954—),广东揭阳人。现为广州大学文学思想研究中心资深特聘教授,曾任华南师范大学文学院二级教授、博士生导师。兼任广东省文史馆馆员、广东省散文研究会会长,广东省现代文学研究会、广东省当代文学学会副会长。系国务院政府特殊津贴专家、第四届全国鲁迅文学奖散文奖终评评委。

陈剑晖在文学思潮、散文理论研究及海外华文文学研究诸领域都有开拓性的研究。著有《新时期文学思潮》《散文文体论》《诗性散文》、《岭南现当代散文史》等15部专著。在中国社会科学顶级刊物《中国社会科学》发表5篇文章;《文学评论》《文艺研究》等刊发表论文300多篇,其中20多篇被《新华文摘》《中国社会科学文摘》转载。获"广东省哲学社会科学优秀成果奖"一等奖二次、二等奖二次,"中国高校人文社会科学优秀成果"二、三等奖二次,"中国当代文学优秀成果奖",庄重文文学奖,"广东省文学评论奖"等各种奖项。

陈剑晖的学术贡献主要体现在:构建了"诗性散文"和"文体四层次说"的散文理论体系,拓展了"文体研究"的空间,他的文学思潮和文学史研究也成绩卓著。他还策划、主编了一批学术丛书。如"粤派批评丛书""百年散文探索丛书"等。陈剑晖的文学批评温和中隐含锐利,开放中不失坚守,充满了原创性和探索性,富于活力和诗意。他以一种自由开放的研究视野,致力于散文理论话语的体系性创建;以学术的执着与生命激情,对诗性散文进行了富于个性化和学理性的阐释,突破了过去散文研究的藩篱,提升了中国散文研究的格局。《中国当代文学分类史》(人民文学出版社)等四种文学史述评过他的文学研究。

郭小东(1951—),广东汕头潮阳人。广东技术师范学院二级教授,国务院政府特殊津贴专家,广东省政府文史研究馆特聘馆员。曾任广东省作协副主席、中国当代少数民族文学研究会副会长、广东现代作家研究会会长。曾获首届"广州市十大杰出青年""广东省优秀中青年专家""广东省优秀中青年社会科学家"称号,中国当代少数民族文学研究突出贡献奖,中国作协庄重文文学奖,广东省第六届"五个一工程"优秀作品奖,广东省鲁迅文学艺术奖。

郭小东的创作颇丰,主要是小说创作、文艺批评与学术研究。20世纪80年代末,他提出"南方精神的再度崛起",首倡"新南方主义精神",对广东文学的定义、走向和发展持动态、兼容的态度。他既是知青文学创作者,又是知青文学研究者。他率先提出"知青文学"概念,对80年代初期的大批知青作家作品进行臧否、评论,并于1988年出版第一部知青文学研究专著《中国当代知青文学》。该专著是国内外知青文学研究的开山之作,提出了不少独创的、精辟的结论,是一本难得的、有开拓意义的书,显示出作者独特的理论眼光和深邃的思想穿透力。

2015年1月18日,鉴于郭小东在学科建设、文学创作与学术研究及当代文坛的影响,郭小东文学馆在广东技术师范学院正式落馆。这是岭南地区唯一以当代作家命名的文学馆,也是全国为数不多的文学馆之一,其建成对于中国当代文学、知青文学以及广东本土文学的发展有着重要的意义。

贺仲明(1966—),湖南衡东人。暨南大学文学院教授,博士生导师,"珠江学者"特聘教授。兼任中国现代文学研究个副会长,中国新文学学会副会长,广东省作家协会副主席,《粤港澳大湾区文学评论》主编,第六届、第八届茅盾文学奖评委。出版《中国心像——20世纪末作家文化心态考察》《一种文学与一个阶层——中国新文学与农民关系研究》《重建我们的文学信仰》等专著8部。曾获教育部高等学校科学研究优秀成果(人文社科类)二等奖,江苏省、山东省、广东省哲学社会科学优秀成果二等奖,王瑶学术奖一等奖等多项奖励。

相信文学自身的意义,看重文学的审美问题,维护文学自身特点的信念,始终贯穿在贺仲明的批评实践中。在各种理论思潮与研究方法更迭、激荡的当下学界,贺仲明的文学批评研究始终秉持"以文学文本为基础、以文本分析带动文学问题"的开拓治学精神,以敏锐的眼光、独立的批评立场,剖析文学作品的审美特质与价值内涵,判断其反映世界的深度、真实度与艺术成就,并提出建设性建议。他潜心深耕乡土文学研究20余载,始终保持对乡土文学的密切关注,提出要以发展的眼光看待乡土小说内涵的演化,并对乡土小说的乡土伦理、审美变迁、乡土小说与乡村文化变迁的关系进行了深入的研究。他以一种"整体性视野"和"史的意识"来全面、深入地阐发问题,提出属于自己的洞见新意,有深厚的现实关怀,与时代同频共振,取得了不菲的研究成果。

新时期以来,广东在全国有一定影响的当代文学评论家,还有陈志红、金岱、江冰、钟晓毅、徐肖楠、陈希、张均、申霞艳、郭冰茹、胡传吉、刘卫国、伍方斐、刘海涛、于爱成等。

广东作为古代海上丝绸之路的发祥地、中国近现代革命的策源地和中国改革开放的前沿地,拥有极其宝贵的精神财富和极其丰富的文化遗产,具有文源深、文脉广、文气足、文产强的特点。一个世纪以来,广东文艺评论家踔厉前行,笃行不息,努力追求一种"全球视野"下"中国问题"的"广东表达",在发展壮大中一步步擦亮了"粤派批评"的名片,取得了越来越令人瞩目的成绩。在建构粤港澳大湾区的新时代背景下,"粤派批评"扎根本土,放眼世界,正呈现出新的开放性和生机活力。

第五节　成果与突破

当"粤派批评"引发南北争议的时候,粤派批评家们很快意识到:无须在一些大众舆论话题上消耗过多的精力,真正具有建构性意义的是系统梳理自晚清以来的学术传统,再现岭南地域空间对于文化视野与思辨能力的培育作用,重新感受一代又一代思想文化先贤对中华传统、民族前途和家国命运等重要问题的关注,并以此作为当代学者从地方切入时代、用学术剖析社会的参照,产生一批视野开阔、思想深刻、理论前瞻性强、务实创新的精品。①

梳理学术谱系可以寻根溯源、知道来处、有所归依,同时也可以遴选经典。由广东人民出版社以大手笔推出的多卷本"粤派评论丛书",就是这样一种设想的呈现。丛书彰显了"粤派批评"的实绩与贡献,是这些年来广东文艺界积极推广"粤派批评"成果的漂亮展示。丛书执行主编陈剑晖指出:"这套书以百年粤派文学以及美术、音乐、戏剧、影视等评论为切入点,旨在挖掘被历史和某种文化偏见所遮蔽的'粤派评论'的价值,彰显'粤派'文学与文化的独特内涵和深厚底蕴。"②这套丛书对于推动"粤派批评"的学理建构迈出了相当重要的一步。

"粤派评论丛书"勾勒了从晚清时期的梁启超、黄遵宪开始,直到改革开放以来"粤派批评"的历史发展脉络和共同特征,包括从晚清到"五四"、20世纪二三十年代、建国后"十七年"、20世纪八九十年代、新世纪以来"粤派批评"几个重要的阶段,呈现了"粤派批评"发生、发展和演变的历程。

"粤派批评"虽具有地方身份标识,却不是局限于一地之见的文艺理论家批评家群体,因而,丛书的编选在范围上,既有历史,也有当下;既有名家,也有新貌;既有文学,也有各门类的艺术批评。在批评群体的选择上,既包括长期生活、工作于粤地的批评家;也包括虽不是粤籍,但在粤地工作超过10年的批评家;还包括出生、早年受教育于粤地,后到外地求学、工作,从事学术研究和批评并关注广东文化的批评家。

丛书分为"文选"和"专题"两大板块:"文选"板块分为"大家文存""名家文丛""中坚文汇""新锐文综"四个层次,梳理广东百年来的批评文脉,精选了包括38位最有代表性的粤派批评家,每人出一本代表性文论集。"专题"板块12本,从文学批评史角度论述"粤派评论"从晚清到新世纪以来的发生、发展和演变。丛书初步计划在3年内出版50本,使之成为一张广东打得响并在全国的文艺版图中占有一席之地的文化名片。目前,第一批18本,第二批12本,共30本,已由广东人民出版社出版。其中,"文丛"包括《梁启超集》《康有为集》《黄遵宪集》《黄药眠集》《钟敬文集》《萧殷集》《黄秋耘集》《梁宗岱集》《刘斯奋集》《黄树森集》《饶芃子集》《黄伟宗集》《黄修己集》《谢望新集》《李钟声集》《蒋述卓集》《程文超集》《林岗集》《陈剑晖集》《郭小东集》《金岱集》《宋剑华集》《江冰集》《徐肖楠集》等24种,"专题"包括《中外粤籍批评》《"粤派批评"视野中的打工文学》《"粤派"网络评论》《"粤派批评"与港澳台

---

① 蒋述卓:《建构"粤派批评"的学术谱系——"粤派评论丛书"编辑之缘起》,《中国艺术报》2018年3月28日。
② 陶明霞:《"粤派评论"丛书首次集中出版》,《南方日报》2018年3月23日。

地区及海外华文文学研究史》《粤派传媒批评》《"粤派批评"与现当代文学史研究》6种。这套文艺批评系列丛书从实践中来、到实践中去,无疑能为新时代中国智慧贡献一份来自岭南的文艺实践。

"粤派批评"的概念的提出,是以20世纪以来的批评实践为根基,出版"粤派评论丛书",是以实际的评论实绩,为"粤派批评"概念的形成与粤派评论的发展构建支撑。"粤派评论丛书"的出版,一方面团结了一批粤派批评家;另方面一改以往粤派批评家"单兵作战"、布不成阵的状况,使"粤派批评"集合为一个群体,面向全国发出自己的声音。不仅能更好地展示广东文学批评的力量,而且有助于增强广东文化的自信,提升广东文化的影响力,促进区域文化发展,从而在当前打造广东"文化强省"的进程中发挥积极的文化效应。从这点看,粤派批评有很强的现实性和重大的文化意义,有重要的传承价值和出版价值。

处于建构中的"粤派批评"要真正走出广东、走出五岭,要进一步提升粤派评论在全国范围内的影响力,不能满足于提口号,不能仅仅有学术的气魄和野心,或停留于"粤派批评"合法性的探讨,而是要将"粤派批评"进一步上升到理论形态,推动其进入当代学术史视野,使其成为具有独特的文化品格和精神气质的岭南批评学派。

首先,构建"粤派批评",关键是要抓住开放与务实两端。

开放,就是不要局限于一隅,更不要用凝固、静止眼光看待新事物。"粤派批评"一方面要注重传统文化的积淀,注重面向未来的开创,继承岭南文化海纳百川、融会贯通的精神;另方面还要牢牢把握住时代的变革脉搏,用中国理论阐释广东改革开放的实践,解决广东文艺的问题。务实,指的是在开放精神引领下,注重文艺批评的日常化、本土经验和实践性,力图通过立足本土经验和放眼世界,形成自己独特的品格和气质。

其次,"粤派批评"要建立自身的评论体系。

一是进一步阐释"粤派批评"的内涵和外延,厘清"粤派批评"的内在品质和外在使命,并通过丰富"粤派批评"的学术空间,使其更合理科学,更易于为外界接受。二是提出自己的理论或批评主张。一个学派的形成需要地理环境和文化氛围,还要有自己的理论主张和批评风格。近年来,一些"粤派批评"家在这方面做了一些努力,但这些理论主张还未上升为"粤派批评"的共识和集体行动,更没有获得国内同行的普遍认可。三是凝练"粤派批评"关键词。如"开放""务实""实证""贵疑""内敛""优雅""自得"等,这些关键词需结合具体文本,进行充分而深入的论证。四是在研究地域性文学差异的基础上,通过文化自觉意识和不断反省,寻找"粤派批评"的不足,进而强化"粤派批评"的特色,以及处理好整体的批评观念与个体价值的关系。

此外,"粤派批评"的突破还应处理好如下几个问题:

以"现实导向"和"问题导向"为引领,努力实现"名"与"实"的统一。不能解释实践的理论,不可能有效指导实践。当代中国学术不同程度地存在着名实不符、名实分离的问题,其根源是理论滞后于实践、理论脱离了实践。"粤派批评"需要的不是以名正实,以西方理论来校准中国实践;而是要以"实"正名,基于中国和广东实践创新中国文学理论,再以中国文学理论创新成果来指导广东具体的文学实践。

摆脱学徒状态。由"岭南人文""广东精神"提炼出相应的学术方法,进而将"粤派批评"理论形态化。构建"粤派批评"要有方法论自觉,摆脱学徒状态、形成自我主张,从"接轨"研究转向"自主"研究。自20世纪80年代以来,广东的学术研究和文学批评总体上都是紧随西方和国内发达地区的学术和文学批评,即自甘边缘,以别人的是非为是非,以别人的标准为标准,这种学徒状态在特定历史时期有积极的一面,但更多的是无奈的一面。但任何一个地域的学术和文学批评要走向成熟并产生一批杰出成果,都必须树立自主精神,强化主体意识,并形成自己的特色与风格。从这个意义上,构建"粤派批评",关键在于彰显其独特的学术精神和文学批评风格,并处理好总体与个体、边缘与中心的辩证关系。

立足岭南,跨越岭南。构建"粤派批评",要立足于广东的传统文化和现实语境,这是毫无疑问的。但"立足岭南"不等于偏安一隅,小富即安。而是要有"跨越"的眼光和勇气,即"跨越岭南",具有全国性乃至全球性视野,敢于对全国性的学术话题发出自己的声音,敢于建构自己的文学理论话语体系。

营造良好的文化环境和学术环境,以利于建设"学术中的广东""批评中的广东",这是"粤派批评"的使命和目标。当然,"粤派批评"的构建不是某一学科流派的建构,而是一场涉及哲学、历史学、经济学、文学等多学科的范式变革,也是广东学人文化自觉与文化自信的有意义实践。同时,构建"粤派批评"的过程,也将是岭南传统文化不断发展创新的过程。构建"粤派批评"的目标,在于用事实证明:广东不但是中国经济先行者与排头兵,是"岭南文化"的中心,也是中国文学理论和批评的生力军,是中国学术的创造者与重要的支撑力量。

第六节　从"粤派批评"到"湾区批评"

发轫于岭南大地的"粤派批评",是深入贯彻落实习近平总书记关于文艺工作重要讲话精神的题中之义,也是广东"文化强省"战略落地生根、开花结果的内在要求。随着国家对"粤港澳大湾区"战略部署的出台,粤港澳大湾区的文学批评也受到越来越多的关注和期待。从"粤派批评"到"湾区批评",广东文学批评接续了岭南文学悠久深厚的学术传统和文化血脉,积极回应时代发展的要求,努力实现广东文学批评在新时代的突破和超越。

党的十八大以来,广东省文学界不断探索、实践,始终坚定走"一条以马克思主义为指导、符合中国国情和文化传统、高扬人民性的文艺发展道路"。特别是近年来,广东省作家协会在中国作协的指导和省委、省政府及省委宣传部的领导下,围绕中心,服务大局,主动作为,守正创新,在决战决胜脱贫攻坚中践行初心使命,在抗击疫情大战大考中彰显责任担当,在团结引领广大作家中凝聚共识力量,在打造精品力作中努力出新出彩,加快推进广东文学事业高质量发展,开创了全省文学工作新局面。

一

自《粤港澳大湾区发展规划纲要》发布以来,大湾区不断加快硬、软联通,不断探索区域协调发展新机制新路径,不断向制度创新和改革开放新高地迈进,不断丰富"一国两制"内涵。新的时代呼唤新的文艺精品,粤港澳大湾区也在呼唤与之相匹配的文化建设。当"粤港澳大湾区文学"的口号越来越深入人心之际,广东各地的作家和评论家深切地感受到:广东需要一份本土的文学评论刊物!省作协党组高度重视,按照党组主要负责同志的要求,分管领导、省作协党组成员、专职副主席苏毅发挥优势,迎难而上,带领有关同志,在短短两三个月内,迅速办理了办刊的相关手续。至此,呼应着大时代波澜壮阔的气息,感受着大湾区铿锵前行的强劲脉搏,承接着促进"人文湾区"发展的重要任务,《粤港澳大湾区文学评论》创刊了!

《粤港澳大湾区文学评论》是广东省作协主管主办的文学评论双月刊,以"坚持正确的舆论导向和办刊方向,立足粤港澳大湾区,关注文学最新动态,促进文学繁荣发展"为办刊宗旨,以习近平总书记关于文艺工作的重要论述为指导,关注国内和世界文学的最新动态,运用历史的、人民的、艺术的、美学的观点评判和鉴赏文学作品。刊物聘请张培忠、蒋述卓担任编委会主任;聘请丁帆、王兆胜、朱寿桐、许子东、苏毅、李建军、李敬泽、吴义勤、吴志良、邱华栋、张培忠、张清华、陈志、陈昆、陈蕾、陈思和、陈剑晖、陈桥生、陈晓明、林岗、孟繁华、贺仲明、黄子平、阎晶明、彭玉平、蒋述卓、程光炜、程国赋、谢有顺、潘耀明担任编委;聘请暨南大学文学院教授、省作协副主席贺仲明为主编。创刊号于2020年10月正式发行,共刊登20篇文章,总近21万字;此后每单月10号出版,主要刊登中国当代文学批评、文学理论文章,以及海外华文文学、外国文学、中外比较文学文章。

《粤港澳大湾区文学评论》是全国第一家以"粤港澳大湾区"冠名的综合性文学

评论杂志,自此,广东的作家、评论家有了自己的阵地和平台,这对加强大湾区文学评论工作、催生文学精品力作、服务"人文湾区"建设,具有重要意义。

《粤港澳大湾区文学评论》的创刊,引起了中国作协的关注和期望,中国文联主席、中国作协主席铁凝给《粤港澳大湾区文学评论》杂志题词:"祝贺《粤港澳大湾区文学评论》创刊!希望这份杂志在建设大湾区的宏伟实践中,在多元文化的汇流激荡中,以充沛的活动和创造力,成为新时代中国文学理论创新的、观念变革的前沿。"

2020年8月29日上午,在广州举办的《粤港澳大湾区文学评论》创刊编委与专家座谈会上,省作协主席、《粤港澳大湾区文学评论》编委会主任蒋述卓这样评价:"《粤港澳大湾区文学评论》的创刊,将是载入文学批评史、期刊史的大事,是时代的需要,也是全省文学发展的需要。"编委会主任、省作协党组书记张培忠指出,创办《粤港澳大湾区文学评论》是实施"广东文学异军突起"战略、实施《广东文学创作振兴三年行动计划》的重要举措,是补齐广东文学短板、平衡文学发展创作和文学评论的重要项目,对新时代广东文学事业繁荣发展将产生积极的作用。刊物主编贺仲明教授强调:"更重要的是,我们的视野、眼光、高度将是全国性、全局性的,不是仅仅办一本地方性的期刊,而是走向世界的期刊。"①

开阔的视野、多文化的交流是《粤港澳大湾区文学评论》追求的一个重要目标。刊物立足大湾区本土,聚焦前沿,放眼全国,定位清晰,在栏目设计上力争覆盖文学评论和研究的多层次多方面,颇具匠心。

刊物设有"前沿观察""思想圆桌""粤港澳文学瞻巡""文学现象扫描""非虚构文学研究""粤港澳经典重读""网络文学观澜"等栏目。在《粤港澳大湾区文学评论》上,粤港澳三地老中青三代作家集体进入评论视野,汇聚成一道颇具特色的景观,擦亮了"粤港澳"的品牌,树立起开放、创新且具有本土文化特色的形象。思想交锋、热点扫描、文本阐释、理论探讨、作家语录等,从不同侧面和角度形成了有效的评论机制,促进了粤港澳文学与其他区域文学的交流和对话,增强了大湾区文学辐射内地的动力和信心,更凸显了刊物立足本土、面向全国、兼顾海外的全球眼光和世界视野。

刊物致力于探索融媒体发展之路,按照"一个标准、一把尺子,一条底线"的要求加强新媒体管理,严格内容把关,强化队伍建设和管理。同时,在新时代呼唤"文学期刊"向"文学传媒"变革、由印刷媒介思维向数字媒介思维挺进的背景下,积极应对传播环境变化,以互联网手段、全媒体视觉促进文学新阵地、新空间延伸,以更快的速

---

① 《努力建设新时代文学理论创新和观念变革的前沿阵地——〈粤港澳大湾区文学评论〉创刊编委与专家座谈会综述》,《粤港澳大湾区文学评论》2020年第2期。

度增加覆盖面和受众群,拓展文学"新版图"和"朋友圈",提高优质数字内容到达率和影响力。

2020年11月"粤港澳大湾区文学评论"南方号正式上线,依托"南方+"APP发布每期的重点文章,探索建构多维度的文学评论阵地,文章的转载量、阅读量不断攀升。目前刊物已被中国知网、博看期刊、龙源期刊网、超星期刊等权威数据知识平台收录。刊物的学术影响力也不断增强。

文学创作与文学批评好比车之两轮,鸟之双翼,相互促进,不可或缺。《粤港澳大湾区文学评论》承接广东优秀文学批评传统,开启粤港澳大湾区文学批评的新声;它的创刊,标志着广东文学研究的再起航,是这一时期大湾区文学建设带有里程碑性质的大事。它既是广东省作家协会的创新之举,也调动了多方力量,吸纳了广东高校和科研院所的很多专家、评论家参与编辑运作,促进了大湾区文学新力量不断成长,推动文学评论在与文学创作有效交流和对话的基础上,获得新的视角、品格和气象,成为大湾区文坛和评论界极富期待和吸引力的所在。

二

广东省作协提出要建设文学创作、文学研究、文学服务三支队伍,培育有特色、有实力的作家群体和文学评论队伍,建设有担当、有作为的文学服务队伍,锲而不舍打造"文学粤军"。

文学创作方面,小说、报告文学、诗歌、散文、儿童文学、网络文学、影视文学、文学评论等文学门类各打造30名主力军方阵;抓好"改革开放再出发"深扎活动,以挂职蹲点锻炼为抓手,锻造精锐之师;在全省遴选新锐作家,打造青年作家百人方阵,邀请25名全国著名作家、评论家或名刊名编作为导师,以一对二的方式对其中50名青年作家进行结对指导;着力扶持网络文学有实力、有积累的阿菩、玄雨等"头部作者",加快形成网络文学创作第一梯队;推荐杨克、王十月、熊育群、魏微入选广东特支计划"宣传思想文化领军人才"名单,推荐郑小琼、王威廉、陈培浩、李德南、皮佳佳、盛慧入选广东特支计划"青年文化英才"名单,推荐熊育群入选中央宣传部2017年文化名家暨"四个一批"人才。

文学评论方面,着力打造培养一支思想水平高、专业能力强、文学影响广的文学评论队伍,团结和凝聚全国"粤派批评"家、集结粤籍文学评论家力量。

新时代以来,广东文坛集聚了一支分布在作协、文联、高校、文化部门以及传媒等行业的青年评论家队伍,他们大多是70后、80后,具有扎实的专业学养和独特的批评视角,在全国文学批评界业已获得广泛的关注。2016年,广东作协组织"粤派新批评"广东青年批评家研讨会,集中就申霞艳、柳冬妩、陈培浩、李德南、唐小林五位评论家的文学批评成绩和特点积极展开探讨,并就如何进一步提升批评的专业性、开拓格局,让"粤派新批评"在全国取得更大的影响力提出了不同建议。这五位青年批评家来自广州、深圳、东莞、潮州等地,他们当中既有文学批评博士、文学期刊编辑,也有聚焦打工文学的研究者,有的还同时从事文学创作。他们有不同的阅历背景和学术修养,视野比较开阔,批评对象广泛,追求前沿性和创新性,将理论思辨、现象追踪与文本细读结合在一起,逐渐形成了自己的批评风格。近年来,他们在全国各大刊物中发表了许多独具个性的评论文章,提出了不少富有建设性的思考,体现了青年批评家的勇气、锐气和才气,更被寄予了扛起"粤派批评""湾区批评"大旗的厚望。

2017年,广东省作协推出"文学评论家签约制度",这是加强省文学评论工作的一项重要创新举措,目的是通过提高省文学评论的科学组织工作水平,将一批文学素养高、创作实力强、辐射影响大的评论家凝聚起来、形成合力,在培育壮大全省文学评论队伍的基础上,着力打造骨干文学评论队伍,提升"粤派批评"的影响力。2017年10月,省作协聘定贺仲明、徐肖楠、申霞艳、张德明、胡传吉、龙扬志、向卫国、陈培浩、柳冬妩、李德南等10位评论家为首届签约文学评论家。2022年8月,继续推行"签约文学评论家"制度,聘定王洪琛、付祥喜、刘茉琳、李建立、李俏梅、李敏锐、林洁伟、林培源、林馥娜、胡红英、郑焕钊、郭冰茹等12位评论家为第二届签约文学评论家,围绕广东作家作品特别是青年作家作品、文学现象、文艺思潮、文学发展态势确定评论选题、研究任务,进行有重点、有计划、有步骤的评论、推介,形成评论与创作良性互动的局面。通过师带徒、交任务、建平台、适当的资金扶持等方式,切实加强广东青年评论家队伍建设。

2021年,为发现和培养广东优秀青年批评人才,促进广东文学理论评论多出成果、多出人才,推动新时代广东文学评论工作创新发展,广东省作家协会启动了《广东青年批评家丛书》出版项目。经公开征集、会议评审,并报请省作协党组审议通过,产生了冯娜《时间和异质时间——当代诗歌观察》、徐诗颖《追随岭南的足迹》、贺江《深圳文学的十二副面孔》等10部入选作品。

三

新时代以来,省作协积极探索,分别制订实施《广东省"十三五"文学发展规划》《广东省"十四五"文学发展规划》,在全国文学界率先提出"实施广东文学攀登高峰战略"和广东文学"异军突起"战略,推出一系列创新举措。通过举办"粤港澳大湾区文学峰会""广东文学评论年会",策划推出《广东文学蓝皮书》,切实打造品牌,在全国文学评论领域努力发出广东强音。

召开广东文学评论年会:开拓粤港澳大湾区文学研究和文学新境界

2021年10月23日,"《粤港澳大湾区文学评论》创刊一周年座谈会暨广东文学评论年会"在省作协岭南文学空间举行,会议总结了刊物创刊一周年的工作成绩、经验和不足,厘清了今后的发展思路,探讨如何提高办刊能力和刊物质量。中国作协党组成员、书记处书记,中国作家出版集团党委书记吴义勤,省委党史学习教育第十二巡回指导组组长张进思,中国社会科学院文学所当代室主任李建军,《中国作家》原副主编萧立军,《南方文坛》主编张燕玲,《中国当代文学研究》副主编崔庆蕾等出席会议。中国作协党组成员、副主席、书记处书记李敬泽、阎晶明,中国作协书记处书记邱华栋等发来视频或贺信。

2022年11月29日下午,广东省作家协会联合羊城晚报报业集团在广州举办第二届"广东文学评论年会",主题是"加快构建中国文学话语和中国叙事体系,将粤港澳大湾区文学锻造成为新的文学增长点"。中国作协领导、广东省作家协会、南方报业传媒集团和羊城晚报报业集团领导,以及国内知名评论家、出版家、学者李敬泽、吴义勤、阎晶明、丁帆、孟繁华、李建军、张清华、丁晓原、吴俊、王春林、张燕玲、陈汉萍、韩春燕、杨青、杜传贵、张培忠、蒋述卓、潘耀明、吴志良、朱寿桐、黄子平、彭玉平、林岗、陈剑晖、贺仲明、纪德君、陈希,约60人参加会议。

中国作家协会党组成员、副主席、书记处书记李敬泽肯定了近年来广东文学评论所取得的重要成就,强调广东文学评论不应该仅仅是地域性的文学评论,应该是站在大湾区的、站在改革开放前沿的文学评论,应该是面向现代化、面向世界、面向未来的文学评论。广东文学具有广阔的发展空间,要努力为建构中国批评话语和文学话语作出重要贡献。

中国作协党组成员、副主席、书记处书记吴义勤指出广东是当代文学批评的重镇,老中青几代批评家曾经创造过令文学界瞩目的成就,创造形成了南方批评传统,当下青年批评家队伍也非常有实力,充满了生气和活力。尤其《粤港澳大湾区文学评论》的创刊,为广东文学评论再创辉煌奠定了坚实的基础和条件,相信广东文学评论事业在新时代一定可以大有作为。会议主题设置很有针对性和前沿性,具有重大现实和实践意义。

中国作家协会副主席阎晶明认为,近年来,广东文学的发展引人瞩目,广东文学评论在全国号召力和影响力也在不断增强。尤其是《粤港澳大湾区文学评论》杂志的创办,为文学评论的工作搭建了很好的平台,有助于形成对话关系。他还呼吁将"批评学"作为一个学科来建设,发现好的作品并进行深入阐释,这既是一种学科,也是一种创作。

羊城晚报报业集团党委书记、社长杜传贵指出,广东文学评论年会搭建了粤港澳大湾区文学批评的交流平台,充分发挥了《粤港澳大湾区文学评论》阵地的引领作用、桥梁作用,积极开拓粤港澳大湾区文学研究和文学新境界,探索构建更广阔多元的新时代文学批评和创作空间。接下来将整合各方资源,推进广东文学评论的平台建设、阵地建设、人才队伍建设,全面推动新时代广东文学评论工作高质量发展、推动广东文学从高原迈向高峰。

广东省作协党组书记、专职副主席张培忠指出,文学批评是文学事业的重要一翼,其自身也是一个系统工程,需要齐心协力建设好这块阵地。一要牢记"国之大者",以习近平总书记关于文艺工作的重要论述引领文学评论工作。二要坚定文化自信,弘扬中华美学精神。新时代文学评论要以应有的史识、史才、史德,正确把握历史发展的主流,高扬我们的文化旗帜,坚守我们的文化立场,以文化的自信来建设自信的文化,更好汇聚实现中华民族伟大复兴的精神力量。三要发挥资源优势,打造粤港澳大湾区文学评论高地。今后,我们要进一步重视中华文化、岭南文脉传承,坚持国际眼光和本土意识相融、前瞻视野与务实批评结合,树立大湾区文学话语和叙事体系、审美和评价标准,提升粤港澳大湾区文学批评的话语权和影响力。

会上,国内知名评论家、文学评论期刊主编和学者们线上线下共聚一堂,围绕"加快构建中国文学话语和中国叙事体系,讲好中国故事、湾区故事路径""将粤港澳大湾区文学锻造成为新的文学增长点""全媒体时代文学批评的传播、交流及接受"等重要论题进行研讨,为打造广东文学评论高地探索切实有效路径,为《粤港澳大湾区文学评论》名刊建设建言献策,为广东文学创作、广东文学攀登高峰提出了宝贵意见。

南京大学文学院教授、中国现代文学研究学会会长丁帆认为,要认清粤港澳大湾区的地理文化优势和劣势,一是从大湾区具体的地理文化语境出发,从地域文学的特点入手,打造出一个有别于中国所有地缘文化和文学所没有的文学创作和文学批评平台。二是文学创作层面需要从故事结构和语言层面凸显出粤地和粤语的独特风格。三是大湾区是世界经济最发达的地区,是与世界文化与文学交流对接的窗口,这个天然优势如何运用,是一个值得深入思考的难题。四是《粤港澳大湾区文学评论》杂志的创刊标志着文学批评的平台建设迈上了一个新的台阶,如何办好这个刊物,使之成为全国令人瞩目,而且具有品牌特色的文学批评刊物,好的栏目和好的文章才是最重要的举措。

中山大学中文系主任彭玉平教授指出,话语权与一个国家的强大息息相关。一个强大的国家才能支撑一种强大的话语权。重建中国的话语系统,不仅是时代的呼唤,也是历史的要求。中国古典非常具有生命力的话语系统,需要重新被认知、被总结、被推广与被实践。

中山大学教授、广东省文艺评论家协会主席林岗指出,广东文学的繁荣和发展与财富积累和重大历史变化关系密切,前者促成社会进步,后者激发忧患之思,两者共同促成南北文化深度交流和融合,从而提升广东文学的水准。当下,广东作家的创作生态和创作环境的重大变化。也许我们正处在广东文学新繁荣的前夜,一个新的前景将浮现在我们的面前。

华南师范大学教授、广州大学特聘教授陈剑晖指出,新时代大格局中的文学批评,首先要有面向未来、面向世界的现代品格,有开阔的视野、大气魄、大情怀与大格局。其次,批评家要眼观八路、善于融通,不能闭门造车、执于一端,将文学批评固化和碎片化。此外,还应注重文学批评的学理性,将考证、材料与理论阐释相结合,融理性于感性审美之中,并让文学批评成为美文,成为一种更有鲜活的文学色彩的文体。

中山大学陈希教授指出,"粤派批评"立足广东,但要走出广东,放眼全国,发挥和提升在全国范围内的影响力,进一步提升"粤派批评"理论形态,推动其进入当代学术史视野,成为具有独特文化品格和精神气质的岭南批评学派。粤港澳湾区文化建设、网络文学评论、生态诗歌讨论、非虚构文学研究、"新南方写作"、"剜烂苹果"等是"粤派批评"的主要内容和亮点。

广东省作协主席蒋述卓宣读了《粤港澳大湾区文学评论》首届双年优秀论文入选作者名单及优秀论文评语,丁帆、孙绍振、吴俊、李建军、陈剑晖、林岗等学者获此殊荣。《启蒙现代性双重悖论下的中国文学》(丁帆)、《谈"演讲体散文"的现场性和互动性》(孙绍振)、《近思录(一)——旧体文学、通俗文学、翻译文学"重构"新文学史刍议》(吴俊)、《"粤派批评"的缘起、发展路径和前瞻》(陈剑晖)、《时代的辙迹与爱情的心迹》(李建军)、《从文学史看文艺的创新机制和它的启示》(林岗)等六篇优秀论文站在时代和人民立场,阐释重要作品、总结文学潮流、探索理论新见,为构建中国文学话语和中国叙事体系创造了新的范例。

广东文学评论年会是发展《粤港澳大湾区文学评论》和进行文学活动的一个很好的开端,是把湾区文学评论进一步推向新高峰的契机。我们要乘着粤港澳大湾区建设的东风,让湾区文学评论扬帆起航。

举办"粤港澳大湾区文学发展峰会":构建富有湾区特色的中国文学话语和叙事体系

"粤港澳大湾区文学发展峰会",是"粤港澳大湾区文学周"的系列活动,更是擦亮"湾区评论"的招牌活动。

2022年11月30日上午,"粤港澳大湾区文学发展峰会"在广州举行。峰会以"全面推动粤港澳大湾区文学高质量发展"为主题。粤港澳及全国知名作家、评论家约50人参加会议。李敬泽作主旨演讲时表示,粤港澳大湾区不是一个纯地理的概念,同时也是一个空间的概念,而且是一个正在生成新的意义与实践的空间。

广东省委宣传部常务副部长、广东省电影局局长崔朝阳致辞。省作协张培忠在致辞中指出,新时代推动粤港澳大湾区文学高质量发展,需要我们对标最高最好最优,在更高起点、更高层次、更高目标上进行开放合作。一是把握机遇,提升湾区文学。二是突出重点,打造文学品牌。三是坚定自信,积极构建富有湾区特色的中国文学话语和叙事体系。要充分发挥文学独特的价值引领力、文化凝聚力、精神推动力,努力培育粤港澳大湾区文学工作的大格局,开创世界级城市群文学发展的"湾区典范"。蒋述卓主持会议时表示,要充分认识和利用"一国两制"制度优势、港澳独特优势和广东改革开放先行先试优势,解放思想、大胆探索,坚定文化自信,推动粤港澳大湾区文学融合发展,打造粤港澳大湾区文学新增长点。

会上,围绕"全面推动粤港澳大湾区文学高质量发展"的会议主题,中国作协小说委员会副主任、中国出版集团原副总裁潘凯雄,中国作协文学评论委员会主任、北京大学中文系教授陈晓明,中国作协主席团委员、创研部主任何向阳,中国作协主席团委员、《文艺报》总编辑梁鸿鹰,中国作协创联部主任彭学明,鲁迅文学院常务副院长徐可,中国作协社会联络部主任李晓东,中国作协网络文学中心主任何弘,中国当代文学研究会副会长、沈阳师范大学中国文化与文学研究所副所长贺绍俊,中国作协中国作家网总编辑陈涛,《当代》执行主编徐晨亮,人民文学出版社青年文学编辑室主任、社科出版中心主任付如初等专家学者,从如何发挥文学工作在人文湾区建设中的独特作用,如何繁荣粤港澳大湾区文学、将粤港澳大湾区文学锻造成为新的文学增长点,如何加强粤港澳大湾区之间的文学交流与对话、推动湾区文学走出去等方面展开探讨。

出版《广东文学蓝皮书》:梳理广东年度创作成绩

继创办《粤港澳大湾区文学评论》杂志之后,自2020开始,广东省作家协会又邀请省内文学评论家组织撰写《广东文学蓝皮书》,对年度广东文学创作概况、作家队伍状况,以及年度文学现象、思潮、流派、事件等进行精心梳理和学术性概述,全面呈现年度广东文学的面貌、成果和发展变化,发挥文学理论批评的"镜子""良药"和引领作用。蓝皮书分长篇小说、中短篇小说(含小小说)、纪实文学、文学理论批评、散文、诗歌、儿童文学、网络文学、影视文学等专题,以"点"带"面",盘点年度文学成果,记录年度文学足迹,梳理年度文学脉络,呈现年度文学风貌。这既是广东文学一份年度成果丰硕的"成绩单",也是一份切中肯綮的"质检单",受到各界广泛关注和好评。《广东文学蓝皮书》站稳人民立场,秉持学术良知,循乎为文正道,在总结创作规律、鼓励新生力量、评论推介优秀作家作品方面进行了有益的探索。广东作协今后每年将推出一部年度广东文学蓝皮书,力求将其打造成为"粤派批评"的一个"金字招牌"。

四

为进一步打造新时代岭南文学代表作,加快"粤派批评"向"湾区批评"的转型和提升,省作协还采取了一系列措施,发挥长处,弥补不足,团结服务作家,大力推介作家作品。

一方面,策划建立广东文学重大现实题材库,推动作家围绕国家和广东省重大战略部署、重要时间节点和重大活动开展文学创作,扶持作家选题策划、创作采风。

2014年、2015年,广东省作协召开了两次"广东省文学创作重点选题座谈会",共确定重点选题作品29部。2017年、2018年,连续召开两届"广东文学攀高峰重大选题论证会",围绕实现中华民族伟大复兴的中国梦这一时代主题,以"本土重大现实题材"为着力点,扶持16个重大选题创作。认真组织广东省宣传文化发展专项资金(文艺精品·文学类)项目评审工作,共计扶持95个生产创作扶持项目。

支持作家下基层、接地气,有计划地到企事业单位、区县、镇街、乡村、社区增加创作积累,动员作家深入作品所反映的地方或单位熟悉原型、丰富素材。张培忠书记强调:"按照习近平总书记的指示要求,作家只有沉下心去,长时间扎根基层,才能把握住所写对象的本质,才能触摸到时代跳动的脉搏,才能创造出独特的文学形象。"2019年下半年,为鼓励作家真正"深入基层、扎根人民",中共广东省委组织部指导、省作协组织"改革开放再出发"重点作家挂职蹲点深扎创作,杨黎光、陈继明、熊育群、吴君、王哲珠、丁燕等首批6位作家"深扎"挂职蹲点,并拿出了《寻》《金墟》《同乐街》《我们的母亲——彭湃之母周凤小传》《玉色》《平安批》6部作品。

另一方面,积极组织文学评论家跟踪研究评析当代作家作品及文学思潮和现象,旗帜鲜明地回应当代文学发展的重大理论和实践问题,充分发挥文学评论引导文学创作、提高审美、引领风尚的作用,增强广东文学的批评话语权。

召开重大主题创作和粤港澳大湾区作家作品系列研讨会,包括大型纪实文学《奋斗与辉煌——广东小康叙事》(章石山著)研讨会、杨克诗集《我在一颗石榴里看见了我的祖国》、卢卫平诗集《瓷上的火焰》研讨会和王威廉、南翔、蔡东中短篇小说研讨会以及詹谷丰散文集《山河故人》、耿立散文集《暗夜里的灯盏烛光》研讨会等。

自2014年以来,省作协已组织了100多名作家作品研讨会。对作家作品分类推动,举行长篇小说创作推进会,布局今后几年长篇小说的创作;举行长篇报告文学创作推进会,研究怎样创作长篇报告文学;争取召开青年作家代表大会,让年轻作家找准方向,尽快成长起来。以"策划一批、创作一批、储备一批"的梯次推进题材库建设,研究、部署、布局全省重点题材文学创作。

高度重视老一辈作家文学创作回顾研究与宣传,组织了广东文学名家系列学术研讨会,树立标杆,引领后人。号召青年作家向老一辈作家学习,扎根广东,深入生活,写出广东的风貌、韵味,写出广东人的精气神,写出表现改革开放40年、呈现大湾区新气象的作品。

创办了"文学·现场"论坛,定期组织作家、评论家面对面畅谈文学话题,为批评家介入文学现场搭建平台。正式创办推出了全国第一份网络文学评论学术期刊《网络文学评论》。联合《南方日报》社、《羊城晚报》社等实施了"广东文艺评论提升计划",开辟专栏专版刊登关于广东文艺创作现状的系列报道,积极推介优秀作家作品。

推行名刊发表稿酬奖励制度,对在《人民文学》《收获》《人民日报》《光明日报》等12家重点文学刊物刊发作品的广东作家予以稿酬奖励。积极介入电台、电视、手机、互联网等传播平台,采用微信、微博、网络视频、音频等形式,立体式加强对优秀作家作品的研究、宣传、推广,千方百计扩大优秀作家的影响力,让优秀的作家受尊崇、优秀的作品有市场。

此外,在文学评奖方面,省作协严肃评奖纪律,完善规则程序,坚持评审标准,确保文学评奖导向性、权威性和公信力。

近些年来举办了第十届、第十一届广东省鲁迅文学艺术奖(文学类)评奖。组织第二届广东文艺终身成就奖评选,作家刘斯奋、岑桑、黄庆云、章以武等获奖。组织第二届、第三届广东省中青年德艺双馨作家、艺术家评选活动,作家熊育群、裴蓓、魏微、从容、李新华、陈诗哥、陈启文等获奖。先后设立广东省"九江龙"散文奖、"大沥杯"小说奖、"桂城杯"诗歌奖、"有为杯"报告文学奖、"平湖杯"儿童文学奖,并统筹整合设立了"广东省有为文学奖"。一批优秀作家作品分别获广东省精神文明建设"五个一工程"奖、中国文艺评论奖、冯牧文学奖、人民文学奖等奖项。

组织中国长诗奖评奖;落实省委宣传部领导批示精神,会同《羊城晚报》社,进一步共同打造"花地文学榜"品牌;把群众评价、专家评价和市场检验统一起来,形成客观全面的文学作品评价体系,发挥文学奖项繁荣创作、发现新人的导向作用,达到展示文学实绩、团结队伍、激励作家、指引文学创作的目的。

经过省作协的扶持推动,近年来广东文学取得了丰硕成果。广东作家在全国文学大奖中赢得荣誉,主要包括:曾平标报告文学《中国桥——港珠澳大桥圆梦之路》获中宣部第十五届精神文明建设"五个一工程"特别奖。冯娜诗集《无数灯火选中的夜》获第十二届(2016—2019)全国少数民族文学创作骏马奖。胡永红小说《上学谣》、吴岩科幻文学《中国轨道号》获第十一届全国优秀儿童文学奖。蔡东短篇小说《月光下》、葛亮中篇小说《飞发》获第八届鲁迅文学奖。陈继明的长篇小说《平安批》获中宣部第十六届精神文明建设"五个一工程"奖等。

　　大湾区具有悠久而独特的政治经济地位和地方文化传统,大湾区文学是中国文学版图上独特的文学景观。今天的文艺批评家面临的是一个前所未有、机遇与挑战并存的历史局面,社会舆论和文化潮流瞬息多变、取向各异,文艺创作环境复杂多样。纵观新时代以来,广东作协始终坚持以人民为中心,与时俱进、锐意创新、坚持"把好文艺评论方向盘",积极探索构建"批评"审美体系和评价标准,进行科学的、全面的文学评论,发挥价值引导、精神引领、审美启迪作用,在全国文学评论领域发出广东强音;倡导"批评精神",做好"剜烂苹果"的工作,坚持以理立论、以理服人,旗帜鲜明批评不良思潮、不良倾向和畸形审美,多出文质兼美的文学评论;建设有影响力的文学评论阵地,用好网络新媒体评论平台,改进评论文风,推出更多文学微评、短评、快评和全媒体评论产品,推动专业评论和大众评论有效互动,营造健康的文学评论生态。通过打造平台、打造队伍、打造品牌、推介作家作品,努力开创一条从"粤派批评"到"湾区批评"的创新之路。

第二十九章 影视戏剧与儿童文学

进入新时代,在国务院《文化产业振兴规划》推动下,广东影视业又有了新的发展:经营格局、生存状态、组织方式等,都迎来一派新气象。同时,儿童文学也进入黄金发展时期。

第一节 影视多样化繁荣

新世纪前后,中国影视业的产业化发展进入新的阶段。1999年,所有省级卫视全部完成"上星"(通过卫星转发播出),广播电视领域同年也开始实行"制播分离",也就是包括电视连续剧、电视娱乐节目在内的相关内容的制作和播映逐步切割,鼓励民营、外资参与制作。2003年,国家进一步推动改革,国务院颁布文件鼓励、支持、引导社会资本以股份制、民营等形式,兴办影视制作……并享受同国有文化企业同等待遇,民营影视产业的发展得到鼓励和支持。这一发展态势走到2009年迎来新一次拐点,2009年国务院颁布《文化产业振兴规划》,此后十年中国的电影行业、电视剧行业均迎来前所未有的黄金发展时期,加上网络视频平台的加入,整个影视产业迎来一波又一波发展高潮。

这一时期的广东电视剧一方面推出了回归本土充满乡情的《外来媳妇本地郎》《七十二家房客》等电视剧;另一方面参与制作推出了《潜伏》《红星红旗迎风飘扬》《战旗》《骡子与金子》等优秀的主旋律电视剧;此外,广东电影业在纪录片、戏剧电影、动画电影等方面都开创了新局面。

一、本土乡情电视剧热播

广东一直有一类专门针对本土市场的以粤语为对白,强调广东本土文化的电视剧,这些作品因为本就不考虑全国市场,不仅全使用粤语,还在对白中夹杂诸多方言俚语,以市井生活、市民文化、传统习俗为主要表现内容,不追求多高深的意义,而是着力打造轻喜的情景通俗剧,放开手脚在本土风情影视剧方面打出了特色。

《外来媳妇本地郎》自2000年11月4日首播至今未停,走过二十几年风风雨雨,成为中国电视史上播出时间最久、播出集数最多、同时段同类型节目收视率最高、影响力最广、经济效益最好的电视系列情景剧,虽然是一部本土情景剧,但如今"外来媳妇本地郎"早已全国闻名。这部电视剧将故事背景设定在广州老城区西关一带的一户康姓人家,父母、四个儿子,四个儿子分别娶了天南地北的四个外地媳妇,由此开始了欢喜冤家的生活。改革开放几十年,广东吸引了大量外地人口。生活习惯、文化背景都有许多差异,在此基础上剧集不断发展,每一集都有新鲜故事,引人入胜。

事实上,改革开放之后的几十年间,广东吸引了大量的外地人口,广州在人们眼中充满机遇。但是广州与深圳不一样,这是一座有着自己深厚的文化底蕴的老城,因此外来人口的涌入,岭南文化与北方文化的交锋、海洋文化与中原文化的碰撞成为近几十年来广东文化的主线。《外来媳妇本地郎》这样一个视角恰恰把外地与本地进行了最紧密的连接,还有什么比婚姻关系更能发现文化差异呢?又有什么比爱情、亲情更能弥合所有的裂痕与冲突呢?所以,这部电视剧首先从立意上已经非常成功,通过康家三代以及与街坊邻里发生的关系,从广东到外省乃至外国的亲朋、广州的新移民、闯荡广州的外地人等等社会关系容纳其中,将现代社会生活中的人生百态点点滴滴呈现,又常常能关注到社会的热点话题,通过剧中人物的困惑、矛盾与突破来讨论这些话题,可以说这部剧不仅有着非常宽容的扩展性与包容性,也有着很强烈的现实意义,故事丰富,人物亲切,在电视台播放长盛不衰。

《七十二家房客》是广东广播电视台播出的又一部大型粤语情景喜剧。该剧讲述20世纪40年代在广州西关太平街生活的72家房客的故事。描述房东与房客之间的矛盾,也细致刻画着老城平民街坊们生活中的酸甜苦辣。在这个大院里,生活着各色人等,他们从事着各种职业,面对着生活的各种困境,他们面对利欲熏心的贪官、自私自利的房东,没有被黑暗的社会现实打倒,而是以坚强乐观、守望互助的情谊努力生活着。这部电视剧的收视观众甚至覆盖了整个省港澳地区,屡获观众好评。

二、主旋律电视剧再掀高潮

2009年,东阳青与影视文化有限公司与广东南方电视台联合出品的改编自龙一同名小说的谍战剧《潜伏》风靡全国。小眼睛的孙红雷与大嘴巴的姚晨成为人们心目中新一代的共产党员形象,而这部谍战剧的高智商高情商更是折服了一代观众,成为谍战剧的经典代表作。电影讲述在抗日战争接近尾声的1945年,国、共、日三方斗争进入最关键的时刻。军统情报处成员余则成经中共策反,弃暗投明返回军统成为地下党，为协助余则成的工作，组织方面派出翠平作为余则成的夫人，余则成沉着睿智，翠平性急简单，余则成面对着温柔勇敢的革命恋人左蓝，单位里老谋深算一心贪钱的老站长，徒有匹夫之勇的马奎，以及对自己充满怀疑又极为阴险的陆桥山，还有从延安回到军统的李涯，一层层复杂的人物关系以及各种情感交织，形成一次次险象环生的境遇，给电视剧带来一次次高潮，吸引观众欲罢不能地追下去。观众被电视剧里的幽默、言情、悬疑、智斗等诸多元素所吸引，同时也被电视剧里特殊年代中地下工作者的奋斗与牺牲所折服，更加为这里面的信仰所感动。

这一时期的红色电视剧还有《热血军旗》，这是一部由中央电视台、广东南方领航影视传媒有限公司等联合出品的革命历史剧，作为建军90周年的献礼电视剧，以"为何建军""如何建军""何以建军"为线索将人民解放军的创建过程以及军队性质描述清楚，同时该剧展现了一系列重大历史事件：北伐战争、南昌起义、秋收起义、广州起义、井冈山会师、古田会议等等，融教育意义于历史再现的影视剧中。《五星红旗迎风飘扬》是广东南方电视台立项、长城影视传媒集团和广东南方电视联合投资出品的革命题材电视剧，集中讲述"两弹一星"研制过程，是建党90周年献礼电视剧，将钱学森、钱三强、邓稼先等科学家的坚韧性格、动人事迹展现出来，将祖国建设过程中需要的爱国主义精神、民族气节、科学精神、伟大人格展现出来，不仅是一部优秀的献礼电视剧，也为当下的时代输入了充满敬意与崇高的正能量。该剧荣获2011年第二十八届中国电视剧飞天奖长篇电视剧一等奖、2012年中共中央宣传部精神文明建设"五个一工程"奖的"最高艺术成就奖"。

三、南派纪录片、戏剧电影、动画产业持续发力

从2007年开创南派纪录片以来，十年间广东省已设立10个南派纪录片创作基地与创作中心，形成了马志丹、曾伟文、申晓力、于海滨、宋璋、喻峰等南派纪录片领军人物团队，在广东地区播出纪录片时间超过60万分钟，在世界50多个国家和地区的播放时间累计超过100万分钟，网络点播数超过10亿人次，荣获省部级以上国内国际奖项558项，可以说形成了名副其实的"南派纪录片十年新浪潮"。广东故事、广东形象、广东文化以及广东精神成为南派纪录片的主要内容与诉求，发展至今形成南派纪录片十年新浪潮。十年的发展，南派纪录片有大量优秀成果与代表作。《海丝寻梦录》《老广的味道》《技行天下》《粤港澳大湾区》就是其中的代表作。作为古代海上丝绸之路的发祥地与"21世纪海上丝绸之路"的枢纽，为全面真实反映广东面貌，由广东省委宣传部和广东广播电视台等联手打造了三集大型纪录片《海丝寻梦录》。《海丝寻梦录》是"典型"的南派纪录片，用影像反映广东积极参与"一带一路"

建设的最新成果,呈现广东在大风云时代大经济背景下的发展,进而建构广东形象。这部纪录片将海上丝绸之路之个宏大的主题细致分为具体又立体的人物、故事,尤为特别的是片中21个故事主角,有九成以上是外国人,这是广州自有十三行外贸以来就有的特色,也反映了一种"他者"眼光,开放、平和、国际化,更为全面地展示着广东形象。

央视纪录片《舌尖上的中国》之后美食纪录片形成浪潮,南派纪录片也相继推出《味道中山》《寻味顺德》《搵啖食》等。《老广的味道》是广东卫视制作播出的大型美食类纪录片。以广州为核心,辐射到广东省21座城,上山下海拍摄粤菜,以粤菜的"鲜""偏""时""精"等特殊魅力为线索,紧紧抓住了老广们衷情饮食文化的情感密码,挖掘粤菜历史文化、故乡情怀以及家庭宗族等诸多文化意义,以这样一部纪录片建构了具有生命力的广州城市记忆。《老广的味道》建立起的是一个亲和度高,生活气息浓厚的广东形象,从广东饮食文化中实现广东文化与广东精神的传播。纪录片《老广的味道》以饮食文化这样一个特殊的切入口,既实现了这座城的记忆承载,又实现了这座城的情感建构。尤其是对于"食在广州"的这一片土地,饮食文化是既久远又鲜活的载体,以它为触发媒介,用舌尖上一方小小天地黏合老广们的情感建构,完成城市记忆的文化空间。

五集系列纪录片《粤港澳大湾区》在2019年1月份推出,这是最能代表当前广东形象的纪录片,走向世界的广东将输出自己的地域文化与人文精神。所谓"广州城、香港地、澳门街",粤港澳三地一直以来地缘相亲,文化同源,虽然在近代历史中有不同走向,但彼此间一直保持着深厚亲密的感情,改革开放之后,香港、澳门分别回归,几十年间粤港澳都是共同发展,如今粤港澳大湾区作为中国建设世界级城市群和参与全球竞争的重要载体,"一带一路"对接融汇的重要支撑区,将成为继纽约湾区、旧金山湾区、东京湾区之后,"一国两制"下"中国模式"的国际一流湾区。正是在这样的背景下,广东广播电视台对外传播中心拍摄制作了五集纪录片《粤港澳大湾区》,以建设粤港澳大湾区为主题,从"天时、地利、人和"说起,从"合力、实力、动力、活力、魅力"五个方面,畅谈粤港澳合作的历史与现状,展望粤港澳大湾区的未来。

优秀的纪录片内容上记录平民百态,关注社会现实,精神上引起观众共鸣,唤起民族激情,近十年的南派纪录片在广东文化大省建设的政策保证下,拍摄出一系列的代表作品、培养出数位优秀的纪录片人才,他们记录广东发展历史,传播广东本土文化,建构广东新时代形象,传递广东现代精神,形成了南派纪录片十年新浪潮,相信在未来,广东不管是从影像纪实还是文化传播都会有更精彩的未来。

中国影视动画是随着动漫产业发展起来的。伴随文化体制改革的深入,政府加大力度对动漫产业的发展进行支持,2005年,广州成为继北京、上海、成都之后第四个国家级网游动漫产业发展基地。2006年,广东省生产动画片占全国总产量的30%,2009年生产国产电视动画片40部,总时长约23000分钟,名列全国第三,2010年升至全国第一。广东奥飞动漫文化股份有限公司、深圳华强数字动漫有限公司、广州漫友文化科技股份有限公司等动漫企业成为在全国同行业中的领军企业,陆续推出了"喜羊羊""巴啦啦小魔仙""熊出没""超级飞侠""猪猪侠"等全国知名的动漫品牌,广州动漫全产业链发展在全国均处于优势地位,电视动画片的强势发展自然也推动了动画电影的发展。粤产动漫电影一直都有非常傲人的票房成绩:《喜羊羊》系列1、2、3、4部票房分别达到9000万元、1.27亿元、1.48亿元、1.65亿元;《熊出没》系列则分别达到2.47亿元、5.23亿元。同时《喜羊羊和灰太狼》《熊出没》等影片也得到了学界、业界的认可,分别在"学院奖"、"金鹰奖"、"金龙奖"、"五个一工程"奖以及国际动漫节、法国昂西国际动画电影节等荣获大奖。动漫片以及动画电影的发展是整个动漫产业发展的体现,动漫产业出核心业务外,还包括动漫衍生品的产出都为广东带来了社会效益与经济效益,当然更重要的是,为丰富广东的文化发展、推动广东在全国的文化地位贡献了力量。

除南派纪录片及粤产动漫之外,广东戏曲电影也在这一时期迎来别开生面的发展。如果说电影传入中国自戏曲艺术纪录片《定军山》始,那么电影从一开始就与两个范畴密不可分:一是纪录片,二是戏曲。新中国成立后,珠影就着力推动了一批戏曲电影,包括潮剧《韩江花似锦》;粤剧《关汉卿》;汉剧《齐王求将》;琼剧《红叶题诗》等。"文化大革命"十年间,珠影仍在只有样板戏的时代环境里坚持推戏曲电影,包括粤剧版《沙家浜》;黄梅戏《红霞万朵》等。改革开放伊始,戏曲电影也伴随文艺事业的复苏重新活跃起来,这时期珠影推出了昆曲《西园记》;花鼓戏《野鸭洲》《花墙会》;豫剧《智收姜维》;京剧《真假美猴王》;豫剧《程咬金照镜子》。然后伴随市场化的深入,各种传统艺术均受到严峻挑战,戏曲演出、戏曲电影包括剧团均陷入低谷,直到20世纪90年代中期至新世纪国家连续推出对传统文化的保护、支持与鼓励等政策后,情况逐渐好转(2004年《中国民族民间文化保护工程实施方案》;2006年《关于鼓励发展民营文艺表演团体的意见》)。广东戏曲电影在新世纪之后佳作频出,尤其是粤剧电影《小周后》《小凤仙》《传奇状元伦文叙》《柳毅奇缘》等,不断探索戏曲传承与影像传播的融合,同时也不断探索新的时代背景、新的受众群体的需求。尤其值得一提的是,2004年红线女导演,红线女艺术中心、珠江电影制片公司联合摄制,动影时代有限公司动画制作乐中国戏曲史上第一部以现代动画为载体的粤剧动画电影《刁蛮公主憨驸马》。该片荣获第十届中国电影华表奖优秀美术片奖。动画呈现粤剧的方式在音画方面富有特色:唱腔传统、画面简单、情节紧凑,是一次有益的探索。2017年,《传奇状元伦文叙》荣获了第三十一届中国电影金鸡奖最佳戏曲片提名;

2018年,《柳毅奇缘》获得第二十五届北京大学生电影节戏曲单元组委会特别推荐奖。2021年推出的《白蛇传·情》更是以唯美水墨的背景、符合现代观众的快节奏表达、视觉冲击的镜头语言实现了"破圈"。

第二节　唐栋的戏剧创作

唐栋(1951—　),陕西人。1969年入伍,先后毕业于鲁迅文学院和北京大学中文系。国家一级作家。先后在新疆、广州生活。历任兰州军区文艺创作室副主任,广州军区战士话剧团团长,广东省戏剧家协会副主席。出版短篇小说集《大漠青青草》《孤烟》;中篇小说集《兵车行》《沉默的冰山》《冰山,爱的四重奏》《雪岛》《红鞋》;纪实文学集《西域劫踪》;话剧剧本集《天山深处》。作品曾获全国优秀短篇小说奖,全国优秀话剧剧本奖,解放军文艺奖,曹禺戏剧奖·剧本奖,文华剧作奖等奖项。部分作品被翻译成英、法、德、孟加拉文。

一、首开"冰山文学"先河

周政保认为唐栋的小说开了"冰山文学"的先河。在唐栋的小说里,他的情感、他思考与他创作的情节与人物,与他小说中描写的那个神奇的、为世人所陌生但又向往的雪山世界浑然一体。这是一个什么世界呢？这是一个从塔里木盆地通向天空的世界,一个由昆仑山、喀喇昆仑山、帕米尔高原、青藏西部高原组成的无比浩瀚的崇山峻岭的家族,在唐栋的笔下,这个世界超越了冰与雪,透着纯粹与理想,这个世界常年保持着冷峻的表情,充满着崇高的力量。唐栋的作品中以一种与这个自然环境无比匹配的书写方式为读者展示了"喀喇昆仑精神"。当大自然神秘伟大如昆仑、帕米尔、青藏高原,读者很自然地会生出畏惧也生出好奇,在大自然的原始蛮力的面前,人的力量是渺小的,可以被随意摧毁的,可是唐栋的小说里走出了很多让人难忘的人物,通过这些人物"喀喇昆仑精神"揭下神秘的面纱,印在了读者的心里。

唐栋小说的成名作《兵车行》与徐怀中的《西线轶事》、李存葆的《高山下的花环》、朱苏进的《射天狼》等一批作品共同组成了中国当代军事文学的一次浪潮,这一批作品与当代文学建国初期的军事作品有了很大区别,展现出20世纪八九十年代的人文主义色彩以及人道主义关怀。《兵车行》这部作品构思巧妙,整部作品浑然一体的成为一个象征体,完成作者的托物言志。作品里女兵卫生员秦月在冰天雪地里连夜奔袭5700哨卡救治病员唐小星,她一路上回忆着此前与唐小星的接触。小星憨厚可爱、聪敏机智又有担当有责任的形象在一次次回忆中清晰起来,到了哨卡之后才知道一路上预备司机小心翼翼地开车就是因为唐小星已牺牲,就在这辆连夜奔袭的车上。秦月这一路的怀想就与小星相伴,车一路往高原走,读者在秦月的回忆中一点点熟悉小星,本以为马上就要与这个小星见面时,他已牺牲的消息猛然袭来。雪域高原是危险可怕的,小星的生命就是这样被夺走;但雪域高原又是冰清玉洁的,只有在这里才能回应战士高尚的灵魂;雪域高原也是美好浪漫的,秦月与小星的纯洁战友情就像当年茹志鹃写的《百合花》一般,是一首没有爱情的爱情牧歌,在高原回荡。

唐栋的小说审美是壮美与优美、崇高与细腻的结合。在这样的环境里写作冰山文学,毫无疑问有很强的阳刚之气,这种阳刚之气从自然环境中生长到人物的身上,变成了不服输不言败,积极进取,不屈不挠的精神;如果说这种崇高与阳刚是从高山而来;那他小说里的人情美人性美则仿佛从圣海中产生的。《雪线》中的士兵汪哈哈,《雪神》中的司机刘汉洲,《沉默的冰山》中的老兵杨福,《野性的冰山》中的班长张安,《愤怒的冰山》中的军嫂李秋凡……这些生命都被唐栋赋予了神圣感,但这种神圣感是深深地扎根于他们那些鲜活的生命力,充满可爱的生活细节,在寂寞的哨卡,在严酷的暴风雪环境里,冷峻的大自然与温情的生命构成了令人难忘的小说世界。但唐栋的小说也并非只有高原的圣洁与人性的赞美,在他小说《红鞋》中就显示了小说家在人性的欲望与复杂方面的探索,进入20世纪90年代之后,唐栋以独特的社会责任感,将对社会的思考笔触深入到军营基层军区机关大院,《秘密跟踪》以及姐妹篇《快速反应》就将婚姻家庭、人事关系、干部升职等问题以及其中反映出来的人性做了深刻书写,他不惮于揭露不足与矛盾,也不回避生活的苦涩与困境,但读者仍能在他的作品中读出军人的使命感与生活主流的正义之气。

二、展现时代风采、富有当代精神的话剧

唐栋最早与李斌奎合作创作《天山深处》,反映天山筑路兵团的坚守,这部作品就显示出很强的艺术性与当代性,其中人物也成为当时剧评家公认的典型人物。《祁连山下》是唐栋在1992年为参加第六届全军文艺会演,为兰州军区政治部战斗话剧团创作的大型话剧。这部话剧讲述在20世纪60年代特殊时代环境中发生的一段故事。矛盾聚焦在一支农垦部队里。在这里老领导与老战友相遇,司令员重访河西老部队面对理想与现实的矛盾,面对信念与生存的矛盾,面对口号与实际的冲突,在三年困难时期、艰难的饥饿岁月里,如何更为勇敢地面对错误、正视错误、纠正错误。"实事求是"四个字落实在剧作中具体的一块地、一棵苹果树、一把麦穗;也落实在一个老战士、一个老科研人员的具体工作与追求中。整部剧作的矛盾与冲突一层

又一层,在高强度的矛盾中又以深厚的战友情进行弥合,带来了非常饱满的剧作效果。

从20世纪90年代创作《祁连山下》开始,一直到《宋王台》《岁月风景》《远去的村庄》可以鲜明地感受到唐栋在剧作中对时代性的紧密关注。唐栋90年代之后调任广州军区政治部战士话剧团团长,此后唐栋的话剧创作更加成熟,更加丰满。尽管唐栋的创作环境以军营环境为主,但是他并没有把自己的创作隔绝在军营以内,在不同的时代冲击中,唐栋敏锐地捕捉到军营对时代环境的反馈,在社会变化中发生的相应改变,并且总能在剧本中以一种广阔的时代视野呈现出时代变迁中的变化,准确的以落在"点"上的故事完成"线"性叙事,而在这些故事中总有一面高扬着军人精神的旗帜,成为整个剧作的内核。

《宋王台》是唐栋剧作中较为少见的历史题材话剧,为香港回归而作。从命题而言是指向当下,从题材来看则指向历史。香港九龙湾的飞地"宋王台",当年就是清朝和英国殖民者斗争和妥协的结果,但是世代居住在"飞地"的百姓却日日面对"殖民"的痛苦。唐栋抓住了华人祭祖这样一个有着强烈象征性的活动,将人民对祖国的感情,将人民与英国殖民者以及日本侵略者之间的斗争以非常强的象征性呈现出来。这是唐栋的作品中比较少有的脱离军营的作品,但是这个作品同样呈现出唐栋作品擅长的长时间故事线索,以小切口展现大开大合的历史语境。

唐栋为参加第七届全军文艺会演创作的《岁月风景》是他被公认最成熟最成功的作品。这部作品非常巧妙地以人民军队三次换发军装这三个节点,将人民军队20多年的发展与国家的改革变迁融合在一起。戏剧时间的设计显示出创作者的精妙构思,三个时段的自然分段为戏剧创作提供了很好的小切口,就像三节火车车厢,而车头就是唐栋一直锐意把握的军人精神、军队气质以及国家社会风貌。如果说军人精神以不变的忠诚成为剧本的底色,那么国家社会风貌的改变则在剧作中成为徐徐展开的风景画卷。三个时段中主人公的命运变迁有非常合理的逻辑发展,因此全剧在精妙构思的基础上完成了有机融合,相当成功。郝建国与明惠的爱情经历了波折收获幸福,尽管明惠的命运多舛,但唐栋用最好的爱情与爱人的守护填补了这份悲哀。李宝库和阿琳的爱情则更多地呈现出社会进步、经济发展的丰富信息。在这部剧作中,不仅有军队换装,还有改革开放、香港回归、电子信息发展、出国潮、个体经济发展等等丰富的社会元素,在唐栋的笔下,军营不是高墙里完全隔绝于社会的存在,军民团结的基础恰恰就是军队与社会、军人与老百姓之间的互相影响与交融,因此,唐栋的作品是带了"绿色"军人底色的军营作品,但又绝对超越了军队的单一性,他将军营置于丰富的社会环境语境中完成剧本创作,使得剧本有很明确的时代性,有很清晰的当代性,也有极具延展性的戏剧内涵。

三、剧本创作的探索,戏剧人物的塑造

唐栋的剧本都有较长的时间线索,《祁连山下》以司令员回忆30年前的故事拉开序幕,又在故事中通过对话回忆呈现剧中人二三十年前在战场结下的生死之交;《宋王台》的时间从19世纪末到1945年日本投降后;《岁月风景》横跨20世纪70年代、80年代、90年代。话剧创作的矛盾设置也非常重要,有贯穿全剧的中心矛盾,也有落在每个人头上的具体矛盾,比如《祁连山下》司令员与杨喜在面对边厚康时的矛盾;《宋王台》里叶莞香和金八皋之间的冲突;《岁月风景》中郝建国和翟向东的意见相左。这些具体矛盾里有人物性格使然,比如杨喜的执拗、金八皋的卑鄙、翟向东的固执;也有社会环境使然,比如"大跃进"的浮夸风;殖民地的政治腐败;社会进步必然的淘汰性质等等,但如果仔细分析会发现这些矛盾既有特殊性,又有很大的普遍性与共性。如作品中军人群体的矛盾总有相似之处,他们要面对忠孝不能连全,要面对顾大家舍小家,要面对坚守军营的单调贫苦与社会生活的丰富诱惑……在每一个具体人物背后所呈现的这些普遍性矛盾使得唐栋的剧本有很强的共鸣,不仅对部队的观众、读者有特别意义;对于一般观众、读者了解军人群体、军营生活,了解社会矛盾在军营里的反射与影响也有着重大意义。

本质上说,话剧剧本创作就是通过矛盾展现主题,如果说具体的矛盾是实,普遍性的矛盾就是虚,话剧剧本的创作一定要处理好虚实关系,唐栋的剧本创作在这方面充满了探索性。舞台上方寸之间,需要创作者既有落在实处的剧本设计,时间、地点、人物,大幕拉开就能让观众瞬间进入故事环境,剧本中的日常生活、细节铺排、人物对话这些"实"使得剧本故事真实可感;但同时好的剧本创作一定有"虚"的部分,那就是话剧创作从经验的书写走向精神的张扬与哲学的思考。

长线时间给了剧作铺展故事的空间,也给了人物性格成长,展现弧光的可能性。在唐栋的剧本创作中,有两类人物形象特别突出。一类是独具军人魂的军人形象;一类是凝聚着美德的女性形象。

军人是唐栋剧本创作的核心,军人魂就是唐栋剧本的灵魂。《天山深处》的郑志桐;《祁连山下》的司令员、边厚康、杨喜;《岁月风景》的郝建国、曹克明、翟向东、李宝库、周阿亮……这些军人形象都各自有性格特征,在同样的制服里包裹的是不一样的心灵,不一样的性格,不一样的人生;但同时这些军人形象也担负从个别走向普遍的角色功能。我们从"这一个"的身上,看到了中国军人的整体的精气神,他们共同展现了不同时代背景下中国军人的"军人魂"。早在《天山深处》这部剧本中,唐栋就借郑志桐的嘴说过:"单纯建立在卿卿我我基础上的小康之乐,到底能维持多久?"由此

可见,唐栋通过他所描写的人物所追求的是超越卿卿我我之上的感情,他追求的是"大爱",是超越一般追求安逸小康之乐的"大同之乐"。而大同之乐的背后就是"军人魂",是唐栋笔下从战争年代到建设年代到改革开放年代一代又一代军人的共同追求。

唐栋剧本的人物形象中,还有一系列非常动人的女性角色。我们也从这些女性角色身上看到了普遍的女性角色面貌,除了有矛盾的李倩,投机的马翠萍。还有让人难忘的直爽的焦晓娜,坚忍的叶莞香,善良的明惠,自强的阿琳。在她们身上反映的正是中国女性的美德,这些女性为成就身边的那个"男人",甚至承受了更多的痛苦与磨难。与殖民者坚持斗争的叶莞香,为了不影响郝建国隐姓埋名偷偷出走的明惠,她们的身影使得故事有了更丰富的空间,也使得人性有了更大的韧性延展,这些都使得舞台上有限的时间展示了更广阔的生活,与更有意义的人生。

如果要说唐栋的剧作有什么遗憾之处,大概就是笔下人物都太"好",可以理解为因为一直生活在部队这个较为单纯的环境中,唐栋对人性一直抱有充分的信心,不管社会如何改变他都始终对军人群体有无限的敬爱。生活在广州这个改革开放的前沿,军营当然也会受到不同程度的"腐蚀"与"冲击",但唐栋看到的是我军强大的"自新"能力,因此他可以自信的书写不同年代的矛盾冲突,骄傲地书写当代军人的风貌。

唐栋的艺术创作在广东当代文学中有非常特殊的意义。其小说创作首开"冰山文学"先河,而到广州生活之后一系列的话剧创作更是为整个广州的舞台艺术开创了全新的时代,他的剧本创作先后荣获数个国家级奖项,剧本题材出自军营,又超越部队;剧本内容超越一般生活经验走向哲学思考;剧中人物既创造出特别的自我,也彰显了典型性的意义。话剧创作是对日常生活的高度凝练,舞台上的每一个人物、每一句话、每一个细微的设计都能爆发巨大的能量,如同棱镜一般照射出多彩的光芒,唐栋的剧本创作正是这样,以长线的时间、集中的矛盾、有逻辑的发展、有信仰的追求、有性格的人物为广东新时期的话剧创作留下了夺目的成绩单。

第三节 儿童文学的新变

进入新时代,广东儿童文学创作走上了艺术自觉与精神自觉的阶段。出现了老、中、青三代作家同堂的良好局面,儿童文学作家队伍的壮大不仅仅体现在数量上的增多、创作经历与身份多样化,更在于这个群体中的每个梯次的作家都保持了旺盛的创造力,带来了广东儿童文学欣欣向荣的发展态势。其中,50后、60后力度不减,70后和80后为创作主体,90后、00后开始显示出不同凡响的力量。总体来说,新人不断涌现,后续队伍储备扎实,年轻的声音在儿童文学中变得强劲并进入读者视野的中心,展现出广东儿童文学"青春派"的活力与形象。

新时代广东儿童文学迈入新征程。在与市场全面互动的过程中,广东儿童文学作家主动适应社会新形势,儿童文学创作、理论批评和出版涌现了许多优秀作品,反映了新时代的童年生活,传递了积极向上的力量,对外讲述广东故事、传播广东声音,原创儿童文学取得了可喜的成绩。最值得肯定的是作家们在儿童文学观念的更新和对童年书写的艺术难度方面作出的自觉努力与尝试,以及对文体本身的试验与探索。现实主义儿童文学与幻想类儿童文学,交相辉映,互补共荣,出现了一批有影响的作品,并获得国内外重要文学奖。新时代儿童文学创作中最为活跃的文体当数小说、童话与科幻,同时,诗歌、寓言、散文等文体中也不乏优秀之作。

首先,童话创作呈现稳步前进、多元发展的局面。"童话和儿童诗常被认为是最具有儿童文学特点的样式,也是特别受儿童欢迎的文体"[1],但是童话的发展一直被小说所遮蔽。在评奖中,在社会反响方面,都难于与小说匹敌。进入新世纪,童话坚持了自己的发展方向,并且越来越显示出自己的文学自信。因为童话超时空而存在的内容,让创作于20世纪80年代的黄庆云童话在新世纪依然成为畅销书,饶远、邝金鼻等作家创作于20世纪的童话在今天依然拥有读者。尤其童话对于保卫和激发儿童的想象力的特殊作用,让童话在小学校里越来越受欢迎。因此,进入新世纪,饶远、王俊康等老作家时有新作,杨璞、王长敏等中年一代童话作家依然保持创作的良好势头,陈诗哥、黄俏燕、李俏琳等青年童话作家渐渐成为创作的主力,年轻的童话作家木也、何志军(寻麦)、黄晓璐等也崭露头角。作家们继承和发展了儿童本位的儿童观,在"细分读者""审美下移"等新观念的支撑下,更加关注当代儿童的精神风貌和审美需求,并以童话对儿童心理和成人理性的双重隐喻追求代际对话,实践了儿童本位儿童观"切合少年儿童的精神世界与思维特征为基准的主体性原则,重建人的意识,塑造未来民族性格"[2]的双向要求,更加自觉地探索具有中国风格与个性特色的童话创作,写作更加自信与从容。

其次,儿童观正在发生深刻变革。儿童观是儿童文学创作的原点,它支配着儿童文学的发展,也影响作家的创作。虽然早在儿童文学的创立期,周作人就提出了儿童本位的儿童文学,但中国载道的文学传统和父为子纲的家族宗法伦理,以及把孩子培养成未来接班人的社会政治伦理,让每一个人的儿童观都有复杂的多重相面,全面理

---

[1] 谭旭东:《儿童文学概论》,北京:中国人民大学出版社2022年版,第94页。
[2] 王泉根:《中国新时期儿童文学的深层拓展》,《北京师范大学学报》2000年第4期。

解孩子,对于中国和中国的儿童文学作家,并非一蹴而就。但是,经过近百年的中国儿童文学发展,儿童本位的儿童观正在形成共识,而儿童文学也从教育工具走向审美娱乐,从对儿童的培养走向解放儿童的潜能。并且这种儿童观借助于中国儿童文学作品的传播和儿童文学作家的努力,正在对学校、家长、老师和全社会产生影响。具体到新纪以来的广东儿童文学,主要表现为"三个重视",即重视儿童文学的地域特色,重视儿童文学的人文情怀,重视与世界儿童文学接轨。由此带来了广东儿童文学的新变。

一是现实主义创作成主导。新世纪以来,广东儿童文学逐步形成了新的以"现实精神"为主导内涵的文学生态和形态。有一批作家依然倾情于现实主义儿童文学的创作,引领小读者展开对社会人生与精神成长的思考。亮点有四:一是关注"三农"问题,集中体现为"农民工子弟文学",如曾小春的长篇小说《手掌阳光》(明天出版社)、黎俊生的长篇小说《特别的暑假》等;二是关注历史题材的儿童文学创作,如段立欣的长篇小说《珠江烽火》(广东人民出版社)、岑孝贤的长篇小说《星岛女孩》(江苏凤凰少年儿童出版社)等;三是关注重大生存灾难,集中表现为对疫情等自然灾害的儿童文学书写,如杜梅的长篇小说《妈妈变小的日子》(河北少年儿童出版社)、苏展的长篇小说《最长的假期》(辽宁美术出版社)等;四是关注岭南地域特色的书写,如洪永争的长篇小说《摇啊摇,疍家船》(天天出版社),陈华清的长篇小说《七彩珊瑚》(希望出版社),谢莲秀、香杰新的长篇小说《东江谣》(新世纪出版社)等。这些作品直面少年儿童的现实生存状态,扎根脚下土地,有苦难,有困惑,有憧憬,有希望,也有温暖与阳光,继承了百年现代中国儿童文学的重要传统。"现实精神"成为当代广东儿童文学创作的主导力量之一。

二是幻想文学创作方兴未艾。进入新世纪,由于受到以《哈利·波特》《魔戒》《纳尼亚传奇》等魔幻小说的全球性风靡与引入中国,让国人领略到了"幻想"的巨大魔力与潜力,同时又由于互联网虚拟空间的发展,我国幻想文学创作方兴未艾。正是在这样一种背景下,幻想类儿童文学逐渐成为新世广东原创儿童文学的一道特殊风景线,并逐渐形成了广东儿童文学现实主义与幻想文学双规并举的格局。在南方科技大学,有着以吴岩、刘青松、刘洋等为代表的一批具备专业科学背景和儿童科幻文学写作经验的高产作家。其中,刘洋近年凭借《完美末日》《蜂巢》《火星孤儿》等作品获中国科幻引力奖、黄金时代奖、第十届华语科幻星云奖长篇小说银奖、首届中国科幻电影原石奖等。王聪的儿童系列幻想小说《绝对没大脑》(共8本)由中信出版集团出版,出版三个月后签约伊朗出版社,多次加印,累计销售十万册以上。还有夏商周、向民胜、封文慧等作家的幻想小说,受到小读者欢迎。科幻或将成为广东儿童文学创作的一个亮点和突破口。

三是生态文学与动物文学升温。童话与生俱来保持着与自然的亲近,新世纪的广东童话继承和高扬生态环保意识。童话作家不仅批判人类对自然的破坏与侵蚀、呼唤人与自然和谐相处,更引入了对回归儿童纯真状态的哲理思考:一是在作品更多表现出一种隐喻的特质,通过回答我们从哪里来、到哪里去的问题,来寻找人与自然平衡相处的方式。二是通过书写儿童与自然之间天然的联系,来反思成人和认识自然的方式,将儿童作为一种生态文化的概念再度进行审美认知。进入新时代以来,广东儿童文学取得了丰硕成果,一批优秀作家和作品出现在文坛上,其突飞猛进的发展态势是大家有目共睹的。袁博即是突出代表,他潜心于恐龙研究,先后创作了"袁博动物小说"和"袁博恐龙小说"(儿童美绘版),两个系列共17本恐龙小说作品。在两个系列中,袁博从自然史的宏大视角出发,展现了各种恐龙在自然变迁中的微观际遇和它们基于各自的生命形态的不同命运。其优美的语言和精美的图画,可以让小读者们从中寻觅到大自然的奥妙与情趣,同时感受到强烈的心灵触动。

四是跨媒介传播实现新突破。20世纪80年代以来,在儿童影视、动漫等在内的传媒文化的冲击下,儿童文学受众的版图呈现萎缩的态势。但媒介又以多种形式丰富了儿童文学的生产和存在样式,拓展了儿童文学的传播渠道,为儿童文学生产增添了新的质素。媒介为儿童文学的发展敞开了更为多元、宽广的平台和渠道,特别是影视、网络等媒介将儿童文学改编转化为内容资源,有效播散并扩大了儿童文学受众面和影响力。进入新世纪以来,广东儿童作家着力于儿童文学与影视创作同步实践,取得了相当可喜的成绩。如苏曼华的电影《我们手拉手》获第十一届华表奖、第十届中宣部"五个一工程"奖;电影剧本《苗娃》获洛杉矶2015世界民族电影节最佳儿童影片奖;电影《鹰笛·雪莲》获第七届欧洲万像国际电影节最佳儿童故事片奖、首届加拿大金枫叶国际电影节最佳儿童电影奖、2016好莱坞国际电影节金影奖杰出制作人奖等。根据胡永红同名小说改编的电影《我的影子在奔跑》《瑞喜爱小白》分别获得中宣部电影剧本规划策划中心的夏衍杯优秀电影剧本,并获得金鸡奖最佳编剧提名,电影获得金鸡奖和华表奖。此外,陈诗哥、陈华清、晓雷、黎俊生等儿童文学作家作品进入《新语文》《快乐语文》等语文教科书和最具影响力的课外阅读选本。广东儿童文学作家也越来越多地进入学校、图书馆和社区,向老师、家长与学生普及关于儿童文学阅读的知识,进行儿童文学的阅读与推广。

总之,伴随着国外儿童文学作品和理论的引入、国内学者理论研究的精进、儿童教育观念的改变等等,广东儿童文学获得了前所未有的发展空间和阅读支持,于是,在几十年的艺术创作、理论研究的积累之下,崭新的艺术走向必然成为广东儿童文学在新世纪里的前进姿态。更为可喜的是,新纪以来的广东儿童文学创作整体上解决了以往的某些区域性困境,呈现出新的现象并取得新的收获,在作家主体性、题材开拓性、功能多样化和文体齐备性等方面尤为引人瞩目。直面现实、书写少年严峻生存状态的现实主义儿童文学与张扬幻想、重在虚幻世界的儿童文学，交相辉映，互相共荣，出现了一批有影响的作品。但也不乏跟风模仿的平庸之作，如人物形象类型化、故事情节雷同、篇章结构类型化等。

第四节 主要儿童文学作家

在新时代，广东的儿童文学在原有的小说、童话、儿童散文、儿童诗歌等创作的持续发展之上，获得了崭新的推进，图画书、通俗儿童文学、儿童影视等文学形式兴起并取得了不俗的成绩，为新世纪多元共生的儿童文学创作形态提供了艺术上的支撑，显示出广东儿童文学在新世纪里的蓬勃发展与积极开拓。其中，陈诗哥、曾小春、胡永红、吴岩等儿童文学作家的实绩最为突出。

陈诗哥(1981—　)，原名陈开斌。广东肇庆人。2003年毕业于华南师范大学中文系。2009年开始在《儿童文学》发表童话，代表作有《童话之书》《风居住的街道》《我想养一只鸭子》《一句话的故事》等。曾获全国优秀儿童文学奖、冰心儿童文学奖、《儿童文学》十大金作家、《儿童文学》金近奖、《儿童文学》擂台赛银奖、上海童书奖、深圳青年文学奖、深圳十大童书奖、深圳风尚人物奖、华语儿童文学奖、广东省鲁迅文学艺术奖、广东有为文学奖、首届"平湖杯"儿童文学奖金奖等，被评为第三届广东省中青年德艺双馨作家、广东省青年文化英才。短篇童话《风居住的街道》分获第四届、第六届、第八届、第九届全国优秀儿童文学奖。2017年当选中国作协儿童文学委员会委员，成为最年轻委员。

在陈诗哥的童话里，想象具有神奇的力量。想象于他，不仅是一种符合童话要求的叙事方式、一种文体的本质特性，更是将故事、语言、情调、风格和精神高度融合之后，沿着童话诗性审美的路途，从容地朝着哲学之境前行的独创性才能。他善于将生活中观察到、感受到的日常，通过想象力的创造而抵达理想之境，这是一种丰厚的感觉与深刻的思想的结合。对于这个理想的世界，用成人的眼光来看，俗世的尘嚣已经使它的光芒变得模糊暗淡，陈诗哥却重新将之还原，把它擦拭得更加闪亮，将之交给孩子，以及那些已经长大的人。《童话之书》成功地把感性与理性巧妙结合，寓理于情，是一部以童话形式讲童话理论的作品。《风居住的街道》以拟人化的笔法，把抽象的"风"化为各种各样奇妙的具体形象，塑造了一群灵动活泼的童话人物。做到了语词的字面意义、引申意义、象征意义等方面恰到好处的调度。"牛粪书"系列头三本《牛魔王来了》《牛郎来了》《牛顿来了》以重述神话与历史的方式,另类诠释经典故事,融入现代思想观念,构思巧妙,传达一种"万物平凡如牛粪而美如神"的观念。

陈诗哥的童话用诗一般的语言来讲述故事,用诗的眼光来仰视宇宙、俯察大地,探究生活、洞察感情。因此,我们可以深深地感受到,他在创作中追寻和塑造三种童话精神:诗性话语的精神,确证自我本质力量的精神,以及探索世界本源的精神①。这三种美学精神的追寻,丰富了中国原创童话的艺术核心,增添了中国原创童话的艺术表现力,集中体现了陈诗哥对童话的深入思考。

曾小春(1965—),笔名晓晨。籍贯江西省石城县。鲁迅文学院第六届中青年作家高研班学员,文学创作一级职称。1984年开始发表作品,出版有小说集《父亲的城》《送你一匹手影马》《公元前的桃花》《哑树》,长篇小说《蓝色故乡》《手掌阳光》等,曾获陈伯吹儿童文学奖、江西省谷雨文学奖、广东省首届青年文学奖、《儿童文学》第四届小说擂台赛银奖、冰心儿童文学新作奖大奖,2010年荣获中国作家协会第八届全国优秀儿童文学奖。作品入选"中国新文学大系·儿童文学卷""全国优秀少年小说选""建国五十周年儿童文学名作选""中国改革开放三十周年儿童文学选""中国儿童文学年度作品选"等多种选本。

曾小春早年在江西农村生活,七岁开始放牛,常去远山割草砍柴,喜欢让沉甸甸的担子压着自己回家②。艰难和辛劳浸渍着的童年为他日后的作品染上了独特的情韵。曾小春的儿童小说主要讲述乡村孩子的故事,他把笔墨倾注在乡村儿童的成长上,通过这些小生命的成长和他们映照童心的清澈瞳仁,展示出正在消失的古老乡村中那些令人怀念的生活故事,以及被这种生活故事孕育与练就的人性人情。这既是一种地道的儿童眼光,却又聚合了成人回望童年、故乡时的眷恋眼神。《父亲的城》《月光水井》《手掌阳光》《狗朋友》《西去的铃铛》《水字兰亭序》《空屋》……这些弥漫着乡村氤氲的作品无不带有他对故乡、对童年生活的恋恋回望。独特的眼光使他既能很好地坚持"儿童本位"的写作立场,又能把儿童世界与成人社会的真相关联起来。

乡村儿童面临的困境和成长,是曾小春作品的惯常性主题。他在日常化细节中简约而细心地刻画出儿童们抗争困境过程中精神上的体验、感悟、思想以及这一切向性格灌注而构成的成长。2010年,他的儿童文学作品集《公元前的桃花》荣获第八届全国优秀儿童文学奖。"这是一部文笔精粹的短篇小说集,作者多以孩子的眼睛,观

---

① 冯臻:《在想象的国度里追寻童话精神》,《文艺报》2020年1月13日。
② 谭旭东:《倾心书写乡村儿童:谈曾小春的儿童小说创作》,《文艺报》2008年10月13日。

察古老而又充满变化的乡村社会,同时刻画此种亘古未变的复杂的人性人情。这里既有延续千年的悲辛欢乐,也有渐被世人忘却的动人的赤子之心。对于古老乡村的生活的怀念和敬畏,构成了这部短篇小说集深厚的文学意蕴。"①这一获奖评语凝练地道出了曾小春儿童文学创作的鲜明特色。

胡永红(1967—),曾用笔名:疏疏、安红、常洪。湖南株洲人。广东儿童文学委员会委员、豆豆写作阅读网创始人。发表作品300万字,作品转载于《读者》《意林》。长篇小说《我的影子在奔跑》获冰心图书奖、广东省鲁迅文学艺术奖、广东省精品图书奖、广东省"五个一工程"奖、中国少儿桂冠童书奖,入选中小学生辅助教材书库。传记文学《纸上春秋》收录于中国档案馆民营企业卷。2020年长篇小说《上学谣》入选中国作家协会重点现实题材儿童文学创作扶持作品。2021年荣获第十一届全国优秀儿童文学奖。在影视方面,获金鸡奖最佳编剧提名,编剧作品获"夏衍杯"优秀电影剧本、金鸡奖最佳儿童片、华表奖优秀少儿影片等奖项。

胡永红是儿童文学界一位比较独特的作家,编剧出身的她对于现实题材创作有着独特的关注维度和叙述视角。她的《上学谣》《我的影子在奔跑》《瑞喜爱小白》都是深受孩子们喜爱的作品,其中,《上学谣》以壮族村寨某失独老人在政府精准扶贫政策扶助下培养孙子上大学的事迹为蓝本写成的一部壮族少年成长小说。小说讲述了壮族少年火龙从小无母,父亲在事故中过世,水仙阿嬷以传说比喻其身世,族里信守秘密,政府出资相助,共同呵护其长大,火龙完成学业后反哺故乡。作品聚焦精准扶贫这一国家政策,展现了壮乡人民在政府帮助下脱贫攻坚,守望相助,共创美好生活的美丽画卷,是2020年国家打赢脱贫攻坚战,全面建成小康社会这一伟大决策和历史轨迹的时代缩影。同时,作为一部壮族题材小说,作者以多视角物化的写作手法贯穿全文,将史料研读和钩沉融合到了作品中,在虚构的文学作品中浑然一体地将风土人情、历史知识、传统文化呈现出来,具有极高的审美价值和艺术品质。

作为一位优秀的儿童文学作家胡永红始终在思考生命,站在一个精神高度去观察,对孩子做出精神上的确认。《我的影子在奔跑》《瑞喜爱小白》两部作品中的小主公都在一个殊异的环境中成长,具有童话色彩,但却兼具诗人情怀的哲学思辨。其中对于小爱和大爱的叙述与思考,不乏动人的力量。"作者抓住孩子的基本特征,展现了孩子独具特色的思维模式,通过孩子的内心独白,对孩子进行重新定义。"②

---

① 中国作家协会第八届全国优秀儿童文学奖评奖办公室:《〈公元前的桃花〉获奖评语》,中国作家网,2010年12月22日。
② 江冰:《生命的叩问与激情的叙述》,《中国新闻出版广电报》2020年4月4日。

吴岩(1962—),北京市人。南方科技大学人文科学中心教授,是首位荣获世界科幻研究领域重磅奖项克拉里森奖的中国人,已出版《生死第六天》《心灵探险》等科幻小说以及《科幻文学论纲》《科幻文学理论和学科体系建设》等理论专著。作品曾获中宣部"五个一工程"奖、中华优秀出版物提名奖、全国优秀科普奖、全球华语科幻星云奖等多种奖项。

吴岩具有科幻学者和科幻作家的双重身份,尤其擅长观察和研究科幻文体的革新。吴岩儿童科幻小说充满科学因素与奇幻色彩。成人思维与儿童思维是其儿童科幻小说的内在逻辑支点,但同时它们也外化为另一对显性的双逻辑支点——科学因素与奇幻色彩。科学因素是儿童科幻小说"科学"这一支撑点的必然要求,这与成人抽象逻辑思维的科学性、严谨性是相对应的;奇幻色彩是儿童小说的文体要求,因为幻想是儿童科幻小说的灵魂,而奇妙的幻想又与儿童的形象直觉思维紧密相连,所以,科学因素与奇幻色彩是成人思维与儿童思维在吴岩儿童科幻小说中的外在显现。吴岩儿童科幻小说中的科学因素与奇幻色彩同成人思维与儿童思维一样并非矛盾对立的,两者的结合,不仅有助于少年期儿童思维过渡期的顺利进行,有助于其脑结构机能活动类型的健康发展,而且这种奇幻色彩使作家作品与儿童读者之间产生了一种默契,是作家对儿童文学儿童性的全面观照。他的获第十一届全国优秀儿童文学奖的小说《中国轨道号》,从一群孩子的眼中,观察了中国航天技术在一个独特时代的发展景观,呈现了一个国家创新能力上升过程的缩影,传递了勇于创新的筑梦精神和坚持不懈的逐梦精神。作品中与现实生活与幻想故事相结合,处处可见对"五科"(科技知识、科学思想、科学精神、科学方法以及对社会正反两方面作用)的普及,除了丰富的科学幻想外,也具有儿童小说的情趣,情节生动有趣,使儿童像听有趣的故事似的被牢牢吸引住。

近年来,我国科幻产业发展如火如荼,这与科幻理论研究的"筑基"作用息息相关。吴岩的三部科幻理论代表作《中国科幻小说沉思录》(接力出版社出版)、《科幻文学论纲》(重庆大学出版社出版)和《中国科幻文论精选》(北京大学出版社出版),被理论界评价"为中国科幻产业夯实'基建'"[①]。

袁博(1991—),出生于深圳。先后修读过生物学、人类学、文学三个专业,获得复旦大学博士学位,后成为美国耶鲁大学福克斯国际学者,美国北卡罗来纳大学访问学者。袁博有着与众不同的童年,4岁那年跟随父亲来到沂蒙山区办鸵鸟养殖场

---

① 江西网络广播电视台:《理论研究赋能产业发展 为中国科幻夯实"基建"》,中国作家网,2021年5月21日。

的经历让他对动物有了直观的了解,并深深地爱上了大自然。从 8 岁开始创作动物小说。15 岁写出了自己的第一部长篇动物小说《大漠落日》,并被动漫公司改编成了动漫剧。目前他与多处国家自然保护区进行科教合作,到世界各地的史前动物遗址和自然博物馆进行实地考察。科研之余,袁博一直潜心创作,作品入选"十三五"国家重点规划图书、"十四五"国家重点规划图书,获中宣部优秀儿童文学出版工程奖、广东省精神文明建设"五个一工程"奖、冰心儿童文学新作奖、深圳青年文学奖等奖项。他的《内伶仃岛上的猕猴》以"猕猴看世界"和"文明人反观自省"两个交叉视角来呈现内伶仃岛猕猴的命运遭际,倡示了一种"人文自然史的生命观"①。

陈华清(1967—),广东湛江人。著有儿童文学作品集《七彩珊瑚》《榕树下的秘密》《快乐花朵咪兮兮》;长篇小说《竹魂》《琼花》《走出"孤岛"》《海边的珊瑚屋》《地火》等;散文集《有一种遇见在岭南》《有一种生活叫"江南"》《爱到卑微处,才是看清自己时》《啄着阳光的鸽子》等。《跨海巡洋》等多部长篇小说入选教育部"全国中小学图书馆(室)推荐书目"、全国农家书屋重点出版物推荐目录;《海边的珊瑚屋》获"广东好童书"。

陈华清的海洋题材儿童小说创作有着鲜明的个人特色,表现为作家对海滨生活状态的关注与具时代意义的当代呈现。生长于南海之滨的陈华清以自己真切的生活体验,以多种文学形式对海滨生活做了多姿多彩的书写,《海边的珊瑚屋》《七彩珊瑚》《走出孤岛》《跨海巡洋》等,内涵丰富,"海味"浓郁,构成了陈华清的"海味童年"系列。

郝周(1984—),湖北黄梅人。法学硕士。广东省作协儿童文学委员会委员,深圳市作协理事。自 2010 年开始文学创作以来,有 120 篇短篇作品刊于《儿童文学》《东方少年》等刊物。出版短篇作品集《一个人的香火龙》、长篇小说《偷剧本的学徒》《弯月河》《黑仔星》《牛背上的白鹭鸟》《白禾》等。其中,《牛背上的白鹭鸟》以清新的笔触、流利的语言,述了人与牛的故事。老栗是生产队的一头耕牛,十岁小女孩桂儿悉心照料,待老栗如亲人。一次偶然的机会,桂儿认识了白鹭叔叔。白鹭叔叔教桂儿识字,帮忙照料老栗。老栗老了,屡次面临被宰杀的危险。桂儿和白鹭叔叔一次次救下老栗,陪伴它直到生命最后一刻。孩子在此间成长,人性的善良也一如成长本身,熠熠闪光。苦难叙述中所渗透的温暖情怀,依然不失儿童文学的雅正与高贵。该

---

① 何敏静等:《袁博为中国儿童文学创作带来哪些新气象》,《中国出版传媒商报》2018 年 12 月 25 日。

书先后入选 2019 年度"爱阅童书 100"、2020 儿童最爱百部童书、国家新闻出版署 2020 年农家书屋重点出版物推荐目录,荣获第七届深圳十大佳著、2021 俄罗斯"图书印象"奖等。

李碧梅(1983—),文学硕士。新世纪出版社儿童教育出版中心主任。个人曾获中国版协少工委授予的"桂冠编辑"称号、"中国童书榜最佳童书编辑"称号以及中宣部授予的"宣传思想文化青年英才"称号。作为伴随着改革开放的步伐成长起来的一代人的典型代表,李碧梅的作品既有乡村的纯粹,又有都市的热闹,作品中还深埋着都市乡村的冲突与融合,极具现实意义。已出版童话集《小狐狸游花街》、长篇小说《西尚的阿公》等。她的获冰心奖的作品《西尚的阿公》用饱满的笔触回忆了西西与阿公在客家的围屋里一起度过的美好童年时光,讲述了一个充满温情的爱的故事,读来不禁潸然泪下,同时又充满着向上又向未来的精神力量。

杜梅(1963—),原名王莲。安徽省无为人。深圳作家协会理事,家庭教育学者;深圳报业集团《南方教育时报》首席记者。著有儿童小说《爱我的人请起立》《铁是铁 钢是钢》《风吹过的夏天》《妈妈变小的日子》,校园心理小说"小孩要长大"系列,科普绘本"种子去旅行"系列等。长篇小说《妈妈变小的日子》,以看似荒诞的形式,建构了一个更接近于生活现实本质的艺术世界。小说在揭示手机游戏网瘾对儿童的伤害之大的同时,也反映了主人公对自身定位探索和情感需求,以及对亲子关系的潜在不满。正是从这个角度说,《妈妈变小的日子》从家庭环境对儿童产生的影响来探究儿童的现实生存状况,期望向儿童传递一种积极健康的精神导向,同时也呼吁成人对儿童生存与成长环境更加关注,表达了对儿童的深切关怀。

吴依薇(1984—),广东湛江人。鲁迅文学院第 36 届高研班学员。出版长篇儿童小说《二十二张汇款单》《升旗手》等七部,作品入选国家"十三五"重点图书规划项目,入选"中国好童书 100 佳",作品获辽宁省"五个一工程"奖、辽宁省出版政府奖、辽宁省精品图书奖、深圳青年文学奖等。吴依薇的儿童文学作品,聚焦了儿童文学中较有时代性的题材,给读者呈现了城市化进程快速进展的中国当代少年儿童的生活、学习以及他们的生存困境和突破成长,《升旗手》和《二十二张汇款单》即是这方面的代表作品,立意深刻、悬念迭出,富有文学的张力。

洪永争(1975—),广东阳江人。广东文学院签约作家。已出版儿童长篇小说《摇啊摇,疍家船》《船儿归》等。长篇小说《摇啊摇,疍家船》是"第一部描写中国南方水上疍家人的作品"①。小说以十岁男孩水活的命运纠葛与一年间的长大成人为主轴,以上世纪80年代初的疍家渔民生存为背景,在缓缓的、细碎的讲述中展现了一幅幅父子之情、姐弟之情、生父母与养父母之情、社会学校普通人之情的生动画卷,折射出中国老百姓最朴实无华的人性光辉与生活理想。作品彰显出作者深厚的生活积淀与宏阔的美学视野,获得第二届"青铜葵花"儿童小说奖最高奖"青铜奖"。

---

① 编辑推荐:《第二届"青铜葵花儿童小说奖"最高奖"青铜奖"获奖作品〈摇啊摇,疍家船〉》,中国作家网,2018年8月9日。

第三十章　网络文学

网络文学是20世纪90年代诞生的一种新的文学现象和文学形态,进入21世纪以后,随着互联网技术的蓬勃发展和网民的不断扩大,网络文学迅猛发展,成为信息时代的一大奇观。网络文学以互联网上的文学社区与文学论坛为发表平台,有别于严肃文学以纸媒为发表平台。以纸媒为发表平台的严肃文学,门槛较高,有着投稿、审稿、改稿的繁琐程序,这就将相当一部分文学爱好者拒之门外。而网络文学在纸媒文学之外另辟发表空间,这个空间几乎没有门槛。在互联网上,只要你愿意,任何人都可以上网写作并且将作品发表于网络空间,文学创作实现了便捷化和全民化,再加上跟帖的及时与互动的频繁,网络文学空间更具有平等性、开放性,因此吸引并集合了一大批文学爱好者,成为文学生产的重要园地。特别是那些通俗文学作品,很难在纸媒上发表,因此纷纷转向网络空间。网络文学一般指在网络空间发表的通俗文学作品,不包括那些在网络空间上发表的严肃文学作品。

第一节　网络文学的兴起

"西陆"BBS、天涯社区、幻剑书盟、起点中文网、17K小说网等文学社区和论坛是广东网络文学的主要孵化地。广东网络作家魏岳(本名袁林)2000年在"西陆"BBS上发表武侠小说《鱼龙变》,这是广东网络文学最早的作品。

在上述文学社区和论坛中,起点中文网和腾讯文学诞生于广东,见证了广东网络文学的兴起和发展。

2001年11月,广东阳江人林庭锋和一些玄幻文学爱好者在"西陆"BBS发起成立中国玄幻文学协会(CMFU)。2002年5月,协会改名为"原创文学协会",并筹备成立文学网站,6月,林庭锋在广东阳江创办起点文化传播公司,注册"起点中文网"(www.cmfu.com),林庭锋担任站长。同时,林庭锋用"宝剑锋"笔名,在起点中文网发表玄幻小说《魔法骑士英雄传说》,受到读者和出版商的追捧。2003年下半年,起点中文网实行VIP制度,于11月开始在线收费阅读,其中,广东网络作家玄雨推出

《小兵传奇》,吸引了大量读者,为起点带来了大批VIP会员,让VIP制度挺过了难关,起点中文网逐渐成为业界翘楚。2004年6月,起点中文网成为国内第一家跻身于世界一百强的原创文学门户网站,同年10月,起点中文网被盛大网络收购,成为盛大文学全资子公司。2010年,起点中文网获评中国最佳文学网站,2012年获评最具商业价值网站。

腾讯文学创办于2013年9月,2014年4月宣布以腾讯集团子公司形式独立运营。腾讯文学旗下业务包括创世中文网、云起书院、腾讯数字出版平台、PC门户、无线门户、QQ阅读以及手机QQ阅读中心等渠道,同时共推网络文学业务。2014年末,由腾讯文学主办的"网络文学行业峰会"在深圳举行,该峰会成为网络文学产业有史以来规模最大、与会作者最高端的一次中国网络作家大聚会。2015年1月,腾讯文学与盛大文学合并成立阅文集团,阅文集团统一管理和运营原有子品牌,包括:QQ阅读、起点中文网、创世中文网、云起书院、潇湘书院、红袖添香、小说阅读网、中智博文、华文天下等。

在各种网络文学平台搭建的同时,一大批网络作家乘势而起。据有关部门统计,2010年7月,广东拥有超过13万名网络文学创作者,在省级行政区中排名第一,是中国网络文学作者最多的省份。2017年,广东注册的网络作家占全国总数的12%以上,仍居全国第一。这里所指的广东网络文学作家,不仅包括广东本省作家,也包括居住在广东的外地作家。

网络文学具有极强的草根性与民间性,以吸引读者为第一要义,为了取悦读者,有时不免媚俗,与严肃文学相比,网络文学的思想与艺术水准一般不高。但是,随着教育的普及,大多数网络文学作者都受过较好的文学教育,有的还有着不凡的文学天才,他们创作的虽然是通俗小说,但在思想与艺术方面也不乏先锋的探索,个别作品与严肃文学作品相比毫不逊色。换言之,网络文学也是能出精品佳作的。

对于网络文学这一新生事物,广东省有关部门也给予了充分重视。2003年4月,广东省作协联合有关部门举办"新文学、新媒体、新人类"研讨会,在国内率先研讨网络文学现象。在其他省份作协尚无网站的时候,广东省作协开通了官方网站"广东作家网",为了孵化本地网络作家,广东作家网开通了"文学风"论坛,供本土网络作家发表作品。2008年,广东省作协成立网络文学创作委员会,2009年5月在广州召开"广东网络文学座谈会",2010年5月与中国作协在京联合主办"网络文学研讨会",2016年9月承办第二届中国网络文学论坛,同年11月举办广东网络文学金盘工程峰会。2010年,广东省作协首次发展一批十多位网络作家入会,之后每年都发展网络作家入会,从2010年起,广东省作协每年开展网络作家培训,截至2017年4月,共培训网络作家超过600人次。2015年5月,广东网络作家协会成立,首批会员

182人。截至2017年8月,广东网络作家协会共有会员作家607人。

第二节 网络文学的题材与类型

网络文学以类型小说为主,如玄幻类、科幻类、异能类、穿越类、武侠类、盗墓类、侦探类、官场类、种田类、医术类,广东网络文学也不例外。当然,广东网络文学也有自己的特色,自己的绝活。

玄幻类小说较早兴起于网络。广东网络作家中,蚕茧里的牛、甲鱼不是龟、厌笔萧生、风轻扬等以此类小说成名。

蚕茧里的牛,本名石夜明,毕业于华南理工大学,代表作有《魔兽多塔之异世风云》《神偷化身》《武极天下》《真武世界》等。厌笔萧生,本名钟波景,现居河源,代表作有《箭穿万里》《血冲仙穹》《仙术魔法》《刀帝九妃》《大力神》《帝霸》。甲鱼不是龟,本名袁选,广东汕头人,代表作有《大泼猴》《大妖猴》。风轻扬,本名吴帅伟,代表作有《凌天战尊》《仙武碎空》《东皇大帝》等。这些作者的玄幻类小说,大都架空了历史,也架空了地理,故事背景设置在地球上一个模糊的古代国度,或者外太空的某个星球,内容大都是主角练武或修仙,遇到重重险阻,但终于成功。故事虽然不大现实,但也有一定的励志功能。

在玄幻类小说中,还有一些作者从不同方面进行了有益的探索,他们是海的温度、南朝陈、沙中灰、求无欲。

海的温度,本名徐爱丽,河南洛阳人,现居肇庆,代表作为《闻香榭》。在《闻香榭》中,洛河金鲤化身为妩媚动人的老板娘婉娘,在大唐洛阳城开了一家制香铺子,招募沫儿和文清为伙计。沫儿身具异能,可以看见别人看不见的死气,他机灵敏感,牙尖嘴利,文清则忠厚淳朴,笨嘴拙舌。三人携手,制作出各种具有特殊功效的香粉,结识了洛阳城内各个阶层的人物,侦破了一桩桩隐秘案件,最后还拯救了洛阳城,使其免于一场灾难。《闻香榭》将玄幻题材设置在具体的时空中,写起来有一定难度,但这篇小说展现了盛唐气象,有着浓郁的中国传统文化气息。南朝陈,本名陈王军,广东茂名人,代表作有《穿入聊斋》《斩邪》等。南朝陈的作品,虽然具体时空背景模糊不清,但其核心创意与中国古典文学和文化密切相关,如《穿越聊斋》《斩邪》中的两位男主,均是信仰儒家学说的书生,他们凭借自己的浩然正气,辟邪斩妖除魔,立德立功立言,其言行均展示了儒家文化的活力和魅力。

如果说海的温度和南朝陈主打的是文化牌,增添了玄幻小说的文化品位,那么,求无欲和沙中灰则主打现实牌,将玄幻与现实结合起来。求无欲,本名王普宁,广东东莞人,代表作为《诡案组》。《诡案组》写的是,省公安厅内有一支鲜为人知的神秘小队,专门处理全省范围内的超自然事件,其处理的案件均匪夷所思、骇人听闻。《诡案组》集玄幻与侦探于一身,被人称为中国版的《X档案》。沙中灰,本名兰仲尧,现居惠州,代表作有《阴阳鬼医》《地狱归来》等,沙中灰擅长讲现实生活中的鬼故事,鬼的存在虽然荒诞不经,但人对鬼的那种将信将疑与恐惧心理,作者写得还是很真实的。

在网络文学兴起期,科幻类小说和玄幻类小说并驾齐驱。科幻类小说以机器、电子、游戏、人工智能、星际旅行等科学为基础,玄幻类小说以神仙、妖魔、风水、相面、佛道法术等玄学为基础。广东网络作家中,玄雨、齐佩甲等人以科幻小说著称。

玄雨,本名黄宇,广东河源人,著有《梦幻空间》《小兵传奇》《八方战士》等作品。其中,《小兵传奇》是第一部在网络上打响知名度的科幻小说。这部小说讲的是,唐龙高中毕业后参了军,选择了无人问津的步兵,结果成为当年参加对异次元进行探索的五位机器人的学生,在经历了近乎残酷的训练之后,取得了《战争》游戏中全宇宙排名第一的成绩,之后,唐龙带领千艘炮灰战舰解决了银鹰帝国的先锋部队而立下巨大战功。不过,功劳却被别人抢走,又被联邦流放,于是唐龙带领SK23前往无乱星系发展,经过多次大战统一无乱星系,又以无乱星系为基础,统一了宇宙,建立了大唐帝国。齐佩甲,本名江源,著有《玄黄途》《恶魔王族》《超神机械师》等作品。其中,《超神机械师》将游戏与科幻有机结合,小说中的男主韩萧是《星海》骨灰级代练,被来自东方的神秘力量扔进穿越大军,携带玩家面板变成NPC,回到《星海》公测之前,他毅然选择难度最高的机械系。经过不懈奋斗,最终成为超能圣域最高领袖、黑星军团前任军团长、超A级发展联合会会长、暗面宇宙已探索区域首席机械师、X级第一人。这两位作者的科幻小说,都在人工智能、电子游戏等科技方面展开想象,都对科学技术的发展和人类的未来抱持乐观的态度。

穿越类小说也是网络小说的一种重要类型。穿越类小说一般写主人公穿越回过去的历史,并改写过去的历史。以穿越小说著称的广东网络作家,有阿菩、荆泽晓等人。

阿菩,原名林俊敏,广东揭阳人,历史学硕士、文艺学博士。著有《边戎》《陆海巨宦》《唐骑》等。《边戎》讲述一群汉族青年因空难穿越回北宋政和年间大辽境内,他们支持女真族灭辽,在女真试图发动对宋战争之际,灭掉女真,随后征大漠,平西夏,建立了大汉国。《陆海巨宦》写一个当代青年穿越回明朝嘉靖时期,他以神童之名踏上仕途,佐政事定国策,对内安邦定国,对外开拓征伐,率领大明水师开创了中国人的大航海时代。《唐骑》写一个现代青年穿越到五代十国时期的中亚,重建唐骑,自西向东一步步打回中原,最后统一全国,重建大唐。

荆泽晓,本名林涛,潮汕人,代表作有《烽火涅槃》《重启大明》《冉闵大传》《秘宋》等。《烽火涅槃》中男主角携带一支狙击步枪穿越回乾隆四十五年的东北,《重启大明》写的是从特种部队退役的刑警丁一穿越回明朝正统年间,《秘宋》写的是一个文科生穿越回北宋神宗年间,《烽火涅槃》和《重启大明》的两个主角都可以利用他们的现代军事知识和技术实现人生的逆袭,并将清朝和明朝打造成世界上最强大的帝国。《秘宋》中可怜的文科生利用自己对间谍行当的了解,为北宋建立了一个超级间谍网,挽救了北宋覆灭的命运。

穿越类小说展示了作者也迎合了读者让中国更早变得强盛的愿景,但也不无臆想成分。

阿菩和荆泽晓同时也创作历史小说。2005年,阿菩在幻剑书盟上连载《桐宫之囚》,后经修改,更名为《山海经密码》。"桐宫之囚"典出《史记·殷本纪》:"帝太甲既立三年,不明,暴虐,不遵汤法,乱德,于是伊尹放之于桐宫,伊尹摄行政当国,以朝诸侯。帝太甲居桐宫三年,悔过自责,反善,于是伊尹乃迎帝太甲而授之政。帝太甲修德,诸侯咸归殷,百姓以宁。伊尹嘉之,乃作太甲训三篇,褒帝太甲,称太宗。"作者据此展开想象,小说写的是,商国小王子太甲从小喜欢听英雄的故事,盼望到王宫外面的世界去闯荡。一次他无意闯入他的老师——商国国相伊尹的密室,在一具僵尸眼中看到了自己被困在王座上孤独、暴戾的未来;出于对未来命运的恐惧,他逃离了商国王宫,走进了外面的世界。他化名有莘不破,一路上结交了朋友、恋人、伙伴,但外面这个蛮荒世界,怪兽横行,风险密布,同时,一场改朝换代的战争即将来临。太甲以为逃离了商国王宫,就逃脱了自己未来的命运,但他并不知道,正是这条他自己选择的道路,将他引向了"桐宫之囚"的未来。

荆泽晓创作的历史小说《冉闵大传》,在网络连载完毕后,2011年由团结出版社出版实体书。这篇小说写的是,"五胡乱华"时期,北方汉族几乎亡种灭族,冉闵领导汉族人奋起反抗,颁布"杀胡令",凭一己之力,将濒临被屠戮殆尽的汉民族拯救了过来。不过,冉闵最终还是被鲜卑大军俘虏后杀于遏陉山。

夏末商初的历史,因缺乏实物证据,一度被人怀疑是伪史。阿菩以《史记》中关于夏末商初的历史记载为基础,依据《山海经》中有关山川河流、上古神兽、传说人物的记载,以及屈原《天问》中关于上古神话的描写为依据,重新建构那段历史,还原那段历史中的政治斗争、军事斗争与社会生活。这种建构虽然只是文学的虚构,但体现出的想象力非常奇诡,气魄非常宏大。

"五胡乱华"时期,也是历史小说创作的"禁区",像冉闵此人,历史教科书从未提过他,史学家对于他的事迹也不认可。荆泽晓承认,冉闵这个人物,他的一生就是一部暴力史,作为一个历史人物,冉闵有其历史局限性,但荆泽晓同时认为:"放弃暴力,在太平里,仍可以通过正常的途径解决许多问题。但在乱世中,谁若放弃暴力,也许谁便可以被解决。故之我反感暴力,但也不会因此而去反感身于乱世为了保存自己、族群而使用暴力的人。"①《冉闵大传》体现了荆泽晓探索历史的勇气。

异能类小说是网络文学中数量最多的一类。这类小说往往写的是,一个当代人突然身获异能,从此人生开挂,过上了幸福生活。写作这类小说的广东网络作家,有十喜临门、打眼、了了一生、天堂羽、常长笑等人。

十喜临门,现居深圳,代表作有《九项全能》《都市之巫法无天》。在《九项全能》中,居住在深圳的某医院药剂师张劲,在一次车祸后,身体忽然获得了武林三国系统这一外挂,从此,张劲拥有了各种超越常人的技能,解决了婚姻、事业上的各种麻烦,过上了逍遥自在的生活。在《都市之巫法无天》中,超能力巫师李简重回25岁这一人生转折点,消除隐患于未然,弥补从前人生遗憾,纵横都市,快意恩仇。两部小说中的男主角都拥有异能,但其性格乃是天生的、自然的,异能并没有改变两人的个性,他们在现实中遇到的各种麻烦也是真实的,因此,他们的形象还是可亲可信的。作者还特别善于写人物对话,各种调侃、毒舌、搞笑,声声入耳,让人感觉轻松风趣。

打眼,本名汤勇,江苏徐州人,现居东莞,代表作有《黄金瞳》《天才相师》《宝鉴》《神藏》等。《黄金瞳》中,庄睿在一桩飞来横祸中,眼睛获得了透视能力,从此实现了人生的逆袭,攀上了人生的巅峰。《天才相师》中的叶天,从小被茅山道士李善元收为徒弟,后得到麻衣一脉传承,精通堪舆、相术和武功,叶天利用自己的能力,不断改善父亲和自己的命运,还了解到母亲的身世,在"9·11"事件中拯救母亲,叶天后来满世界闯荡,并修仙成功。打眼擅长在现实背景中写传奇故事,小说中经常出现当下社会中的真实人物和真实事件,增添了传奇故事的真实感。打眼还擅长写鉴定古玩、玉石、文物,其小说有一定的知识性。

了了一生,本名欧阳富,广东河源人。代表作有《赤脚医生》《欲医天下》《医世无忧》《天生神医》《妙手小村医》等。了了一生曾做过医生,对这一职业比较熟悉,因此其不少作品男主角都是医生。这些医生或者从古代穿越到当下,如《天生神医》中的古枫,或者从外国古堡逃回到中国,如《妙手小村医》的林昊,因为都身怀绝世医术还有神奇武功,所以演绎出传奇人生。了了一生的小说大都以粤港澳为背景,广东读者读起来会有亲切感。

天堂羽,本名赖长义,原籍江西,现居深圳,主要作品有《上古传人在都市》《桃源乡村小神农》《梦想成真》《开局提现两百亿》等。天堂羽的这些小说中,男主角要么来历不凡,如《上古传人在都市》中的男主是蒲松龄的后代,有着上古驱魔神族的血

---

① 荆泽晓:《冉闵大传·后记》,https://www.9xs.org/book/91/91528/188627.html。

511

脉，要么拾获异宝，如《桃源乡村小神农》中的农村少年捡到一枚储物戒指，要么身怀异能，如《梦想成真》中的没有学历专长的孤儿浪子具有梦中预测的异能，要么系统外挂，如《开局提现两百亿》中的男主获得了虚拟世界超级提现系统，凭借着这些，屌丝男主从此飞黄腾达，成为人生赢家。天堂羽善于编故事，善于写人物，尤其善于写人物对话，文字大都轻松愉悦，但对人心和人性的描写较为深入。

　　常长笑，本名朱育坚，广东梅州人，著有《极品白领》《绝世高手在都市》《超级医生在都市》《超级学霸系统》等。常长笑的笔名和小说题材不断变换，他以开心的老鼠为笔名创作的《极品白领》，写的是一个金融天才在股票市场复仇的故事。在以浪荡邪少为笔名创作的《绝世高手在都市》中，一个具有一身神秘古武神术和中医绝学的青年，到广州Z大读书，开始了他充满艳遇和旖旎风光的现代都市生活。他以常长笑为笔名创作的《超级学霸系统》，写的是身患脑瘤的少年获得学霸系统，从此不断在学业上突破，最终成为一代"学神"和科学家的经历。常长笑不断变换笔名和题材，是在探寻属于自己的风格。

　　女频文是网络文学中的一个突出现象，女频文大都围绕着女性的恋爱与婚姻展开故事，表达女性自立自强的主题，广东网络文学中，也涌现了不少擅长写女频文的女作家。

　　女频文在题材上大致可分为古代言情与当代言情。擅长古代言情的女作家，有楼星吟、Loeva、意千重、路非、予方、倾咔、梵缺等人。

　　楼星吟本名谢雅娜，广东河源人，代表作有《神医贵女》《废材丹神：腹黑鬼王逆天妃》《帝君盛宠：辣手小毒妃》《医女狂炸天：万毒小魔妃》《盛世贵女：暴君的悍妃》。Loeva，本名杨雯，现居广州，代表作有《平凡的清穿日子》《传说的后来》《春光里》《生于望族》《斗鸾》《青云路》《闺门秀》，路非，本名李文蓉，现居东莞，代表作有《凤逆天下》《第一狂妃》《凤舞江山》等。予方，本名方莎丹，现居揭阳，代表作有《阿莞》《东床》《大清小事》《平安的重生日子》《庶女风华》《御心医女》《医妃遮天》等。倾咔，本名罗莎，现居深圳，代表作有《作威作符》《名门毒医》《福慧双全》《重生不嫁豪门》《带着萌宝去种田》等。梵缺，本名张秀丽，现居阳江，代表作有《第一风华》《娶个皇后不争宠》《我的世界只差一个你》《一生一世：青梅难负竹马情》《爆笑宠妃》等。贡茶，本名黄瑞燕，现居潮汕，代表作有《小户千金》《贺府千金》《蒋门千金》《媚骨之姿》《尤物当道》《娘娘威武》《媚香》《斗玉》等。

　　古代言情的女频文，大都讲述一个当代女性穿越到古代，面临艰难处境，但最终凭借自己的能力，获得美满婚姻，过上幸福生活。女频文大都相信"女怕嫁错郎"，因此女主大都有一双慧眼，能挑得金龟婿，也有部分女频文重视女性自己的工作能力，将女性创业与言情融合在一起，提前在古代实现了"妇女能顶半边天"。如意千重的

《画春光》，讲述南宋时期越窑窑主之女田幼薇的创业史与婚恋史。女主角田幼薇为了振兴自佳的陶瓷业，打破"女人不能进入窑场参与制瓷"的世俗偏见，传承发扬制瓷技术，钻研出了一种新瓷器，同时她与田家养子邵璟谈情说爱，夫妻两人在相互帮助中将新瓷远销海外，将家族生意做大。

擅长当代言情女频文的女作家，有米西亚、望月存雅等人。

米西亚，原名赖晓平，现居广州，代表作有《军婚如火》《全世界我只想和你在一起》《家有萌妻》《泡菜爱情》《高冷上司住隔壁》《婚不由己：腹黑老公惹不得》《谁在时光里倾听你》等。米西亚的小说，经常将八竿子打不着的一对男女牵扯到一起，将不可能发生的爱情变成可能，因此给人强烈的吸引力和戏剧感。作者善于把握恋爱中的男女心理，能够写出恋爱心理中的各种褶皱和细微变化，其作品弥漫着温馨浪漫气息，有一种小资情调，但文风又接地气，不乏幽默诙谐之笔墨，小说读起来感觉清新舒爽。

望月存雅，本名石璐，现居中山，代表作《首席天价逼婚：老婆不准逃》《名门极致宠妻：老公轻轻罚》《腹黑老公圈宠：逃妻抱回家》《腹黑老公溺宠：老婆不准躲》。望月存雅的小说，大都写一个较"作"的女人，获得一个有钱有势又年轻又英俊的男人的宠爱，迎合了当下一些女人的白日梦。

玄幻类、穿越类、历史类、异能类、女频文，是广东网络文学初期的主要类型。在广东网络文学中，盗墓类、官场类、种田类的小说比较少，这可能与广东古墓不多、广东人不爱当官、广东农村青年普遍外出打工有关。

第三节　网络文学代表作家

在网络文学的发展历程中，非现实题材的作品长期占据主流，这种作品虽然也有自己的贡献，但总给人不接地气的感觉。人们在现实生活所面临的种种麻烦与难题，在网络文学作品中总是被主角以超能力轻而易举地解决，看得多了，人们就会觉得这种文学是"瞒与骗"的文学，因此，批评界不断呼吁网络文学增强现实感，直面人生，正视现实。在这方面，广东网络作家动作较快，反应较迅速，他们不断寻求自我突破，有意识地贴近时代、面向现实，力求在网络文学作品中呈现人民的生活情状和生存经验。择取现实题材的作品越来越多，用现实主义手法创作的作品越来越多，这是广东网络文学一个引人注目的新动向。

军事题材是广东网络文学的一个强项。军事类题材曾颇多"穿越"式写法，即写一个当代人穿越回历史，用当代新武器横扫强敌，但广东网络文学中的军事题材小说,很少走"穿越"的道路,而是直面现实。创作军事题材小说的广东网络作家,有丛林狼、菜刀姓李、步枪等人。

丛林狼,本名廖群诗,原籍湖南郴州,现居深圳,2010年开始网络文学创作,代表作有《最强兵王》《战神之王》《最强狙击手》《狙击荣耀》等。

《最强兵王》中的男主罗铮是西北边防哨所的一名新兵,哨所被恐怖组织野狼佣兵团偷袭,九位战友全部牺牲,罗铮因外出运送物资而侥幸存活。他在追击野狼佣兵团时偶遇美女特种兵蓝雪,从而踏上了走向"最强兵王"的成长之路。这部小说描写战争场景十分翔实,扣人心弦,令人有身临其境之感,小说对各种战术设计、武器装备十分内行。小说中有大量关于特种兵军事知识的描写,诸如丛林生存、搏击格斗、体能极限、神枪狙击、海陆空渗透、解救人质、信息化作战、国际通用语学习等训练项目,以及袭扰破坏、敌后侦察、窃取情报、反偷袭、反劫持等战术部署,还有山地、丛林、雪原、沙漠、城市等不同地形作战的战术技能等,让人大开眼界。小说主角罗铮是英雄也是常人,有血有肉、有棱有角、可爱可亲,作者并没有赋予他超能力,罗铮之前逃脱被狙杀,只是出于幸运,之后在成长过程中,也一直发现自己的短板和不足,他历尽重重磨难,从稚嫩变得成熟,唯一不变的是他坚强的意志,无畏的品质,还有对祖国、人民和爱情的忠诚。他身上体现的精气神正是特战大队和中国军人的品质。小说还塑造了一系列栩栩如生的英雄群像,如罗铮的恋人美女特种兵蓝雪,智勇双全,还有与罗铮同生共死、个个身怀绝技的战友,都给人留下深刻的印象。作品中的反面角色如野狼佣兵团头领"狼王"、轮回杀手组织、菊花忍者等也都塑造得生动而真实。

《战神之王》写的是边境牧民少年李锐成长为兵王的故事。世界排名第九的雇佣兵小队潜入中国边境牧区,屠杀牧民,李锐亲历劫难,眼睁睁看到父老乡亲被害,立下血誓复仇,后来历经重重磨难,终于成为国家最神秘的龙牙部队中的一员,为血海深仇和国家使命而战,谱写出一段英雄传奇。《最强狙击手》写的是,在一次军校毕业考核中,秦天惨遭强敌偷袭,为了替死去的战友报仇雪恨,为了营救被绑架的战友,秦天迅速成长,奋起反抗,一路追杀。这两篇小说保持了丛林狼的一贯风格,洋溢着英雄豪情。

丛林狼的军事小说有着鲜明的"硬汉"风格,有着刚健的男性气质,能唤起并满足读者的"英雄崇拜"情结。

菜刀姓李,本名李晓敏,原籍湖南邵阳,现居深圳,代表作有《遍地狼烟》《代号传奇》等。

《遍地狼烟》写的是湖南怀化山区的一个孩子,从小跟着爷爷在森林里以打猎为生,练就了一手好枪法,后来进入军营,显露其神枪手潜质,在抗日战争中大显身手。《代号创奇》讲述特种兵路扬的传奇故事。回家探亲的火车上,列兵路扬意外地卷入到一场追捕恐怖分子头目的行动中,他凭借着过硬的军事素养和非凡的勇气抓住凶犯,但也遭到了恐怖组织不休不止的追杀。之后,他经历了重重磨难和考验,在对抗邪恶的过程中,逐渐成长为一支神秘特种部队中的兵王。菜刀姓李的军事小说故事精彩,悬念丛生,结构完整,布局严密,人物真实。

步枪,本名李泽民,广东遂溪人。2008年应征入伍,退役后从事网络小说创作,著有《最后的空降兵》《我是特种兵》《中国猎人》《大国战隼》《左舷》等。步枪的小说有两个特点,一是遍及中国人民解放军的各个兵种,《最后的空降兵》写空降兵,《我是特种兵》写陆军特种兵,《中国猎人》写空中突击部队,《大国战隼》写空军战斗机飞行员,《左舷》写航母舰载战斗机飞行员。二是作者对陆海空三军的武器装备都非常熟悉,总是抓住每一次机会摆弄他的武器知识。看步枪的小说,能增进对中国人民解放军各大兵种和各种武器装备的认识。

军事题材是一种自带神秘感的特殊题材,书写军事题材,需要非常专业的知识,更需要正确的价值观。丛林狼、菜刀姓李、步枪的军事题材小说,以现实主义的态度创作,揭开了中国人民解放军神秘的面纱,写出了中国军人的精气神。

历史类题材以前也颇多穿越式写法,近年来,广东网络作家阿菩、荆绛晓、却却等人,以现实主义精神重新书写历史,打开了历史小说的新局面。

阿菩的《大清首富》(又名《十三行》)以晚清时期世界首富、广州十三行商人伍秉鉴为原型创作。小说主人公吴承鉴原是个花花公子,其家族在广州十三行做茶叶生意,家族当家人吴承鉴的兄长吴承钧因为茶叶失窃而重病不起,吴承鉴被迫挑起重振家业的重担。在第一部《崛起》中,面对官府设置的"恶龙出穴、群兽分食之局",吴承鉴在师爷的帮助及四大帮闲的配合下,左右腾挪,使用奇计,终于祸水外引,将官府择定分食的吴家变成了谢家,成功翻盘。在第二部《博弈》中,吴承鉴对垒的是更高级别的人物——大清朝的中堂和珅,这一次更为惊险,简直是九死一生。最终,吴承鉴凭借其智谋、果敢与远见卓识,扳倒了和珅。但吴承鉴的胜利除了挽救了自己一家的性命,并无其他意义,他对世界大变局的远见无人欣赏,他对清朝在商业和军事上已经落伍的忧心无人理解。《大清首富》的故事情节惊心动魄,人物形象栩栩如生,更难得的是作者在吴承鉴这个人物身上寄寓了对世界形势与历史大势的看法,即在乾隆盛世中,大清朝因为颟顸自大、自外于世界大势,已经埋藏了衰败的因子。这有效提升了整部作品的思想境界。

荆绛晓的《最后的绣春刀》写明朝能臣胡宗宪的故事。胡宗宪少年时期,协助锦衣卫侦破了多桩凶杀案件,因为他连续侦破案件,在锦衣卫内部被誉为"嘉靖年间的宋慈",而在这一连串的案件里,胡宗宪渐渐地发现了神秘势力的踪迹,他并不满足于案件的侦破,而致力于追踪幕后黑手的真实目的,最终揭破了倭人的狼子野心。

阿菩和荆泽晓的这两部历史小说,抛弃了穿越的套路,老老实实地书写历史,与严肃文学中的历史小说并无二致,只是故事讲得更为生动曲折一些,充分展示了历史类网络小说的潜力。

却却,本名王凌英,原籍湖南,现居广东,代表作有《战长沙》《战衡阳》《战西关》等。《战长沙》以顾清明和胡湘湘的爱情故事为主线,以胡氏家族对日军侵略的反抗为铺陈,展现战争年代的人性幽微,在社会上取得很大反响。《战衡阳》讲述以衡阳城内巧七和唐东安为首的孩子们不同的成长经历和悲欢离合,以及衡阳巧庄师范的师生艰难的办学历程,反映出抗战期间各大中学校为留存薪火做出的不懈努力,也反映出中华儿女坚忍顽强的斗争精神。《战西关》描写广州西关青年和海外华侨众志成城抗击日本侵略者的故事,表现出中华民族不屈不挠的斗争精神。却却主要创作民国抗战题材小说,她的小说不生造历史,不编抗日神剧,而是以历史研究为基础,以口述和各种文史资料为细节的补充,再进行适当的虚构,形成了朴实沉郁的现实主义风格。

在广东网络文学初期,就有作者以现实主义态度直接书写当下生活,如撒冷创作的《迷途》《苍老的少年》《YY之王》《天堂之路》《无忧王》《诸神的黄昏》等作品。撒冷,本名付强,毕业于深圳大学传播系,现居深圳。撒冷的小说大都讲述主人公在现代大都市中奋斗成功的故事,他们并不是穿越而来,也无各种异能或外挂的系统,其成功基本是凭借着自己的知识、智慧、勤奋和努力,因此具有一定的现实性。不过,撒冷有时将男主的成功写得过于炫目。如《YY之王》中的男主吴世道,从图书管理员岗位辞职,靠创作玄幻小说掘得第一桶金,之后在一个奸商的商场租场地卖殡葬用品,合法地敲诈了这个奸商又一笔资金,之后凭着一系列令人眼花缭乱的操作,将自己的生意越做越大,最后吴世道又从政,成为梦幻之都特别行政首长,倡议签署《世界和平协议》、成立地球议会和地球文明委员会、制定地球宪法。如果说吴世道做生意的经历还比较现实的话,后来从政的经历就过于超现实了。广东网络作家在后来创作现实题材小说时,大都汲取了撒冷的经验与教训,他们关注现实,力避超现实,自始至终都遵循严格的现实主义。

不少网络作家开始书写改革开放时代的创业史,这些作家作品有荆泽晓的《巨浪!巨浪!》、莫贤的《东归》、李慕江(江春燕)的《茶滘往事》《南海一家人》等。

荆绛晓的《巨浪!巨浪!》以改革开放时期的广州为背景,描写三个年轻人的奋斗故事,原本不搭边的三人因一场消夜而结缘,之后相互帮扶、一起成长,最终在大湾区唱响了"青春之歌",小说的主线是年轻人的奋斗史,副线则是港珠澳大桥的建设史。莫贤的《东归》,以湛江廉江为背景、讲述青年回乡创业、带领乡亲奔小康的故事。小说还展示了湛江地区雷剧、莫家拳、岭南醒狮等传统文化活动,具有浓郁的广东特色。李慕江(江春燕)的《茶滘往事》讲述了一群粤北山村的年轻人改革开放时代的创业故事,经过不懈努力,终于创建芳村茶叶城。《南海一家人》以阳江刀具品牌为原型,书写其从小作坊到从龙头企业,从中国制造到民族品牌的发展史,表彰自强不息、精益求精的工匠精神。水边梳子(唐国政)的《先行者》,写男主从一个一无所有的退伍军人到一个亿万富翁的奋斗史,反映了改革开放时代弄潮儿的精神面貌。

一些网络作家在现实题材上还有新的开拓。如楼星吟的《彩虹在转角》大胆地以自己为原型,讲述因车祸被高位截肢的青年姑娘最终成为网络作家的故事,三生三笑(聂怡颖)的《我不是村官》写大学生村官下乡工作的故事,风晓樱寒的《沉睡的方程式》写危机谈判专家和律师女神的爱情故事。像残疾人、大学生村官、危机谈判专家、女律师的故事,都是以往网络小说很少写到的。这些作家将这些人物设置为主角,丰富了网络文学的人物画廊。

这些小说都以严格的现实主义手法创作,故事都有本事,人物都有原型,没有穿越,没有金手指,没有外挂系统,没有超现实的异能与奇迹,基本可以当作严肃文学作品来看,而且,由于作家有丰富的、切实的生活体验,因此这些小说场面真实可信,读来历历在目。如李慕江出生于广东肇庆广宁县,当地不少人以采茶、制茶为生,后来到广州芳村摆茶摊创业,慢慢建成了一个茶叶批发市场。李慕江从小听着他们的创业故事长大,后来以此为基础,创作了《茶滘往事》。后来,李慕江到阳江刀具行业工作,在一家市值超过10亿元的刀具公司任总经理助理兼行政主管,熟悉刀具行业的发展历史,她以自己十多年的工作经历为基础,创作了《南海一家人》。三生三笑自己就担任过两年大学生村官,做过基层工作的很多杂活,她对这段职业生涯非常有感情,因此将它呈现出来,创作了《我不是村官》。

在题材和人物上有创新的,还有冰可人的《女机长》。

冰可人,原名王敏,原籍河南信阳,现居广州,曾创作《你若一直在》《爱你若如初相见》《我们复婚吧》等小说。《女机长》描写女性飞行员的成长故事,题材新颖。何曼是东胜航空公司深圳分公司的女飞行员,进入公司后,她成为公司最年轻最毒舌最严厉的教员谢盛的徒弟,在谢盛的指导下,她成长为一名成熟的副驾驶,之后又经历了停飞、复飞、改装等事件以及社会大众对女性飞行员的不信任,终于成长为一名优秀的女机长,同时也与谢盛在爱情上修成正果。这篇小说不仅描写了一个女机长的成长故事,还从一个侧面展示了中国民航业的飞速发展,如运输活体器官心脏、M国火山爆发撤侨,让人产生一种强烈的民族自豪感。

在广东网络文学发展过程中,现实题材创作的增多和现实主义精神的普及是一个重要的趋势。越来越多的网络文学作家,立足现实,讲述现实生活中的故事,观照这个时代与人们息息相关的问题与症候,他们的作品中,有儿女情长、家长里短,更贴近社会热点，平民兴趣，更接地气，更有温度。这些作品与纸媒上的严肃文学在水准上已经区别不大，或者说已向严肃文学看齐。

第四节　网络文学如何高质量发展

广东网络文学创作阵营鼎盛，除了上文提及的作家，已有一定知名度的网络作家，还有兰帝魅晨、燕霓南、红娘子、冷秋语、吴千语、墨武、夜独醉、蒲建知、陈喜伟、吴止、棠之依依、刘小刘、千百度、青烟袅袅、纪默栩心、唐少伟、猗兰霓裳、霖秋、甘糖、小雨、糯米团子、冰冰七月、无意归、怜心依然、江清浅、罗森、唯易永恒、搜异者、过路人与稻草人、激光飞舞、无意归、乱异等人。此外，几乎每天都有新人加入到网络文学创作中来，这造就了广东网络文学欣欣向荣的局面。

广东网络文学创作也涌现了不少精品力作。一些作品入围或获得各种文学大奖，如菜刀姓李的《遍地狼烟》2011年入围茅盾文学奖，这是第一部入围茅盾文学奖的网络小说。阿菩的《山海经密码》2013年荣获第九届广东省鲁迅文学艺术奖，丛林狼的《最强兵王》2017年荣获广东省鲁迅文学艺术奖。不少网络作家实现了作品的IP开发①，使其作品的辐射力和影响力进一步扩大。如玄雨的《小兵传奇》出版了韩文版。求无欲的《诡案组》系列作品、冷秋语的《妃本无敌》、贡茶的《媚香》、吴千语的《医律》、墨武的《纨绔才子》等继续输出到东南亚，分别出版了越南文、泰文等版本。还有一些广东网络作家的作品被影视公司拍成电影或电视剧，如菜刀姓李的《遍地狼烟》、却却的《战长沙》、打眼的《黄金瞳》、海的温度的《闻香榭》被改编为同名电视剧，收视率不俗，进一步扩大了作品的影响力。

广东网络文学发展的成就突出，但在创作、传播、市场等方面还存在一些需要解决的问题，而科技、社会的发展，又对其发展模式带来冲击，网络文学面临很多挑战。

首先，要旗帜鲜明反对"三俗"，纠正历史观、价值观方面存在的偏差。当前广东的网络文学主要是类型小说，商业气息浓重。从作者到平台，出于追求经济效益的目的，容易出现低俗、庸俗、媚俗的问题，对此，我们必须保持底线思维，确保网络文学的底线，不能违反社会主义核心价值观。

其次，要增强精品意识，提高作品质量。当前广东网络文学虽然作品基数庞大，但高质量的作品相对较少。网络文学进入门槛较低，甚至可以说基本没有门槛；与传

---

① IP是英文Intellectual Property的首位字母缩写，译为"知识产权"，像出版纸质本，改编成电影、电视剧或漫画，输出到国际网站，或者被翻译成外文出版，都属于IP开发的内容。

统文学相比,缺少编辑审核把关后出版的机制;与传统文学品味性的阅读相比,网络文学的阅读带有更多消遣伴随的特点;资本对平台的影响,使网络文学的市场属性被进一步放大等等。网络文学的这些特点,助推了作品数量的膨胀,而理论评论引导的严重滞后,推介机制的不完善,市场的逐利倾向,使精品难以脱颖而出。

再次,是作品的题材结构需要优化。广东网络文学20多年发展的成就,主要集中在幻想类和历史类创作方面,超高人气作品主要是玄幻、奇幻、仙侠、修真小说和穿越历史小说,广受读者喜爱的现实题材作品依然偏少。现在虽然不少作家创作现实题材作品的意识明显增强,但如何在保持网络特性的同时很好地反映现实生活,依然没有突破。

网络文学是新科学技术对文学发动的一场革命。我们正处于一个文化开放、思想兼容的时代,"网络文学"与"传统文学"之间的包容和互补既是必需的,也是必然的。它们的同根同源性,决定了它们只有相互补充、互相融合,才能实现网络文学的真正繁荣。然而,要让网络文学融入传统文学中,让传统文学接纳网络文学,是一个十分艰难的过程。作为一种新的写作方式,网络作家必须尊重传统,加强学习,只有充分发挥网络文学的优点,并融入传统文学的长处,网络文学才能真正实现高质量发展。

参 考 文 献

袁行霈主编:《中国文学史》,北京:高等教育出版社1999年版。
钱理群、温儒敏、吴福辉:《中国现代文学三十年》,北京:北京大学出版社1998年版。
洪子诚:《中国当代文学史》,北京:北京大学出版社1999年版。
董健、丁帆、王彬彬主编:《中国当代文学史新稿》,北京:人民文学出版社2005年版。
邱明正主编:《上海文学通史》,上海:复旦大学出版社2005年版。
孟繁华、程光炜:《中国当代文学发展史》,北京:人民文学出版社2004年版。
陈剑晖、宋剑华主编:《20世纪中国文学批评史》,海口:海南出版社2003年版。
谢望新、李钟声:《岭南作家漫评》,广州:花城出版社1984年版。
郭小东:《中国当代知青文学》,广州:广东高等教育出版社1988年版。
黄浩主编:《新时期广东文学评论选》,广州:花城出版社1989年版。
谢望新:《落潮之后是涨潮》,广州:花城出版社1989年版。
陈国凯、杨羽仪主编:《广东文学院文选》,北京:作家出版社1990年版。
陈衡、袁广达主编:《广东当代作家传略》,广州:中山大学出版社1991年版。
广东作协创研室编:《广东作家论》,广州:花城出版社1994年版。
戴锦华:《隐形书写：90年代中国文化研究》,北京:北京大学出版社1999年版。
丁晓原:《文化生态与报告文学》,上海:上海三联书店2001年版。
黄曼君:《中国20世纪文学理论批评史》,北京:中国文联出版社2002年版。
戴锦华:《电影批评》,北京:北京大学出版社2004年版。
陈子典:《广东当代儿童文学概论》,广州:广东高等教育出版社2005年版。
王本朝:《中国当代文学制度研究》,北京:新星出版社2007年版。
胡野秋:《作者曰:深圳晚8点文学对话录》,深圳:海天出版社2009年版。
杨宏海主编:《打工文学纵横谈》,北京:社会科学文献出版社2009年版。
陈思和主编:《当代文学六十年:1949—2009》,上海:上海大学出版社2010年版。
柳冬妩:《打工文学的整体观察》,广州:花城出版社2012年版。

孙春旻主编:《岭南文学新实力:广东青年作家创作现状研究》,武汉:武汉大学出版社2013年版。

杨义:《文学地理学会通》,北京:中国社会科学出版社2013年版。

张旭东:《改革时代的中国现代主义》,北京:北京大学出版社2014年版。

陈剑晖主编:《岭南现当代散文史》,广州:广东人民出版社2015年版。

雪弟:《论广东小小说》,北京:中国言实出版社2015年版。

于爱成:《深圳:以小说之名》,深圳:海天出版社2015年版。

[美]阿里夫·德里克:《后革命时代的中国》,上海:上海人民出版社2015年版。

梁少锋、易文翔编著:《珠江文潮:广东跨世纪崛起作家作品选析》,广州:广东旅游出版社2018年版。

古远清:《中外粤籍文学批评史》,广州:广东人民出版社2018年版。

曾志敏编著:《粤港澳大湾区论纲》,广州:华南理工大学出版社2018年版。

陈剑晖、徐南铁、郭小东主编,广东省人民政府文史研究馆组编:《改革开放与广东文艺40年》,广州:广东高等教育出版社2019年版。

陈剑晖主编:《珠江当代学说学派:千年南学开放期》,北京:中国旅游出版社2020年版。

谭旭东:《儿童文学概论》,北京:中国人民大学出版社2022年版。

敢为人先唱大风

——《广东文学通史》后记

2020年5月28日上午9时,广东省作协在广东文学艺术中心23楼召开《广东文学通史》编撰工作务虚会。省作协党组书记张培忠,省作协主席蒋述卓,中山大学中文系主任彭玉平,中山大学中文系教授林岗、谢有顺,华南师范大学中文系教授陈剑晖,暨南大学中文系教授贺仲明,广州大学文学院教授纪德君等出席会议。

我在主持时指出,为什么要编撰《广东文学通史》,主要基于三方面因素的考虑:从古代到当代,广东还没有一部贯通的文学史,着手编撰此书,是事业的需要、时代的需要;助力粤港澳人文湾区建设,满足学术界新期待,是工作的需要;建设广东文学馆,提供理论支撑,是展陈的需要。

怎么来编撰这部文学通史,指导思想、起止时间、编多少本、由谁来编、什么时候完成、需要多少经费,以及其他相关问题等,在务虚会上,大家围绕上述问题展开热烈讨论,畅所欲言,集思广益。

讨论的结果,决定由我和蒋述卓主席担任总主编,负责谋划、统筹、推进通史的编撰工作。初步考虑编撰五卷,包括古代一卷(清代以前)、近代一卷、现代一卷、当代前三十年一卷、后四十年一卷。

我在小结时强调,通史的编撰要以习近平新时代中国特色社会主义思想为指导,站位要高,要有新的史料的发现、新的观念的阐释、新的体系的构建,要成为一部集大成、标志性的成果;编撰要精,标准、体例、作者都要从严要求,要提出新的框架,形成新的理论,突出当代意识、全球意识和精品意识;推进要准,要摸清家底,分步进行,倒排工期,三年完成。

务虚会既务虚,又务实,颇有成效。此时新冠疫情正炽,正常工作、生活秩序受到严重影响,启动通史编撰工作并非合适时机,更大的难题在于无经费、无团队、无史料,如何开始这项浩大的工程?我们认为,文学通史撰写,事关全省文学事业大局,有条件要上,没有条件,创造条件也要上。

当务之急是解决没有经费的问题。疫情期间,财政紧缩开支,强调要过紧日子乃至苦日子,正常开支尚且要有所压缩,更遑论新增项目。无米下锅,计将安出?遂翻箱倒柜，努力挖潜，得悉香港知名实业家、全国政协原副主席霍英东先生曾于1996年慷慨捐资500万元用于支持广东省作家协会办公大楼筹建，后因省政府资金到位，仅使用部分经费用于购置设备和修缮；其后省作协曾致函征得家属同意，拟将捐赠剩余资金用于设立"英东文学奖"，又因审批原因未能实施，存有港币400多万元由省作协保管至今。省作协遂致函霍英东先生二儿子、香港霍英东集团行政总裁霍震寰先生，协商启用霍英东先生捐助的资金，用于编纂出版《广东文学通史》，并每年推出《广东文学蓝皮书》，以填补广东文学史研究之空白，助力粤港澳大湾区人文建设。霍震寰先生随即复函表示支持，并肯定出版计划"既传承书香，亦惠泽后学，不仅能起到探源溯流，勾勒古今，阐幽发微之效，更有助今后地方文学事业之编修及发展，可谓意义非凡，贡献殊深"。

经费落实后，各项工作遂紧锣密鼓地开展起来。成立编委会，聘请学术顾问，确定总主编、执行主编、分卷主编，并委托分卷主编物色撰写人员，要求撰写人员原则上需由副教授及以上人员担任。

经过一年多的筹备，2021年7月21日，《广东文学通史》编撰工作会议在岭南文学空间举行。编撰团队全体人员出席，大家就该项文学工程的价值和意义、框架和体例、规范和要求进行深入讨论。以这次会议为标志，《广东文学通史》编撰工作正式全面启动。为保质保量完成广东史上第一部贯通的文学史撰写，会议强调：一是要坚持提高站位，切实增强撰写《广东文学通史》的责任感、使命感和荣誉感。盛世修史，在中华民族伟大复兴进程中编写这样一部通史，是时代的产物，也是广东文学发展的当下必须要做的一件事情，这是责任、使命，也是荣誉。二是要坚持正确史观，以习近平新时代中国特色社会主义思想，特别是习近平总书记关于文艺工作的重要论述指导通史的编撰工作。习近平新时代中国特色社会主义思想是21世纪马克思主义、当代马克思主义，它涉及治国、治党、治军，内政、外交、国防，思想深邃，内容丰富，博大精深，是全面建设中国特色社会主义的根本遵循和行动指南，也是指导文学创作和文学研究的强大思想和理论武器，我们要掌握这个武器，以此统率通史编撰工作，做到纲举目张。同时，要求撰写人员重温经典作家关于无产阶级文艺思想的重要论述，做到融会贯通。三是要坚持守正创新，努力构建富有岭南文化特色的中国文学话语和叙事体系。习近平总书记在2021年5月31日召开的十九届中央政治局第三十次集体学习会上指出，要加快构建中国话语和叙事体系，用中国理论阐述中国实践，用中国实践升华中国理论。撰写团队要有雄心和能力，坚持把马克思主义的基本原理同中国文学特别是广东文学的实际相结合，同中国优秀传统文化包括优秀的岭南文化相结合。积极学习、借鉴人类文明一切有益成果，包括先进的西方文论，为我所用，推陈出新，固本开新，守正创新，积极构建具有岭南文化特色的中国文学话语和叙事体系，使《广东文学通史》耳目一新、独树一帜，以厚重而又灵动的学术品格呈现于中国文学史著之林。四是要坚持对标最优最好，打造风格统一的有信息含量、有思想容量、有情感力量的通史力作。《广东文学通史》的规模是五卷200多万字，每卷的撰稿专家4人，加上总主编、执行主编、分卷主编，共20多人。专家各有所长，风格各异。但作为一部高质量的文学通史，要建立起一种机制，努力做到质量均衡、风格趋同。特别要体现共识，体现创新，体现政治性、学术性、科学性、独创性。五是要坚持倒排工期，挂图作战，按时保质保量完成《广东文学通史》编撰任务。按照计划，2022年10月拿出初稿，2023年5月正式出版。以此时间节点制定任务书、时间表、路线图，稳扎稳打、有章有法、有板有眼地推进，做到如期实现，务求全胜。

2021年8月20日，我在岭南文学空间主持召开《广东文学通史》顾问、主编工作会议，并代表省作协与各分卷主编签订撰写协议。会议强调：一是要贯穿一条红线。坚持以习近平新时代中国特色社会主义思想，特别是习近平总书记关于文艺工作的重要论述作为一条红线贯穿全书，并以此指导编撰工作；二是要构建一套话语体系，致力于打造融通中外、富有岭南特色的文学话语和叙事体系；三是要形成一套工作机制，确定每个月召开一次推进会，汇报前期工作，明确下一步任务，群策群力、扎实有效地推进编撰工作。

2021年9月30日，《广东文学通史》编委会工作会议在岭南文学空间召开。会议原则通过《广东文学通史》各卷提纲，明确要求各卷团队以此为依据抓紧开展撰写工作，并要求统筹好六种关系，即全国地位与地方影响的关系、统一体例与各卷侧重的关系、"史"与"论"的关系、"点"与"面"的关系、"里"与"外"的关系，以及政治立场与文学成就的关系，推动编撰工作顺利进行。

为使撰稿老师在搜集材料、开展研究、撰写稿件时有所遵循，总主编委托执行主编研究提出通史的编写体例、入史标准、结构类型，供各位撰稿老师参考。其中对入史作家作了明确规定：广东籍并长期在广东生活和工作的作家及其作品、长期居住广东的非广东籍作家及其作品（当代一般5年以上）、古代北方流贬到广东的作家诗人及其作品；入史的作家诗人，一般应有文集或专著问世，并在全国或全省有较大影响等。其他情形的则强调在地性，比如，唐朝文学家韩愈被贬潮州写的《祭鳄鱼文》、宋朝文学家苏轼应邀撰写的《潮州韩文公庙碑》，均属于广东作家作品；离开了广东，创作的也非广东题材，就不能算是广东作家作品。

岭南自古虽谓蛮舌蛮荒之地，却也最早得风气之先。其文学与大漠西北迥然有异，也极大区别于江南水乡。广东文学的脉络如何，特质如何，在全国大局上处于什么位置，这更是通史必须明确和把握的重大问题。为此，总主编、执行主编、分卷主编在2022年4月29日，又专门召开了一次务虚会，就广东的文化逻辑、文学逻辑、理论逻辑，进行了一次深入的探讨，初步厘清了广东文学从受容到包容到交融的发展历程、从边地到腹地到前沿的进取精神、从雄直之风到慷慨豪迈到勇于斗争的革命谱系、从海洋性到商业性到市民性的文学品格。这些品质是广东文学区别于别的地方的文学所独具的鲜明特色，必须尽量贯彻到通史各卷的撰写中。比如"海洋性"的特质，从唐朝诗人张九龄诗歌《望月怀远》的"海上生明月，天涯共此时"到当代作家杜埃长篇小说《风雨太平洋》等，无论是题材选择、主题呈现，还是艺术塑造，都一以贯之地彰显了这一基于地缘优势而格外丰厚的文学资源。又比如，革命谱系中的广东左联作家，在现当代革命文学中占有突出地位，其中"左联五烈士"之一的冯铿，是广东潮州人，牺牲时只有23岁，却创作了大量作品；左联成立时七常委之一洪灵菲，也是广东潮州人，他创作出版了包括长篇小说"《流亡》三部曲"在内的大量文学作品，总计200多万字，是无产阶级革命文学草创时期的优秀作品和重要收获。这些作品大部分散佚在外，撰稿老师在寻找文献、抢救文献、消化文献的过程，就是集腋成裘、提炼史观、形成评价的过程。其中洪灵菲的作品，写革命的流亡涉及潮人出国留洋，行文中经过不同的地方，伴随潮汕话、粤语、英文、南洋话，多种语言杂糅与异国风情形成的国际视野和革命叙事，便构成了近现代以来广东文学兼容并包的创作特色和开眼看世界的文学自信。

近两年，编撰团队共召开13次会议，凝聚共识，讨论提纲，切磋写法。在学术顾问的指导下、在编委会的支持下，编撰团队全力以赴、攻坚克难、夜以继日，终于按照规定时间完稿，并在分卷主编、执行主编、总主编三轮统稿后，将齐、清、定的全稿于今年二月底送人民文学出版社出版。

现将有关架构说明如下：

学术顾问：

陈春声　中山大学党委书记、中国史学会副会长、教育部历史学科教学指导委员会主任委员

黄天骥　中山大学中文系教授、中国古代戏曲学会会长

刘斯奋　著名作家、茅盾文学奖获得者、广东省文艺终身成就奖获得者

陈永正　中山大学中文系教授

总主编：

张培忠　广东省作家协会党组书记、专职副主席、中国报告文学学会副会长

蒋述卓　广东省作家协会主席、暨南大学教授、中国文艺理论学会副会长

执行主编：

彭玉平　中山大学中文系主任、教授，教育部长江学者特聘教授，《中山大学学报》主编，中国词学会副会长

林　岗　中山大学中文系教授、广东文艺批评家协会主席
陈剑晖　华南师范大学文科二级教授、广州大学资深特聘教授

现将撰稿情况说明如下：
总　序：林　岗
第一卷：主编　彭玉平
　　　　撰写　彭玉平
　　　　　　　徐新韵（星海音乐学院人文社科部副教授）
　　　　　　　史洪权（中山大学中文系副教授）
　　　　　　　李婵娟（佛山科学技术学院中文系主任、教授）
　　　　　　　翁筱曼（华南师范大学文学院副教授）
第二卷：主编　纪德君（广州大学岭南文化艺术研究院执行院长、中国俗文学学会副会长）
　　　　撰写　纪德君
　　　　　　　闵定庆（华南师范大学文学院教授）
　　　　　　　耿淑艳（广州大学人文学院副教授）
　　　　　　　周丹杰（广东技术师范大学图书馆馆员）
第三卷：主编　陈　希（中山大学中文系教授）
　　　　撰写　陈　希
　　　　　　　刘卫国（中山大学中文系教授）
　　　　　　　徐燕琳（华南农业大学人文学院教授、岭南文化与艺术研究中心主任）
　　　　　　　吴晓佳（中山大学中文系副教授）
　　　　　　　叶　紫（广州华联学院心理咨询中心主任、副教授）
　　　　　　　冯倾城（澳门中华诗词学会理事长，撰写第三卷旧体诗词章节）
第四卷：主编　贺仲明（广东省作协兼职副主席、暨南大学文学院教授、中国现代文学研究会副会长）
　　　　撰写　贺仲明
　　　　　　　龙其林（上海交通大学长聘副教授）
　　　　　　　杜　昆（嘉应学院副教授）
　　　　　　　黄　勇（暨南大学文学院副教授）

第五卷：主编　陈剑晖

撰写　陈剑晖
　　　　　刘茉琳(广东技术师范学院文传学院副院长、副教授)
　　　　　黄雪敏(华南师范大学城市文化学院副教授)
　　　　　程　露(广州新华学院中文系副教授)
　　　　　杨汤琛(广东外语外贸大学文学院教授,撰写第五卷诗歌章节)
　　　　　马　忠(广东省清远市文艺批评家协会副主席,撰写第五卷儿童文学章节)
　　　　　刘海涛(岭南师范学院文学院教授,撰写第五卷小小说章节)
　　　　　申霞艳(暨南大学文学院教授,撰写第五卷邓一光章节)

后　记：张培忠

　　美国著名诗人卡尔·桑德堡曾说过："任何事情开始时都是梦。"撰写广东史上第一部文学通史,曾经是一个遥远的梦想。如今梦想成真,可谓文学界、学术界一大盛事。在整个撰写过程中,省委宣传部给予高度重视和大力支持,学术顾问陈春声书记、黄天骥教授、刘斯奋老师、陈永正教授给予悉心指导、把关定向,总主编张培忠、蒋述卓和执行主编彭玉平、陈剑晖、林岗以及各分卷主编彭玉平、纪德君、陈希、贺仲明、陈剑晖统筹谋划、沟通协调、提出规范、督促落实,林岗老师自告奋勇承担撰写总序的艰巨任务,编委会登高望远、咨询指导,撰写团队知难而进、迎难而上,把不可能变为可能,工作团队陈昆、周西篱、林世宾、邱海军、杨璐临等事无巨细,不厌其烦,保障有力,人民文学出版社臧永清社长、李红强总编辑、责任编辑付如初主任等,积极配合,严格把关,加班加点,精编精印,确保高效率、高质量完成出版任务。尤为令人感佩的是,香港霍英东集团行政总裁霍震寰先生大力支持并慨然同意将霍英东先生生前捐助的资金用于通史的编撰出版工作,确保通史的编纂出版工作得以顺利推进。谨此代表省作协和编委会,对参与和支持通史编纂出版工作的单位和个人表示崇高的敬意和衷心的感谢!

　　今年是广东省作家协会成立70周年。值此丰收之时和喜庆之日,通史的出版,可谓正当其时,意义重大。元宵节过后,通史执行主编、第一卷主编彭玉平教授发来其刚刚完稿的第一卷绪论,并附感赋一首。正如阅读其他各卷文稿一样,我迫不及待地先睹为快。其感赋如下:

撰《广东文学通史》第一卷绪论感赋

　　粤文一卷费思量,唐宋明清气渐扬。
　　百越古风深底蕴,融通南北自堂堂。

　　彭玉平教授是学术大家和诗词名家。再三阅读其第一卷绪论和感赋,受到感染和触发，我也附骥拟古风草成一首，不拘格律，达意而已。诗云：

读彭公一卷绪论有感

彭公积厚自雕龙，化繁为简意葱茏。
追寇入巢溯源流，别具只眼识诸公。
山林皋壤时空换，涓滴巨澜赖有容。
系出一脉雄直气，敢为人先唱大风。

  就其对事业的虔敬精神，以及对学术的穷理尽性，这首古风小诗虽因彭玉平教授缘情而发，其实也是为全体撰写团队诸君而作。由于任务繁重，时间紧迫，本通史是在"三无"状况下创造条件破空而出，加上撰写团队受到学术视野和各种因素的限制，特别是本人才疏学浅，通史疏漏不妥甚至谬误之处在所难免，敬祈学界方家和广大读者批评指正，并将宝贵意见反馈给我们，以便适当时候加以修订，俾使通史日臻完善，嘉惠学林。

张培忠

2023年4月2日于广州